Vorwort:

Dies ist eine frei erfundene und rein fiktive Geschichte. Berührungspunkte mit der Realität finden sich immer dann, wenn ich auf das Fachwissen von Spezialisten oder eigene Erlebnisse zurückgegriffen habe. Dort, wo mir das nicht möglich war, hat meine Fantasie nachgeholfen. Dabei stand aber immer die theoretische Machbarkeit der Dinge im Vordergrund. Sollte ich dennoch Unsinn verzapft haben, geht der allein auf mein Konto.

Alle Hauptakteure sind Fantasiegestalten. Jede Ähnlichkeit mit lebenden Personen oder anderen Romanfiguren ist zufällig und gänzlich unbeabsichtigt. Einige der Orte und Schauplätze sind ebenfalls frei erfunden, andere existieren aber tatsächlich und wurden von mir im Zuge meiner Rechercheiresen besucht.

Dieses Buch entstand (wie schon seine beiden Vorgänger) durch die Hilfe freiwilliger Leseratten aus dem Internet, die mir mit Rat, Tat und guten Vorschlägen zur Seite standen. Ich habe mir keinen Verlag gesucht und finanziere meine Bücher selbst.

Die zwölf Aufkleber zu den Originalschauplätzen *(Das Klebrige Dutzend)* gibt es in meinem Blog:

http://blog.albert-knorr.com

Sacer Sanguis I
Heiliges Blut 1 - Wien Nautilus

Genre: Action-Thrillogy
Autor: Albert Knorr
Jahr: 2009

Danksagung:

Ohne die Verbesserungsvorschläge und Anregungen von hunderten Freiwilligen wäre dieses Projekt nicht möglich gewesen. Ich freue mich daher sehr, dass sich wieder so viele Leseratten zum Testlesen gemeldet haben.

Mein Dank gilt auch meinen Beratern und Helfern, deren Fachwissen und Talente ich für dieses Buch verwenden durfte (siehe Impressum).
Danke an meine Familie, meine Freunde und die vielen Blogbesucher für eure Unterstützung.

Mein besonderer Dank gilt den Mitarbeitern des Naturhistorischen Museums Wien, die mich in beispielloser Weise bei meinen Recherchen unterstützt haben.

Westjordanland nahe Qumran, 7. Juni 1967:
Im Nahen Osten war ein bewaffneter Konflikt im Gange, der als Sechstagekrieg in die Annalen der Militärgeschichte eingehen sollte. In einer beispiellosen Luftoffensive hatte Israel auf die militärischen Provokationen seiner arabischen Nachbarn Ägypten, Jordanien und Syrien reagiert. Noch während die Goliaths dieses Krieges vor aller Welt mit der Überlegenheit ihrer Armeen protzten, war David ein vernichtender Erstschlag gelungen.
Die Israelis hatten hunderte der arabischen Kampfjets ausgeschaltet, als diese sich noch auf dem Boden befunden hatten. Damit verfügte Israel im weiteren Verlauf des Sechstagekrieges über die uneingeschränkte Lufthoheit.
Bereits zwei Tage nach Kriegsbeginn glaubte keiner der arabischen Aggressoren mehr an einen Sieg. Die Ägypter zogen sich fluchtartig von der Sinai-Halbinsel zurück und die Jordanier leisteten im Westjordanland nur mehr halbherzig Widerstand. Was die Syrer betraf, so waren ihre Stunden auf den Golanhöhen längst gezählt.
Die fast schon ausgelassene Stimmung unter den israelischen Soldaten war angesichts der enormen Landgewinne nicht weiter verwunderlich. An allen Fronten zeichnete sich ein überlegener Sieg der eigenen Truppen ab, den es im Kreis der Kameraden gebührend zu feiern galt.
Moshe, ein junger Soldat mit schwarzem Militärhaarschnitt, saß auf einem Steinbrocken nahe des Toten Meers. Die salzige Wüstenluft flimmerte über dem Boden. Stellenweise trat das Salz zwischen den Steinen an die Oberfläche und glitzerte wie Eis in der Sonne.
„Wie lange dauert das denn noch?“, stöhnte Moshe in Richtung eines provisorisch errichteten Archäologenzelts. Der Soldat war alles andere als erfreut, dass ausgerechnet sein Panzer von der jordanischen Artillerie getroffen worden war. Die Front hatte sich längst weiter in Richtung Jordanien verlagert, doch er und der demolierte Panzer saßen hier fest.
Wir schlagen die ruhmreichste aller Schlachten und ich kann nichts tun, als dem verdammten Panzer beim Rosten

zuzusehen... während ich hier lebendig gepökelt werde, dachte er.
Die Luft war so salzhaltig, dass alles binnen weniger Minuten mit einer schmierigen Schicht überzogen wurde.
„Ich wünschte, ich hätte nie einen Blick in diese verdammte Höhle geworfen“, fluchte er vor sich hin. „Wir sind im Krieg, wen interessieren da schon irgendwelche…“
Am Horizont tauchte die Antwort auf seine Frage in Form eines Geländewagens auf. Eine Visite, die eindeutig ihm galt.
Das wird aber auch Zeit, dachte er. Er wusste, dass dieser Besuch seine Chance war, wieder an die Front versetzt zu werden. Doch zuerst musste er, da war sich Moshe sicher, ein paar langweilige Fragen beantworten.
Die Minuten, bis der offene Geländewagen den Weg über die staubige Wüstenstraße zurückgelegt hatte, kamen dem Soldaten wie eine Ewigkeit vor. Vielleicht lag es auch an dem entfernten Artilleriefeuer, das ihn unaufhörlich daran erinnerte, wo sein Platz war. Wo er eigentlich sein sollte.
Der Fahrer, ebenfalls Soldat, stoppte den Jeep in einer Staubwolke. Heraus sprang ein leger gekleideter Mann mittleren Alters, bei dessen Anblick Moshe sofort ein merkwürdiges Gefühl beschlich. Der militärisch gestutzte Schnurrbart, kombiniert mit Zivilkleidung und schwarzer Aktentasche, verhieß nichts Gutes. Dieser Fremde strahlte Macht aus, große Macht.
Moshe trat dem Mann entgegen und salutierte, obwohl er Zweifel hatte, dass es angebracht war.
„Sparen Sie sich die Formalitäten. Sind Sie der Soldat, der den Fund gemeldet hat?“
„Jawohl, ich bin der Ladeschütze“, erwiderte Moshe und verschluckte das *Leider*.
„Gut gemacht!“
Moshe nickte stumm.
„Ihr Panzer wurde also von einer Granate getroffen und Sie und Ihre Kameraden mussten aussteigen. Richtig?“
„Ja, die Explosion hat die Kette zerrissen.“ Moshe deutete auf seinen Panzer. Vorne rechts waren deutliche Spuren eines

Brands zu sehen, den die Besatzung mit Sand gelöscht hatte.
„Die anderen sind umgestiegen, aber einer musste hierbleiben und das Material bewachen.“
„Und dabei ist Ihnen die Höhle aufgefallen?“ Die Fragen des Fremden kamen wie bei einem Verhör.
„Ich hatte sonst nicht wirklich viel zu tun“, versuchte Moshe die Stimmung etwas aufzulockern. „Ich bin in Richtung Felsmassiv gegangen, um mir etwas die Füße zu vertreten. Dabei habe ich zwischen den Felsen die Höhle entdeckt und über Funk Meldung erstattet.“ Er schaute demonstrativ zu dem sandbraunen Archäologenzelt hinüber. „Und vor ein paar Stunden sind dann die beiden Forscher hier aufgetaucht…“
„Sie wissen doch, dass Sie über alle Vorfälle zur absoluten Geheimhaltung verpflichtet sind?“
„Natürlich!“
„Und wieso zeigen Sie sich Fremden gegenüber dann so auskunftsfreudig?“
Moshe sah ihn völlig überrascht an. „Aber ich habe doch mit niemandem darüber…“
„Habe ich Ihnen meinen Ausweis gezeigt?“
„Nein, aber…“
„Haben Sie meinen Ausweis verlangt?“
„Nein.“ Moshe schüttelte seinen Kopf.
Eine Staffel Mirage-Kampfflugzeuge donnerte knapp über ihren Köpfen durch das Jordantal und unterbrach das Gespräch.
Eine Stunde später befand sich Moshe auf der Rückbank eines Lieferwagens, der nach Tel Aviv fuhr. Und obwohl er keine Ahnung hatte, welch unangenehmes Verhör dort auf ihn zukommen würde, ahnte er, dass dieser Krieg für ihn gelaufen war.
Unterdessen machte sich der Neuankömmling im Inneren des Archäologenzelts wichtig. Er begutachtete mehrere Fotos, die man ihm vorgelegt hatte. „Wie genau können Sie das Alter des Fundes eingrenzen?“, fragte er den älteren der beiden Archäologen, dessen etwas längeres Haar unter einem Hut hervorlugte.

Der Angesprochene reichte ihm eine Münze in einem durchsichtigen Beutel. „Wir haben mehrere dieser Münzen in der Höhle gefunden."

„Caesar Tiberius, Sohn des göttlichen Augustus", las der Fremde vor. „Tiberius… so so…" Er legte die Münze vor sich auf einen Klapptisch und holte aus seiner Aktentasche eine Dose mit Schnupftabak hervor. Andächtig streute er etwas von dem braunen Pulver auf seinen Handrücken.

Keiner der Anwesenden sagte ein Wort. Der Fremde, weil er ganz offensichtlich zu sehr darauf konzentriert war, jeden Krümel seines Tabaks in die Nase hochzuziehen, die beiden Archäologen, weil sie ihn dabei keinesfalls stören wollten.

Erst nachdem alle Reste mit einem Taschentuch aus dem Bart gewischt waren, trat der jüngere Archäologe an den Tisch heran. „Tiberius begann seine Amtszeit als römischer Kaiser…"

„Im Jahre 14 nach Christus", kam ihm der Mann mit dem Taschentuch zuvor, dessen Stimme sich mit einem Mal sehr näselnd anhörte. „Das passt dann ja gar nicht so schlecht. Sie haben gute Arbeit geleistet, meine Herren. Sonst noch etwas?"

Die beiden Archäologen tauschten einen verdutzten Blick.

„Haben Sie sonst noch etwas gefunden, was uns bei der Altersbestimmung weiterhilft?", präzisierte er seine Frage.

„Wir fangen gerade erst an", wandte einer der Archäologen ein. „Die Untersuchungen werden noch Monate, wenn nicht sogar Jahre dauern. Dieser Fund ist von unschätzbarem Wert."

„Deshalb bin ich hier", entgegnete der Fremde. „Wie Sie wissen, sind wir im Krieg und befinden uns auf besetztem Gebiet. Was Sie gefunden haben, muss warten, bis sich die Lage beruhigt hat."

„Warten?", entfuhr es dem älteren Archäologen. „Was meinen Sie mit *warten*?"

„Nun, Professor", er stand auf und schob die Fotos und Zeichnungen des Fundes auf dem Tisch zusammen, „lassen Sie es mich so ausdrücken: Diese Entdeckung ist großartig, aber der Zeitpunkt ist miserabel." Er holte eine kleine Metalldose und ein weiß-blaues Band aus der Tasche. „Sie werden den

Eingang zur Höhle auf der Stelle verschließen." Seine Worte trafen die Anwesenden wie feindliches Sperrfeuer.
Fast gleichzeitig wollten die Archäologen widersprechen, doch der Fremde hob warnend den Zeigefinger und ließ den Papierstapel in einer Aktenmappe aus dickem Karton verschwinden. „Sie wissen natürlich, dass Sie niemandem gegenüber ein Wort über die Sache verlieren dürfen?" Wie jemand, der diese Handgriffe schon viele Male wiederholt hatte, wickelte er das weiß-blaue Band um die Aktenmappe, einmal horizontal und einmal vertikal. Dort, wo sich die beiden Schlingen kreuzten, fixierte er das Band mit einer wachsartigen Substanz, die er aus einer mitgebrachten Plastikdose tropfen ließ.
Während die dunkelblaue Masse beim Aushärten an der Luft die Basis für ein Siegel bildete, legte der Fremde den Archäologen zwei zur Unterschrift vorbereitete Erklärungen vor. „Das ist nur zur Absicherung, damit Ihnen nicht versehentlich doch etwas über den Fund herausrutscht."
„Das können Sie mit uns nicht…"
„Wir sind im Krieg", unterbrach der Fremde. „Sie möchten bestimmt nicht wissen, was ich alles mit Ihnen…" Er ließ die Andeutung wie eine Drohung im Raum stehen. Unterstrichen wurde sie von seinem Zeigefinger, der auf das Symbol im Briefkopf klopfte.
„Na also, geht doch." Mit einem eiskalten Lächeln nahm er die unterzeichneten Papiere entgegen. „Wenn Sie jetzt bitte damit anfangen würden, den Höhleneingang zu verschließen." Seine Hand wies auf den Ausgang des Zelts und niemand wagte noch zu widersprechen.
Kaum waren die beiden Archäologen nach draußen verschwunden, bereitete er die Akten für den Transport vor. Nur aus der Nähe konnte man die Aktennummer erkennen, die in die rechte obere Ecke des Kartons eingestanzt war: L2471.
Er holte einen Stempel hervor, den er in das dunkelblaue Siegelwachs presste. Der Abdruck zeigte einen siebenarmigen Leuchter, die jüdische Menora, der von kreisförmig angeordneten, hebräischen Buchstaben eingefasst wurde.

Von diesem Moment an war Objekt L2471 unter Verschluss und daran sollte sich für die nächsten 40 Jahre nichts ändern.

***

Wien, Frühjahr 2007:
Obwohl manche Menschen durch ihren Beruf mehr Verantwortung gewohnt waren als andere, konnten auch sie - ganz einfach über Nacht - vor noch viel größeren Aufgaben stehen.
Gerhard Willendorfer, der Direktor des Naturhistorischen Museums in Wien, hatte eine solche Nacht hinter sich. Müde, aber von Euphorie beflügelt, stapfte der Mann von der Statur des Weihnachtsmanns durch das breite Treppenhaus. In seinen neun Jahren als Direktor dieses Hauses hatte er eine Vielzahl wichtiger Entscheidungen getroffen. Doch keine reichte auch nur ansatzweise an die Tragweite jenes Projektes heran, das an diesem sonnigen Frühlingsmorgen seiner Zustimmung bedurfte.
Auf dem Weg ins Büro grüßte er, freundlich wie immer, zwei wissenschaftliche Mitarbeiter und eine ihm bislang noch unbekannte Reinigungsfrau.
„Oh - gleich 9:00 Uhr“, murmelte er mit einem Blick auf seine Uhr und mahnte sich zur Eile. Die etwas mehr als 60 Jahre auf seinem Professorenbuckel machten ihm beim Laufen weit weniger zu schaffen als die gewichtigen Auswirkungen seiner Vorliebe für Marzipan und Nougat.
Pünktlich auf die Sekunde drückte der Direktor die Messingklinke der riesigen Doppelflügeltür herunter, die knarrend in sein Büro aufschwang.
„Geschafft“, keuchte er und stellte seine Aktentasche derartig ungeschickt auf dem Schreibtisch ab, dass diese beim Abstürzen einen der geduldig wartenden Aktenberge erledigte.
So kompetent und liebenswert Direktor Willendorfer auch war, wenn es um die Leitung des Naturhistorischen Museums ging, so unbeholfen stellte er sich mitunter bei den einfachen Dingen des Lebens an. Er war eben, wie seine Sekretärin einst so

trefflich mit einem Lächeln auf den Lippen bemerkt hatte, ein Mann mit Blick für das Ganze.

Das Büro des Direktors war optisch die perfekte Fortsetzung der Schausäle im öffentlichen Teil des Museums. Die hohen Decken, die Türklinken in Augenhöhe, die alten Holzmöbel, das alles fand sich hier ebenso wieder wie ausgestopfte Vögel, mühevoll restaurierte Tontöpfe und einige besonders schöne Mineralien.

Willendorfer sammelte die über das Holzparkett verteilten Papiere ein. Er war bereits weit in die dunklen Tiefen unter dem Schreibtisch vorgedrungen, als ihn das Klingeln des Telefons hochschrecken ließ.

Dem Zusammentreffen seines Schädels mit der Unterseite der Tischplatte folgte ein Ausruf tiefster Verwünschung.

Jammernd rieb er sich den Hinterkopf. Es war weiß Gott nicht die erste und bestimmt auch nicht die letzte Beule, die er dem steinalten, harten Eichentisch zu verdanken hatte.

„Ja“, meldete er sich, „hier Willendorfer.“

Er schüttelte vorsichtig den schmerzenden Kopf. „Nein, Sie stören keinesfalls“, versicherte er. „Ich habe schon auf Ihren Anruf gewartet.“ Er zog seinen klobigen Ledersessel an den Schreibtisch und ließ sich gespannt hineinfallen. „Ja, er hat mich gestern Abend bereits informiert.“

Eine Zeit lang lauschte er aufmerksam der Stimme aus dem Hörer. Dann kramte er aus seiner Schreibtischlade ein ledernes Notizbuch hervor und notierte sich ein paar Stichworte.

„Auf jeden Fall können wir Ihnen absolute Diskretion in dieser Angelegenheit garantieren. Unser Museum genießt weltweit einen exzellenten Ruf.“ Er machte eine Pause, die ihre Wirkung bei der Gegenseite nicht verfehlte. „Aber das muss ich Ihnen ja nicht sagen“, ergänzte er lächelnd.

Erneut kritzelte er ein paar Zeilen in sein Notizbuch, während er dem Anrufer wiederholt beipflichtete. Es war nicht zu überhören, dass das Gespräch bislang für beide Seiten höchst zufriedenstellend verlief.

Willendorfer schluckte. „So groß?“, fragte er überrascht, um gleich darauf zu versichern: „Nein, selbstverständlich nicht!

Gar kein Problem! Es ist nur so, dass wir dafür erst einen geeigneten Raum vorbereiten müssen."
„Ich verstehe", bekräftigte er. „Das wird kein Problem darstellen. Wir haben in unserem Haus des Öfteren Gäste aus aller Herren Länder. Ihre Wissenschafter sind uns höchst willkommen. Wir müssen uns dann nur überlegen, an welchem Projekt wir sie offiziell arbeiten lassen, damit keine unangenehmen Fragen auftauchen. Wie Sie wissen, ist unser Haus nicht nur Forschungsstätte, sondern auch Museum, und als solches stehen große Teile im Licht der Öffentlichkeit."
Wieder kritzelte seine Hand ein paar Sätze in das Buch.
„Ich werde Ihnen die entsprechenden Unterlagen noch diese Woche zukommen lassen, damit Sie diese an Ihre Versicherung weiterleiten können. Sobald Ihnen dann die Vorgaben für die zusätzlichen Sicherheitseinrichtungen vorliegen, sollten wir alles gemeinsam vor Ort besprechen."
Mit Freude vernahm er die uneingeschränkte Zustimmung seines Gesprächspartners, der noch einige Anmerkungen zur Sicherheit machte. Willendorfer kratzte mit den Fingernägeln über den grauen Bart an seinem Kinn und schrieb drei durch Kommas getrennte Zahlen auf.
„Einzelobjekte mit derartig hohen Versicherungssummen sind auch bei uns nicht alltäglich. Aber es bleibt noch genügend Zeit, die Räumlichkeiten auf die vor uns liegende Aufgabe vorzubereiten."
In den nächsten Minuten erfuhr der Direktor weitere Details zur geplanten Anlieferung, wobei der Anrufer es geschickt vermied, das Objekt beim Namen zu nennen. Eine zusätzliche Sicherheitsvorkehrung, wie Willendorfer vermutete.
Nachdem der Direktor das Gespräch wenig später beendet hatte, lehnte er sich mit einem zufriedenen Gesichtsausdruck zurück. *Eigentlich klingt die Sache so unglaublich, dass es genauso gut ein Traum sein könnte.* Willendorfers Hand strich vorsichtig noch einmal über die Beule an seinem Hinterkopf und zuckte sogleich zurück. *Andererseits…* Er schmunzelte vor sich hin.
Den künftigen Ereignissen, so großartig sie angesichts der ersten übermittelten Details auch sein mochten, sah er dennoch

mit einem lachenden und einem weinenden Auge entgegen. Während sich der Wissenschafter in ihm über die einmalige Chance freute, die sein Haus mit der Untersuchung und vorübergehenden Lagerung dieser historischen Sensation bekam, weinte der Direktor in ihm. Er weinte, weil sein Museum, mehr als jedes andere, dafür stand, dass die Ergebnisse seiner Forschung auch mit der Öffentlichkeit geteilt wurden. Eine Öffentlichkeit, die unter Berücksichtigung der Geheimhaltung nicht einmal von der bloßen Existenz des Forschungsobjekts erfahren durfte.

***

Bukarest, Mai 2007:
Dr. Sylvia Jones, eine zierliche Frau Anfang dreißig, hatte vom Frühlingserwachen bisher nur wenig mitbekommen. Wenn sie von der Arbeit heimkam, war die Sonne meistens schon untergegangen und der allabendliche Verkehrsstau verstopfte die betongrauen Häuserschluchten der rumänischen Hauptstadt. *Noch hat sich seit dem EU-Beitritt nicht viel verändert*, überlegte Sylvia, während sie vor dem Zebrastreifen geduldig darauf wartete, dass das rote Ampelmännchen seinem grünen Kollegen Platz machen würde. *Na ja, fast nichts*, verbesserte sie sich beim Blick auf die mit riesigen Werbeplakaten verhängten Häuserfronten. *Zumindest wirken die Plattenbauten in ihrer bunten Verpackung nicht mehr ganz so erdrückend*, dachte sie beim Überqueren der Straße.
Vor etwa einem halben Jahr war Sylvia nach Bukarest gekommen, um hier für ein internationales Biotech-Unternehmen zu arbeiten. Die Bezahlung überzeugte kaum, aber die gebürtige Kanadierin hatte ihre Karriere in Rumänien zwei Hierarchieebenen über denen ihrer Studienkolleginnen in der Heimat begonnen. Ein paar Jahre in der Fremde praktische Erfahrung sammeln und sich dadurch einen gut bezahlten Job in Kanada oder den USA sichern, das war Sylvias Plan. Ihr Talent, neue Sprachen rasch zu erlernen, kam ihr dabei sehr gelegen.

Sie bog in die Seitengasse ein, in der sich ihre Wohnung befand. Unbewusst verlangsamte sie ihre Schritte, je näher sie dem Hauseingang kam. Obwohl Sylvia keine wirkliche Angst vor dem hatte, was sie erwarten würde, wuchs ihr Unbehagen. Drei Dienstage in Folge hatte sie sich - hatte irgendjemand sie - auf dieses irrationale Verhalten konditioniert.
Sie holte den Schlüssel aus ihrer braunen Lederhandtasche und sperrte das Haustor auf. Quietschend öffnete sich die mit einem Gitter versehene Holztür, und sofort schlug Sylvia ein süßlicher Geruch entgegen. Es war eine Mischung aus Urin und billigem Nuttenparfüm, das ersteren übertünchen sollte.
Sylvia musste einige Schritte in das dunkle Treppenhaus hineingehen, ehe sie mit einem Taschentuch in ihrer Hand nach dem Lichtschalter tasten konnte. Die Schalteroberfläche war noch genauso klebrig wie an dem Tag, an dem Sylvia hier eingezogen war. *Es ist natürlich nur vorübergehend*, hatte sie sich damals getröstet. *Nur so lange, bis ich mich ein wenig eingelebt habe und mir etwas Richtiges suche.* Es war nicht das erste Mal, dass ein solches Provisorium mit zeitlich unbegrenzter Option auf Verlängerung für Sylvias Lebensplanung herhalten musste.
Sie näherte sich dem Treppenaufgang. Von den elf Postkästen, die gegenüber an der Wand hingen, hatten fünf weit aufgebogene Türchen. Beim Rest fehlten sie komplett.
Gleich beim Einzug in die Wohnung hatte sie sich deshalb an den Vermieter gewandt. Dennoch hatte es über einen Monat gedauert, bis ihr Postkasten repariert war. Dass das gewaltsame Entfernen eines Türchens deutlich schneller vonstatten ging, erfuhr sie bereits am nächsten Tag.
Mittlerweile wusste sie, dass man in dieser Stadt wirklich persönliche Briefe besser auch persönlich übergab. Sylvia hatte außerdem gelernt, dass der Inhalt eines verschlossenen Briefkastens weit mehr Aufmerksamkeit auf sich zog, als der Inhalt eines offenstehenden.
Vor genau drei Wochen, an einem Dienstag, hatte Sylvia erstmals selbst einen Vorteil darin entdeckt, dass sie freien Zugriff auf die Post der anderen Hausparteien hatte. Außer ihr

hatten noch zwei weitere Haushalte dieselbe Tageszeitung abonniert und so war es Sylvia möglich gewesen, deren Zeitungen mit ihrer eigenen, wie sich herausstellte ganz speziellen Version, zu vergleichen. Äußerlich hatten sich die drei Exemplare der *Libertatea* nicht voneinander unterschieden, aber darauf kam es auch nicht an.

Jetzt mach schon, drängte Sylvia sich selbst. *Schlag sie endlich auf und schau nach!* Sie griff nach ihrer Zeitung und spürte das Unwohlsein der vergangenen Dienstage zurückkehren. Sylvia überblätterte die ersten Seiten, um möglichst schnell zum Anzeigenteil zu gelangen. Wie bereits in den Vorwochen stieg ihre Nervosität mit jeder Seite, die sie überflog. Das ungute Gefühl, das sie dabei verspürte, veränderte sich. Es wurde stärker.

Sie suchte schneller. „Nichts… nichts… nichts…“, hörte sie ihre ungeduldige Stimme. *Vielleicht habe ich es schon überblättert?*

Gerade, als sie glaubte, den Anzeigenteil hinter sich gelassen zu haben, sprang ihr ein ganz bestimmtes Inserat ins Auge.

Sie stieß einen kaum hörbaren Fluch aus.

In einer normalen Ausgabe wäre es ihr zwischen den vielen anderen Stellenangeboten vermutlich kaum aufgefallen, zumal sie eine feste Anstellung hatte. Aber in Sylvias Exemplar der *Libertatea* hatte sich irgendjemand die Mühe gemacht, einen dicken roten Rand um jenes Inserat zu malen, mit dem ein privates Biotech-Unternehmen in den Südkarpaten einen gut dotierten Laborjob ausschrieb. Ein Job, dessen Anforderungsprofil so perfekt zu Sylvias Werdegang passte, als hätte ihr Lebenslauf als Vorlage gedient.

Nickend überflog sie die Anzeige, wissend, dass sie jedes Wort darin bereits auswendig kannte. Seit wenigstens drei Wochen erschien das Inserat jeden Dienstag in unveränderter Form.

Obwohl sie sicher war, dass die Stellenausschreibung wieder nur in ihrer Zeitung markiert war, suchte sie Gewissheit. Keine zwei Minuten später fand sie diese in den Briefkästen ihrer Nachbarn.

Ganz ruhig, drängte sie sich selbst. *Es kann nur jemand aus diesem Haus sein, der weiß, dass ich in der Biotech-Branche arbeite.* Sie legte die beiden fremden Zeitungen wieder zurück in die Briefkästen und ging dabei die Namen der Hausparteien durch. *Cocean... Lascu... Vosganian...*

Ernüchtert musste Sylvia feststellen, dass sie nicht einem einzigen der handgeschriebenen Namen das passende Gesicht zuordnen konnte. Von der alten Frau im Erdgeschoss und dem Ehepaar in der Nachbarwohnung abgesehen, war es ihr unmöglich, sich zu erinnern, überhaupt schon einem der Hausbewohner begegnet zu sein.

Eigentlich weiß niemand in diesem Haus, wo oder woran ich arbeite. Wie ein kalter Lufthauch strich ihr die Erkenntnis über die Nackenhärchen.

***

Ein wesentlicher Grund, warum der Mossad zu den erfolgreichsten Geheimdiensten der Welt zählte, lag in der Effizienz seiner Strukturen. Von der Rekrutierung der Agenten über deren Ausbildung bis hin zu Einsätzen in Krisengebieten vertraute das israelische Verteidigungsministerium auf das hohe Potenzial zur Selbstorganisation, das dem Mossad innewohnte. So war es nicht verwunderlich, dass der harte Kern nur aus einigen hundert Agenten bestand, die ein loses Netzwerk zu Schlüsselkontakten in allen Ebenen und Funktionen pflegten.

Für die Ausbildung seines Nachwuchses bemühte der Mossad nur selten Lehrer und deren Bücher. Vielmehr kamen Agenten aus der Praxis zum Einsatz, die ihr Handwerk nicht nur verstanden, sondern den Rekruten das Wissen auch sehr anschaulich vermitteln konnten. Einer dieser Agenten war Alon Kollek: Anfang vierzig, groß, schlank und mit kurzem, dunklem Haar. Sein freundliches Gesicht mit den Sommersprossen hatte schon so mancher Gegner falsch eingeschätzt und keine Gelegenheit mehr bekommen, seinen Irrtum zu bereuen.

Alon war im aktiven Dienst und erledigte Aufträge aller Art für sein Land. In unregelmäßigen Abständen wurde er ins Hauptquartier nach Tel Aviv beordert, um in zweiwöchigen Kursen sein Können an kleine Gruppen von Schülern weiterzugeben. Mehrere Monate hatte Alon nach einem Weg gesucht, sein Wissen möglichst praxisnah zu vermitteln. Schließlich kam ihm die Idee mit der *Kühltruhe*. Zwar waren eine Reihe von Sondergenehmigungen erforderlich gewesen, um Alons spezielle Unterrichtseinheiten in der *Kühltruhe* abhalten zu dürfen, doch an einflussreichen Kontakten hatte es dem Israeli noch nie gemangelt.
„Du bist der Nächste!“, befahl Alon und deutete mit dem Kopf auf Simon, einen mittelgroßen, durchtrainierten Mann Ende zwanzig. Vier weitere Rekruten aus Alons Kurs saßen auf unbequemen Plastikstühlen und verfolgten mit großem Interesse den Unterricht.
Simon trat zwei Schritte nach vorne und näherte sich einer etwa gleichgroßen Gestalt, die regungslos vor einer weiß gekachelten Wand ausharrte.
„Stopp!“, unterbrach Alon mit fester Stimme. „Weiter kommst du nicht heran, ohne ihn anzusprechen.“
Simon wirkte nervös. In dem kalten, in Neonlicht getauchten Raum war zeitweise sogar sein Atem zu sehen. Er zögerte.
„Sprich ihn endlich an und wieg ihn in Sicherheit“, drängte Alon, „oder er wird dich als drohende Gefahr einschätzen und entsprechend reagieren.“
Simon schien unentschlossen. „Er ist tot“, sagte er schließlich. „Wie soll ein Toter auf mich…“
Noch bevor er seinen Satz beendet hatte, schlug eine Faust völlig unvermittelt gegen Simons Unterkiefer. Der Schüler war so überrascht von der Attacke, dass er zunächst gar nicht begriff, wer den Treffer in seinem Gesicht gelandet hatte.
„Ziemlich flott für einen Toten, findest du nicht?“, fragte Alon sarkastisch und öffnete seine Faust wieder.
Das Gelächter der anderen Schüler war der Spott, der Simons Schaden folgte.

„Wie oft hat man euch schon gesagt, dass ihr euer Gegenüber niemals allein nach Äußerlichkeiten beurteilen sollt?“ Alon blickte fragend in die Runde.
Simon rieb sich mit der flachen Hand über das Kinn. „Das eine oder andere Mal“, erwiderte er kleinlaut.
Wieder lachten die anderen.
„Los, noch mal!“, befahl Alon. „Aber diesmal mit mehr Respekt vor dem Toten!“
Simon nickte und begab sich zurück in die Ausgangsposition. Mit deutlich mehr Entschlossenheit als zuvor ging er auf die Gestalt zu. Als er nur noch zwei Meter entfernt war, ließ er lautstark ein paar Geldstücke zu Boden fallen. „Verdammte Geldbörse“, fluchte er und während die Blicke seiner Mitschüler noch den herumrollenden Münzen folgten, bohrte sich Simons Daumen bereits in den Hals seines Opfers. Das Fleisch fühlte sich kalt und schwammig an, als der Fingernagel des Angreifers mit einem gezielten Ruck den Kampf auch schon wieder beendete.
Simon zog seinen Finger aus der Leiche und trat einen Schritt zurück.
Keiner der Anwesenden sagte ein Wort. Stattdessen richteten sich alle Augenpaare auf Alon und warteten auf seine Manöverkritik.
Und die ließ auch nicht lange auf sich warten: „Was hättest du getan, wenn du nur Scheine mitgehabt hättest?“
Simon zuckte mit den Schultern. „Dann hätte ich wahrscheinlich den Trick mit den offenen Schuhbändern versucht.“
Die anderen Rekruten grinsten und auch Alon konnte sich ein Schmunzeln angesichts der Schlagfertigkeit seines Schülers nicht verkneifen. „Wie auch immer“, kommentierte Alon. „Auf jeden Fall hast du diesmal gut improvisiert und die Aufmerksamkeit von deiner Tat abgelenkt.“ Er ging auf die Leiche zu, die mit Gurten um Brust und Hüfte in stehender Position als Trainingsobjekt fixiert war.
Simons Gesicht spiegelte den Stolz wider, den er beim Lob seines Ausbilders empfand.

„Aber das war Mist!“, ertönten Alons verärgerte Worte völlig überraschend und fegten die Zufriedenheit aus Simons Antlitz. „Komm her und schau dir an, wie weit du die richtige Stelle am Hals verfehlt hast!“ Er wandte sich an die anderen Rekruten: „Die originellste Ablenkung nützt euch gar nichts, wenn ihr den Abschluss versaut. Ihr müsst absolut sicher sein, dass ihr den richtigen Punkt trefft. Nur dann tritt der Tod auf der Stelle ein und ihr seid aus dem Schneider.“
Alon drehte sich wieder zu Simon, der argwöhnisch die Wunde am Hals seines Opfers beäugte. „Das war gute drei Zentimeter zu tief“, schimpfte Alon. „Er hätte wenigstens noch zehn Sekunden, vielleicht auch länger, überlebt. Auf jeden Fall wäre ihm genug Zeit geblieben, um dich in Schwierigkeiten zu bringen.“ Sein stählerner Blick verharrte auf Simon. „Wir machen das hier nicht zu eurem Vergnügen. Ihr seid die einzigen Agenten, die die Möglichkeit haben, solche Angriffe am lebenden“, er verbesserte sich, „am lebensechten Objekt zu trainieren. Wenn es uns nur um den Unterhaltungswert bei der Sache ginge, dann könnten wir euch genauso gut an Puppen mit aufgemalten Punkten üben lassen.“
Alon schlug mit der ausgestreckten Hand auf einen der herumstehenden Seziertische. „Dieses Krankenhaus stellt uns seine Leichen nur deshalb zur Verfügung, damit ihr die beste Ausbildung der Welt bekommt.“
Er ließ seine Worte einige Augenblicke lang wirken.
„Die beste der Welt!“, wiederholte er eindringlich. „Und wir“, er sprach den Namen ihres Arbeitgebers niemals aus, doch allen war klar, wen er damit meinte, „erwarten, dass wir dafür die besten Agenten der Welt bekommen.“
Simon wartete, bis Alon seine Moralpredigt beendet hatte, dann ging er auf ihn zu und sagte selbstbewusst: „Ich war unkonzentriert, das tut mir leid. Ich möchte es noch einmal versuchen.“
Alon überlegte sehr lange, dann antwortete er: „In Ordnung. Bringt ihm einen neuen Freiwilligen! Den hier verwenden wir später noch für die Übungen an der Nase.“ Er zeigte auf

Simons unglückliches Opfer. In diesem Moment läutete Alons Mobiltelefon.
Er entfernte sich von der Gruppe, ehe er den Anruf entgegennahm. Es war sein Vorgesetzter, der ohne Umschweife zur Sache kam und Alon über einen neuen Auftrag informierte.
„Ich bin gerade mit einer Gruppe in der Kühltruhe“, wandte Alon ein, wissend, dass er seinem Vorgesetzten damit keine Neuigkeiten erzählte. „Kannst du nicht jemand anderen schicken?“
„Sie besteht auf Alon Kollek!“
„Sie?“
„Die Details erfährst du rechtzeitig vor deiner Abreise. Pack schon mal deinen Koffer!“
„Und wo…“
„Wien!“, kam der Anrufer Alons Frage zuvor. „Ich war zwar selbst noch nicht dort, aber im Frühling soll die Stadt besonders schön sein.“ Es folgte eine kurze Pause. „Die Frauen übrigens auch.“

***

„So ein Idiot!“, zischte Sylvia durch die halb geschlossenen Lippen, als sie die schwere Bürotür hinter sich ins Schloss fallen ließ. Bis vor wenigen Minuten war sie davon überzeugt gewesen, dass ihr Abteilungsleiter, all seinen sonstigen Fehlern zum Trotz, ein goldenes Händchen für Personalentscheidungen hatte. Eine völlig misslungene Projektpräsentation und einen heftigen Wortwechsel später, hatte sich Sylvias Sicht der Dinge allerdings grundlegend geändert.
Was bildet sich dieser aufgeblasene Angeber eigentlich ein? Wie weit wäre sein geliebtes Prestigeprojekt denn ohne mich? Der Zorn hatte ihr Gesicht rot gefärbt. *Seit Wochen opfere ich jede Minute meiner Freizeit. Und jetzt? Kaum hat er den Ruhm für meine Arbeit eingeheimst, lässt er mich fallen wie eine heiße Kartoffel.* Sie holte tief Luft, um sich zu beruhigen, während sie den Heimweg antrat.

Mit der Entscheidung, bei der Besetzung der Projektleitung einer dahergelaufenen Studienabbrecherin den Vorzug gegenüber seiner bisherigen Stellvertreterin zu geben, hatte ihr Vorgesetzter den Bogen aus Sylvias Sicht endgültig überspannt. *Mich vor der ganzen Abteilung so bloßzustellen!*
Ohne sich auf ihre Umgebung zu konzentrieren, stieg sie aus der U-Bahn und wechselte kurz darauf die Straßenseite. Kaum einer der entgegenkommenden Passanten nahm Notiz von der kleinen Frau mit dem blonden Pagenkopf, die wütend vor sich hinschimpfte.
Sylvia schüttelte fassungslos den Kopf, während sie die Ereignisse der letzten Wochen Revue passieren ließ. *Und ich blöde Kuh habe seine Frau am Telefon immer mit Ausreden vertröstet, wenn er mit diesem Laborflittchen Überstunden geschoben hat.*
„Das habe ich jetzt von meiner Loyalität", fauchte sie zornig beim Einbiegen in ihre Gasse.
Erst als ihr Blick auf das schäbige Haustor fiel, wurde Sylvia klar, dass es sie ab sofort noch viel mehr stören würde, in einer so miesen Gegend zu wohnen. Jetzt, da sie tagsüber keiner geregelten Arbeit mehr nachgehen musste. Jedenfalls so lange nicht, bis sie einen neuen Job hatte.
Vielleicht wäre Sylvias Vorwurf, die neue Stellvertreterin hätte sich hochgeschlafen, unter vier Augen angebrachter gewesen als während der Projektpräsentation vor versammelter Mannschaft.
Gesagte Dinge lassen sich nun einmal nicht mehr zurücknehmen, dachte sie und war irgendwie auch ein wenig froh darüber. Ein böses Grinsen umspielte ihre Mundwinkel, als sie sich schadenfroh an die entsetzten Gesichter ihres Ex-Vorgesetzten und seiner Liebschaft zurückerinnerte, für deren Karrieren dieser Zwischenfall auch noch ein Nachspiel haben dürfte.
Bei all dem Ärger über ihre Entlassung war Sylvia völlig entgangen, dass sie gerade dabei war, eine Dienstagsausgabe der *Libertatea* aus ihrem Postkasten zu nehmen. Ohne die Zeitung näher zu betrachten, packte Sylvia sie gemeinsam mit

einigen Briefen und Prospekten in ihre Handtasche und stieg die schmale Steintreppe hinauf in den vierten Stock.
Ihre Wohnung war die vorletzte auf der rechten Seite. Das Treppenhaus sah hier oben nicht nur um einiges besser aus als unten, es stank auch nicht so penetrant. Wohl auch, weil kaum ein Penner bereit war, zum Pinkeln in den vierten Stock hochzusteigen. Vermutlich war das aber auch schon der einzige Vorteil daran, dass es keinen Aufzug gab.
Sylvia sperrte den kleineren Flügel einer zweigeteilten Holztür auf und schob sich in den Vorraum ihrer Wohnung. Mit einem gezielten Handgriff drückte sie die Tür ins Schloss und legte eine rostige Kette vor, die mehr psychologischen als praktischen Nutzen hatte.
„Endlich daheim“, seufzte sie.

***

Vier Stunden und einige Aufmunterungsdrinks später hatte sich Sylvias Sicht der Ereignisse zwar nicht grundlegend verändert, aber es machte sich doch so etwas wie Objektivität in ihrer Betrachtungsweise breit. Der Biotechnikerin war längst klar geworden, dass sie sich angesichts ihrer kräftigen Wortwahl beim Verlassen der Projektpräsentation jede Möglichkeit einer Rückkehr in ihren bisherigen Job verbaut hatte.
Sie saß über den quadratischen, weißen Küchentisch gebeugt und blätterte die Zeitung vor sich durch. „Das Inserat“, murmelte sie, „wäre doch die Chance für einen Neuanfang.“
Doch so oft Sylvia die Zeitung von vorne bis hinten und zurück durchblätterte, so sehr sie sich auch bemühte, die Stellenanzeige für das Labor in den Südkarpaten zu entdecken, in der aktuellen Ausgabe der *Libertatea* wurde sie nicht mehr fündig.
„Na toll“, seufzte sie schließlich entmutigt und goss sich noch etwas in ihr Whiskyglas. „Wochenlang streicht mir mein unbekannter Freund dieses Inserat in meiner Zeitung an. Und dann, wenn ich endlich Verwendung dafür habe, ist die Stelle anderweitig vergeben.“

Sylvia schüttete die bernsteinfarbene Flüssigkeit ohne abzusetzen hinunter. Beim Ausatmen musste sie husten.
Verärgert schob sie die Zeitung beiseite und bemerkte dabei zwischen Werbeprospekten und einem persönlich adressierten Schreiben von Greenpeace noch ein weiteres Kuvert in ihrer Post. *Du hast mir heute noch gefehlt zu meinem Glück.* Sie blickte das Kuvert vorwurfsvoll an. *Keinen Job mehr, aber dafür bestimmt eine saftige Stromrechnung.* Ohne nach dem Absender zu suchen, riss sie es auf und holte ein einzelnes Blatt hervor.
„Doch keine Rechnung", stellte sie verwundert fest, nachdem sie ihren Namen im Adressfeld überflogen hatte. Das Schreiben war nur einen Absatz lang:

Vielen Dank für Ihre Bewerbung und die Zusendung Ihrer aussagekräftigen Unterlagen, die unser Interesse geweckt haben. Wir laden Sie für nächste Woche zu einem Vorstellungsgespräch ein.

Dem Text folgten eine Firmenadresse in den Südkarpaten, Datum und Uhrzeit sowie eine Kontakt-Telefonnummer bei etwaigen Terminkollisionen. Dem Schreiben lag außerdem eine dunkelblaue Scheckkarte mit Firmenaufdruck bei, die Sylvia mitbringen sollte. Absender des Briefs war die ominöse Biotech-Firma aus den Dienstags-Inseraten.
Sylvia starrte minutenlang auf die Einladung und in ihrem Kopf drehte sich alles nur noch um eine einfache, zugleich aber auch höchst beunruhigende Frage: *Welche Bewerbung?*

***

Alon saß auf der Terrasse seiner vom Mossad angemieteten Wohnung in Tel Aviv und bereitete sich auf die neue Aufgabe vor. Es war eine höchst ungewohnte Erfahrung für den Israeli, dass man ihn von einem seiner Kurse abzog, um ihn stattdessen mit einem Auslandseinsatz zu betrauen. Eine Erfahrung, da war Alon sich jetzt schon sicher, die er nicht vermisst hätte.

Wie vereinbart tauchte Alons Mitarbeiter und Freund Hiob Shalev kurz nach 22:00 Uhr in der Wohnung auf. Der Zweimeterhüne überragte selbst Alon noch um ein ganzes Stück. Weit beeindruckender als Hiobs bloße Größe waren allerdings die türstockbreiten Schultern, die selbst sein konservativ geschnittener Anzug nicht völlig kaschieren konnte.
„Setz dich doch", bot Alon seinem Freund an.
Hiob nickte knapp und setzte sich auf einen der Teakholz-Stühle. „Was hast du ausgefressen, dass sie diesen Auftrag in Wien ausgerechnet dir anhängen?"
Alon zuckte mit den Achseln. „Das hat wohl etwas mit meinem Hobby zu tun. Ich soll mich als wissenschaftlicher Assistent einer israelischen Archäologin ausgeben."
Hiobs Blick verriet, dass sich die Anzahl offener Fragen soeben vervielfacht hatte.
„Ehrlich gesagt, weiß ich selbst noch nicht so genau, was ich davon halten soll", gestand Alon ein. „Sie brauchen jemanden mit archäologischem Hintergrund für den Job. Da kommt ihnen mein Steckenpferd wohl gerade recht."
„Welche Archäologin?"
„Professor Yael Golan", sagte Alon, als wäre ihr Name mit ungeliebten Erinnerungen belastet.
„War sie was Ernstes?"
Alon schnaufte gequält. „Es ist nicht so, wie du denkst. Sie ist so alt, sie könnte meine Mutter sein."
„Das ist sogar noch schlimmer, als ich dachte", erwiderte Hiob trocken.
Alon schüttelte halbherzig den Kopf. „Professor Golan hat einen Lehrstuhl an der Universität in Tel Aviv. Sie ist eine internationale Koryphäe auf ihrem Gebiet. Ich habe vor etlichen Jahren zwei oder drei ihrer Kurse in Archäobotanik besucht." Er goss Mineralwasser in ein Glas und schob es Hiob entgegen.
„Danke", sagte dieser und nahm einen großzügigen Schluck. „Sie wird überrascht sein, einen ihrer Studenten nach so langer Zeit wiederzusehen."

„Das glaube ich nicht“, widersprach Alon. „Sie hat ausdrücklich mich für diesen Auftrag angefordert.“
Hiob verschluckte sich fast. „Sie hat was?“, fragte er hustend.
„Na ja“, schwächte Alon ab. „Sie wusste zunächst selbst nicht, wie sehr sich die Auswahl eingrenzen würde. Sie bestand natürlich darauf, dass ihr Assistent sie nach Wien begleitet, weil sie dort seine Unterstützung braucht. Dummerweise ist die Einladungsliste, die wir aus Wien erhalten haben, aus Gründen der Geheimhaltung auf zwei Personen beschränkt. Es war nur mit Mühe möglich, die Genehmigung dafür zu erhalten, dass Professor Golan überhaupt jemanden mitbringen darf. Und das muss in diesem speziellen Fall einer von unseren Leuten sein.“ Er seufzte. „Du kannst dir sicher vorstellen, dass die Liste der Agenten mit Archäobotanik-Erfahrung nicht sehr lang ist. Und als Professor Golan dann meinen Namen hörte…“
Hiob nickte übertrieben anerkennend. „Da soll noch mal einer sagen, dass man mit so ausgefallenen Studiengängen später keinen anständigen Job bekommt. Wie ich immer sage, alles nur eine Frage der richtigen Kontakte!“
Alons als Antwort gedachter Blick sprach Bände.
Hiob ließ sich nichts anmerken. „Du sollst deine ehemalige Professorin also nicht nur beschützen, sondern ihr auch noch bei der Arbeit assistieren? Traust du dir das denn überhaupt zu?“
„Frag mich das, sobald ich weiß, vor wem ich sie beschützen soll und welche Art von Arbeit da auf mich zukommt.“
„Keine Details?“, fragte Hiob nach.
Alon schüttelte den Kopf. „Ich weiß, dass sich vier namhafte Spezialisten in Kürze in Wien treffen, um dort irgendein unschätzbar wertvolles Artefakt zu untersuchen. Aber weder weiß ich, wer die anderen drei Wissenschafter sind, noch konnte ich in Erfahrung bringen, was dort eigentlich auf dem Untersuchungstisch liegen wird.“
„Klingt spannend“, warf Hiob ein. „Du als Assistent, ganz allein mit deiner ehemaligen Uni-Professorin und ihren Kollegen. Da kommt bestimmt eine Menge interessanter Arbeit

auf dich zu. Für einen Hobbyarchäologen wie dich ist diese praktische Auffrischung eine echte Gelegenheit."
Alon fielen mit einem Mal die abertausend Blütenpollen wieder ein, die er seinerzeit für Professor Golan hatte zählen und katalogisieren müssen. „Du hast ja keine Ahnung, Hiob!"
„Tja", seufzte Hiob. „Deshalb haben sie mich auch dazu verdonnert, deine Rekruten-Klasse zu übernehmen, und du darfst stattdessen einen bezahlten Archäologie-Auffrischungskurs in Wien besuchen."
Alon griff das Stichwort dankbar auf. „Es gibt einen in der Klasse, Simon, der wirklich überdurchschnittlich viel Potenzial hat. Simon lernt schnell, aber seine Genauigkeit lässt manchmal noch zu wünschen übrig. Er lässt sich einfach zu leicht ablenken. An der Konzentration dieser Gruppe musst du unbedingt arbeiten. Sie sehen den Kurs leider immer noch als willkommene Abwechslung zu den Theoriestunden."
„Waren wir denn damals anders?", bemühte Hiob Alons Erinnerungsvermögen mit einem Vergleich. Alon dachte kurz über eine Antwort nach.
„Offensichtlich", sagte er dann. „Sonst wären wir heute wohl nicht mehr am Leben… Aber vielleicht hast du Recht, und unsere Ausbilder haben damals dasselbe über uns gesagt. Wie auch immer", er reichte Hiob eine Mappe mit den Aufzeichnungen über die Rekruten-Klasse, „jetzt sind es jedenfalls deine."

***

Mitte Mai trafen die ersten beiden Wissenschafter nahezu gleichzeitig in Wien ein. Professor Phileas Fogg war ein Genetiker aus London, der die Witze über seinen Namen längst nicht mehr hören konnte. Der Anthropologe Luca Piazza war ebenfalls Professor und stammte aus einem Dorf in Süditalien mit unaussprechlichem Namen.
Beide Wissenschafter waren zwei Tage vor dem eigentlichen Termin angereist. Einer von ihnen, weil er Wien schon immer hatte besuchen wollen und fürchtete, dass ihm dazu während

der Arbeit kaum Gelegenheit bleiben würde. Der andere, weil ihn Herr Maier, ein Mitarbeiter des Naturhistorischen Museums, extra noch einmal angerufen und um ein persönliches Treffen unter vier Augen im Vorfeld der geplanten Untersuchungen gebeten hatte.
Es war schon dunkel, als der Professor die Ringstraße überquerte und erstmals die beleuchteten Silhouetten der beiden Museen erblickte. Erst auf den zweiten Blick waren die Unterschiede zwischen dem Kunsthistorischen und dem Naturhistorischen Museum zu erkennen, die einander wie vermeintliche Spiegelbilder gegenüberstanden.
Dank der präzisen Wegbeschreibung des Anrufers hatte der Professor aber keine Probleme, zum Seiteneingang zu gelangen, der bei Tag auch als Lieferantenzufahrt diente. Das riesige Tor war fest verschlossen, allerdings gab es darin eine kleine Tür für Fußgänger. Wie vereinbart, war sie an diesem Abend unversperrt.
Der Innenhof des in der Grundform einer eckigen Acht errichteten Museums war dunkel. Auch darauf hatte ihn der Anrufer bereits vorbereitet. „Gehen Sie dann einfach immer geradeaus, bis Sie zur großen Doppeltür mit den Glasfenstern kommen. Sie können es gar nicht verfehlen. Es ist der einzige Raum, in dem noch Licht brennt. Dort warte ich auf Sie“, lauteten die letzten Worte der Wegbeschreibung.
Je tiefer der Professor in den Innenhof vordrang, umso leiser wurden die Geräusche der Autos auf der Ringstraße, die schon ein ganzes Stück hinter ihm lag. Eine merkwürdige Stille breitete sich zwischen den dicken Mauern aus, die zu allen Seiten steil emporragten, als wollten sie den langgezogenen Innenhof vom Rest der Stadt abschirmen.
Da vorne muss es sein, dachte er, als er einen schwachen Lichtschimmer in der Dunkelheit ausmachte. Seine Schritte beschleunigten sich und die Pendelbewegungen des Aktenkoffers in seiner Hand folgten der Dynamik. *Ich hätte nicht gedacht, dass ich mich hier drinnen so leicht zurechtfinde.* Das Echo seiner Schritte hallte durch den Hof.

Kaum vorstellbar, wie viele Objekte hier tatsächlich archiviert sind. Während er über die unvergleichliche Sammlung nachdachte, die in den Kellern des Naturhistorischen Museums lagerte, freute er sich darauf, diese in Kürze für seine Referenzuntersuchungen heranziehen zu können. *Kein Wunder, dass die Wahl ausgerechnet auf Wien gefallen ist.*
Der Professor erreichte die beschriebene Doppeltür, die sich bei genauer Betrachtung noch um einiges größer darstellte als zunächst vermutet. Durch die darin eingelassenen Glasfenster konnte er ein Nashorn erkennen, das an einem Kettenzug von der Decke hing.
Er öffnete die Tür und trat ein. Sofort stieg ihm der Geruch von Konservierungsmitteln in die Nase, wie er sie auch selbst für die Präparation von Untersuchungsobjekten einsetzte. Der Professor befand sich in einer Halle, die einer ganzen Reihe von Tieren Platz bot. Einige der auszustopfenden Präparate waren kurz vor ihrer Fertigstellung. Dazwischen lagen halbfertige Styroporfiguren und Drahtkonstruktionen, die wohl als Unterbau künftiger Ausstellungsstücke gedacht waren. Zu seiner Rechten entdeckte er eine Stahlkammer zur Gefriertrocknung, deren Form und Bauart an ein kleines Forschungs-U-Boot erinnerten.
Nachdem er sich umgesehen hatte, bemerkte er eine Treppe, der er ein paar Stufen nach oben folgte. Sie endete vor einer grauen Metalltür. Der Professor klopfte an und wartete geduldig auf Antwort.
Er klopfte noch einmal, diesmal deutlich fester. Wieder gab es keine Reaktion.
Seine Hand betätigte die Klinke. „Hallo? Herr Maier, sind Sie da?“, fragte der Professor durch den Türspalt. „Hallo?“ Seine Stimme wurde lauter, als er die Tür weiter öffnete. „Herr Maier?“
„Hier!“, hörte er plötzlich eine Stimme rufen. „Ich bin hier hinten, bei den Speckkäfern! Bitte gehen Sie einfach nur weiter. Immer geradeaus, da wo das Licht brennt.“
Der Professor folgte der Aufforderung und stand kurz darauf einem Mann von Allerweltsstatur gegenüber, der ihn

wohlwollend anlächelte. Der große Mund ließ seine Freundlichkeit fast schon übertrieben wirken.
„Willkommen im Naturhistorischen Museum, Professor!", sagte der Mann, der sich als der gesuchte Herr Maier zu erkennen gab. „Ich würde Ihnen gerne die Hand reichen", entschuldigte Maier sich, „aber ich muss die Tierchen noch schnell zurück in ihren Schrank sperren. Sonst beschweren sich meine Mitarbeiter wieder, wenn die Käfer hier überall rumlaufen."
„Kein Problem", zeigte der Professor Verständnis für seinen Wiener Kollegen. „Wenn ich Ihnen dabei helfen kann…"
„Danke", winkte Maier ab. „Wir lassen sie das Fleisch von den Knochen der Tiere nagen, die wir dann als Skelette ausstellen. Aber ich nehme an, da erzähle ich Ihnen nichts Neues."
Der Professor nickte. „Unsere Exemplare nutzen auch jeden Moment der Unachtsamkeit meiner Kollegen, um sich neue Futtergründe zu suchen."
Maier lachte herzhaft und ließ dabei seine Zähne aufblitzen. „Bitte nehmen Sie doch Platz. Ich bin gleich bei Ihnen."
Wenig später saßen Maier und der Professor an einem in die Jahre gekommenen Tisch in einem Raum mit abgestandener Luft, den Maier als sein Büro bezeichnete.
„Vielen Dank, dass Sie es so kurzfristig einrichten konnten. Ich hoffe, Sie hatten eine angenehme Anreise?"
Maiers Gegenüber nickte dankend.
„Gut, das freut mich. Ich nehme an, unser Direktor Willendorfer hat Sie bereits hinreichend über Ihren Aufgabenbereich informiert?"
Der Professor klappte den mitgebrachten Aktenkoffer auf und nahm einen Umschlag mit aufgebrochenem Siegel heraus. Aus dem Umschlag holte er einige zusammengeheftete Blätter. „Er hat mir nur diese Projektunterlagen zukommen lassen."
Maier würdigte die Unterlagen nur eines flüchtigen Blickes. „Ich verstehe", sagte er. „Der Direktor… Wir", verbesserte er sich sogleich, „haben im Moment sehr viel zu tun, wie Sie sich sicher vorstellen können. Die offizielle Vorstellung aller am Projekt Beteiligten erfolgt in zwei Tagen. Dann werden Sie

auch Gelegenheit haben, Ihre Fragen an Direktor Willendorfer zu richten. Für heute…“, sagte er und holte seinerseits ein paar Unterlagen hervor, „müssen Sie allerdings mit mir vorlieb nehmen. Darf ich Ihnen vielleicht etwas zu trinken anbieten? Einen Kaffee?“
Der Professor nahm dankend an. „Sie sprachen am Telefon von geheimen Unterlagen, die Sie mir unbedingt…“
„Alles hier“, lächelte Maier und winkte mit den Papieren in seiner Hand. „Wie schon gesagt, ist es sehr wichtig, dass Sie noch vor Ihren Kollegen Gelegenheit erhalten, einen Blick darauf zu werfen. Deshalb hat Direktor Willendorfer mich auch beauftragt, Sie heute schon zu treffen. Nur Sie!“ Er schob dem Professor die Unterlagen zu, ließ aber seine Hand schützend darauf liegen, während er dem Professor fragend in die Augen blickte. „Sie haben doch hoffentlich niemandem von unserer Sondervereinbarung erzählt?“
Der Professor wich zurück, als wollte er sich von der Unterstellung distanzieren. „Natürlich nicht!“, bekräftigte er mit ernster Stimme. „Ihr Haus hat mich um äußerste Diskretion gebeten und genau zu dieser habe ich mich auch mit meiner Unterschrift verpflichtet.“
„Selbstverständlich“, erwiderte Maier und ließ es entschuldigend klingen. „Ich hatte auch nie etwas anderes gedacht. Diese Fragen sind reine Formsache. Sie wissen ja, wie nervtötend Vorschriften manchmal sein können, aber bei einem so geheimen Projekt kann man nicht vorsichtig genug sein. Gerade deshalb brennt unser Direktor auch schon darauf, Ihre Expertenmeinung zu hören.“
Ein versöhnliches Lächeln zeigte sich auf dem Gesicht des Professors. Er deutete interessiert auf die Unterlagen unter Maiers Hand. „Wenn Sie also gestatten?“
„Aber natürlich“, zog Maier die Hand zurück und überließ seinem Gegenüber die mitgebrachten Dokumente. „Bitte nehmen Sie sich so viel Zeit, wie Sie brauchen. Ich werde mich einstweilen um Ihren Kaffee kümmern und Ihnen danach alle Fragen beantworten, die Sie sicher haben werden.“ Er ließ den

Professor allein, damit dieser sich mit den Informationen vertraut machen konnte.
Kurz darauf kam Maier mit einer dampfenden Tasse zurück. „Vorsicht, heiß“, warnte er beim Abstellen auf der Tischplatte. „Sie sollten ihn möglichst warm trinken, damit er sein volles Aroma behält.“
Der Professor war von dem Text wie gefesselt und nickte nur kurz. „Das ist ja unglaublich…“, murmelte er.
Verteilt über die nächsten fünf Minuten leerte er die Tasse und genoss die entspannende Wirkung des Getränks. Seine Finger wurden angenehm warm und begannen zu kribbeln, als würden sie einschlafen.
Tatsächlich aber war es der Professor selbst, der schluckweise einschlief. Als ihm das klar wurde, war er längst tot.
Maier dagegen hatte noch eine lange und anstrengende Nacht im kalkweiß gefliesten Zimmer mit dem stählernen Seziertisch vor sich. Immerhin galt es, die Leiche des Professors rasch und vor allem rückstandslos zu entsorgen. Selbst die ständig hungrigen Speckkäferlarven würden sich daran mehrere Wochen mästen können.
Die rasiermesserscharfe Klinge, die am Nachmittag noch das Hüftgelenk eines Elefanten durchtrennt hatte, schnitt jetzt sehr großzügig Fleisch von den Professorenknochen. Fachgerecht zerlegte Maier sein Opfer in handliche Portionen.
Während er die abgelösten Fleischstücke einfach im Container der Tierkörperverwertung verschwinden ließ, musste das Skelett sehr sorgfältig von Fleischfetzen und Sehnen gereinigt werden. Eine Arbeit, die Maier gerne seinen kleinen schwarzen Käfern überließ. Um ihnen die Reste des Professors allerdings schmackhaft zu machen, mussten die Knochen erst noch gefriergetrocknet werden. Damit wurde ein Faulen der noch anhaftenden Fleischreste verhindert.
Kurz vor Sonnenaufgang verließ Maier das Museum. In der linken Hand trug er einen Aktenkoffer, in der rechten einen Plastikbeutel mit Kleidung und Schuhen, für die deren Vorbesitzer keine Verwendung mehr hatte.

***

Der Secret Service beschützte Politiker in den USA. Der britische Geheimdienst MI-5 hatte sein Tätigkeitsfeld sogar auf den Personenschutz wichtiger Geschäftsleute ausgeweitet. Es war also nicht weiter verwunderlich, dass ein Agent des Mossad eine führende israelische Wissenschafterin auf ihrem Flug nach Wien begleitete. Und dennoch quälte Alon Kollek seit dem Start des Flugzeugs eine entscheidende Frage: *Warum muss es ausgerechnet Golan sein?*

Professor Golan war eine resolute Frau von 62 Jahren, der man die *Frau Professor* schon von weitem ansah. Sie hatte ihr Leben ganz in den Dienst der Wissenschaft gestellt und auf eine Familie verzichtet. Die Universität und deren Studenten nahmen stattdessen diesen Platz ein.

Völlig zu Recht wurde ihr nachgesagt, dass sie immer ein offenes Ohr für die Anliegen und Fragen ihrer Studenten hatte. Im Gegenzug dafür verlangte Professor Golan von ihnen, dieselbe Begeisterung für die Präzision wissenschaftlichen Arbeitens aufzubringen wie sie selbst.

Kein leichtes Unterfangen für jemanden wie Alon, bei dem sich *Langeweile* im Minutentakt neu definierte.

„Also Alon, nun erzählen Sie mir endlich, warum Sie damals so einfach meinen Kurs hingeschmissen haben!“, forderte Professor Golan ihn auf. Die Professorin hatte auch nach all den Jahren nicht vergessen, wie abrupt Alons universitäre Laufbahn geendet hatte. Zu tief saß die Erinnerung an seinen Versuch, die Anzahl von Blütenpollen bei einer Seminararbeit hochzurechnen, um sich das Zählen zu ersparen.

„Das Militär“, antwortete Alon. „Die haben mich einfach über Nacht wieder zu sich geholt.“

„Ach, Blödsinn“, widersprach sie ihm und schüttelte ihr ergrautes Haupt. „Das können Sie mir doch nicht erzählen. Warum hätten die ausgerechnet Sie nehmen sollen?“

„Führungskräftemangel“, warf ihr Alon ein gängiges Schlagwort entgegen und hoffte, sich damit aus der Affäre zu ziehen.

„Und dafür brauchen unsere Herren Generäle Studienabbrecher?“ Es war nicht zu überhören, dass Professor Golan zu jenem Teil der israelischen Bevölkerung gehörte, der für massive Kürzungen im Militäretat eintrat. „Aus Ihnen hätte etwas werden können“, bemerkte sie vorwurfsvoll. „Sie waren zwar faul, aber kreativ! Und jetzt...“, sie musterte ihn mit kritischem Blick, „begleiten Sie eine alte Schachtel wie mich nach Wien, statt selbst als Universitätsprofessor den israelischen Mädchen den Kopf zu verdrehen.“
„Irgendjemand muss sich schließlich auch um unsere größeren Mädchen kümmern“, erwiderte Alon mit einem charmanten Lächeln.
Professor Golan drehte sich zur Seite und blickte aus dem Fenster. Die grellweißen Wolken unter dem Flugzeug dehnten sich wie Zuckerwatte bis zum Horizont aus.
„Erwarten Sie irgendwelche Probleme?“, fragte sie dann. „Das Verteidigungsministerium hat mir bisher noch nie einen Aufpasser zur Seite gestellt.“
Alon räusperte sich. „Für die nächsten Tage bin ich nichts weiter als Ihr Assistent“, sagte er mit gesenkter Stimme. „Es wäre ausgesprochen hilfreich, wenn Sie alles andere für sich behalten könnten, solange wir nicht unter uns sind.“
Professor Golan sah ihn erstaunt an und wollte noch etwas darauf sagen, doch Alons mahnender Blick veranlasste sie, nur wortlos zu nicken.
„Gut“, kommentierte er ihre Zustimmung und der ernste Ausdruck in seinem Gesicht verschwand blitzartig. „Ich werde jetzt ein wenig in Ihrem letzten Buch lesen, um ein paar Dinge in meinem Gedächtnis wieder aufzufrischen. Schließlich wartet in Wien eine Menge Arbeit auf uns.“ Er holte besagtes Buch aus dem Gepäckfach und vertiefte sich darin.
Die Professorin, die Alons letzten Blick weder deuten noch vergessen konnte, sorgte sich mit einem Mal allerdings mehr darum, wer oder was wohl sonst noch in Wien auf sie warten würde.

***

Die österreichische Spezialeinheit Cobra bereitete sich seit Tagen auf das Eintreffen des russischen Präsidenten Putin vor. In den Medien war wiederholt über die hohen Sicherheitsvorkehrungen berichtet und damit indirekt auch um Verständnis bei der Bevölkerung geworben worden.
Es verwunderte also kaum einen Frühaufsteher, dass gegen 4:00 Uhr ein bewachter Fahrzeugkonvoi vom Flughafen Wien in die Innenstadt aufbrach. Zwei gepanzerte Limousinen begleiteten einen LKW, dessen Fracht allerdings für das Naturhistorische Museum bestimmt war. Auf einen zusätzlich bereitgestellten Hubschrauber hatte man wetterbedingt verzichtet. Über Wien entlud sich ein heftiges Gewitter, dem ein plötzlicher Temperatursturz vorausgegangen war.
Nur sehr wenige Personen wussten, welchen historischen Schatz Museumsdirektor Willendorfer sehnsüchtig erwartete. Die Versicherung hatte die Anzahl der Eingeweihten in ihre Risikobewertung einfließen lassen und so überraschte es nicht, dass zur Vermeidung astronomischer Prämienzahlungen strengste Geheimhaltung angesagt war.
Drei Wissenschafter reisten aus dem Ausland an, um gemeinsam mit einer Spezialistin aus Wien die Untersuchungen an dem Artefakt vorzunehmen, das seinerseits bereits mehrere Flugstunden hinter sich hatte.
Neugierig drückte Willendorfer seine knollige Nase gegen eine Fensterscheibe, die in kürzester Zeit beschlug. Bedingt durch den dichten Regenvorhang, der an das Glas prasselte, verschlechterte sich die Sicht auf die Straße aber nur noch unwesentlich.
Wo bleiben sie denn nur?
Obwohl der Direktor alles perfekt vorbereitet hatte, wirkte er zunehmend nervös. Die Zufahrt zum Innenhof war bereits am Vortag unter einem Vorwand gesperrt worden, damit dort nichts herumstand, das später beim Entladen des LKW stören könnte. Die Türflügel zum Treppenhaus hatte Willendorfer aushängen lassen, um das Artefakt, wie von der Versicherung vorgeschrieben, liegend bis in den klimatisierten Analyseraum

transportieren zu können. Besagter Raum im vierten Untergeschoss glich einem Hochsicherheitstrakt und war ebenfalls eine Vorgabe der Versicherungsgesellschaft.
„Sieht ganz so aus, als könnte ich noch eine kleine Runde machen, bis die Lieferung eintrifft“, motivierte er sich, zurück in sein Büro zu gehen.
Willendorfer hatte beschlossen, die Nacht besser gleich im Museum zu verbringen. Daheim wäre er vor lauter Aufregung ohnehin nicht zum Schlafen gekommen.
Getrieben von innerer Unruhe lief er stattdessen seit Stunden im Museum auf und ab. Die ursprünglich für 2:10 Uhr angesetzte Landung der Transportmaschine hatte sich wegen des schlechten Wetters verzögert. Für jemanden, der sich so wie Willendorfer die Zeit vorzugsweise mit Naschen vertrieb, konnte die nächtliche Warterei leicht zu einer schweren Belastung werden.
Wenn sie nicht bald kommen, esse ich heute Nacht noch meinen Vorrat für die ganze Woche auf. Besorgt blickte er auf die Plastikdose in seiner offen stehenden Schreibtischlade. Vereinzelt war zwischen den Marzipankartoffeln schon der Dosenboden zu erkennen.
Diese Prophezeiung des Museumsdirektors sollte sich noch vor Sonnenaufgang bewahrheiten. Kaum hatte er die letzte Marzipankugel in den Mund gestopft, bog der Konvoi von der Ringstraße in den Innenhof des Museums ein.
„Keine Sekunde zu früh“, schmatzte der Direktor freudig erregt und langte nach dem Regenschirm neben der Tür. Dann machte er sich auf, das geheimnisvolle Artefakt offiziell, aber unter Ausschluss jedweder Öffentlichkeit, in die Obhut seines Hauses zu übernehmen.

***

Der Nachthimmel über Transsilvanien war sternenklar und der Mond im Zunehmen begriffen. Vertraute man den alten Legenden, hätten sich die vier Männer aus dem einsamen Bergdorf keine bessere Nacht für ihr Vorhaben aussuchen

können. Mit einem von Fackeln beleuchteten Pferdefuhrwerk näherten sie sich dem Dorffriedhof, der nicht viel mehr war als ein von morschen Holzlatten behelfsmäßig eingezäunter Hügel. Die Schräglage des Totenackers führte bei stärkeren Regenschauern zu Erdrutschen. Es war also ganz normal, dass an manchen Stellen des Hügels Knochenreste oder sogar ganze Sargteile aus dem lehmigen Boden ragten.
Der älteste der komplett in schwarz gekleideten Männer stoppte das Fuhrwerk und wies seine drei Söhne an, die mitgebrachten Schaufeln und Kerzen abzuladen. „Und vergesst die Flaschen nicht!“ Er selbst spannte indessen den Gaul aus. Dann griff er sich eine Fackel und führte das Tier zu einem Loch im Friedhofszaun.
Es lag vermutlich an dem fauligen Gestank, der in der Luft hing, dass das Pferd dem Alten nur widerwillig folgte. „Komm schon“, klopfte er dem Tier aufmunternd auf den Hals, „ohne dich geht es nicht.“
Die jungen Männer folgten dem Vater in geringem Abstand. Ihre Fackeln wirkten dabei wie eine feurige Schlange, die sich den Berg hinaufwand.
„Los, beeilt euch!“, trieb der Vater die Prozession zum Grab seines vor vielen Wochen verstorbenen Bruders an. Der milde Westwind trug seine Stimme weiter als ihm lieb sein konnte.
Dem Alten war nicht wohl bei dem Gedanken daran, was vor ihnen lag. Seit Generationen erzählte man sich in seinem Dorf schon die Geschichte über die Untoten. Er selbst hatte sie von seinem Großvater erzählt bekommen und dieser wiederum von dessen Vater.
Einst, so lautete die Überlieferung, hatte ein grausamer Herrscher Transsilvanien geknechtet. Tausende Unschuldige hatte er foltern und ermorden lassen, nur um seine Macht weiter abzusichern. Die Menschen zu jener Zeit litten zudem großen Hunger und kaum ein Neugeborenes erlebte seinen ersten Geburtstag. Für den Bau seines Palasts ließ der Herrscher die umliegenden Wälder abholzen, wodurch sich die Not der benachbarten Dörfer weiter verschärfte. Der darauffolgende Winter sollte einer der kältesten und längsten

werden. Wer noch nicht verhungert war, drohte nun zu erfrieren, weil es kein Brennholz mehr gab. In ihrer Verzweiflung begannen die Dorfbewohner die Friedhöfe zu plündern und gruben die Holzkisten und Särge ihrer Toten aus, um sie als Brennmaterial zu verwenden.
Damit hat alles angefangen, erinnerte sich der alte Mann und kämpfte den Kloß zurück, der seinen Hals hochstieg.
In das Geräusch von losgetretenen Lehmbrocken mischte sich das Schnauben des Tiers. „Ganz ruhig", flüsterte er dem Pferd zu.
Der Weg zwischen abgerutschten Gräbern, Sargteilen und vereinzelt stehenden Bäumen glich einem Hindernisparcours. Obwohl die Männer versuchten, in die Fußstapfen des jeweils anderen zu steigen, ließen sich Fehltritte nicht vermeiden.
„Pass doch auf!", zischte der mittlere Sohn den vorausgehenden an.
„Pass doch selbst auf!"
„Passt beide auf!", mischte sich der Alte ein, dem nichts ferner lag, als die sprichwörtliche Ruhe der Friedhofsbewohner zu stören. „Und seid gefälligst leise dabei!"
Als die Männer das Grab schließlich erreichten, begann einer damit, die mitgebrachten Kerzen auszupacken.
Unterdessen versuchte der Vater, das Pferd doch noch dazu zu bewegen, über das Grab zu steigen. Selbst im Schein der Fackeln war der Angstschweiß auf seiner Stirn deutlich zu sehen, als er sich bemühte, das Pferd über den aufgeworfenen Lehmhaufen zu ziehen. *Wenn es heute wieder scheut, dann…*
Nur zögerlich bewegte das Tier sich darauf zu.
„Komm schon", flüsterte er und zog fester. „Es ist doch nur ein Haufen Erde."
Bis zum Erreichen der Grabkante sah es so aus, als würde das Pferd seinem Besitzer beipflichten. Doch als der rechte Vorderhuf jene unsichtbare Linie berührte, die das Grab zu umgeben schien, bäumte sich der Gaul auf, als wäre ihm die Todesangst in seine alten Gelenke geschossen.
Ein markerschütterndes Wiehern riss die Stille aus der Nacht.
„Er geht durch!", rief einer der Söhne.

„Dann halt ihn fest!“
„Ruhig, ruhig“, beschwor der Alte das Pferd.
„Er muss weg von dem Grab!“
„Ganz ruhig.“
„Bringt ihn endlich von diesem verdammten Grab weg!“, brüllte der älteste Sohn, der sich mit seiner Schaufel vor das Pferd stellte. „Bringt ihn weg!“
„Was glaubst du, was ich versuche?“, rief sein Bruder zurück.
„Hört auf so rumzuschreien, das macht ihn nur noch nervöser.“
„Ganz ruhig, alter Junge“, wandte sich der Alte wieder seinem Pferd zu und streichelte ihm über die Seite. „So ist es gut.“
Das Wiehern verebbte zu einem Schnauben.
„Ist ja nichts passiert“, besänftigte der Alte das Tier weiter.
Die drei Brüder nickten einander erleichtert zu.
Dann richtete der jüngste von ihnen das Wort an den Vater: „Es sieht nicht so aus, als ob dir die Zeremonie erspart bleibt. Das Pferd geht nicht über das Grab. Nicht, solange darin ein Untoter liegt.“ Damit hatte er ausgesprochen, was alle dachten.
Der Alte seufzte schwer und sagte dann: „Ich werde das Pferd zurück zum Fuhrwerk bringen. Grabt ihr inzwischen euren Onkel aus.“
Es dauerte fast eine Stunde, bis die Brüder den schlichten Holzsarg aus dem Lehmboden befreit hatten. Dass sie sich dabei ihre besten, weil einzigen, Anzüge und Schuhe verdreckt hatten, spielte in dieser Nacht keine Rolle.
Rund um die Grabstätte brannten rote Kerzen, die eine Art Bannkreis bildeten. Sobald die Zeremonie begonnen hatte, durfte dieser nur noch von dem Bruder des Toten durchschritten werden.
Im Schein von Fackeln und Kerzen strichen die Schatten vom Wind bewegter Äste wie lange knochige Finger über den Sarg, als wollten sie gierig danach greifen.
„Also los, fangen wir an“, entschied der Vater. „Nehmt jeder noch einen kräftigen Schluck davon, bevor es losgeht.“ Er machte selbst den Anfang und reichte dann seinem Ältesten eine mit einer glasklaren Flüssigkeit gefüllte Flasche weiter. Die Söhne folgten seinem Beispiel und als die Flasche einmal

herumgereicht war, fehlte bereits mehr als die Hälfte des Inhalts.
„Wichtig ist, dass ihr alle außerhalb des Bannkreises bleibt. Egal was passiert, ihr dürft den Kreis nicht betreten. Habt ihr mich verstanden?“
Einer der Männer hatte die Fackeln gelöscht, sodass nur noch der rötliche Schimmer der Kerzen die Szenerie erleuchtete. Die vielen zuckenden Flammen zeichneten bizarre Schattenmuster auf die Gesichter der Männer.
„Ja, verstanden“, brummten sie mehr oder weniger gleichzeitig.
Ein letztes Mal vergewisserte sich der Alte, dass sich alle für das Ritual benötigten Utensilien innerhalb des Kerzenkreises befanden, dann begann er zu beten. Zuerst war es nur ein ganz leises Murmeln, das sich in kurzen Abständen wiederholte, doch dann wurden seine Worte lauter und begannen einer Melodie zu folgen.
Plötzlich, als hätten sie nur auf ihren Einsatz gewartet, stimmten auch die anderen in den beschwörenden Sprechgesang ein. Im selben Ausmaß, in dem ihre Stimmen an Lautstärke zulegten, wurde es innerhalb des Kreises immer leiser.
Die magischen Worte waren vom Vater auf die Söhne übergegangen.
Noch einmal griff der Alte zur Flasche und genehmigte sich etwas von dem Selbstgebrannten. Dann begann er, mit einem runden Holzhammer und passendem Meißel den Holzsarg seines Bruders zu öffnen. Rasch trieb er den Meißel durch das ächzende Holz. Die wenigen Nägel hatten der Wucht seiner Schläge nichts entgegenzusetzen. Kurz darauf fiel der geöffnete Sargdeckel zu Boden.
Als er den Verstorbenen erblickte, durchfuhr den Alten ein kalter Schauder und er bekreuzigte sich dreimal. *Jetzt gibt es kein Zurück mehr!*
Es war das handwerkliche Geschick eines Tischlers, das sich an jenem chirurgischen Eingriff versuchte, der notwendig war, um das Herz aus dem Brustkorb der Leiche zu holen.

Obwohl der Alte seine Sinne bereits mit einem Schluck aus der zweiten Flasche betäubt hatte, war der Gestank, der ihm aus dem geöffneten Brustraum entgegenschlug, unerträglich.
Ich habe viel zu lange damit gewartet!
Mit zusammengebissenen Zähnen schlug er auf den Meißel ein, der sich ruckweise durch die knacksenden Rippen schob.
Es gab Gerüchte, wonach es reichte, einen Holzpflock durch das Herz des Untoten zu treiben, doch darauf wollte sich in dieser Nacht keiner verlassen. Um das Leiden der Familie des Verstorbenen zu beenden, würden die Anwesenden das Ritual genau so durchführen, wie es ihre Ahnen schon vor Jahrhunderten getan hatten.
„Da ist es", sagte er und unterbrach damit das Gebet der anderen. „Seht es euch gut an! Das ist die Wurzel alles Bösen, das uns in den letzten Wochen widerfahren ist." In seiner Hand hielt er einen dunklen unförmigen Klumpen, von dem sich etwas löste und zu Boden fiel.
Seine Söhne nickten ihm anerkennend zu, sagten aber kein Wort. Auch das war Teil des strengen Rituals.
Sie sahen zu, wie ihr Vater das Herz des Onkels in einen mitgebrachten Topf warf und mit Alkohol übergoss. Der hochprozentige Tropfen brannte nicht nur im Hals. Kaum kam das Streichholz in die Nähe des Topfs, fing der Inhalt Feuer. Es war eine sehr helle, bläulich-weiße Flamme, ähnlich der flambierter Speisen.
Die drei Söhne wirkten erleichtert, doch ihr Vater wusste, dass es noch nicht vorbei war. Der schlimmste Teil stand der Familie des Toten erst bevor.
Stinkender Rauch umhüllte die Flammen, die sich durch den Fleischklumpen fraßen. Es dauerte eine ganze Weile, bis das Feuer im Topf heruntergebrannt war. Das einstige Herz hatte sich in einen zähflüssigen Bodensatz verwandelt.
Wie Sirup mit Wasser goss der Alte die dampfenden Reste mit dem Inhalt der dritten und letzten Flasche auf. Anschließend rührte er mit dem Meißel um, bis sich das Ganze zu einem homogenen Brei vermischt hatte.

Nur wenige Menschen wussten, welch üblen Beigeschmack der Tod tatsächlich hatte. Die meisten von ihnen fanden sich in den südlichen Ausläufern der Karpaten.

***

Dr. Sylvia Jones war mit dem Auto unterwegs zu ihrem Bewerbungsgespräch in den Südkarpaten. Trotz des herrlichen Frühlingswetters hätte die Fahrt von Bukarest Richtung Norden langweiliger nicht sein können. Seit Stunden reihte sich ein Feld an das nächste und bis zum Horizont war nicht die kleinste Erhebung auszumachen. Stattdessen schlängelten sich silberne Rohrleitungen wie riesige Erdwürmer durch die Landschaft. Sie waren die Arterien, die den heißen Atem der Kernkraftwerke in die umliegenden Städte pumpten.

Was mache ich hier überhaupt? Die lange Fahrt bot Sylvia Gelegenheit, noch einmal ausgiebig über ihren Ausflug nachzudenken. *Ich stelle mich bei einer Firma vor, bei der ich*

mich nicht einmal beworben habe. Und dann noch in dieser gottverlassenen Gegend. Ich muss verrückt sein!
Über die Südkarpaten wusste Sylvia nicht mehr als jeder andere, der schon einmal Bram Stokers *Dracula* auf der Leinwand gesehen hatte. Von dieser romantischen Kinokulisse war aber immer noch nichts zu sehen.
Im Leben gibt's hier keine Vampire. Die würden doch alle vor Langeweile sterben oder einfach verhungern.
Bei objektiver Betrachtung ging von der Trostlosigkeit der Landschaft tatsächlich weit mehr Gefahr für Autofahrer aus als von irgendwelchen Blutsaugern. Das konnte sich, glaubte man den alten Legenden, allerdings ebenso schnell ändern wie die Landschaft selbst.
Die Geschichten über Vampirjagden, die man sich seit Generationen in den abgeschiedenen Bergdörfern erzählte, kannte Sylvia bisher ebenso wenig wie die grotesken Bestattungsrituale, durch die Verstorbene am Verlassen ihrer Gräber gehindert werden sollten.
Endlich kamen die ersten Ausläufer der Karpaten in Sicht. Was zunächst noch wie die Hügel einer Modelleisenbahn aussah, wuchs rasch zu einem gewaltigen Bergmassiv an.
Wieso nur siedelt sich ein Labor ausgerechnet hier an, dachte sie, während sich der Kleinwagen über eine stellenweise noch mit Schnee bedeckte Passstraße nach oben kämpfte.
Geheimhaltung, gab sie sich selbst die Antwort. *Wer in diese Gegend zieht, der hat doch eindeutig etwas zu verbergen. Hier gibt es keine Öffentlichkeit, die Fragen stellt, keine Umweltschützer, die vor der Tür demonstrieren...*
Sylvias Erklärung verstärkte sogleich jenes ungute Gefühl, das sie seit dem Entdecken der Zeitungsinserate wie eine dunkle Ahnung begleitete.
Noch kannst du umdrehen, nach Bukarest zurückfahren und dort vor deinem Ex-Boss so lange auf Knien rumrutschen, bis er dir deinen alten Job zurückgibt. Ihr Blick wanderte zum Rückspiegel und fiel auf das hübsche Gesicht, in dem für Selbstmitleid noch nie viel Platz gewesen war. „Sicher nicht!“, sagte sie energisch. *Jetzt, wo ich schon so weit gefahren bin...*

Ein Blick auf den Tageskilometerzähler zeigte ihr, dass sie das Ziel in Kürze erreichen musste. *Wer seine Mitarbeiter in diese Einöde lockt, der muss ihnen auch ordentlich etwas bieten, damit sie ihm nicht gleich wieder davonlaufen. Ich bin gespannt, was mich erwartet. Am Telefon hat es sich äußerst vielversprechend angehört. Obwohl... zweimal war die Antwort eher ausweichend.*
Endlich auf der Bergkuppe angekommen, bot sich Sylvia ein fantastischer Ausblick. Vor ihr lag ein mächtiger Talkessel, der bis zum Rand mit weißem Nebel gefüllt war, wie ein Topf mit Milch. Die Berggipfel ringsum, die am Morgen vermutlich selbst noch von dichtem Nebel bedeckt gewesen waren, leuchteten dagegen in der Mittagssonne.
Irgendwo da unten in dem Talkessel muss das Labor sein.
Die Grenzlinie zwischen Sonne und Nebel war messerscharf gezogen und stoppte die Lichtstrahlen wie eine Mauer. Ein Problem, dem sich auch Sylvias Scheinwerfer stellen mussten. Bald war ihr Wagen nur noch ein winziger Punkt, der der Straße folgend im weißen Dickicht verschwand.

***

Direktor Willendorfer befand sich mit Professor Golan und Alon im vierten Untergeschoss des Naturhistorischen Museums. Er hatte sie sofort nach deren Ankunft in den geheimen Forschungsraum geführt und ihnen voller Stolz Objekt L2471 präsentiert. Es lag, geschützt durch Panzerglas und einen Metallrahmen, auf einem riesigen Tisch mitten im Raum und wurde von speziellen Halogenstrahlern mit regelbarer Helligkeit weiß beleuchtet. Schon der bloße Anblick hatte die Archäobotanikerin ins Schwärmen geraten lassen.
Obwohl sich auch Alon des archäologischen Werts bewusst war, galt seine Aufmerksamkeit primär den getroffenen Sicherheitsvorkehrungen. Vor allem der über drei Meter lange und zwei Meter breite Behälter, in dem Objekt L2471 lag, hatte es ihm angetan. Die Höhe der ganzen Konstruktion betrug inklusive des silbernen Metallrahmens keine 30 Zentimeter.

Zog man davon noch den Raum im Inneren ab, blieb für die beiden Panzerglasscheiben an der Ober- und Unterseite nicht mehr viel übrig. Dennoch galt dieser Transportbehälter als nahezu unzerstörbar. *Das ist das allerneueste Multi-Layer-Verbundglas. Setzen wir selbst erst seit letztem Jahr für gepanzerte Fahrzeuge ein. Spart über 80% an Gewicht. Trotzdem muss dieses Teil noch immer knapp eine Tonne wiegen. Das trägt so leicht keiner hier raus. Da hat jemand seine Hausaufgaben wirklich gründlich gemacht.*
Neben dem aufwändig in Szene gesetzten Objekt L2471 wirkten die einfachen Holzkisten, die in einer Ecke gestapelt waren, bloß noch wie Verpackungsmüll. Sie enthielten allerdings Beifunde, deren Analysen zusätzliche Erkenntnisse für die Altersbestimmung liefern sollten.
Willendorfer fuhr mit seiner Erklärung fort: „Außerdem befindet sich permanent ein Wachmann der Versicherungsgesellschaft hier im Untersuchungsraum. Ein weiterer ist draußen auf dem Gang postiert, wie Sie sicher schon bemerkt haben."
Professor Golan und ihr israelischer Assistent nickten.
„Wer kontrolliert die Kameras?", fragte Alon und deutete mit der Hand zur Decke.
„Alle Bilder landen in einem eigens dafür eingerichteten Serverraum, dessen genauen Standort außer mir nur die Leute vom Sicherheitsdienst kennen. Das System läuft rund um die Uhr und nimmt sowohl Bild als auch Ton auf. So werden alle Arbeiten und Vorgänge in diesem Raum für die Versicherung dokumentiert."
„Kann ich dann eine Kopie der Bänder bekommen?", fragte Professor Golan. „Mich würde nämlich interessieren, wie mein Assistent arbeitet, wenn ich ihm den Rücken zudrehe."
„Ich rede mit meinem Mann in der Regie, der soll Ihnen die Highlights zusammenschneiden", griff Willendorfer den Scherz auf. „Das Überwachungssystem hat übrigens noch einen weiteren Vorteil. Sollten Sie etwas brauchen, sprechen Sie es einfach aus und man wird es Ihnen unverzüglich

herunterbringen." Er machte eine Pause und schaute auf seine Uhr. *Die anderen warten sicher schon auf uns.*
„Bevor ich es vergesse", setzte er fort. „Ihr Handy funktioniert hier unten leider nicht. Die Mauern sind einfach zu dick... Wenn Sie für den Moment keine weiteren Fragen haben, würde ich Sie nun gerne Ihren Kollegen vorstellen."
„Von mir aus gerne", sagte Professor Golan und blickte ihren Assistenten auffordernd an.
Alon stimmte zu. „Keine weiteren Fragen." *Jedenfalls keine, die ich in dieser Runde erörtern möchte...*

***

Sylvia hatte das Labor aus dem Zeitungsinserat erreicht. Das Gebäude war selbst für rumänische Verhältnisse ausgesprochen hässlich - ein Betonklotz mit Sichtluken. Auf den Luxus einer Fassade hatten die Architekten gänzlich verzichtet und so waren die hellgrauen Betonwände seit Anfang der 1970er Jahre Wind und Wetter ausgesetzt gewesen. Kein Wunder also, dass an mehreren Stellen verrostete Armierungseisen zwischen den Betonstreifen hervorstanden.
„Sieht ja wirklich toll aus", murmelte Sylvia zynisch. *Genau so habe ich mir meinen beruflichen Werdegang vorgestellt.*
Sie hatte ihren Wagen auf dem Besucherparkplatz abgestellt und ging in Richtung einer milchig-trüben Plexiglastür, auf der gerade noch die Überreste des abgeblätterten Firmenlogos zu erkennen waren. *Das war bestimmt mal ein toller Laden. Schade nur, dass ich knapp zehn Jahre zu spät hier aufgetaucht bin.*
Gerade als sie ihre Hand nach dem Metallgriff an der Tür ausstrecken wollte, schwang diese auf und ein älterer Herr in blauer Uniform stellte sich Sylvia in den Weg. „Kann ich Ihnen helfen?", fragte er in einem Ton, der berechtigte Zweifel an seiner Hilfsbereitschaft schürte.
Sylvia, die unwillkürlich zurückgezuckt war, setzte einen selbstbewussten Schritt nach vorne. „Kommt darauf an. Führen Sie die Bewerbungsgespräche?", erwiderte sie keck.

Falls der Mann, den sie als Portier oder Wachmann einstufte, von ihrer Schlagfertigkeit überrascht war, ließ er es sich nicht anmerken. „Haben Sie eine Zugangskarte?“
Sie hob anerkennend den Zeigefinger, als hätte er irgendetwas Bedeutsames gesagt. „Meine Zugangskarte!“ Ihre Hand kramte in der Jackentasche. „Die müsste eigentlich…“
Sylvias andere Hand kramte in ihrer anderen Jackentasche.
„Einen Moment noch“, vertröstete sie ihr Gegenüber. „Vielleicht habe ich sie doch in meine Handtasche getan. Würden Sie das bitte mal für mich halten?“ Ohne auf eine Antwort zu warten, drückte sie dem Wachmann ein Buch in die Hand. „Sie glauben ja nicht, was sich da drin alles angesammelt…“ Den Blick tief in die Tasche gerichtet, hielt Sylvia dem Mann nun auch noch einen schwarzen Knirps unter die Nase. „Wenn Sie den bitte auch…“
Wortlos nahm er den Schirm an sich.
Sylvia blickte flüchtig zurück zum Parkplatz. „Ich hoffe, ich habe sie nicht im Auto…“, sagte sie und erweckte nicht den Eindruck, als wäre ihr die Suche auch nur ansatzweise peinlich. Mittlerweile hatte sie ihre Tasche auf einem Vorsprung in der Wand abgestellt.
Der Wachmann räusperte sich deutlich hörbar.
„Gleich habe ich sie... bestimmt…“
Als sie so über die Handtasche gebeugt dastand, spürte sie förmlich seinen ungeduldigen Blick im Nacken.
„Da ist sie ja!“ Während Sylvia dem Wachmann mit der Zugangskarte in ihrer Linken zuwinkte, forderte ihre Rechte die Leihgaben der Handtasche zurück.
Kaum hatte der Uniformierte die indigoblaue Plastikkarte zu Gesicht bekommen, zuckte er zusammen und senkte fast unterwürfig sein Haupt. „Herzlich willkommen“, sagte er betont freundlich und gab Schirm und Buch zurück. „Wenn Sie mir bitte folgen würden.“ Die Verwandlung vom ruppigen Türsteher zum galanten Portier erfolgte ebenso rasch wie unerwartet.
Was ist denn jetzt los? Noch bevor Sylvia Gelegenheit fand, über den Grund für seine plötzliche Höflichkeit nachzudenken,

steckte der Wachmann die Zugangskarte in ein Lesegerät. „Einen Moment, bitte.“
Sylvia vernahm ein bestätigendes Piepsen gefolgt von dem Klicken eines sich entriegelnden Türschlosses. Ein Stück Wand glitt wie eine Tür zur Seite.
„Bitte nehmen Sie den mittleren Aufzug und schieben Sie dort die Zugangskarte erneut ein.“ Er deutete auf eine Edelstahlwand, in der Sylvia mit etwas Fantasie die Umrisse von mehreren Aufzugstüren erkannte. Kaum hatte die junge Frau die kuppelförmige Halle betreten, schloss sich die Wand hinter ihr wieder.
Donnerwetter! Sie stieß einen anerkennenden Pfiff aus, der von der runden, mit Metall ausgekleideten Halle zurückgeworfen wurde. *Das hätte ich dieser Ruine von außen gar nicht zugetraut.* Neugierig sah sie sich um und merkte sehr schnell, dass die beweglichen Kameras an der Decke jedem ihrer Schritte folgten. *Was der Architekt bei der Fassade eingespart hat, ging wohl für die technischen Spielereien hier drinnen drauf.* Sie führte die Plastikkarte in einen Leseschlitz ein und betrat den Lift. Ohne Ruck setzte sich der Aufzug in Bewegung und Sylvia musste feststellen, dass sie mangels einer Stockwerksanzeige fast nicht in der Lage war zu sagen, ob sich die Kabine nach oben oder unten bewegte.
„Blaue Ebene“, meldete sich eine emotionslose Stimme aus dem Aufzugslautsprecher. „Bitte halten Sie sich nach dem Aussteigen rechts und folgen Sie den Markierungen.“ Der Lift stoppte und die Tür öffnete sich.
Den Markierungen folgen, wiederholte Sylvia in Gedanken und trat aus der Kabine in einen langen Gang, der zu beiden Seiten kein Ende nehmen wollte. *Und welchen Markierungen soll ich bitte folgen?*
Sie sah sich um und sofort fielen ihr die Kameras auf, die auch auf dieser Ebene keinen Winkel unbeobachtet ließen.
„Ach, diesen Markierungen“, sagte Sylvia, als sie auf einem in die Wand eingelassenen Monitor ihren Namen las. Ein blauer Pfeil über dem Namen gab blinkend die Richtung vor.

Irgendwie unheimlich, außer mir scheint es hier keine Menschen zu geben. Ich hoffe nur, ich führe das Bewerbungsgespräch nicht auch mit einem humorlosen Computer.
Die Monitore in der Wand schickten Sylvia ein ganzes Stück weit den Gang hinunter, bis schließlich neben einer schwarzen Holztür die Aufforderung zum neuerlichen Einführen ihrer Zugangskarte aufleuchtete.
Mein neuer Boss hat sich richtig etwas einfallen lassen, um mich zu beeindrucken.
„Bitte treten Sie ein und nehmen Sie Platz, Dr. Jones", ertönte eine Männerstimme aus dem Monitorlautsprecher. „Mein Name ist Dr. Qian. Ich werde in Kürze bei Ihnen sein."
Die Tür öffnete sich und gab den Raum frei.

***

Im Besprechungszimmer der prähistorischen Abteilung kam es zum ersten offiziellen Treffen des internationalen Professorenteams in Wien.
„Sehr erfreut, Sie kennenzulernen, Professor Golan", begrüßte Phileas Fogg, der Genetiker, die israelische Wissenschafterin.
„Und dann hätten wir noch Professor Luca Piazza, unseren Anthropologen im Team", setzte Direktor Willendorfer die Vorstellung fort. Dem obligatorischen Händeschütteln aller Anwesenden folgten Bekundungen der gegenseitigen Anerkennung für die wissenschaftlichen Arbeiten.
„Ihr Ruf eilt Ihnen weit voraus, Professor Piazza", bekräftigte Professor Golan.
Fast hatte ich vergessen, wie ich mein Studentenleben gehasst habe, dachte Alon. *Jetzt versichert sie den anderen, wie toll sie deren Veröffentlichungen findet, obwohl sie diese niemals gelesen hat. Schlimmer kann es nicht mehr werden.*
„Darf ich Ihnen bei dieser Gelegenheit meinen Assistenten Alon Kollek vorstellen?"
Die Blicke richteten sich auf den sportlich gekleideten Mann mit Sommersprossen.

„Sehr erfreut.“ Alon grinste wie ein zu spät gekommener Erstklässler mit Schultüte, der soeben von seiner Lehrerin in die bestehende Klassengemeinschaft eingeführt wurde.
Fogg und Piazza zeigten sich extrem überrascht. „Sie haben einen Assistenten dabei?“, sprach der britische Genetiker aus, was beide dachten.
Piazza wandte sich stattdessen direkt an Direktor Willendorfer. „Aber Sie sagten doch, dass wir niemanden…“
Der Direktor lächelte milde. „Es war dem israelischen Premierminister ein großes Anliegen, dass Professor Golan ihren persönlichen Assistenten mitbringen darf.“
In der Sprache der Diplomatie konnte das zweierlei bedeuten: Entweder hatte Israel für diese Sondervereinbarung ein nettes Sümmchen bezahlt, oder Objekt L2471 würde ohne besagte Sondervereinbarung noch immer an einem streng geheimen Ort unter Verschluss liegen. So oder so hatten spätestens jetzt alle Anwesenden eine ungefähre Vorstellung davon, wer die Bedingungen der Untersuchung diktierte.
Eine unangenehme Stille breitete sich im Besprechungszimmer aus.
Diesen Kollek muss ich im Auge behalten, der könnte mir gefährlich werden, dachte der Mann, der die Identität des ermordeten Professors angenommen hatte.
Alon lächelte freundlich in die Runde. *Ich glaube, es war kein Fehler, dass ich mitgekommen bin.*
Als ihre Blicke sich kreuzten, ahnten beide, wie Recht sie mit ihren Vermutungen hatten.
„Sagten Sie nicht, dass auch noch eine Spezialistin aus dem Naturhistorischen Museum mitarbeiten würde, Direktor?“, brach Fogg das allgemeine Schweigen.
„So ist es“, antwortete eine helle Stimme. Sie gehörte einer blonden Frau Ende dreißig. Ihr langes Haar wehte fast, weil sie das Besprechungszimmer so schwungvoll betrat. „Tut mir leid, dass ich Sie habe warten lassen“, sagte sie in die Runde.
„Darf ich vorstellen?“ Willendorfer machte einen Schritt auf sie zu. „Das ist die Leiterin der prähistorischen Abteilung, Dr.

Karin Geiger. Sie ist die Hauptverantwortliche für Objekt L2471."
Erneut folgte ein Begrüßungsreigen, der Alon diesmal umso erträglicher erschien, als Karin Geiger sich nicht nur altersmäßig deutlich von ihren Kollegen unterschied. *Endlich ein Lichtblick!*
Während der nächsten Stunden arbeiteten die Wissenschafter gemeinsam einen Zeitplan aus, der ein effizientes Arbeiten nebeneinander ermöglichen sollte.
Alon, den ohnehin niemand nach seiner Meinung fragte, nutzte die Zeit, um erste Eindrücke von den Anwesenden zu sammeln. Von Direktor Willendorfer, da war er sich sicher, ging keine Gefahr aus. *Er ist in erster Linie auf den guten Ruf seines Hauses bedacht und hat sich mit ganzem Herzen der Wissenschaft verschrieben... Und wie er es schafft, trotz der vielen Rennerei hier im Haus so pummelig zu sein, finde ich sicher auch noch heraus.*
Die Nächste auf seiner Liste war noch schneller erledigt: Dr. Yael Golan. *Sie hat sich überhaupt nicht verändert - abgesehen von den Falten in ihrem Gesicht.* Die Akten, die der Mossad über die Professorin hatte, deckten sich genau mit Alons persönlichen Erfahrungen.
Karin Geiger... Ein netter Name. Sie ist ausgesprochen sympathisch und kann die langjährige Zusammenarbeit mit Willendorfer nicht leugnen. Sie ist aber noch etwas jung, um ihr die Leitung einer so wichtigen Untersuchung zu übertragen. Allerdings schlägt sie sich bisher ausgezeichnet zwischen ihren prähistorischen Kollegen.
Den offiziellen Gedanken zur Person Karin Geiger folgten noch einige private. Dann wanderte sein Blick weiter.
Professor Phileas Fogg, ein Genetiker... Phileas Fogg! Was bewegt Eltern, ihr Kind nach einer Romanfigur zu benennen? Alon kratzte sich am Kopf. *Der Direktor erwähnte doch, dass Fogg aus London stammt... aber irgendwas gefällt mir an seiner Aussprache nicht...* Er konzentrierte sich auf Foggs Lippen. *Für einen echten Briten klingt sein Englisch zu unsauber... aber nicht immer... es ist kein richtiger Akzent*

herauszuhören... Alon beschloss, Professor Fogg bei nächster Gelegenheit in eine private Plauderei zu verwickeln, um durch geschickte Variation des Gesprächstempos diesem Verdacht nachzugehen.
Bleibt noch unser Professor aus Italien, Dr. Luca Piazza. Der erinnert mich an einen Stier. Muss wohl an seinem kräftigen Nacken liegen. Er ist also Anthropologe... so so... einer, der die Leichen wieder ausgräbt. Bei ihm habe ich...
„Alon!“, Professor Golans Stimme hatte in all den Jahren an der Universität nichts von ihrem Durchsetzungsvermögen verloren - ganz im Gegenteil. „Können Sie uns bitte die Pollenvergleichstabelle...“

***

Sylvia Jones betrat das Büro von Dr. Qian - jenem Mann, der sie zu einem Bewerbungsgespräch in sein Labor eingeladen hatte, auf dessen Gesellschaft sie bisher allerdings noch hatte verzichten müssen. Sylvia betrachtete in aller Ruhe den großzügig angelegten Raum, ahnend, dass jeder ihrer Schritte vermutlich auf einigen Monitoren verfolgt wurde.
Drei der vier Wände waren mit dunklem, fast schwarzem Holz vertäfelt, wie Sylvia es bereits von Qians Bürotür kannte. *Vermutlich Ebenholz! Der Mann hat Geschmack.* Sie klopfte prüfend auf die mehrere Zentimeter dicke Platte des Besprechungstisches, die nicht im Geringsten nach verleimten Holzresten mit Billigfurnier klang. *Und Geld!*
Auch die anderen Möbel hatte man aus massivem Ebenholz gefertigt. Nur der Schreibtisch war eine eigenwillige Konstruktion aus verwundenen Stahlrohren, zweifellos das Handwerk eines modernen Künstlers.
Im harten Kontrast zur restlichen Einrichtung präsentierten sich die Holzdecke und der Parkettboden, die ebenso cremefarben waren wie die Ledersessel.
Die gesamte vierte Wand des Büros bestand aus einer einzigen Glasplatte von geschätzten 30 Quadratmetern, die blickdicht, zugleich aber lichtdurchlässig war, und den Raum erhellte.

Wahrscheinlich befindet sich dahinter ein Lichttunnel mit aufwändigem Spiegelsystem. Die hässlichen Fensterluken, die ich von außen gesehen habe, sind jedenfalls nicht annähernd so groß.
Erst am Ende ihres Zimmerrundgangs bemerkte Sylvia das riesige Eckaquarium neben der Tür. Das Glasbecken war unbeleuchtet und verschmolz bei flüchtiger Betrachtung mit der dunklen Wand dahinter.
Es scheint in Betrieb zu sein, dachte sie beim Anblick der Luftblasen, die kontinuierlich vom Boden aufstiegen. *Was da wohl drin ist?* Sylvias Neugier zwang sie förmlich dazu, das Aquarium von allen Seiten unter die Lupe zu nehmen. Abgesehen von einem großen Steinhaufen in der hinteren Ecke war aber nichts zu erkennen. *Leer!*
Umso beeindruckender fand sie die fingerdicke Glasplatte, die das Becken abdeckte. Eine Ecke war ausgeschnitten und durch einen breiten Metallbügel gesichert, der wie ein Schloss funktionierte. Sylvia vermutete, dass es sich dabei um eine Futteröffnung handelte. *Aber wozu das Schloss? Damit niemand Futter in das leere Becken wirft?*
Als sie sich den Mechanismus genauer ansah, wurde ihr schnell klar, dass die Konstruktion in Wahrheit nur einem einzigen Zweck diente: Der massive Bügel verhinderte lediglich, dass sich die Aquarienabdeckung von innen öffnen ließ. Eine Sicherheitsvorkehrung, die Sylvia umso absurder erschien, als das gepanzerte Abdeckglas ohne Zweifel schwer genug war, um selbst große Fische am Herausspringen zu hindern.
Ich würde gerne wissen, wofür dieses Becken gedacht ist. Sylvia drückte ihr Gesicht gegen die Scheibe, in der Hoffnung, doch noch irgendetwas erkennen zu können. *Vielleicht ist es ja gar nicht leer. Kommt schon Fischis, wo versteckt ihr euch?*
Sylvias Augen suchten das Aquarium systematisch nach seinen Bewohnern ab. *Wenn sie wirklich so stark sind, dass sie die Abdeckung anheben können, dann müssen das ordentliche Brocken sein. Aber solche Riesenfische können sich doch unmöglich so gut verstecken.* Sie presste ihre Nase noch fester gegen die Scheibe und konzentrierte ihre Aufmerksamkeit auf

den Steinhaufen. Sylvia schätzte seinen Durchmesser auf wenigstens einen halben Meter, allerdings war es möglich, dass das dicke Glas die Abmessungen deutlich verzerrte. *Warum muss es da drinnen auch nur so dunkel…*
Sie klopfte vorsichtig gegen die Scheibe.
Nichts passierte. *Wenn sich wirklich ein Fisch in dem Aquarium befindet, dann kann er eigentlich nur genau hinter diesen blöden Steinen stecken.* Sylvia wusste nicht, was sie in diesem Moment mehr verfluchen sollte: Ihre unerträgliche Neugier oder das Aquarium, dessen Bauweise sie daran hinderte, einen Blick in die hintere Ecke zu werfen.
Vielleicht muss ich einfach nur fester klopfen? Immerhin ist das Glas ganz schön dick…
Sie klopfte… und klopfte…und mit jedem weiteren Versuch wich auch ihre anfängliche Vorsicht. Und dann, als sie gar nicht mehr damit gerechnet hatte, passierte es. Ein riesiges Auge blitzte inmitten des Steinhaufens auf und sah sie an. Wie vom Blitz getroffen wich Sylvia mit einem Aufschrei zurück und stolperte dabei fast über die eigenen Füße.
Was zur Hölle war das?
Ihr Herz schlug bis zum Hals. Eigentlich ein gutes Zeichen, wie Sylvia fand, denn genauso gut hätte es vor Schreck einfach stehenbleiben können.
Irgendwas da drin hat mich angestarrt und das war sicher kein Fisch!
Aus sicherer Entfernung blickte sie auf das Becken, als sich die Bürotür öffnete und ein Mann in einem weißen Laborkittel hereinkam.
Halb erschrocken und halb überrascht drehte Sylvia sich um.
„Interessieren Sie sich für Aquaristik?", fragte der schlanke Asiat, dessen Haar zur Seite gekämmt war. „Dr. Qian", stellte er sich vor und streckte ihr die Hand entgegen. „Ich bin der Leiter dieses Labors. Sie müssen Dr. Jones sein."
Sylvia erwiderte seinen kräftigen Händedruck. „Ja… ja, mein Name ist Jones", hörte sie sich sagen und ärgerte sich darüber, wie aufgeregt sie klang.
„Und die Aquaristik?", wiederholte Qian seine erste Frage.

Sylvia schüttelte halbherzig den Kopf und nutzte die Antwort, um ihre Atmung wieder zu beruhigen. „Interessieren wäre wohl zu viel gesagt. Als Kind hatte ich ein Gurkenglas mit Kaulquappen. Irgendwann sind sie mir aber einfach davongehüpft. Das kann Ihnen wohl nicht passieren, bei der dicken Abdeckung.“
Der Doktor nickte und ließ es dabei bewenden. „Bitte nehmen Sie doch Platz.“
Gerade, als Sylvia sich auf einen der cremefarbenen Lederstühle gesetzt hatte, kam Qians Sekretärin herein und brachte eine Holzkiste in der Größe eines Schuhkartons. „Wo darf ich Ihnen die Lieferung hinstellen?“
Der Doktor streckte die Hände danach aus. „Danke, ich übernehme sie gleich selbst.“
Die Sekretärin übergab die Kiste und verließ das Büro.
Kaum war sie gegangen, begann Qian mit dem Bewerbungsgespräch. „Sie haben bisher einen vorbildlichen Werdegang in Kanada hinter sich, Dr. Jones.“ Er durchschritt sein Büro und hantierte mit der Holzkiste. „Wieso landet eine erfolgversprechende Kollegin wie Sie ausgerechnet hier zwischen rumänischen Bergdörfern?“
Immer wieder hatte Sylvia sich in den letzten Tagen gefragt, ob sie ihrem neuen Arbeitgeber von den mysteriösen Umständen ihrer Bewerbung erzählen sollte. Letztlich war sie zu dem Schluss gekommen, dass es am besten wäre, mit offenen Karten zu spielen. Qians Frage kam für Sylvia also keineswegs überraschend, sehr wohl aber ihre eigene Antwort: „Ich habe nach meiner Ankunft in Rumänien vorübergehend in einem kleinen Labor in Bukarest gearbeitet, um das Land und die Menschen kennenzulernen. Nachdem ich mich hier eingelebt hatte, wollte ich mir aber etwas Passenderes suchen. Und als ich dann Ihr Inserat in der Zeitung gelesen habe…“ Sie ließ den Satz offen und hoffte, sich so eine Lüge zu ersparen.
„Ich verstehe.“ Der Doktor stand neben dem Aquarium und schob den Metallbügel zur Seite. Dann klappte er mit beiden Händen die schwere Futteröffnung hoch. „Sie haben in Ihren Unterlagen angegeben, dass Sie ungebunden sind und daher

zeitlich sehr flexibel. Es gibt also keine familiären Verpflichtungen, die abends auf Sie warten?"
Sylvia bestätigte.
„Wie sieht es mit Ihren Wochenenden aus, Dr. Jones? Können Sie sich vorstellen, den einen oder anderen Sonntag ausfallen zu lassen? Natürlich gegen entsprechende Bezahlung", fügte er rasch hinzu. Er hatte Sylvia den Rücken zugedreht, dennoch konnte sie erkennen, dass er irgendetwas aus der Holzkiste holte. *Was hat er da in der Kiste?*
Es folgte eine Reihe weiterer Fragen, die Sylvia knapp, aber aus Qians Sicht höchst zufriedenstellend beantwortete. Nur selten hakte er nach. „Ihre Einstellung kommt unserem projektorientierten Arbeiten sehr entgegen", lobte er ihr Engagement für den Beruf abschließend.
Sylvia hörte, wie der Doktor die Aquarienöffnung wieder verriegelte. Dann drehte er sich unerwartet schnell zu ihr um. „Darf ich Ihnen etwas zu trinken anbieten? Tee, Kaffee, einen Fruchtsaft?", fragte er beim Näherkommen.
„Sehr gerne, einen Kaffee, bitte. Mit Milch und ohne Zucker wäre nett."
„Das sollte sich doch machen lassen." Qian setzte sich gegenüber von Sylvia an den Besprechungstisch und gab ihren Wunsch, ergänzt um einen Kaffee für sich selbst, per Telefon weiter.
Die Zeit bis zum Eintreffen der Getränke nutzte der Doktor, um Sylvia fachlich auf die Probe zu stellen.
Glücklicherweise verlangte die Beantwortung der Fragen nur einen Teil ihrer Aufmerksamkeit. So blieb Sylvia Gelegenheit, ein Holzstück zu verfolgen, das wie ein Floß durch das Aquarium trieb. *Ist das ein Meerschweinchen, da oben?* „Ich würde zunächst die B-Probe analysieren, um eine Bestätigung für die Sauerstoffsättigung zu erhalten."
Der Doktor nickte zufrieden, als er Sylvias Antwort vernahm. „Sie denken sehr lösungsorientiert, das gefällt mir... Wie würden Sie das Ergebnis dieser Analyse beurteilen?" Er legte ihr einen Ausdruck mit farbigen Diagrammen vor.

Sylvia musste sich zwingen, ihren Blick vom Glasbecken abzuwenden. *Aber für eine Meersau ist es eigentlich fast zu groß.* Das Floß mit dem voluminösen Fellbüschel trieb auf die Mitte des Aquariums zu. Eine Stelle, die Sylvia zu ihrem Bedauern nicht einsehen konnte, weil Qians Körper sie verdeckte. *Mist!*
Sie überflog die Seite mit den Diagrammen und fragte sich, ob das Holzstück wohl schon auf der anderen Seite war. „Die Analyse ist fehlerhaft. Aus der lässt sich gar nichts ablesen, außer, dass schlampig gearbeitet wurde." Als Sylvia endlich wieder aufschaute, war von dem Floß nichts mehr zu sehen. Stattdessen schaukelte die Wasseroberfläche des Aquariums, als hätte man einen großen Stein darin versenkt.
Die Meersau ist weg!
„Sind Sie ganz sicher?", fragte Qian.
Gegenfrage: Sind Sie blind? Klar ist sie weg! Am liebsten wäre sie aufgesprungen und zum Becken gelaufen. „Ja, natürlich", sagte sie betont freundlich. „Hier oben fehlt der Kalibrierwert der Eingangsvermessung. Der Fehler zieht sich dann durch die ganze Analyse."
Qian lehnte sich wortlos zurück und notierte etwas auf dem Blatt vor ihm.
Sylvia, deren Blickwinkel sich dadurch verbessert hatte, glaubte zu sehen, wie das Holzstück vom Steinhaufen ausgespuckt wurde. Dann schoss es mit einem Sprung an die Wasseroberfläche, wo es heftig in seinen eigenen Wellen schaukelte. *Irgendwas da drin hat das Holz versenkt und sich das Meerschweinchen geholt.*
„Haben Sie noch Fragen, Dr. Jones?", unterbrach Qian die Stille.
Die Gelegenheit war günstig, ihre Neugier zu stillen, der Augenblick allerdings nicht, wie Sylvia fand. „Nein, keine Fragen", sagte sie mit einem Lächeln.
Qian nickte erfreut. „Gut, wann können Sie bei uns anfangen?"

***

Alon hatte sich rasch mit Karin Geiger angefreundet. Nach Professor Golan war sie zweifellos am besten über die Hintergründe der Untersuchung von Objekt L2471 informiert.
„Alon!“, sagte Karin mahnend, aber mit neckischem Unterton. „Sie verstoßen schon wieder gegen die Hausordnung.“
„Hab ich etwa…“ Seine Betroffenheit klang wenig überzeugend.
„Ja, haben Sie.“
„Tut mir leid.“ Er lächelte zögerlich. „Ich muss mich erst noch an diese Geheimnistuerei gewöhnen.“
Sie nickte nachsichtig und wurde wieder ernst. „Die Geheimhaltung steht bei diesem Projekt im Vordergrund. Sie müssen sich vor Augen halten, wie wichtig es gerade in dieser Phase ist, dass niemand von der Existenz des Funds erfährt.“
„Sie haben völlig Recht, Karin. Ab sofort ist der Begriff…“, Alon bewegte die Lippen weiter, während er das folgende Wort verschluckte, „aus meinem Sprachschatz gestrichen. Von nun an gibt es für mich ebenfalls nur noch Objekt L2471.“
„Sehr gut.“ Ein zufriedenes Lächeln huschte über Karins Gesicht.
„Sie wollten mir noch erklären, warum gerade das Naturhistorische Museum in Wien für diese Untersuchung ausgewählt wurde.“
„Stimmt. Einer der Hauptgründe ist sicherlich die jahrzehntelange Erfahrung, die wir in Hallstatt gesammelt haben. Unsere Mitarbeiter haben schon tausende Fundstücke aus den alten Salzstollen geborgen, konserviert und katalogisiert. Vieles davon lagert nun hier im Haus und kann jederzeit für Referenzanalysen herangezogen werden. Sie werden nirgendwo auf der Welt eine umfassendere Sammlung von in Salz konservierten Gegenständen finden. Die Datierungen unserer Stücke reichen über 3500 Jahre bis in die Anfänge der Bronzezeit zurück.“
„Das sollte für Objekt L2471 mehr als ausreichend sein“, warf Alon scherzend ein. „Bei uns in Israel liegt das Salz direkt an der Oberfläche, das macht das Graben tiefer Stollen natürlich überflüssig. Waren Sie schon einmal am Toten Meer?“

Karin verneinte. „Aber es steht auf meiner Liste."
„Glücklicherweise gibt es rund um das Tote Meer eine Reihe natürlicher Höhlen, in denen ähnlich günstige Bedingungen für eine Konservierung herrschen wie in Ihren Salzstollen in Hallstatt."
„Ja", bestätigte sie, „denn sonst hätten wir jetzt nichts zu untersuchen."
„Was halten Sie von Fogg und Piazza?", lenkte Alon das Gespräch in eine andere Richtung.
Karin zuckte mit den Achseln. „Ich kann bisher nicht sehr viel über die beiden sagen. Aber irgendwie scheinen sie mir nicht so recht bei der Sache zu sein."
„Wie meinen Sie das?"
„Verstehen Sie mich jetzt bitte nicht falsch, Alon. Der Brite wirkt sehr korrekt und ist von sich und seiner Arbeit überzeugt, gute Qualitäten also für einen Wissenschafter."
„Aber?", hakte Alon nach.
„Ich hatte gestern die Gelegenheit, einen kurzen Blick auf eines seiner Manuskripte zu werfen."
„Worum ging es darin?"
„Stammzellenforschung und progressives Klonen, soweit ich das erkennen konnte."
Alon sah sie neugierig an.
„Als Fogg bemerkt hat, dass ich mich dafür interessiere, hat er die Unterlagen sofort in seinem Koffer verschwinden lassen."
„Glauben Sie, das Manuskript hat etwas mit seiner Arbeit an Objekt L2471 zu tun?"
Sie schüttelte den Kopf. „Wohl kaum."
„Und Piazza? Wie schätzen Sie ihn ein?"
„Der hat mir mein romantisches Bild vom typischen Italiener für immer zerstört", scherzte sie. „Ich glaube, dass er vom gleichen Schlag ist wie Fogg, ein Vollblutwissenschafter. Er soll schon zahlreiche Ausgrabungen geleitet haben." Sie machte eine kurze Pause und senkte dann die Stimme. „Mir hat er erzählt, dass er kurz vor seiner Abreise in der Nähe von Mantua mehrere Gräber aus dem Neolithikum entdeckt hat,

denen er sich gleich nach seiner Rückkehr wieder widmen will."
Sie warf Alon einen zweifelnden Blick zu. „Da wird er eingeladen, eine der größten archäologischen Sensationen zu untersuchen, und er denkt an ein weiteres Gräberfeld in Italien."
„Vielleicht sind ihm handfeste Fundstücke lieber als Objekt L2471."
„Einem Mann von seinem Format? Ich bitte Sie!"
„Sie dürfen nicht vergessen", gab Alon zu bedenken, „dass die Ergebnisse unserer Arbeiten nicht veröffentlicht werden. Die Untersuchung ist unter wissenschaftlichen Gesichtspunkten zweifellos höchst interessant, aber sie wird keinen von uns berühmt machen."
„Schätzen Sie die beiden tatsächlich so ein?", ging die Frage an den Israeli.
„Ich bin ein sehr schlechter Menschenkenner", log er, ohne rot zu werden, „aber ich habe in meinem Leben schon einige Professoren kennengelernt, deren Hauptziel es ist, den eigenen Namen in möglichst großen Buchstaben zu lesen."
„Stecken Sie Professor Golan auch in diese Schublade?"
Er wartete einen Augenblick, der gerade lang genug war, um Karin sein Zögern spüren zu lassen. „Nein, natürlich nicht."
„Sie sind auch ein verdammt schlechter Lügner, Alon."
„Ich weiß." Er seufzte gekonnt.

***

In einem malerischen Dorf in Norditalien warf die untergehende Frühlingssonne ihre letzten Strahlen auf ein rot gedecktes Kirchendach. Das alte Gotteshaus wurde dank seiner kleinen, aber feinen Reliquiensammlung auch gerne von Besuchern aus dem Umland aufgesucht.
Jene drei bewaffneten Männer, die die Kirche vor wenigen Minuten betreten hatten, waren dem Ruf der Reliquien sogar aus dem Ausland gefolgt. Entsprechend groß war das Interesse,

das sie für ein ganz bestimmtes Stück der Sammlung bekundeten.
„Ihr strapaziert meine Geduld“, sagte der kleingewachsene Ägypter in Richtung zweier Geistlicher, die er mit der Waffe in seiner rechten Hand in Schach hielt. Der deutlich jüngere von beiden, er war allem Anschein nach der Messdiener, zitterte vor Angst.
„Wissen diese Kuttenträger, wie sehr sie meine Geduld strapazieren?“, fragte der Araber mit unheilverkündender Stimme. Obwohl er seit Jahren versuchte, seinen ägyptischen Akzent loszuwerden, brach dieser in Stresssituationen immer wieder durch. Ein Umstand, der seine Laune nicht gerade verbesserte.
Als keine Antwort kam, warf er seinen beiden Helfern einen flüchtigen Blick zu.
Der kurzgeschorene Söldner, dessen Pistole ebenfalls auf den Pfarrer und seinen Messdiener gerichtet war, zuckte mit den Schultern.
Aus der anderen Ecke des Altarraums war das Durchladen einer Waffe zu hören. „Vielleicht sollten wir deutlicher werden“, sagte der zwei Meter große Ramar und stampfte mit dem Stiefel so kräftig auf, dass der Steinboden erzitterte. Ramar vom Volk der Paschtunen war ein einziges Kraftpaket und auch ohne die Androhung von Gewalt kein willkommener Anblick.
„Soll er deutlicher werden?“, gab der Ägypter die Anregung an die Geistlichen weiter.
Der Pfarrer nahm all seinen Mut zusammen und ergriff das Wort: „Mit euren Waffen erreicht ihr nichts.“ Seine Stimme klang ruhig, aber es fehlte ihr merklich an Festigkeit. „Die Scheibe, hinter der sich die Reliquien befinden, ist schusssicher. Dagegen könnt ihr mit euren Kugeln nichts ausrichten. Bitte verlasst also Gottes Haus.“
„Die Scheibe ist schusssicher“, äffte der zu klein geratene Ägypter sein Gegenüber nach. „Die Scheibe vielleicht…“, er dehnte den Satz andächtig in die Länge, „aber wie ist es mit

ihm?“ Er richtete seine Waffe direkt auf den Brustkorb des Messdieners.
Deutlich war zu erkennen, wie der Bedrohte ein Kopfschütteln andeutete, doch seine Muskeln versagten vor Angst ihren Dienst. Kein Ton kam über die halb geöffneten Lippen. Die dunklen Augen starrten auf den Lauf der Pistole.
„Wie ist es mit ihm?“, wiederholte der Ägypter seine Frage, und diesmal klang sie noch um einiges aggressiver als zuvor. „Ist er auch schusssicher?“
„Das könnt ihr nicht tun!“ widersprach der Pfarrer entsetzt.
„Was bleibt mir anderes übrig, wenn du keinen Schlüssel für mich hast? Du lässt mir doch keine andere Wahl!“
„Aber ich habe den Schlüssel zum Reliquienschrein nicht. Das müsst ihr mir glauben! Auch sein Tod ändert daran nichts.“
„Für ihn schon!“
Ein Schuss knallte und verewigte den Ausdruck von Angst in dem dunklen Augenpaar.
Der Pfarrer wandte sich geschockt ab und ersparte sich dadurch den Anblick der Kutte, die in sich zusammensackte. Das klatschende Geräusch auf dem Steinboden entging allerdings auch ihm nicht.
„Das war nur deine Schuld!“, schrie der Ägypter ihn an. „Du hast mich zu deinem Werkzeug gemacht!“
Der Pfarrer schüttelte wild den Kopf und sank in die Knie.
„Du hast sein Leben gegen einen Schlüssel getauscht.“
„Nein!“
„Willst du dein eigenes Leben auch für diesen verdammten Schlüssel wegwerfen?“
„NEIN!“ In seiner Verzweiflung sprang der Diener Gottes auf und stürzte auf den Mörder zu.
Blitzschnell packte die Pranke des Paschtunen den Pfarrer am Hals und pflückte ihn aus der Luft wie ein vorbeifliegendes Insekt.
„Ramar!“, brüllte der Ägypter noch und wollte den Paschtunen stoppen, doch da war es längst zu spät.
Er schleuderte den Geistlichen gegen eine der lebensgroßen Engelsfiguren aus Marmor, die rechts und links vom Altar

standen. Mit dem Rücken voran krachte der Pfarrer in einen der ausgebreiteten Engelsflügel, an dem nicht nur sein Glaube zerbrach.
Dann wurde es totenstill.
Keiner hatte Zweifel an den Folgen des wuchtigen Aufpralls.
„Ramar, bist du noch zu retten?“, schrie der Ägypter wütend.
„Ich hatte keine Wahl“, verteidigte sich der Paschtune. „Er hat dich angegriffen.“
„Ein Pfarrer, Ramar. Das war ein gottverdammter Pfarrer! Was hätte der tun können? Mich mit seinem Rosenkranz erwürgen?“
Die Frage blieb unbeantwortet im Altarraum stehen.
„Und jetzt?“, fragte der Söldner. „Wo sollen wir jetzt den Schlüssel für diesen Reliquienschrein herbekommen?“
„Was schaust du mich dabei so an?“, zischte Ramar.
„Du hast dir doch bestimmt was dabei gedacht, als du den Pfaffen gegen den Engel geklatscht hast.“ Er klopfte mit dem Zeigefinger gegen die Stirn.
„Wenn es schon einmal so gut funktioniert hat, gelingt es mir vielleicht auch bei dir.“
Der Söldner schnaubte verächtlich.
„Hört auf!“, mischte sich der Ägypter ein. „Das bringt uns nicht weiter. Wir müssen uns überlegen, wie wir diesen Reliquienschrein ohne Schlüssel aufbekommen.“
„Aufbekommen ist nicht das Problem, aber wir werden es nur schwer schaffen, ohne dass da drinnen alles draufgeht“, wandte Ramar ein.
„Gut, dass dir das auch schon aufgefallen ist.“
„Können wir ihn vielleicht herausstemmen?“, fragte der Ägypter in die Runde.
Ramar schüttelte den Kopf. „Das würde viel zu lange dauern.“
„Stimmt“, bestätigte der Söldner. „Vielleicht wirft sich unser durchgeknallter Popeye“, er grinste Ramar provokant an, „auch einfach nur eine weitere Dose Spinat ein und reißt dann den ganzen Schrein aus der Wand.“
„Halt’s Maul“, knurrte Ramar. „Ich werde…“

„Still!“, fauchte der Ägypter, klang dabei aber überraschend leise, als wollte er selbst nicht gehört werden.
„Aber…“
„Psssst!“ Der Ägypter presste den Zeigefinger auf die Lippen und deutete mit der anderen Hand auf einen Durchgang zum Seitenschiff der Kirche.
Etwas, das wie entfernte Schritte klang, war zu vernehmen.
Ramar und der Söldner nickten gleichzeitig, als sie per Zeichensprache die Anweisung erhielten, sich lautlos in Bewegung zu setzen.
Während der Ägypter sich vergewisserte, dass der Pfarrer auch wirklich tot war, schlichen die beiden anderen auf den bogenförmigen Durchgang zu.
Ramars Sicht war durch die vor ihm stehenden Gebetsbänke verstellt. Der Söldner aber hatte aus seiner Position freien Blick in das Seitenschiff und sah gerade noch einen Schatten, der über den Treppenabgang in die Kellergewölbe huschte. Die Vermutung lag nahe, dass es sich dabei um einen weiteren Messdiener handelte.
Flüsternd wies der Söldner Ramar an, neben dem Treppenaufgang zu warten, während er selbst zum Ägypter zurückging.
„Ich habe unser Schlüsselproblem gelöst“, sagte er mit gedämpfter Stimme. „Im Keller läuft noch einer von diesen Heiligen rum. Wir müssen also nur runtergehen und ihn befragen.“
Dem Ägypter war die Erleichterung anzusehen. „Sehr gut.“
„Es ist wohl besser, wenn ich das diesmal erledige“, schlug der Söldner vor. „Sofern wir da unten nämlich nicht auf ein ganzes Pfaffennest stoßen, sollte die Befragung…“, er überlegte, weil ihm das gewünschte Wort nicht gleich einfiel, „ressourcenschonender ablaufen.“
„Einverstanden. Erledige das, aber mach schnell, bevor hier noch mehr Leute auftauchen, die wir entsorgen müssen.“
Der Söldner nickte. „Keine Sorge, morgen um 8:00 Uhr hat Ihr geschätzter Dr. Dracula die Reliquien auf seinem Labortisch

liegen. Und wenn er will", fügte er gut gelaunt hinzu, „diese Pfaffen gleich daneben."
„Dr. Qian", verbesserte ihn der Ägypter, „will nur den Nagel."
Der Söldner zuckte mit den Achseln. „Ich dachte ja nur. Wenn wir den Schrein schon mal offen haben..."
„Wir nehmen nur den Nagel mit. Der Rest bleibt hier!" In den schmalen, dunklen Augen funkelte das pure Böse.
„Alles klar", bestätigte der Söldner. „Was immer der Boss sagt", murmelte er und ging.

***

Zwei Tage später wurde Souzan-Chaya in das Hauptquartier des Mossad kommandiert. Sie war eine gepflegte, auf ihr Äußeres bedachte Israelin mit brünetten Haaren, die sich auf die mittleren Vierzig zubewegte.
Nach dem Premierminister war Souzan-Chayas Vater einer der einflussreichsten Männer Israels. Böse Stimmen meinten gar, dass der Premier nur die undankbare Öffentlichkeitsarbeit für ihn erledigte. Der alte Fuchs, wie er hinter seinem Rücken gerne genannt wurde, hatte sich in seiner langen Berufslaufbahn nicht nur den Respekt der Agenten verdient.
„Du hast mich rufen lassen", sagte sie beim Eintreten in das luxuriös eingerichtete Büro, das den Vergleich mit einer Festung nicht zu scheuen brauchte.
„Und du bist gekommen", lächelte ihr alter Herr sie wohlwollend an.
Als hättest du mir eine Wahl gelassen. „Was kann ich für dich tun?"
„Setz dich doch", er deutete auf einen bequemen Ohrensessel aus bordeauxfarbenem Leder. Während sie seiner Bitte nachkam, schob er einen Stapel Berichte auf seinem Schreibtisch zur Seite.
„Ich sitze." Sie sah ihn erwartungsvoll an.
„Die Lage spitzt sich zu, Souzan-Chaya. Es hat einen weiteren Überfall gegeben. Unser Nachrichtendienst sagt, dass er dieselbe Handschrift trägt wie die bisherigen."

Ihr Blick veränderte sich. Sie versuchte, sich nichts anmerken zu lassen, doch ihr Vater kannte diesen Gesichtsausdruck gut genug, um zu wissen, dass sie besorgt war.
„Wo?"
„In Italien."
„Gibt es Opfer?"
„Drei. Ein Pfarrer und zwei Messdiener."
„Was sagt die örtliche Polizei?"
Er lächelte milde. „Dasselbe wie immer... religiöse Fanatiker... ein paar Spinner... Anhänger einer Sekte..."
„Sie erkennen die Zusammenhänge nicht."
„Wie sollten sie auch?", warf er ein. „Die Diebe arbeiten in verschiedenen Ländern und haben sich bisher eher zurückgehalten. Es ist erst das zweite Mal, dass es Opfer gab. Möglicherweise dauert es noch Wochen, bis die Verbindung zwischen den einzelnen Überfällen offensichtlich wird."
„Hältst du es für wahrscheinlich, dass diese Diebe auch in Wien auftauchen?"
Er zögerte. „Schon möglich", sagte er dann, „ich finde, wir dürfen nichts mehr ausschließen."
„Wie viel hast du Alon über die Hintergründe seines Auftrags erzählt?"
„Alon kann gut auf sich selbst aufpassen."
„Das war nicht die Antwort auf meine Frage. Wie viel hast du ihm über den Auftrag in Wien erzählt?"
„Du kennst die Regeln. Er weiß nicht mehr, als er unbedingt wissen muss."
„Und wenn das nicht genug ist?"
Ihr Vater lehnte sich selbstgefällig in seinem Ohrensessel zurück und verschränkte die Arme vor der Brust - ein deutliches Zeichen, dass weder seine Autorität noch seine Entscheidung zur Diskussion standen.
„Wirst du Hiob nach Wien schicken?"
„Wenn es nötig werden sollte..." Er beließ es bei dieser vagen Andeutung. „Aber ich habe dich nicht hergebeten, damit du dir meinen Kopf zerbrichst. Vielmehr möchte ich...", er schob ihr

eine ausgedruckte Mail-Nachricht zu, „dass du einen Blick darauf wirfst."
Sie überflog die Zeilen. „Was ist das?"
„Das wüsste ich auch gerne."
„Woher stammt diese Nachricht?"
„Sie ist eher zufällig bei einer Routineprüfung unserer Mailserver aufgefallen. Die verwendete Codierung ist simpel und der Inhalt beschränkt sich auf einen belanglosen Auszug der Nachrichten von letzter Woche."
„Aber?"
„Keiner hat sie geschickt, keiner hat sie empfangen. Sie ist einfach nur da und unsere Leute in der IT-Abteilung rätseln, warum."
„Hmmm." Souzan-Chaya legte die Stirn in Falten. *Wer codiert nutzlose Nachrichten und versteckt sie auf unserem Server?* „Einen Scherz unter Kollegen können wir wohl ausschließen?"
„Definitiv!", erwiderte er.
„Dann habe ich eigentlich nur eine Erklärung dafür."
Ihr Vater richtete sich im Sessel auf und blickte Souzan-Chaya erwartungsvoll an.
„Es ist ein Test, ob die Nachricht dort sicher ist. Finden wir sie, ist für den Absender nicht viel verloren. Finden wir sie allerdings nicht…"
„Dann wiegen wir den Absender damit in Sicherheit", vervollständigte der alte Fuchs ihren Gedanken. Er war sichtlich zufrieden mit der Schlussfolgerung seiner Tochter. Seit Jahren zog er sie, allerdings ohne das Thema jemals angesprochen zu haben, zu seiner Nachfolgerin heran. „Es ist jetzt dein Köder. Finde heraus, welcher Fisch danach schnappt."
Damit war alles gesagt.

***

Sylvia Jones hatte die ersten Tage in ihrem neuen Job hinter sich gebracht. Derzeit lief es für sie um einiges besser als gedacht. Ihr Arbeitgeber hatte sie dabei unterstützt, eine

Wohnung im nächstgelegenen Ort zu finden, der knapp zehn Fahrminuten vom Labor entfernt lag. Verglichen mit den sonstigen Bergdörfern im Umland war es auch nicht vermessen, von einer Stadtwohnung zu sprechen.
Wie alle Kleinstädte hatte auch diese ihr eigenes Flair, an das Sylvia sich erst noch gewöhnen musste. Dennoch waren die Parallelen zu Bukarests Randbezirken kaum zu übersehen. Die Plattenbauten, die Betonskulpturen, ja selbst die abenteuerlichen Stromleitungen, die quer über die Straße gespannt waren, fanden sich hier wieder.
Sylvias Wohnung lag nahe dem Ortsende im dritten Stock eines Neubaus. *Kein Vergleich zu dem Loch, das ich in Bukarest hatte*, dachte sie beim Blick aus dem Küchenfenster. Vor ihr erhoben sich, ins Rot der Abendsonne getaucht, die Karpaten.
Wenn ich nicht bald losgehe, wird das heute wieder nichts mit meinem kleinen Ausflug. Bisher war Sylvia noch nicht dazugekommen, sich in der Stadt ein wenig umzusehen, doch genau das wollte sie an diesem Abend nachholen.
Ohne einen richtigen Plan zu haben, folgte sie der nächstbesten Straße und landete kurz darauf in einem der weniger frequentierten Viertel. Anders als sie es aus Bukarest gewohnt war, fanden sich hier nur wenige Menschen, die abends ihre Einkäufe erledigten. Zudem war es nicht ungewöhnlich, dass breite Straßen plötzlich in geschotterte Wege oder Lehmpfade übergingen, je weiter man sich vom Zentrum entfernte. Es schien fast, als würde sich die Stadt mit jedem von Sylvias Schritten in eines der Bergdörfer verwandeln.
Auch die Anzahl funktionierender Straßenlaternen verringerte sich. In manchen Gassen kam das Licht nur noch von den Leuchtreklamen kleiner Läden.
Zunächst fiel Sylvia gar nicht auf, dass immer mehr dieser Geschäfte ihre Rollläden herunterließen, wodurch es zunehmend einsamer und dunkler wurde. Rundum wurden Eisengitter vorgeschoben oder Holztafeln in die Auslagenfenster gestellt und für kurze Zeit kam noch einmal richtig Leben in das Viertel.

Ich sollte mich wohl besser beeilen, wenn ich heute noch etwas fürs Abendessen einkaufen will. Ihr Blick fiel auf ein blinkendes Reklameschild am Ende der Straße. *Den Laden nehme ich.*

Sie war so auf ihr Ziel konzentriert, dass sie mit der Schulter einen Mann streifte, der aus einer Seitengasse kam und ganz offensichtlich seine Einkäufe nach Hause brachte.

„Entschuldigen Sie bitte“, sagte Sylvia freundlich, „ich habe nicht aufgepasst, wo ich hinlaufe.“

Der Angerempelte drehte sich nicht einmal um, sondern beschleunigte nur seine Schritte.

Verwundert blickte Sylvia ihm nach. *Na, der hat es aber eilig, nach Hause zu kommen.*

Der Mann lief noch ein Stück die Straße hinunter und bog dann scharf rechts ab.

Sie zuckte mit den Achseln und wollte gerade ihren Weg fortsetzen, als sie eine böse Vorahnung beschlich. *Er wird doch nicht...* Sylvias Hand fasste reflexartig an die Ausbeulung ihrer Handtasche.

Schon vor ihrer Abreise nach Rumänien hatte man sie mehrfach vor den Tricks der Taschendiebe gewarnt.

Die Geldbörse ist noch da. Erleichtert atmete sie auf. „Vorurteile“, murmelte sie dann und ärgerte sich über das Misstrauen, das sie dem unbekannten Mann entgegengebracht hatte. *Alles nur dumme Vorurteile...*

Als sie sich wieder umdrehte, konnte sie gerade noch sehen, wie das Licht der Leuchtreklame über dem Geschäft erlosch. *Gut gemacht, Sylvia. Jetzt hat der letzte Laden in diesem Viertel genau vor deiner Nase zugesperrt.* Sie drehte sich einmal im Kreis und fand ihre Vermutung bestätigt. *Also noch ein Abend, den ich mit leckeren Konserven verbringe. Mahlzeit!*

Hätte Sylvia genauer hingesehen, wäre ihr sicher aufgefallen, dass die Geschäfte nicht nur alle geschlossen hatten, sondern sämtliche Türen und Fenster von ihren Besitzern regelrecht verbarrikadiert worden waren.

Sie beschloss, den Heimweg anzutreten, wollte aber die Hoffnung auf ein selbstgekochtes Abendessen trotzdem noch

nicht ganz begraben. *Ich werde einfach unterwegs jemanden fragen, wo ich um diese Zeit noch etwas zu essen einkaufen kann. Irgendein kleiner Supermarkt wird bestimmt noch geöffnet haben.*
Ohne ihre Beharrlichkeit wäre ihr vermutlich entgangen, wie leer die Straßen so kurz vor Sonnenuntergang plötzlich waren.
Wo sind denn all die Leute auf einmal hin?
In der Ferne waren vereinzelt noch schnelle Schritte oder das Zuschlagen einer Tür zu vernehmen. Doch so gründlich Sylvia sich auch umsah, sie bekam keinen Menschen mehr zu Gesicht.
Nur ihrer Neugier und ihrem Humor war es zu verdanken, dass sie beim Wandern durch die verlassenen Gassen das aufkommende Angstgefühl unter Kontrolle behielt. Außer ihren eigenen Schritten war weit und breit nichts zu hören.
Entweder ist das Abendprogramm des lokalen TV-Senders unschlagbar, oder die arbeiten alle in der Frühschicht.
Sie blieb kurz stehen und ließ ihren Blick über die Häuserzeile gleiten. Sofort breitete sich eine bedrückende Stille aus.
Es ist wirklich wie ausgestorben. Sylvia fiel auf, dass auch in den Wohnungen nirgends mehr Licht brannte. *Da flimmert ja nicht einmal ein Fernseher.* Sie stutzte.
Haben die Leute etwa ihre Fenster verdunkelt? Die können doch unmöglich schon alle schlafen? Das Szenario ließ durchaus Parallelen zu Fernsehbildern aus Kriegsgebieten erkennen, in denen man Ausgangssperren verhängt und allgemeine Verdunklung angeordnet hatte.
Ich glaub, ich muss hier links…
Gut ein Drittel ihres Heimwegs hatte Sylvia zurückgelegt, als sie das Klappern von Pferdehufen auf Pflastersteinen vernahm.
Das markante Geräusch riss ein erlösendes Loch in die Stille.
Endlich jemand, den ich nach dem Weg fragen kann. Obwohl Sylvia grob die Richtung wusste, aus der sie gekommen war, sahen die engen Gassen bei Dunkelheit doch alle gleich aus.
Und dann soll er mir auch gleich erklären, warum hier nicht einmal mehr die Straßenbeleuchtung brennt.
Sylvia versuchte, dem Klappern der Hufe zu folgen, um wieder auf eine der befestigten Straßen zu gelangen. Ein Unterfangen,

das sich als schwierig herausstellte, da das Geräusch ständig aus einer anderen Richtung zu kommen schien. *Dieses Gassengewirr produziert eine Menge störender Echos... Ich glaube, hier wird es lauter... oder dort...*

Um dem Pferdefuhrwerk näher zu kommen, irrte Sylvia durch alte Häuserzeilen, in denen ganze Blocks zum Abriss vorgesehen waren. Ihr blieb allerdings kaum Zeit, sich auf die Gegend zu konzentrieren, wollte sie nicht über herausstehende Steine und Schlaglöcher in der lehmigen Straße stolpern.

Es wird immer lauter... da vorne, bei diesem Ziegelbau muss es sein...

Vorsichtig setzte sie einen Fuß vor den anderen. *Ich möchte nicht wissen, wie viele sich hier schon ein Bein gebrochen haben.* Der Boden unter Sylvias Füßen formte sich wieder zu einer befestigten Straße, je näher sie dem großen Ziegelhaus kam. *Wenn man wenigstens sehen würde, wo man hintritt...*

„Versteck dich!“, rief ihr plötzlich eine Stimme auf Rumänisch zu.

Sylvia zuckte zusammen und wirbelte herum.

„Hierher, hier bist du in Sicherheit vor ihnen.“ Hinter einem Mauervorsprung in ungefähr zehn Metern Entfernung stand eine alte Frau mit schwarzem Mantel, die Sylvia zuwinkte. „Mach schnell, bevor sie dich bemerken.“ Die Angst in ihrer Stimme war tonangebend.

Sylvia starrte die Alte halb erschrocken, halb fragend an. Obwohl ihr Rumänisch schon ganz gut war, zweifelte sie daran, alles richtig verstanden zu haben. „Ich habe mich wohl etwas verlaufen“, sagte sie, als sie näher kam.

„Beeil dich, sonst ist es um dich geschehen. Sie dürfen dich nicht sehen.“

„Wer soll mich nicht…“

Die Alte hatte Sylvia schon beim Arm gepackt und zog sie zu sich in die Mauernische. „Still jetzt! Kein Wort mehr, bis sie weg sind. Dann erklär ich dir alles.“ Sie stellte sich mit ihrem langen Mantel so vor Sylvia, dass diese nicht sehen konnte, was draußen auf der Straße passierte. Die Absicht, die die Alte

damit verfolgte, war allerdings, dass man die beiden Frauen von der Straße aus nicht bemerkte.
Alles war so schnell gegangen, dass Sylvia gar keine Zeit gehabt hatte über die Absurdität ihrer Situation nachzudenken. Doch jetzt, während sie hörte, wie sich der Hufschlag der Pferde langsam entfernte, schossen ihr die Fragen förmlich durch den Kopf.
„Was um Himmels Willen macht ein junges Mädchen wie du nach Sonnenuntergang noch auf der Straße?“, kam die Alte ihr zuvor. „Woher kommst du? Ich habe dich hier noch nie gesehen.“
„Sylvia Jones“, sagte sie und streckte die Hand aus. „Ich komme aus Kanada, wohne irgendwo da hinten und bin beim Einkaufen offenbar falsch abgebogen. Und jetzt sagen Sie mir bitte, wer Sie sind und was das hier soll.“ Sie holte tief Luft und sah ihr Gegenüber fragend an.
„Du bist nicht von hier.“
„Und Sie sind?“
„Dann weißt du gar nicht, was hier vor sich geht, oder?“
„Aber Sie verraten es mir bestimmt gleich.“ Sylvias Stimme wurde zunehmend fester und bestimmter.
„Ich bin nur eine alte Frau, die sie nicht mehr wollen. Aber du…“ Sie musterte Sylvia mit müde gewordenen Augen. „Dich hätten sie sofort mitgenommen!“
„Wen meinen Sie? Von wem reden Sie ständig?“
„Die Menschenjäger“, zischte es durch das lückenhafte Gebiss.
Sylvia riss die Augen weit auf.
„Ja, es gibt sie wirklich, die Menschenjäger“, wiederholte die Alte ihre Behauptung, als sie den zweifelnden Blick bemerkte. „Wenn die Sonne untergeht, kommen sie aus den Bergen herunter und holen frisches Fleisch für ihren Meister.“
„Wirklich?“, sagte Sylvia mit einem betroffenen Lächeln. *Die Oma hat nicht mehr alle Kekse in der Dose. Ich sollte machen, dass ich hier verschwinde.* „Das ist wirklich sehr interessant“, versicherte sie, „aber ich fürchte, ich muss mich jetzt auf den Heimweg machen. Mein Mann sucht mich sicher schon. Er

mag es nicht, wenn ich länger wegbleibe, müssen Sie wissen. Da kann er richtig unangenehm werden."
„Du musst vorsichtig sein!"
„Keine Sorge, das bin ich immer. Könnten Sie mir noch sagen, in welcher Richtung das Stadtzentrum liegt, damit ich mich orientieren kann?"
„Sie kommen, sobald die Sonne untergegangen ist… immer erst dann, wenn die Sonne schon untergegangen ist. Ich habe sie gesehen… Mit meinen eigenen Augen habe ich sie gesehen, so wie ich dich jetzt sehe. Verstehst du?"
Sylvia nickte.
„Es wiederholt sich immer wieder. Seit Jahrhunderten wiederholt es sich Nacht für Nacht, wenn der Mond richtig steht… So wie in dieser Nacht. Siehst du den Mond?"
„Mhm."
„Es gibt Tage, da kommen sie auch schon früher. Aber nur, wenn Nebel aufzieht… dichter Nebel, der aus den Bergen kommt… Und sie", ihre Stimme krächzte, „sie kommen mit dem Nebel aus den Bergen und holen die Besten für ihren Meister, nur die Besten. Leute wie dich… gesund, hübsch… und jung müssen sie sein. Je jünger desto besser, sagt man. Das war früher anders. Mein Großvater hat mir erzählt, dass sie früher immer nur die Stärksten aus dem Dorf geholt haben."
„Ich sollte mich jetzt wirklich sputen."
„Pass auf, wer dich sieht! Sie haben ihre Leute hier im Ort, die ihnen sagen, wo sie die Besten finden… nur die Besten."
„Das Stadtzentrum?", versuchte Sylvia es erneut.
Ein runzeliger Finger streckte sich nach Westen. „Folge immer der geschotterten Straße, bis du zu einem Durchgang kommst, dann bieg rechts ab und du gelangst zum Bahnhof."
„Danke", antwortete Sylvia erleichtert. „Passen Sie auch gut auf sich auf."
„Ich bin es gewohnt. Hier verschwinden Menschen einfach, das ist eben so. Das war schon immer so! Die Nacht holt sie sich und am Morgen sind sie weg… als hätte es sie nie gegeben. Keiner stellt Fragen, keiner gibt Antworten."

„Ich werde es mir merken!“, rief Sylvia zurück und folgte dem beschriebenen Weg.
Der letzte Satz der Alten ging Sylvia während ihres Heimwegs tatsächlich nicht mehr aus dem Kopf. *Keiner stellt Fragen, keiner gibt Antworten.* Eine ähnliche Erfahrung hatte sie während der letzten Tage in ihrem neuen Labor auch gemacht. Der Job war überdurchschnittlich gut bezahlt, aber dafür erwartete Dr. Qian auch überdurchschnittlich gute Arbeit von ihr. Nur Arbeit, keine Fragen - keine Antworten.

***

David Wilder, gebürtiger Israeli, war 41 Jahre alt und arbeitete seit vielen Jahren als selbstständiger Computerfachmann in London. Er hatte dunkelblondes, kurzes Haar, buschige Augenbrauen, eine Frau namens Natascha und ein Haustier namens Goliath. Letzterem widmete er seit über einer Stunde seine gesamte Aufmerksamkeit.
Eigentlich hätte es ein Tag wie jeder andere sein können. Bei näherer Betrachtung war er allerdings genau das nicht. Umso wichtiger war es für David, seinen vierbeinigen Freund in diesem Glauben zu lassen.
David lag auf dem Vorzimmerboden und winkte mit einem Stück Apfel vor einem Holzschrank herum. „Goliath, nun komm endlich da unten raus!“
Große Knopfaugen leuchteten unter dem Schrank hervor, machten aber keine Anstalten, der Aufforderung Folge zu leisten.
David schob die Hand mit dem Apfel weiter unter den Schrank. „Na, komm schon, mein Riese. Wir müssen endlich los! Ich habe Natascha versprochen, dass ich sie heute Abend abhole.“
Ein Versprechen, dem sich Goliath ganz offensichtlich nicht verpflichtet fühlte, als er den vierten Menüvorschlag dieses Nachmittags unbeeindruckt beschnupperte.
„Kein Kohlrabiblatt, kein Apfel, keine Karotte, keine Petersilie…“ David seufzte. „Du machst es mir wirklich nicht leicht.“

Den Platz unter dem Schrank hatte Goliath bereits am ersten Tag im Haus der Wilders zu seinem bevorzugten Rückzugsgebiet erklärt. Seither hatte das schneeweiße Riesenkaninchen allerdings ordentlich an Größe zugelegt und konnte sich nur noch mit Mühe in den Spalt zwischen Boden und Schrank zwängen.
David streichelte ein hervorhängendes Ohr. „Das kann doch unmöglich bequem für dich sein! Du bist viel zu groß geworden für dieses Versteck." Er blickte auf die Uhr. „Wir kommen schon wieder zu spät", sagte er vorwurfsvoll.
David hatte seine Frau in den letzten Wochen kaum zu Gesicht bekommen, weil sie so sehr in ihre Arbeit vertieft war. Er bereute es längst, Goliath genau für diesen Nachmittag in der Klinik angemeldet zu haben. *Woher weißt du nur immer so genau, wann wir zum Tierarzt fahren? Manchmal glaube ich, du kannst meine Gedanken lesen...* Er wackelte beschwörend mit seinen Augenbrauen. *Kannst du?*
Nichts war so untrüglich wie Goliaths Gespür für die jährlichen Besuche in der Tierklinik. Ganz egal, was David sich auch einfallen ließ, um sein Riesenkaninchen im Vorfeld in Sicherheit zu wiegen, er wurde jedes Mal durchschaut. Einmal war er sogar so weit gegangen, den Termin an einem falschen Tag im Tischkalender zu vermerken, nur um auch wirklich alle Möglichkeiten auszuschließen. Doch je absurder Davids Vorkehrungen im Lauf der Jahre wurden, umso überzeugender erschien Goliaths empathisches Talent, wenn es darum ging, zur richtigen Zeit unter dem Schrank zu verschwinden.
„Okay, du hast gewonnen", sagte David genervt und stand auf. „Den Termin beim Tierarzt können wir vergessen. Das wird heute nichts mehr." Er holte Goliaths Leine von der Wand und ließ sie demonstrativ vor dem Schrank baumeln. „Was hältst du von einem kurzen Spaziergang? Viel Zeit bleibt uns jetzt ja leider nicht mehr, weil ich gleich Natascha abholen muss." Es war einer von Davids billigsten Tricks. Er wusste es und Goliath wusste es auch.
Noch weitere fünfzehn Minuten verbrachte David damit, sein Riesenkaninchen davon zu überzeugen, aus seinem Versteck zu

kommen. Keine leichte Aufgabe, so wie sich der Vierbeiner in dem Hohlraum unter dem Schrank verspreizte. Wären in der Vergangenheit nicht bereits zwei Besenstiele bei ähnlichen Versuchen abgebrochen, hätte David es vermutlich auch noch mit der Neuanschaffung in seiner Abstellkammer versucht.
Mir läuft die Zeit davon.
Gerade, als David nicht mehr an seinen Erfolg glauben wollte, kam ihm der Zufall in Form der Türglocke zu Hilfe.
Na prima, die hat mir noch gefehlt! David musste kein Hellseher sein, um zu wissen, wer da an seiner Tür läutete. Seine Nachbarin, die alte Ms. Furgerson hatte bereits am Vormittag angedeutet, vorbeikommen zu wollen.
Bestimmt hat sie das Buch ausgelesen, das ich ihr geborgt habe. Die Buchbesprechungen mit Ms. Furgerson zählten zu Davids schlimmsten Erfahrungen, nicht nur in literarischer Hinsicht. Schon der bloße Gedanke daran ließ ihn erbleichen.
„Na schön." Er atmete tief durch und warf einen entschlossenen Blick unter den Schrank. „Aus dieser Nummer kommen wir wohl beide nicht mehr heraus. Wenn ich Ms. Furgerson jetzt die Tür öffne, dann sitzt sie den restlichen Abend bei uns in der Küche. Und weißt du was?" Er zwang sich zu einem Lächeln. „Das macht mir gar nichts, denn ich werde in Kürze losfahren, um Natascha zu holen, und dann hast du Ms. Furgerson ganz für dich allein, den ganzen Abend."
David erhob sich und ließ seine Drohung wirken. „Habe ich schon erwähnt, dass es spät werden könnte, bis wir heimkommen? Sehr spät!" Er war sich sicher, ein wehmütiges Raunen hinter dem Schrank zu hören und musste sich ein Grinsen verkneifen.
„Wenn ich Ms. Furgerson allerdings sagen könnte, dass wir leider keine Zeit haben, weil wir einen kurzen Abstecher in die Tierklinik machen müssen, dann…"
Unter dem Schrank raschelte es und zwei riesige Pfoten schoben sich zögerlich hervor.
Den Trick muss ich mir merken!

***

Natascha Wilder war viel zu sehr mit ihrer Arbeit beschäftigt, um zu bemerken, wie spät es wieder einmal geworden war. Seit Wochen hatte sie das Labor im Imperial College nicht mehr vor Mitternacht verlassen. Gemeinsam mit ihrem Vorgesetzten, Professor Woodberry, arbeitete sie an einer Erfindung, die die Holographie in ihren Grundfesten erschüttern sollte.
Woodberry konzentrierte alle Ressourcen und Privilegien, die der Lehrstuhl am College mit sich brachte, auf sein Lebenswerk. Das erklärte Ziel des Professors war es, unvorstellbare Datenmengen in einem einzigen digitalen Hologramm abzuspeichern. Vor allem bei biometrischen Zutrittsscannern hatte er damit bereits erstaunliche Fortschritte erzielt, die er und Natascha Wilder allerdings nicht nur vor den Augen der Öffentlichkeit geheim hielten.
Obwohl der Dekan des Imperial College aus Kostengründen die Einstellung dieses speziellen Forschungszweigs verlangt hatte, war es dem Professor immer wieder möglich gewesen, einen beträchtlichen Teil der universitären Forschungsgelder unbemerkt für seine Zwecke umzuleiten.
„Wollten Sie heute Abend nicht mit Ihrem Mann ausgehen?“, fragte der Professor in Richtung Natascha.
„David?“ Sie schaute kurz von ihrer Arbeit auf. „Ja, ich fürchte, ich habe ihn in den letzten Wochen etwas vernachlässigt.“
„Na, gehen Sie schon“, drängte der Professor seine einzige Mitarbeiterin. „Wir haben in den letzten Wochen riesige Fortschritte gemacht… Wir sind nur noch ein Stück vom großen Durchbruch entfernt. Das spüre ich.“ Er lächelte so zufrieden wie ein Alchemist, der wusste, dass sich seine Bleivorräte schon bald in pures Gold verwandeln würden. „Gönnen Sie sich und Ihrem Mann einen schönen Abend zu zweit. Die dritte Dimension läuft Ihnen nicht davon.“
Die dritte Dimension, dachte Natascha. Das war nicht nur irgendein Begriff, den der Professor und Natascha seit Jahren bemühten, wenn sie über ihre Arbeit sprachen. Die dritte Dimension war bedeutend mehr. In ihr vermutete das

Wissenschafterduo die Lösung aller Speicherprobleme der Zukunft. Wenn es ihnen gelingen würde, die gesamte Datenfülle eines beliebigen dreidimensionalen Objekts in einem einzigen ihrer speziellen Hologramme abzuspeichern, ließe sich das Wissen ganzer Bibliotheken auf die Fläche einer zweidimensionalen Briefmarke bannen. Begrenzt wurde die Speicherkapazität eines solchen digitalen Hologramms nur durch die Anzahl seiner Datenschichten und den verwendeten Laser. Denn das Auslesen und Speichern der in der dritten Dimension abgelegten Daten erfolgte vorläufig noch durch einen Laserstrahl, der den bei Blu-ray-Discs verwendeten Lasern ähnlich war.

Es muss auch noch einen anderen Weg geben, an die Daten heranzukommen als …

„Natascha?"

Sie schreckte auf. „Ja?"

Der Professor sah sie mitfühlend an. „Sie sind mit Ihren Gedanken doch schon wieder bei unserem Projekt. Muss ich mir Sorgen um Sie machen?"

„Nein", wehrte sie lächelnd ab, „das ist wirklich nicht nötig."

„Gut. Ihr Privatleben geht mich zwar nichts an, aber Sie sollten die Geduld Ihres Gatten nicht überstrapazieren."

„Sie haben völlig Recht, Professor", sagte sie freundlich. *Das geht Sie wirklich nichts an.*

„Ich werde heute auch früher Schluss machen und noch auf einen Sprung auf meinem Familienanwesen vorbeischauen", erklärte Woodberry. „Wenn Sie wollen, lassen Sie einfach alles liegen und ich schließe hinter Ihnen ab."

„Danke", sie sah demonstrativ auf die Uhr, „aber mir bleibt noch etwas Zeit, bis ich mich mit David treffe. Gehen Sie doch ruhig schon vor, Professor. Ich mache diese Analyse noch schnell fertig. Dauert nur ein paar Minuten."

„Wie Sie wollen, Natascha. Aber versprechen Sie mir, dass Sie den armen Mann nicht warten lassen."

Sie lachte mechanisch. „Nein, natürlich nicht."

Kurz darauf verließ der Professor das holographische Labor im Londoner Imperial College. Er stieg in sein dunkelgrünes MG-B Cabrio und brauste in nördlicher Richtung davon.
Natascha widmete sich wieder ihrer Arbeit. *Kein Wunder, dass er den Dekan und das Gremium damals nicht von der Fortführung des Projekts überzeugen konnte*, dachte sie. *Mit dieser Einstellung...*
Schon als kleines Kind war Natascha Wilder von der Holographie fasziniert gewesen. Daran hatte sich seither nichts geändert, im Gegenteil. Jetzt, da sie das gesamte Potenzial dieser Technologie erkannt hatte, war sie geradezu besessen von der Idee, Informationen unter Nutzung aller drei Dimensionen auszulesen. Dass ihr Interesse dabei vorrangig einem ganz bestimmten Hologramm galt, behielt sie wohlweislich für sich.
Noch eine gute Stunde war Natascha an jenem Tag im Labor beschäftigt, ehe sie von ihrem Handy-Organizer an das Treffen mit David erinnert wurde.
Ja, ja. Ich bin gleich fertig. Sie druckte ein E-Mail aus, das sie erst am Nachmittag erhalten hatte. *Das hier muss unbedingt noch mit.* Der Absender war einer von Nataschas Geschäftskontakten, der dem Betreff nach zu urteilen sehr kurzfristig einen IT-Auftrag zu vergeben hatte. Dem Anforderungsprofil, das erstaunliche Parallelen zu Davids beruflicher Tätigkeit aufwies, folgte ein Hinweis auf die gute Dotierung angesichts der Dringlichkeit.
Mit diesem Inserat hat sich einer wieder einmal selbst übertroffen, dachte sie beim Überfliegen der Zeilen. *Die Beschreibung passt wirklich perfekt zu David. Besser hätte ich es auch nicht schreiben können.*
„Tja, mein lieber Gatte“, murmelte Natascha Wilder beim Verlassen des Labors und grinste siegessicher, „da wird dir wohl gar keine andere Wahl mehr bleiben, als diesen großzügigen Auftrag dankend anzunehmen.“

***

Alon stand eine lange Nacht im Naturhistorischen Museum in Wien bevor. Gestärkt durch ein ausgiebiges Abendessen und eine Tasse Wiener Kaffee stieg er die breiten Treppen des Tiefspeichers in das vierte Untergeschoss hinab.
Nachdem er sich an dem Türschloss identifiziert hatte, betrat er den Untersuchungsraum, in dem Objekt L2471 aufbewahrt wurde. Außer dem obligatorischen Wachmann war nur noch Karin Geiger anwesend. Sie drehte sich um und begrüßte den Neuankömmling. „Schön, dass Sie sich auch zur Nachtschicht gemeldet haben."
„Gezwungen wurde, trifft es in meinem Fall wohl eher", antwortete er mit einem Brummen.
„Was hat Ihnen Professor Golan denn diesmal in Ihr Hausaufgabenheft geschrieben?"
„Sie werden es nicht glauben, aber…"
„Nein, sagen Sie jetzt nichts!", fiel Karin ihm ins Wort. „Lassen Sie mich raten…" Sie runzelte die Stirn, so als würde sie angestrengt nachdenken. „Blütenpollen zählen und katalogisieren?"
Alon warf ihr einen bösen Blick zu.
Karin versuchte, betroffen auszusehen und machte einen Schritt zurück. „Jetzt sagen Sie aber nicht, ich habe es erraten."
„Und dabei war es diesmal doch besonders schwer", bemerkte er zynisch.
„Sie tun mir ehrlich leid." Karin klopfte ihm aufmunternd auf den Rücken. „Da haben wir eines der bedeutendsten Fundstücke der Geschichte hier liegen, und Sie machen seit Tagen nichts anderes, als Blütenpollen zu sortieren. Professor Golan muss sich eine Menge interessanter Aufschlüsse von Ihrer Auswertung erhoffen."
„Bestimmt tut sie das. Ich bin nur gespannt, wann sie mich daran teilhaben lässt… Und wie kommen Sie mit Ihrer Arbeit voran?"
„Danke, ich kann nicht klagen", erwiderte Karin. „Alle bisherigen Tests bestätigen die Vermutung, dass unser Fundstück aus der fraglichen Zeit nach Christi Geburt stammt."
„Glauben Sie wirklich, dass Sie diesmal das richtige haben?"

Karin zuckte mit den Achseln. „So weit lehne ich mich bestimmt nicht aus dem Fenster. Für solche Spekulationen ist es einfach noch viel zu früh, aber zumindest spricht bisher nichts dagegen."
„Warten Sie nur ab, bis ich meine Pollen fertig gezählt habe."
Sie lachte. „Im Moment steht es bei unseren Ergebnissen drei zu eins. Auch Fogg und Piazza sind sehr zuversichtlich, was die Echtheit von Objekt L2471 betrifft. Sie werden es also schwer haben, Alon."
„Pollen lügen nicht", sagte er übertrieben trotzig.
„Natürlich nicht, aber…"
„Aber?"
„Aber… Sie könnten sich ja auch verzählt haben." Es fiel ihr sichtlich schwer, ernst zu bleiben.
„Hören Sie bloß auf, meine Chefin auf solche Ideen zu bringen. Sonst darf ich nie mehr nach Hause."
„Kein Problem. Ich hätte schon Verwendung für einen tüchtigen Assistenten wie Sie. Wir haben Millionen Präparate hier im Haus, die immer wieder einmal gezählt werden müssen. Es findet sich bloß so selten ein Freiwilliger für diesen Job."
Alon schüttelte betont schmollend den Kopf und ging zu seinem Platz. „Ich habe unsere beiden Professoren heute noch gar nicht zu Gesicht bekommen", lenkte er das Gespräch in eine andere Richtung. „Eigentlich hatte ich gehofft, sie noch persönlich anzutreffen."
Auch Karin Geiger wandte sich wieder ihrer Arbeit am Mikroskop zu. „Fogg hat sich den ganzen Nachmittag schon nicht wohl gefühlt und ist am frühen Abend ins Hotel gefahren."
Interessant, dachte Alon. „Hoffentlich nichts Ernstes?"
„Bestimmt nicht", versicherte Karin. „Er ist heute mit Direktor Willendorfer in der größten Mittagshitze fast zwei Stunden um das Museum gelaufen. Danach war er knallrot im Gesicht."
„Ihr Direktor?"
„Ja, der natürlich auch. Aber Willendorfer war im Gegensatz zu Fogg schlau genug, ausreichend zu trinken. Würde mich

nicht wundern, wenn sich dieser Brite einen kontinentalen Hitzschlag eingefangen hat."
„Und Piazza? War der Italiener bei dem Rundgang auch dabei?"
Karin bereitete einen neuen Objektträger für das Mikroskop vor. „So war es zumindest geplant. Aber dann hat er irgendeinen wichtigen Anruf bekommen und sich entschuldigt."
Wenn die Antwort Alon überrascht hatte, dann ließ er es sich nicht anmerken. „Wissen Sie, woran Piazza heute Vormittag gearbeitet hat?"
„Sicher, er hat zwei seiner Proben mit mir zusammen analysiert. Es ging um die vermeintlichen Farbspuren, die wir gefunden haben, die aber gar keine Farbspuren sind. Piazza hat versucht, eine andere Erklärung dafür zu finden und ein Stück des betroffenen Gewebes auf sonstige Verunreinigungen untersucht."
„Und?" Alon versuchte, sein Interesse möglichst wissenschaftlich klingen zu lassen. „Gibt es schon erste Ergebnisse?"
Karin zeigte auf den Gaschromatographen, an dem mehrere Lämpchen aufblinkten. „Noch in Arbeit."

***

Etwa zur selben Zeit machte sich jemand an dem Schrank zu schaffen, in dem die Behälter mit den Speckkäfern aufbewahrt wurden. Es war für Herrn Maier an der Zeit, nachzusehen, wie viel von dem Mann noch übrig war, dessen Identität er angenommen hatte. Die sterblichen Überreste des Professors waren auf zwölf Kunststoffboxen verteilt und die kleinen schwarzen Käfer hatten bereits hervorragende Arbeit geleistet. Ober- und Unterschenkelknochen waren ebenso sauber abgenagt wie die Arme. Die Stücke, in die Maier den Brustkorb zerlegt hatte, trotzten ihrer Verwertung als kulinarisches Käfer-Highlight allerdings ebenso hartnäckig wie der Schädel des Professors. Obwohl alle Organe fachgerecht

entfernt worden waren, hielt sich hier das meiste Futter. Das hatte dazu geführt, dass die Speckkäferlarven nicht ganz so schnell vorangekommen waren wie erhofft.
Ich werde wohl besser ein paar von euch umsiedeln. Maier schüttete eine beträchtliche Anzahl an Käfern und Larven aus den Plastikboxen mit den abgenagten Arm- und Beinknochen um. Wie ein dunkles Gel floss die pulsierende Masse über den angefressenen Schädel und tropfte durch Nasenlöcher und Augenhöhlen ins Innere. Die hohe Konzentration an Tieren würde dabei helfen, den Vorgang zu beschleunigen. „Beeilt euch, meine Kleinen, bevor die besten Weidegründe besetzt sind", flüsterte Maier den Käfern zu.
Er beschloss, die bereits fertig präparierten Knochen vorerst noch in den Plastikboxen zu belassen und später das gesamte Skelett auf einmal abzuholen.
Gerade, als er die letzte Box in den Schrank zurückgestellt hatte, läutete sein Mobiltelefon.
„Kannst du reden?", fragte die Stimme aus dem Lautsprecher.
„Schieß los!", entgegnete Maier wortkarg.
In aller Kürze informierte ihn sein Auftraggeber über den letzten Stand der Dinge.
Maier schien mit dem Verlauf des Gesprächs höchst zufrieden zu sein.
„Wie läuft es sonst bei dir?", fragte die Stimme.
„Dieser Kollek schnüffelt für meinen Geschmack ein bisschen zu viel hier rum."
„Wird er dir gefährlich?"
Maier lachte abfällig. „Er mir? Machst du Witze? Schick mir jemanden, der seinen Platz einnehmen kann und ich sorge dafür, dass die Speckkäfer weitere zwei Wochen versorgt sind."
„So einfach ist das leider nicht. Wenn wir ihn beseitigen, bestätigen wir damit nur die Vermutung, dass hier etwas nicht stimmt. Du musst Kollek hinhalten, bis die Untersuchungen abgeschlossen sind und wir alles haben, was wir brauchen."

„Ich weiß", seufzte Maier. „Ich glaube nicht, dass irgendeiner der anderen bisher Verdacht geschöpft hat. Sie sind alle viel zu sehr mit ihren Analysen beschäftigt."
„Wissenschafter eben, was hast du auch anderes erwartet? Gibt es schon Fotos, die du mir schicken kannst?"
„Keine brauchbaren", wehrte Maier ab. „Ich experimentiere derzeit mit unterschiedlichen Lampen und Lichtspektren, um die Sichtbarkeit zu verbessern, aber ich muss sehr vorsichtig sein, um die anderen nicht misstrauisch zu machen. Wenn sich zwischen den sichtbaren Linien tatsächlich ein Hologramm befindet, dann ist es verdammt gut versteckt."
„Natürlich ist es da!", behauptete der Anrufer mit Nachdruck. „Wir können froh sein, dass die anderen dem bisher so wenig Bedeutung geschenkt haben. Wenn ihnen erst einmal klar wird, was sie da haben, verschärfen sie die Sicherheitsvorkehrungen noch weiter und die Sache hat sich für uns erledigt."
„Das Ding dort wegzuschaffen, wird auch so nicht leicht", gab Maier zu bedenken. „Allein der Metallrahmen wiegt locker eine Tonne! Den können wir nicht so einfach zur Tür hinaustragen."
Der Anrufer schwieg einen Moment. *Wozu willst du den Metallrahmen mitschleppen? Idiot! Der bleibt dort liegen...*
„Das lass nur meine Sorge sein. Wenn es so weit ist, löst sich dieses Problem ganz von selbst. Und bis dahin tust du nur, was wir besprochen haben."
„Ich folge genau dem Plan."
„Mach das... Und vor allem: Halte dich von Kollek fern!"

***

Es war ein sonniger Morgen, den Natascha und David Wilder bei einem gemeinsamen Frühstück auf der Terrasse ihres Hauses verbrachten. David genoss es sichtlich, dass seine Frau an diesem Wochenende etwas Zeit für ihn hatte.
„Noch etwas Orangensaft, David?"
„Ja, bitte."

Natascha nutzte die Zeit, die ihr Mann damit verbrachte, das Glas zu leeren, um einen offenen Punkt anzusprechen: „Hast du dir das mit dem Auftrag schon überlegt? Es ist leicht verdientes Geld, das wir gut gebrauchen könnten.“ Sie legte ihm noch einmal die ausgedruckte Nachricht vor.
David setzte das Glas ab und stellte es auf den Tisch. „Ja, ich muss zugeben, die Bezahlung ist unglaublich gut…“
„Aber?“
„Na ja…“, er druckste herum, „Transsilvanien gehört nicht unbedingt zum Großraum London, in dem meine Kunden üblicherweise sitzen.“
„Ich weiß, Schatz“, sagte sie verständnisvoll. „Es ist ja nicht so, dass es dabei nur um den Job geht. Ich würde… Du würdest einem unserer wichtigsten Geschäftspartner damit einen großen Gefallen tun. So kurzfristig findet er sonst keinen Spezialisten, der ihm bei diesem Problem helfen kann. Wenn du den Auftrag annimmst, fällt das auch positiv auf mich und das Imperial College zurück.“
Natascha hatte durch ihren Beruf eine Menge interessanter Kontakte und es war keineswegs unüblich, dass sie ihren Mann weiterempfahl, um ihm den einen oder anderen Auftrag für seine Einmannfirma zukommen zu lassen. Bisher hatte David sich immer über die Vermittlung gefreut, aber bisher hatte man auch nicht von ihm verlangt, dafür die Insel zu verlassen.
„Es ist doch nur für drei Tage“, setzte sie nach. „Und du versäumst hier ja nichts. Ich bin in der nächsten Woche beruflich ohnehin sehr eingespannt. Woodberry und ich wollen die zweite Stufe des Projekts endlich abschließen, also werde ich die Abende wieder im Labor verbringen.“ Natascha wählte ihre Worte mit Bedacht, um nur ja nicht den Eindruck aufkommen zu lassen, sie wolle David loswerden.
„Drei Tage sagst du?“
„Drei Tage.“ Sie nickte. „So lange hält es Goliath doch mit Ms. Furgerson aus.“
David lachte. „Ja, der ist vermutlich der Einzige, der sich noch weniger über meinen Ausflug ins Land der Vampire freut als ich.“

Natascha verdrehte die Augen. „Ach Schatz, jetzt werd aber nicht kindisch. Rumänien ist ein aufstrebendes Land. Du tust ja gerade so, als würden die Menschen dort noch im tiefsten Mittelalter leben. Glaubst du ernsthaft, Graf Dracula würde dich in sein Schloss einladen, damit du ihm die Computer auf Vordermann bringst?" Bei dem Gedanken musste sie loslachen. „Vermutlich weiß so ein angestaubter Vampir nicht einmal, was Computer sind."
„Eben! Umso nachdenklicher sollte es mich stimmen, wenn ich wegen eines EDV-Notfalls ausgerechnet nach Transsilvanien gerufen werde." David hatte sichtlich Spaß daran, mit seiner Frau herumzualbern. In den letzten Wochen war den beiden nur wenig Zeit für einander geblieben.
„Also, was sagst du, David? Wenn es dich beruhigt, kann ich dir auch ein paar Knoblauchzehen zwischen die Wäsche im Koffer legen."
Er las sich noch einmal die Auftragsbeschreibung durch. „Ich muss zugeben, dieses Inserat ist mir wirklich wie auf den Leib geschrieben. Wenn ich es nicht besser wüsste, würde ich sagen, der Auftraggeber hat den Text von meiner Website kopiert."
„Ach David, du bist manchmal wirklich unmöglich. Kannst du dich denn nicht einfach freuen, dass du in drei Tagen so viel Geld verdienen wirst wie sonst in drei Wochen?"
„Das ist natürlich ein gutes Argument", gab er kleinlaut zu.
„Bis wann musst du deinem Geschäftspartner denn Bescheid geben?"
„Gestern."
„Verstehe."
David nahm sich eine sehr lange Sekunde Bedenkzeit.
„Und? Kann ich ihm sagen, dass du ihm hilfst?"
Er nickte. „Aber vergiss den Knoblauch für meinen Koffer nicht."

***

Das internationale Expertenteam, das mit der Erforschung von Objekt L2471 betraut war, hatte den Nachmittag frei. Jeder von

ihnen verbrachte die Zeit im wolkenverhangenen Wien auf seine Weise.
Professor Fogg hatte beschlossen, dass es eine perfekte Gelegenheit war, die Seiten zu wechseln.
Statt sich wie gewöhnlich auf dem Weg zum Naturhistorischen Museum rechts zu halten, bog er nach links ab und steuerte auf das Kunsthistorische Museum zu. Die einander gegenüberliegenden Gebäude waren auf den ersten Blick nicht voneinander zu unterscheiden. Man musste schon genauer hinsehen, um die kleinen aber feinen Details in Form von Figuren und Verzierungen zu erkennen, die auf die jeweilige Fachrichtung hinwiesen.
Fogg stieg die Treppe hoch, kaufte sich eine Eintrittskarte und begann seinen Rundgang durch das Kunsthistorische Museum in der Ägyptisch-Orientalischen Sammlung.
In einer kunstvoll verzierten Halle, die große Ähnlichkeit mit den Räumlichkeiten einer Pyramide aufwies, waren mehrere Mumien und ihre Sarkophage ausgestellt.
Dem Professor fiel auf, dass das Museum für einen Wochentag erstaunlich gut besucht war und er erwischte sich ein paar Mal dabei, dass er sich auf seinem Rundgang durch die Ausstellungsräume beobachtet fühlte.
Vielleicht war er aber auch einfach nur übervorsichtig. Schließlich war er einer der wenigen, die wussten, welche historische Kostbarkeit vorübergehend im Haus gegenüber lagerte.
Es ist erstaunlich, wie unterschiedlich diese Zwillingsgebäude genutzt werden. Wenn man nur ihr Innenleben sieht, kommt man nicht auf die Idee, dass die Museen baugleich sind.
Sein Interesse galt neben den Ausstellungsstücken vor allem auch dem Museumsshop mit seinen Souvenirs. Dort ließen sich die meisten der ausgestellten Gemälde als Kunstdruck erwerben. Darüber hinaus wurde auch noch eine Vielzahl anderer berühmter Bilder und Fresken angeboten.
Fogg fing an, in den Katalogen und ausgelegten Postern zu blättern, und war wenig später völlig in das Angebot vertieft.
Das hier ist sehr farbenprächtig. Es würde gut zu...

Eine Hand auf seiner Schulter ließ ihn zusammenzucken.
„Kollege Fogg“, hörte er Piazzas Stimme. „Was für eine Überraschung, Sie hier zu treffen!“
Fogg, der ganz offensichtlich nicht minder überrascht war von dem Zusammentreffen, nahm sich einen Moment, um aus seinen Gedanken eine Antwort zu formulieren.
Piazza beugte sich an Fogg vorbei, um einen Blick auf das Poster zu erhaschen, das dieser gerade betrachtet hatte. „Hat Sie auch das schlechte Wetter zur Kunst getrieben?“
„Ja“, erwiderte Fogg und wich ein Stück zur Seite, um seinem Kollegen die Sicht nicht zu verstellen. „Auch das Wetter.“
„Sie hätten ruhig sagen können, dass Sie sich für Kunstschätze interessieren. Ein Rundgang mit Ihnen gemeinsam wäre sicher um einiges unterhaltsamer gewesen. Waren Sie schon bei den Mumien?“
„Gleich als Erstes! Eine wunderschöne Sammlung.“
„Sie sagen es, werter Kollege, Sie sagen es.“
„Ich muss einer Kollegin von mir ein Souvenir mitbringen und bin noch sehr unentschlossen nach all den fantastischen Eindrücken.“ Fogg blätterte zum nächsten Poster. „Am einfachsten wäre es, ich würde von jedem zwei nehmen.“
„Zwei?“, fragte Piazza erstaunt.
„Eines für meine Kollegin und das andere für mein Wohnzimmer.“
„Verstehe“, lächelte er. „Eigentlich keine schlechte Idee, so ein Mitbringsel unter Kollegen. Und bei der Menge an Motiven sollte auch für jeden etwas Passendes dabei sein.“
Das Gespräch der beiden Wissenschafter verebbte in weiteren Belanglosigkeiten und endete damit, dass jeder mit einer Transportrolle aus dickem Karton unter dem Arm das Museum verließ.
Draußen trennten sich ihre Wege und jeder steuerte sein Hotel an.
Ich hätte nicht erwartet, diesen Schwätzer dort zu treffen. Aber er hat bestimmt keinen Verdacht geschöpft. Schließlich hat er selbst auch etwas gekauft.

Maier betrat sein Hotelzimmer und zog die Tür hinter sich zu. Die Kartonrolle aus dem Museum warf er aufs Bett. Dann räumte er den Fernseher vom einzigen Tisch, der groß genug war, um ein Poster darauf auszubreiten.
Sorgfältig holte er eines der wohl berühmtesten Motive von Michelangelo Buonarroti aus der Transportrolle hervor: das Jüngste Gericht.
In der Bildmitte, umgeben von einem gelben Lichtschein, entschied Christus am Tag des Jüngsten Gerichts darüber, wen er in den Himmel holte, und wer in die ewige Verdammnis zu stürzen hatte. Stellvertretend für die gesamte Menschheit fanden fast 400 Figuren Platz auf Michelangelos Fresko.
So beeindruckend das Bild aus künstlerischer Sicht auch war, Maier hatte es nicht deshalb gekauft. Vielmehr war es die große Zahl der abgebildeten Figuren, die den Ausschlag gegeben hatte. Ihre Körper teilten das Gesamtbild in eine Unzahl verschiedenfarbiger Felder - ein sehr wichtiger Umstand für das, was Maier mit dem Poster vorhatte.
Er legte das Poster auf den Tisch und fixierte die Ecken mit Aschenbecher, Telefon und zwei Gläsern aus dem Badezimmer. Mit einem Bleistift machte er sich daran, Zahlen in einige der bunten Felder zu schreiben. Diese Beschriftungen begründeten ein Raster und sollten später als Grundlage für weitere Zahlen dienen. *213... 37... 111...*
Um überhaupt Daten aus dem Museum schmuggeln zu können, gab es für Maier nur eine Möglichkeit. Er musste sie sich einprägen. Deshalb versuchte er, die relevanten Ergebnisse seiner Arbeit an Objekt L2471 möglichst übersichtlich zu halten und merkte sich die Werte der Farbverschiebungen, die bei Veränderungen an der Beleuchtung auftraten.
Mit Hilfe weniger Zahlen und der natürlichen Fülle an Farben des Posters war er in der Lage, seine Untersuchungsergebnisse zu dokumentieren. Je nachdem, wie er während seiner Analysen an Objekt L2471 die Frequenz des eingesetzten Lichts veränderte, kam es zu unterschiedlichen Farbvariationen.

Die Daten seiner Lichtexperimente wollte er künftig in Michelangelos Werk codieren - keine schwere Aufgabe, wenn das zugrundeliegende Raster erst einmal richtig definiert war. Minute um Minute verging und eine Zahl folgte der nächsten.
187... 194... fertig!
Er betrachtete sein Werk noch einmal in Ruhe und entdeckte dabei einen Wert, den er ausbessern musste, weil das zugehörige Farbfeld nicht eindeutig definiert war.
Als er mit seiner Arbeit restlos zufrieden war, schob er sie vorsichtig zur Seite.
Das war Nummer eins! Er holte ein zweites Poster mit demselben Motiv aus der Kartonrolle und breitete es ebenfalls aus.
Akribisch übertrug er die Zahlen aus dem ersten Bild und fertigte eine exakte Kopie an. Wieder nahm er sich Zeit, um sicherzustellen, dass ihm kein Fehler unterlaufen war.
Fertig!
Er rollte eines der beiden Poster zusammen und schob es in die Transportrolle zurück. Das andere befestigte er provisorisch an dem Schrank in seinem Zimmer.
Schon kurz vor sechs, bemerkte er und mahnte sich, einen Zahn zuzulegen. Mit Klebeband verschloss er die Abdeckklappen an den Enden der Rolle und kritzelte die Adresse eines Postfachs darauf. *Ab zur Post!*

***

Dr. Qian saß an seinem Schreibtisch und studierte die jüngsten Untersuchungsergebnisse und Berichte aus seinem Labor. Der Koreaner gehörte zu jener Art Chefs, die immer wissen wollten, was im eigenen Unternehmen vorging. Dafür war ihm jedes Mittel recht. Neben den offensichtlichen Dingen wie den Überwachungskameras, den regelmäßigen Rundgängen und Befragungen seiner Untergebenen, setzte er auch auf das Abhören von Telefonaten, die Kontrolle von Briefen und E-Mails sowie die Beschattung von auffällig gewordenen Mitarbeitern nach Dienstschluss.

Aus Qians Sicht waren diese Maßnahmen unerlässlich, um die regelmäßigen Berichte seiner Angestellten ins richtige Licht zu rücken. Die meisten von ihnen arbeiteten schon sehr lange für den Doktor und hatten sich ihrem gläsernen Dasein gefügt. Wer das nicht konnte, verschwand in der Regel ebenso rasch und unauffällig wie die ausgedienten Versuchsobjekte, die man im Hochsicherheitsbereich des Labors unter Verschluss hielt. Diese spezielle Abteilung befand sich unter meterdicken Betonplatten in der untersten Ebene des Gebäudekomplexes. Jemand, der dort Zutritt hatte, war entweder sehr privilegiert oder er sah seinem sicheren Ende entgegen.

Qian beschäftigte sich immer ganz besonders ausführlich mit den Anforderungen dieser Abteilung. Um ihre Forschungen nicht ins Stocken geraten zu lassen, war ein kontinuierlicher Materialfluss unabdingbar.

„...benötigen wir weitere Freiwillige für die geplanten Experimente...“, murmelte der Doktor beim Lesen des Berichts. *Die Arbeiten gehen wirklich gut voran. Ich werde diese Leute für einen Halbjahresbonus vormerken.* Er notierte seine Idee auf einem Post-it und klebte es auf den Bericht.

Qian war froh, sich in den 1990er Jahren bei der Standortwahl für dieses verschlafene Nest in Rumänien entschieden zu haben. Das Umland mit seinen vielen Bergdörfern lieferte den wichtigsten Rohstoff, den das Labor benötigte, in nahezu unbegrenzter Menge.

Der Bedarf an menschlicher DNA hatte zu Beginn der Forschung noch stark geschwankt, doch seit einigen Monaten stieg er stetig an. Für den Doktor war das ein untrügliches Zeichen, dass seine Arbeit schon bald zum krönenden Abschluss kommen würde.

Er drückte auf einen Knopf auf dem Schreibtisch und wenig später stand seine Sekretärin in der Tür.

„Was darf ich für Sie tun, Dr. Qian?“

„Holen Sie mir Bone-X! Es gibt wieder Arbeit für ihn.“

„Sehr wohl.“

„Und bringen Sie mir Futter für ihn“, Qian zeigte auf das Eckaquarium. Dann wandte er sich wieder seiner Arbeit zu.

„Wird sofort erledigt“, bestätigte sie und schloss die Tür hinter sich.
Keine zehn Minuten später war Bone-X zur Stelle. Der große, sehnige Mann mit dem verschlagenen Blick kaute lässig auf einem Zahnstocher. Sein khakifarbenes T-Shirt hatte mindestens so viele Flecken wie die zu groß gekauften Jeans, die nur durch einen breiten Ledergürtel gehalten wurden. „Was darf es diesmal sein, Boss?“ Er schob den Zahnstocher mit der Zunge in den gegenüberliegenden Mundwinkel. „Oder anders gefragt, wie viele sollen es diesmal sein?“
Bone-X hatte, trotz seiner oftmals respektlosen Art dem Doktor gegenüber, einen sicheren Arbeitsplatz. Das lag aber nur daran, dass die wirklich dreckigen Jobs nach den skrupellosesten Leuten verlangten.
„Ein halbes Dutzend“, gab Qian seine Bestellung mit ausdrucksloser Stimme auf und schob einen Zettel über den Schreibtisch.
Bone-X nahm die Liste mit einem überraschten Pfiff an sich.
„Schaffen Sie das bis Ende der Woche?“, wollte der Doktor wissen.
„Der Mond steht ungünstig für die Ernte. Sie sollten besser noch warten, Boss. Nächste Woche Mittwoch wäre ein ausgezeichneter Termin für…“
„Der Mond interessiert mich nicht.“
Bone-X riss die dunklen Augen weit auf und hob mahnend den Zeigefinger. Zudem verstellte er seine Stimme, um sich wie ein altes Orakel anzuhören. „Es geht nicht ohne Mond. Die alte Prophezeiung kann nur erfüllt werden, wenn der Mond richtig steht. Die Leute in den Bergdörfern wissen das. Wir halten uns bei der Menschenjagd immer an die Mondphasen.“
„Ich zahle Ihnen zehn Prozent extra!“, sagte Qian scharf.
Bone-X schien über den Vorschlag nachzudenken.
„Und Ihren Leuten auch“, besserte der Doktor sein Angebot nach.
Der angekaute Zahnstocher wackelte unentschlossen auf und ab. „Es sind wieder zwei Kinder dabei.“

„Die können Sie diesmal zum vollen Preis verrechnen. Aber ich brauche die Lieferung bis Ende der Woche."
Bone-X kicherte, was ihn aber um nichts sympathischer machte. Je länger er im Raum war, umso mehr trat sein Hygienedefizit in den Vordergrund. Die Ausdünstungen erinnerten Qian an den Gestank von Buttersäure.
„Was ist jetzt? Machen Sie den Job?"
Aus dem Aquarium war ein schrilles Quieken gefolgt von einem Platschen zu vernehmen. Ein untrügliches Anzeichen dafür, dass sich Qians Haustier sein Futter geholt hatte.
Bone-X drehte sich unwillkürlich um, sah aber nur noch ein Holzstück, das auf der bewegten Wasseroberfläche schaukelte. *Verdammtes Vieh!* Er nahm den Zahnstocher aus dem Mund, zog lautstark auf und schluckte dann ebenso unüberhörbar.
„Natürlich, Boss. Meine Jungs und ich lassen Sie doch nicht hängen." Der Zahnstocher verschwand wieder bis zur Hälfte zwischen den spröden Lippen. „Haben Sie diesmal auch wieder etwas zu entsorgen?"
„Ja, aber die laufen uns nicht mehr davon. Wichtig ist, dass der Nachschub nicht ins Stocken gerät. Ich verlasse mich auf Sie!"
Bone-X schlug die Hacken zusammen und salutierte wie jemand, der keine Ahnung vom Militärdienst hatte. „Ja, Sir!", brüllte er.
„Wegtreten!", erwiderte Qian, der es längst aufgegeben hatte, den Wahnsinn zu verstehen, der ganz zweifellos von Bone-X Besitz ergriffen hatte. Für den Doktor war der Mann nur ein Mittel zum Zweck. Ein günstiges und, was noch viel wichtiger war, ein höchst effizientes.

***

Im öffentlichen Teil des Naturhistorischen Museums befand sich eine achteckige Halle mit einer riesigen Kuppel. Säulen und Wände waren mit aufwändigen Stuckarbeiten verziert und jede Seite war einem wissenschaftlichen Fachgebiet des Hauses gewidmet. Neben lebensgroßen Steinfiguren, die typische Szenen aus den jeweiligen Wissenschaften

nachstellten, befanden sich in jedem der acht Kuppelsegmente auch rote Marmorschilder mit großen, goldenen Buchstaben. Durch eine kreisrunde Öffnung im Boden der Halle konnten Besucher einen Blick auf die untere Ebene werfen. In diesem zentralen Bereich des Museums war auch ein Café angesiedelt. Der Genetiker Phileas Fogg saß, gemeinsam mit Luca Piazza, an einem der äußeren Tische. Da der Brite seinem italienischen Kollegen die Platzwahl überlassen hatte, war es nicht weiter verwunderlich, dass sie im Sektor der Anthropologie gelandet waren. Die beiden Professoren unterhielten sich sehr angeregt über ihre Arbeit, waren aber stets auf die Wahl ihrer Worte bedacht, da sie von Museumsbesuchern umringt waren.
„Was erhoffen Sie sich eigentlich von den Beleuchtungsversuchen, die Sie an Objekt L2471 vornehmen?"
„Reine Routine", wimmelte er die Frage ab. „Wir sollten keine Möglichkeit ausschließen."
„Verstehe… und?"
„Und?"
„Haben Sie dadurch irgendetwas herausgefunden, das uns bei der Datierung weiterhelfen könnte?"
„Nein, nichts was von Bedeut…" Die viel zu schnelle Antwort wurde von einem Stück Apfelstrudel erstickt, das sich erst durch mehrmaliges Husten wieder löste.
„Vorsicht, Herr Kollege, an diese Wiener Mehlspeisen muss man sich erst langsam herantasten."
„Sie… Sie haben völlig Recht", kam räuspernd die Antwort. „Ich sollte mir mehr Zeit für die wichtigen Dinge nehmen."
Beide lachten.
„Glauben Sie auch, dass es sich bei Objekt L2471 um das Original handelt?", fragte Fogg vorsichtig.
Piazza sah sich um, ehe er mit gesenkter Stimme antwortete. „Es deutet einiges darauf hin. Jedenfalls besteht jetzt kein Zweifel mehr daran, dass das bisher verehrte Objekt eine Fälschung ist."
„Natürlich ist es eine Fälschung! Jeder der damals beteiligten Wissenschafter wusste das, denn die verlangten Ergebnisse der Untersuchungen standen von Anfang an fest. Denen ging es nie

darum, die Wahrheit zu finden. Die Öffentlichkeit sollte nur die Version der Kirche bestätigt bekommen, die die Analysen beauftragt hatte."
„Es ist eine Schande, wozu sich manche Kollegen hergeben."
„Sie sagen es."
„Aber wir haben da unten im Keller die Vorlage liegen, mit der sich die Fälschung eindeutig als solche entlarven lässt!"
„Zweifellos, die optische Ähnlichkeit der beiden Objekte ist verblüffend. Sogar die Farbverläufe ihrer Schattierungen gleichen sich. Die Ergebnisse lassen keinen anderen Schluss zu, als dass unser Objekt L2471 die Vorlage für die Fälschung war."
„Ja...", erwiderte der Italiener, „aber das macht L2471 nicht automatisch zum Original. Es wäre durchaus denkbar, dass es noch weitere Fälschungen gibt. Bevor wir hier ein Urteil fällen, müssen alle Zweifel restlos ausgeräumt werden. Ich habe keine Lust, mich durch vorschnelle Äußerungen zum Gespött unserer Kollegenschaft zu machen."
„Sie sagen es, werter Piazza, Sie sagen es. Da draußen lauern doch schon dutzende... ach was rede ich, hunderte junger Kollegen darauf, zwei brillante Wissenschafter wie uns zu widerlegen, um selbst einen Platz an der Sonne zu bekommen, ohne jemals wirklich dafür gearbeitet zu haben." Fogg wehrte bescheiden lächelnd die Zustimmung ab, die er von dem Anthropologen erwartete.
„Sie sprechen mir aus der Seele. Wissen Sie, was ich einmal gehört..."
Das Gespräch der beiden verstummte umgehend, als sich eine Kellnerin ihrem Tisch näherte, um die leeren Teller abzuräumen.
„War alles in Ordnung? Darf ich den Herrschaften noch etwas bringen?"
„Danke, wir sind wunschlos glücklich."
„Sehr wohl." Die Kellnerin lächelte höflich und verschwand.
„Wo waren wir stehen geblieben? Neid! Die Triebfeder der Wissenschaft..."

„Die Neider!“ Es folgte ein gequälter Seufzer. „Die machen sich doch immer und überall zum Thema.“
Im Moment beneide ich vor allem den toten Professor, weil er sich dein großkotziges Gelaber nicht mehr anhören muss. Sobald das hier erledigt ist, verfüttere ich dich auch an die Speckkäfer. Das schwöre ich!

***

Gleich nachdem David Wilders Maschine am Flughafen in Bukarest gelandet war, verstärkten sich seine üblen Vorahnungen. Das Flughafengebäude versprühte den Charme einer ausrangierten Supermarktfiliale, passte aber gut zum Shuttle-Bus und der Uniform des Busfahrers.
Während der kurzen Fahrt zum Terminal überlegte David, worüber er sich mehr Sorgen machen sollte: die Aufmerksamkeit des Fahrers, der auf seinem Handy herumdrückte, oder den Bus, der eine Rauchwolke hinterließ, als hätte er alte Reifen im Tank.
Na dann, willkommen in der EU! Ich sollte noch schnell ein Foto für Natascha machen und ihr schicken... Nur für den Fall, dass der Bus explodiert, bevor wir diese Lagerhalle erreichen, in der das Gepäck verschwunden ist.
Gelegentlich kam es vor, dass David sich zur einen oder anderen Übertreibung hinreißen ließ. Dies geschah zumeist dann, wenn die Dinge nicht so liefen, wie man es ihm versichert hatte, sondern sich vielmehr so entwickelten, wie er es von Anfang an befürchtet hatte.
Mit einem heftigen Ruck kam der Bus zum Stehen und entließ David und die anderen Insassen in die Freiheit.
Ungefähr zehn Minuten später fand sich der gebürtige Israeli am Informationsschalter des Flughafens wieder.
„Guten Tag. Wären Sie wohl so nett, mir zu sagen, wo ich meinen Mietwagen abholen kann?“, fragte er in bestem Oxford-Englisch.

Die füllige Dame hinter der Scheibe schaute kurz auf und widmete sich dann wieder dem Papierstapel auf ihrem Schreibtisch.
In dem spiegelnden Glas konnte David sein verdutztes Gesicht sehen. *Was ist jetzt los?*
Seine Finger klopften gegen die Scheibe. „Entschuldigen Sie bitte, wenn ich Sie bei Ihrer Arbeit störe, aber ich suche meinen Mietwagen."
Die Frau würdigte ihn eines weiteren Blickes und stieß einen unverständlichen Grunzlaut aus. Soweit es sie betraf, war damit alles gesagt.
David kratzte sich am Kopf, um nicht den Eindruck zu erwecken, einfach nur den Schalter blockieren zu wollen. Dies erschien ihm umso wichtiger, als sich hinter ihm bereits zwei weitere Informationssuchende angestellt hatten.
„Entschuldigen Sie bitte." Er klopfte erneut gegen die Glasscheibe. „Ich habe da noch eine weitere Frage, bei der Sie mir möglicherweise behilflich sein könnten."
Diesmal ließ ihm die Frau deutlich weniger Aufmerksamkeit zukommen und so musste sich David mit einem wenig freundlich klingenden Zischlaut begnügen.
Hmmm. Hier komme ich wohl nicht weiter. „Vielen Dank für Ihre Hilfe. Ich versuche es dann vielleicht doch besser an einem anderen Schalter."
Die vielen Jahre, die David nun schon in London lebte, hatten aus ihm den perfekten Gentleman gemacht, wenn es darum ging, Ruhe zu bewahren. Zudem hatte er sich in seiner Wahlheimat eine weitere, typisch britische Eigenart angewöhnt. Bisher war er sich allerdings nicht bewusst gewesen, wie schwer es ihm mit seiner perfekten englischen Aussprache fallen würde, sich in Rumänien verständlich zu machen.
Das sollte sich dank der Hilfe von zwei Taxifahrern im Laufe der nächsten Stunde ändern. Nach und nach glaubte David in Erfahrung zu bringen, dass er wohl auf dem alten Flughafen gelandet war, während sein Mietwagen aber beim neuen Airport auf Abholung wartete.
„Und wo ist dieser neue Flughafen?"

Nahezu gleichzeitig zeigten die beiden Taxifahrer in entgegengesetzte Richtungen.
David seufzte und wiederholte seine Frage. Diesmal legte er allerdings großes Augenmerk darauf, den Gentleman nicht durchklingen zu lassen.
Zu seiner Erleichterung schloss sich nun einer der Taxifahrer der Meinung seines Kollegen an.
Zwanzig Minuten später, und ebenso viele britische Pfund ärmer, saß ein erleichterter David Wilder hinter dem Steuer seines vorbestellten Mietwagens.
In seinem ganzen Leben hatte er nur einen Mann kennengelernt, dessen Fahrstil jenen des Taxilenkers übertraf, der wie ein Henker in Schlangenlinien über alle vier Spuren gefahren war, um Zeit gutzumachen.
Das erste Mal seit vielen Jahren dachte David an seinen alten Freund beim Mossad zurück. *Was wohl aus Alon geworden ist, nachdem ich Israel verlassen habe? Ob er noch im aktiven Dienst ist? ...wenn er überhaupt noch lebt.* David verdrängte den unangenehmen Gedanken. *Nein, nicht Alon. Ein Typ wie er fällt immer auf die Füße. Wahrscheinlich verdient er sein Geld jetzt hier in Bukarest als Fahrlehrer.*

***

Die Ärztedichte in Transsilvanien war nicht sehr hoch, was sich aber nicht durch den Gesundheitszustand seiner Bewohner begründen ließ.
In einem Aufwachraum war eine kleine Gruppe von Medizinern damit beschäftigt, einen bewusstlosen Mann auf einem Tisch festzubinden. Alles lief sehr routiniert ab und nur unwesentlich später wurden alle wichtigen Körperfunktionen von zwei Monitoren überwacht.
Die Abendsonne stand tief und leuchtete feuerrot durch die schräg stehenden Jalousien herein, sodass sich ihr Licht mit dem kühlen Weiß der Neonbeleuchtung mischte.
„Er ist jetzt stabil“, bestätigte einer der Ärzte den Zustand seines Patienten.

„Gut, dann gehört er Ihnen."
Bis auf eine Krankenschwester verließen alle, die dazu in der Lage waren, den Raum.
Mit Tüchern reinigte die junge Frau den Körper ihres Patienten von einer Gelschicht. An einigen Stellen war sie zu grünlich schimmernden Batzen verklumpt, ließ sich aber leicht abwischen. Die Haut des Mannes wirkte aufgequollen und schrumpelig. Seine Fingerkuppen sahen aus, als wäre er in der Badewanne eingeschlafen.
Die Krankenschwester zuckte unwillkürlich zusammen, als sich ihr Patient spuckend aus seinem Tiefschlaf zurückmeldete. Sofort wischte sie ihm den ausgeworfenen Speichel aus dem Gesicht.
Das Husten und Spucken wurde stärker, wodurch sich auch der Kopf des Mannes bewegte. Blinzelnd öffnete er die Augen.
„Bleiben Sie ganz ruhig liegen, es ist alles in Ordnung", erklärte die Schwester mit ruhiger Stimme.
„Wo bin..." Der Rest des Satzes ging in einem Gurgeln unter.
„Sie dürfen noch nicht sprechen. Bleiben Sie einfach ganz ruhig liegen."
Je mehr der Mann ins Leben zurückkehrte, umso unruhiger wurde er. Durch die Fesseln war es ihm aber nicht möglich, den Tisch zu verlassen. Dennoch wurde sein Zucken und Zerren immer stärker. Es war nicht zu übersehen, dass er in Panik geriet.
„Keine Luft...", gurgelte er.
Die Krankenschwester streichelte über seine Hand. „Sie haben einen Schlauch im Hals, der Ihnen beim Atmen hilft. Dieses Gefühl geht gleich vorbei."
Das Piepsen der Instrumente unterstrich die zunehmende Aufregung des Mannes.
„Luft..."
„Sie werden künstlich beatmet. Ich weiß, dass der Schlauch unangenehm ist. Versuchen Sie trotzdem, ruhig zu bleiben. Es geht Ihnen gleich besser."
„Ich ersticke..." Das Brüllen war stark gedämpft. Wieder tropfte Speichel über sein Gesicht.

„Keine Sorge, Sie ersticken nicht. Atmen Sie ganz normal weiter und vermeiden Sie das Sprechen. Sie befinden sich im Aufwachraum, das sind nur die Nachwirkungen Ihres Tiefschlafs."
Der Mann machte nicht den Eindruck, als würde er den Worten der Krankenschwester Glauben schenken. Seine Augen waren weit aufgerissen und der Brustkorb hob und senkte sich ruckartig.
„Atmen Sie gleichmäßig. Dieses Gefühl geht gleich vorbei, aber Sie müssen sich beruhigen. Ihre Atmung muss sich erst stabilisieren. Ganz ruhig… ganz ruhig…", sagte sie mit gedehnter Stimme und hielt seine Hand.
Langsam zeigte ihr Zuspruch Wirkung.
„Viel besser. Atmen Sie einfach ganz normal weiter. Sie haben es gleich geschafft."
„Wo…", versuchte er sich zu artikulieren, doch er röchelte, als hätte er Wasser in der Lunge.
Sie lächelte freundlich. „Beruhigen Sie sich, es geht Ihnen gut. Sie waren in einem künstlichen Tiefschlaf. Diese Reaktion ist ganz normal beim Aufwachen. Es wird gleich besser."
Er nickte zögernd.
„Ihre Atmung und Ihr Kreislauf müssen sich erst wieder stabilisieren. Versuchen Sie, weiterhin möglichst ruhig und flach zu atmen."
Das nervöse Piepsen der Überwachungsmonitore beruhigte sich merklich.
„Sie machen das sehr gut. Es ist gleich vorbei."
„Mein Bein", brach es aus ihm heraus. „Mein Bein!"
„Mit Ihrem Bein ist alles in Ordnung", versicherte die Schwester.
„Bein ist weg…"
„Nein, Ihr Bein ist nicht weg."
„Abgeschnitten", gurgelte der Mann verstört und hob seinen Kopf ein Stück an.
„Aber nein." Die Schwester schob die grüne OP-Decke zurück und ermöglichte dem Mann einen Blick auf seine Beine. „Alles noch da, sehen Sie."

Er richtete sich ein Stück auf, um einen besseren Blick zu erhaschen. „Sie sind da“, hauchte er erleichtert und ließ sich wieder zurückfallen.
„Ja, natürlich sind Ihre Beine da. Es ist alles in Ordnung.“
„In Ordnung …nur geträumt …alles nur geträumt.“
„Sie sind nicht der Erste, dem das passiert“, bemerkte die Schwester freundlich und mit ruhiger Stimme. „Konzentrieren Sie sich einfach nur auf Ihre Atmung, dann geht es Ihnen gleich besser.“
„Wie lange…“
„Pssst!“, sie presste ihren Finger auf seinen Mund. „Sie sollen doch nicht reden. Der Doktor kommt gleich zu Ihnen.“
Tatsächlich sollte es nicht lange dauern, bis Doktor Qian den Aufwachraum betrat. „Wie geht es ihm?“
„Er hat sich gut stabilisiert. Die Aufwachphase ist optimal verlaufen.“
Qian nickte anerkennend und wandte sich seinem Patienten zu. „Können Sie Ihre Beine bewegen?“, fragte er. „Versuchen Sie, mit den Zehen zu wackeln… Gut! Und jetzt drücken Sie bitte mit Ihrem Fuß gegen meine Hand.“
Es bereitete dem Mann offensichtlich keine Mühe, der Aufforderung nachzukommen.
„Na bitte. Das klappt doch schon ganz gut… Bereiten Sie mir eine Nadel vor“, sagte er dann an die Schwester gerichtet.
„Keine Sorge“, erklärte sie dem Patienten beim Vorbereiten einer Art Stricknadel aus Chirurgenstahl, „der Doktor testet nur, ob Sie auch überall Gefühl in Ihren Beinen haben. Das ist sehr wichtig und wird nicht wehtun. Es ist höchstens ein klein wenig unangenehm. Versuchen Sie einfach, weiter ruhig zu atmen.“
Bevor der Mann auf dem Tisch antworten konnte, hatte Qian eine Stelle am Bein des Mannes mit einem Spray eingesprüht. Sogleich lag der Geruch von Desinfektionsmittel in der Luft.
„Sie sagen einfach, sobald Sie etwas spüren“, befahl der Doktor und begann die Nadel in das Bein einzuführen. Qian arbeitete mit einer erschreckenden Routine.
Keine zwei Minuten später war die Untersuchung vorbei.

„Ich bin gleich wieder bei Ihnen“, beruhigte die Schwester und folgte dem Doktor ein paar Schritte weg vom Bett, sodass die beiden sich unter vier Augen unterhalten konnten.
In ihrer Hand hielt die Krankenschwester eine Aktenmappe mit der medizinischen Vorgeschichte des Mannes. „Tut mir leid, dass es diesmal wieder nicht geklappt hat, Dr. Qian. Sollen wir ihn noch einmal zur Amputation vorbereiten?“
Wortlos verlangte Qian nach der Mappe.
„Dreimal schon…“, murmelte er beim Überfliegen der Akte und schüttelte verärgert den Kopf. Dann wandte er sich wieder seiner Mitarbeiterin zu. „Nein, nicht noch einmal. Das würde die Ergebnisse zu sehr verfälschen.“ Er gab die Mappe zurück.
Sie zeigte sich etwas verlegen. „Wir sind derzeit leider etwas knapp mit Freiwilligen, wie Sie wissen.“
„Ja“, seufzte Qian. „Ich habe schon Nachschub für Ihre Abteilung bestellt. Die neue Lieferung wird noch vor dem Wochenende eintreffen.“
„Ich verstehe.“
„Erhöhen Sie bei den nächsten Probanden die Dosis auf 160 ml. Wir müssen dieses Nervenproblem endlich in den Griff bekommen und das Wachstum der Zellen dauerhaft stabilisieren… Mir läuft die Zeit davon.“
Die Krankenschwester deutete fragend mit dem Kopf in Richtung ihres festgeschnallten Versuchstiers.
„Bereiten Sie ihn zur Abholung vor!“, kam prompt die Antwort.

***

„Nimm die Deckung höher!“ Hiobs kräftige Stimme unterbrach den Zweikampf seiner Schüler. „Wie oft muss ich euch das noch sagen?“
Sofort drehten sich alle im Raum zur Tür um, durch die sich Hiobs dunkler Anzug schob.
„Ich habe nicht verlangt, dass ihr mit dem Training aufhören sollt.“
Als hätten sie die Bedeutung seiner Worte nicht verstanden, bildeten die Männer einen Halbkreis rund um ihren Ausbilder, unter dessen Kommando sie seit gut zwei Wochen standen.
„Na gut, wenn ihr mir schon alle eure Aufmerksamkeit schenkt, dann will ich diesen seltenen Moment auch nützen.“ Hiob stemmte die Hände in die Hüften. „Alon lässt euch schön grüßen.“
Ein wohlwollendes Raunen ging durch die Runde.
„Und er hat mir deutlich zu verstehen gegeben, dass ich euch nicht länger schonen soll. Damit wollte er mir sagen, dass er mich allein dafür verantwortlich macht, wenn ihr nicht der beste Jahrgang aller Zeiten werdet.“ Er musterte einen

Rekruten nach dem anderen. „Ihr könnt euch sicher vorstellen, was das für euer Training bedeutet?“
Im Raum machte sich verhaltene Zustimmung breit.
„Gut!“ Hiob blickte zufrieden in die Runde. „Ich brauche einen Freiwilligen.“
Sofort traten alle Schüler einen Schritt nach vorne.
„Worum es dabei geht, hat nichts mit eurer Ausbildung zu tun. Ich brauche nur einen, der Rest von euch kann sich einen schönen Nachmittag am Strand machen.“
Alle außer Simon traten wieder zurück.
„Kann ich auf dich zählen?“, richtete Hiob seine Frage an den Freiwilligen. „Oder warst du einfach nur langsamer als deine Kollegen?“ Er wartete Simons Antwort nicht ab. „Ihr anderen könnt gehen!“
Nachdem sie allein waren, forderte Hiob ihn auf, seine Taschen zu leeren. „Leg alles auf den Tisch.“
„Worum geht es bei der privaten Sache?“
„Ich habe nichts von *privat* gesagt. Es hat nur nichts mit eurer Ausbildung zu tun… Was hast du da noch in der Gesäßtasche?“
Neben einer Brieftasche, einem benutzten und zwei ungebrauchten Taschentüchern sowie einer Packung Kaugummi kamen schließlich noch zwei Kondome zum Vorschein.
„Ist das jetzt alles?“
Simon hob beide Hände, um seine Aussage zu bekräftigen. „Handy und Dienstwaffe sind draußen im Spind.“
„Du wirst nichts davon brauchen.“ Hiob legte eine Pistole vom Typ Beretta auf den Tisch.
„Eine Einwegwaffe?“
„Schlaues Kerlchen.“
„Worum geht es bei diesem freiwilligen Job?“
„Wir sollen etwas abholen“, erklärte Hiob auf dem Weg zur Garage. „Eigentlich waren Alon und ich für den Auftrag vorgesehen, aber so wie es aussieht, kommst du jetzt in den Genuss, die Karre fahren zu dürfen.“ Er warf Simon die Wagenschlüssel zu.

Der alte Ford mit seiner hakeligen Schaltung und der defekten Klimaanlage galt als Leckerbissen des zivilen Fuhrparks, über den der Mossad verfügte.
„Bieg da vorne rechts ab", wies Hiob seinen Fahrer an.
Simon wirkte nervös. Außeneinsätze während der Ausbildung waren nicht ungewöhnlich, dass keiner seiner Kameraden darüber informiert war, allerdings schon.
„Wohin fahren wir?"
„Was haben wir euch über das Fragenstellen beigebracht?", beendete Hiob mit einer Gegenfrage das Gespräch.
Es musste etwa eine Stunde vergangen gewesen sein, als die beiden Jerusalem erreichten, und den Wagen in der Nähe des muslimischen Viertels abstellten.
Hiob lief, dicht gefolgt von einem angespannten Simon, die gewölbeartige Marktstraße entlang. Der Geruch von frischen Gewürzen und Tee begleitete sie auf ihrem Weg durch den langgezogenen Steingang. Dieser war über weite Stellen mit orientalischen Bögen überdacht. Zu beiden Seiten boten die arabischen Händler ihre Waren auf ausladenden Tischen an. Obwohl die gepflasterte Straße theoretisch sogar breit genug für einen LKW gewesen wäre, musste man aufpassen, um nicht über eine der herumstehenden Obstkisten zu stolpern.
Touristen hatten sich an diesem Nachmittag kaum auf den Markt verirrt, was wohl auch an der unerträglichen Hitze lag, die das umliegende Mauerwerk in einen Steinofen verwandelte.
Hiob stoppte unvermittelt vor einem Souvenirstand und zog Simon zu sich heran. Es war Zeit, seinem Schützling weitere Informationen zukommen zu lassen. „Ich hole in der Seitengasse dort hinten ein Kuvert von einem unserer Informanten ab - keine große Sache. Alles, was du tun musst, ist ein wenig die Augen offen zu halten."
„Erwartest du Probleme?"
„Eigentlich nicht. Er arbeitet schon seit vielen Monaten für uns, aber man kann natürlich nie wissen, ob ihm die Gegenseite nicht irgendwann einmal mehr bezahlt." Er zwinkerte Simon zu. „Deshalb habe ich ja meinen Plan B mitgebracht... Verhalte dich unauffällig, so wie du es gelernt hast. Tu so, als

würdest du dir irgendwelche Waren auf dem Markt ansehen, aber lass dich nicht in ein Gespräch verwickeln, das lenkt dich nur ab."

Simon deutete auf die Jackentasche, in der die Pistole steckte. „Was ist damit?"

„Nein, keine Waffen!" Hiob winkte ab. „Pass auf, dass dich keiner damit sieht. Du brauchst sie erst später, wenn wir das Kuvert beim Empfänger abliefern. Jetzt geht es nur darum, dass du deine Augen offen und mir den Rücken frei hältst. Ich gehe vor und du folgst mir, sobald ich in die Quergasse eingebogen bin. Vor dem zweiten Haus auf der rechten Seite treffe ich mich mit unserem Informanten. Du suchst dir einen Platz, von dem aus du die Übergabe gut sehen kannst. Aber komm mir keinesfalls nach, das wäre zu auffällig, so wenig, wie hier los ist. Nur beobachten! Verstanden?"

„Verstanden!"

Hiob ging los und Simon blickte ihm nach. Sein Herz klopfte gut hörbar und er versuchte, sich selbst einzureden, wie lächerlich das angesichts einer simplen Übergabe war. *Ich bin nichts weiter als ein einfacher Zuschauer.*

Vielleicht lag es aber auch daran, was Hiob über die spätere Zustellung des Kuverts und den Einsatz der Waffe gesagt hatte. *Bleib ganz ruhig und lass dir nichts anmerken. Diese Situation ist auch nicht anders als das bisherige Training... Wie der Informant wohl aussieht? Vielleicht ist es ja eine Frau.*

Kurz bevor Hiob in die Seitengasse einbog, setzte sich auch Simon in Bewegung und folgte mit knapp dreißig Metern Abstand. Er wusste, dass ihm durch die hohen Mauern ringsum der Blick so lange verdeckt war, bis er die Kreuzung erreicht hatte.

Eigentlich bin ich ein Idiot. Ich könnte jetzt auch in Tel Aviv am Strand liegen und mir die Mädchen...

Nur noch wenige Schritte trennten ihn von seinem Ziel.

Ich werde einfach vorbeilaufen und nur einen vorsichtigen Blick riskieren. Dann beziehe ich bei dem Gemüsestand auf der anderen...

Im nächsten Moment blieb Simons innere Uhr stehen.

Was er sah, brannte sich unauslöschlich in sein Gedächtnis: Auf dem Boden lag ein Mann, neben dem ein Unbekannter kniete. Durch das Messer und den Blutfleck war sofort klar, was passiert war. Wie in Zeitlupe sah der Angreifer zu Simon hinüber und ihre Blicke kreuzten sich. Im selben Moment taumelte Hiob aus einem Hauseingang und stolperte hinaus auf die Gasse. Die Art, wie er sich die linke Hand gegen den Kopf presste, verhieß nichts Gutes.

„Das Kuvert!“, rief Hiob mit angeschlagener Stimme.

Der Angreifer sprang blitzartig auf und gab Fersengeld.

„Schnapp dir das Kuvert!“ Hiobs rechte Hand deutete die Gasse hinunter, während er sich selbst gegen die Mauer lehnen musste.

Einen Herzschlag lang zögerte Simon und überlegte, Hiob zu helfen, dann aber machte er genau das, wozu man ihn ausgebildet hatte - er gehorchte.

***

David war es bis zum Nachmittag gelungen, die gröbsten Störungen in den Datenbanken seines rumänischen Kunden zu beheben.

Euch lasse ich über Nacht laufen und morgen Früh kümmere ich mich dann um die Feinheiten. Er startete einige selbstgeschriebene Diagnoseprogramme und beschloss mangels anderer Alternativen, den angebrochenen Nachmittag der transsilvanischen Natur zu widmen. Trotz bewölkten Himmels war es angenehm warm und trocken.

David steuerte mit seinem Mietwagen auf die vor ihm liegenden Karpaten zu. In einem Tal zwischen den flachen Berghängen entdeckte er ein ausgedehntes Waldstück, das er für seinen Spaziergang auswählte.

Ein breiter Forstweg führte schnurgerade durch die parallel verlaufenden Baumreihen. Die Regelmäßigkeit der Stämme erinnerte mit ihrem Licht-Schatten-Spiel an einen Bretterzaun. Als die Aufforstung nach einigen hundert Metern endlich in

einen natürlich gewachsenen Wald überging, war David merklich erleichtert.
Na also, doch noch ein Stück Natur gefunden!
In Sachen Orientierung vertraute er seit Jahren auf den digitalen Kompass seiner Armbanduhr. Es war also nicht weiter verwunderlich, dass David sich mehr auf sein Handgelenk als auf den Weg konzentrierte und dabei die beiden Warnschilder übersah, deren Botschaft eindeutig war, auch wenn man über keine rumänischen Sprachkenntnisse verfügte.
Schon bald verlor sich der breite Weg in einem Trampelpfad, aus dem Steine und Baumwurzeln hervorstanden. Den umgefallenen Bäumen nach zu urteilen, wurde er nicht allzu häufig benutzt.
Natascha hatte Recht, dieser Job bedeutet nicht nur leicht verdientes Geld, er macht auch noch eine Menge Spaß. Hier ist es wirklich schön...
Nach etwa einer halben Stunde kreuzte Davids Pfad einen kleinen Bach und folgte fortan dem Wasserlauf.
Schade, dass wir so große naturbelassene Wälder nicht auch in London haben. Goliath hätte sicher seine Freude...
Über den menschlichen Wasserhaushalt existierten unzählige Studien, doch keine konnte schlüssig erklären, warum das Geplätscher des Bachs auf David so wirkte, wie es wirkte.
Jetzt wäre ein Baum gut.
Obwohl die meisten Männer kein Problem damit hatten, im Wald einen passenden Baum zu finden, gab es auch Ausnahmen. David war eine davon.
Schon der bloße Gedanke an mögliche Beobachter verlangte nach entsprechender Sorgfalt bei der Standortwahl. Ähnlich wie bei Holzfällern galten nur jene Bäume als wirklich sicher, die wenigstens eine halbe Gehminute vom nächsten erkennbaren Weg entfernt lagen. Eine Definition, der sich David grundsätzlich anschließen konnte, wenngleich sie ihn in der Vergangenheit nicht vor neugierigen Eichhörnchen bewahrt hatte.

Das ist er! Als er den abgelegenen Baum seines Vertrauens endlich gefunden hatte, war die Erleichterung groß.
Nach seiner diskreten Pause folgte David wieder dem Trampelpfad, bis dieser schließlich jäh an einem Zaun mit Stacheldraht endete.
Diesmal entgingen ihm auch die rostigen Schilder nicht, auf denen aussagekräftige Symbolzeichnungen den Zutritt untersagten und vor Explosionen warnten.
Militärisches Sperrgebiet? Sein Blick wanderte an den Schildern vorbei durch die Maschen im Zaun und über eine flache Böschung hinunter. Dort mündete der Bach, dem David gefolgt war, in einen großen See. So weit sich das Ufer einsehen ließ, war es überall mit dichtem Schilf bewachsen. In der Seemitte ragte ein felsiger Hügel wie eine kleine Insel aus dem Wasser.
Ich habe noch nie gehört, dass das Militär zu Übungszwecken einen See vermint...Wer soll hier ausgebildet werden? Die rumänische U-Boot-Flotte?
Irgendwo auf der anderen Seite des Sees meinte David einen Steg und ein Boot auszumachen. *Militärisch sieht mir dieser Holzkahn auch nicht aus. Mich erinnert das eigentlich alles mehr an einen von den riesigen Fischteichen, die es oben in...*
Wie bestellt, klatschte in einiger Entfernung ein Holzstück auf die Wasseroberfläche, das sich bei genauerer Betrachtung als improvisierter Schwimmer an einer Angelschnur entpuppte.
Was macht denn der hier? David bemerkte zwischen dem Schilf einen Angler. *Da fischt einer in Tarnkleidung mitten im militärischen Versuchsgelände!*
Er schmunzelte bei dem Bild, das ihm dabei in den Sinn kam und sah sich die Symbolzeichnungen auf den Warnschildern noch einmal genauer an. Sein Interesse galt möglichen Fischen, die sich in hohem Bogen von den eingezeichneten Explosionen entfernten.
Keine fliegenden Fische! Ein privater Angelteich für ungeduldige Dynamitfischer scheidet also aus.
Kurz war er versucht, seiner Neugier nachzugeben und dem Mann zuzurufen, fällte dann aber die Entscheidung, weitere

sprachliche Rückschläge im Umgang mit Einheimischen zu vermeiden.
Ich sollte mich auf den Rückweg machen.
Um wie viel besser diese Entscheidung war, wurde David nie bewusst, eben weil er sie getroffen hatte und längst auf dem Heimweg war, während der Angler noch immer am Seeufer hockte.
Dass das Betreten des Grundstücks verboten war, interessierte den Rumänen ebenso wenig wie der hohe Zaun. Schließlich hatte er eine Familie zu ernähren und mit dem wenigen Geld, das er als Hilfskraft im Steinbruch verdiente, war ihm das längst nicht mehr möglich.
Seit Jahren kam er deshalb hierher und sorgte, etwas Anglerglück vorausgesetzt, für Abwechslung auf dem monotonen Speiseplan seiner Lieben daheim. Die kleine Landzunge zwischen dem hohen Schilf war der beste Platz, um wirklich große Fische zu fangen. Mit einem guten Wurf erreichte man eine Gruppe im Wasser liegender Baumstämme, die gerne von Hechten als Versteck genutzt wurde. An diesem Tag hatte der Rumäne es allerdings auf kleinere Fische abgesehen.
Was ist denn, schmeckt euch mein Köder heute nicht?
Den See hatte ihm einst ein Arbeitskollege gezeigt. Ein paar Mal hatten sie gemeinsam hier geangelt, aber eines Tages war sein Kollege nicht mehr zur Arbeit erschienen und seither hatte der Rumäne die Fische fast für sich allein.
Fast deshalb, weil gelegentlich Männer am anderen Seeufer auftauchten, die mit einem Boot hinausfuhren. Sie kamen ausschließlich im Morgengrauen und versenkten jedes Mal ein paar längliche Objekte im See. Der Rumäne vermutete, dass es sich dabei um Reusen handelte, die sie für Fische oder Flusskrebse auslegten.
Sicher konnte er sich dabei freilich nicht sein, denn er hatte sie noch nie beim Einholen ihres Fangs beobachtet. Das mochte aber auch daran liegen, dass der Rumäne die Brille seiner verstorbenen Großmutter auftrug und seine eigene Fehlsichtigkeit sich damit nur begrenzt korrigieren ließ.

Überhaupt fiel es ihm durch die große Entfernung schwer, Details zu erkennen.
Na also! Er spürte das Zupfen eines Fischs und zog ruckartig an der Leine. *Dann war das Warten heute ja doch nicht umsonst.* Die schwieligen Arbeiterhände drehten die Kurbel der Eigenbaurute und holten den Fang ein.
„Du bist ein stattlicher Bursche", stellte der Rumäne erfreut fest. *Noch einen von der Sorte und wir werden heute alle satt.*
Ein gezielter, kräftiger Schlag hinter den Kopf beendete das Zappeln.
Viel Zeit habe ich allerdings nicht mehr, wenn der heute Abend noch auf den Grill soll... Er bereitete hastig einen weiteren Köder vor. *Ach was soll's, einmal versuche ich mein Glück noch. Ein allerletztes Mal,* dachte er, ohne zu ahnen, wie Recht er damit hatte.
„Schnappt ihn euch!", brüllte plötzlich eine Stimme hinter ihm.

***

Keine Waffen, hat Hiob gesagt. Ich wünschte, ich könnte ihn fragen, ob er das in diesem Moment immer noch so sieht.
In Jerusalem rannte Simon dem Mann mit dem Kuvert nach und hatte auch schon einige Meter auf ihn gutmachen können.
Du entkommst mir nicht!
Der angehende Mossad-Agent klebte wie ein Schatten an seinem Ziel und ließ sich durch nichts abschütteln. Dennoch war seine Aufgabe nicht leicht. Die verwinkelte Altstadt bot mit ihren zahlreichen Innenhöfen und Durchgängen gute Verstecke.
Auch wenn es eine Reihe von Talenten gab, die man für Simons Job mitbringen musste, war es nicht verkehrt, sich hin und wieder auf sein Glück verlassen zu können. Wären wegen der Hitze nicht so wenige Touristen unterwegs gewesen, hätte er den Mann vermutlich längst im Gedränge aus den Augen verloren.
Simon galt als einer der sportlichsten seiner Klasse. Keiner der anderen Rekruten konnte es mit seiner Kondition aufnehmen.

Jetzt allerdings machten die hohen Temperaturen auch ihm schwer zu schaffen. Der Schweiß lief ihm über das Gesicht und er fragte sich, wie lange der andere dieses Tempo noch durchhalten würde.
Dem muss doch endlich einmal die Luft ausgehen!
Ihm blieb nichts anderes übrig, als den Flüchtenden zu stoppen, bevor dieser sein Ziel erreichen würde. Doch genau darin lag auch Simons Dilemma: Da er dessen Ziel nicht kannte, riskierte er mit jedem weiteren Schritt, in einen Hinterhalt zu laufen.
Das Bild des Niedergestochenen kam ihm wieder in den Sinn. Die Erinnerung an den Anblick des knienden Mannes mit dem blutigen Messer war so deutlich wie ein Foto. Jederzeit würde er ihn für ein Phantombild beschreiben können, jedes Detail hatte er sich eingeprägt. Genau so hatte man ihn das gelehrt. *Er war alleine gegen zwei unserer Leute und hat sogar Hiob ausgeschaltet!*
Es fiel Simon nicht schwer, sich auszumalen, wie die Verfolgung enden würde, wenn hinter der nächsten Hausecke zwei zusätzliche Männer als Empfangskomitee für ihn bereitstünden.
Seit Monaten lehren sie uns alles über den Einsatz von Waffen, den Nahkampf, die Beschattung… und was hilft mir das jetzt?
Wieder bog der Verfolgte scharf in eine Seitengasse ab.
Simon folgte ihm und versuchte sich mit seinen Fragen von der kräftezehrenden Rennerei abzulenken.
Ich weiß nicht einmal, was in dem verdammten Kuvert ist… Lohnt es sich, ihm dafür in den Rücken zu schießen? Erwartet Hiob vielleicht sogar von mir, dass ich das tue? Er hat es aber nicht ausdrücklich verlangt. Sein Befehl war nur, dass ich das Kuvert holen soll… Aber vielleicht war er selbst so überrascht von der Situation, dass…
Zum ersten Mal in seiner Zeit beim Mossad war Simon völlig auf sich allein gestellt. Die klare Befehlskette existierte nicht mehr und es gab für ihn auch keine Gelegenheit, sich sein Handeln durch einen Vorgesetzten absegnen zu lassen. Allzu

gerne hätte er jetzt sein Handy dabeigehabt. Doch das lag nutzlos neben dem Inhalt seiner Hosentaschen in Tel Aviv.
Alles was Simon noch bei sich trug, war die Beretta, die Hiob ihm gegeben hatte. Eine Pistole, deren Gebrauch Hiob ihm aber ausdrücklich untersagt hatte.
Ich renne, so schnell ich kann und hole ihn trotzdem nicht ein.
Simons Lungen brannten wie Feuer. Er merkte, dass er sein Tempo nicht mehr lange durchhalten würde.
Wenn mir der Kerl entkommt, wird man mich sicher fragen, warum ich die Beretta nicht verwendet habe, um ihn zu stoppen.
Es fehlten nur zehn, vielleicht zwölf schnelle Schritte, um den Vorsprung des Flüchtenden zu egalisieren, doch dafür reichte Simons Kraft nicht mehr aus.
Als er das erkannte, stoppte er aus vollem Lauf und riss die Arme nach vorne. Breitbeinig stand er da und hielt die Pistole mit beiden Händen fest umklammert. Er zitterte so sehr, dass ein gezielter Schuss selbst auf diese Entfernung kaum noch möglich war. Wenn er noch eine Chance hatte, dann diesen einen Schuss.
Völlig außer Atem visierte er den Rücken des Flüchtenden an und brüllte so laut er konnte: „Lass das Kuvert fallen oder ich…“
Simon atmete noch einmal ein, hielt die Luft an und drückte dann ab, ohne seine Drohung beendet zu haben.
Die Waffe klickte.
„Was zum…“, stieß er abgehackt aus und sog gierig Luft in seine Lungen. Sein Finger betätigte erneut den Abzug, zweimal, dreimal… Doch es löste sich kein Schuss.
Was… Was soll das? Die Gedanken kamen so stoßweise wie seine Atemzüge.
Er kippte nach vorne über und stützte sich mit den Armen auf seinen Oberschenkeln ab, die Pistole noch immer fest umklammert, als könne sie ihm Halt bieten.
WIESO? Er wollte die Frage hinausschreien, doch seine Stimme versagte den Dienst.
Um Simons Verwirrung perfekt zu machen, blieb plötzlich auch der Flüchtende stehen. Er rang ebenfalls nach Luft und

der Schweiß lief wie ein Sturzbach an ihm hinunter. Als er sich zu Simon umdrehte, hielt er das Kuvert hoch. „Gratuliere… Du hast es dir verdient!“, keuchte er und ließ es zu Boden fallen.
Verdient? Während Simon glaubte zu verstehen, verschwand der Mann hinter der nächsten Ecke.
War das etwa nur…
Simon spuckte und keuchte, als er sich der Stelle näherte, an der das Kuvert lag. Tausend Gedanken gingen ihm durch den Kopf beim Versuch, die Ereignisse der letzten Stunde zu ordnen.
Er sah sich prüfend um und steckte die Beretta weg. Dann erst hob er das Kuvert auf.
Das glaubt mir keiner!
Im selben Moment sah er eine vertraute Gestalt aus einem Haus am Ende der Straße kommen. Es war Hiob. Der lockeren Art und Weise nach zu urteilen, wie er mit seinem Aktenkoffer auf Simon zukam, erfreute er sich bester Gesundheit.
„Ich hatte deine Kondition besser eingeschätzt“, rief Hiob ihm entgegen. „Meine Wette war, dass du erst da unten aufgibst.“ Er zeigte auf das Haus, aus dem er gekommen war.
Simons Gesicht sprach Bände. Er schwieg jedoch und war insgeheim froh, dass Hiob das Reden übernahm, während sie zurück in das Haus gingen, aus dem Hiob gekommen war.
Auch wenn Simon nicht wusste, wer hier wohnte, so war ihm doch klar, wer die Miete bezahlte. Der Mossad hatte weltweit Privathäuser zu seiner Verfügung, zu denen, zumindest auf dem Papier, keine Verbindung bestand.
Hiob setzte sich in ein gemütlich eingerichtetes Wohnzimmer und forderte Simon auf, ebenfalls Platz zu nehmen.
„Heute ist dein großer Tag, Simon. Du bist eine Stufe weiter.“
„Das war sie?“, rief Simon erstaunt aus.
Hiob nickte. „Ja, das war sie. Wir haben dich bisher gelehrt, unsere Befehle zu befolgen. Heute hast du dir selbst beigebracht, nach eigenem Ermessen zu handeln, wenn die Situation es erfordert.“
„Das war meine Schicksals-Prüfung? Ich hatte keine Ahnung, dass ich schon so weit bin.“

„Das will ich doch hoffen! Das Überraschungsmoment ist ein wesentlicher Teil der Übung. Du hast das Kuvert zurückgeholt und die Aufgabe erfüllt. Gratuliere zur bestandenen Prüfung!"
Simon blickte auf das Kuvert, das er immer noch wie einen Schatz umklammert hielt.
Die Schicksals-Prüfung war der erklärte Albtraum aller Rekruten. Um sie rankten sich mehr Legenden als es Salzkristalle im Toten Meer gab. Nur in einem Punkt waren sich alle Versionen einig: Am Ende erhielt der Prüfling ein Geschenk von seinem Prüfer, das ihn für alle Zeit an seinen Erfolg erinnern sollte.
Es oblag allein den Ausbildern, Zeit, Ort und Art der Prüfung zu bestimmen. Keiner der Agentenanwärter hatte auch nur eine Idee davon, was ihn an diesem Tag erwarten würde, denn alle, die die Schicksals-Prüfung bestanden hatten, mussten darüber schweigen. All jene aber, die sie nicht bestanden hatten, taten das aus freien Stücken.
„Na los, mach es auf!"
Vorsichtig riss Simon das Kuvert auf und staunte nicht schlecht, als er darin eine kleine braune Stoffeule fand. „Eine Eule?", fragte er und hielt sie demonstrativ in die Höhe. Noch bewahrte ihn sein Erstaunen davor, die Freude zu zeigen, die er wegen der bestandenen Prüfung empfand.
„Ja", erwiderte Hiob als wäre sein Geschenk das normalste auf der Welt.
„Das ist eine Stoffeule!" *Ist das sein Ernst?*
Hiob nickte. „Was ist, gefällt sie dir nicht? Du kannst sie als Schlüsselanhänger verwenden…Weißt du, wie lange ich nach ihr gesucht habe?"
Simon versuchte die Worte, die ihm beim Anblick der Eule unweigerlich durch den Kopf gingen, zu verdrängen und Hiob mit seiner Antwort nicht vor den Kopf zu stoßen. „Ich dachte, es ist etwas sehr Persönliches… Etwas, das mich immer an diese Prüfung erinnern soll."
„Ein Messer?"
„Ja! Ein Messer, ein Feuerzeug, ein Orden… etwas in der Art! Irgendetwas, mit dem ich mich in der Öffentlichkeit blicken

lassen kann." Er bedachte die Stoffeule in seiner Hand mit einem kritischen Blick.
„Ein Orden?", fragte Hiob provokant, der keine andere Reaktion erwartet hatte. „Um vor allen Leuten damit angeben zu können, dass du für den besten Geheimdienst der Welt arbeitest? Da hättest du aber nicht lange etwas davon."
Stille kehrte ein. Simon dachte über die Worte nach.
Schließlich nickte er verhalten. „Du hast natürlich Recht." Seine Aufmerksamkeit wechselte zwischen Hiob und dem Stofftier. „Danke, vermutlich werde ich dein Geschenk wirklich nie vergessen." Er grinste breit. „Ich habe bestanden!"
Hiob zuckte ungerührt mit den Schultern.
„Was hast du damals zu deiner Prüfung bekommen, Hiob?"
„Die gleiche Stoffeule wie du."
„Ehrlich?" Simon runzelte die Stirn. „Und was hast du damit gemacht?"
„Ich habe sie immer noch."
„Ja, sicher!" Simon wandte sich ungläubig ab. „Eine Stoffeule…", murmelte er, „es ist einfach nur eine Stoffeule!"
Hiob lächelte und klopfte mit der flachen Hand gegen seinen Aktenkoffer. „Ja, es ist einfach nur eine Stoffeule." *Aber darauf kommt es bei dieser Prüfung nicht an.*

***

David hatte fast alle Arbeiten an der Datenbank des rumänischen Kunden abgeschlossen. Der Rückflug nach London war erst für den nächsten Abend gebucht und so blieb ihm genug Zeit, den angebrochenen Nachmittag für einen Besuch in den umliegenden Bergdörfern zu nützen.
Davids Recherche im Internet ergab, dass Tourismus in der Region als Fremdwort galt. Der Online-Reiseführer wies die Bergbevölkerung als einfach und betont religiös aus. Fremden gegenüber galt sie als zurückhaltend.
Vor allem die Kapitel über altes Brauchtum und Aberglauben weckten Davids Neugier. Er hatte von Wiedergängern gelesen, die sich Wochen nach ihrem Tod aus den Gräbern erhoben, um

ihre Hinterbliebenen heimzusuchen. Und er fand einen Eintrag über Dorfbewohner, die an gewissen Tagen im Jahr die Fenster und Türen ihrer Häuser mit Brettern vernagelten.
Ganz offensichtlich war der Aberglaube in diesem Teil von Transsilvanien stark in den Menschen verwurzelt.
Es war genau diese Art von Schilderungen, die Davids Fantasie schon immer angeregt hatte und auch jetzt dazu führte, dass er sich so ein abgelegenes Bergdorf einmal aus der Nähe ansehen wollte.
Das Dorf, das er für seinen Ausflug ausgewählt hatte, lag im Südosten der Karpaten und war T-förmig angelegt. Die meisten Häuser befanden sich direkt an der Hauptstraße, die durch das Tal zwischen zwei Bergrücken verlief. Etwa in der Mitte des Dorfs zweigte eine Straße im rechten Winkel ab und führte ein Stück hinauf auf einen der Berge. Dort oben war im Vorbeifahren ein Friedhof zu erkennen, den David sich nicht entgehen lassen wollte.
Um die Aufmerksamkeit der Dorfbewohner nicht zu sehr auf sich zu lenken, stellte er seinen Mietwagen in einiger Entfernung zu den ersten Häusern ab und ging zu Fuß zurück.
Erstaunlich, hier hat es vor hundert Jahren bestimmt nicht anders ausgesehen. Als wäre die Zeit einfach stehengeblieben.
Das Dorf bestand aus einfachen Holzhütten und Steinhäusern, statt Autos parkten Pferdefuhrwerke in den Einfahrten. Wenn Zäune und Häuser überhaupt gestrichen waren, dann vorzugsweise mintfarben bis türkisgrün, vereinzelt auch rostbraun. Kinder spielten mit alten Reifen und Frauen nahmen die getrocknete Wäsche von den Leinen in ihren Gärten.
Obwohl David sich äußerlich deutlich von den Dorfbewohnern unterschied, würdigte ihn kaum jemand eines Blickes.
An einem alten gemauerten Haus zweigte die geschotterte Seitenstraße zum Friedhof ab, der David folgte. Mit jedem Schritt, den er sich von der Hauptstraße entfernte, verfielen die Unterkünfte zu beiden Seiten seines Weges zusehends. Zwar waren hier fast alle Häuser gemauert, doch überall blätterte die Farbe ab und an vielen Stellen der Verputz gleich mit.

Kaum vorzustellen, wie die Leute hier im Winter leben können, wenn das Tal für Wochen oder Monate eingeschneit ist.
Je weiter David die Straße zum Friedhof hinaufging, desto älter und größer wurden die Häuser.
Hier müssen einmal sehr reiche Leute gewohnt haben, aber das ist wohl schon ziemlich lange her... Eigenartig, dass ihre Nachkommen sich lieber unten an der Straße Holzhütten gebaut haben, als die alten Häuser hier oben zu renovieren.
Die Art und Weise, wie das Bergdorf im Laufe der Jahrhunderte gewachsen war, ließ eigentlich nur einen Schluss zu: Sein Ursprung lag am Ende der Straße.
Das wurde auch David bewusst, als er vor dem steil ansteigenden Friedhof stand und auf die Einfassung aus Holzlatten und Weidenzweigen blickte.
So sieht also ein Bergfriedhof aus. Der Reiseführer hat wirklich nicht zuviel versprochen.
David sah sich um, ob irgendjemand Einwände gegen seinen Besuch haben könnte, doch weit und breit war niemand zu sehen. *Wer soll schon etwas dagegen haben, dass ich mich hier umsehe...*
Der Friedhof grenzte zur linken Seite an einen Mischwald. Gut versteckt zwischen dessen Bäumen schlängelte sich ein schmaler Pfad den Berg hinauf. Vom Rande des Waldes verfolgte ein Augenpaar jeden Schritt des Fremden.
David folgte dem ausgetretenen Lehmweg, der mitten durch den Friedhof führte. Dabei fiel ihm die Schlichtheit der Grabsteine und Kreuze im Vergleich zu den aufwändigen Absicherungen gegen Hangrutschungen auf. Zur Talseite hin hatten fast alle Gräber Einfassungen aus Steinen und Holzpflöcken, die umso massiver wurden, je steiler der Friedhof anstieg.
So etwas habe ich noch nie gesehen.
Die Gräber hingen wie Schwalbennester in dem Berghang, vereinzelt drohten sie abzurutschen. Kleinere Bäume, die man dazwischen gepflanzt hatte, sollten der eigenwilligen Friedhofskonstruktion zusätzlichen Halt bieten.

An mehreren Stellen zeugten frisch aufgeschüttete Lehmhaufen und bunte Blumensträuße davon, dass die letzten Beerdigungen noch nicht sehr lange zurücklagen.
Der hier war anscheinend nicht so beliebt. David hatte ein frisch zugeschüttetes Grab entdeckt, das nicht mit Blumen geschmückt war. Stattdessen bemerkte er Kerzenreste, die rings um den Lehmhaufen verteilt waren. Das rote Wachs war an mehreren Stellen über den Lehmboden geflossen und hatte ihn wie eine Haut überzogen.
Jemand hat die Kerzen komplett abbrennen lassen. Es sieht aus, als hätten sie ursprünglich einen Kreis rund um dieses Grab gebildet.
Sofort erinnerte er sich wieder an die Rituale, über die er im Reiseführer gelesen hatte. *Die Leute glauben hier also wirklich noch daran, dass ihre Toten zurückkehren. Ich muss unbedingt ein paar Fotos für Natascha machen.* David holte sein Fotohandy heraus und versuchte, möglichst viele der Details festzuhalten. Dabei fielen ihm zum ersten Mal auch die Hufspuren auf, die er sich zunächst nicht erklären konnte.
Wahrscheinlich bringen sie damit ihre Toten auf den Berg. Bei dem Gefälle hier ist das sicher kein leichter Job für die Totengräber.
David fand Gefallen daran, dem alten Aberglauben mit seinem rationalen Weltbild entgegenzutreten. *Für alle Mythen und Legenden gibt es eine ganz natürliche Erklärung.*
Schon während der Fahrt hatte er sich überlegt, wie es zu den Geschichten über die Wiedergänger hatte kommen können. Jetzt, da er sich vor Ort ein Bild davon machte, fühlte er sich in seiner Vermutung bestätigt.
Wenn es hier über dem Friedhof stark regnet, hat der lehmige Boden Probleme, das Wasser aufzunehmen. Man kann gut erkennen, dass einige der Gräber weiter oben am Hang bald abrutschen werden.
Dass von den Erdrutschen vor allem frischere Gräber betroffen waren, erklärte sich David durch deren aufgelockerte Oberfläche, die dem Wasser mehr Angriffsfläche bot. Je nach Stärke des Regenschauers war es durchaus möglich, dass sich

kleinere Hangstücke lösten und auf diesem Weg ganze Särge und ihre Verstorbenen wieder zum Vorschein kamen.
„Ich würde sagen, das Rätsel um die Untoten ist geknackt“, murmelte David zufrieden. *Die transsilvanischen Bergdörfer kann ich von meiner Liste der ungelösten Geheimnisse streichen und was Dracula anbelangt…*
Ein knackendes Geräusch hinter seinem Rücken ließ David zusammenzucken. Sofort drehte er sich um.
Und obwohl niemand zu sehen war, spürte er, dass etwas nicht stimmte. Es war dieses vage Gefühl, das ihn seit dem Betreten des Friedhofs wie ein Schatten begleitete: David fühlte sich beobachtet.
Aus seiner Position heraus konnte er fast den gesamten Hang überblicken, doch nichts bewegte sich.
Merkwürdig, das habe ich mir doch nicht eingebildet?
Er ließ seinen Blick bis hinunter in den Talkessel schweifen. Am Ende des Dorfs war sogar sein Mietwagen zu erkennen.
Wieder knackste es.
Es klingt, als würde etwas zerbrechen oder zersplittern. Davids Aufmerksamkeit galt nun einer großen Föhre, die nur wenige Meter entfernt stand. Das Geräusch war ohne Zweifel aus ihrer Richtung gekommen.
„Hallo?“, fragte David mit betont freundlicher Stimme.
Antwort erhielt er allerdings keine.
Sicher nur irgendein Tier… „Hallo?“ Er hob einen kleinen Stein auf und warf ihn in die Nähe des Nadelbaums.
Die Reaktion ließ nicht lange auf sich warten. Ein fetter schwarzer Rabe stieß sich aus dem Geäst der Föhre ab und landete neugierig neben dem Stein.
Wusst ich's doch!
Sofort gesellte sich ein zweiter Vogel dazu, der von einem anderen Baum angeflogen kam. Beide Raben prüften zunächst den Stein, gingen dann aber dazu über, mit ihren Schnäbeln im Lehmboden herumzustochern.
David musste lächeln. „Da werdet ihr keine Maus oder Eidechse finden. Tut mir leid.“
Die Vögel hackten unbeeindruckt weiter im Boden herum.

Erstaunlich, wie groß sie sind.
Wieder war ein splitterndes Knacksen zu vernehmen, diesmal klang es noch eine Spur lauter als zuvor.
Das kam jetzt eindeutig nicht von den Raben!
David beschloss, der Sache auf den Grund zu gehen. *Irgendetwas ist hinter diesem Baum.*

***

Alon war mit Piazza im Tiefspeicher des Naturhistorischen Museums unterwegs, um ein paar Referenzobjekte für Piazzas Arbeit zu holen. Endlose Reihen aus Schränken und Regalen beherbergten die Forschungsarbeit von Generationen.
„Es wäre wirklich nicht notwendig gewesen, dass Sie mir helfen", wiederholte der Professor und nahm einen weiteren Kunststoffbehälter aus einer der vielen Schrankladen, die sich nur anhand der aufgeklebten Nummern unterscheiden ließen.
„Kein Problem. Ich bin froh, ein paar Worte außerhalb des Untersuchungsraums mit Ihnen wechseln zu können."
Piazza drehte sich überrascht um. „Wie meinen Sie das?"
„Sie wissen schon", schwächte Alon seine genau durchgeplante Fragestunde gekonnt ab. „Da oben dreht sich doch alles nur um Objekt L2471. Für andere Themen bleibt da kaum Zeit."
„Andere Themen?"
Alon zuckte unverdächtig mit den Schultern. „Anthropologie zum Beispiel. Ich arbeite seit Tagen Seite an Seite mit einem der größten Anthropologen und weiß dennoch so gut wie nichts über Sie, Professor." Noch ehe Piazza etwas erwidern konnte, fügte Alon hinzu. „Na ja, fast nichts. Nur das, was man in den einschlägigen Fachzeitschriften über Sie liest."
„Was steht denn dort über mich geschrieben?", fragte Piazza wie jemand, der nie auf die Idee käme, jeden Artikel über sich auszuschneiden und zu sammeln.
„Ich habe über Ihre Arbeiten im Kosovo gelesen, ein sehr interessantes Aufgabenfeld. Ich muss Ihnen allerdings gestehen, als ich Sie dann zum ersten Mal in natura gesehen habe, dachte ich, das kann unmöglich Professor Piazza sein."

„Wie meinen Sie das?“, Piazzas Pupillen weiteten sich. Nur einem sehr aufmerksamen Beobachter konnte das kurze Zurückzucken auffallen. Eine instinktive Reaktion, die den Professor veranlasste, eine Abwehrhaltung einzunehmen.
„Ich hätte Sie auf den Fotos fast nicht erkannt. Sie sahen damals viel…“ Er überließ es geschickt dem Professor, den Satz zu Ende zu denken.
„…älter aus?“, fragte Piazza.
Alon nickte, als hätte er genau das gemeint.
„Das höre ich öfter. Es war eine furchtbare Zeit im Kosovo. Ich habe Jahre gebraucht, um mich von den Strapazen dieser Arbeit zu erholen. Und ich meine nicht nur die körperlichen.“
„Es muss furchtbar sein, in Massengräbern nach Opfern von Kriegsverbrechen zu suchen.“ Alons historisches Interesse an der wissenschaftlichen Vergangenheit des Professors war begrenzt, sein berufliches dafür umso größer.
„Furchtbar ist gar kein Ausdruck“, erklärte Piazza. „Sie können sich nicht vorstellen, wie es ist, mit Kinderknochen gefüllte Strumpfhosen auszugraben oder Kinderschuhe, in denen noch die Fußknochen liegen. Es war eine bizarre Szenerie. Teddybären und andere unverrottbare Spielsachen lagen zwischen dutzenden kleiner Leichen. Später stellte sich heraus, dass wir eine Schulklasse gefunden hatten… Schrecklich… Natürlich rechnet man mit Gräueltaten und ihren Opfern, wenn man so einen Job annimmt, aber es gibt wohl keinen Kollegen, dem diese Arbeit nicht nahegegangen wäre.“
Alon war unsicher, wie er Piazzas Anteilnahme am Leid der Opfer einzuordnen hatte. „In dem Bericht, den ich über Ihre Arbeit gelesen habe, wurde ein Unfall angedeutet.“
Der Professor nickte betroffen. „Mein Kollege, Dr. Travaglio, und ich haben damals sehr eng zusammengearbeitet - in den Gräberfeldern und an den Seziertischen. Die gesamte Gegend rund um die Massengräber war vermint. Um die Leichen überhaupt bergen zu können, musste das Militär immer erst Entschärfungstrupps vorschicken. Wenn diese gerade anderweitig im Einsatz waren, konnten wir entweder Däumchen drehen oder uns selbst helfen.“

Alon blickte den Professor fragend an.
„Dr. Travaglio hatte die Idee, die Leichen an Seile zu binden und sie anschließend aus sicherer Entfernung zu bergen. Eine Zeit lang klappte das ganz gut, aber irgendwann zündete eine der Granaten, als Dr. Travaglio eine Leiche…“ Seine Worte stockten und er drückte Alon einen weiteren Kunststoffbehälter in die Hand. „Ich glaube, wir sollten uns wieder Objekt L2471 widmen.“
Der Israeli zog es vor zu schweigen. *Wenn es Travaglio erwischt hat, gibt es einen weniger, der Piazzas rührselige Geschichte bestätigen kann.*

***

David war auf der Suche nach dem Ursprung des knacksenden Geräuschs auf dem rumänischen Bergfriedhof. Er vermied es, auf eines der umliegenden Gräber zu treten und ging vorsichtig noch ein paar Meter bergauf, um von dort aus einen besseren Blick zu erhaschen.
Im Nachhinein betrachtet, hätte sich David eben diesen Anblick allerdings gerne erspart.
Er sah einen Raben, der noch um ein ganzes Stück größer war als die beiden zuvor beobachteten.
Der Vogel saß auf dem Boden und bearbeitete die Überreste einer Hand, die zwischen Sargteilen aus dem Lehm hervorragte. Jedes Mal, wenn die Wucht des Schnabels auf einen der Knochen traf, war auch das markante Geräusch zu hören, das David angelockt hatte.
Er wandte sich ab. *Ich glaube, ich habe gerade die Vorlage zu Hitchcocks ‚Die Vögel' gefunden…*
David verzichtete auf weitere Fotos und machte sich auf den Rückweg, wenngleich man angesichts der Hanglage durchaus auch von einem Abgang sprechen konnte.
Fürs Erste habe ich genug von Friedhöfen und Toten, die ihre Gräber verlassen…

David war gut beraten, seine Schritte sorgfältig zu setzen, um nicht den Halt zu verlieren und selbst auf dem Totenacker zu liegen zu kommen. Vermutlich war das der Grund dafür, dass er den Nebel noch nicht bemerkt hatte, der über die Berggipfel ins Tal zu kriechen begann.
Plötzlicher Nebel war auf den bewaldeten Bergrücken nicht unüblich, erst recht nicht in einem verregneten Sommer wie diesem.
Ich werde das Gefühl nicht los, dass mich irgendjemand beobachtet. Schon seit ich den Friedhof betreten habe, spüre ich diesen Blick in meinem Rücken.
David nutzte eine der wenigen flachen Stellen im Hang für einen vorsichtigen Rundumblick. Er ließ seinen Stopp so aussehen, als würde er einen Krampf in der rechten Wade behandeln.
Niemand zu sehen. Bestimmt sind es nur irgendwelche Kinder aus dem Dorf, die hier herumlaufen…
Verkohlte Holzreste, die über den Boden verteilt waren, legten den Verdacht nahe, dass jemand erst kürzlich ein Lagerfeuer entzündet hatte.
Aber was ist das? Jetzt erst fiel Davids Blick auf den Nebelvorhang, der sich zwischenzeitlich über den gegenüberliegenden Berggipfel gelegt hatte. Als er sich umdrehte, bemerkte er, dass auch der Berg, auf dem er sich befand, von einem grauen Schatten verschluckt zu werden drohte.
Dieses Schauspiel ist auf jeden Fall noch ein Foto wert!
Dreimal blieb er stehen, um weitere Fotos zu schießen, ehe er den Ausgang des Friedhofs erreichte. Aus der Abfolge der Bilder ließ sich eindrucksvoll dokumentieren, wie der Nebel von den Bergen herabfloss. Es war nur noch eine Frage der Zeit, bis er das Dorf erreichen würde. *So etwas habe ich noch nie gesehen. Und dabei heißt es doch immer, dass der Nebel in London erfunden wurde. Ich werde noch ein Foto machen, wenn ich auf der Hauptstraße bin, dann sieht man gut, wie diese graue Lawine von beiden Seiten herunterkommt.*

Als David die Seitenstraße entlangging, fiel ihm sofort auf, dass keine Menschen mehr zu sehen waren. Weder auf der Straße noch in den Gärten bewegte sich etwas. Fenster und Türen wirkten fest verschlossen. Die Frauen von vorhin waren ebenso verschwunden wie ihre spielenden Kinder - und mit einem Mal wirkte das Dorf genauso ausgestorben wie sein Friedhof.
Wieso ist niemand mehr zu sehen?
David fühlte sich inmitten der unangenehmen Stille immer noch beobachtet. Als er wieder in die Hauptstraße einbog, musste er feststellen, dass nicht einmal mehr Pferdefuhrwerke herumstanden. *Hier sieht es aus, als hätten die Bewohner ihr Dorf evakuiert, während ich auf dem Friedhof war. Aber warum?*
David ging etwa hundert Meter die Hauptstraße entlang, ehe er sich umdrehte, um ein weiteres Foto zu machen. Sein Blick wechselte zwischen den beiden Berghängen, über die sich die Nebelteppiche unaufhörlich talwärts schoben. *Nicht mehr lange und der Nebel erreicht den Friedhof. Vielleicht sind die Bewohner deshalb alle verschwunden?*
David schaute vom Display seines Fotohandys auf und sah einen Mann, der etwa auf Höhe der Abzweigung zum Friedhof auf der Straße stand.
Wo ist der jetzt hergekommen?
Der dunklen Einheitskleidung nach zu urteilen, war es ein Einheimischer. Nicht nur in rumänischen Dörfern war es üblich, dass die Männer jahrein, jahraus im selben Sonntagsanzug herumliefen: Die zumeist schwarze Stoffhose mit ebensolcher Jacke war für türkische Sommer wie sibirische Winter gleichermaßen geeignet.
Der Mann starrte regungslos in Davids Richtung. Eine Haltung, die dieser erwiderte. Fast hatte es den Anschein, als scheuten beide davor zurück, sich zuerst zu bewegen.
Dass ich beobachtet werde, habe ich mir also nicht eingebildet.
Zusammen mit dem Nebel legte sich eine beunruhigende Stille über das Tal.

Ohne dass das Öffnen einer Tür zu hören gewesen war, trat unvermittelt ein weiterer Mann auf die Straße. Er war ein ganzes Stück größer als der erste und ebenso dunkel gekleidet. Die Entfernung machte es David unmöglich, die Gesichter der beiden Männer zu erkennen, doch ihr Verhalten begann ihn zu verunsichern. *Jetzt starren sie mich zu zweit an. Wieso sind...*
Lautes Rabengeschrei lenkte seine Aufmerksamkeit auf den Bergfriedhof. Mehrere Vögel stiegen kreischend in die Luft, als hätte sie etwas aufgeschreckt.
Der Nebel hat den Friedhof erreicht!
Davids nächster Gedanke galt der Frage, was genau die Tiere vertrieben hatte. Die Antwort, die ihm spontan in den Sinn kam, bot zwar keine rationale Erklärung, verstärkte aber sein aufkeimendes Unbehagen.
Als er seinen Blick wieder auf die Straße richtete, musste er feststellen, dass die Männer mittlerweile zu dritt waren und geradewegs auf ihn zukamen. Ihre dunklen Anzüge wirkten wie Uniformen und verbanden sie in Davids Augen zu einer vorrückenden Einheit.
Er schluckte.
Irgendetwas sagte ihm, dass es ein großer Fehler wäre, auf das Eintreffen der Männer zu warten. Mit jedem Atemzug, den David ungenutzt verstreichen ließ, wurde die Stimme in seinem Kopf deutlicher: *Verschwinde hier... Jetzt!*
Noch konnte er den Mietwagen ohne Hast erreichen.
Jetzt!
David zögerte. *Das ist doch lächerlich! Was soll passieren? Es gibt für alles eine rationale Erklärung. Ich bin sicher...*
Eine Bewegung, die David zunächst nur aus dem Augenwinkel wahrgenommen hatte, konfrontierte ihn mit einer neuen Realität. Ein vierter Mann war wie aus dem Nichts aufgetaucht. Er überquerte diagonal die Straße und schloss sich den anderen an.
Verschwinde endlich!
Die Entschlossenheit, mit der die Gruppe vorrückte, veranlasste David, seinen Standpunkt im wahrsten Sinn des

Wortes zu ändern. Mit großen, aber betont ruhigen Schritten trat er den geordneten Rückzug in Richtung Mietwagen an.
Sie folgen mir, stellte er bei einem flüchtigen Kontrollblick über die Schulter fest.
Etwa auf der Hälfte der Strecke meinte David irgendwo weit hinter sich das Klappern von Pferdehufen auf Asphalt zu hören. Je näher er seinem Auto kam, desto sicherer wurde er, was diese Vermutung anbelangte. Das lag nicht zuletzt daran, dass die Hufschläge sich weiterhin rasch näherten, obwohl David seinerseits einen kräftigen Zahn zugelegt hatte.
Was wollen die von mir?
Auch wenn David gerne eine Antwort auf seine Frage bekommen hätte, so war er doch mehr als froh darüber, endlich das Auto erreicht zu haben.
Er startete sofort den Motor und fuhr los.
Im Rückspiegel verfolgte er, wie alles immer kleiner wurde und sich mit dem dichten Grau vermischte, das durch das Dorf floss. Zuerst verschluckte es die Silhouetten der Männer, dann die des Pferdefuhrwerks und schließlich verblassten auch die letzten Häuser.
Zwei Dinge waren David an diesem Nachmittag klar geworden: dass Aberglaube und Mythen der transsilvanischen Bergdörfer selbst einem aufgeklärten Mann wie ihm erschreckend nahe kommen konnten und dass die Knoblauchzehe in seiner Hosentasche daran nichts geändert hatte.

***

Aus dem Schützengraben zurückgekehrte Soldaten berichteten, dass die letzte Stunde vor dem Morgengrauen die dunkelste war. In einer langen Nacht wie dieser war Maier geneigt, sich ihrer Sicht der Dinge anzuschließen. Trotz mehrerer Umbettungen der Knochen des toten Professors hatten die Speckkäferlarven einige Stücke nicht abgefressen. Das und der Gestank waren klare Anzeichen dafür, dass Maier die Leichenteile zu kurz getrocknet hatte. Die Restfeuchtigkeit im

Fleisch führte in Kombination mit der hohen Temperatur im Käferschrank zu Schimmelbildung und Fäulnis.
Da Maiers Risiko, entdeckt zu werden, mit jedem Tag stieg, entschied er sich, die Knochen selbst von den verbliebenen Fleischresten zu reinigen. *Verwöhnte Viecher!*
Obwohl seine Nase an Gestank gewöhnt war, störte sich seine Zunge an dem bitteren Geschmack, der in der Luft lag.
Für die Entsorgung der Knochen hatte sich der Mörder des Professors etwas ganz Besonderes einfallen lassen. Der Auftraggeber gab ihm in diesem Punkt freie Hand und so nutzte Maier die Gelegenheit zur späten Rache am Professor.
Eigentlich war es Maiers Plan gewesen, sich noch zu erkennen zu geben, während der Professor unausweichlich sein Leben aushauchte. Gerne hätte Maier dessen Gesicht gesehen, wenn er ihm davon erzählt hätte, welch unglückliche Wendung sein Schicksal genommen hatte, nur weil der selbstgefällige Professor sich damals gegen ihn entschieden hatte.
Sie haben mein Leben ruiniert, meine Karriere zerstört und dabei haben Sie sich nicht einmal die Mühe gemacht, meine Arbeit zu lesen, Professor! Das haben Sie nun von Ihrer Ignoranz.
Durch die zu gut gemeinte Dosierung des Gifts im Kaffee hatte sich Maier allerdings um sein Abschiedsgespräch mit dem Professor gebracht. Ein Umstand, der ihn weit mehr ärgerte als die Zurückhaltung der Speckkäfer, wenn es darum ging, den Professor bis auf die Knochen abzunagen. Maier hob den Schädel aus der mit Käfern gefüllten Plastikwanne und starrte in die leeren Augenhöhlen.
„Ich habe einen schönen Platz für Sie ausgesucht, Professor… Erinnern Sie sich noch, wie Sie mir geschrieben haben, dass wissenschaftliche Forschung immer über den persönlichen Interessen Einzelner zu stehen hat? Sie selbst haben Ihre Ratschläge aber nie beherzigt. Nein, Sie nicht! Sie saßen in Ihrem gläsernen Universitätspalast und haben sich angemaßt, die Arbeiten anderer zu beurteilen, haben sich als Altruist dargestellt. Ausgerechnet Sie!“ Seine Augen glänzten vor Hass.

„Mein halbes Leben habe ich darauf gewartet, dass ich Ihnen heimzahlen kann, was Sie mir angetan haben, und dann, als es endlich so weit war, hatten Sie nicht einmal den Anstand, mir lange genug zuzuhören!" Er donnerte den Totenkopf auf den Fliesenboden, wodurch die Schädeldecke an einer Stelle aufbrach. Mehrere schwarze Käfer fielen dabei heraus und liefen in alle Richtungen davon. Maier widmete sich jedem Einzelnen von ihnen und zertrat sie mit Genuss, was seiner Wut vorübergehend Befriedigung verschaffte.
„Ich werde dafür Sorge tragen, dass Sie postum der selbstlose Ethiker werden, für den Sie sich in der Öffentlichkeit so gerne ausgegeben haben."
Wenig später waren die Knochen des Professors zwischen tausenden anderen im Tiefspeicher des Museums verschwunden. Nur den Schädelknochen hatte Maier mit ins oberste Stockwerk des Naturhistorischen Museums genommen. Vor einer riesigen Schrankwand, die kein Ende zu nehmen schien, blieb er stehen und drehte den Totenkopf langsam von links nach rechts, als wollte er dem Schädel zeigen, was ihn erwartete. Dessen dunkle Augenhöhlen blickten auf eine schier endlose Reihe von Glastüren, aus denen ihnen der Tod in all seinen Facetten entgegenstarrte.
Die Schädelsammlung zeigte auf erschreckende Weise, wozu Menschen fähig waren. Vielen von ihnen konnte man ansehen, wie sie zu Tode gekommen waren, klafften doch große Löcher, die auf das Eindringen von Speeren, Pfeilen oder Projektilen hindeuteten. Andere hatte man so heftig geschlagen oder getreten, dass ihre Schädelknochen einem zusammengeklebten Puzzle glichen. Doch auch jene Exponate der Sammlung, denen man ihr Schicksal auf den ersten Blick nicht ansah, klagten stumm an.
Maier öffnete eine der Glastüren und zog die dritte Lade heraus, auf der mehrere Reihen von Schädeln hintereinander aufgelegt waren. Die letzte Ruhestätte, die er für den Professor ausgewählt hatte, lag inmitten der Naziopfer. Selbsternannte Wissenschafter hatten an ihnen Experimente durchgeführt, um

ihre kranken Rassentheorien zu beweisen und ihre Schädelknochen dann mit Schimpfworten beschmiert.
Jedem anderen Besucher des Raums mussten sich bei diesem Anblick die Nackenhaare aufstellen, doch Maier grinste nur zufrieden.
In seinen Augen hatte er die Schädelsammlung um ein ganz besonderes Exemplar bereichert und dem verhassten Professor zu wissenschaftlichem Nutzen verholfen.

***

Drei Stunden war der neue Tag bereits alt, doch im Schlafzimmer der Familie Wilder brannte immer noch Licht. Es war die letzte Nacht vor Davids Rückkehr aus Rumänien. Natascha saß im Bett, den Rücken gegen einen Polster gelehnt. Ihr Interesse galt einem alten, schäbig wirkenden Buch.
Eigentlich war sie davon ausgegangen, mit ihrer Lektüre viel schneller voranzukommen, doch davon konnte keine Rede sein - im Gegenteil. Die Fortschritte, die sie und Professor Woodberry in den letzten Tagen erzielt hatten, brachten ihnen nur noch zusätzliche Arbeit im Labor ein.
Am Ende ihres langen Arbeitstages widmete sich Natascha zumeist noch ein paar Stunden ihrem ganz privaten Forschungsobjekt. Sie blätterte eine weitere Seite des handgeschriebenen Tagebuchs um.

London, 12. Juni 1967. Es sieht so aus, als würde ich mit meiner Vermutung Recht behalten. Heute habe ich erstmals offiziell von unseren Reiseplänen erfahren. Ich kann es noch immer nicht glauben, dass Professor Gabor gerade mich nach Amerika mitnehmen will.
Es bleibt abzuwarten, wie meine Kollegen darauf reagieren werden. Ihr Neid ist mir jedenfalls gewiss, wenn sie erfahren, dass ausgerechnet ich den Erfinder der Holographie in die Neue Welt begleiten darf.

Natascha gähnte und überflog einige Zeilen. Sie hatte das Tagebuch bereits mehrere Male gelesen, seit sie es damals eher zufällig in einer verstaubten Kiste der Instituts-Bibliothek gefunden hatte.
Wie und warum das Tagebuch des Assistenten in den Nachlass seines Professors gelangt war, ließ sich nicht mehr klären. Fest stand lediglich, dass mehrere Kisten nach dem Tod des Professors und späteren Nobelpreisträgers Dennis Gabor ihren Weg in die Kellerräume des Imperial College gefunden hatten. Letztlich war es Natascha auch egal, welchem glücklichen Umstand sie das Buch zu verdanken hatte. Für sie zählte nur, endlich die Hinweise richtig zu deuten, die Gabors Assistent darin versteckt hatte. Sie blätterte ein paar Seiten weiter.

Langsam kommen mir Zweifel daran, dass wir wirklich nach Amerika fahren. Professor Gabor benimmt sich in letzter Zeit sehr merkwürdig. Ich vermute, dass sein Verhalten etwas mit den beiden Männern zu tun hat, die vorige Woche hier aufgetaucht sind.
Zuerst habe ich sie für Amerikaner gehalten, aber wenn sie sich unbeobachtet fühlen, unterhalten sie sich in einer Sprache, die ich noch nie gehört habe.
Ich habe versucht, Professor Gabor direkt darauf anzusprechen, aber er weicht meinen Fragen aus und vertröstet mich auf später…

Die Buchstaben verschwammen vor Nataschas Augen. Es fiel ihr nicht auf, dass sie den letzten Satz bereits zum zweiten Mal gelesen hatte, bis sie übermüdet zusammenzuckte. Bewusst kämpfte sie wieder gegen das Einschlafen an.

Heute musste ich eine Erklärung unterschreiben. Ich habe mich damit zu absoluter Verschwiegenheit verpflichtet. Gott allein weiß, was passiert, wenn einer von ihnen dieses Tagebuch findet.
Vielleicht war meine Zustimmung ein Fehler, aber es ist der einzige Weg, um endlich zu erfahren, worum es bei unserer

Reise wirklich geht. Der Professor hat mir versprochen, dass wir uns gleich morgen Früh mit den beiden Männern treffen werden, die mir alles erklären sollen.
Ich nehme an, dass er auch so eine Geheimhaltungserklärung unterschrieben und mich deshalb bisher im Unklaren gelassen hat. Zumindest weiß ich sicher, dass wir es nicht mit den Amerikanern zu tun haben.

Natascha schloss für einen Moment die Augen und gähnte. „Einen Eintrag noch, dann gehe ich schlafen", trieb sie sich zum Weiterlesen an.

Ich weiß noch immer nicht genau, wo wir da hineingeraten sind, aber vielleicht ist das auch besser so. Die beiden Männer gehören zum israelischen Militär.
Sie waren eigentlich nur am Professor und seiner Arbeit interessiert. Er hat aber darauf bestanden, dass ich ihn nach Israel begleite. Mir kommen immer mehr Zweifel, ob ich das wirklich will...
Bis vor wenigen Tagen war Israel im Krieg mit seinen Nachbarstaaten. Es stand in jeder Zeitung... Wer weiß, ob und wie lange der Waffenstillstand hält? Das Letzte, was ich möchte, ist irgendwo am Ende der Welt zwischen die Fronten zu geraten.
Ich habe den Professor noch einmal auf Amerika angesprochen, und er meinte, die Reise wäre nach wie vor aktuell. Aber eben erst nachdem wir den geheimen Auftrag in Israel erledigt haben. Es geht um... Es geht um ein...

Nataschas Finger öffneten sich und ließen das Buch in die Decke gleiten. Sie war eingeschlafen.
Es folgte eine kurze, aber sehr unruhige Nacht, in der sie von dem jungen Assistenten träumte. In ihren Gedanken begleitete sie ihn auf seinem Weg nach Israel. Durch ihn war die ganze Sache erst ins Rollen gekommen. Nur seinen Aufzeichnungen hatte Natascha es zu verdanken, dass sie überhaupt von der Existenz...

Das Kreischen ihres Weckers riss sie unsanft aus dem Schlaf. Ungläubig hob sie den Kopf ein Stück vom Kissen. „Das ist gar nicht möglich“, murmelte sie im Halbschlaf. „Ich bin doch gerade erst ins Bett gegangen.“
Das Geräusch wurde lauter und verwandelte sich in ein hochfrequentes Piepsen.
Nataschas Wecker war ein besonders heimtückisches Geschenk ihres Gatten. Mit einem Dutzend unterschiedlicher Melodien und veränderlicher Lautstärke blies die Elektronik gnadenlos zum Kampf gegen Langschläfer.
„Ja, ja“, fauchte sie genervt. „Ich steh ja schon auf!“ Mit einem Ruck schlug sie die Decke zur Seite und ließ ihre flache Hand auf den Störenfried niedersausen. „Schweig!“
Sofort machte sich eine verführerische Stille breit.
Gähnend rieb Natascha sich die Augen und streckte die Beine aus dem Bett. Wenn diese erst einmal den Boden erreicht hatten, war das morgendliche Aufstehen fast geschafft.
„Was?“ Mit entsetztem Blick auf die Zeitanzeige stellte sie fest, dass sie das Läuten viel zu spät gehört hatte. „Verflucht! Ich hab schon wieder verschlafen. Das ist bereits das zweite Mal in dieser Woche.“
Sie sprang auf und startete mit gehöriger Verspätung in ihren Tag.

***

Dr. Qian saß an seinem Schreibtisch und beobachtete Bone-X dabei, wie dieser einen Umschlag in der Gesäßtasche seiner Hose verschwinden ließ.
„Wollen Sie nicht nachzählen?“
Bone-X verzog das Gesicht, als hätte Qian ihn mit seiner Frage beleidigt. Selbst der Zahnstocher, an dem er fortwährend herumkaute, blieb einen Moment lang ruhig. Dann setzte Bone-X zu einem bärigen Lachen an. „Doktor, Ihnen vertraue ich doch blind. Fast hätten Sie noch einen als Draufgabe bekommen, aber der ist uns leider entwischt.“
Qian zeigte keine Reaktion.

Bone-X blickte den Doktor zögernd an. „Sie haben doch Verwendung für weitere Lieferungen?"
„Dank Ihnen sind unsere Vorratslager für den Moment gefüllt. Aber nach der Abholung am Wochenende..."
„Darüber wollte ich mit Ihnen reden", fiel ihm Bone-X ins Wort. „Ich habe ein kleines Personalproblem."
Qians richtete sich in seinem Sessel auf. „Reden Sie!"
„Mir fehlen am Wochenende die Leute für die Abholung. Einer meiner Männer heiratet und seine Brüder und Cousins fallen damit auch aus. Die Traditionen werden bei uns in Transsilvanien sehr hoch gehalten. Familiäre Verpflichtungen - Sie wissen ja, wie das ist."
„Eigentlich nicht."
Bone-X wirkte von der Antwort überrascht.
„Vielleicht wäre es besser, die Sache um ein paar Tage zu verschieben."
Qians stechender Blick widersprach aufs Heftigste. „Wir können keinesfalls noch mehr Leichen bei uns lagern. Haben Sie denn keine Ersatzleute zur Hand?", fragte er verärgert.
Bone-X zuckte mit den Schultern. „Die sind selbst alle zur Hochzeit eingeladen. Das ganze Dorf kommt an diesem Wochenende zusammen... Ich stehe Ihnen natürlich trotzdem zur Verfügung", ergänzte er hastig. „Könnte mir nicht jemand von Ihren Leuten dabei helfen?"
Qian dachte nach.
„Mit drei Männern ist der Job zu schaffen."
„Würden Ihnen zwei auch reichen?"
Bone-X zog den Zahnstocher aus seinem Mund und deutete damit auf Qian. „Betrachten Sie den Job als erledigt!" Einen Gedankengang später verschwand der Zahnstocher wieder in seinem Mund. „Die beiden können doch ordentlich zupacken, oder? Nichts gegen Ihre Wissenschafter, aber für so was braucht es mehr als nur einen starken Magen." Er deutete auf seinen angespannten Bizeps.
Qian suchte in seiner Schreibtischlade nach einem Zettel mit einer Telefonnummer. „Einen Moment, ich kläre das gleich."

Sein Anruf galt einem langjährigen Geschäftspartner aus Ägypten, der seinen Besuch für das Wochenende angekündigt hatte.
„Qian hier“, meldete er sich und ließ der Gegenseite Zeit für eine Reaktion. „Ja, selbstverständlich bleibt es dabei. Im Labor ist alles für die Untersuchung Ihrer Fundstücke vorbereitet. Aber deshalb rufe ich gar nicht an. Sie kommen doch sicher wieder in Begleitung Ihrer beiden…“ Er räusperte sich. „…Spezialisten?“
Der Ägypter am anderen Ende der Leitung bestätigte die Vermutung des Doktors.
„Gut. Wissen Sie, wir haben hier ein kleines Personalproblem. Mir fehlen ein paar kräftige und zuverlässige Hände. Deshalb wollte ich fragen, ob Sie mir zwei oder drei Stunden mit Ihren Leuten aushelfen können?“
Qian schien von der Antwort amüsiert zu sein und entgegnete: „Nein, keine Sorge, bei diesem Job können sie nichts ruinieren. Es sind nur Muskeln gefordert, kein Hirn.“ Er bedankte sich und legte auf.
„Sie bekommen Ihre kräftigen Arme“, sagte er an Bone-X gerichtet. „Sorgen Sie dafür, dass es keine weiteren Probleme gibt.“

***

Die Mittagssonne strahlte warm und hell über London. Ein Taxi hielt vor David Wilders Haus und die hintere Tür öffnete sich.
„Sie bekommen noch etwas zurück!“, rief der Taxifahrer seinem Fahrgast nach.
„Behalten Sie den Rest.“ David stellte seinen Koffer für einen Moment am Gehsteig ab und streckte sich durch. *Endlich daheim!*
Sechs Stunden früher als erwartet kehrte er von seinem Rumänienausflug nach London zurück. Und er war fest entschlossen, jede einzelne davon zu genießen.

Mit schnellen Schritten brachte er den Koffer und seine Jacke ins Haus. Als er am Tisch mit dem Telefon vorbeiging, überlegte er, seine Frau anzurufen. *Du hast sicher viel zu tun.* Er lächelte ihrem Bild neben dem Telefon zu. *Ich könnte dich heute Abend überraschen, indem ich für dich koche.*
Er öffnete seinen Koffer und holte ein Knäuel aus zusammengerollten T-Shirts hervor. Behutsam wickelte er eine kleine handgefertigte Vase aus. Die schwarze Keramik war das einzige Souvenir, das er aus Rumänien mitgebracht hatte. Zielstrebig ging er damit ins Schlafzimmer. „Fehlt nur noch die weiße Rose", flüsterte er und stellte die Vase auf Nataschas Nachttisch. „Aber die hole ich aus dem eigenen Garten."
Nanu! Sein Blick fiel auf ein kleines Buch, das unter der aufgeschlagenen Bettdecke hervorragte. Der rissige Ledereinband ließ es deutlich älter aussehen als die Bücher, die Natascha üblicherweise vor dem Einschlafen las.
David hob es auf und blätterte darin. *Sieht aus wie ein Tagebuch.* Fast alle Einträge waren datiert. „23. Juni 1967", murmelte er beim Überfliegen.

Heute zog mich Professor Gabor in sein Vertrauen... hat meine Vermutungen bestätigt... Anwesenheit dringend erforderlich... werden in wenigen Tagen aufbrechen... Untersuchung von Objekt... holographisches Material vermutet... strengste Geheimhaltung angeordnet... einmalige Chance...

Neben tagebuchähnlichen Einträgen und Reiseaufzeichnungen enthielt das Buch auch Formeln und technische Skizzen. *Das riecht eindeutig nach Nataschas Arbeit. Und mir wirft sie immer vor, dass mein Programmieren langweilig ist. Wenn ich mir so ansehe, mit welchen aussagelosen Tabellen sie es hier zu tun hat...* Er blätterte weiter und war kurz darauf auf der letzten Seite angelangt.

Alle Einträge in diesem Buch entsprechen der Wahrheit, so wie sie mir zuteil wurde. Um unsere Aufzeichnungen und Forschungsergebnisse der Nachwelt zu erhalten, soll nach meinem Tod mit diesem Buch verfahren werden wie mit meinen anderen Tagebüchern. Ihr Verbleib ist in meinem Testament geregelt.

Gezeichnet: Dr. T. Banks

Es war nicht das erste Buch, das Natascha aus der Uni-Bibliothek mit nach Hause gebracht hatte und so war es nicht weiter verwunderlich, dass David es wieder zurücklegte, ohne ihm weitere Bedeutung zu schenken.
„Ja“, sagte er entschlossen zu sich selbst. „Ich werde Natascha heute mit einem Abendessen überraschen.“
Sein nächster Weg führte ihn zurück durch den Vorgarten, hinaus auf die Straße und ein Haus weiter. Er schaute über den gusseisernen Zaun in den Garten seiner Nachbarin. Die schon seit Jahren pensionierte Ms. Furgerson lag in ihrem Liegestuhl und schlief. Ihre Hände umklammerten ein Taschenbuch. David konnte den Titel zwar aus der Ferne nicht erkennen, war sich aber sicher, dass es ein Krimi war. Das Lösen kniffliger Fälle und das Kuchenbacken waren Ms. Furgersons Steckenpferde - und ihr Gemüsegarten natürlich.
„Goliath!“ David entdeckte sein weißes Riesenkaninchen zwischen den Reihen aus Petersilie und Sellerie. „Hör sofort auf, alles anzuknabbern.“
Ms. Furgerson schreckte im Liegestuhl auf.
„Entschuldigen Sie, bitte“, begrüßte David sie mit einem verlegenen Lächeln. „Ich wollte Sie nicht wecken.“
„Mr. Wilder!“, rief sie erfreut und rückte ihre Brille zurecht. „Ich habe Sie erst heute Abend zurückerwartet. Das ist aber eine nette Überraschung.“
„Ich war schneller fertig als erhofft und konnte die freundliche Dame am Flughafen überreden, mich auf einen früheren Flug umzubuchen. Fragen Sie mich aber nicht, was ich dafür tun musste…“
„Warten Sie, ich mache Ihnen auf.“ Ms. Furgerson kletterte aus ihrem Liegestuhl und kam zum Gartentor. „Gefällt es Ihnen?“, fragte sie und lenkte sein Interesse damit auf ihr Kleid.

David Wilder war Gentleman genug, nicht die erste Antwort zu geben, die ihm in den Sinn kam. *Ich könnte schwören, dass derselbe blau geblümte Stoff bei meinem letzten Besuch noch vor ihrem Küchenfenster hing.*
„Das habe ich mir selbst genäht“, erklärte sie so stolz, dass ihre Aussage als Entscheidungshilfe für seine Antwort zu verstehen war.
„Wirklich?“ er nickte anerkennend und zog eine Augenbraue hoch. „Es steht Ihnen ausgezeichnet.“
„Sie sind immer so charmant, Mr. Wilder“, erwiderte sie zufrieden.
Ihr glückliches Lächeln rechtfertigte jedes noch so erzwungene Kompliment, da war David sich sicher.
„Goliath! Lass sofort die Pflanzen in Ruhe!“, rief er neben Ms. Furgerson vorbei in den Garten, wo sich das Riesenkaninchen immer noch als Erntehelfer beim Gemüse nützlich machte.
Ms. Furgerson schob den Riegel des Gartentors beiseite und bat David herein. Dann drehte sie sich zu Goliath und klatschte laut in die Hände. „Du bist mir vielleicht ein Schlingel“, sagte sie in Richtung der unschuldig dreinblickenden Kulleraugen.
„Es tut mir leid…“, begann David.
„Halb so wild“, unterbrach sie ihn gut gelaunt. „Mir ist es lieber, er frisst mein Gemüse, als wenn es sich die Schnecken holen.“
David kniete sich neben sein Haustier. „Wenn du dich hier nicht anständig benimmst, dann muss ich mir beim nächsten Mal jemand anderen suchen, der auf dich aufpasst.“
Goliath schnupperte an der saftig grünen Staude, die neben ihm aus der Erde ragte, als wollte er es darauf gerne ankommen lassen.
„Aber ich bezweifle, dass wir jemanden finden werden, der dich in seinem Garten haben will. Es wird also ein Urlaub im Käfig für dich werden.“
Goliaths Ohr klappte herunter.
„Wie war Ihr Ausflug nach Rumänien, Mr. Wilder?“ tönte Ms. Furgerson, die inzwischen für David im Garten auftischte, als wäre er von einer mehrjährigen Expedition zurückgekehrt.

„Setzen Sie sich und essen Sie erst einmal eine Kleinigkeit. Sie sehen schlecht aus! Haben Sie dort nichts Anständiges zu essen bekommen?"
Sie stellte ein weiteres Tablett auf den viel zu kleinen Gartentisch. „Den Kuchen müssen Sie unbedingt probieren… Jetzt nehmen Sie schon Platz!"
Das Besondere an Ms. Furgersons kulinarischen Plauderstunden war, dass Davids Nachbarin nicht nur die Fragen stellte, sondern diese zumeist auch gleich beantwortete. Von ihren Gästen erwartete sie lediglich, dass diese ihr zuhörten und aßen, was sie ihnen vorsetzte.
„Ich habe mir Ihretwegen dieses Buch gekauft", zeigte sie in Richtung Liegestuhl. „Wie finden Sie mein neues Rezept?"
Davids vollgestopfte Backen nickten.
„Es handelt von Rumänien", sprangen ihre Gedanken wieder zurück zur Lektüre. „Ein ganz furchtbares Land. Es wundert mich nicht, dass dort so viele Leute verschwinden."
Sein Blick schien ihr nicht folgen zu können.
„Im Buch, meine ich."
Er nickte erleichtert.
„Wobei", setzte sie nach, „jede Geschichte hat auch einen wahren Kern." Sie hob beschwörend ihren Zeigefinger. „Diese Schriftsteller müssen ja auch irgendwie zu ihren Ideen kommen… In dem Roman, den ich gerade lese, geht es um ganz merkwürdige Rituale auf einem rumänischen Friedhof."
David wollte etwas sagen, doch seine Gastgeberin kam ihm wieder einmal zuvor.
„Die Leute in einem kleinen Bergdorf haben Angst, dass ihre verstorbenen Verwandten bei Nacht die Gräber verlassen, um sie heimzusuchen." Sie klang so aufgeregt, als wollte sie sich und ihm mit ihrer Geschichte Angst machen. „Mehrere Menschen aus dem Dorf verschwinden unter mysteriösen Umständen und die Polizei bekommt nichts von alledem mit. Wie immer", fügte sie rasch hinzu. „Aber einer der Inspektoren… Das ist vielleicht ein Bursche! Der erinnert mich ein wenig an Sie, Mr. Wilder."

David, der sich nicht sicher war, ob der Vergleich als Kompliment gedacht war, lächelte vorsichtig und versuchte es mit einem Themenwechsel. „Der Kuchen schmeckt großartig."
„Lassen Sie es sich schmecken", murmelte sie dazwischen und war schon wieder bei ihrem Roman. „Dieser Inspektor…", sie sah David hilfesuchend an, als könnte er ihr den Namen verraten. „Egal, ich komme jetzt nicht drauf, wie er heißt… Aber der findet heraus, wohin die Leute alle verschwinden. Und er wird Zeuge eines Prüfungsrituals! Wissen Sie, was das ist?"
David schüttelte den Kopf.
„Dazu braucht man ein Pferd. Das wird über das Grab eines Verstorbenen geführt. Wenn es darübersteigt, dann ist alles in Ordnung. Wenn aber nicht…" Ihre Stimme senkte sich. „Dann ist der, der in dem Grab liegt, ein Verdammter… ein Untoter!"
Davids Kaubewegungen verlangsamten sich.
„Haben Sie viele Pferde in Rumänien gesehen, Mr. Wilder?"
Unweigerlich musste er an die Hufspuren auf dem Bergfriedhof denken. „Das ein oder andere", sagte er mit halbvollem Mund.
„Sehen Sie", freute sich Ms. Furgerson und grinste, als hätte sie eine Verschwörung aufgedeckt. „Jede Geschichte hat einen wahren Kern, wie ich immer sage." Sie füllte sein Glas mit Orangensaft auf. „Wollen Sie wissen, was der Inspektor in dem Krimi macht, nachdem das Pferd gescheut hat?"
David stellte sich gerade dieselbe Frage, da kam bereits die Antwort von Ms. Furgerson. In beschwörendem Ton erzählte sie ihm, welche Maßnahmen der Romaninspektor ergriffen hatte, um dem Untoten seine Sterblichkeit zurückzugeben. Dabei ließ sie kein Detail der Legende über die Wiedergänger aus und erwähnte den Teil mit dem Kerzenkreis ebenso wie das flambierte Herz und dessen Verwendung als Medizin im Kampf gegen böse Geister.
Ms. Furgerson war so in ihre Geschichte vertieft, dass ihr gar nicht auffiel, wie ihr Gast mit jeder ihrer Erläuterungen mehr zu kämpfen hatte.

„Ich habe es aber erst bis zur Hälfte gelesen", beendete sie ihre literarische Zusammenfassung.
David würgte den Bissen herunter, den er seit Minuten im Mund herumgeschoben hatte. „Zum Glück ist das ja nur ein Buch", sagte er und schweifte mit seinen Gedanken zu den Wachsresten ab, die ihm auf dem Friedhof in den Südkarpaten aufgefallen waren.

***

Kurz nach Sonnenaufgang rumpelte ein Lieferwagen über eine einsame Waldstraße in den Südkarpaten. Er steuerte auf ein abgesperrtes Seegrundstück zu. Hinter der gesprungenen Windschutzscheibe kaute Bone-X zufrieden auf seinem Zahnstocher. „Wir sind gleich da", rief er durch ein vergittertes Fenster nach hinten in den Laderaum. „Es geht schneller, wenn einer von euch aufsperrt." Ohne sich umzudrehen, schob er einen Schlüsselbund durch das Gitter. „Der goldene ist es!"
Ramar und der Söldner sahen einander auffordernd an, doch keiner fühlte sich zuständig.
„Na los!" Bone-X schlug mit den Schlüsseln gegen das Gitter.
„Schon gut", erwiderte Ramar. „Ich mach es. Gib her!"
Der Wagen verlangsamte sich und eine Seitenhälfte der hinteren Tür schwang auf. Noch im Rollen sprang der riesige Paschtune heraus und lief auf das Gittertor zu. Mehrere Warn- und Verbotsschilder machten jedem, der sich hierher verirrte, unmissverständlich klar, dass er nicht erwünscht war.
Ramar entfernte die durch ein Vorhängeschloss gesicherte Kette und legte sie über das Gitter.
„Mach hinter mir wieder zu!", rief ihm Bone-X durch die geöffnete Seitenscheibe zu und rollte auf das Grundstück. Wenige Meter hinter dem Tor stellte er den Wagen ab. „Endstation!" Er klopfte beim Aussteigen mit der Faust gegen die Seitenwand. „Lasst uns keine Zeit verlieren und die Fracht auf den Kahn verladen."
Die andere Hälfte der Hecktür flog auf und der Söldner kam heraus. Obwohl auch er kräftig gebaut war, wirkte er im

direkten Vergleich mit den beiden anderen nicht annähernd so bedrohlich. „Kahn? Welcher Kahn?“
Bone-X deutete im Vorbeigehen auf das an einem Holzsteg festgebundene Boot. „Los jetzt, helft mir ausladen.“
„Vergesst mich!“, erwiderte der Söldner mit scharfem Ton. „Mich kriegt keiner auf dieses Boot.“
Bone-X packte einen der offenen Jutesäcke aus dem Laderaum und wuchtete ihn auf die Schulter. „Ach ja?“ Beim Zurücktreten rempelte er den Söldner unsanft an. „Was genau ist sein Problem?“, fragte er in Richtung Ramar.
„Er hasst Wasser.“
„Ja, ich hasse Wasser!“, bekräftigte der Söldner und packte ebenfalls einen der schweren Säcke. „Ich trage sie bis zum Boot“, sagte er und folgte Bone-X in Richtung Steg, „aber eure verdammte Kreuzfahrt könnt ihr ohne mich machen!“
„Der Kleine kann nicht schwimmen“, tönte Ramars hämische Stimme von hinten. „Er hat Angst vor Wasser.“
„Sei vorsichtig, was du sagst, Popeye!“, fauchte der Söldner. „Sonst wird das deine letzte Seereise.“
Bone-X war am Steg angekommen und ließ den Sack in die gut sechs Meter lange Zille fallen. Er trat einen Schritt zur Seite und gerade, als der Söldner sich vorbeugte, hielt Bone-X ihm eine Pistole vors Gesicht. „Jetzt pass mal auf, du Clown! Was ich ganz sicher nicht hören will, sind Ausreden, warum wir deinen Job machen sollen. Entweder du fährst mit uns da raus und hilfst beim Entsorgen der Leichen“, er warf Ramar einen flüchtigen Blick zu, als wollte er sich dessen Zustimmung sichern, „oder du fährst da raus und wirst mit den Leichen entsorgt.“ Die Art, wie Bone-X das sagte, ließ keinen Zweifel daran, dass er mit beiden Alternativen gut leben konnte.
„Er hat es verstanden.“ Ramar legte seinen Jutesack neben den anderen ins Boot und signalisierte Bone-X die Waffe wieder wegzustecken.
Viermal musste jeder der Männer gehen, bis alle Leichen aus dem Lieferwagen ins Boot verladen waren.
„Dann lasst uns ablegen“, drängte Ramar.

„Nicht so schnell“, bremste Bone-X. „Darunter liegen auch noch drei.“ Er zeigte auf einen Haufen vertrockneter Äste. „Für die hatten wir beim letzten Mal keinen Platz mehr auf dem Kahn.“
Nachdem die Äste zur Seite geräumt waren, kam darunter einer jener Metalldeckel zum Vorschein, die man auch für Brunnenschächte verwendete. Mit einem einzigen Ruck beförderte Bone-X die massive Abdeckung zur Seite.
„Woah!“, stieß der Söldner angewidert aus und wich einen Schritt zurück. „Wie lange liegen die schon da unten?“
Bone-X lachte abfällig. „Eine empfindliche Nase hat unser Nichtschwimmer also auch noch?“
Das geöffnete Erdloch war groß genug, um einen Mittelklassewagen darin verschwinden zu lassen, wenngleich ein solcher Versuch an der engen Einstiegsöffnung gescheitert wäre.
„Wer von euch beiden steigt mit mir da runter?“, fragte Bone-X in die Runde.
„Da unten bewegt sich etwas“, erwiderte der Söldner skeptisch.
Bone-X zuckte mit den Schultern. „Ratten, Fliegen oder Maden - such dir was davon aus.“
„Er geht“, bestimmte Ramar mit fester Stimme. „Ich bleibe hier und ihr gebt sie mir rauf.“
Bone-X ließ sich in das Erdloch gleiten. Ein wenig begeisterter Söldner folgte ihm und fand sich in einer kniehohen Mischung aus Regenwasser und Körpersäften wieder, die der lehmige Boden wie eine Zisterne zurückhielt. Der Gestank der verwesenden Körper legte sich wie eine Schlinge um ihre Hälse.
„Wir haben Glück“, erklärte Bone-X. „Die Ratten haben ganze Arbeit geleistet. Da fehlen schon einige Stücke, das spart uns Schlepperei.“
Ohne Vorwarnung beugte sich der Söldner nach vorne und verteilte seinen Mageninhalt über den Boden.
„Ich hoffe, ihr hattet nicht das gleiche Frühstück. Es scheint ihm nämlich nicht bekommen zu sein!“, rief Bone-X erheitert nach oben und griff sich den ersten Jutesack. „Pass auf, dass

sie dir nicht auf den Kopf tropfen", wies er den Söldner an, ihm zu helfen. „Nimm ihn bei den Füßen… oder dem, was die Ratten davon übrig gelassen haben."
Wenig später ruderten die drei Männer das vollgeladene Boot in die Mitte des Sees. Ihr Ziel war ein Felsen, der wie eine kleine Insel aus dem Wasser ragte.
„Das ist der beste Platz im ganzen See. Hier gibt es so gut wie keine Strömung. Deshalb können sich die Fische in aller Ruhe über die Kadaver hermachen. Diese Medikamente, die sie im Labor verwenden, regen irgendwie das Wachstum an. Ich verstehe zwar nichts von diesem Gen-Zeugs. Aber in ganz Transsilvanien findet ihr keine größeren und gefräßigeren Fische als hier", versicherte Bone-X glaubhaft. Wie zum Beweis tauchte in einiger Entfernung neben dem Boot ein dunkler Schatten unter der Oberfläche auf. „Da! Seht ihr!"
„Verdammt!", stieß der Söldner ungläubig aus. „Das Biest ist ja so groß wie ein Krokodil. Das kann doch unmöglich ein Fisch sein."
Bone-X schüttelte sich vor Lachen. „Sie wissen, dass wir ihnen Futter bringen. Wartet erst, bis sich die richtig großen blicken lassen."
„Haltet mir bloß diese Viecher vom Leib!"
„Solange sie im Wasser bleiben und du im Boot, sehe ich kein Problem für dich." Ramars Lachen war so dreckig wie die über den Bootsboden verteilten Säcke.

***

Souzan-Chayas alter Herr hatte sie zu sich ins Büro zitiert. Zunächst war sie davon ausgegangen, dass ihr Antreten in den heiligen Hallen des Mossad in Zusammenhang mit ihren Ermittlungen stehen würde. Nun stellte sich allerdings heraus, dass es ihrem Vater gar nicht um die codierte Nachricht auf dem Mailserver ging. Stattdessen galt es, die Wogen eines diplomatischen Zwischenfalls zu glätten. Im Geheimdienst-Jargon konnte damit viel gemeint sein, selten etwas Gutes.

Statt ihrem Vater also erklären zu müssen, warum sie bei ihrer Suche nach dem Absender der geheimnisvollen Nachricht noch keinen Schritt weitergekommen war, lernte sie einen Agenten der CIA kennen. Ob Souzan-Chaya darüber erfreut war, hatte sie noch nicht entschieden.
Es war nicht ungewöhnlich, dass die CIA und der Mossad in einigen Bereichen eng zusammenarbeiteten, wenngleich jede der beiden Seiten die Vereinbarung zur gegenseitigen Hilfestellung anders auslegte. Für den Mossad bedeutete sie, dass die Amerikaner alle Informationen, die Israel betrafen, an die Israelis übermittelten, der Mossad seinerseits Informationen aber sehr selektiv weitergab. So stand es auf israelischer Seite außer Zweifel, dass man nur Informationen an die Amerikaner weiterleitete, wenn dadurch keine eigenen Agenten gefährdet oder gar enttarnt wurden.
Das Geschick israelischer Geheimdienstmitarbeiter bestand zweifellos darin, ihren Verbündeten jedes Mal aufs Neue glaubhaft zu versichern, dass man ihnen alle Informationen zugänglich gemacht hatte.
Souzan-Chaya und der CIA-Agent lauschten den Worten des alten Mannes. Ein Mann, dessen Scharfsinn jedes seiner grauen Haare Lügen strafte.
„Es liegt jetzt an euch beiden, weitere diplomatische Zwischenfälle zu vermeiden." Seine Hand wies ihnen den Weg zur Tür.
Souzan-Chaya stand als Erste auf. „Da die Befragung auf israelischem Boden stattfindet, ist Ihnen sicher klar, wer sie leitet, Agent..." Sie sah ihn fragend an.
„Smith", antwortete der Amerikaner. „Agent Smith."
Er sah genau wie all die anderen CIA-Agenten aus, die Souzan-Chaya bisher kennengelernt hatte: dunkler Anzug, weißes Hemd mit steifem Kragen und einer farblosen Krawatte. Nur in einem Punkt unterschied er sich von seinen Vorgängern. Wenn Souzan-Chaya Recht hatte, war er um einiges jünger.
Wenn nicht, hat er sich gut gehalten, dachte sie.
„Welch origineller Deckname. Bitte folgen Sie mir in den Verhörraum, Agent Smith."

„Ich würde es bevorzugen, wenn wir die Befragung als gleichberechtigte Partner durchführen könnten. Die USA werden genauso wie Israel vom Iran bedroht“, sagte er auf dem Weg nach unten.
„Ihr Land liegt aber nicht in Nuklearwaffenreichweite des Mullah-Regimes.“ Damit beendete sie die Kompetenz-Diskussion.
Vor der Tür des Verhörraums hielt ihr Smith eine CD unter die Nase. „Das ist die Disk, die uns der Iraner zum Kauf angeboten hat.“
Als Souzan-Chaya danach greifen wollte, zog er sie blitzschnell zurück und schüttelte neckisch den Kopf. „Sie bekommen eine Kopie davon, sobald wir das Passwort haben.“
Sie bedachte ihn mit einem strafenden Blick. Ihre Laune war an einem Tiefpunkt angelangt. Schon seit Tagen versuchte sie, dem Maulwurf auf die Schliche zu kommen, der die verschlüsselte Nachricht auf dem Server versteckt hatte. Und so wie es aussah, würde sie dieses Problem noch länger beschäftigen. Das Verhör des Iraners kam ihr dabei so gelegen wie eine Blinddarmentzündung. Ein Umstand, den sie Agent Smith deutlich spüren ließ.
Der iranische Gefangene saß in einem kahlen Raum an einen Stuhl gekettet und wurde von einem Israeli bewacht, der neben dem Verhörtisch stand. Als Souzan-Chaya und der CIA-Agent eintraten, übergab der Wächter seiner Vorgesetzten den Schlüssel für die Handschellen und verließ wortlos den Raum.
Souzan-Chaya wartete, bis die schwere Tür hinter ihm ins Schloss gefallen war, dann sagte sie an den Gefangenen gerichtet: „Wir wissen, dass dein Land an der Atombombe arbeitet und wir wissen auch, dass an mehreren Reaktoren in verschiedenen unterirdischen Anlagen geforscht wird.“ Sie machte eine effektvolle Pause. „Weiter wissen wir, dass ihr noch nicht in der Lage seid, das Uran so anzureichern, dass es für den Waffenbau geeignet ist. Es gibt aber eine Reihe von iranischen Atomexperten, die daran arbeiten. Ja…“, sagte sie gedehnt, „das sind die Fakten. Verschwende also nicht unsere Zeit damit, sie zu bestreiten!“

Der Iraner zeigte sich von dem Vortrag völlig unbeeindruckt.
„Als wir dich geschnappt haben", übernahm Agent Smith die Befragung, „hattest du diese CD bei dir. Darauf sind die Namen und Aufenthaltsorte eurer Atomexperten." Er blickte den Iraner an, als hätte er ihm eine Frage gestellt.
Antwort erhielt er keine.
„Uns fehlt das Passwort, um an die Daten zu kommen", setzte Smith fort.
Der Iraner zuckte mit den Schultern.
Smith nickte. „Ich hatte mir keine andere Reaktion erwartet." Er knöpfte sich das Jackett auf und hängte es sorgsam über einen Stuhl. Dann begann er damit, sich die Hemdsärmel aufzukrempeln. „Weißt du", sagte er an den Gefangenen gerichtet, „viele Leute glauben, dass wir Regierungsbeamte alle einen ruhigen Schreibtischjob haben. Den wenigsten ist klar, wie viel Handarbeit von uns verlangt wird." Er näherte sich dem Iraner mit geballten Fäusten und ließ keinen Zweifel an seinen Absichten aufkommen.
„Ihr Ring", unterbrach Souzan-Chaya seinen Auftritt.
Er sah sie überrascht an.
„Sie sollten Ihren Ehering herunternehmen, Agent Smith. Ihr Kollege, der letztes Mal das Verhör geführt hat, hat sich seinen Goldring beim Zuschlagen so verbogen, dass wir ihn nachher vom Finger schneiden mussten… Den Ring meine ich, nicht Ihren Kollegen", fügte sie beiläufig hinzu.
„Titan", lachte Smith und streckte ihr die Hand entgegen. „Das schafft jeden Kiefer."
Souzan-Chaya hob die Hände, als hätte sie nichts gesagt. „Er gehört ganz Ihnen, Agent Smith."
Der erste Schlag war schwach genug ausgeführt, um als Zielübung durchzugehen, verfehlte jedoch seine Wirkung nicht.
„Wir wissen, dass Ihre Leute unser Atomprogramm sabotieren", stieß der Iraner hervor. „Sie liefern uns fehlerhafte Teile für unsere Aufbereitungsanlagen."
„Er kann ja singen wie ein Vogel", stellte Smith erfreut fest.
„Ja, aber er erzählt uns leider nichts Neues." Souzan-Chaya schüttelte enttäuscht den Kopf. „Zielen Sie beim nächsten

Schlag ein Stück höher, damit wir seine Antwort noch verstehen können."
„Du hast die Frau gehört." Smith holte einen kleinen Block und einen Kugelschreiber aus seinem Jackett und legte beides auf den Verhörtisch. „Wie du siehst, habe ich auch dafür vorgesorgt. Wenn du gleich nicht mehr reden kannst, schreib mir das Passwort einfach auf. Das gilt auch."
„Agent Smith", unterbrach die Israelin erneut. „Er ist mit beiden Händen an den Stuhl gekettet."
Smith seufzte und beugte sich zum Iraner. „Siehst du, deshalb ist es so wichtig, dass wir dieses Verhör zu zweit durchführen. Sonst kommst du später mit deinem Anwalt und verklagst uns wegen eines Verfahrensfehlers."
„Was wollen Sie mit den Namen auf der CD?", fragte der Iraner, um Zeit zu gewinnen.
„Gute Frage!" Smith stutzte. „Das hat man mir leider nicht gesagt. Ich vermute, dass man diesen Atomwissenschaftern ein besseres Angebot unterbreiten möchte."
„Sie lügen", fauchte der Iraner. „Auch wenn Sie die Wissenschafter exekutieren lassen, werden andere kommen und ihre Arbeit fortsetzen."
„Damit hast du vermutlich Recht", gab Agent Smith nachdenklich zu. „Aber bis uns etwas Besseres einfällt, halten wir trotzdem an diesem Plan fest."
„Das Passwort!", forderte Souzan-Chaya und ging auf den Gefangenen zu. Mit einer Geschwindigkeit, die selbst Agent Smith in Staunen versetzte, befreite sie einen Arm des Iraners von den Handschellen.
„Schreib das Passwort auf und ich sorge dafür, dass du heute noch zurück in den Iran gebracht wirst - wenn du das möchtest."
„Ich wäre ein toter Mann, bevor ich die Grenze überquert hätte. Man würde mich wegen Hochverrats hinrichten."
„Dann such dir eben ein anderes Land aus. Wir haben alle Reisepässe vorrätig."

Agent Smith war kurz versucht, die Israelin einzubremsen, doch ihm wurde sofort klar, dass sie dem Mann das Blaue vom Himmel herunterlog, nur um ihn zum Reden zu bewegen.
„Syrien?“, fragte der Iraner.
„Von mir aus.“ Souzan-Chaya zuckte mit den Achseln. „Wenn dir nichts Besseres einfällt, dann eben nach Syrien.“
„Welche Garantie habe ich, dass Sie Ihr Wort halten?“
„Welche Wahl hast…“ Die Gegenfrage des CIA-Agenten ging in einem gellenden Schrei des Iraners unter.
Mit der Rasanz einer zubeißenden Cobra hatte Souzan-Chaya den Daumen des Gefangenen gepackt und schlimmer verdreht, als Smith es jemals für möglich gehalten hatte.
Von den legendären Manipulationstechniken des Mossad gehört zu haben war die eine, ihre Anwendung zu sehen eine andere Sache. Sie aber am eigenen Körper zu spüren, war ohne Zweifel die schlimmste.
„Das Passwort! Oder der Daumen ist nicht mehr zu retten.“ Souzan-Chayas Miene war so unnachgiebig wie die Felsen der Negevwüste.
Dreißig Sekunden später hatte Agent Smith das vom Iraner diktierte Passwort auf seinem Block stehen.
„Gehen Sie hinauf in mein Büro und prüfen Sie das Passwort“, wies Souzan-Chaya den CIA-Agenten an.
„Was ist mit ihm?“, fragte Smith.
„Wenn er gelogen hat, wird er den Raum nicht auf eigenen Beinen verlassen. Sollte er die Wahrheit gesagt haben, ist er ab heute Abend syrischer Staatsbürger.“
Die Überzeugung, mit der die Israelin das sagte, ließ Smith plötzlich daran zweifeln, ob sie den Iraner wirklich angelogen hatte, was dessen Freilassung betraf.
Souzan-Chaya war Smiths verunsicherter Blick nicht entgangen. „Sie mögen über mich denken, wie Sie wollen, aber ich habe diesem Mann mein Wort gegeben und ich werde es halten.“
Smith meinte, seine Kinnlade am Boden aufschlagen zu hören. „Aber das können Sie nicht machen! Er ist Gefangener der USA.“

„Nicht, wenn er die Wahrheit gesagt hat. Er hat sein Schicksal selbst in die Hand genommen. Und jetzt gehen Sie und finden Sie heraus, wie er sich entschieden hat. Wir haben keine Zeit zu verlieren!“
Unter halbherzigem Protest verließ Agent Smith den Raum. Was ihn jedoch viel mehr ärgerte als die mögliche Freilassung des Iraners, war die Tatsache, dass er die Israelin völlig unterschätzt hatte. *Sie hat ihn in Rekordzeit zum Reden gebracht, ohne sichtbare Schäden an ihm zu hinterlassen.* Smith musste das Passwort nicht erst probieren, um zu wissen, dass der Iraner die Wahrheit gesagt hatte - und Souzan-Chaya auch nicht. Selbst wenn er es ihr gegenüber nicht zugeben wollte, so hatte sich die Israelin mit ihrem Auftritt seinen Respekt verdient.
Souzan-Chaya befreite unterdessen auch den anderen Arm des Iraners aus den Handschellen. „Wir sind sehr gespannt auf deinen Bericht“, sagte sie zu dem Gefangenen. „Was ist bei deinem Auftrag schiefgelaufen, dass du dich von den Amerikanern hast außer Landes schaffen lassen?“
„Die iranischen Sicherheitsbehörden sind mir auf die Schliche gekommen. Mir blieben weniger als zwei Stunden, um den Iran zu verlassen. Da habe ich einem der CIA-Agenten die CD angeboten, und die haben mich sofort entführt und zum nächstgelegenen Verbündeten gebracht - nach Israel - genau, wie es ihr Protokoll verlangt.“
„Wie viele Namen sind auf der CD?“
„Elf. Sechs Atomexperten und fünf Kraftwerkskonstrukteure.“
Souzan-Chaya nickte. „Wir werden ihre Namen auf die Liste setzen.“ Sie klopfte ihrem Agenten aufmunternd auf die Schulter. „Sei beim nächsten Mal vorsichtiger und jetzt geh und leg dir Eis auf deinen Daumen.“
Für ein kleines Land wie Israel war es unmöglich, seine Agenten immer aus eigener Kraft zu evakuieren, wenn deren Tarnung im Ausland aufzufliegen drohte. Man hatte allerdings gelernt, sich der Ressourcen anderer Geheimdienste zu bedienen.

***

„Wir sind gleich da“, versicherte Bone-X den beiden Männern im Boot. „Es ist leichter, wenn wir um den Fels herumfahren und auf der Rückseite anlegen.“

Ramar nickte und hielt bremsend sein Paddel ins Wasser, um die Richtung zu ändern.

„Nicht zu nah an den Fels, hier gibt es einige Untiefen“, mahnte Bone-X.

Kaum an der Felsinsel angekommen, sprang er an Land und sicherte das Boot mit einem Tau. „Seht ihr die Ketten?“ Er deutete auf dutzende rostige Eisenketten, die in Meterabständen ins Wasser hingen. „Das sind unsere Leinen. An jeder hängt ein ordentlicher Steinbrocken zum Beschweren. Nach ein paar Wochen in der Tiefe können wir sie einholen und neues Fischfutter anketten. Die abgefressenen Knochen sinken einfach zu Boden, wo sie keinen stören.“

„Welche Ketten können wir verwenden?“, fragte Ramar, der ebenfalls auf die Insel gesprungen war.

„Gleich die hier vorne. Die Steine sind schwer genug, um zwei Leichen auf einmal unten zu halten. Ich schlage vor, dass wir beide das Einholen der Ketten übernehmen“, sagte Bone-X an Ramar gerichtet. „Das ist eindeutig der schwerste Teil des Jobs.“ Er warf dem Söldner im Boot einen verächtlichen Blick zu. „Du versorgst uns mit Fischfutter.“

Ramar brachte sich breitbeinig über der ersten Kette in Stellung und begann sie aus dem Wasser zu ziehen. Selbst für einen Mann seines Formats war das Heraufholen der gut zehn Meter langen Kette keine leichte Aufgabe.

„Hab ich dir zu viel versprochen?“, grinste Bone-X, der sich bei seiner Kette deutlich geschickter anstellte. „Mit der richtigen Technik geht es um einiges leichter.“ Eine Behauptung, die er eindrucksvoll unter Beweis stellte, indem er seinen Stein bereits an Land rollte, während Ramar noch immer aus Leibeskräften an der Kette zog.

„Im Prinzip ist es wie Angeln, nur dass man sich wünscht, dass keiner mehr dranhängt. Du kannst mir die ersten beiden rübergeben“, sagte Bone-X in Richtung des Söldners.
Der packte einen der Leichensäcke und blickte argwöhnisch über den Rand des wackeligen Boots. „Wie tief ist das Wasser hier?“
„Zu tief für einen Nichtschwimmer.“
Mit schwerem Stand im wackeligen Boot beförderte der Söldner die erste Leiche an Land, wo sie von Bone-X in Empfang genommen wurde.
„Los, gib mir noch einen.“
„Für mich auch zwei“, verlangte Ramar, der seinen Stein ebenfalls heraufgeholt hatte. In einem der Kettenglieder hatte sich ein Knochen verhakt. *Vermutlich eine Rippe.* „Ziemlich scharfe Zähne“, bemerkte er beeindruckt, als er die Bissspuren darauf entdeckte. Dann warf er den Knochen in hohem Bogen zurück in den See.
„Was ist, worauf wartest du?“, herrschte Bone-X den Söldner an.
„Ich glaube, in dem Sack hat sich etwas bewegt.“
„Gläubig bist du also auch noch?“
„Der Sack bewegt sich! Da, siehst du?“
Bone-X zeigte sich wenig überrascht. Stattdessen schnappte er eines der Paddel und schlug damit auf den Jutesack ein. Nach drei kräftigen Hieben verstarb die Bewegung. „Jetzt aber nicht mehr!“
„Du hast gesagt, sie sind tot“, stellte ihn der Söldner zur Rede.
„Meistens sind sie das auch.“
„Meistens?“
„Das liegt am Narkosemittel. Manchmal geben sie ihnen zu wenig davon, dann muss ich hiermit nachhelfen.“ Bone-X drückte ihm das Paddel in die Hand.
Als hätte der Söldner noch Zweifel an dessen durchschlagender Wirkung, trat er mit dem Stiefel gegen den Sack.
„Stell dich nicht so an!“, forderte Bone-X. „Er ist tot.“
„Was immer das in dieser Gegend bedeutet“, zischte der Söldner.

Bone-X kettete zwei Leichen an eine Fußfessel, die fest mit dem Steinbrocken verbunden war. „Pass auf, dass du den Sicherungsstift ganz reindrückst, damit die Dinger nicht von alleine aufgehen, wenn die Fische rangehen“, instruierte er Ramar. Anschließend gab er dem Stein einen ordentlichen Tritt, worauf dieser in die Tiefe rauschte und die daran geketteten Körper mitriss. „Den Rest erledigt die Schwerkraft.“
Mit einem metallischen Klirren schlug die Kette gegen den Fels, als der Steinbrocken in der Tiefe abrupt stoppte. Bone-X streckte den Daumen nach oben. „Die ersten zwei sind erledigt.“
„Vier“, korrigierte Ramar und rammte seinen Stiefel gegen den Stein vor ihm. Unmittelbar darauf spannte sich klirrend die nächste Kette.
„Nimm dir die hier vor!“, erklärte Bone-X mit einem Fingerzeig.
Mit jeder Leiche, die der Söldner aus dem Boot hievte, verringerte sich dessen Tiefgang. Dadurch verschlechterte sich die Lage im Wasser merklich.
„Der verdammte Kahn wackelt immer mehr!“
„Dann solltest du besser die Schnauze halten und dich auf deine Arbeit konzentrieren“, stieß Ramar zwischen zusammengebissenen Zähnen hervor. Seine Oberarme waren angespannt wie bei einem Bodybuilder und der Schweiß tropfte ihm über das Gesicht.
„Ist ganz schön anstrengend, nicht wahr?“ Bone-X kam mit der kräfteraubenden Arbeit eindeutig leichter zurecht. „Stell dich etwas breiter hin, dann kannst du besser ziehen!“
Bisher hatte es der Söldner vermieden, sich um die drei verwesten Leichen zu kümmern, die sie zuvor aus dem Erdloch geholt hatten. Ein Fehler, wie sich jetzt herausstellte. Ihr Gestank lockte mehr und mehr Fliegen an, die in Schwärmen um das Boot kreisten und sich auf allem niederließen, was ihnen Platz bot.
„Wo kommen die Fliegen her? Wir sind mitten auf dem See und trotzdem werden es immer mehr.“ Er wischte mit der Hand über sein Gesicht, um sie zu vertreiben.

„Die haben wir mitgebracht“, erwiderte Bone-X, der einen weiteren Stein hochgeholt hatte. „Sie schlüpfen aus den Leichen.“
Die Antwort schien dem Söldner ebenso wenig zu schmecken wie die Fliegen, die versuchten, ihm in Nasenlöcher und Mund zu kriechen.
„Los, schaff sie rüber!“, befahl Bone-X. „Das Problem lässt sich leicht lösen. Fliegen sind nämlich noch schlechtere Schwimmer als du.“
Der Söldner brummte verärgert und machte sich daran, die Säcke loszuwerden, aus denen die Fliegen in Scharen schlüpften. Die wärmenden Sonnenstrahlen und das Geschaukel des Boots schienen ihre Lebensgeister tausendfach zu wecken. Während die ersten Fliegen bereits herumschwirrten, krabbelten andere noch die Bootswände hoch und machten erste Flugversuche.
„Diese verdammten Viecher werden immer…“
Der Söldner beendete seinen Satz mit einem Spuckanfall. Auch wenn er keine Fliege verschluckte, so bekam sein Gaumen doch eine ungefähre Idee davon, worin diese in den letzten Tagen gehaust hatten. Reflexartig setzte der Brechreiz ein, gegen den der Söldner ankämpfte, indem er sich abwandte und zur Seite beugte.
Im Augenwinkel konnte er noch einen Schatten erkennen, der neben ihm aus der Tiefe hochschoss, wie ein U-Boot beim Not-Auftauchen. Einer der Fische hatte auf die Unmengen an Fliegen reagiert und wollte sich seinen Teil der Beute sichern. Doch nicht alles, was da über den Bootsrand fiel, passte in sein Maul.
Der Söldner hatte Gleichgewicht und Orientierung verloren. Das Wasser fühlte sich angenehm warm an und hüllte ihn von allen Seiten ein wie eine luftdichte Decke.
Panisch riss er die Augen auf.
Zuerst sah er den Himmel und die verzerrten Körper von Ramar und Bone-X, die ihm mit einem Mal unendlich weit entfernt schienen. Dann begannen Arme und Beine wild um sich zu schlagen und seine Sicht der Dinge veränderte sich.

Im tiefen, klaren Wasser tauchten die Silhouetten aufgeblähter Körper in allen Stadien der Verwesung und Verstümmelung auf. Wie Luftballone an Seilen schwebten sie im Wasser und wiegten sich sanft im Takt einer Melodie, die kein Lebender zu hören vermochte.
Luft! Sein Verlangen nach Sauerstoff wurde umso größer, je mehr der Wasserdruck die Lungen zusammenpresste. *Luft... muss nach oben...*
Viele Ertrinkende klammerten sich an die Mär, dass sie dreimal auftauchen würden, ehe die Tiefe sie für immer verschluckte. Diese Hoffnung erwies sich in zweierlei Hinsicht als tödlicher Irrtum. Zum einen konnte oder wollte das Wasser nicht immer bis drei zählen. Zum anderen machte ein Auftauchen das Funktionieren des Orientierungssinns erforderlich. Genau der fiel dem Sauerstoffmangel aber als Erstes zum Opfer.
Die strampelnden Bewegungen des Söldners verlangsamten sich. Sie wirkten jetzt ruhiger und entspannter, passten sich zunehmend der Umgebung an, die an einen Wald erinnerte. Ein Wald voller Leichen.
Der Söldner hatte dafür keinen Blick mehr. Er lauschte einer eigenwilligen Melodie, die immer lauter wurde und von überall und nirgendwo gleichzeitig herzukommen schien. Obwohl seine Augen weit offen standen, bemerkte er den Schatten nicht mehr, der sich pfeilschnell auf ihn zubewegte.

***

Dr. Qian führte den Ägypter durch das Labor, um ihm einen Überblick über die jüngsten Entwicklungen zu geben.
„Sie haben in relativ kurzer Zeit eine Menge auf die Beine gestellt, Doktor. Vor einigen Jahren sah das hier noch ganz anders aus."
„Ihr letzter Besuch ist auch schon eine Weile her."
„Das ist wahr, aber nicht jedes unserer Projekte erfordert Ihr Talent. Diese Ausstattung muss Sie ein Vermögen gekostet haben."

„Sie ist immer noch ein Fass ohne Boden“, entgegnete Qian. „Wir müssen ständig modernisieren, um am Ball zu bleiben. Wenn wir die unteren Ebenen auf den neuesten Stand gebracht haben, können wir hier oben wieder von vorne anfangen... Aber zum Glück hat das bald ein Ende.“

Der Ägypter nickte zustimmend. „Es ist eine mutige Entscheidung, die Sie da getroffen haben. Ich kann mir allerdings noch immer nicht vorstellen, wie Sie all das künftig auf kleinstem Raum unterbringen wollen.“

„Unterschätzen Sie nicht den technischen Fortschritt! Auch unsere Laborgeräte werden ständig kleiner und viele Arbeiten lassen sich kostengünstig auslagern. Nehmen Sie zum Beispiel dieses Gerät.“ Qian zeigte auf einen beigefarbenen Apparat, der entfernte Ähnlichkeit mit einem Kopierer hatte und die halbe Wand verstellte. „Handliche Ausrüstung zur Gensequenzierung können Sie heute über den Internet-Versandhandel kaufen, und die Grundstoffe für Biowaffen kommen ebenfalls per Post. Früher mussten wir alles aufwändig selbst erforschen und produzieren, aber mittlerweile kann sich jeder die Gensequenzen von Viren aus dem Internet herunterladen. Auch wir bedienen uns immer mehr solcher Baukasten-Systeme und synthetisieren die benötigten Sequenzen selbst. Damit fällt fast die gesamte Grundlagenforschung der letzten Jahre weg.“

„Sie sind zu bescheiden, Doktor. Die Amerikaner werden Sie kaum für etwas bezahlen, das man kostenlos im Internet bekommt.“

Qian lächelte. „Ein wenig Feintuning und Fingerspitzengefühl ist natürlich auch gefragt. Mangelnde Erfahrung lässt sich selbst durch die beste Technik nicht kompensieren. Aber das allein rechtfertigt eine Anlage wie diese auch in den Augen der Amerikaner nicht mehr.“

Wenn Qian von den Amerikanern sprach, meinte er eine ganz bestimmte Abteilung des US-Militärs. Die Entwicklung von Biowaffen war in Kriegs- und Friedenszeiten ein gleichermaßen lukratives Geschäft, da ihr Besitz primär der Abschreckung potenzieller Angreifer diente.

Der Ägypter zeigte auf einen mit bräunlich verfärbtem Alkohol gefüllten Glasbehälter, in dem eine Qualle konserviert war. „Ich kann mich noch gut an Ihre Experimente mit diesem Polypentier erinnern, das Sie vor meinen Augen durch eine Presse gequetscht haben, bis auf der anderen Seite hunderte Einzelteile herauskamen. Ich hätte damals all mein Geld verwettet, dass Sie das Ding nicht wieder zusammensetzen können."
Die Erinnerung an seine ersten Versuche rang Qian ein nostalgisches Lächeln ab. „Würden Sie heute auch noch wetten?"
„Nur noch auf Sie, Doktor! Als Sie mir damals erklärt haben, dass sie an Stammzellen forschen, klang das wie Science-Fiction für mich - Regeneration von abgetrennten Gliedmaßen, das Stoppen des Alterungsprozesses... Und heute gibt es keinen Tag, an dem diese Themen nicht irgendwo in den Medien sind. Sie waren Ihren Kollegen um Jahrzehnte voraus."
„Das bin ich noch", versicherte Qian und gab sich nicht die geringste Mühe, bescheiden zu klingen.
„Meinen Sie nicht, die anderen können Ihren Vorsprung eines Tages einholen?"
„Die sind allesamt auf dem Holzweg. Keiner von denen hat bisher begriffen, dass pluripotente Stammzellen das Problem und nicht die Lösung sind."
„Pluri..." Der Ägypter sah ihn hilfesuchend an.
„Pluripotente Stammzellen", wiederholte Qian belehrend. „Diese Quacksalber, die sich anmaßen, Wissenschafter genannt zu werden, glauben, dass die Pluripotenz der Schlüssel zur Zellregeneration ist. Dabei habe ich schon vor über zwanzig Jahren das Gegenteil bewiesen." Er nahm das Glas mit der Qualle und hielt es dem Ägypter hin. „Sobald diese Quallenart spürt, dass ihre Zeit gekommen ist, beginnt sie mit ihrer Regeneration. Sie umgeht den Tod, indem sie all ihre Zellen in das zurückverwandelt, was sie bei ihrer Geburt waren: Pluripotente Stammzellen, aus denen sich wieder alle beliebigen Zelltypen entwickeln können. Wenn Sie so wollen, könnte man sie auch Alleskönner-Zellen nennen."

„Und das macht sie unsterblich?“
„In gewisser Weise, ja. Bei den Polypen, die wir früher durch das Sieb gepresst haben, zeigte sich, dass sie Zeit ihres Lebens aus einer hohen Zahl pluripotenter Stammzellen bestehen. Das heißt, dass sich viele ihrer Zellen nie ganz fertig entwickeln und im Falle von Verletzungen oder Alterung zur Verfügung stehen, um neue Nervenzellen oder Nesselzellen auszubilden. Aber nicht nur das, auch bereits bestehende Nervenzellen oder Nesselzellen können sich wieder zu diesen pluripotenten Stammzellen zurückentwickeln.“
„Das klingt doch, als wäre diese Pluripotenz so etwas wie der Heilige Gral.“
„Eben nicht!“, widersprach Qian harsch. „Was bei Quallen funktioniert, lässt sich nicht einfach auf den Menschen übertragen - im Gegenteil. Aus gutem Grund bin ich schon vor langer Zeit dazu übergegangen, meine Forschung an den Axolotln zu intensivieren. Diese mexikanischen Salamander stehen uns sehr viel näher!“
Der Ägypter ließ sich nicht anmerken, wie er über Qians Vergleich dachte, erinnerte sich aber nur zu gut daran, wie die Axolotl selbst den heftigsten Verstümmelungsversuchen des Doktors mit ihrer Regenerationsfähigkeit getrotzt hatten. „Und warum sind Salamander besser?“
„Weil sie keine pluripotenten Alleskönner-Zellen ausbilden, wenn man ihnen Gliedmaßen abtrennt, sondern jedes Gewebe nur ganz spezialisierte Stammzellen wiederherstellt. An der Wunde verwandeln sich Zellen, die sich bereits zu Haut, Nerven oder Muskelzellen spezialisiert haben wieder zurück, um die Regeneration einzuleiten - aber eben nicht bis zur Pluripotenz. Dadurch wird das Risiko von Fehlbildungen ganz erheblich reduziert, weil die Zellen sich nicht vollständig zurückentwickeln, sondern noch eine Art Gedächtnis behalten und wissen, was aus ihnen wieder zu entstehen hat.“
„Sie meinen, jede Gewebeart kann sich nur zu ihren eigenen Stammzellen zurückentwickeln?“
Qian nickte. „Damit kann aus einer Knorpelzelle nur wieder eine Knorpelzelle werden, aber niemals eine mutierte

Leberzelle. Je komplexer ein Organismus ist, umso wichtiger ist es, dass sich seine Stammzellen nicht zu beliebigen Zellen differenzieren können. Die Pluripotenz funktioniert sehr gut bei primitiven Tieren wie Polypen, aber sie wird zum Fluch, wenn es um die Vielfalt der menschlichen Zellen geht."

„Und warum versteifen sich Ihre Kollegen dann so auf die Pluripotenz?" Er gab dem Doktor das Quallenglas zurück.

„Meine Kollegen", stieß Qian abschätzig hervor, „haben bis heute nicht begriffen, dass der Axolotl nach einer Amputation keine pluripotenten Stammzellen ausbildet. Während ich schon vor Jahren im Stillen mit Hilfe von kleinen RNA-Molekülen meine spezialisierten Stammzellen perfektioniert habe, bekam jedes Jahr irgendein anderer Idiot einen Preis für seine nutzlose Pluripotenz-Forschung verliehen."

Während der Ägypter weiter zuhörte, wurde ihm wieder bewusst, wie sehr der Doktor an seine eigene Perfektion glaubte und wie besessen er davon war. Kopfnickend pflichtete er Qians Ausführungen bei.

So mancher Mediziner mochte Gefallen daran finden, als Halbgott in Weiß auf Erden zu wandeln. Qian dagegen war es nie in den Sinn gekommen, sich als Halbgott bezeichnen zu lassen. Er strebte Vollkommenheit an.

„Wie lange werden Sie brauchen, bis Sie erste Ergebnisse für uns haben?", lenkte der Ägypter das Thema wieder auf das Mitbringsel in seinem Koffer.

„Meine Mitarbeiter werden noch heute mit der Analyse beginnen. Hier entlang, bitte", deutete er seinem Gast den Weg. „Ich denke, es wird nicht länger als 48 Stunden dauern, bis Sie Gewissheit haben."

Der Ägypter schien mit der Antwort zufrieden.

„Wann werden Sie uns die nächsten Stücke anliefern?"

„Ich möchte mich zeitlich nicht festlegen, da sich die anderen Reliquien noch nicht in unserem Besitz befinden und die Beschaffung bei einigen kompliziert werden könnte."

„Gab es dabei Probleme?", fragte Qian überrascht, und zeigte auf die dunkelblaue Panzerglasröhre in der Hand des Ägypters.

„Nein", lächelte dieser. „Bisher lief alles nach Plan."

Der Doktor nickte zufrieden. „Sie erweisen mir übrigens einen großen Gefallen, indem Sie mir Ihre beiden Helfer ausleihen."
„Ich bitte Sie, Sie hätten dasselbe für mich getan. Außerdem ist mir wohler bei dem Gedanken, dass die beiden nicht allein im Labor herumlaufen, während wir uns unterhalten."
„Da haben Sie allerdings Recht." Qian schob den Ärmel seines Labormantels hoch und blickte auf die Uhr. „Sie sollten eigentlich schon zurück sein."

***

Was auf der einen Seite beschafft wurde, musste auf der anderen auch wieder entsorgt werden. Bone-X hatte einen weiteren Job für Qian zu Ende gebracht, wenngleich dabei nicht alles so glatt gelaufen war wie geplant. Seine beiden Helfer hatten beim Versenken der Leichen für einigen Ärger gesorgt. Dennoch waren die Männer sich einig darüber, dass sie dem Auftraggeber die Details ihrer Bootsfahrt ersparen wollten.
Ramar saß hinten im Lieferwagen und kratzte sich mit einem Messer den Dreck unter den Fingernägeln hervor. Angesichts der Schotterstraße, über die Bone-X fuhr, war das kein leichtes Unterfangen.
Über Ramars linkem Oberarm klaffte ein Loch im tropfnassen T-Shirt und erlaubte den Blick auf eine tiefe Bisswunde. Der Söldner lag neben ihm auf dem Boden des Transporters und verarbeitete hustend seinen Albtraum.
„Du bist ein Idiot", hörte er Ramars Stimme sagen.
„Ihr seid beide Idioten!", tönte es vom Fahrersitz nach hinten. „Die größten Idioten, die mir je begegnet sind."
Ramar widersprach nicht. Er wusste nur zu gut, wie Recht Bone-X hatte.
„Hey, Popeye", würgte der Söldner hervor. „Wir haben es geschafft." Die Wunde an seinem Bein hatte die Hose hellrot gefärbt. „Diese verdammten Viecher haben uns nicht bekommen."

„Jedenfalls nicht alles von mir“, erwiderte Ramar und spielte auf seinen Oberarm an. „Ich habe noch nie so aggressive Fische gesehen.“
Der Söldner spuckte auf den Boden. „Vergiss die Kratzer. Du hast mir das Leben gerettet. Warum bist du mir nachgesprungen?“
„Das habe ich ihn auch schon gefragt und keine Antwort bekommen. Aber ich habe meine eigene Theorie dazu entwickelt“, erklärte Bone-X. „Er ist der größere Idiot von euch beiden.“
„Pass auf, was du über ihn sagst“, hustete der Söldner. „Dieser Mann ist ein Held. Er hat mir das Leben gerettet.“
Bone-X schüttelte nur den Kopf und kaute weiter an seinem Zahnstocher.
„Ich habe sie gesehen“, erzählte der Söldner. „Sie hingen da unten wie von der Sonne ausgebleichte Baumstämme. Ein ganzer Wald von ihnen. Alles wirkte so unwirklich wie ein Traum.“ Seine Stimme klang wie eine zerkratzte Schallplatte. „Plötzlich waren da überall diese Fische... Ich kann mich nicht mehr erinnern, was dann passiert ist... Ich sehe immer nur diesen Wald vor mir und überall waren diese widerlichen Kadaver.“
„Was du nicht sagst“, knurrte Ramar.
„Ich schulde dir was, Popeye!“
„Oh ja, das tust du.“
„Hauptsache, der Job ist erledigt und Qian zufrieden“, verkündete Bone-X schlicht.
„Weißt du, wo du dir deinen verdammten Job...“ Der Rest des Satzes verlor sich im Husten des Söldners.
Ramars Blick traf ihn wie eine Warnung. „Bone-X hat Recht. Der Doktor ist gefährlich. Diese Besessenheit in den Augen eines Mannes habe ich zuvor erst ein einziges Mal gesehen.“
Der Söldner nickte stumm.
Bone-X drehte sich von Neugier getrieben um. „Ihr kennt noch einen von Qians Schlag?“ Er blickte durch das Gitterfenster von einem zum anderen, um sich zu vergewissern, dass es kein schlechter Scherz war.

Der Söldner nickte erneut. „Wenn du uns nicht in den Graben fährst, erzähle ich dir von ihm."
Bone-X lachte. „Keine Sorge, ich könnte den Weg auch mit verbundenen Augen fahren."
„Solange dein Kopf dabei nach vorne schaut, soll es mir recht sein." Ramar unterstrich seine Worte mit einer eindeutigen Geste und der Fahrer richtete den Blick wieder auf die Straße. „Also, schieß los!"
Der Söldner begann, Bone-X von ihrem Boss zu erzählen. Er brauchte eine ganze Weile, bis er die richtigen Worte fand. Doch je länger er sprach, desto überzeugter schien er von dem, was er sagte. Der Weg des Mannes, von dem er berichtete, war von so vielen Leichen gepflastert, dass sie für eine mehrspurige Autobahn gereicht hätten.
Interessiert fragte Bone-X mehrmals nach. Hatte er die Toten zu Beginn noch mitgezählt, konzentrierte er sich im weiteren Verlauf nur noch auf wichtige Details.
„Euer Boss ist ja völlig durchgeknallt", stellte er schließlich fest. Aus seinem Mund klang es wie ein Kompliment.
„Unser Boss ist ein pathologischer Killer", brachte der Söldner die Wahrheit auf den Punkt.
„Ich dachte bisher, dieser Ägypter, mit dem ihr hergekommen seid, ist euer Boss. Dem hätte ich das nämlich nicht zugetraut."
Der Söldner schnaubte verächtlich. „Der kann ihm nicht das Wasser reichen."
„Noch nicht", ergänzte Ramar.

***

Professor Woodberry hatte eine weitere arbeitsreiche Nacht in seinem Londoner Labor hinter sich. Seit Jahren suchten Natascha Wilder und er nach einer Möglichkeit, der Datenspeicherung in Hologrammen zum Durchbruch zu verhelfen.
Auch andernorts wurde eifrig daran geforscht, doch nirgendwo war der Erfolgsdruck so groß wie am Imperial College. Hier hatte Dennis Gabor in den 1960er Jahren das Hologramm

erfunden und verbessert, ehe er und sein engster Mitarbeiter kurz nach Ausbruch des Sechstagekriegs überraschend in die USA auswanderten.
Es waren zwei Probleme, mit denen Woodberry zu kämpfen hatte. Das kleinere der beiden resultierte aus den zögerlichen Fortschritten der Industrie bei der Entwicklung leistungsfähiger UV-Laser. Diese violetten Laser stellten den Schlüssel zur Datenspeicherung in Hologrammen dar.
Das andere Problem verdeutlichte Woodberry Außenstehenden gerne anhand des Beispiels zweier Spiegel, die einander gegenüber hingen. Jeder der beiden spiegelte eine Kopie des jeweils anderen und damit auch sich selbst wider. Obwohl diese Abfolge aus gegenseitigen Spiegelbildern theoretisch endlos fortgesetzt werden konnte, gab es in der Praxis physikalische Grenzen. Die Darstellungen verkleinerten sich nicht nur mit jeder weiteren Kopie, sie wurden dabei auch immer dunkler. Bezogen auf die Datenspeicherung bedeutete das einen Verlust an ursprünglicher Information. Je tiefer der Laserstrahl in das Speichermedium vordrang, desto schwieriger wurde es, die abgelegten Informationen wieder fehlerfrei auszulesen.
„Sie sehen müde aus", sagte Natascha, die zu ihrem Dienstantritt zwei Becher Automatenkaffee mitgebracht hatte. „Der wird Ihnen über den Tag helfen."
„Zumindest über den Vormittag." Woodberry nahm den dampfenden Becher und bedankte sich. „Sie hatten Recht mit dem sichtbaren Licht des Laserstrahls, Natascha."
„Hatte ich?", fragte sie, als wüsste sie nicht, worüber der Professor sprach.
„Die störenden Abweichungen werden tatsächlich kleiner", erklärte er, „wenn die Wellenlänge außerhalb des sichtbaren Lichtspektrums liegt."
„Sie haben das doch nicht etwa ohne…"
„Tut mir leid", fiel er ihr ins Wort. „Die Versuchung war einfach zu groß und die Nacht zu lang." Der alte Professor lächelte seine Mitarbeiterin wohlwollend an. „Es ist fast so gelaufen, wie von Ihnen vorherberechnet."

Natascha zeigte sich von den guten Neuigkeiten erfreut und überrascht zugleich. „Wie klein?", fragte sie und meinte die Abweichungen, die sie in den letzten Wochen hassen gelernt hatte.
„Ich habe bisher erst einen kompletten Testlauf durchgeführt", beugte er verfrühter Euphorie vor, „aber da lag das Ergebnis knapp unter 0,1 %."
„Unter 0,1 %?"
„Unter 0,1 %!", bestätigte der Professor. „Damit unterbieten wir sogar noch Ihre optimistischsten Erwartungen."
„Wann starten wir die zweite Versuchsreihe?" In ihrer Stimme schwang Begeisterung für das bevorstehende Experiment mit.
„Sobald Sie Ihre Schutzbrille aufgesetzt haben, kann es losgehen. Ich habe alles vorbereitet."
Nicht ganz zwei Stunden dauerte der Versuch, bei dem die Testdaten zunächst in einem Hologramm abgespeichert und im Anschluss wieder ausgelesen wurden. Die dabei erfolgte Datenprüfung untermauerte das Ergebnis von Woodberrys erster Versuchsreihe.
„Nun", fragte er, „was denken Sie, Natascha?"
Sie hielt triumphierend ein Stück Polycarbonat in der Größe einer Streichholzschachtel gegen das Licht. „Wir haben hier drin eine Datenmenge gespeichert, die den Texten der gesamten Campus-Bibliothek entspricht."
„Und wir konnten über 99,9 % davon wieder lesen", ergänzte Woodberry mit ungewohnter Begeisterung in der Stimme. „Kein schlechter Wert für eine Testreihe!"
„Mit dem richtigen Laser schaffen wir eine Fehlertoleranz, von der andere nur träumen können!", bekräftigte Natascha. „Wenn sich die Abweichungen tatsächlich linear entwickeln, dann..." Ihre Finger tippten aufgeregt auf einem Taschenrechner herum.
„Sparen Sie sich die Mühe! Ich habe es gleich nach der ersten Testreihe ausgerechnet. Mit dem richtigen Laser beträgt die Fehlerrate weniger als einen Buchstaben in der gesamten Bibliothek."

Natascha ließ es sich dennoch nicht nehmen, ihre eigene Berechnung abzuschließen. „Ein Buchstabe!“, bestätigte sie schließlich und grinste bis über beide Ohren. „Das ist es! Jetzt brauchen wir nur noch einen leistungsfähigeren Laser.“
„Das sehe ich genauso.“ Er verschränkte seine Arme vor der Brust. „Aber wir beide wissen, wie der Dekan über solche Ausgaben denkt.“
Nataschas Blick sprach Bände.
„Wir werden unsere Ergebnisse so lange überprüfen, bis sie wasserdicht sind. Wir können uns keine Fehler leisten“, legte Woodberry die weitere Vorgehensweise fest. „Im Herbst gehen wir damit an die Öffentlichkeit. Zusammen mit den Fortschritten, die wir bei unseren holographischen Scannern erzielt haben, bleibt dem Dekan dann gar nichts anderes übrig, als unser Projekt hochoffiziell abzusegnen.“
„Er wird uns auch diesmal nicht unterstützen.“ Natascha machte kein Geheimnis daraus, dass sie die Einschätzung des Professors nicht teilte. „Dem könnten wir sogar mit einem Empfehlungsschreiben des Nobelpreiskomitees kommen und er würde uns nur wieder vertrösten.“
„Jetzt tun Sie ihm Unrecht, Natascha. Unser Institut ist eines der wenigen, denen er trotz des Sparkurses im letzten Jahr keine Mittel gekürzt hat.“
Sie lachte abfällig. „Klar, wo sollte er die auch noch einsparen. Hier ist doch schon alles zusammengekürzt.“
Natascha machte eine Pause und beobachtete, wie ihre Worte auf den Professor wirkten.
„Sie kennen meine Meinung zu diesem Thema.“
Sie seufzte. „Ja, natürlich. Aber es gibt keinen besseren Zeitpunkt als jetzt, um finanzielle Unterstützung von außen anzunehmen.“
„Wir haben das doch schon besprochen, Natascha. Ich weiß es wirklich zu schätzen, dass Sie sich so für das Projekt einsetzen. Die Mittel, die uns Ihre Kontakte in Aussicht gestellt haben, sind mehr als reizvoll.“ Er schüttelte widerwillig den Kopf. „Aber wir können es uns nicht leisten, unsere Unabhängigkeit aufzugeben, nicht so kurz vor dem Ziel.“

„Ich weiß, wie Sie darüber denken, Professor, und ich finde es höchst anständig von Ihnen, dass Sie trotz aller Differenzen noch immer voll hinter dem Dekan stehen. Aber bedenken Sie bitte auch, wie eine solche Finanzspritze unsere Möglichkeiten verbessern würde. Wir könnten endlich wieder Assistenten beschäftigen und die Arbeit viel schneller zu Ende bringen als alleine."
Der Professor wusste nur zu gut, dass Natascha mit dem, was sie sagte, Recht hatte. Finanzielle Zuwendungen von Sponsoren waren durchaus üblich und keinesfalls so verwerflich, wie Woodberry sie immer darstellte. Andere Professoren am Campus hätten derartige Angebote für ihre Institute mit Handkuss angenommen. Doch die waren auch nicht von seinem Schlag.
Die Unabhängigkeit von Forschung und Lehre war einer der Eckpfeiler von Woodberrys universitärem Weltbild. Seit Generationen prägte es das Denken seiner Professorenfamilie und es war nicht an ihm, mit dieser Tradition zu brechen.

***

Die Promenade am Strand von Tel Aviv war eigentlich zu jeder Jahreszeit gut besucht. Für einen warmen Vormittag wie diesen war die Zahl der Handtücher am Strand allerdings überschaubar. Am Ende einer langen Reihe von Holzbänken ragte ein gemauerter Steg ins Mittelmeer. Drei abgestellte Schultaschen signalisierten jedem Beobachter, wovor sich ihre Besitzer drückten. Die beiden zwölfjährigen Burschen bewegten sich mit ausgestreckten Armen auf ihre Schulkollegin zu und drängten sie immer weiter auf den Steg hinaus.
„Lasst mich gehen!"
„Geh doch!", deutete der größere der beiden Jungen auf das Meer hinaus. In seiner Hand hielt er ein Handy, mit dem er die Szene filmte.
„Ich kann nicht schwimmen. Bitte lasst mich in Ruhe!"

„Das glauben wir dir aber nicht“, erwiderte der andere Junge und zog sich seine Baseballkappe tiefer ins Gesicht. „Jeder kann schwimmen.“

„Ich nicht.“ Mit jedem Schritt, den sie nach hinten machte, verlor ihre Stimme an Festigkeit. „Wirklich nicht.“

„Dann solltest du uns dankbar sein, dass wir es dir beibringen.“ Er richtete die Kameralinse des Telefons auf sich. „Unser Klassenliebling hat endlich zugegeben, dass sie nicht schwimmen kann.“

„Sie soll es noch einmal direkt in die Kamera sagen!“, verlangte der andere. „Eine Großaufnahme für das Internet.“

„Du hast den Regisseur gehört!“ Das Handy wurde wieder auf das Mädchen gerichtet. „Möchtest du deinen Schulkolleginnen sonst noch etwas sagen, bevor du den Beweis für deine Behauptung antrittst?“

„Lasst mich in Ruhe“, forderte sie weinerlich. „Ich habe doch schon zugegeben, dass ich nicht schwimmen kann. Was wollt ihr denn noch?“

„Einen Kopfsprung“, kam prompt die Antwort unter der Baseballkappe hervor.

„Ja, sie soll einen Kopfsprung machen“, stimmte sein Freund der Forderung zu. „Für einen Kopfsprung musst du nicht schwimmen können.“

Sie drehte sich um und begann laut loszuheulen. Bis zum Ende des Stegs blieben ihr weniger als zehn Schritte und mit jedem davon wuchs ihre Angst. „Bitte, ich hab euch doch nichts getan!“

„Du willst doch Model werden.“ Er hielt das Handy höher, um ihr verheultes Gesicht besser filmen zu können. „Da wird es höchste Zeit, dass du dich an Auftritte vor der Kamera gewöhnst.“

„Sie ziert sich doch jetzt schon wie die großen Stars.“ Das Gelächter der Jungen verängstigte das Mädchen noch mehr.

„Los jetzt, spring endlich“, befahl der selbsternannte Kameramann. „Das Video wird sonst zu lang und wenn wir es schneiden, glaubt uns keiner in der Schule, dass es echt ist.“

Sie sank in die Knie und begann, um Hilfe zu schreien.

„Wirf sie ins Wasser!"
Ohne zu zögern machte sich der Junge mit der Kappe daran, die Forderung umzusetzen. „Stell dich nicht so an, jeder kann schwimmen."
Der Kameramann hatte nur noch Augen für seine Aufnahme: Location, Handlung und Bildausschnitt waren für ein Top-Ranking unter den Handyvideos im Internet perfekt gewählt. Die Hauptdarstellerin ließ sich zwar noch bitten, aber das machte die Szenerie in seinen Augen nur glaubwürdiger.
„Action!", rief er und war ziemlich erstaunt, als sich sein Filmset im selben Moment verdunkelte. Etwas Großes hatte sich vor die Sonne geschoben und warf seinen unheilvollen Schatten über den Drehort.
„Die Aufnahmen sind beendet!" Der Nachdruck in der stählernen Stimme hätte ausgereicht, ihre Worte in den Steg zu meißeln.
Erschrocken wirbelten die beiden Burschen herum. Das Handy filmte eine elegante Gürtelschnalle, über der ein Koloss von Mann in den Himmel ragte. Sein kantiges Gesicht versprühte die Freundlichkeit einer gereizten Bulldogge.
„Das Telefon!" Ein ausgestreckter Arm bekräftigte die Forderung.
Ohne seinen Blick von dem Mann abzuwenden, ließ der Junge das Handy in dessen Hand fallen.
„Ich mag keine Bilder von mir." In hohem Bogen segelte das Mobiltelefon hinaus aufs Meer. „Ihr habt zehn Sekunden, eure Schultaschen zu holen."
Die Baseballkappe riskierte einen Einwand. „Sie können doch nicht einfach…"
„NEUN!"
Es war nicht nötig weiterzuzählen. Vermutlich hätten es die beiden Jungen aber ohnehin bis drei geschafft. Mit ihren Taschen auf den Rücken rannten sie so schnell, wie es ihre kurzen Beine hergaben.
„Alles in Ordnung mit dir?" Der Mann beugte sich zu dem Mädchen hinunter und gab sich alle Mühe, freundlich auszusehen.

„Ja", schnupfte die Kleine und holte ein Taschentuch aus ihrer Hose. „Sie wollten mich ins Wasser stoßen… aber ich kann nicht schwimmen. Ich hatte solche Angst."
Er nickte und ließ sich von dem Mädchen die Namen der beiden Hobbyfilmer geben, die er in einem kleinen Notizbuch vermerkte.
„Für heute dürfte deinen Freunden der Spaß vergangen sein und ab morgen haben sie andere Sorgen."
Sie streckte ihm ihre vergleichsweise winzige Hand entgegen. „Danke, dass Sie mir geholfen haben."
Eine Viertelstunde später nahm Souzan-Chaya auf einer der Promenadenbänke neben Hiob Platz. „Es tut mir leid, dass ich mich verspätet habe", sagte sie und schlug die Beine übereinander.
„Kein Problem", erwiderte Hiob entspannt und öffnete den Aktenkoffer auf seinem Schoß. „Hier sind die Zahlen, um die du mich gebeten hast."
Souzan-Chaya warf einen flüchtigen Blick darauf und ließ die zusammengefalteten Blätter in ihrer Tasche verschwinden. „Danke."
Hiob zwinkerte einem der scheinbar zufällig vorbeigehenden Passanten zu. Souzan-Chayas Leibwächter erwiderte den kollegialen Gruß mit einem unverdächtigen Lächeln.
„Es gibt da noch etwas, worüber ich mit dir reden muss, Hiob." Sie drehte sich zu ihm, um die Reaktion auf ihre Frage in seinem Gesicht mitverfolgen zu können. „Im Außendienst ist eine Stelle freigeworden."
„Von wie weit außen sprechen wir?"
„Iran."
Hiobs Reaktion war nicht geeignet zu erraten, was er in diesem Moment dachte, denn er zeigte keine. „Wann?"
„Sein Flug geht noch heute Nacht."
„Klingt so, als wäre die Entscheidung schon gefallen."
Souzan-Chaya war ihr Nicken sichtlich unangenehm. „Einer von ihnen muss den Job übernehmen. Wir brauchen ein neues Gesicht. Die Alternative wäre, die ganze Sache abzublasen… Wir beide wissen, dass das nicht in Frage kommt."

Hiobs Schweigen war als ungeteilte Zustimmung zu werten.
„Aber ich muss wissen, ob du Simon einen Beobachtungseinsatz im Iran zutraust. Wenn er ein Risiko darstellt, schicken wir einen anderen aus der Gruppe."
Vermutlich wäre es ihr lieber gewesen, dass er vor seiner Antwort länger nachgedacht hätte, doch das tat er nicht. „Simon ist der Beste, den ich dir anbieten kann."
Souzan-Chaya bemerkte, dass sie den Atem anhielt, ehe sie antwortete. „Gut, dann soll er uns das beweisen. Ich lasse alles vorbereiten."
„Hast du etwas von Alon gehört?", warf Hiob eine Frage dazwischen.
Sie lächelte ihn an. „So wie es aussieht, fühlt er sich in Wien ganz wohl." Es war ein unverbindliches Lächeln.
Hiob wurde deutlicher: „Der Lehrgang ist praktisch beendet. Wenn Alon Hilfe braucht, könnte ich…"
„Ich denke, wir haben alles besprochen", schnitt sie ihm das Wort ab und stand auf. „Ich lasse Simon um 21:30 Uhr abholen." Souzan-Chaya streckte ihm zur Verabschiedung die Hand entgegen.
„Eine Sache noch!" Hiob kramte sein Notizbuch hervor und riss eine Seite heraus. „Bitte lass diese beiden Namen ins Jugendprogramm aufnehmen."

***

Sylvia hatte sich in ihrem neuen Job gut eingelebt, wenn man von einigen Merkwürdigkeiten absah, an deren Aufklärung sie noch arbeitete. So wurden beispielsweise die Zutrittsbeschränkungen der unterschiedlichen Laborebenen durch ein ausgeklügeltes Punktesystem geregelt. Ein wesentliches Kriterium für die Anzahl erreichter Punkte war die Zeit, die jemand schon für das Labor arbeitete. Qians Credo war für alle Mitarbeiter verständlich und transparent formuliert: Vertrauen muss man sich verdienen, und das braucht Zeit.
Gerade in der Bio-Tech-Branche war der Transfer von Wissen durch abgeworbene Mitarbeiter ein großes Problem. Die

höchsten Sicherheitsvorschriften im Labor, die bestmögliche Geheimhaltung und die dicksten Panzertüren waren nutzlos, wenn ein wissenschaftlicher Mitarbeiter kündigte und sein Know-how zur Konkurrenz mitnahm. Für diesen unglücklichen Fall hatte Qian allerdings umfassende Vorkehrungen getroffen.
Sylvia saß an einer Bushaltestelle und blickte auf den glutroten Ball, der hinter den Berggipfeln versank. Im Westen reflektierten vereinzelte Wolken die letzten Sonnenstrahlen. Trotz des fortgeschrittenen Frühsommerabends lag die Temperatur immer noch deutlich über 20 Grad Celsius. Es war der bisher heißeste Tag des Jahres gewesen und die Nacht, die sich ankündigte, schien ihm um nichts nachstehen zu wollen.
Schon verrückt, dachte sie. *So ein herrlicher Abend und mir fällt nichts Besseres ein, als einen Schneemann zu zeichnen.* Sie klappte ihren Notizblock zusammen und ließ ihn gemeinsam mit einem Stift in ihrer Tasche verschwinden.
Ein rostiger Bus blieb quietschend stehen und öffnete Sylvia die Tür. An diesem Abend war sie die Einzige, die zustieg. Als wollte der Bus ihr den Blick zurück ersparen, stieß er beim Losfahren eine dicke schwarz-blaue Rauchwolke aus.
Im Inneren sah es allerdings kaum besser aus. Die blaue Kunstlederpolsterung war bei den meisten Sitzen beschädigt und Schaumstoff quoll hervor. Sylvias auserwählter Platz befand sich im hinteren Teil, etwas entfernt vom Einstieg. Üblicherweise waren die Sitze dort in besserem Zustand.
Es gab aber noch einen weiteren Grund, der für diesen Platz sprach. *Die Wasserleichen sind wieder da!*
Der Spitzname, den Sylvia den beiden Männern im Busheck zugedacht hatte, passte gut zu deren extrem bleichen Gesichtern. Sie waren Sylvia bereits bei früheren Fahrten aufgefallen und arbeiteten ebenfalls für das Labor. Allerdings schienen sie einen fixen Platz in der Nachtschicht zu haben, da Sylvia sich nicht erinnern konnte, ihnen jemals bei Tag begegnet zu sein. Soweit sie wusste, arbeiteten die Männer in einer der unteren Ebenen. Das wiederum bedeutete, dass Qian ihnen vertraute.

Ein wenig mehr Sonne könnte ihnen nicht schaden. Wenn Qian mich weiterhin zu den Nachtdiensten einteilt, laufe ich vielleicht auch bald so herum.
Von ihrem Platz in der letzten Reihe konnte Sylvia die anderen Fahrgäste gut beobachten. Und genau das tat sie auch. Die Plätze direkt hinter dem Fahrer blieben fast immer leer. Ein paar Reihen weiter schlief ein Mann mit dem Kopf gegen das Fenster gelehnt. Dem eingetrockneten Hühnerkot auf seiner Kleidung nach zu urteilen, war es ein Tagelöhner, der für einen der Viehzüchter im Umland arbeitete. Schräg dahinter saß eine alte Frau mit tief in die Stirn gezogenem Kopftuch, daneben ein deutlich jüngerer Mann, vermutlich ihr Sohn.
Ganz offensichtlich konnte er sich mit der Hitze im Bus ebenso wenig anfreunden wie Sylvia. Sein Blick wanderte hilfesuchend zu dem in die Decke eingelassenen Ventilator, der sich nur von größeren Schlaglöchern zu ein paar Umdrehungen überreden ließ.
Für gewöhnlich las Sylvia ein Buch, wenn sie auf dem Weg zur Arbeit war. Für gewöhnlich war sie aber auch bei Tag unterwegs und da wurde ihr Lesevergnügen nicht von dem nervösen Zucken einer sterbenden Leuchtstoffröhre getrübt. Statt sich darüber zu ärgern, widmete sie ihre Aufmerksamkeit den beiden Wasserleichen, die unmittelbar vor ihr saßen. Bei ihrer letzten gemeinsamen Busfahrt war Sylvia hinter dem größeren der beiden Männer ausgestiegen und hatte dabei eine merkwürdige Tätowierung an seinem Nacken entdeckt.
Wer lässt sich freiwillig einen Strichcode tätowieren? Diese Frage beschäftigte Sylvia mit einem Mal umso mehr, da sie das Tattoo bei näherem Hinsehen auch am Nacken des zweiten Manns entdeckte. Seine Haare waren etwas länger, weshalb ihr das eigenwillige Muster erst jetzt auffiel. Je länger sie darüber nachdachte, desto mehr wuchs ihre Neugier. Natürlich hätte sie sich den beiden Kollegen einfach vorstellen und sie bei der nächsten Gelegenheit darauf ansprechen können.
Wer Qians Maxime kannte, wusste aber, dass es besser war, keine Fragen zu stellen.
Es sieht aus wie ein Tattoo… aber irgendwie auch nicht…

Obwohl Sylvia in ihrem Leben bereits hunderte Tätowierungen gesehen hatte, vermochte sie nicht zu sagen, was an diesen beiden anders war - was sie daran störte.
Um später in Ruhe darüber nachdenken zu können, beschloss sie, die vermeintlichen Strichcodes abzumalen. Es kam ihr dabei sehr gelegen, dass die beiden Männer sich nur unmerklich bewegten. Von den wenigen Sätzen, die ihre Vorlagen wechselten, konnte sie kaum etwas verstehen. Die aufgeschnappten Wortfetzen reichten ihr aber, um zu wissen, dass es dabei nicht um das Labor ging, sondern um Belanglosigkeiten wie die Berge, das Wetter, den Nebel…
Obwohl die beiden Tätowierungen einander auf den ersten Blick sehr ähnlich waren, wollte Sylvia beide abmalen. Erst, als sie sich ganz auf ihre zweite Zeichnung konzentrierte, fiel ihr ein entscheidender Unterschied auf, dem sie bisher keine Bedeutung geschenkt hatte. *Das Tattoo hat ja gar keine Farbe!*
Mit einem Mal war ihr klar, was sie an den Tätowierungen störte - es waren keine.
Sylvia stutzte und suchte nach einer anderen Erklärung. Unweigerlich musste sie dabei auch an die glühenden Brandzeichen denken, die sie aus Westernfilmen kannte. *Welcher Mensch würde sich so etwas antun lassen?*
Sie beugte sich weiter vor, um die sonderbaren Striche aus der Nähe zu betrachten. *Welcher Mensch würde anderen so etwas antun?*
Sie schluckte. Ihre Vernunft sagte ihr, dass es besser wäre, sich zurückzulehnen und der Sache nicht weiter nachzugehen - viel besser. Doch Sylvias Neugier forderte eine Antwort. Mehr noch, sie bestand förmlich darauf, sich die Brandzeichen aus nächster Nähe anzusehen, um ihre Zweifel auszuschließen.
Die Entscheidung war gefallen. *Ich muss es einfach wissen.* Sie hielt die Luft an und näherte sich dem Mann vor ihr bis auf wenige Zentimeter. Um die Darstellung in ihrer Gesamtheit sehen zu können, musste sie sich zudem ducken und von schräg unten hinter die Haare blicken.

Im selben Moment war die Brandzeichen-Theorie vom Tisch. *Das sind Schnitte, keine Brandzeichen*, schoss es ihr durch den Kopf.
Ihre Gedanken kreisten um die Vorstellung, wie schmerzhaft es sein musste, auf diese Weise markiert zu werden. *Markiert!*
Die exakt parallel verlaufenden Narben legten den Schluss nahe, dass sie von mehreren starr verbundenen Klingen herrührten, mit denen man gleichzeitig die Haut geritzt hatte. Die unterschiedlichen Breiten der einzelnen Narben führte Sylvia auf den Einsatz verschieden breiter Klingen mit variablen Schnitttiefen zurück. *Ein Strichcode aus Narben! Was seid ihr denn für Freaks?*
Nicht zum ersten Mal seit ihrer Ankunft in Transsilvanien erinnerten Sylvias nackte Unterarme an die Haut von Tiefkühlgeflügel. Umso mehr galt ihre Sorge der unvollendeten Zeichnung auf ihrem Schoß. *Das glaubt mir daheim keiner. Bestimmt gehören die beiden zu irgendeiner Sekte.* Ihre Hand malte drei weitere Striche auf das karierte Blatt. Sylvias Aufregung angesichts ihrer jüngsten Erkenntnisse trug nicht unbedingt dazu bei, ihr bescheidenes Zeichentalent zu fördern.
Ob Qian davon weiß? Sie verwarf ihren ersten Gedanken. *Warum duldet er Sektenmitglieder in seinem Labor?*
Sylvia blickte kurz auf, um sich das Motiv in Erinnerung zu rufen und meinte im selben Moment, der Blitz hätte in sie eingeschlagen. Einer der Männer hatte sich umgedreht und starrte ihr direkt in die Augen.
Zum Nachdenken blieb keine Zeit. Sylvias Unterbewusstsein tat das einzig Richtige und zog das verlegene Lächeln wie eine Maske über ihr erschrockenes Gesicht. Sie lächelte wie eine Frau, die es gewohnt war, sich neugieriger Männerblicke zu erwehren. Doch sie tat es, um ihrer Hand Zeit zu verschaffen.
Einen Herzschlag lang verharrten der Mann und Sylvia in ihren Positionen wie Schlange und Maus. Dann stieß die Schlange zu und der Blick des Mannes fiel auf Sylvias Zeichenblock.
Sie gab sich alle Mühe, gegen die Gravitation anzukämpfen, die ihre Mundwinkel nach unten zog wie ein schwarzes Loch.

„Gefällt er Ihnen?", fragte sie und hob den Block hoch, damit der Mann den darauf gezeichneten Schneemann besser sehen konnte. „Was Besseres fällt mir bei dieser Hitze leider nicht ein." *Ein Glück, dass die Rückseite nicht leer war.*
Der Mann mit dem fahlen Gesicht nickte so selbstverständlich, als hätte er nichts anderes als einen Schneemann erwartet. „Sie arbeiten doch auch im Labor?", fragte er übertrieben freundlich.
„Ja, aber ich bin noch in der Probezeit."
„Viel Glück!" Er drehte sich wieder um und ließ Sylvia mit ihren Gedanken allein.

***

Ein Blick in sein Aquarium verriet Dr. Qian, dass es Zeit für die Fütterung war. Außerdem trieben einige Fellbüschel darin herum, die es zu entsorgen galt. Für diese Aufgabe schien ihm niemand geeigneter zu sein als seine Sekretärin. *Sie kann sich darum kümmern, während ich meine Besprechung mit Dr. Jones habe.*
Weniger als 15 Minuten blieben dem Doktor noch an Vorbereitungszeit bis zu seinem Meeting mit Sylvia. Die neue Mitarbeiterin hatte sich gut eingearbeitet und entsprach, zumindest nach außen, Qians Idealvorstellungen: eine intelligente und fleißige Frau, die keine überflüssigen Fragen stellte.
Es wird Zeit, Dr. Jones mit wichtigeren Aufgaben zu betrauen. Auch wenn Qian in Personalfragen grundsätzlich als sehr vorsichtig galt, so wusste er doch das Potenzial seiner Leute zu fördern, sobald es an die Oberfläche trat.
Qian hatte beschlossen, Sylvia mit der Analyse einer Reliquie zu betrauen, die der Ägypter ihm gebracht hatte. Zwar war eine daraus entnommene Probe bereits von einer anderen Abteilung mit negativem Befund retourniert worden, doch davon würde Dr. Jones nichts erfahren. Für Qian bot sich durch die beiden unabhängig voneinander durchgeführten Analysen die Möglichkeit zur gegenseitigen Überprüfung der Ergebnisse.

Das hier muss ich mitnehmen und... Qian richtete einige Ausdrucke her, die er für seine Besprechung vorbereitet hatte. Kurz darauf klopfte es an der Tür und seine Sekretärin betrat das Büro.
„Es ist wieder so weit. Einmal füttern und die Reste vom letzten Mahl entsorgen." Sein Zeigefinger deutete auf das Aquarium. „Bitte erledigen Sie das, während ich meine Besprechung habe."
„Selbstverständlich", erwiderte sie. „Hier sind die Berichte, die Sie dafür wollten." Sie reichte ihm die Unterlagen. „Heute steht übrigens Katzenhai auf seinem Speiseplan."
„Ob er davon satt wird?", fragte Qian und klang fast besorgt.
Die Sekretärin deutete ein Lächeln an. „Sie sollten ihn nicht immer mit Leckereien verwöhnen. Sonst zieht er es irgendwann vor, sie selbst an Land zu jagen."
„Und?" Qian sah darin kein Problem. „Das wäre doch kein Fehler. Hier laufen genug streunende Katzen herum, die er sich holen kann."
„Und wenn ihm die nicht reichen?"
Der Doktor zuckte mit den Achseln. „Dann muss er sich eben etwas anderes suchen." Er warf ihr einen Blick zu, der seine Aussage relativierte. „Sie haben natürlich Recht", erwiderte er mit einem Seufzer. „Manchmal neige ich wirklich dazu, ihn zu sehr zu verwöhnen." Sein Blick wanderte zum Aquarium, als wollte er sich entschuldigen. „Heute leider keine Katze, aber vielleicht schmeckt der Katzenhai so ähnlich." Mit einem Blick auf die Uhr sagte er: „Ich muss los, sonst komme ich zu spät. Und bitte geben Sie ihm einen besonders großen Fisch. Er sieht schon den ganzen Tag so hungrig aus."
Die Sekretärin schmunzelte. „Selbstverständlich, Dr. Qian. Ich kümmere mich sofort darum."
Der Doktor nickte und verließ mit schnellen Schritten sein Büro in Richtung Meeting. Seine Gedanken waren ihm bereits vorausgeeilt.
Die Sekretärin machte sich unverzüglich daran, das Aquarium von den Überresten der letzten Mahlzeit zu säubern. Ein eigens dafür konstruierter Unterwasserstaubsauger ermöglichte es,

direkt durch die Futteröffnung sowohl Fellreste als auch Skelettteile aus dem Becken zu entfernen.
Die Reinigung dauerte keine drei Minuten. Danach verschloss die Sekretärin die schwere Abdeckung wieder und betätigte einen speziellen Lichtschalter. Dieser setzte einen Dimmer in Gang, der die Helligkeit der Lampen langsam zurückregelte und dadurch eine künstliche Dämmerung erzeugte.
Die Sekretärin ging den Gang hinunter bis zu einer eigenwillig eingerichteten Speisekammer. Nicht nur auf den ersten Blick drängte sich der Vergleich mit einer Zoohandlung auf. Von Becken mit Fischen und Schildkröten über Vogelkäfige bis hin zu Nagern und Säugetieren reichten die Vorräte.
Die Katzenhaie schwammen in einer hüfthohen Kunststoffwanne in der Größe eines Doppelbetts. *Die Haie sind aber noch sehr klein*, stellte sie enttäuscht fest. *Davon wird er bestimmt nicht satt.* Sie füllte einen der gelben Transportbehälter mit Wasser aus dem Haibecken und setzte den Kescher geschickt ein, um eines der Tiere zu fangen.
„Heute sind zwei von euch fällig“, fischte sie einen weiteren Katzenhai heraus.
Von wegen Sekretärin. Ich fühle mich wie eine Tierpflegerin, dachte sie, als sie den oben offenen Transportbehälter in Qians Büro schleppte. Mit Wasser und Fischen gefüllt, fehlte nicht viel auf das Gewicht eines Koffers bei Transatlantikflügen.
Um bei der Fütterung nicht alles vollzutropfen, stellte sie die Haie auf einen Tisch direkt neben dem Aquarium.
Als Qians Haustier noch deutlich kleiner gewesen war, hatte der Doktor ernsthafte Bedenken hinsichtlich der Verfütterung lebender Haie geäußert. Seine Sorge hatte sich allerdings binnen weniger Sekunden als völlig unbegründet herausgestellt. Zweifellos befanden sich die Haie auch in seinem Aquarium am Ende der Nahrungskette - allerdings am unteren.
„Zeit für dein Abendessen“, verkündete die Sekretärin und schob den breiten Metallbügel beiseite, der wie ein Schloss funktionierte. Mit beiden Händen öffnete sie die schwere Futterluke.

Und wie bringe ich die beiden Haie jetzt ins Aquarium, dachte sie, als ihr bewusst wurde, dass der Kescher nicht an seinem Platz im Verbau unter dem Aquarium lag.
Ich werde mich hüten, euch mit der Hand anzufassen. Ihre Augen wanderten hilfesuchend von den Katzenhaien durch das Büro. Auf den Berichten, die Qian vergessen hatte, stoppten sie ruckartig. *Sein Meeting!*
In diesem Moment tat sie, was jede gute Sekretärin an ihrer Stelle getan hätte: Sie klappte die Abdeckung herunter und nahm das Telefon, um Qian zurückzuholen.
Als sie die Ansage der Mailbox hörte, legte sie auf, schnappte sich die Unterlagen und lief, so schnell es ihre hübschen Schuhe zuließen, los.
Binnen weniger Sekunden drang die befreiende Stille auch in den letzten Winkel des Aquariums vor.
Ein gelbes Auge, dessen Pupille nur ein schwarzer Querstrich war, hatte seine Beute erspäht. Der Schein der immer schwächer werdenden Halogenstrahler reduzierte die Körper der angeleuchteten Katzenhaie zu Schatten. Ihre Bewegungen hoben sich gut von dem hellen Hintergrund des Transportbehälters ab.
Der Stein im Aquarium erwachte und folgte dem Instinkt, der seine Art seit Jahrmillionen antrieb.
An dem Tag, an dem die Evolution zum ersten Mal einem ihrer Geschöpfe ein Skelett geschenkt hatte, waren damit nicht nur Vorteile verbunden gewesen. Die Möglichkeit, das eigene Gewicht auf Knochen stützen zu können, brachte im Gegenzug auch Einschränkungen mit sich. Und ganz offensichtlich waren nicht alle Lebewesen bereit gewesen, sich auf diesen Handel einzulassen.
Mit der Kraft und Leichtigkeit eines Hydraulikstempels hob ein Arm die schwere Futterklappe an. Der viel zu große Kopf zwängte sich durch die Öffnung wie ein mit Wasser gefüllter Ballon.

***

Professor Golan blickte über den Rand ihrer Brille zu Alon, der auf sie eindeutig einen unterbeschäftigten Eindruck machte. Der Israeli lehnte seit geraumer Zeit neben den Kisten, die die Beifunde von Objekt L2471 enthielten und prüfte deren Packlisten.
„So lange, wie Sie die Listen schon studieren, sollten Sie sie längst auswendig können.“
Alon raschelte demonstrativ mit dem Papierpacken in seiner Hand. „Ich wollte mir nur die Zeit vertreiben, bis die nächste Pollenzählung ansteht“, murmelte er gerade laut genug, dass sie es gehört haben musste.
Professor Golan räusperte sich und warf ihrem Assistenten einen tadelnden Blick zu. „Etwas mehr Begeisterung für die Wissenschaft, Herr Kollege! Sonst lasse ich Ihren Vertrag als Pollenzähler auf unbestimmte Zeit verlängern.“ Ihr verhaltenes Lächeln ließ einen ihrer seltenen Scherze vermuten. Bereits zu Alons Zeit hatten die israelischen Studenten Golans trockenen Humor gerne mit der Negevwüste verglichen.
Professor Golan nahm einen Objektträger aus dem Mikroskop und tippte ein paar Zahlen in ihren Computer. „Unsere Arbeit geht gut voran“, sagte sie, ohne vom Monitor hochzublicken. „Ich hätte nicht gedacht, dass es so leicht wird.“
„Wie meinen Sie das?“, fragte Alon, der die Inventarlisten zurücklegte.
„Die Zusammenarbeit im Team“, erklärte sie. „Finden Sie es nicht auch erstaunlich, dass wir uns gegenseitig so in die Hände spielen mit unseren Ergebnissen? Eine derartig perfekte Zusammenarbeit ist fast schon zu schön, um wahr zu sein… Wir haben uns bisher noch nicht einmal um einen Bleistift gestritten.“ Sie setzte ihre Brille ab und massierte sich den Nasenrücken. „Man merkt, dass hier nur Profis am Werk sind.“
Alon wirkte mit einem Mal sehr nachdenklich beim Klang ihrer Worte.
Sie drehte sich zum Drucker ihres Computers, der einige Zettel ausspuckte.
Alon wollte ihr gerade antworten, da kam ihm Professor Golan zuvor. „Könnten Sie diese Zwischenergebnisse bitte Direktor

Willendorfer bringen?“ Sie hielt ihm die Ausdrucke entgegen. „Und lassen Sie sich diesmal den Erhalt auf dem Beiblatt bestätigen!“

Alon überhörte die Anspielung und ergriff dankbar die Gelegenheit, nach den vielen Stunden im Untersuchungsraum endlich wieder einen Blick auf die Außenwelt zu werfen.

Als er wenig später in den Gang zu Willendorfers Büro einbog, fand er die hohe Tür nur angelehnt vor. Der Spalt gab ihm Gelegenheit, einen Teil der Unterhaltung aufzuschnappen, die der Direktor führte.

„Aber wie ist so etwas möglich?“

„Vielleicht hat jemand wirklich nur die Zahlen vertauscht“, antwortete ihm die Stimme von Karin Geiger. „Es geht doch auch nicht um große Summen. Bestimmt ist nur ein Fehler passiert. Ich glaube nicht, dass jemand das absichtlich getan hat. Auch wenn ich zugeben muss…“ Karins Stimme wurde leiser, als entfernte sie sich von der Tür.

„Unter normalen Umständen würde ich Ihnen sofort beipflichten“, antwortete der Direktor. „Aber ich kann es mir nicht leisten, auch nur das geringste Risiko einzugehen. Wir müssen auf jeden Fall alle Beteiligten informieren.“

Eine Zeit lang blieb es still.

Alon klopfte und öffnete die Tür. „Störe ich?“, fragte er beim Anblick der überraschten Gesichter von Karin und dem Direktor, der an seinem Schreibtisch saß und einige Papiere in der Hand hielt.

„Professor Golan hat mich gebeten, Ihnen die Zwischenergebnisse vorbeizubringen“, fuhr Alon fort. „Aber wenn ich ungelegen komme…“

„Nein, auf keinen Fall. Bitte nehmen Sie Platz!“, bot ihm der Direktor einen Stuhl an. „Es gibt ohnehin etwas, das wir mit Ihnen und den anderen besprechen wollten.“

Alon trat ein und schloss die Tür. Sein fragender Blick wanderte zu Karin, die ihn mit einem freundlichen aber unverbindlichen Lächeln erwiderte.

„Worum geht es?“, griff Alon die Anspielung des Direktors auf.

„Um diese Materialanforderungsscheine." Willendorfer winkte mit den Zetteln und reichte sie weiter.
Alon überflog die erste Seite und blätterte den Rest schnell durch. „Ich fürchte, die paar deutschen Wörter, die ich bisher gelernt habe", sein Blick wanderte wieder zu Karin, „reichen dafür nicht aus."
„Einer meiner Mitarbeiter", begann Willendorfer, „hat mit diesen Anforderungsscheinen Zubehör für seine Abteilung bestellt. Nichts Außergewöhnliches für einen Präparator", fügte er hinzu und nahm die Zettel wieder an sich, um Alon beispielhaft einige der angeführten Artikel vorzulesen.
„Das sehe ich genauso", bekräftigte Alon daraufhin und blickte fragend in die Runde.
„Die letzte Anforderung ist erst wenige Wochen alt", setzte der Direktor fort. „Maier, einer der Präparatoren, hat nach zusätzlichen Wannen für seine Speckkäfer verlangt."
„Speckkäfer?", wiederholte Alon den ihm nicht geläufigen Ausdruck.
„Damit reinigen unsere Präparatoren die Knochen der Tierkadaver", erklärte Karin. „Die Speckkäferlarven nagen alles ab, bis nur noch das Skelett übrig bleibt."
Willendorfer nutzte die Gelegenheit und holte eine Schachtel Mozartkugeln aus seinem Schreibtisch. „Wollen Sie auch?", bot er den beiden etwas von seinen Vorräten an.
Als die beiden dankend ablehnten, fühlte sich der Direktor darin bestätigt, den richtigen Moment für seine ohnehin nur aus Höflichkeit gestellte Frage erwischt zu haben.
„Und wo genau liegt nun das Problem bei diesen Materialanforderungsscheinen von Herrn Maia?"
„Maier", verbesserte Willendorfer schmatzend. „Sein Name ist Maier."
„War Maier", korrigierte ihn Karin ihrerseits. „Und genau darin liegt auch das Problem. Maier wurde im Februar während einer Skitour von einer Lawine erwischt. Er konnte nur noch tot geborgen werden." Ihr Gesichtsausdruck ließ erkennen, dass sie der Gedanke daran noch immer bewegte.
Alons Blick wurde dagegen kalt wie Eis.

„Aber das muss nichts bedeuten“, schwächte Karin ab. „Es kommt immer wieder vor, dass sich jemand bei der Nummer verschreibt.“ Sie schaute zu Alon. „Jede Abteilung hat eine Nummer, über die ihre Bestellungen abgewickelt werden. Die Buchhaltung braucht das, um die Ausgaben der richtigen Kostenstelle zuordnen zu können.“
„Aber wir haben alle Nummern Anfang April geändert“, erklärte der Direktor und stopfte sich eine weitere Mozartkugel in den Mund. „Mittlerweile weiß das jeder im Haus.“
„Wer hat die bestellten Sachen in Empfang genommen?“, wollte Alon wissen.
„Niemand“, antwortete Karin. „Sie sind direkt ins Lager gebracht worden. Deshalb wäre die Sache mit der falschen Nummer eigentlich auch gar nicht aufgefallen.“
„Aber?“
„Im Lager war in dem betreffenden Regal kein Platz mehr, weil ein anderer Präparator ebenfalls neue Wannen für sich bestellt hatte. Also hat unser Lagerleiter die Doppellieferung reklamiert und eine davon zurückgeschickt.“
„Und jetzt sind aber plötzlich gar keine da“, kürzte Willendorfer die Ausführungen seiner Mitarbeiterin ab. „Wir haben einen toten Präparator, der Wannen bestellt hat. Das ließe sich durch einen Schreibfehler oder Zahlendreher noch erklären. Aber wie hat er seine Bestellung aus dem Lager abholen können? Oder wer hat sie sonst geholt?“
„Was hat dieser Maier sonst noch für Dinge bestellt, seit er tot ist?“, hakte Alon nach. „Und wofür werden sie üblicherweise verwendet?“
Während Willendorfer ihm die Details schilderte, setzte sie der Israeli in seinem Kopf wie ein Puzzlespiel zusammen.
Als der Direktor mit seinen Erklärungen fertig war, lehnte er sich zurück in seinen Ledersessel und entfernte die Folie von der nächsten Mozartkugel.
„Glauben Sie denn, dass diese Bestellungen etwas mit Objekt L2471 zu tun haben?“, fragte Alon.
„Ich muss es zumindest in Erwägung ziehen! Schließlich trage ich die Verantwortung, solange sich dieses wertvolle Stück in

meiner Obhut befindet. Auf jeden Fall werde ich die am Projekt Beteiligten informieren und alles daransetzen, diesen Vorfall umgehend aufzuklären."
Alon hatte genug gehört. Für ihn war es höchst an der Zeit, die Notbremse zu ziehen. Er räusperte sich. „Kann ich Sie kurz unter vier Augen sprechen, Direktor?" Alons Bitte schob sich wie eine unsichtbare Mauer zwischen die Anwesenden.
Willendorfer und Karin sahen ihn erstaunt an.
Der Israeli verdrehte die Augen, als wären ihm weitere Ausführungen in Gegenwart von Karin unangenehm.
Willendorfer richtete sich in seinem Stuhl auf und wandte sich mit einem hilfesuchenden Blick an seine Mitarbeiterin. „Würden Sie uns bitte für einen Moment allein lassen?", bat er betont freundlich.
„Klar. Kein Problem!" Der Blick, den sie Alon beim Verlassen des Büros zuwarf, sprach Bände. Lauter als gewöhnlich zog sie die Tür hinter sich ins Schloss.
„Danke", sagte Alon und brach das betretene Schweigen. „Ich muss Sie dringend bitten, von Ihrem Vorhaben Abstand zu nehmen. Wir sollten die anderen Teammitglieder nicht unnötig beunruhigen. Je weniger Leute von der falschen Bestellung wissen, umso besser."
„Besser für wen?" Willendorfers Gesichtszüge verhärteten sich.
Alon beugte sich vor, als wollte er seine Worte damit untermauern. „Wenn Sie Recht haben und ein Zusammenhang mit Objekt L2471 besteht, dann steckt hinter den Materialanforderungen vielleicht viel mehr, als wir im Moment wissen."
„Wie viel wissen *wir* denn?", fragte Willendorfer provokant.
Alons ausweichende Geste konnte alles oder nichts bedeuten. „Auf jeden Fall zu wenig, um unseren Informationsvorsprung leichtfertig zu verschenken."
Willendorfers Stirn legte sich in Falten. „Das klingt ja fast so, als würden Sie den anderen in Ihrem Team nicht trauen."
„Und Sie?", antwortete Alon mit einer Gegenfrage.

„Ich habe keinen Grund, irgendjemandem zu misstrauen. Es sei denn…“ Er machte eine lange Pause und verschränkte die Arme vor der Brust. „Es sei denn, Sie geben mir einen!“
„Das werde ich nicht… Das kann ich nicht!“, entgegnete Alon, wissend, wie zweideutig ihre Aussagen waren.
Willendorfer ließ sich mit seiner Antwort Zeit.
„Tja“, seufzte er schließlich. „Dann kann ich Ihrer Bitte leider nicht nachkommen.“ Eine weitere Mozartkugel verschwand in seinem Mund.
Alon nickte, als hätte er nichts anderes erwartet. Er stand auf, und zunächst sah es so aus, als wäre das Gespräch damit beendet. „Es tut mir leid“, sagte er und klang ehrlich betroffen. „Aber Sie lassen mir… die Situation lässt mir keine andere Wahl. Es ist an der Zeit, dass wir etwas klären.“
Der Direktor verschluckte sich fast.
„Ja, ich weiß sehr wohl, in wessen Büro wir uns befinden“, nahm ihm der Israeli die Worte aus dem Mund. „Bitte werten Sie mein Vorgehen nicht als Respektlosigkeit Ihnen gegenüber.“ Er nutzte die vorübergehende Sprachlosigkeit des Direktors und rief mit seinem Handy eine Nummer in Israel an.
„Einen Moment, bitte“, würgte er den Direktor ab, der gerade seine Stimme wiedergefunden hatte.
Alon zischte etwas auf Hebräisch in den Lautsprecher, das sich wie ein Name anhörte.
Nach einer kurzen Pause sagte er einige Sätze. Zwischendurch fiel Willendorfers Name und wie zur Bestätigung schaute Alon ihn dabei an. Auch wenn der Direktor dem Inhalt des Telefonats nicht folgen konnte, so empfand er die Bestimmtheit in Alons Tonfall doch etwas beunruhigend.
Das ganze Gespräch dauerte keine Minute, dann legte Alon auf.
„Verraten Sie mir jetzt, was das zu bedeuten hat?“, fragte Willendorfer verärgert.
„Das kann ich leider nicht“, erwiderte Alon. „Aber sie kann es.“ Sein Blick wanderte zum Telefon auf dem Schreibtisch des Direktors und noch bevor dieser etwas erwidern konnte, läutete es.
Willendorfer sah sein Gegenüber mit großen Augen an.

Alon nickte und ermutigte den Direktor, das Gespräch anzunehmen.
Der hielt seine Hand zögernd über den Hörer, als wollte er das Unausweichliche noch hinausschieben.
Schließlich hob er ab.
Das Telefonat dauerte nur unwesentlich länger als jenes, das Alon zuvor geführt hatte, nur die Rollen wirkten vertauscht. Der Text des Direktors beschränkte sich auf: „Ja, selbstverständlich“ und „ja, natürlich.“
Mit den Worten: „Also unterstützen Sie Alon Kollek mit allen Ihnen zur Verfügung stehenden Mitteln!“, beendete die Anruferin das Gespräch.
Nachdem Willendorfer aufgelegt hatte, atmete er tief durch, als müsste er den Inhalt des Telefonats erst verdauen.
Alon stand wortlos vor dem Schreibtisch und ließ sich nicht anmerken, wie sehr ihn dieser Teil seines Jobs freute.
„Wer sind Sie?“, fragte Willendorfer. „Und was zum Teufel läuft hier?“ Erst langsam ordneten sich die Gedanken in seinem Kopf.
„Ich bin Alon Kollek, Professor Golans Assistent.“
Willendorfer stand auf und ging zum Fenster. Sein Blick wanderte hinüber zum Kunsthistorischen Museum, als würde er dort die Antwort auf seine Fragen vermuten. „Ein sehr einflussreicher Assistent“, sagte er leise und mehr an sich selbst gerichtet. „Sie hätten mich von Anfang an in die Sache einweihen müssen.“
„Das war nicht meine Entscheidung“, erwiderte Alon knapp.
Es dauerte eine ganze Weile, bis Willendorfer sich wieder zu ihm umdrehte. „Sieht so aus, als hätte ich Sie unterschätzt, Assistent Kollek.“
Alon zuckte mit den Schultern. „Das ist anderen auch schon passiert.“ Die Art, wie er das sagte, ließ Willendorfer für einen kurzen Augenblick fürchten, dass die Angesprochenen dabei nicht nur ihr Gesicht verloren hatten.
Der Direktor wischte den Gedanken beiseite. „Ich nehme an, Sie wissen, was man von mir verlangt hat?“
Alon nickte.

Willendorfer ließ sich wieder in seinen Sessel fallen. „Also gut, Sie haben meine volle Unterstützung." Er bat Alon, ebenfalls wieder Platz zu nehmen. „Wieso haben Sie es mir nicht einfach gesagt?"
„Dazu habe ich keine Befugnis."
Ein versöhnliches Lächeln deutete sich auf Willendorfers Gesicht an. „Geheimhaltung?"
Alons Schweigen war als Bestätigung zu deuten.
„Haben Sie schon einen konkreten Verdacht?"
Wieder kam keine Antwort.
„Na, schön", seufzte der Direktor. „Ich respektiere Ihre Vorschriften. Danke, dass Sie es mir vorhin wenigstens erspart haben, mich vor meiner Mitarbeiterin…"
„Keine Ursache", fiel ihm Alon ins Wort. „Wenn Sie gestatten, möchte ich ihr gerne selbst erklären, worüber wir beide uns soeben unterhalten haben."
„Oh ja!", rief Willendorfer aus. „Darauf bestehe ich sogar! Und nutzen Sie die Zeit, um sich eine gute Erklärung einfallen zu lassen."
„Die Zeit?"
„Bis sie überhaupt wieder bereit ist, mit Ihnen zu reden." Willendorfer grinste schadenfroh. „Und dann sagen Sie mir endlich, wie ich Sie bei Ihrer verdeckten Arbeit unterstützen kann. Schließlich wollen wir Schlimmeres verhindern."
Der Israeli nickte zufrieden und war froh darüber, dass seine Vorgesetzte den Direktor offiziell in die geheimen Ermittlungen eingeweiht hatte.
Jetzt, da Willendorfer ihn für einen Detektiv der israelischen Versicherungsgesellschaft hielt, war ihm dessen ungeteilte Unterstützung sicher.

***

„Suchen Sie sich bitte einen aus", bat Qian seine Mitarbeiterin Sylvia Jones im Besprechungszimmer Platz zu nehmen. Er

selbst stand neben der Tür und machte sich an dem Kontrollfeld der Klimaanlage zu schaffen.
Sylvia wollte sich gerade auf einen der Stühle setzen, da vernahm sie ein verärgertes Gemurmel aus Qians Richtung. Sie blickte zu ihm hinüber.
„Das ist zu dumm“, brummte der Doktor. „Ich hab meine Unterlagen im Büro liegengelassen.“
Sylvia wollte spontan anmerken, wie oft ihr das selbst schon passiert war, entschied sich aber anders. „Das ist kein Problem. Ich laufe schnell hinauf und hole sie.“
Qian deutete ihr, Platz zu nehmen. „Meine Sekretärin wird das erledigen.“ Dreißig Sekunden und einen Anruf später stand allerdings fest, dass dem nicht so war. „Sie hebt nicht ab.“ *Wahrscheinlich holt sie gerade die Haie.*
Sylvia sprang auf und bot neuerlich ihre Hilfe an. „Ich erledige das gerne für Sie, Dr. Qian!“ Sie bemerkte seine beschwichtigende Handbewegung aus dem Augenwinkel, aber da er nicht ausdrücklich widersprach, ging sie weiter Richtung Tür.
„Es ist die schwarze Aktenmappe auf meinem Schreibtisch“, erklärte Qian und drückte ihr im Vorbeigehen seine blaue Zugangskarte in die Hand, die gleichzeitig der Büroschlüssel war. „Danke.“
Qians Sekretärin hatte in der Zwischenzeit die Aufzüge erreicht und wartete vor drei silbernen Lifttüren. Die Metalloberfläche war so glatt poliert, dass sie sich darin spiegeln konnte. Die Sekretärin hielt Qians Mappe in der linken Hand und zupfte sich mit der rechten ihr schwarzes Kleid zurecht. *Nun komm endlich!* Ihr blieb noch Zeit, sich mit den Fingern durch das Haar zu fahren, da kündigte sich der Aufzug rechts von ihr mit einem hellen Gong an.
Sylvia starrte genervt auf die Stockwerksanzeige der Liftanlage. *Typisch! Drei Aufzüge, aber wenn du einen brauchst, ist keiner da. Von wegen intelligente Programmierung.* Es war der rechte Lift, der zuerst Erbarmen mit ihrer Ungeduld zeigte. Sylvia schob die Chipkarte in den Kartenleser und wählte das Stockwerk, in dem sich Qians Büro befand. *Mach schon!*

Für Sylvia war es eine empirisch belegte Tatsache, dass sich Aufzugstüren umso langsamer schlossen, je eiliger man es hatte.
Erst beim Herausziehen der Chipkarte bemerkte sie, dass auf dem Kontrollmonitor neben der Tür viel mehr Stockwerke zur Auswahl aufleuchteten als sonst. Als ihr klar wurde warum, erlosch die Anzeigentafel bereits wieder.
Sie hatte versehentlich Qians Karte für den Fahrstuhl benutzt und dessen Berechtigungen erweiterten das ihr bekannte Labor zu einem riesigen unterirdischen Gebäudekomplex. Ihr erster Gedanke war, die Karte erneut einzuführen, um sich mehr Zeit für ihre Entscheidung zu nehmen. Dann erinnerte sie sich an Qians Vorliebe für Kameras und die Vernunft siegte über ihre Neugier - zumindest für den Moment. *Ich könnte mich doch nachher beim Hinunterfahren verdrücken…*
Die Kabine stoppte auf der Ebene von Qians Büro und die Aufzugstür öffnete sich, diesmal allerdings auf der gegenüberliegenden Seite.
In Qians Büro hatte der ungleiche Kampf unterdessen den erwarteten Verlauf genommen. Den kräftigen Fangarmen des Angreifers hatten die Haie nichts entgegenzusetzen. Jeder Versuch, sich aus der Umklammerung zu lösen, zog die Arme, die sich wie Schlingen um die eleganten Haikörper legten, nur noch fester zusammen. Die einzige Gefahr, die von den Haien ausging, war ihr Maul und genau das wurde ihnen zuerst abgebissen. Von den beiden Katzenhaien war nur noch einer übrig und der verschwand Stück für Stück in dem gierigen Schnabel des Angreifers. Am Ende seines Mahls würde er von seinen Opfern nur übrig lassen, worauf seine Art schon immer verzichtet hatte - Skelette.
Als Sylvia aus dem Lift stieg, fand sie den langen Gang genauso vor wie beim ersten Mal: menschenleer, aber gespickt mit Kameras und Monitoren. Das kalte Neonlicht gepaart mit dem leisen Hintergrundrauschen der Klimaanlage hätte in Sylvias Augen ebenso gut auf ein unbemanntes Raumschiff gepasst. Seit ihrer Entdeckung im Aufzug kam ihr dieses Raumschiff sogar noch um einiges größer und unbemannter

vor. Es war diese Mischung aus leeren Gängen und steriler Stille, die jedes Geräusch sofort zu einer potenziellen Bedrohung werden ließ.
Sylvia erreichte Qians Büro und klopfte an die Tür. Als keine Antwort kam, sperrte sie mit der Karte auf. „Hallo?“, fragte sie und steckte ihren Kopf in den Raum. Das schwache Licht brannte, doch von Qians Sekretärin war nichts zu sehen. Sylvias erster Blick galt dem Schreibtisch. Anders als Qian angekündigt hatte, fand sie darauf keine Aktenmappe. Sie umrundete den Tisch und bückte sich, um zu sehen, ob die Mappe vielleicht hinuntergefallen war. *Nichts!*
Sie stand auf und sah sich suchend um. *Vielleicht hat er sie irgendwo anders…*
Ein Geräusch hinter ihrem Rücken ließ sie aufschrecken. Es hatte sich angehört, als wäre ein nasser Fetzen zu Boden gefallen. „Hallo?“, hörte sie sich fragen und starrte in Richtung Aquarium. Obwohl der gelbe Transportbehälter schwer zu übersehen war, fiel er ihr erst jetzt auf. Ein Umstand, den sie sich durch ihr Pflichtbewusstsein erklärte. Immerhin war sie hier, um Qians Aktenmappe zu holen. *Dieses Ding stand neulich aber noch nicht hier! Ob da Fische drin sind?*
Während Sylvia Vermutungen anstellte, vernahm sie ein weiteres Geräusch, das sie sofort mit spritzendem Wasser in Verbindung brachte.
Es war nicht so, dass sie vergessen hatte, weshalb sie hier war, ganz im Gegenteil. Ihre Neugier wartete sogar mit einer ganzen Reihe von Gründen auf, die alle dafür sprachen, die Suche nach Qians Mappe genau hier - beim Aquarium - zu beginnen.
Da ist es wieder! Das Spritzen klang jetzt gedämpfter als beim ersten Mal und kam ohne Zweifel aus dem gelben Behälter.
„Da sind Fische drin“, flüsterte sie.
Eine Aussage, die sie zumindest teilweise revidieren musste, als sie näherkam und sich über den Transportbehälter beugte. Ein rotes Stück Fleisch ließ bestenfalls noch Ähnlichkeit mit dem Schwanzende eines Fisches erkennen.

Selbstmord war das keiner, bemühte sie ihren schwarzen Humor beim Anblick der zerbissenen Haireste. *Was hat dich denn so übel…*
Der sterbende Fischschwanz peitschte ruckartig durch das hellrote Salzwasser. Syliva zuckte zurück, konnte aber nicht verhindern, dass sie von einigen Tropfen im Gesicht getroffen wurde. Ihr Herz schlug vor Schreck so laut, dass sie fast das Läuten des Schreibtischtelefons überhört hätte.
Besprechungszimmer blinkte auf dem kleinen Monitor der Telefonanlage auf. *Qian!*
Sie zögerte. Wie lange war sie schon weg? Das Letzte, was sie wollte, war ihren neuen Chef gleich in der Probezeit zu verärgern. Das Läuten wurde lauter.
Sie hob den Hörer ab. „Ich kann die Aktenmappe leider…"
„Vergessen Sie die Mappe!", redete Qian dazwischen. „Meine Sekretärin hat sie mir soeben gebracht."
Sylvia hielt den Atem an, als sie Qian auf dem Monitor erblickte. Blitzschnell wischte sie sich mit dem Ärmel ihrer Bluse die blutigen Spritzer aus dem Gesicht.
„Dr. Jones?", klang Qians Stimme aus dem Lautsprecher.
„Bin schon unterwegs!", rief sie in den Hörer und donnerte ihn zurück auf die Gabel. „Verdammtes Bildtelefon!"

***

Natascha Wilder saß im Holographielabor des Imperial College und beobachtete Professor Woodberry, der die Serverdaten auf mehreren tragbaren Festplatten sicherte.
Es hatte sich in der Vergangenheit als nützlich erwiesen, die Forschungsergebnisse in regelmäßigen Abständen mit nach Hause zu nehmen. Da Woodberry einen Teil seiner Forschung offiziell gar nicht mehr betrieb, wie er dem Dekan glauben machte, führte er einige Tests und Analysen lieber außerhalb des Imperial College durch.
Der Professor legte großen Wert auf ein gutes Verhältnis zum Dekan und setzte alles daran, das Misstrauen seines

Vorgesetzten nicht zu wecken, wenn es um die Verwendung der universitären Mittel ging.
Woodberry vertrat die Auffassung, dass Maschinen und Gerätschaften, die nicht im Labor herumstanden, bei unangekündigten Besuchern auch keine Fragen aufwarfen. Bisher war er gut damit gefahren, einen Teil seiner Forschungseinrichtung bei sich zu Hause unterzubringen.
Die mitunter sehr kostspielige Ausrüstung finanzierte er zum einen über fehlerhafte oder unvollständige Abrechnungen und zum anderen aus seinem Privatvermögen. Letzteres war umso stärker gefragt, da der Dekan die Forschungsgelder jedes Jahr weiter kürzte.
„Sind Sie sicher, dass ich Ihnen nicht helfen kann?“, bot Natascha an.
„Nein, vielen Dank. Ich habe ohnehin schon ein schlechtes Gewissen, weil Ihnen unsere Arbeit kaum noch Zeit für Ihr Privatleben lässt. Ich werde die Daten heute noch für einen weiteren Test nach WM bringen und Ihnen morgen von den Ergebnissen berichten.“ Er lächelte, als er die Abkürzung WM wie ein Geheimnis verwendete, das er nur mit Natascha teilte.
Sie nickte ihm vielsagend zu. „Ich habe noch eine Vermutung, der ich nachgehen möchte. Sie spukt mir schon seit einigen Tagen durch den Kopf… Aber es wird heute bestimmt nicht so spät werden wie gestern“, fügte sie rasch hinzu.
Kurz darauf verließ der Professor das Labor.
Natascha beendete ihre aktuelle Versuchsreihe mit zwei Testläufen, die einigen Grund zu Optimismus gaben. Dann machte sie es sich an ihrem Schreibtisch bequem und holte das Tagebuch des Assistenten hervor, das sie seit Wochen beschäftigte.

Sofort nach unserer Ankunft in Israel wurden wir von Angehörigen des Militärs nach Tel Aviv gebracht.
Morgen werden wir uns mit einem hohen Tier aus dem Verteidigungsministerium treffen. Bis dahin können wir uns die Stadt ansehen - wenn wir wollen. Allerdings nur in Begleitung der Soldaten, die seit dem Flughafen jedem unserer Schritte

wie Schatten folgen. Man hat uns versichert, dass ihre Anwesenheit eine reine Vorsichtsmaßnahme ist, gleichzeitig aber angedeutet, dass es gefährlich werden könnte, sollten sie uns aus den Augen verlieren.
Ich vermag nicht zu sagen, was mich an unserer jetzigen Situation am meisten stört, aber ich fühle mich zunehmend unwohl.
Auch wenn die Leute hier keinesfalls unfreundlich sind, schlägt uns doch eine Reserviertheit und Distanz entgegen, die mir Sorge bereitet. Als Wissenschafter respektiert man uns zweifellos, aber darüber hinaus scheint man wenig von unserer Anwesenheit zu halten.
Was immer diese Leute von uns wollen, wir sollten ihre Gastfreundschaft besser nicht länger strapazieren, als wir ihnen nützlich sind.

Der handgeschriebene Text, den sie beim ersten Lesen noch als ausgesprochen spannend und verheißungsvoll empfunden hatte, nutzte sich mit jedem Mal weiter ab. Dennoch wurde sie nicht müde, die Seiten wieder und wieder durchzukauen. Natascha war sich sicher, in den alten Aufzeichnungen den Schlüssel zum Durchbruch ihrer Forschung zu finden.

Heute Morgen lernten wir den Mann kennen, dem wir unsere Einladung nach Israel verdanken. Sein Name war kaum zu verstehen, obwohl er ihn wiederholt hat. Wir nennen ihn der der Einfachheit halber Yani. Ich schätze, er ist 45, vielleicht 50 Jahre alt. Wenn ich die Dekoration seiner Uniform richtig deute, hat er fast alle davon beim Militär verbracht. Sein Englisch klingt erstaunlich amerikanisch. Ich vermute, dass er in den Staaten studiert hat.
Den Vormittag hat er damit verbracht, dem Professor und mir eine Menge Fragen zu stellen. Obwohl Yani bereits im Vorfeld unsere Lebensläufe bekommen hat, ist er jeden einzelnen Punkt noch einmal mit uns durchgegangen. Im Anschluss an diese Fragestunde hat er uns endlich etwas über den Fund erzählt, den seine Männer in der Wüste gemacht haben.

Natascha seufzte. Die folgenden Seiten kannte sie fast auswendig und dennoch hatte sie noch immer nicht herausgefunden, wie sie die Tabelle unter dem Text zu deuten hatte, die sonst mit keinem Wort erwähnt wurde.

Das ganze Gespräch war von gegenseitigem Misstrauen geprägt. Es liegt auf der Hand, dass Yani und seine Leute uns nur einen Teil der Wahrheit erzählt haben. Gerade so viel, wie sie unbedingt müssen, um sich unsere Mitarbeit zu sichern. Geld scheint für sie keine Rolle zu spielen, denn sie gehen damit viel sorgloser um als mit Informationen.
Yani ist einigen unserer Fragen elegant ausgewichen, andere hat er mit dem Hinweis auf Vertraulichkeit abgeblockt.
Am Nachmittag war es dann so weit. Wir durften einen ersten Blick auf Objekt L2471 werfen. Als wir durch die Panzertür traten, kamen mir Zweifel, ob man uns in das richtige Gebäude gebracht hatte. Nichts in dem kahlen, düsteren Raum deutete auf eine Technologie hin, bei der man unsere Hilfe gebraucht hätte. Auf einem Metalltisch lag ein zusammengefaltetes Tuch, das wohl keiner beachtet hätte, wenn er zufällig darauf gestoßen wäre.
Der helle Leinenstoff wirkte auf den ersten Blick stark verschmutzt, war aber in Wirklichkeit nur von einer Salzschicht überzogen. Das Salz hatte die einzelnen Lagen des Tuchs in Form von starren Platten konserviert, sodass es uns unmöglich war, einen Blick auf die unteren Lagen zu werfen. Jeder Versuch, das von den Salzkristallen durchwachsene Tuch zu bewegen, hätte unweigerlich zu dessen Beschädigung geführt. Im schlimmsten Fall wäre sogar ein Stück davon abgebrochen.
Zu diesem Zeitpunkt verstand ich noch viel weniger, warum man uns nach Israel geholt hatte.

Natascha blätterte ein paar Seiten zurück und verglich die Werte einer der Tabellen mit den Zahlen, die als Beschriftung auf eine Skizze gemalt waren. Wenn es allerdings einen

Zusammenhang zwischen den Werten gab, so blieb er ihr verborgen.

Yani leuchtete mit einer Taschenlampe auf das Tuch und ich glaubte, meinen Augen nicht zu trauen. Dem Professor ging es ähnlich. Wir sahen einen Teil eines Gesichts, das auf dem Tuch abgebildet war. Die Umrisse konnte man selbst durch die Salzkruste deutlich erkennen. Ein Auge und der Teil eines Mundes funkelten uns an. Dabei wirkten sie so plastisch und real, als könnte man sie anfassen.
Yani wackelte mit der Taschenlampe und dann passierte es: Das Auge folgte seinen Handbewegungen, als wäre es lebendig. Mir blieb bei dem Anblick fast das Herz stehen, obwohl ich einen ähnlichen Effekt bereits von unseren Hologrammen kannte. Wie musste ein solches Schauspiel erst auf Menschen wirken, die mit dieser Technik nicht vertraut waren?
Ich bat Yani, die Taschenlampe selbst halten zu dürfen und war begeistert von der Qualität des Bilds. Die Salzkristalle brachen und reflektierten das Licht auf eine Art und Weise, die unsere eigenen Hologramme daneben wie Kinderzeichnungen aussehen ließ.

„Die Wellenlänge des Lichts der Taschenlampe und die Lichtbrechung der Salzschicht“, murmelte Natascha. „Wieso hat er nirgends genaue Werte vermerkt, um die Ergebnisse später nachvollziehen zu können?“

Der Professor und ich unterhielten uns noch bis spät in die Nacht über das, was Yani uns gezeigt hatte. Erst langsam begriffen wir, wie schwer es war, das Gesehene in Worte zu fassen. Zu einem Teil lag Yanis Zurückhaltung bei seinen Erklärungen vermutlich auch daran, dass sich Objekt L2471 schlicht und einfach nicht erklären ließ. Nicht mit dem Wissen, das wir hatten - das war uns jetzt klar geworden.
Wenn dieses Tuch tatsächlich seit fast 2000 Jahren im Salz konserviert lag, wie konnte es dann eine Technologie enthalten, die Professor Gabor erst in meinem Beisein erfunden hatte?

Und wie ist es zu erklären, dass die Technik und Qualität dieses Hologramms unserer eigenen Arbeit auch noch um so vieles überlegen sind?

***

Alon war mit Karin Geiger im Tiefspeicher des Naturhistorischen Museums unterwegs, um Textilproben für Vergleichsuntersuchungen an Objekt L2471 zu holen.
Er hatte sich ihr als Mitarbeiter der Versicherung zu erkennen gegeben, wie schon zuvor dem Direktor des Museums. Eine Begründung, die ausgereicht hatte, Karins größten Ärger verfliegen zu lassen.
„Trotzdem, ich bleibe dabei. Wenn Sie mir von Anfang an gesagt hätten…"
„Ich hatte dazu keine Befugnis", wehrte Alon ihren Vorwurf ab. „Die Vorschriften der Versicherungsgesellschaft sind eindeutig und lassen mir keinen Interpretationsspielraum. Gerade Sie wissen doch wohl am besten, wie wichtig Verschwiegenheit ist." Er klang wie jemand, der seine Arbeit über alles liebte, sie zugleich aber auch dafür verdammte, dass sie ihn zum Schweigen zwang.
Seine Argumente schienen Karin überzeugt zu haben. Zumindest widersprach sie ihm nicht mehr.
„Wir sind da", sagte sie und betätigte den Lichtschalter neben einer soliden Brandschutztür. Das Öffnen der Tür verlangte kräftige Arme oder ganzen Körpereinsatz. Karin stemmte ihre Schulter dagegen und bat Alon herein. „Hier drin lagern vor allem die Fundstücke aus Hallstatt."
Beim Eintreten merkte Alon, dass der Raum gekühlt war. Die Größe ließ sich nur schwer abschätzen, da die Regale und Schrankwände fast bis unter die Decke reichten. Von dem Hauptgang zweigten mehrere Nebengänge ab, von denen einige sich noch weiter verästelten. Ringsum standen Metallschränke mit dutzenden Schubladen. Fast alle waren mit von Hand beschrifteten Etiketten in unterschiedlichsten Farben beklebt.

Karin ging voraus und Alon folgte dicht dahinter.
„In den Regalen rechts sind bronzezeitliche Fundstücke aus dem Bergwerk“, erklärte sie im Vorbeigehen.
Alon stoppte und warf einen interessierten Blick in eine herumstehende Kiste, die bis zum Rand mit abgebrochenen Holzschäften gefüllt war. Im Regal daneben entdeckte er die passenden Bronzepickel - gut dreißig Zentimeter lange Bronzespitzen, die man oben in die Holzschäfte gesteckt hatte, um damit das Salz aus den Stollen zu brechen.
„Nicht zurückfallen lassen!“, hörte er ihre Stimme aus einiger Entfernung. „In diesem Labyrinth sind schon einige Studenten verlorengegangen“, scherzte sie. „Kommen Sie, die wirklich interessanten Dinge liegen im hinteren Teil.“
„Wie viele Stücke haben Sie hier gelagert?“ Mit seinen großen Schritten war es ihm ein leichtes, ihren Vorsprung wieder aufzuholen.
„Zu viele, um mir die genaue Zahl zu merken“, lachte sie. „Wir haben hier nur einen Teil der Sammlung untergebracht und selbst davon ist längst nicht alles fertig einsortiert, wie Sie an den unzähligen Schachteln sehen können, die noch auf Bearbeitung warten. An den Fundstücken hier unten werden noch meine Enkelkinder arbeiten können.“
Sie bogen in einen breiten Gang mit alten Holzkisten ein, die sich meterhoch türmten. Einige waren beschädigt, aus ihnen quoll Holzwolle heraus.
„Da hinten kommen wir dann zu den neueren Fundstücken. Alles, was Sie gleich sehen werden, stammt aus dem Salzbergwerk in Hallstatt und wurde durch das Salz ähnlich gut konserviert wie Objekt L2471.“
„Haben Sie die auch in Hallstatt gefunden?“ Alon zeigte auf einen Karton voll ausrangierter Leuchtstoffröhren zu seinen Füßen.
Sie drehte sich um und schüttelte amüsiert den Kopf. „Diesen Müll? Wenn der Hausmeister ihn nicht endlich entsorgt, dann freuen sich vielleicht künftige Archäologen über ihre Entdeckung.“ Sie zeigte den Gang hinunter. „Kommen Sie, es ist nicht mehr…“

Alon schnupfte.
„Brauchen Sie ein Taschentuch?“, fragte Karin.
„Dieser Geruch…“ Er schnupfte erneut, wie ein Tier, das Witterung aufgenommen hatte. „Woher kommt der?“
„Gestank trifft es wohl eher!“, bemerkte sie und zeigte auf einen Ständer mit aufgespannten Tierhäuten. „Das sind Rohhäute, die wir für die Rekonstruktion von Tragesäcken verwenden. Wir verarbeiten das Leder genau so, wie es damals üblich war, um uns ein Bild von seiner Haltbarkeit machen zu können. Ich glaube, es erklärt sich von selbst, warum wir die Rohhäute hier im Keller lagern.“
Alon rümpfte beim Näherkommen die Nase und nickte zustimmend. „Und ich dachte immer, Pollenzählen wäre ein mieser Job“, murmelte er. In dem Regal neben ihm lagen schachtelweise Kieferknochen, die zum Teil noch mit Zähnen bestückt waren. Alons Aufmerksamkeit galt allerdings einem armeegrünen Kasten, der zwischen einer Reihe geklebter Tontöpfe hervorleuchtete. „Ist es das, wofür ich es halte?“
„Kommt darauf an, wie viel Fantasie Sie besitzen. Es ist eines der tragbaren Funkgeräte, die wir bei unseren Ausgrabungen verwenden.“
„Tragbar?“, fragte er abschätzig. „Das Ding ist so groß wie eine Autobatterie.“
Karin runzelte die Stirn, als versuchte sie, sich Alons Vergleich bildlich vorzustellen. „Das könnte ungefähr hinkommen“, erwiderte sie. „Es sind alte Geräte, die uns das Bundesheer überlassen hat. Einsparungsmaßnahmen - Sie wissen schon…“
Alons Blick verstand sich als eine Mischung aus Schadenfreude und aufrichtiger Anteilnahme.
„Es ist nicht so schlimm, wie es aussieht“, versicherte sie. „Die Leistung ist ziemlich stark, damit wir durch die alten Bergwerksstollen kommen. Wir haben zwei im Basislager und jeweils eines in jedem Stollen. Damit können wir…“ Sie blickte demonstrativ auf ihre Armbanduhr. „Ich glaube, diese Geschichte erzähle ich Ihnen ein anderes Mal. Kommen Sie!“
Einige Abzweigungen später blieb Karin vor einer Regalwand stehen, aus der eine Schublade wie eine Tischplatte hervorragte.

Darauf drängten sich unterschiedlichste Fundstücke in einer Ordnung, die sich nur den Augen der Wissenschaft offenbarte. Sie öffnete eine der tiefen Schubladen und holte eine längliche Kunststoffbox heraus.
„Das hier wollte ich Ihnen zeigen. Es ist eine zusammengerollte Jacke aus der Hallstattzeit. Das konstante Klima im Bergwerk und das Salz haben sie perfekt konserviert.“ Karin zog sich weiße Stoffhandschuhe über und öffnete behutsam den Deckel. „Der Stoff ist fast völlig vom Salz durchwachsen. Wir müssen sehr vorsichtig sein, damit nichts abbricht.“ Sie berührte mit der Handschuhspitze eine hervorstehende Ecke und deutete mit sanftem Druck an, wie starr und zerbrechlich der Stoff durch das Salz geworden war.
Karin seufzte. „Es wird Monate dauern, bis wir die Jacke vom Salz gereinigt haben und sie im aufgefalteten Zustand untersuchen können.“
Alon war wenig beeindruckt von dem schmutzig wirkenden Stoffklumpen. „Sie meinen also, dass Objekt L2471 genau so ausgesehen hat, als es gefunden wurde?“
„Davon können wir mit ziemlicher Sicherheit ausgehen. Vielleicht war es nicht so lieblos zusammengerollt wie diese Jacke hier, aber was die Salzkruste und den sonstigen Zustand betrifft, wäre das die einzige Erklärung, warum es so gut erhalten geblieben ist. Ich hatte eigentlich gehofft, dass Sie mir diese Vermutung bestätigen können. Immerhin wurde es doch in Israel gefunden?“ Während sie auf eine Antwort hoffte, suchte sie mehrere Stoffmuster zusammen, die zur Analyse vorgesehen waren.
Er zuckte mit den Schultern, als fühlte er sich nicht zuständig. „Meine Gesellschaft interessiert eigentlich nur der Zeitraum, in dem Objekt L2471 bei uns versichert ist. Mir ist nicht bekannt, wann oder wie es in den Besitz unseres Versicherungsnehmers kam.“
Alons Versuch einer ausweichenden Antwort entlockte ihr ein müdes Lächeln.

„Ihnen ist aber schon klar, dass es unsere Arbeit erheblich vereinfachen würde, wenn uns die ganze Vorgeschichte bekannt wäre?"
„Ich habe Ihnen alles gesagt, was ich darüber weiß", erwiderte er mit einem Anflug von Bedauern.
„Na schön." Sie versiegelte die Kunststoffbox wieder und räumte sie zurück in die Schublade.
Unterdessen inspizierte Alon die anderen Gegenstände, die auf der Arbeitsfläche herumstanden. „Sind Sie sich eigentlich bewusst, dass…"
Die Terminerinnerung ihres Handys läutete.
„Meine Besprechung wartet", erklärte sie. „Ich fürchte, wir haben uns etwas verplaudert." Aus einem Schrank holte sie weitere Stoffmuster heraus, die sie in einer herumstehenden Transportkiste verstaute. „Das Material sollte für die Referenzanalyse reichen", sagte sie mehr an sich selbst gerichtet. „Würden Sie bitte noch die blaue Schachtel da hinten mitnehmen, Alon?"

***

Die Zeit im Labor war wieder einmal viel schneller vergangen, als es Natascha Wilder recht sein konnte.
Pünktlich um 22:00 Uhr verstummte das Rauschen der Klimaanlage. Für viele im College war die plötzliche Stille so etwas wie eine allerletzte Warnung. Wenn erst einmal die Klimaanlage abgedreht wurde, war es höchste Zeit, den Campus zu verlassen. Anderenfalls lief man rasch Gefahr, auch den Rest der Nacht inmitten unerledigter Arbeit zu verbringen.
Natascha war aufgestanden, um sich einen Kaffee zu holen. Sofern überhaupt noch eine Chance bestand, in dieser Nacht das Rätsel des Tagebuchs zu knacken, würde ihr dies nur mit einer kräftigen Dosis Koffein gelingen.
Eine Stunde noch, dann mache ich mich auf den Heimweg, versprach sie sich selbst und ließ sich wieder in den Drehsessel sinken. Sogleich tauchte sie wieder in die Geschichte des Assistenten von Professor Gabor ein.

Yanis Sorgen sind mehr als berechtigt. Wenn er das Tuch vom Salz reinigen lässt, geht damit möglicherweise auch die Sichtbarkeit des Hologramms verloren. Ob sich der holographische Effekt des Tuchs auch ohne die Salzkruste reproduzieren lässt, ist mehr als fraglich.
Weder der Professor noch ich wollen für eine solche Entscheidung die Verantwortung übernehmen, zumal wir bisher noch nicht einmal wissen, warum wir das Bild überhaupt in einer solchen Qualität sehen können.
Auch wenn es bisher keiner von uns ausgesprochen hat, so ist uns doch allen klar, um welches Tuch es sich bei diesem Fund handeln muss. Um unseren Verdacht zu bestätigen, wäre es allerdings unvermeidbar, das Tuch vom Salz zu säubern.
Yani hat angedeutet, dass ihm für eine Entscheidung nicht viel Zeit bleibt, da es seinen Leuten bisher nicht gelungen ist, die exakten Umweltbedingungen des Fundorts hier in Tel Aviv zu rekonstruieren. Wenn dies nicht bald gelingt, ist er gezwungen, das Tuch wieder an die Fundstelle zurückzubringen, um es vor weiterer Zersetzung zu schützen.

Nataschas Finger tippten nervös auf die letzte Zeile. *Wie schnell schreitet diese Zersetzung voran? Und warum? Genauere Angaben darüber könnten bei der Beurteilung des Hologramms helfen. Das muss euch doch klar gewesen sein!* Sie nahm einen ordentlichen Schluck Kaffee. *Natürlich war euch das klar! Wozu gäbe es sonst all die Tabellen und Skizzen in dem Buch… Ich muss herausfinden, wie sie zu lesen sind.* Sie blätterte um.

Wir haben weitere Messungen an dem Tuch vorgenommen. Obwohl uns dafür die modernste Ausrüstung zur Verfügung steht, sind wir noch keinen Schritt weitergekommen. Alles, was wir bisher mit Sicherheit sagen können, ist, dass es sich um ein Hologramm von unvorstellbarer Komplexität handelt, das alles übertrifft, wovon wir bisher zu träumen gewagt haben.

Der bloße Gedanke daran, wie dieses Hologramm auf das Tuch gelangt ist, treibt mir den Schweiß auf die Stirn.

Natascha überflog die Stelle mit den persönlichen Eindrücken des Assistenten nur. In ihren Augen fehlte diesen Zeilen der erforderliche Abstand eines Wissenschafters zu seinem Forschungsgegenstand.

Yani hat uns heute Fotos von einem zweiten Tuch gezeigt, das sich in Italien befindet. Soweit wir das anhand unseres zusammengelegten Tuchs überhaupt sagen können, sehen sich die Abbildungen auf den beiden Tüchern zum Verwechseln ähnlich.
Yani versicherte uns allerdings, dass das andere Tuch kein Hologramm enthält. Es gibt aber wilde Spekulationen darüber, wie die Abbildung entstanden ist, die durchaus holographische Ansätze enthält. Auch das unterstreicht die Frage, ob wir das Hologramm auf unserem Tuch nach Entfernen der Salzschicht wieder sichtbar machen können, oder ob es für immer verloren geht, sobald das Tuch gereinigt wird.

„Das hättet ihr nicht zugelassen! Nicht, ohne die Daten vorher aufzuschreiben“, murmelte sie fast beschwörend. Ihr Zeigefinger glitt über eine Zahlenreihe unter dem Text, die derart aus dem Zusammenhang gerissen alles aber auch nichts bedeuten konnte.

Yani hat uns heute zu Ergebnissen gedrängt. Sollten seine Wissenschafter keinen Weg finden, den Zerfallsprozess zu stoppen, wird das Tuch an seinen Fundort zurückgebracht. Für uns ist das umso tragischer, da wir dann aus Gründen der Geheimhaltung keinen Zugriff mehr auf das Tuch und die darin enthaltene Technologie hätten.
Schon jetzt koste ich vom schalen Beigeschmack, den das Wissen um dieses Hologramm mit sich bringt. Es ist, als hätten wir einen Blick in eine ferne Zukunft geworfen und gesehen, wohin unsere Arbeit sich eines Tages weiterentwickeln wird.

Sollten Yani und seine Leute das Tuch wirklich zurückbringen, dann werden sie es erst wieder hervorholen, wenn die Holographie, wie wir sie heute kennen, in Museen als veraltet belächelt wird - und wir mit ihr...

Über diese Stelle ärgerte sich Natascha jedes Mal beim Lesen. Es war ihr unverständlich, wie ein so brillanter Wissenschafter dermaßen schnell resignieren konnte. Niemals verschwendete sie auch nur einen Gedanken daran, dass ihre Arbeit nicht zum Erfolg führen könnte.

Yani hat sich entschieden. Trotz unserer Beteuerungen, dass wir das Betrachten des Hologramms nach der Reinigung vom Salz nicht garantieren können, werden seine Leute noch heute mit den Arbeiten beginnen. Vermutlich wird es mehrere Wochen dauern, bis das ganze Salz herausgewaschen ist und das Tuch erstmals entfaltet werden kann.
Ich will nicht sagen, dass ich Yanis Entscheidung befürworte, dennoch bewundere ich ihn für seinen Mut. Er hat mich gefragt, wie hoch ich die Chancen einschätze, dass das Projekt Erfolg hat. Ich konnte ihm darauf keine Antwort geben. Die Art, wie die Salzkristalle das Tuch überzogen haben, entspringt einer Laune der Natur. Wäre das Salz stärker verunreinigt gewesen, oder hätten sich größere Kristalle gebildet, dann wäre das schmutzige Tuch vermutlich niemandem aufgefallen. Das Hologramm hätte sich nie gezeigt und der Professor und ich wären längst in Amerika.

Unter dem Text befanden sich mehrere Tabellen, die ebenso wie die davor keinerlei Beschriftung oder Text enthielten. Stattdessen waren sie alle nur mit unverständlichen Zahlenreihen gefüllt.
Natascha beschloss, die Seiten mit den Zahlen zu kopieren, um sie besser miteinander vergleichen zu können.
Als sie die noch warmen Blätter aus dem Kopierer nahm, lag einer der letzten Einträge aus dem Tagebuch ganz oben.

Unsere Abreise ist für morgen geplant. Yani hat klargemacht, dass er uns wieder hier haben will, sobald das Tuch gereinigt ist. Obwohl ich geneigt bin, ihm das zu glauben, weiß ich, dass ich ihn nie mehr wiedersehen werde. Ihn nicht und das Tuch erst recht nicht.

***

Die Abendsonne versank als glutroter Ball zwischen den Fassaden der Ringstraßengebäude in Wien. Auf seinem täglichen Fußweg vom Hotel ins Naturhistorische Museum kam Alon auch am Parlament vorbei. Ein Polizeiwagen parkte einsam und weithin gut sichtbar auf dem Vorplatz. Neben den riesigen Säulen, die die Parlamentstreppen flankierten, wirkte der Smart eher lächerlich als abschreckend. Wahrscheinlich war genau das der Grund, warum die Touristen so gerne Fotos davon machten.

Alon bedachte die beiden Uniformierten, die vermutlich schon seit Stunden in ihrer Blechbüchse schmorten, mit einem vielsagenden Blick. *Welchen Politiker diese armen Schweine wohl beim Schnellfahren erwischt haben, dass man sie so dafür bestraft?*

Alon kam zu dem Schluss, dass es besser war, sich sein Mitleid aufzuheben - für sich selbst. Schließlich war er es, dem eine lange Nacht mit Professor Golan und ihren Pollen bevorstand.

Er hatte den Seiteneingang des Museums erreicht und winkte dem Portier im Vorbeigehen zu. Wie jeden Abend, seit Alon in Wien war, ging er zuerst in den Aufenthaltsraum. Das hatte zwei Gründe: Zum einen war ihm jeder Umweg auf dem Weg zur nächsten Pollenzählung recht. Zum anderen ließ Direktor Willendorfer seinen Gästen jeden Tag süße Köstlichkeiten auf den Tisch im Aufenthaltsraum stellen. Eine sehr willkommene Geste, wie alle fanden, denn bisher war noch keiner so unhöflich gewesen, auch nur ein einziges Stück Marmorgugelhupf oder Apfelstrudel übrig zu lassen.

Der bloße Gedanke an die Mehlspeisen ließ Alon beim Betreten des Raums das Wasser im Mund zusammenlaufen.

Die Enttäuschung war umso größer, als er sah, dass auf dem Teller nur noch ein paar vereinzelte Krümel lagen, in denen er mit viel Fantasie die Überreste von Topfenpalatschinken zu erkennen glaubte.
„Das wird eine lange, harte Nacht“, seufzte er und machte sich auf zu Professor Golan.
Im Treppenhaus, das die fünf Ebenen des Tiefspeichers verband, war selbst zu den Öffnungszeiten des Museums kaum jemand anzutreffen. Es wunderte also nicht, dass an diesem Abend nur Alons Schritte durch die Kellerstockwerke hallten. Karin hatte ihm erzählt, dass der Tiefspeicher aus Kostengründen im Zuge des U-Bahn-Baus errichtet worden war, also erst viele Jahrzehnte nach der Eröffnung des Museums im Jahr 1889. Verglichen mit dem prunkvollen Stil des historischen Teils konnte der unterirdische Zubau bestenfalls noch durch Funktionalität punkten.
Im vierten Untergeschoss angekommen, ergab Alon sich seinem Schicksal und öffnete die Tür zum Untersuchungsraum. Anders als erwartet, hockte Professor Golan nicht wie eine Spinne in ihrem Netz aus Blütenpollen und wartete auf Beute. Stattdessen saß sie über ihren Arbeitstisch gebeugt und las in einem Buch. Alon grüßte den Sicherheitsbeamten neben der Tür und näherte sich Professor Golan. Sie saß mit dem Rücken zur Tür und hatte bisher noch keine Notiz von ihrem Assistenten genommen.
Vermutlich kontrolliert sie gerade ihre Pollenbuchhaltung. Nicht auszudenken, wenn ihr eine fehlen würde!
„Sie sind diesmal nur zehn Minuten zu spät“, sagte Golan ohne hochzusehen. „Das sagt mir, dass Ihnen Dr. Geiger doch noch die letzte Topfenpalatschinke weggegessen hat.“
Noch bevor Alon etwas erwidern konnte, fügte sie hinzu: „Da haben Sie wirklich etwas versäumt.“ Sie drehte sich um und blickte über den Rand ihrer Lesebrille zu Alon. Der ging gerade an dem Tisch vorbei, auf dem Objekt L2471 lag.
„Ist sie noch hier?“, fragte er.

Golan schüttelte den Kopf. „Sie haben Sie um…“ Ihr Blick glitt betont langsam über das elfenbeinfarbene Zifferblatt an ihrem Handgelenk.
„Zehn Minuten verpasst“, ergänzte Alon und konnte spüren, welche Genugtuung sie dabei empfand, ihm die Konsequenzen seiner Unpünktlichkeit vor Augen zu führen. *Sie ist noch derselbe Drache wie früher!*
„Und“, sagte sie und machte eine betonte Pause, „ich sehe Ihnen noch immer an der Nasenspitze an, was Sie gerade denken.“ Sie hob mahnend ihren Zeigefinger, als könnte sie seine Gedanken tatsächlich lesen.
Alon schenkte ihr sein müdestes Lächeln und brachte damit zum Ausdruck, dass ihre Studententricks bei ihm längst nicht mehr wirkten. „Warum verraten Sie mir nicht, was Sie gerade…“
„Das Turiner Grabtuch!“, kam sie seiner Frage zuvor und streckte ihm das Buch entgegen, das sie gerade las. „Die auf dem Grabtuch gefundenen Pollen weisen bemerkenswerte Parallelen zu unseren eigenen Proben auf.“
„Stellt sich die Frage, ob wir uns darüber freuen sollen“, entgegnete er tonlos.
„Sollten wir nicht?“, fragte sie provokant.
„Das Turiner Grabtuch ist eine Fälschung. Daran besteht doch mittlerweile kein Zweifel mehr. Jede Ähnlichkeit damit könnte ein Indiz dafür sein, dass Objekt L2471 aus der gleichen Fälscherwerkstatt stammt.“
„Sie meinen, wir könnten es gleich mit zwei Fälschungen zu tun haben?“
„Zwei, drei… Vielleicht sogar ein ganzes Dutzend. Wer kann das schon wissen?“
„Nun“, erwiderte sie und schob ihre Brille über die Stirn hinauf bis zum Haaransatz, „die wichtigste Frage, die man sich bei einer Fälschung stellen sollte, ist, wem sie etwas nutzt. In der Antwort findet sich zumeist auch gleich ein Hinweis auf den Fälscher.“

„Da kommen viele in Frage. Reliquienfälschung ist seit jeher ein sehr einträgliches Geschäft.“ Er zog sich einen Stuhl an den Tisch und nahm neben Golan Platz.
„Viele hatten ein Motiv…“ Sie nickte. „Aber hatten sie auch die Möglichkeit?“
Die Frage blieb unbeantwortet im Raum stehen.
Golan blätterte in dem Buch und schlug eine doppelseitige Abbildung auf. „Der Abdruck des Leichnams auf dem Turiner Tuch ist ein Negativ, das auch die dreidimensionale Krümmung der Gesichtszüge anatomisch perfekt wiedergibt. Wir sprechen hier von technischen Feinheiten, die wir erst mit Hilfe der modernen Wissenschaft erkennen können.“
„Und Sie fragen sich jetzt, wie ein Fälscher das bereits vor Jahrhunderten geschafft haben soll?“
Golan schüttelte den Kopf. „Mich interessiert viel mehr, warum sich jemand die Mühe gemacht haben soll, Details zu fälschen, die sowieso keiner sehen konnte? Welches Motiv steckt dahinter? Selbst wenn er die technischen Möglichkeiten hatte, das Tuch zu fälschen, hätte seine Zusatzarbeit keinen Sinn gehabt. Das wäre doch genau so, als würde ein Geldfälscher in seine Blüten geheime Sicherheitsmerkmale einbauen, die noch gar nicht erfunden worden sind. Warum sollte sich jemand diese Arbeit antun?“ Sie sah Alon fragend an. „Es sei denn…“
„Es sei denn was?“, hakte er nach.
Golan lehnte sich in den Sessel zurück und kniff die Augen zusammen, als würde sie angestrengt nachdenken.
„Es sei denn…“, wiederholte sie.
„Jaaaaaa?“ Geduld war zweifellos keine von Alons Tugenden.
„Es sei denn, der Fälscher hat diese Details auf dem Original gesehen - und zwar ohne all die technischen Geräte, die uns hier zur Verfügung stehen. Es müsste ihm mit den Mitteln seiner Zeit möglich gewesen sein… Mit seinen bloßen Augen!“
Alon blickte über seine Schulter zu dem Glaskasten, in dem Objekt L2471 lag. „Das würde allerdings bedeuten, dass unser Tuch nicht die Vorlage für die Turiner Fälschung gewesen sein

kann. Oder sehen Sie darauf etwas Vergleichbares wie auf dem Detailfoto im Buch?"
Golan verneinte. „Und trotzdem gibt es eine unwiderlegbare Verbindung zum Turiner Grabtuch."
„Gibt es?"
„Natürlich! Pollen lügen nicht, Alon." Sie tadelte ihn mit ihrem Blick. „Zumindest das sollten Sie bei mir gelernt haben. Irgendein Teilstück fehlt uns noch bei unserem Puzzle und ich werde das Gefühl nicht los, dass es etwas mit den Bedingungen zu tun hat, unter denen Objekt L2471 gefunden wurde. Langsam frage ich mich, ob es darüber wirklich keine genauen Aufzeichnungen gibt?" Sie klickte genervt mit ihrem Kugelschreiber. „Der Hinweis auf das Tote Meer ist mehr als dürftig für eine wissenschaftliche Grabung. Es gibt keine Lagepläne, keine Skizzen, keine Protokolle... Wir haben noch nicht einmal Fotos von der Fundstelle", fügte sie verärgert hinzu.
Alon zuckte mit den Achseln und hoffte, sich damit eine Diskussion über die archäologische Verantwortungslosigkeit des Zahal zu ersparen. Zumindest in diesem Punkt unterschied sich das israelische Militär nicht von anderen Armeen.
Golan klappte das Buch zusammen und schob es zur Seite. „Ich habe dem Direktor versprochen, diese Probenröhrchen gleich zurückzubringen, sobald ich sie nicht mehr benötige", wechselte sie das Thema. „Könnten Sie das bitte für mich..."
Alon war sofort aufgesprungen und bereit, jede Aufgabe anzunehmen, die ihn vor einer weiteren Pollenzählung bewahrte. „Wohin genau soll ich sie zurückbringen?", wollte er wissen und nahm die Kunststoffröhrchen an sich.
„Vermutlich erwischen Sie ihn noch in seinem Büro - wenn Sie sich beeilen."
Genau das tat er und winkte zum Abschied mit den Röhrchen, als hätte er einen Urlaubsschein in seiner Hand.
Lautstark fiel die schwere Tür hinter ihm ins Schloss.
Im Treppenhaus des Tiefspeichers war es finster. Nur die Notbeleuchtung glimmte in Form grüner Schilder mit weißer Aufschrift.

Alon wartete, bis sich seine Augen an die Dunkelheit angepasst hatten. Er nutzte so gut wie jede Gelegenheit, um seine Sinne zu trainieren und sich in Form zu halten. Eine im Alltag leicht durchzuführende Übung, die er auch seinen Rekruten immer wieder ans Herz legte.
Das dunkle Treppenhaus kam ihm zum Aufwärmen seiner Sinne gerade recht. Überhaupt war im Moment ohnehin alles besser, als rasch wieder zu Golans Pollen zurückzukehren. Das wachsende Loch in seinem Magen ließ Alons Gedanken zu Karin abgleiten. *Die Nummer mit den Topfenpalatschinken war ein echter Tiefschlag. Aber vielleicht habe ich Glück und Willendorfer lädt mich noch auf ein paar seiner Mozartkugeln ein…*
Vom Boden des Tiefspeichers war ein kaum hörbares Schalterklicken zu vernehmen.
Während Alon noch überlegte, ob das Geräusch vielleicht auch aus einer anderen Richtung gekommen sein konnte, hörte er, wie eine der Brandschutztüren vorsichtig zugezogen wurde.
Ich bin hier offenbar nicht der Einzige, der seine Sinne schärft.
Er konzentrierte sich auf weitere Geräusche, doch es blieb still. Blitzschnell ging er im Kopf alle Personen durch, die laut Karin Zutritt zu den Lagerräumen der prähistorischen Abteilung hatten. Es war unwahrscheinlich bis unmöglich, dass sich einer von ihnen um diese Zeit im Haus befand, ohne dass Alon davon wusste.
Damit stand fest, dass Willendorfer noch länger auf seine Proben warten musste. Alon steckte die Röhrchen in seine Gesäßtasche und stieg mit leisen Schritten in das Dunkel der fünften Ebene hinab. Hier befand sich nicht nur der tiefste ihm bekannte Punkt des Museums, hier lagerten auch die Funde aus Hallstatt.
Lautlos schlich er auf die erste Tür zu und hielt den Atem an, während er daran lauschte. Sie war allerdings zu dick, um zu hören, was dahinter passierte. Behutsam drückte er die Klinke hinunter.
Abgesperrt!

Damit blieb nur noch die Tür zum Hauptlagerraum der prähistorischen Abteilung. Tatsächlich ließ sie sich öffnen. Durch den schmalen Spalt fiel ein Keil aus Neonlicht in das Treppenhaus.

Alon zog die Tür weiter auf. Aus dem Inneren war nur das monotone Rauschen der Belüftung zu hören. Er blickte den langen Hauptgang hinunter, doch außer den mehrere Meter hohen Ladenschränken war nichts zu erkennen.

Wenn jemand hier wieder raus will, muss er an mir vorbeikommen.

Alon hatte allerdings nicht vor zu warten, bis sich seine Prophezeiung erfüllen würde. Stattdessen schlich er ihr einige Schritte entgegen.

Vor der ersten Abzweigung blieb er stehen und schob vorsichtig seinen Kopf um die Ecke. Zu beiden Seiten sah er nur Regale und Schränke. *Links oder rechts?*

Sein Instinkt verriet ihm die Richtung. Er würde auf kürzestem Weg zu den Regalen der Hallstattobjekte gehen, die Karin ihm erst vor kurzem gezeigt hatte. Zumindest war das seine Absicht, bis ihm klar wurde, wie ähnlich die Gangreihen einander sahen. Das Letzte, was er wollte, war, sich in diesem Labyrinth zu verlaufen. *Ich gehe besser…*

Das Geräusch einer sich öffnenden Schublade ließ ihn aufhorchen. *Das war nur eine Reihe weiter… vielleicht auch zwei.*

Er rollte jeden seiner Schritte über den Außenrist ab, um sich möglichst lautlos zu bewegen. Bis zur nächsten Querreihe fehlten ihm keine drei Meter mehr.

Das Aufschnappen eines Deckels war zu hören. *Die Jacke!* Alon brachte es sofort mit der Kunststoffbox in Verbindung, in der Karin die vom Salz überzogene Jacke aufbewahrte.

Gleich darauf vernahm er das nächste Geräusch, wieder ein aufklappender Deckel. Diesmal klang er aber metallisch.

Alon war fast bis zur Ecke vorgedrungen, ohne sich selbst bemerkbar zu machen. Zumindest dachte er das, bis plötzlich ein meterhohes Regal umkippte und mehrere Jahrtausende an Krügen, Töpfen und Schüsseln an seinem Kopf vorbeiflogen.

Medizinballgroße Keramiken schlugen wie Mörsergranaten neben ihm ein und machten gleichzeitig schwereren Geschossen Platz, die über die Regalkante nachrutschten.
Den ersten beiden Angriffswellen konnte Alon noch ausweichen, doch unter den herabstürzenden Regalfächern brach seine Verteidigung zusammen.

***

Sylvias letztes Gespräch mit Qian war durch den dringenden Anruf eines Kunden unterbrochen worden, weshalb er sie an diesem Abend erneut zu sich gebeten hatte. Diesmal allerdings in sein Büro, wo sie während der letzten Minuten Gelegenheit bekommen hatte, einem beeindruckenden Naturschauspiel beizuwohnen.
Sylvia Jones stand mit offenem Mund da und starrte in das Aquarium. Erstmals hatte sie eine Fütterung von Qians Haustier aus nächster Nähe miterlebt.
Der Doktor verriegelte die Abdeckung und drehte sich zu ihr um. „Wo war ich stehengeblieben?", fragte er.
Ihr Blick fixierte noch immer die körperlose Kreatur, die sich selbst fast wie eine Flüssigkeit durch das Wasser bewegte. In einem Moment war sie mit ihren Fangarmen noch so groß wie das ganze Aquarium und im nächsten zog sie sich zusammen und verschwand vor Sylvias Augen in dem Stein, vielmehr wurde sie ein Teil davon. Binnen eines Wimpernschlags wechselten Kopf und Fangarme ihre Farbe und waren vom felsigen Hintergrund nicht mehr zu unterscheiden.
„Dr. Jones?" Qians Stimme ließ sie aufschrecken.
„Ja... Sie... Sie wollten mir gerade meinen neuen Aufgabenbereich erklären."
In Qians Gesicht spiegelte sich eine fast beängstigende, weil ungewohnte Freundlichkeit, als er Sylvias Interesse an dem Aquariumsbewohner bemerkte. „Gefällt Ihnen mein Haustier?"
Sag jetzt nichts Falsches, Sylvia Jones! „Es ist sehr ungewöhnlich. Ich habe noch nie so ein wandlungsfähiges Tier gesehen. Hat er einen Namen?"

Der Doktor verneinte. „Kraken werden leider nicht sehr alt. Man sollte besser keine Beziehung zu den Tieren aufbauen.“
Er hat das Glas aufgeschraubt und sich den Fisch herausgeholt. Sylvia war noch immer dabei, das Gesehene zu verarbeiten.
„Das hat er sich selbst beigebracht. Von allen Kraken, die ich bisher hatte, ist er der klügste. Wenn er lang genug leben würde, könnte ich mich eines Tages mit ihm unterhalten.“
Sylvia sah ihn ungläubig an.
„Auf seine Art“, schwächte Qian ab. „Er reagiert auf die Formen und Farben in seinem Umfeld und verändert seine eigene Farbe, um zu kommunizieren.“ Der Doktor drückte zur Demonstration seine ausgestreckte Hand gegen die Scheibe des Aquariums.
Blitzschnell erfasste der Krake die Bewegung und färbte sich blutrot. Dadurch war er wieder ganz deutlich inmitten der steinernen Umgebung zu erkennen.
Qian spreizte langsam die Finger und der Krake veränderte die Farbe. Der Übergang war fließend und schien den Bewegungen des Doktors zu folgen.
Sylvia bekam binnen weniger Sekunden das gesamte Farbspektrum des Tiers zu sehen. „Wie machen Sie das?“
Qian antwortete nicht. Stattdessen führte er seiner Mitarbeiterin ein weiteres Kunststück vor. „Sagen Sie mir eine Farbe.“
„Sie meinen, Sie können...“
„Sagen Sie eine Farbe“, wiederholte er.
„Blau!“
Qian spreizte den kleinen Finger seiner Hand ab und als hätte das Tier ihn verstanden, färbte es sich blau.
Sylvias Blick wechselte zwischen Qians Hand und dem Kraken. „Hellblau?“, fragte sie fasziniert und tatsächlich verblasste das dunkle Blau, wodurch es heller wirkte.
„Wie machen Sie das? Ich habe so etwas noch nie gesehen.“
„Die Forschung steht noch ganz am Anfang“, entgegnete der Doktor und wandte sich wieder seiner Mitarbeiterin zu. „Bevor die Tiere gelernt haben, richtig zu kommunizieren, ist ihre Lebensspanne schon zu Ende. Sie lernen schnell, aber ihr

Wissen geht ebenso schnell wieder verloren, weil es nicht an die nächste Generation weitergegeben wird."
Für Sylvia klang es fast so, als empfand der Doktor Mitleid für das Schicksal der Kreaturen.
„Das macht sie aber doch auch sehr anpassungsfähig bei Änderungen ihrer Umweltbedingungen."
Er reagierte nicht auf ihren Einwand. „Seine Spezies tritt seit Jahrmillionen auf der Stelle und jede neue Generation muss dieselben Erfahrungen machen wie die davor. Sie sind dazu verdammt, bis in alle Ewigkeit immer wieder alles neu zu lernen."
„Jetzt sagen Sie mir nicht, dass Sie an einem genetischen Gedächtnis für die Tiere arbeiten?"
Qian ging zu seinem Schreibtisch und öffnete die mittlere Schublade. „Dr. Jones", sagte er. „Ich möchte, dass Sie sich ab sofort mit einem neuen Projekt beschäftigen." Der Themenwechsel kam so unerwartet wie die Aktenmappe, die er Sylvia in die Hand drückte.
„Mir scheint, Sie haben sich gut bei uns eingelebt, und es wird Zeit, dass Sie sich um wichtigere Dinge kümmern. Einer meiner Wissenschafter hat sich persönlich dafür eingesetzt, dass Sie in seine Abteilung kommen. Ihr neuer Arbeitsplatz befindet sich eine Etage tiefer in Block E. Ich habe bereits veranlasst, dass die entsprechenden Zugangsberechtigungen im System aktiviert werden."
Er schaute ihr tief in die Augen. „Haben Sie noch Fragen?"
In der Tat hatte sie noch eine Menge Fragen. Doch wenn sie eines gelernt hatte, dann, dass es besser war, die meisten davon für sich zu behalten.
„Im Moment nicht."
Qian signalisierte Zufriedenheit. „Ausgezeichnet. Bitte melden Sie sich bei der in den Unterlagen angeführten Kontaktperson", er zeigte auf die Aktenmappe, „sobald Sie sich damit vertraut gemacht haben."
„Ich fange gleich damit an."
„Gut, das wäre für den Moment alles." Er blickte ihr nach, als sie den Raum verließ und die Tür langsam hinter ihr zufiel.

„Ach! Und noch was Dr. Jones!“
Die Tür stoppte ruckartig und der Spalt verbreiterte sich wieder, bis Sylvia ihren Kopf hindurchstecken konnte. „Ja, Dr. Qian?“
„Nehmen Sie sich in den nächsten drei Wochen nichts vor. Das neue Projekt wird Ihre gesamte Zeit in Anspruch nehmen.“

***

Alon Kollek lag unter Regalbrettern und Tonscherben begraben in der untersten Ebene des Tiefspeichers. Nur einem beherzten Sprung und einem verkeilten Regalboden hatte er es zu verdanken, dass die Keramiken ihn fast alle verfehlt hatten. Angesichts der Fülle herabgestürzter Fundstücke konnte er mit dem Streifschuss eines antiken Tellers gut leben.
Nur ein Kratzer.
Irgendwo hinter den endlosen Schrankreihen fiel die Brandschutztür zu. Dann betätigte jemand den Lichtschalter an der Außenseite des riesigen Lagerraums. Zumindest vermutete Alon das, als mit einem Mal Dunkelheit hereinbrach.
Du bist ein Idiot, Alon Kollek! Selbst dein schlechtester Schüler hätte sich nicht so leicht überrumpeln lassen.
Nach dem kurzen Anflug von Selbstkritik kehrte Alons Professionalität zurück.
Wer immer für diesen historischen Absturz verantwortlich war, schien von dessen durchschlagender Wirkung überzeugt zu sein. Anders war es kaum zu erklären, dass er seinem Opfer keine weitere Aufmerksamkeit geschenkt hatte.
Er hat bekommen, was er wollte.
Alon schob einen der herausgefallenen Regalböden zur Seite, der ihn vor direkten Treffern bewahrt hatte. Vereinzelt rutschten immer noch Keramikreste nach und zerbrachen auf dem Betonboden.
Auch schon egal. Er richtete sich vorsichtig auf und hoffte, zumindest irgendwo einen Lichtschimmer ausmachen zu können, der ihm bei der Orientierung half.
Fehlanzeige. Die tiefschwarze Nacht breitete sich gleichmäßig in alle Richtungen aus.

Statt planlos herumzulaufen, ging er seine Möglichkeiten zunächst im Kopf durch. Ihm fiel die Geschichte des Mannes im Labyrinth ein, dessen Technik es war, sich immer rechts zu halten, um möglichst rasch einen Ausgang zu finden. Im Falle freistehender Schränke und angesichts der Lichtverhältnisse konnte diese Technik allerdings bedeuten, sich für mehrere Stunden selbst zu beschäftigen.
Während Alon über andere Optionen nachdachte, vibrierte das Handy in seiner Hose. *Das wäre eine Möglichkeit!*
Auch wenn er mit dem Mobiltelefon im Lager der prähistorischen Abteilung keine Chance auf Empfang hatte, so war dessen Hintergrundbeleuchtung immer noch besser, als gar kein Licht zu haben. Im schwachen Schein des Displays blinkte eine Meldung auf: *Akku leer.*
So tief unter der Erde erwies sich eine Eigenschaft aller Mobiltelefone als besonders heimtückisch. Je schwächer der Empfang war, desto stärker sendete das Gerät, um sich wieder mit einem Sender zu verbinden. Für den Akku bedeutete das permanente Höchstleistung, die sich nicht ewig aufrechterhalten ließ. *Warum muss ausgerechnet jetzt der Saft ausgehen?*
Das Handy in Alons Hand vibrierte erneut und die Akkumeldung begann schneller zu blinken.
Geistesgegenwärtig tat er das einzig Richtige. Er leuchtete, so gut es ging, den Boden aus und sammelte möglichst viele von den herumliegenden Tonscherben auf, die er in seinen Hosentaschen verstaute. *Wenn es bei Hänsel und Gretel funktioniert hat…*
Ein letztes Mal meldete sich der Vibrationsalarm, dann schaltete sich das Telefon ab.
In den nächsten Minuten legte Alon im Abstand von jeweils zehn Schritten Tonscherben auf den Boden. Sie sollten ihm als Orientierungshilfe dienen und vermeiden, dass er im Kreis lief, wenn er sich bei jeder Abzweigung rechts hielt.
Schritt für Schritt setzte er seinen Plan um und verteilte sukzessive den Inhalt seiner Hosentaschen in der Dunkelheit.

Entweder sammelt irgendwer die Scherben hinter mir wieder auf, oder der Lagerraum ist noch viel größer als ich dachte.
Als ihm die Scherben schließlich ausgingen, bediente er sich in den Regalen. Viele der Schränke und Schubladen waren abgeschlossen, doch es gab auch genug offene, um mit den darin gelagerten Artefakten den Weg zu pflastern. *Ich hoffe, da ist nichts Wertvolles...*
Ein Knacksen unter seinem Schuh ließ ihn zurückzucken.
Hier war ich schon mal. Er änderte die Richtung und legte nach zehn Schritten etwas Pelziges auf den Boden, das sich wie ein ausgestopfter Hamster anfühlte.
Hatte er seine Schritte zu Beginn unter Rücksichtnahme auf die Kunstgegenstände zu seinen Füßen noch sehr vorsichtig gesetzt, so gewann zunehmend seine Ungeduld die Oberhand.
Ich muss irgendwie an Licht kommen... sonst irre ich die ganze Nacht hier unten herum... wobei... besser als Pollenzählen...
Er war sich sicher, dass keine unmittelbare Gefahr bestand, zumal der Regalwerfer hatte, was er wollte, und damit längst über alle Berge war. Genau dort würde Alon ihn suchen und stellen, sobald er erst einen Weg aus dem Labyrinth gefunden hatte.
Mittlerweile bewegte er sich recht zügig durch das Ganggewirr und war schon zweimal auf Scherben getreten - ein sicheres Anzeichen dafür, dass er die entscheidende Abzweigung zum Hauptgang bisher verfehlt hatte.
Sein Fuß trat gegen etwas Kleines, Weiches, das noch im Flug von einer blechernen Schranktür gestoppt wurde. *Der Hamster!* Alon legte einen handtellergroßen Lederbeutel als Ersatzmarkierung für den Hamster auf den Boden und bog links ab. Wieder vergingen endlose Minuten, in denen Alon allerdings auf keine weiteren Wegmarkierungen trat.
Plötzlich stieg ihm ein vertrauter Gestank in die Nase. *Das müssen die Tierhäute sein.*
Seine Bewegungen verlangsamten sich und er konzentrierte sich ganz auf seinen Geruchssinn. Vor seinem geistigen Auge zeichnete sich ein Bild des Gangs ab, den er mit dem Gestank in Verbindung brachte. Detailgetreu sah er die Regale in seinen

Gedanken. *Die Kisten mit der Holzwolle... die aufgespannten Tierhäute...ungefähr fünf Schritte davon entfernt...*
Der Gestank wurde stärker und seine Hände tasteten nach den Bildern in seinem Kopf. *Karin hatte Recht mit dem Gestank der Häute.* Alons rechte Hand strich an einem der Regale entlang und bekam kurz darauf eine aufgespannte Tierhaut zu fassen. *Na also.* Er hatte endlich einen Fixpunkt zur Orientierung gefunden und drehte sich um. *Hier in etwa habe ich gestanden... Er machte drei Schritte zur Seite. Und hier müsste der Karton mit den Leuchtstoffröhren...* Zwei weitere Schritte waren nötig, eher er an seinem Schienbein den gesuchten Karton spürte. Zufrieden vernahm er das Geräusch von aneinander schlagendem Glas. *Gut, dass auf den Hausmeister Verlass ist.* Vorsichtig zog er eine der Röhren heraus und hielt sie dicht an seinem Körper, um damit nicht versehentlich irgendwo anzustoßen.
Sieben bis acht Schritte nach rechts, interpretierte er den Lageplan in seinem Kopf. *Noch zwei Schritte...* Seine rechte Hand suchte die Regalflächen in Brusthöhe ab, während die linke die Leuchtstoffröhre wie einen Schatz hütete. *Hier bin ich richtig.* Er konnte die Schachteln mit den Knochen fast schon sehen, so intensiv war die Erinnerung daran. Seine Finger strichen über eine Zahnreihe, die aus dem Unterkieferknochen eines Schweins ragte. *Noch ein Schritt bis zu den Tontöpfen.* Er spürte die bauchigen Gefäße, die man aus hunderten Scherben zusammengeklebt hatte. Ihre Struktur war angesichts zahlreicher Löcher und den rauen Übergängen zwischen Bruchstücken unverkennbar. Zielsicher schob er die Hand an den Keramiken vorbei und spürte das kalte Metall des alten Militärfunkgeräts. Damit hatte er alles gefunden, was er brauchte, um das Labyrinth wieder zu verlassen.
Jetzt muss in dieser Monsterbatterie nur noch genügend Strom sein, um anständig senden zu können. Er legte den Leuchtstoffbalken behutsam ab und schob die Keramiken beiseite, bis er das Funkgerät herausziehen konnte.
Donnerwetter, das Teil ist noch schwerer, als es aussah. Geschätzte zwanzig Kilo hob er aus dem Regal und stellte sie

neben sich auf den Boden. Das Gewicht des Funkgeräts machte aber auch deutlich, wie beschwerlich der Rückweg werden würde. *Die Antenne ist sehr kurz... vermutlich liegt hier noch irgendwo ein Verlängerungsstück zum Aufschrauben...*
Er untersuchte zuerst die Vorder- und dann die Rückseite des Geräts, um sich damit vertraut zu machen. Die Anzahl der Knöpfe und Regler übte sich in militärischer Bescheidenheit. Ihre rustikale Bauweise vereinfachte die Bedienung unter widrigen Bedingungen zusätzlich. Auch wenn eine militärische Ausbildung nicht notwendigerweise erforderlich war, um ein so einfach gestricktes Gerät einzuschalten, so erleichterte sie doch die Arbeit damit. Alon drückte einen Kippschalter auf der vermuteten Rückseite des Geräts hinunter.
Nichts passierte.
Er wartete gut zehn Sekunden, ehe er den Schalter in die Ausgangsposition zurückkippte. *Das war er hoffentlich nicht.*
Sein Zeigefinger strich über Lüftungsschlitze, zwischen denen Kühlrippen zu ertasten waren. Ihre Größe bekräftigte Alons Vermutung, dass es sich um ein sehr leistungsstarkes Funkgerät handeln musste. *Vielleicht ist es der...*
Der Schalter war zunächst ausgesprochen schwergängig, schnappte aber ab der Mittelposition wie von einer Feder gezogen hinunter.
Ein orangefarbenes Lämpchen glimmte auf.
Jetzt wird es interessant.
Kurz darauf erwachten zwei weitere Lämpchen zum Leben. Sie beleuchteten die Kanalanzeige hinter einer gesprungenen Glasscheibe. Ihr Lichtschein war kaum heller als der eines Leuchtkäfers und doch schnitten sie ein beachtliches Loch in das Schwarz. *Gleich wird sich zeigen, ob die Batterie dem Gewicht gerecht wird.*
Alon tastete nach der bereitgelegten Leuchtstoffröhre und hielt sie ganz dicht an die Antenne des Funkgeräts. Mit der anderen Hand drückte er den Sendeknopf, den er im Schimmer der orangefarbenen Lämpchen ausgemacht hatte. *Viel ist das nicht.*
Er rieb mit der Leuchtstoffröhre über die Antenne, was der Röhre ein armseliges Glimmen am unteren Ende entlockte.

Er ließ den Sendeknopf los und suchte nach dem Regler für die Sendestärke. Zu Alons Erleichterung befand sich dieser fast am linken Anschlag.
Scotty, wir brauchen mehr Energie! Er drückte mit der Schuhspitze vorsichtig gegen den Sendeknopf, während seine rechte Hand den Regler weiterdrehte. Sofort reagierte die Leuchtstoffröhre in seiner linken Hand. In ihr Glimmen mischte sich das Aufflackern des zündenden Gases.
Normalerweise sorgte die Startelektronik eines Leuchtstoffbalkens dafür, dass das Gas im Inneren der Röhre gezündet wurde. War diese Elektronik defekt, so ließ sich die Lampe immer noch als Lichtquelle verwenden - vorausgesetzt, man hatte ausreichend Leistung zur Verfügung, um das Gas direkt zu zünden. Die Antenne eines alten Militärfunkgeräts strahlte, da vertraute Alon auf seine Erfahrung, sicher stark genug, wenn die Batterie aufgeladen war.
Der Regler für die Sendeleistung hatte die Mittelstellung erreicht und die Röhre begann an beiden Enden aufzuleuchten.
Noch ein klein wenig mehr...
Alon hatte den Regler bereits deutlich über die Mitte gedreht, ehe sich das Leuchten erstmals in der gesamten Röhre ausbreitete und diese ein gleichmäßig weiß-bläuliches Licht gab. Das Gas in der kaputten Leuchtstoffröhre mit den Funkwellen der Antenne zu entzünden, war der leichte Teil der Übung gewesen, wie Alon bald feststellen musste. Seine eigenwillige Lampenkonstruktion durch das Labyrinth bis zum Ausgang zu schleppen, mutete im Vergleich dazu wie Schwerstarbeit an. *Praktisch, dass es nur einen Lichtschalter gibt und der genau neben der Tür ist. Nur wo ist die Tür?*
Mit Hilfe eines Klebebands, das er in einem der Regale entdeckte, befestigte er die Leuchtstoffröhre provisorisch an der Antenne. In Kombination mit einem Bronzehelm, den er gegen den Sendeknopf lehnte, war es Alon nun sogar möglich, sich von seiner Taschenlampe zu entfernen, die dieser Bezeichnung kaum gerecht wurde.

Im kräftigen Lichtschein konnte er sich dann bei jeder Abzweigung gründlich umsehen, bevor er sich für eine Richtung entschied.
Wenig später bog er in den Hauptgang ein.
Verschwitzt aber erleichtert erreichte er den Ausgang. Er öffnete vorsichtig die Tür und lauschte, bevor er hinaustrat.
Wie erwartet, fand sich von dem Angreifer keine Spur mehr im Treppenhaus. „Wir beide sind noch nicht fertig miteinander", murmelte er sein Versprechen in die Nacht.
Alon beschloss, nur Willendorfer von dem Vorfall in Kenntnis zu setzen, dessen Angestellte sich still und heimlich um die Beseitigung des Chaos kümmern sollten.
Den anderen Teammitgliedern gegenüber wollte Alon auch weiterhin den unbedarften Assistenten mimen und abwarten, wie die Dinge sich entwickelten. Allerdings nicht, ohne zusätzliche Sicherheitsvorkehrungen zu treffen.

***

Hiob hatte seine Rekrutenklasse am Wochenende plangemäß an den nächsten Ausbilder abgegeben und genoss die Sonne auf dem Balkon seiner bescheidenen Zweizimmerwohnung. Aufgrund seines niedrigeren Dienstgrades stand ihm kein so komfortables Quartier zur Verfügung, wie Alon es für sich beanspruchte.
Von hier oben sahen die Menschen wie Playmobilfiguren aus, die eine übergroße, unsichtbare Kinderhand von einer Straßenseite zur anderen dirigierte.
Hiob verfolgte das Geschehen vor seinem Haus schon eine ganze Weile. Er war erst vor kurzem in diese Wohnung gezogen und beschäftigte sich noch immer damit, Regelmäßigkeiten in den Vorgängen auf der Straße zu erkennen.
Für jemand mit seinem beruflichen Hintergrund war es unerlässlich zu wissen, mit welcher Hand der Briefträger die Post in die Briefschlitze steckte oder wann der Wagen der

Müllabfuhr die Ausfahrt blockierte. Im Ernstfall konnten diese Details über Leben und Tod entscheiden.
Hiob verschwand in seiner Wohnung und kam kurz darauf mit einem Gewehrkoffer zurück. Er stellte ihn gut geschützt vor neugierigen Blicken hinter dem pflanzenüberwucherten Balkongeländer ab. Obwohl er für Pflanzen wenig übrig hatte, hingen auf seinem Balkon die gleichen Blumenkästen wie bei seinen Nachbarn und darin wuchsen die gleichen roten Pelargonien.
Die Anpassung an seine unmittelbare Umgebung war ein wesentlicher Teil von Hiobs Leben. Er musste ein Auffallen um jeden Preis verhindern. Von der Straße aus betrachtet war seine Wohnung eine unter vielen und damit war auch er nur einer von vielen. Einer, dem man nicht mehr Aufmerksamkeit schenken würde als den anderen Bewohnern des Hauses.
Er kniete sich hin, öffnete die Verriegelungen des Gewehrkoffers und klappte den Deckel auf.
In dem dunkelblauen Schaumstoff waren mehrere Aussparungen eingelassen, die bis auf eine alle leer waren. Hiob nahm das Zielfernrohr heraus und hielt es prüfend gegen die Sonne.
Die Optik war abgesehen von zwei winzigen Staubkörnchen makellos. Er blies sie gefühlvoll weg und machte es sich in einem der beiden Holzstühle gemütlich. Mit dem Fernrohr zielte er durch ein eigens zu diesem Zweck ausgeschnittenes Loch in dem Pflanzenvorhang.
Vor zwei Tagen war ein neuer Mieter in das leerstehende Lokal auf der gegenüberliegenden Straßenseite gezogen. Ein Geschäft, das allem Anschein nach seit Jahren leergestanden hatte und erst kurz nach Hiobs Einzug wiederbelebt worden war, verdiente seine Aufmerksamkeit.
Während Hiob mit dem Zielfernrohr kleine Kreise um das Geschäft zog, stellte er sich dieselben zwei Fragen, die er sich schon seit Jahren stellte und auf die er sich bis heute keine zufriedenstellende Antwort geben konnte.
Werde ich paranoid? Bin ich es schon?

Vielleicht war er es tatsächlich bereits, aber dann war das ein Teil seines Lebens - ein Teil seines Überlebens.
Wer wie er gewohnt war, andere aus dem Hinterhalt mit dem Tod zu überraschen, machte sich zwangsläufig Gedanken darüber, ob sich sein Kopf vielleicht eines Tages selbst am falschen Ende des Zielfernrohrs wiederfinden könnte.
Hiobs Blick löste sich von seinem Ziel und begleitete ein Paar hübscher Frauenbeine in knallroten Stöckelschuhen mit Bleistiftabsätzen.
Die Frau war ihm schon mehrfach aufgefallen und so wie sie aussah, war er höchstwahrscheinlich nicht der Einzige in der Straße, der sein Fernrohr auf sie gerichtet hatte. Die kurze Ablenkung wertete er als Bestätigung. *So schlimm kann es mit meiner Paranoia noch nicht sein.*
„Neue Nachricht auf Leitung 1“, meldete sich die Frauenstimme seines Mobiltelefons aus dem über den Sessel gehängten Jackett.
So sorgfältig, als hinge sein Leben davon ab, legte er das Zielfernrohr zurück in den Gewehrkoffer und schloss den Deckel.
„Neue Nachricht auf Leitung 2“, traf eine weitere SMS ein.
Er holte das Handy aus der Innentasche des Jacketts und machte mit der Hand einen Schatten, um das Display besser ablesen zu können.
Die erste Nachricht enthielt ein Datum und eine Uhrzeit, die Hiob mehr oder weniger gleichgültig zur Kenntnis nahm.
Er klickte sich zur nächsten Nachricht durch, die von einer anderen Absendernummer an seine zweite Leitung geschickt worden war. Auf dem Display standen nur zwei Worte:

Wien Nautilus

***

Als Alon am nächsten Tag weitgehend unversehrt wieder im Naturhistorischen Museum auftauchte, hoffte er insgeheim auf eine Reaktion seiner Teammitglieder: ein verräterischer Blick,

ein überraschter Gesichtsausdruck oder irgendein anderer Anhaltspunkt dafür, wem er die umgestürzten Regale zu verdanken hatte. Unglücklicherweise verriet sich keiner der Anwesenden.
Nachdem alle wieder in ihre Arbeiten vertieft waren, ging Alon im Kopf noch einmal die Namen aller Teammitglieder durch, um seine Liste der Verdächtigen zu aktualisieren.
Obwohl Alon von Anfang an ein sehr schlechtes Gefühl bei dem Londoner Genetiker Phileas Fogg gehabt hatte, war er im Laufe ihrer Zusammenarbeit immer mehr zu dem Schluss gekommen, dass ihn sein erster Eindruck wohl doch getäuscht hatte.
Piazza hingegen hatte aufgrund seiner Äußerungen Alons Argwohn geweckt. Zwar stimmten seine Geschichten, soweit Alon sie nachgeprüft hatte, bis ins kleinste Detail, aber genau das machte ihn stutzig.
Piazza vermittelte nie den Eindruck, dass er über eine Jahreszahl oder einen Namen nachdenken musste, wenn er sich zurückerinnerte. Er hatte stattdessen alle relevanten Informationen wie auf Knopfdruck parat. Selbst Namen von Kollegen, mit denen er vor Jahrzehnten zusammengearbeitet hatte, schienen in seinem Kopf noch präsent zu sein, als wäre es gestern gewesen.
„Alon!", Professor Golans Stimme schrillte wie eine Türklingel. „Worauf warten Sie denn? Meinen Sie etwa, diese Probe analysiert sich von allein?" Sie deutete auf eine durchsichtige Glasschale. „Na, los - Sie Tagträumer!"
Karin Geiger, die das Geschehen aus dem Augenwinkel mitverfolgt hatte, konnte sich ihr Grinsen nur schwer verkneifen.
Der Rest des Vormittags verlief ebenso unspektakulär wie alle vorangegangenen. Irgendwann verabschiedeten sich Piazza und Fogg in die Mittagspause und Golan verschwand zu ihrer Besprechung mit dem Museumsdirektor.
„Fällt Ihnen eigentlich auch auf, dass die meiste Arbeit an uns hängen bleibt?" Alon gefiel sich ausgesprochen gut in der

Rolle des ausgebeuteten Assistenten einer despotischen Pollen-Fanatikerin.
„Im Gegensatz zu mir müssen Sie diese Arbeit ja nicht machen", sagte sie und nahm ihm jede Hoffnung auf Mitleid.
„Sind Sie mir etwa noch immer böse, weil ich Ihnen nicht gesagt..."
„Ja!", sagte sie und beugte sich noch tiefer über ihr Mikroskop. „Zumindest ein wenig."
Alon schob das Analysematerial auf seinem Tisch demonstrativ beiseite. „Ich könnte mir vorstellen, dass eine Einladung zum Abendessen Ihre Bedenken zerstreuen würde."
Eine Weile kam keine Antwort.
„War das eine?", fragte Karin beiläufig und ohne von ihrem Mikroskop aufzublicken.
„Was?"
„Na, eine Einladung zum Abendessen." Sie stieß einen Seufzer aus. „Davon sprachen Sie doch gerade."
„Hätten Sie denn heute Abend Zeit?", fragte er und ließ es erstaunt klingen.
„Und Sie?"
Er wiegte unentschlossen seinen Kopf, als müsste er sich zu einer schweren Entscheidung durchringen.
„Es war Ihre Idee!"
„Wirklich?" Er setzte sein charmantestes Lächeln auf. „Dann darf ich jetzt natürlich keinen Rückzieher machen. Sagen wir um 20:00 Uhr?"
„20:00 Uhr! Und für jede Minute, die Sie mich warten lassen, verstecke ich ein Dutzend zusätzlicher Pollen in den Proben, die sie bereits gezählt haben."

***

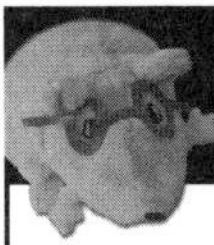

Jordanien

Den passenden Aufkleber gibt es auf:

http://blog.albert-knorr.com

Lustlos trat Chess mit dem Stiefel gegen ihren Spaten und rollte ein paar kleinere Steine zur Seite. Die jordanische Archäologin mit leicht europäischem Einschlag war dank früherer Funde auch außerhalb des Königreichs keine Unbekannte mehr.
Bisher deutete allerdings nichts auf dem Boden zu ihren Füßen darauf hin, dass sie dem Eingang einer geheimen Grabkammer auf der Spur war. Genau genommen war sie sich nicht einmal sicher, hier überhaupt etwas von archäologischer Bedeutung zu finden.
Alles, worauf sich ihre Grabung stützte, waren ein paar Zeilen schwer verständlichen Texts auf einem alten Steinkrug, den ihr Bruder auf dem Markt erstanden hatte. Doch genau das machte ihre Arbeit aus: Legenden, Geschichten und Rätsel.
Der Brunnen der Gebeine... Ob wir ihn überhaupt finden? Sie versank gedanklich in dem Abenteuer, das es an diesem Ort noch zu entdecken gab, um sich gleich darauf unsanft aus ihrem Tagtraum zu reißen.
Wie lang kann es dauern, ein paar Vorräte zu kaufen?

Es war kurz vor Mittag und die Sonne brannte erbarmungslos vom Himmel. In dem Talkessel zwischen den orangefarbenen Bergketten staute sich die Hitze und ließ die Luft über dem Wüstenboden flimmern.
Chess war dafür bekannt, dass sie ihr Archäologenzelt gerne in Gegenden aufschlug, in die ihre männlichen Kollegen keinen Schritt setzen wollten. Sie genoss die Einsamkeit und die Stille, die abgelegene Ausgrabungsstätten wie diese mit sich brachten. Die Grenze zum Irak war nur ein paar Gehminuten entfernt und vielleicht hatte sie diese in den letzten Tagen auch schon unbemerkt übertreten.
Für eine Entdeckerin ihres Formats spielten ein paar Grenzlinien auf dem Papier keine Rolle. Hier draußen in der Wüste reihte sich ein Staubkorn an das nächste. Der Wind wehte sie am Vormittag in das eine Land und am Abend wieder zurück in das andere.
Chess legte den Spaten zur Seite und kletterte aus einem der Löcher, die sie und ihr Bruder in den vergangenen Wochen gegraben hatten. Zwischen den spärlichen Resten einer alten Siedlung reihten sich die aufgeschaufelten Haufen aus Sand und Stein wie übergroße Maulwurfshügel aneinander.
Sie klopfte halbherzig den Staub von Jacke und Hose. Längst hatte sie sich an den Geschmack des Sands und all die anderen kleinen Unannehmlichkeiten gewöhnt, die ihr Job mit sich brachte. So trug sie ihre langen schwarzen Haare stets zu einem Pferdeschwanz zusammengebunden, um sie nicht ins Gesicht geweht zu bekommen.
Sie ging hinüber zum Zelt und holte sich eine Wasserflasche, deren Inhalt nicht mehr ganz so kühl und erfrischend war wie erhofft. Dann setzte sie sich in den Schatten, den die Überreste einer alten Lehmziegelmauer warfen.
Chess und ihr Bruder hatten erst einen kleinen Teil der Siedlung freigelegt. Viele der Lehmziegelbauten waren im Laufe der Jahrhunderte von Wind und Wetter dem Erdboden gleichgemacht worden, doch an dieser Stelle des Tals bot eine Senke den Mauern natürlichen Schutz.

Wenn du glaubst, ich erledige die ganze Arbeit allein, während du dich in einem klimatisierten Supermarkt nicht zwischen den Getränkedosen entscheiden kannst... Ihr Blick verfolgte eine Reifenspur im Sand, die sich rasch in der flimmernden Wüstenluft verlor. *Das nächste Mal bleibst du hier und ich erledige die Einkäufe!*
Bisher konnten die Geschwister mit ihren Ausgrabungsergebnissen durchaus zufrieden sein. Obwohl Chess immer noch hoffte, den großen Mumienfund zu übertreffen, den sie sehr früh in ihrer Karriere gemacht hatte, war sie nicht unbescheiden. Über die Besiedlung des Tals war so gut wie nichts bekannt gewesen, bevor sie und Ali mit den Grabungen begonnen hatten.
Die Überreste archaischer Kalköfen ließen darauf schließen, dass die Bewohner der Siedlung ihre Lehmhütten mit Kalk vor Feuchtigkeit und Ungeziefer geschützt hatten.
Chess lehnte sich unvorsichtigerweise zu fest an die Lehmwand, von der sogleich ein Stück der obersten Schicht abblätterte. *Zum Glück hast du das nicht bemerkt.*
In ihren Gedanken konnte sie die Männer sehen, wie sie die Kalkbrocken viele Tage lang auf tausend Grad und mehr erhitzten, um sie anschließend mit Stöcken und Steinen zu zerkleinern. Mit Wasser vermischt, war der Löschkalk bestens geeignet, den Mörtel späterer Tage zu ersetzen.
Chess kramte eine Steintafel hervor, die ihr Bruder im Sand gefunden hatte. Die eingeritzten Schriftzeichen waren auch ohne Archäologiestudium leicht zu entziffern. Die Bedeutung der Worte ergab sich aber erst aus dem Zusammenhang mit dem Fundort.

Der Tod klopft hustend und spuckend an.

Zunächst hatte Ali die Steintafel für einen Fluch oder eine Warnung gehalten, und in gewisser Weise war sie das auch, allerdings nicht für Grabräuber.

Chess war erfahren genug, um zu wissen, dass er keinen Hinweis auf ein geheimnisvolles Grab oder gar einen Schatz gefunden hatte.
Sie grinste beim Gedanken an Alis begeistertes Gesicht, als er nach Tagen erfolgloser Grabungsarbeit endlich die Tafel im Sand entdeckt hatte. Umso schmerzhafter musste es für ihn gewesen sein, als seine Schwester ihn über deren wahre Bedeutung aufgeklärt hatte. Die Todeswarnung galt jenen Männern, die in mühevoller Arbeit den Branntkalk zerkleinert hatten und deren Lungen im besten Fall durch Mundtücher vor dem gefährlichen Staub geschützt gewesen waren.
Sie gönnte sich einen großen Schluck lauwarmen Wassers, das nach Plastik schmeckte. *Wo bleibt er nur so lange?*
Weit außerhalb von Chess' Hörweite beobachtete ein schmales Augenpaar das Geschehen rund um die Ausgrabungsstätte. Aus der Entfernung betrachtet, hob sich die Silhouette der Archäologin kaum von den beiden Zelten ab, zwischen denen sie sich bewegte.

***

Ali, Chess' Bruder schenkte dem blassgelben Zifferblatt seiner Armbanduhr einen flüchtigen Blick. *Ja, Chess! Ich bin schon so gut wie auf dem Rückweg.* Tatsächlich war er genau das nicht, zumindest noch nicht.
Stattdessen wühlte er sich durch das Gedränge auf dem völlig überfüllten Marktplatz. Fliegende Händler, die keinen eigenen Standplatz hatten, boten ihre Waren kurzerhand auf ausgebreiteten Teppichen feil. Zu allen Seiten wurden Preise verhandelt und die Vorteile der eigenen Tontöpfe, Wasserpfeifen oder Flechtkörbe angepriesen.
Ali ging mit gesenktem Kopf an zwei alten Arabern vorbei, die zwischen ihren Gemüsekisten hockten und jeden ansprachen, der sie eines Blickes würdigte. *Hier ist die Hölle los... kein Vergleich zu sonst... Es war saublöd von mir, mich ausgerechnet am Tag vor dem Stadtfest mit ihm zu treffen.*

Es verlangte einiges an Geschick, sich rasch über einen arabischen Markt zu bewegen. Die Menschenmassen folgten einer gemeinsamen Bewegung, die nur die wenigsten bewusst kontrollierten. Am einfachsten war es, sich wie ein Fisch in einem Schwarm zu verhalten, und der Richtung des Stroms zu folgen. Für Ali bestand das Problem allerdings darin, dass alle Fische aus der Richtung kamen, in die er musste. *Wenn er mir dieses Buch wirklich beschaffen kann, dann...*
„Pass doch auf, wo du hintrittst!“, zischte ihn einer der fliegenden Händler an, über dessen Teppich er fast gestolpert wäre. Ali hatte keine Augen für die Flaschen und Gläser mit selbstgebrauten Medikamenten zu seinen Füßen.
„Entschuldigung“, murmelte er, ohne sich umzudrehen. Zwar hatte er alle Besorgungen gemacht, die seine Schwester ihm aufgetragen hatte, er war aber noch zu seiner Verabredung mit einem gewissen Essad unterwegs.
Über Essad wusste er nicht viel mehr als den Namen und wo er um diese Zeit für gewöhnlich zu finden war. Dass er ein kariertes Palästinensertuch auf dem Kopf trug, war bei der Suche ungefähr so hilfreich wie der Hinweis, dass er Araber war - einer unter hunderten, die sich zwischen den Marktständen drängten.
Schließlich entdeckte Ali doch noch das verrostete Reklameschild, das ihm Essad am Telefon beschrieben hatte. *Da drüben muss es sein!*
Eigentlich konnten sich Ali und Chess über ihre Arbeit für das Museum nicht beklagen, doch wenn sich die Möglichkeit ergab, einen lukrativen Auftrag nebenbei zu erledigen, dann war Ali das nur recht.
Chess sah diese Dinge üblicherweise anders, aber genau deshalb wusste sie auch noch nichts davon. *Wenn ich ihr erst das Buch zeige, wird sie mir zustimmen.*
Ali zwängte sich an einer Gruppe Jugendlicher vorbei und erreichte endlich das Haustor mit dem Reklameschild. Die hellblau gestrichenen Flügel der Holztür standen weit offen und er trat ein.
„Essad?“

Der Raum wirkte von innen größer als von außen, was wohl auch an den vielen Landschaftsfotografien und handgemalten Bildern lag, die die Wände bedeckten. Neben Büchern wurden hier anscheinend auch Gemälde, Fotos und Filmmaterial verkauft.
Zwischen den beiden einzigen Regalen stand ein sperrmüllreifer Schreibtisch, hinter dem ein alter Araber hockte. Sein ursprünglich einmal weißer Kaftan wies dieselben Verfärbungen auf wie sein rot-weiß kariertes Kopftuch.
„Bist du Essad?“
Der Mann hinter dem Schreibtisch hob wenig interessiert den Kopf an. „Wer will das wissen?“
„Ich bin Ali. Haben wir beide telefoniert?“
„Schon möglich. Was hast du für mich?“ Er deutete auf eine freie Stelle auf dem Tisch.
Ali knöpfte die Brusttasche seines Hemds auf und holte ein Bündel Geldscheine hervor. Gut sichtbar zählte er zehn Scheine ab und legte sie auf den Tisch. Den Rest faltete er wieder zusammen und wollte ihn gerade einstecken.
„Wir hatten zwölf vereinbart!“
Ali nickte zufrieden und legte das fehlende Geld auf den Tisch. Essad beäugte die Scheine argwöhnisch, ehe er sie irgendwo in seinem Gewand verschwinden ließ. „Was ist das für ein Buch, das ich für dich besorgen soll?“
Ali war von der Frage sichtlich überrascht, hatte er Essad doch bereits am Telefon gesagt, um welches Buch es ging. „Das Buch der Gog und Magog. Du hast gesagt, dass du es für mich besorgen kannst... Das kannst du doch?“
Essad kratzte den Bart an seinem Kinn. „Wenn ich das gesagt habe, dann gibt es für dich keinen Grund an meinen Worten zu zweifeln. Was weißt du über das Buch?“
Ali zögerte bei seiner Antwort. „Alles was ich wissen muss, um es zu erkennen, wenn ich es sehe.“
Essad schnaubte verächtlich. „Welche Farbe? Wie dick? Welche Sprache?“
In diesem Moment erkannte Ali seine Torheit. Er hatte einem wildfremden Mann eine beachtliche Anzahlung für ein Buch

gegeben, von dem er nicht mehr wusste als den Titel. Für sein Geld konnte Essad ihm alles Mögliche in die Hand drücken, das nur irgendwie gebunden war.

„Schwarz!“, sagte Essad bestimmt. „Das Buch der Gog und Magog ist schwarz, mein Junge. Ungefähr so dick.“ Er zeigte die Stärke des Buchrückens zwischen Daumen und Zeigefinger. „Es ist in Kufi geschrieben... Heute gibt es nicht mehr viele, die das lesen können.“

„Meine Schwester schon“, warf Ali ein. „Sie weiß eine Menge über das Buch.“

„Wenn du das sagst.“

Ali fühlte sich wie bei seinem ersten Pokerabend. Damals hatte er nicht nur eine Menge über das Bluffen erfahren müssen, sondern auch eine ganze Stange Geld verloren. „Wie schnell kannst du es besorgen?“

„Gib mir fünf Tage.“ Essad schien auf das Gespräch deutlich besser vorbereitet zu sein.

„Fünf Tage?“ Alis Stimme klang alles andere als verhandlungserprobt, wie er selbst feststellen musste. „Geht es denn nicht schneller?“

„Wie schnell soll es denn gehen?“ Essad hatte sichtlich Gefallen an der Unterhaltung gefunden. „Zwei Tage früher... oder drei?“ Seine ausgestreckten Finger signalisierten, dass jeder Tag, den er das Buch früher beschaffte, mit zusätzlichem Aufwand verbunden war.

Als er mit seiner Aufzählung beim vierten Tag angekommen war, wurde er von Ali unterbrochen. „Fünf Tage klingen gar nicht so schlecht für mich. Aber keinen Tag länger“, fügte er rasch hinzu.

Essad nickte zufrieden. „Die Hälfte gleich, die andere bei Lieferung.“ Er deutete auf Alis immer noch ausgebeulte Hemdtasche.

„Das war so nicht vereinbart. Wir sprachen von einem Viertel als Anzahlung!“

„Ich werde eine Menge Ausgaben haben, um an das Buch zu kommen“, rechtfertigte Essad seine Preispolitik. „Wenn du in

fünf Tagen nicht wie vereinbart auftauchst, um es abzuholen, dann wird mir die keiner ersetzen."
„Und wenn ich in fünf Tagen hier nur mehr einen verlassenen Laden vorfinde?"
Essads Miene verfinsterte sich. „Mein Urgroßvater hat dieses Geschäft mit seiner bloßen Hand aufgebaut... Ja, mit einer Hand! Die andere hat man ihm abgehackt, weil er als Kind eine Dattel gestohlen hat. Keiner, der diesen Laden betreten hat, wurde jemals betrogen. Nicht von meinem Urgroßvater, nicht von meinem Großvater, nicht von meinem Vater", er machte eine Pause und deutete auf ein Foto, das Essad in jungen Jahren im Kreis von Vater und Großvater zeigte. „Und ich werde ganz sicher nicht der sein, der die Ehre meiner Vorfahren in den Dreck zieht."
Ali wirkte noch immer unentschlossen. Er wusste nur zu gut, mit welchem Geschick die Händler ihre Geschichten hervorzauberten, sobald es das Geschäft verlangte. *Wenn er mich wirklich übers Ohr hauen will, hätte er mir genauso gut irgendein Buch in die Hand drücken und sofort den ganzen Kaufpreis verlangen können. Er weiß genau, dass ich keine Ahnung habe, was das Buch der Gog und Magog ist.*
„Die Hälfte oder gar nicht." Essad streckte alle Finger seiner rechten Hand aus. Die Innenseite war zum Boden gerichtet. Ali kannte die Geste der arabischen Händler nur zu gut: *Das ist mein letztes Angebot.*
„Also was ist?", fragte Essad so ungeduldig, als wollte er seinem Besuch gleich die Tür weisen.
„Einverstanden!" Ali knöpfte die Brusttasche wieder auf und packte weitere zwölf Scheine auf den Tisch.
„Schukran!", bedankte sich Essad mit einer angedeuteten Verbeugung. „Wir sehen uns in fünf Tagen, sagen wir um 18:00 Uhr... Und vergiss mein Geld nicht."
Nach dem Verlassen des Geschäfts stellte Ali den Timer seines Mobiltelefons. Um nichts auf der Welt wollte er diesen Termin verpassen.

***

Jeder, der einen Blick hinter die Kulissen des israelischen Geheimdiensts werfen konnte, merkte schnell, von welchem Misstrauen dessen lose Strukturen geprägt waren. Diese Eigenart der Organisation färbte binnen weniger Stunden auch auf neue Mitarbeiter ab.
Im Vordergrund aller Aktivitäten stand bedingungslose Verschwiegenheit gegenüber jenen Personen, die keine Befehle erteilten. Für Souzan-Chaya, die praktisch beim Mossad groß geworden war, bedeutete das, dass sie die wichtigsten Informationen nur mit ihrem Vater zu teilen hatte. Gleichzeitig wusste sie aber auch, dass der auch so manches Geheimnis vor ihr verbarg.
Obwohl Souzan-Chaya einiges versucht hatte, war es ihr bisher nicht gelungen, die Vorfälle rund um die ominöse Datei auf dem Mossad-Server aufzudecken. Dummerweise wollte ihr Vater genau das nicht hören, wenn er bereits ungeduldig auf ihren Bericht wartete.
Souzan-Chaya betrat jene Abteilung im zweiten Stock, die sich mit der Beschaffung von Daten aus dem Ausland beschäftigte. Es war der letzte von insgesamt fünf unangekündigten Kontrollbesuchen in sensiblen Abteilungen, die sie sich für den Vormittag vorgenommen hatte.
Das Büro des Abteilungsleiters befand sich am Ende des Gangs. Der in die Jahre gekommene Soldat war seit seiner Zeit beim Zahal ein enger Freund ihres Vaters und schon allein dadurch über jeden Zweifel erhaben.
Genau deshalb wollte Souzan-Chaya seiner Abteilung noch einmal auf den Zahn fühlen. Immerhin stand seine Pensionierung unmittelbar bevor, und wenn er sich durch den Verkauf von geheimen Daten noch die Rente aufbessern wollte, war das seine letzte Gelegenheit.
Sie grüßte im Vorbeigehen flüchtig in die offenen Büros zu beiden Seiten. Als sie die Tür aus grünem Milchglas erreichte, machte sie sich gar nicht erst die Mühe anzuklopfen. Spätestens zwei Sekunden nach Betreten der Abteilung hatte

man ihm ihr Kommen gemeldet, im allerschlechtesten Fall hielt er noch den Hörer in der Hand.
„Souzan-Chaya?" Seine Stimme klang überrascht, wie jedes Mal, wenn sie scheinbar aus heiterem Himmel in sein Büro hereinschneite. „Wie schön, dich zu sehen. Was verschafft mir die Ehre deines Besuchs?"
„Moshe", sagte sie und zog einen der umstehenden Stühle an den Schreibtisch, „wir müssen reden."
Für die anderen Mitglieder der Abteilung war es nicht ungewöhnlich, dass die Tochter des Chefs hier ein- und ausging. Einige kannten sie schon, seit ihr Vater Souzan-Chaya den ersten Ferienjob verschafft hatte, und das lag eine ganze Weile zurück. Gerade deshalb war es für die gebürtige Israelin nicht leicht, an die Spitze dieser Einzelkämpfer-Pyramide zu gelangen, in der freundschaftliche Beziehungen zu anderen Mitarbeitern auch gerne als mangelnde Professionalität ausgelegt wurden.
Zwei Büros weiter an einem kleinen, unauffälligen Schreibtisch huschten lackierte Fingernägel über eine Computertastatur. Die junge Mitarbeiterin war dem äußeren Anschein nach sehr in ihre Arbeit vertieft. *Sie besucht uns in letzter Zeit verdächtig oft. Ob sie etwas bemerkt hat?*
Das Hauptquartier des Mossad in Tel Aviv war ein perfekter Platz, um Zugriff auf die besten Datenbanken der Welt zu bekommen. An der Wand neben dem Eingang der Abteilung hing ein sehr bezeichnender Spruch:

Geschehnisse, über die von hier aus keine Daten und Informationen abrufbar sind, haben sich auch noch nicht ereignet.

Ihre Finger klopften einen weiteren Suchbegriff in die Tastatur, während sie verstohlen zur Tür blickte. Doch der große Vorteil eines Maulwurfs beim Mossad bestand darin, dass man durch das gegenseitige Misstrauen daran gewöhnt war, ständig unter Verdacht zu stehen. Ein paranoides Verhalten im Umgang mit

Kollegen war daher keinesfalls eine verräterische Ausnahme, sondern eher die Regel.
Auf dem Bildschirm tauchte das Ergebnis ihrer Suche auf:

Krone der Langobarden; befindet sich derzeit im Domschatz zu Monza in Italien. Der Reif im Inneren der kostbaren Krone wurde der Überlieferung nach aus einem der Kreuznägel gefertigt, mit denen...

Sie überflog den Text und widmete sich den Fotos, die die Datenbanken bereithielten. Vor allem die detaillierten Gebäudepläne weckten ihr Interesse.
Binnen weniger Sekunden hatte sie alle relevanten Daten in einen abgesicherten Ordner kopiert. Er funktionierte wie ein virtueller Tresor und enthielt unter anderem bereits Informationen über das *Imperial College London* und das *Buch der Gog und Magog*.
Das reicht für heute. Sie schloss die aktuelle Anwendung und sah dem Balken der Fortschrittsanzeige zu, die Aufschluss über die automatische Spurenbereinigung gab.
Erledigt.
Fast gleichzeitig öffnete sich die Tür von Moshes Büro und Souzan-Chaya kam heraus. Wie bei jedem Mitarbeitergespräch ließ sie sich durch nichts anmerken, ob sie mit dem Ergebnis zufrieden war. Ebenso freundlich wie unverbindlich grüßte sie beim Durchschreiten des Gangs in die Büros und startete in die, wie sie fand, wohlverdiente Mittagspause.

***

Chess ging auf die beiden Zelte zu. Das kleinere diente der Archäologin und ihrem Bruder als Schlafplatz, während im anderen ein hölzerner Arbeitstisch stand. Auf ihm lagen verrostete Siebe, die in quadratische Holzrahmen eingespannt waren. Das Zelt war etwa sechs Meter lang und ähnelte einem Folientunnel, dessen Stirnseiten offen standen.

Chess ging auf einen Stapel Eimer zu, die neben dem Tisch mit den Sieben standen. Gerade als sie sich nach den Eimern bücken wollte, stoppte sie mitten in der Bewegung und wirbelte herum. *Ich bekomme Besuch!*
Ihre Augen suchten die Umgebung ab, fanden aber keinen Anhaltspunkt, um ihr Gefühl zu bestätigen. Das Tal hatte auf jordanischer Seite nur einen Ausgang. Es war also klar, aus welcher Richtung ihr Bruder kommen würde. Doch so sehr sie sich auch bemühte, weder der Range Rover noch die ihn üblicherweise ankündigende Staubwolke war am Horizont auszumachen.
Ihr Blick wanderte halbkreisförmig über den Bergrücken, der den Talkessel nach Süden begrenzte. Gegen das gleißende Licht der Mittagssonne war so gut wie nichts zu erkennen.
Wer immer sich ihr von dort oben nähern wollte, hätte die Sonne in seinem Rücken und wäre dadurch klar im Vorteil. Sie schloss ihre Augenlider, bis nur noch zwei Sehschlitze blieben und hielt die Hand als Blendschutz hoch.
So leicht es für gewöhnlich war, kleinste Bewegungen in einer vermeintlich toten Landschaft auszumachen, so schwer war dieses Unterfangen in einem Wüstental. Die vom Boden aufsteigende Luft legte sich als flirrender Schleier über das Gelände und wiegte die Kulisse aus Sand wie sanfte Wellen.
Jemand, der in dieser unwirtlichen Welt zurechtkommen wollte, musste entweder hoch genug fliegen können, um sich einen Überblick zu verschaffen, oder aber auf andere Sinne vertrauen.
Von der Felsanhöhe richteten sich die Ohren eines vierbeinigen Jägers wie Radarantennen auf das Archäologencamp aus. Er konnte Chess aus der Entfernung nur schemenhaft sehen, hörte aber jeden ihrer Schritte so klar, als wäre sie direkt neben ihm. Das Jagdgehirn war perfekt darauf trainiert, Geräusche in dreidimensionale Bilder umzuwandeln. Langsam senkte sich der Unterkiefer und ließ die messerscharfen Reißzähne zwischen dem Zahnfleisch aufblitzen. Ein winziger Speicheltropfen löste sich von der Unterlippe und verging im Wüstensand. Mit einem leisen Knurren setzte sich der kräftige Körper in Bewegung und schlich in Richtung der Zelte. Wer es

gewohnt war, nach seinem Gehör zu jagen, verstand sich wie kein anderer darauf, beim Anschleichen selbst nicht gehört zu werden.

Chess kam mit einem Eimer aus dem Zelt. Ihre Mittagspause, so hatte sie entschieden, war vorbei. Sie blickte ungeduldig zum Horizont. *Wenn du noch lange brauchst, dann finde ich den Brunnen der Gebeine allein und erzähl dir nichts davon!*

Chess war es gewohnt, dass ihr Bruder regelmäßig zu spät kam und sich selbst bei den einfachsten Besorgungen in irgendwelchen Kleinigkeiten verzettelte. Dahinter steckte aber keinerlei böse Absicht oder Vorsatz. Vielmehr sorgte Alis herzliche Art und sein Interesse an so vielen Dingen dafür, dass er sich gerne verplauderte und dabei die Zeit genauso vergaß wie seine wartende Schwester.

Sie musste ihn einfach so lieben, wie er war. Und genau das tat sie auch - sehr sogar.

Ich hasse ihn! Sie packte den Spaten und stieß ihn so fest in den Boden, dass die Steine zur Seite flogen. Das Geräusch, das sie dabei machten, war dem Jäger der Wüste nicht unbekannt. Er hatte sich auf weniger als hundert Meter genähert. Seine samtenen Pfoten sanken bei jedem Auftreten ein Stück im Sand ein, ehe sie sich verbreiterten und beim Abrollen eine kaum sichtbare Staubwolke aufwirbelten.

Obwohl die Raubkatze sich in leicht geduckter Haltung anschlich, ragten ihre Pinselohren steil in den Himmel. Sie waren nun völlig auf Chess ausgerichtet und hörten jeden ihrer Atemzüge, während sie Schaufel für Schaufel aus dem Erdloch stemmte.

Wann immer die Archäologin glaubte, auf etwas gestoßen zu sein, landete die entsprechende Schaufelladung in einem der bereitstehenden Eimer. Anschließend wurden sie zum Zelt gebracht und dort von Chess gesiebt, während Ali weitere Eimer füllte. Zumindest lief es für gewöhnlich so ab. *Wo steckst du nur so lang?*

Sie wusste, dass sie schon bessere Einfälle gehabt hatte, als in der größten Mittagshitze Löcher in die Wüste zu graben, aber ihr Zeitplan verlangte, dass sie die Arbeiten an dieser

Ausgrabungsstelle zügig vorantrieben. Jede Verzögerung wirkte sich nicht nur nachteilig auf die Projektfortschritte aus, sondern auch auf dessen Finanzierung.
Obwohl Chess und ihr Bruder seit dem Tod ihres Vaters finanziell auf sicheren Füßen standen, reichte das Erbe längst nicht aus, um seine archäologische Arbeit nur als Hobby weiterführen zu können. Chess' Ausgrabungen waren großteils durch wohlhabende Privatpersonen drittmittelfinanziert. Als Gegenleistung erhielten sie von den Museen goldene Namensschilder neben den Ausstellungsstücken. Egal ob Museen oder private Sammler, sie alle erwarteten entsprechende Projektfortschritte von Chess.
Um ihre Geldgeber bei Laune zu halten, halfen gelegentliche Erfolgsmeldungen. Im Moment allerdings ließen diese genauso auf sich warten wie Ali. *Deine Ausrede sollte diesmal wirklich gut sein!*

***

Der Genetiker Phileas Fogg und der Anthropologe Luca Piazza hatten schon den ganzen Vormittag über die verführerischen Mehlspeisen im hauseigenen Café des Naturhistorischen Museums philosophiert. Umso verwunderlicher wäre es für jeden Beobachter gewesen, dass die beiden nun ausgerechnet auf dem Weg in den Tiefspeicher waren.
„Was ist denn jetzt so wichtig, dass es nicht bis nach dem Mittagessen warten kann?"
„Noch einen kurzen Augenblick Geduld, werter Kollege. Sie werden gleich etwas sehen, wofür Sie gerne ein paar Minuten länger auf Ihren Schweinsbraten warten."
„Mit Knödeln und Sauerkraut."
„Hier entlang, bitte." Der Professor deutete auf eine rostige Blechtür. „Ich nehme an, Direktor Willendorfer hat Ihnen diesen Teil der Kellerräumlichkeiten schon vor längerer Zeit gezeigt."

„Nein, hat er nicht.“ Der andere Professor schaute verdutzt. „Ist hier unten denn überhaupt etwas von Bedeutung für unsere Arbeit?“
Das Lachen seines Kollegen machte ihm klar, wie dumm seine Frage sich in dessen Ohren angehört haben musste.
„Vermutlich hat er es nur aufgeschoben, weil ich in den letzten Tagen so beschäftigt war. Gab es denn einen bestimmten Grund, warum er Ihnen davon erzählt hat?“, fragte er wie jemand, der nicht allzu interessiert klingen wollte.
„Keinen speziellen.“ Die Tür fiel hinter ihnen ins Schloss und für einen Moment war es stockdunkel.
„Was zum...“
Das Klicken eines Lichtschalters war zu vernehmen. „Entschuldigen Sie, bitte. Ich habe vergessen zu erwähnen, dass der Schalter sich genau hinter der Tür befindet. Man kann ihn erst bedienen, wenn die Tür wieder zu ist.“
„Wie überaus praktisch.“ Der neugierig gewordene Professor blickte einen langen kahlen Gang hinunter, an dessen niedriger Decke im Abstand von mehreren Metern vergitterte Kellerlampen angebracht waren.
Im Vergleich zum restlichen Tiefspeicher und seiner modernen Betonbauweise war hier alles von Hand gemauert. Form und Farbe nach zu urteilen, waren die Ziegel noch um einiges älter als der Professor selbst.
„Wo sind wir hier?“
„Das ist einer der unzähligen Tunnel, die die Keller der Altstadt verbinden. Einige von ihnen sind sieben und mehr Stockwerke tief. Können Sie sich das vorstellen? Fast jedes Haus mit Kellerzugang ist an das Tunnelsystem angeschlossen. Kommen Sie weiter.“
Der Gang hatte ein kaum merkliches Gefälle und die Luft roch feucht und stickig. Obwohl sie bereits gefühlte zweihundert Meter weit gegangen waren, hatten sie noch keine einzige Abzweigung passiert.
„Wohin genau führt dieser Tunnel?“
„Es ist ein Zubringer. Nur noch ein kleines Stück, dann mündet er in einen Verteiler. Dort treffen sich mehrere Gänge, die sich

in alle Richtungen unter der Stadt ausbreiten. Es ist wie ein Straßennetz, nur eben ein paar Stockwerke tiefer."
Der Tunnel wurde breiter und ein warmer Lufthauch strömte den beiden entgegen. Irgendwo in der Ferne war das Brummen einer Pumpe zu hören.
„Sehen Sie! Da vorne kommt schon die Abzweigung, von der ich gesprochen habe."
„Das haben Sie in der Tat, werter Herr Kollege. Aber Sie haben mir immer noch nicht verraten, was Sie mir hier zeigen wollen."
„Natürlich, entschuldigen Sie, bitte. Es ist mir nur völlig unverständlich, dass der Direktor Sie nicht schon längst informiert hat. Vorsicht!" Er machte einen schnellen Schritt zur Seite, um seinem Hintermann die Sicht freizugeben. „Hier kommt eine Stufe... Und hier gleich noch eine... Bitte halten Sie sich ganz rechts, hier läuft ein tiefer Schacht parallel zur Treppe. Und falls es jemals ein Geländer gegeben hat, liegt es jetzt vermutlich irgendwo da unten."
„Wie beruhigend."
„Willendorfer hat mir erzählt, dass dieses Gangsystem der Stadt und ihren Bewohnern vor allem im Zweiten Weltkrieg gute Dienste geleistet hat. Sie müssen sich vorstellen, dass die Leute sich hier unten frei bewegen konnten, während oben die Bomben fielen."
„Das klingt sehr interessant, aber Sie schweifen schon wieder vom Thema..."
„Da sind wir schon! Was sagen Sie nun?"

***

Chess hatte ihr selbstgestecktes Ziel fast erreicht. Mit Holzpflöcken hatte sie die Tiefe markiert, bis zu der die Löcher im Sand auszuheben waren. In tieferen Schichten noch auf Fundstücke aus der gesuchten Periode zu treffen, war höchst unwahrscheinlich.
Und wieder ein sinnloses Loch mehr in der Wüste. Sie wischte sich den Schweiß von der Stirn, der sich mit dem Staub auf

ihrer Haut zu einer rostbraunen Schicht verschmierte. Von Westen deutete sich ein laues Lüftchen an, das etwas Abhilfe gegen die sengende Hitze versprach.
Ich weiß nicht einmal, wonach wir eigentlich suchen. Der Brunnen der Gebeine kann so ziemlich für alles stehen... eine Opferstätte... eine Grabkammer... Auf jeden Fall ist ein Brunnen oder eine andere Wasserquelle die Voraussetzung dafür, dass sich hier überhaupt ein Dorf entwickeln konnte. Zumindest die Überreste einer Quelle oder einer Zisterne müssen sich also finden lassen.
Als Archäologin hatte sie den Sand ebenso lieben wie hassen gelernt. Einerseits überdauerten die Bauwerke alter Kulturen darunter unbeschadet die Jahrtausende, andererseits bedeutete dieser Schutz vor Verwitterung schwere Arbeit. Das wurde Chess bei jeder Schaufelladung Sand aufs Neue bewusst.
Ihre Strategie war es, zu Beginn einer Grabung nur selbst oder in einer sehr kleinen Gruppe tätig zu werden, bis absehbar war, dass es sich auch lohnte, dafür Leute anzustellen. Bisher war sie damit sehr gut gefahren und konnte auch an Orten graben, die größere Teams von vornherein ausschlossen, weil das Gold nicht schon wenige Zentimeter unter dem Sand lockte.
Wo bleibst du nur? Für gewöhnlich gab es irgendwann einen Punkt, an dem Chess' Ärger in Sorge um ihren Bruder umschlug. Und jedes Mal wenn sie zuließ, dass das passierte, ärgerte sie sich hinterher umso mehr. Dennoch hielt sie das nicht davon ab, sich auch diesmal wieder zu fragen, ob mit Ali wohl alles in Ordnung sei.
Die Raubkatze zuckte, als ein Windhauch ihr Chess' Witterung zuwehte. Der mit Steinen versetzte Sandboden wurde zunehmend hart und festgetreten, je näher sie dem Lager der Archäologin kam. Auf lautlosen Samtpfoten war man als Jäger in diesem Terrain klar im Vorteil.
Der Katze fehlten drei, vielleicht noch vier vorsichtige Schritte, ehe sie zum entscheidenden Sprung ansetzen konnte.
Chess war viel zu sehr in die letzten Schaufeln vertieft, die sie dem Sandloch noch entreißen wollte, ehe sie sich dem nächsten

widmen würde. Ihr aus der Grube ragender Rücken bot möglichen Angreifern einen ausgezeichneten Landeplatz.
Der mächtige Karakal senkte den Oberkörper ab und bereitete sich auf seinen Katapultstart vor.
Chess beugte sich noch einmal nach vorne, füllte die definitiv letzte Schaufel und schleuderte den Sand aus dem Loch. *Hier ist nichts. Gar nichts!* Enttäuscht warf sie die Schaufel hinterher.
Sie stemmte die Hände in die Hüften, um sich durchzustrecken. Dann ging alles blitzschnell. Die wohlgenährte Raubkatze mit dem Gewichtsäquivalent von wenigstens eineinhalb Zementsäcken rauschte im Tiefflug an. Ohne die Krallen auszufahren, stemmte sie ihre Pfoten gegen Chess' Rücken, die dort einschlugen wie Pferdehufe.
Durch den Anprall riss es der Archäologin zeitgleich die Arme nach hinten und den Boden unter den Füßen weg. Vor allem Ersteres sollte sich bei der anschließenden Landung im Sand als äußerst unvorteilhaft erweisen. Viel schlimmer als den Moment des Aufpralls selbst erlebte sie das Gewicht des Karakals auf ihrem Rücken.
Schlagartig entwich die Luft aus Chess' Lungen, als ihr Brustkorb zusammengequetscht wurde. Obwohl es ihr noch gelungen war, den Kopf zur Seite zu drehen, schluckte sie beim reflexartigen Einatmen eine Menge Dreck. In ihr Husten und Spucken mischte sich das sabbernde Geräusch einer hellroten Zunge, die Chess' Wange ableckte.
„Simba!“ Dem atemlosen Schrei folgte eine Hustenattacke. „Du blödes Vieh!“
Mit einem kräftigen Satz verließ der Karakal die Grube, wobei er die Archäologin erneut jedes Kilo seines Körpers spüren ließ. Sie holte beim Aufstehen tief Luft und würgte spuckend den Wüstenboden hervor. Ihr Rücken schmerzte fast noch mehr als ihre Brust.
„Wann wirst du endlich kapieren, dass du zu alt für diese Anschleichspiele bist?“ Ihr vorwurfsvoller Blick verfehlte seine Wirkung nicht. *Und ich auch.*

Der Wüstenluchs ließ ein wohliges Raunen vernehmen und schlich außerhalb von Chess' Reichweite um die Grube.
Ich bin ja selbst schuld. Warum habe ich dir diesen Blödsinn auch beigebracht? Sie kletterte aus dem Loch und ging auf das Tier zu.
Schon als Simba noch ein kleines Kätzchen gewesen war, hatte Chess begonnen, das Karakalweibchen für die Jagd abzurichten. Das Tier gehorchte seiner Besitzerin zwar im wahrsten Sinne des Wortes auf den Pfiff, nutzte aber andererseits jede sich bietende Gelegenheit, um Unsinn zu machen, wenn gerade keine Jagd anstand.
Ali hatte seiner Schwester mehr als einmal zu verstehen gegeben, dass sie Simba zu sehr an sich gewöhnen würde, doch Chess hatte das schon damals nicht hören wollen.
Aus dem süßen und schutzbedürftigen Kätzchen hatte sich viel schneller eine ausgewachsene Raubkatze entwickelt, als es Chess lieb gewesen war. Simba hatte nicht nur jede Scheu vor Menschen verloren, sie stand durch Chess' übertriebene Mutterliebe auch weit besser im Futter als ihre in der Wildnis lebenden Artgenossen.
Die Archäologin sah Simba noch immer als ihr Haustier an, auch wenn das Karakalweibchen kommen und gehen konnte, wann es wollte.
Dass sie durch Chess' gelegentliche Fütterungen nicht ausschließlich von den eigenen Jagderfolgen abhängig war, schmälerte diese nicht im Geringsten. Selbst nubische Steinböcke, die ein ganzes Stück größer waren als sie selbst, riss die Raubkatze mühelos. Davon zeugte die Hörnersammlung hinter Chess' Haus. Deren größte Sorge war, dass Simba eines Tages ebenso den Wilderern zum Opfer fallen könnte wie einst ihre Mutter. Genau deshalb hatte sie sie unbewusst härter für die Jagd trainiert, als es Simbas leibliche Mutter gekonnt hätte. Das war zumindest Alis Meinung, die er Chess gegenüber schonungslos vertrat.
„Na, komm schon her, du dumme Katze." Chess ging in die Knie und streckte versöhnlich die Arme nach Simba aus. „Eines Tages bringst du noch einmal jemanden damit um."

Simba rieb den Kopf an Chess' Oberschenkel und gab sich sichtlich Mühe, ihre Stunteinlage vergessen zu machen.
Chess streichelte ihr mit beiden Händen durch das staubige Fell. „Du weißt genau, dass ich dir nicht..." Ihre Augen verharrten auf einem dunklen Punkt in der Sandgrube.
Im Dreck war die glänzende Oberfläche eines Steins auszumachen, der schon auf den ersten Blick zu glatt war, um natürlichen Ursprungs zu sein. *Noch eine in Stein gehauene Warnung vor dem hustenden Tod?* Mit einem beherzten Sprung landete sie wieder in dem Sandloch und begann sofort damit, den Stein freizulegen.
Zu ihrem Erstaunen musste sie allerdings feststellen, dass es mit ein paar Handbewegungen nicht getan war. *Das ist eine ganze Platte!*
Simba stieß ein forderndes Knurren aus.
„Jetzt nicht!" Chess ließ ihre Arme wie Scheibenwischer über den Boden gleiten. Dabei entpuppte sich die vermeintliche Steinplatte als Stufe. Es war die erste einer ganzen Reihe von Stufen, die die Archäologin antrieben, immer tiefer zu graben und weitere freizulegen.
„Nicht jetzt, Simba! Du siehst doch, dass ich zu tun habe." *Es könnte der Zugang zu einer Zisterne sein. Vielleicht der Brunnen der Gebeine?* Die Aussicht auf die bevorstehende Entdeckung ließ Chess nicht nur ihren schmerzenden Rücken vergessen.

***

Ali steuerte den Range Rover auf einer endlos langen Schotterpiste Richtung Osten. Einerseits hatte er es eilig, weil seine Schwester ihn schon vor gut zwei Stunden zurückerwartet hatte. Andererseits war es ihm aber gar nicht eilig damit, Chess zu erklären, warum er sich so verspätet hatte. *Ich erzähle ihr vorerst noch nichts von dem Buch. Und von dem Geld, das ich Essad gegeben habe, sowieso nicht.*

In der vergangenen Stunde hatte er das bevorstehende Gespräch in allen Versionen durchgespielt und war zu dem Schluss gelangt, dass es noch zu früh für die Wahrheit war. Dummerweise war seine Schwester ausgesprochen hartnäckig, wenn es darum ging, ihren Bruder mit Fragen zu nerven.
Wenn ich das Buch der Gog und Magog erst habe und dieser reiche Ägypter mit dem Geld winkt, wird Chess mir dafür danken, dass ich den Deal eingefädelt habe. Damit verdienen wir an einem Tag mehr, als unsere Graberei sonst in einem halben Jahr abwirft... Und wer weiß, wenn das Geld bei dem Ägypter so locker sitzt, lässt er uns vielleicht weitere Aufträge zukommen. Diese neureichen Antiquitätensammler sind schon ein seltsames Volk.
Die Klimaanlage des Geländewagens lief auf Hochtouren, um gegen die senkrecht stehende Wüstensonne anzukämpfen. Der Talkessel mit seinen orangefarbenen Felsformationen ließ den glühenden Sand noch heißer erscheinen.
Chess wird mich verfluchen, weil ich so spät komme. Ali dachte an das bunt gefärbte Seidentuch, das er auf dem Markt gekauft hatte. Der Händler war ihm preislich zwar nicht so weit entgegengekommen, wie Ali gehofft hatte, aber das Tuch schien ihm perfekt geeignet zu sein, um Chess von der dünnen Geschichte abzulenken, die seine Verspätung erklären sollte. *Sie wird mir kein Wort glauben.*
Er blickte zum Beifahrersitz, auf dem das in blaues Papier verpackte Seidentuch lag. *Hoffentlich bist du dein Geld auch wert.*
Der Händler hatte den Namen der Beschenkten mit goldener Schrift auf die Verpackung gemalt. Zwar war Chess nicht ihr richtiger Name, doch seit fast einem Jahrzehnt hatte sie niemand mehr anders genannt. Damals hatte sie bei einer Ausgrabung eine einzigartige Mumie entdeckt, mit der ihre Karriere erst richtig begonnen hatte. Der Fund war von solch großer archäologischer Bedeutung gewesen, dass sich sogar ein britischer Fachjournalist nach Amman verirrt hatte, um darüber zu berichten.

Dummerweise hatte sein Arabisch nicht ansatzweise gereicht, um den Namen der Archäologin in dem zwei Wochen später erscheinenden Artikel richtig wiederzugeben. Aus der unbekannten Jordanierin war über Nacht die angesehene Archäologin Chess Jordan geworden. Die hatte sich den Artikel noch am selben Tag rahmen lassen und über ihr Bett gehängt.
Sie hatte schnell erkannt, dass es erheblich einfacher war, den eigenen Namen an die falsch gedruckte Auflage des weltweit erschienenen Fachmagazins anzupassen als umgekehrt. Seit jenem Tag hieß Alis Schwester für jedermann Chess.
Ali fuhr an einem abgebrannten Lagerfeuer vorbei. Die Beduinen, die hier für mehrere Tage ihr Zelt aufgeschlagen hatten, waren wohl erst vor kurzem weitergezogen.
Der Range Rover steuerte geradewegs auf eine gewaltige Sandsteinformation zu. Wind und Wetter hatten exponierte Stellen zu Kuppeln und Säulen geformt. Der Eingang zu dem abgelegenen Tal, in dem Ali und Chess ihre Grabungen durchführten, lag gut versteckt hinter einem Fels, der wie ein Totenkopf geformt war. In einer Höhle auf seiner Rückseite hatte Chess Ritzzeichnungen und Inschriften entdeckt, die eindeutig nabatäischen Ursprungs waren.
Die Geschwister glaubten deshalb, dass der Eingang zu dem Talkessel früher als Vorposten genutzt worden war, um die Dorfbewohner vor Angriffen aus der Wüste zu warnen. Ali bezweifelte zwar, dass sie in dem Tal auf Gold und Reichtum stoßen würden, aber er hatte gelernt, dass es besser war, auf den Riecher seiner Schwester zu vertrauen.

***

„Hilfe! Kommt schnell, ich brauche Hilfe!“ Professor Golans Schreie aus dem Treppenhaus überlagerten die Geräusche aller Analysegeräte im Untersuchungsraum. „Hilfe!“
Karin schreckte zusammen und drehte sich zu Alon, doch der war längst auf dem Weg zur Tür.

„Sie bleiben hier!“, rief er dem Wachmann im Vorbeilaufen zu. Im nächsten Moment fetzte er die schwere Stahltür wie einen Vorhang zur Seite und stürzte ins Treppenhaus.
„Hilfe!“ Golan war völlig außer Atem und umklammerte mit beiden Händen das Treppengeländer. „Ein Arzt... Er braucht sofort einen Arzt.“
Alon verschaffte sich blitzschnell einen Überblick im Treppenhaus. Außer Golan war niemand zu sehen. „Was ist passiert?“
„Piazza.“ Sie holte tief Luft. „Ich glaube, er ist tot... erschlagen.“
Die Nachricht traf Alon wie ein Axthieb.
„Da!“ Sie zeigte in das gähnende schwarze Loch, das sich inmitten des Treppenabgangs auftat. „Er liegt da unten.“ Golan zitterte am ganzen Körper. Es war offensichtlich, dass sie schwer unter Schock stand. „Tun Sie doch etwas!“
Alon packte sie am Arm und drängte sie in Richtung Untersuchungsraum. „Kommen Sie, Professor. Da drinnen sind Sie sicher.“
„Was ist mit Piazza?“, rief Karin dazwischen, die sich aus den gehörten Wortfetzen erst ein Bild von der Lage machen musste.
„Rufen Sie einen Krankenwagen!“, wies Alon sie an. „Ich begleite Professor Golan zurück und kümmere mich dann um Piazza.“
An Golan gerichtet fragte er: „Was genau haben Sie gesehen?“ Er schob sie in den Untersuchungsraum von Objekt L2471.
Sie kämpfte damit, ihre Stimme wieder zu festigen. „Blut... Es ist überall Blut. Piazza liegt in einer Blutlache.“
„Haben Sie Fogg auch gesehen?“
Sie reagierte nicht.
„Haben Sie Fogg auch gesehen?“, wiederholte er die Frage.
Golan schüttelte mechanisch den Kopf.
„Kümmern Sie sich um sie!“, befahl er dem Wachmann und streckte ihm Golans Arm entgegen. „Und sorgen Sie dafür, dass keiner den Raum betritt, bis wir wissen, was hier los ist.“
„Auch Professor Fogg nicht?“, fragte der Wachmann nach.

„Vor allem der nicht!“
Karin donnerte den Telefonhörer zurück auf die Gabel. „Die Rettung ist unterwegs. Es wird ein paar Minuten dauern, bis sie hier ist.“
„Bleiben Sie bei den anderen“, wies Alon sie an. „Hier sind Sie sicher.“
„Auf keinen Fall! Ich bin in Erster Hilfe ausgebildet.“ Wie zum Beweis ihrer Worte riss sie den Erste-Hilfe-Koffer von der Wand und folgte dem Israeli, der schon wieder auf dem Weg ins Treppenhaus war.
Lautstark fiel die Tür hinter ihnen ins Schloss. Dann wurde es für einen Augenblick totenstill im Treppenhaus.
„Was ist, worauf warten Sie?“ Karin nahm gleich mehrere Stufen auf einmal, um möglichst schnell nach unten zu gelangen. Als sie an Alon vorbeispringen wollte, packte dieser sie am Arm und hielt sie zurück.
„Ich gehe voran“, sagte er mit einer Bestimmtheit, die sie von ihm bisher nicht gekannt hatte. Der pollenzählende Assistent war mit einem Schlag ebenso verschwunden, wie der Versicherungsvertreter, als den sie ihn scherzhaft bezeichnet hatte.
„Aber Piazza liegt da unten und braucht unsere Hilfe“, erwiderte sie kleinlaut.
„Und wenn Sie nicht vorsichtig sind, liegen Sie vielleicht gleich daneben.“ Noch immer hallten in seinem Kopf Golans Worte nach: *Ich glaube... er ist tot... erschlagen.*
„Nicht so schnell“, bremste er Karin erneut. „Ich gebe das Tempo vor und Sie bleiben hinter mir.“
Für Karin dehnten sich die wenigen Stufen, die sie noch vom Grund des Tiefspeichers trennten, zur Ewigkeit. „Da liegt er“, stieß sie aus, als sie Piazzas leblosen Körper auf dem Betonboden entdeckte.
Rund um seinen Kopf hatte sich eine beachtliche Blutlache gebildet. Karins Magen krampfte sich zusammen.
„Sie müssen das nicht tun.“ Alon streckte die Hand nach dem Erste-Hilfe-Koffer aus. „Warten Sie hier!“

„Geht schon", widersprach sie ihm und umklammerte den Koffer fest mit beiden Händen.
„Sind Sie sicher?"
Sie nickte.
Alon näherte sich zuerst dem auf dem Boden liegenden Professor.
„Glauben Sie, dass er tot ist?", fragte Karin mit ehrlich besorgter Stimme.
Alon kniete sich neben das Opfer und prüfte dessen Puls. „Noch nicht", sagte er trocken und ohne erkennbares Anzeichen von Freude über die gute Nachricht.
An Piazzas Kopf klaffte eine scharf abgegrenzte Wunde, die deutlich kleiner war, als Alon angesichts der Blutlache befürchtet hatte. „Dem hat jemand ordentlich eins über den Schädel gezogen", murmelte er. „Das hätte auch anders ausgehen können."
Karin machte sich erleichtert daran, das Verbandsmaterial aus dem Koffer zu nehmen, um die Wunde erstversorgen zu können. „Professor?", fragte sie. „Können Sie mich hören?" Ihre Hand strich vorsichtig sein rot verfärbtes Haar zur Seite. „Ich werde Ihnen gleich einen Verband anlegen."
„Piazza!" Alon stieß den Professor an. „Wachen Sie auf, Piazza!"
„Was tun Sie da?"
„Ihn wecken, was denn sonst?" Alon rüttelte am Arm des Anthropologen. „Ich muss wissen, was mit Fogg passiert ist. Die beiden waren gemeinsam unterwegs zum Mittagessen, als wir sie zuletzt gesehen haben und jetzt liegt Piazza niedergeschlagen im Keller... Und von Fogg fehlt jede Spur."
„Sie denken doch nicht etwa, dass Professor Fogg etwas damit zu tun hat?", fragte sie entsetzt.
„Gut möglich. Vielleicht ist ihm aber auch noch etwas Schlimmeres zugestoßen. Bis wir Fogg gefunden haben, bleibt unser italienischer Professor der Einzige, der uns diese Frage beantworten kann." Er stieß den Italiener erneut an. „Piazza, wachen Sie auf!"
Noch immer zeigte der Professor keine Reaktion.

„Haben Sie auch Jod in Ihrem Zauberkoffer?“, fragte Alon und bediente sich bereits selbst. *Keine Ahnung, wie es sich auf dem Kopf anfühlt, aber wenn es ihn schon nicht aufweckt, schadet es sicher auch nicht.* „Warten Sie noch einen Moment mit dem Verband.“
Alon schraubte den Aufsatz zum Eintropfen ab und noch bevor Karin ihn daran hindern konnte, hatte er schon die halbe Flasche direkt in die offene Kopfwunde geschüttet.
„Sind Sie verrückt?“ Ihre Frage klang wie eine Feststellung. „Wollen Sie ihn umbringen?“
Im selben Moment meldeten sich Piazzas Lebensgeister lautstark zurück.
Alon ignorierte Karins Einwand und stieß den Professor erneut an. „Piazza? Können Sie mich hören?“
„Wo... Wo bin ich?“, hauchte der Italiener.
„Am Boden.“ Alon gab Karin ein Zeichen. „Jetzt können Sie ihn verbinden.“
„Was ist passiert?“ Piazza klang schwach und desorientiert.
„Dieselbe Frage wollte ich Ihnen auch gerade stellen. Was ist das Letzte, woran Sie sich erinnern können?“
Piazzas Hand wanderte zum Kopf.
„Finger weg! Zumindest so lange, bis Sie Schwester Karin fertig verbunden hat“, drückte Alon die Hand des Professors zu Boden.
„Es brennt so“, stöhnte er.
Karin warf Alon einen vielsagenden Blick zu.
„Seien Sie froh, Professor. Solange es brennt, spüren Sie das Schädelbrummen noch nicht, das Sie in den nächsten Tagen begleiten wird.“
Karin tupfte vorsichtig das überschüssige Jod ab.
„Sie waren mit Fogg unterwegs zum Mittagessen“, versuchte Alon ihm auf die Sprünge zu helfen. „Können Sie sich daran noch erinnern?“
„Phileas Fogg“, murmelte der Professor angestrengt.
„Genau der! Was ist danach passiert? Wie sind Sie hierher in den Tiefspeicher gekommen und wer hat Ihnen eins über den Schädel gezogen?“

„Keine Ahnung... Ich kann mich nicht erinnern...“ Seine Stimme klang gequält.
„Dann geben Sie sich mehr Mühe!“
„Alon!“, ging Karin dazwischen. „Sehen Sie denn nicht, dass er im Moment andere Sorgen hat?“
„Danke“, stieß Piazza hervor. „Es sieht vermutlich schlimmer aus, als es ist.“ Er quälte sich zu einem Lächeln. „Aber nicht viel schlimmer.“
„Ich muss wissen, was passiert ist, Professor. Versuchen Sie bitte, sich zu erinnern.“
„Sagen Sie das meinem Brummschädel“, Piazza holte tief Luft, „Da war ein langer Gang... ein Verbindungskeller...“ Er versuchte, sich aufzusetzen.
„Bleiben Sie bitte liegen, Professor“, sagte Karin. „Die Rettung ist schon verständigt und müsste jeden Moment eintreffen.“
Piazza stöhnte. „Ich brauche keine Rettung... dieses Brennen soll endlich aufhören.“
„Waren Sie mit Fogg beim Mittagessen?“, hakte Alon nach.
„Nein... Nein, ich denke nicht.“ Er überlegte angestrengt. „Ich weiß es wirklich nicht. Da war ein langer Gang... er verbindet die Keller... glaube ich.“
„Konzentrieren Sie sich, bitte. Wohin genau sind Sie beide gegangen, nachdem Sie den Untersuchungsraum verlassen haben - Sie und Fogg?“
Piazza schloss die Augen. „Eine rostige Tür... und ein Keller... da war ein brummendes Geräusch... und dann dieser Gang... Es tut mir leid... an mehr kann ich mich nicht erinnern.“
Ganz oben im Treppenhaus waren Schritte und Stimmengewirr zu hören.
„Das muss die Rettung sein“, erklärte Karin. „Sie werden Ihre Befragung verschieben müssen, bis die Wunde genäht ist.“

***

Als Ali mit dem Range Rover zur Ausgrabungsstelle zurückkehrte, sah er schon von weitem seine Schwester, die gerade auf die Zelte zusteuerte. Ihrem Äußeren nach zu urteilen,

hatte sie seit seiner Abwesenheit kaum etwas anderes getan, als Löcher auszuheben.
Rasch parkte er den Wagen, schnappte sich das Geschenk vom Beifahrersitz und versuchte Chess zu erwischen, bevor sie das Zelt betreten würde.
Als hätte sie ihn gar nicht bemerkt, setzte die Archäologin unbeirrt ihren Weg fort.
„Chess!“, rief er. „Chess warte, bitte!“ Ali war nur noch wenige Schritte vom Zelteingang entfernt. „Chess, ich weiß, dass du sauer bist und du hast auch allen Grund dazu, aber diesmal kann ich wirklich...“
„Wo warst du? Musstest du wieder die sprichwörtliche Jungfrau vorm Drachen retten? Unglaublich, dass sie nicht vorsichtiger wird, nach so vielen Malen“, erwiderte sie, ohne anzuhalten.
„Einkaufen.“ Er winkte mit dem Geschenk in seiner Hand. „Ich hab dir auch etwas ganz Besonderes mitgebracht. Dummerweise dauern solche Spezialanfertigungen letztlich immer länger, als die Künstler vorher zugeben. Du kennst das ja.“
„Danke“, murmelte sie und nahm das Päckchen an sich, ohne überhaupt richtig hinzusehen. „du warst ziemlich lange weg für ein Seidentuch.“
„Woher...“ Dass sein Schwindel auffliegen könnte, war ihm bewusst gewesen, dass es Chess allerdings so schnell gelingen würde, seine Geschichte zu durchschauen, kam selbst für ihren Bruder überraschend. „Woher willst du wissen, was in dem Päckchen ist?“
„Ein Seidentuch! Sagte ich doch bereits.“ Sie öffnete das Moskitonetz des Zelts einen Spalt weit und legte ihr Geschenk hinein. „Danke. Das sagte ich übrigens auch schon.“ Sie musste ihren Bruder gar nicht erst ansehen, um zu wissen, dass er mit offenem Mund dastand und sich fragte, warum sie ihm immer einen Schritt voraus war.
„So ist das eben. Ich hab dir doch schon zigmal erklärt, wie Frauen, Ausreden und Geschenke zusammenpassen“, sagte sie und bediente sich an einer Wasserflasche. „Merk’s dir

endlich!“ Ohne seiner Ratlosigkeit weiter Bedeutung zu schenken, widmete sie sich den wichtigen Fragen: „Hast du alles bekommen, was ich dir aufgeschrieben habe? Unsere Wasservorräte haben sich in den letzten Stunden drastisch reduziert, weil es hier so verdammt heiß war, aber das weißt du ja.“
Sie warf ihm einen jener Blicke zu, die er nur zu gut kannte. „Oh, wie dumm von mir. Ich hab ja ganz vergessen, dass du den bisherigen Tag in klimatisierten Räumen verbracht hast und kein brühwarmes Wasser aus Plastikflaschen trinken musstest, während du Löcher in die Wüste gegraben hast.“
Ali nahm seine Schwester am Arm und zog sie liebevoll zu sich heran. „Chess! Ich bin alt genug, um auf mich selbst aufzupassen.“ Er verdrehte die Augen. „Eigentlich wäre ich sogar alt genug, um auf uns beide aufzupassen. Du brauchst dir um mich keine Sorgen zu machen, nur weil ich mich ein wenig verspäte.“
„Mach ich aber“, erwiderte sie schnippisch. „Und ich werde erst damit aufhören, wenn du es schaffst, endlich einmal pünktlich zu sein.“
Sie öffnete ihren Pferdeschwanz und warf das schwarze Haar in den Nacken. „Außerdem, wer sagt denn, dass du dir keine Sorgen um mich machen sollst? Immerhin bewache ich hier allein den Brunnen der Gebeine.“
Er lachte. „Jetzt bleib aber auf dem Teppich. Wer soll dich in dieser Einöde schon heimsuchen? Außerdem hast du doch Simba dabei, die ist so scharf abgerichtet, dass sie niemanden in deine Nähe lässt.“ Er schaute sich in alle Richtungen um. „Wo steckt sie überhaupt?“
„Keine Ahnung“, entgegnete Chess achselzuckend. „Aber vor etwa einer Stunde saß sie noch auf meinem Rücken. Gleich nachdem sie mich angesprungen hat und ich der Länge nach ins Sandloch geknallt bin.“ Ihr Blick legte nahe, dass ein guter Zeitpunkt für Mitleidsbekundungen gekommen war.
„Lass uns die Sachen aus dem Wagen räumen“, schlug Ali vor. Ihr Blick wurde deutlicher.

„Ich werde die Sachen aus dem Wagen räumen“, korrigierte er sich, „und du schaust mir einfach dabei zu. Schließlich hast du heute schon mehr Löcher gegraben als ich.“
Chess hob einen der Reservekanister aus dem Heck des Range Rovers und setzte sich darauf. Mit Genugtuung sah sie ihrem Bruder beim Ausladen zu.
Erst als er die letzte Proviantkiste in Angriff nahm, meldete sie sich wieder zu Wort: „Habe ich eigentlich schon erwähnt, dass ich weiß, wo sich der Zugang zum Brunnen der Gebeine befindet?“
Ali ließ die Kiste zurück auf den Kofferraumboden fallen. „Nein, hast du nicht!“
„Na ja“, versuchte sie, sich nicht zu früh festzulegen. „Ganz sicher bin ich mir noch nicht, was meine jüngste Entdeckung betrifft, aber gleich da hinten habe ich eine Steintreppe freigelegt, die äußerst vielversprechend aussieht.“
Seine Augen folgten ihrer ausgestreckten Hand bis zu einer Reihe von Sandhaufen, die definitiv noch nicht dort gewesen waren, als er knapp nach Sonnenaufgang seinen Einkaufstrip gestartet hatte.
„Wie viele Stufen hat die...“
„Sieben bisher“, kam sie seiner Frage zuvor. „Ich habe sieben Stufen aus schwarzem Stein freigelegt. Und wenn die Legende stimmt, sollten da noch ein paar für dich übrig sein, bis wir zum Eingang des Brunnens gelangen.“
Alis Interesse war mehr als geweckt. „Woher weißt du plötzlich so viel...“
„Es gibt eine Inschrift, die in die Stirnseite der Stufen geritzt wurde. Je mehr wir von ihnen freilegen, umso mehr erfahren wir über den Brunnen der Gebeine.“
„Der Brunnen der Gebeine“, murmelte er. „Dann gibt es ihn also tatsächlich... Und wir haben ihn gefunden!“
Chess räusperte sich.
„Okay, du hast ihn gefunden. Aber wir werden ihn ausgraben. Erzähl mir alles, was du bisher in Erfahrung gebracht hast. Und diesmal lass auch die Details über die Flüche und Verwünschungen nicht aus, wie du es sonst gerne tust. Ich will

schließlich wissen, worauf wir uns einlassen, wenn wir den Schatz heben... Es gibt doch einen Schatz?"
„Oh ja!", versicherte sie. „Den gibt es tatsächlich. Von unermesslichem Reichtum ist die Rede und von einem Volk, das den Sand der Wüste in Blut verwandelt hat, um an ihn zu gelangen."
„Haben sie ihn bekommen? Ich meine, ist der Schatz noch da?", fragte Ali aufgeregt. „Sie haben ihn doch nicht etwa mitgenommen?"
Sie zuckte mit den Schultern. „Ich hab dir doch schon gesagt, dass es noch einige Stufen gibt, die freigelegt werden müssen."
Ali sprühte über vor Tatendrang. „Dann sollten wir das schleunigst tun, um ganz sicher zu sein, dass uns noch niemand zuvorgekommen ist."
„Deine Schaufel steht schon bereit", erwiderte sie mit einem Lächeln.
Er hob die letzte Proviantkiste aus dem Range Rover und brachte sie ins Zelt. „Ich hatte ja so meine Zweifel, ob wir hier tatsächlich etwas finden werden außer Sand und Staub. Aber keiner soll mir vorwerfen, dass ich nicht gerne zugebe, wenn ich mich geirrt habe."
Chess lächelte immer noch.
„Was ist?", fragte er verunsichert. „Raus mit der Sprache, was hast du noch für großartige Entdeckungen gemacht, während ich meine Zeit mit unseren Einkäufen verschwenden musste? Ich will alles wissen, auch das über den Fluch der befreiten Dämonen und was da sonst noch an Warnhinweisen steht, die sicher nicht ohne guten Grund dort hinterlassen wurden."
„Dort steht nichts von einem Fluch und es gibt auch keine Warnhinweise. Nichts dergleichen wird erwähnt. Kein Tod, kein Weltuntergang und auch keine ewige Dunkelheit auf Erden..."
„Aber?" Er kannte Chess' Zögern gut genug, um zu wissen, dass sie ihm noch nicht alles gesagt hatte, was sie wusste. „Spuck's aus, Chess!"
„Allerdings...", sagte sie gedehnt und band sich die Haare wieder zu einem Pferdeschwanz zusammen.

„Was?"
„Es könnte trotzdem sein, dass die Bergung nicht ganz so einfach wird. Auf einer der unteren Stufen werden Legionen von Toten erwähnt, die ihr Leben lassen mussten bei dem Versuch, den Schatz für sich zu behalten." Sie erwähnte den letzten Teil ihrer Ausführungen zu beiläufig, als dass man ihm große Bedeutung beimessen sollte.
„Legionen von Toten? Was genau darf ich mir unter Legionen von Toten vorstellen?"
„Hmmm. So genau weiß ich das leider selbst noch nicht. Aber es dürften schon einige gewesen sein, die im Brunnen der Gebeine gelandet sind. Diesen klingenden Namen hat man bestimmt nicht zufällig ausgewählt."
„Definiere bitte *einige*. Sprichst du von *einigen* hundert? Oder von *einigen* tausend?"
„Wohl eher eine Mischung aus beidem", antwortete sie und war nicht bereit, sich näher festzulegen. „Was weiß denn ich! Auf jeden Fall genug Tote, um den Sand der Wüste mit ihrem Blut zu färben. Und dafür wird man schon *einige* gebraucht haben. Legionen von Toten eben."
Sie schien mit ihrer Erklärung zufrieden, Ali eher nicht.
„Außerdem wüsste ich nicht, was das mit uns zu tun hat", fuhr sie fort. „Das alles ist Ewigkeiten her und von denen ist längst keiner mehr übrig, um uns Ärger zu machen. Überleg doch mal! Darum heißt der Ort, an dem der Schatz versteckt ist, doch auch Brunnen der Gebeine und nicht Brunnen der Untoten oder Brunnen, der allen den Tod bringt, die danach suchen."
„Sehr scharfsinnig, Schwesterherz. Du kannst dich über meinen Respekt vor alten Flüchen und Verwünschungen lustig machen, soviel du willst. Aber es kommt der Tag, an dem du es mit deinem Leichtsinn übertreiben wirst, und ich hoffe inständig, dass ich dann nicht dabei bin."
Chess seufzte gelangweilt.
Ihr Bruder war einer der furchtlosesten Männer, die sie kannte. Es gab keinen Skorpion, den er nicht mit bloßen Händen aus Felsritzen fischte und keine Giftschlange, vor der er zurückschreckte. Aber sobald es um mystische Gestalten oder

körperlose Geistwesen ging, die in alten Flüchen erwähnt wurden, war bei ihm Hopfen und Malz verloren.
Das, was Ali selbst so gerne als Respekt vor Flüchen und Verwünschungen bezeichnete, war rational betrachtet nichts anderes als dummer Aberglaube. Eine von zwei entbehrlichen Eigenschaften, die ihr gemeinsamer Vater ausschließlich ihm vererbt hatte.
Die andere bestand in seiner Vorliebe für langschwänzige Spinnentiere, die Mutter Natur - das stand für Chess unverrückbar fest - nicht ohne Grund in den entlegensten Wüstengebieten angesiedelt hatte.
„Was ist?", fragte Ali. „Worauf wartest du noch? Lass uns endlich den Schatz heben!"

***

Die Rettung hatte Piazza zu genaueren Untersuchungen mitgenommen. Alon saß in Karins schlichtem, mit Artefakten überfülltem Büro, als der Anruf aus dem Krankenhaus einging. Das Gespräch verlief sehr einseitig. Karin sagte gelegentlich etwas wie: „Ja, ich verstehe", und beendete wenig später das Telefonat.
„Wie geht es dem Patienten?", wollte Alon wissen.
„Den Umständen entsprechend sehr gut." Sie versenkte zwei Würfel Zucker in ihrer Kaffeetasse. „Der Arzt sagt, Piazza hat unglaubliches Glück gehabt, dass die Wunde nicht tiefer war."
„Und dass Golan ihn rechtzeitig gefunden hat", merkte Alon an.
„Ja, natürlich. Ich will mir gar nicht ausmalen, wie das hätte ausgehen können, wenn er dort noch länger gelegen wäre."
„Ein richtiger Glückspilz, unser Professor." Alon ließ sich nicht anmerken, wie die Aussage zu deuten war. „Muss er über Nacht im Spital bleiben?"
Karin rührte gedankenversunken in ihrer Tasse. „Nein", sagte sie ohne aufzublicken. „Er wurde genäht und bekommt etwas gegen die Schmerzen mit nach Hause. So wie ich ihn einschätze, meldet er sich gleich morgen Früh wieder zum

Dienst. Es hat durch das viele Blut zunächst wohl schlimmer ausgesehen, als es ist."

Alon dachte an Piazzas Worte, nachdem sie ihn im Treppenhaus gefunden hatten. *Es sieht vermutlich schlimmer aus, als es ist.*

„Ich mache mir Sorgen um Professor Fogg", sagte Karin, die noch immer in ihren Kaffee vertieft schien. „Glauben Sie ernsthaft, dass er im Stande wäre, Piazza das anzutun? Und warum?"

Alon zuckte mit den Schultern. „Das Glauben überlasse ich den Theologen. Es ist auf jeden Fall richtig von Ihrem Direktor, dass er die Polizei vorläufig noch aus der Sache raushält", wechselte er das Thema.

„Finden Sie? Das ist das erste Mal, dass so etwas Schreckliches passiert. Bei dem Gedanken, dass der Täter vielleicht noch immer hier herumläuft..." Sie ließ den Satz unvollendet.

„Piazzas Angreifer war bestimmt kein Serienkiller. Ich kann mir den Überfall nur so erklären, dass er jemandem in die Quere gekommen ist, der es auf Objekt L2471 abgesehen hat." *Der Typ, der mich unter den Regalen begraben hat, hat sich schließlich auch nicht die Mühe gemacht nachzusehen, ob ich wirklich tot bin. Ich war ihm wahrscheinlich nur im Weg.*

„Es ist bestimmt kein Zufall, dass es ausgerechnet Piazza erwischt hat. Vielleicht hat er bei seinen Versuchen an Objekt L2471 etwas entdeckt und eine Andeutung gemacht, die jemanden veranlasst hat, die Notbremse zu ziehen."

„Warum habe ich immer das Gefühl, dass Sie von Fogg reden, auch wenn Sie seinen Namen dabei nicht in den Mund nehmen?" Sie genehmigte sich einen Schluck Kaffee.

„Er war der Letzte aus dem Team, der Piazza vor der Attacke gesehen hat... Und die beiden Professoren waren gemeinsam unterwegs, als es passiert ist. Jetzt ist er verschwunden, obwohl Ihre Leute das Museum von oben bis unten nach ihm abgesucht haben."

Karin seufzte. „Sie haben ja Recht, ein perfektes Alibi sieht anders aus."

„Für mich gibt es nur zwei Möglichkeiten." Er richtete sich im Stuhl auf und blickte ihr in die Augen. „Entweder ist Fogg der Täter oder wir haben ein zweites Opfer. Eines, das nicht so viel Glück hatte wie unser Anthropologe aus Italien."
„Ich muss Ihnen noch etwas sagen..." Sie starrte in die Kaffeetasse, als würde sie ihren Text daraus ablesen. „Ich habe heute Vormittag beobachtet, wie sich die beiden unterhalten haben. Es schien wichtig zu sein. Piazza hat vorgeschlagen, dass sie später darüber sprechen, nachdem er mich bemerkt hat."
„Sie haben gelauscht?"
„Nicht absichtlich", versicherte sie und spielte verlegen mit ihren Haaren. „Außerdem habe ich vom Inhalt des Gesprächs nichts mitbekommen."
„Erzählen Sie!"
„Na ja, fast nichts", korrigierte sie sich kleinlaut. „Ich habe nur gehört, dass Professor Fogg seinem Kollegen von einer Entdeckung erzählt hat. Mehr nicht! Er hat wörtlich von einem interessanten Detail gesprochen. Dann hat Piazza mich bemerkt und vorgeschlagen, dass sie beim Mittagessen darüber weiterreden." Sie schob mit beiden Händen die Tasse von sich, als wollte sie Alons bohrenden Blick damit auf Distanz halten. „Ja, ich weiß genau, wie das jetzt klingt. Und bestimmt wollen Sie jetzt wissen, warum ich Ihnen das nicht schon viel früher erzählt habe."
Sein Schweigen war Antwort genug.
„Ach, kommen Sie, Alon! Sie wissen so gut wie ich, dass die beiden ganz in ihrer Arbeit aufgehen. Piazza und Fogg sind vielleicht ein wenig schräg und ordentlich von sich eingenommen, aber das bringt das wissenschaftliche Arbeiten im internationalen Spitzenfeld so mit sich. Keiner von denen ist deshalb gleich ein Mörder, hoffe ich", fügte sie noch rasch hinzu.
Alon blickte zur Uhr. „In weniger als zwölf Stunden läuft die Frist ab, die mir Ihr Direktor gesetzt hat, um meine eigenen Nachforschungen anzustellen, bevor die Polizei hier auftaucht. Das ist kein wirklich großer Vorsprung."

„Ich kann sowieso nicht nachvollziehen, wieso er sich überhaupt auf diesen Deal mit Ihnen eingelassen hat. Aber ich vermute, Sie werden mir nicht verraten, wie Sie ihn zu diesem Zugeständnis gebracht haben?“
Alon verschränkte die Arme und suchte nach Rissen in der Zimmerdecke.
„Dacht ich mir schon“, sagte sie und verzog spöttisch das Gesicht.
„Kommen wir noch einmal zum Keller“, lenkte er das Gespräch zurück auf das Thema, dem sie sich vor dem Anruf aus dem Krankenhaus gewidmet hatten. „Wissen Sie, welche rostige Tür Piazza gemeint haben könnte?“
„Sagen wir mal, ich habe eine vage Vermutung, wo die beiden herumgelaufen sind. Aber ich war selbst noch nicht dort. Direktor Willendorfer könnte Ihnen sicher mehr...“
„Kann er nicht“, sagte Alon schlicht. „Erzählen Sie mir von Ihrer Vermutung.“
Karin rutschte auf ihrem Sessel hin und her. „Sie waren mir um einiges sympathischer, als sie noch Pollenzähler waren“, versuchte sie die Stimmung etwas aufzulockern. „Mit Versicherungsvertretern hatte ich schon immer meine Probleme, müssen Sie wissen.“
Alon lächelte nachsichtig. „Ich kann gut verstehen, wie Sie sich fühlen, aber mein Job ist es nun einmal, dafür zu sorgen, dass Objekt L2471 diese Untersuchung unbeschadet übersteht und Sie alle selbstverständlich auch. Wenn Fogg und Piazza in diesem ominösen Keller waren, dann finde ich dort hoffentlich auch die Antworten auf meine Fragen.“
Karin überlegte. *Das ist deine Chance, endlich etwas Spannung in den Museumsalltag zu bringen. Auf so eine Gelegenheit hoffst du seit über zehn Jahren!* „Darf ich mitkommen?“ Sie wartete seine Antwort nicht ab. „Ich komme mit und zeige Ihnen den Weg. Sie brauchen jemanden, der sich da unten auskennt.“
Er starrte sie einen Herzschlag lang an.
„Ja, ich weiß“, gab sie zu. „Ich habe vorhin gesagt, dass ich selbst noch nicht dort war, aber das ist die ideale Gelegenheit,

meinen Horizont zu erweitern. Außerdem kenne ich mich hier in Wien viel besser aus als Sie. Wer weiß, wo wir wieder an die Oberfläche kommen... Auch wenn ich noch nicht in den alten Verbindungsgängen war, so kenne ich doch jedes Gebäude und jeden Straßenzug in der Umgebung." Sie warf Alon einen flüchtigen Blick zu, um dessen Reaktion einschätzen zu können.
„Meine Schwester wohnt in Hannover und ich mache für die Familie jedes Mal den Reiseführer, wenn sie mich besuchen kommt. Ich bin wirklich gut, wenn es um Orientierung und Touristenführung geht..." Karin biss sich auf die Zunge, um ihren Redefluss zu stoppen. Mit großen Augen sah sie den Israeli an.
„Sie bleiben hier."
„Ach, kommen Sie, Alon. Sie brauchen mich da unten."
„Sie bleiben hier!"
„Oh, Sie...", platzte Karin zornig heraus und überraschte sich damit selbst. Nach einer Schweigesekunde verbesserte sie sich mit glockenhellem Ton: „Sie sollten sich das noch einmal überlegen."
„Hab ich schon", sagte Alon knapp. „Und Sie bleiben hier! Wie komme ich zum Einstieg dieses Kellersystems?"
„Hmmm..." Karins verschwörendes Murmeln setzte ihre nächste Aussage perfekt in Szene: „Geht es Ihnen auch manchmal so, dass Ihnen ein Name oder ein Ort auf der Zunge liegt, aber Ihnen partout nicht einfällt, was Sie gerade sagen wollen?"

***

Die tiefstehende Sonne warf bereits lange Schatten über den östlichen Teil der jordanischen Wüste. Das letzte Stück über der Bergkette sank sie so schnell, dass es aussah, als würde sie vom Himmel fallen.
Fast mit Schrittgeschwindigkeit liefen die Bergschatten über den golden schimmernden Wüstensand und bereiteten die Abenddämmerung vor.

Am Rande des Archäologencamps zündete Chess ihre beiden Gaslampen an. „Uns bleibt noch etwa eine halbe Stunde, bevor wir völlig im Dunkeln sitzen. Lass uns versuchen, bis dahin noch eine Stufe freizulegen."
Ali ließ einen als Zustimmung gedachten Brummlaut vernehmen und schaufelte weiter Sand in die umstehenden Eimer. Schon seit dem späten Nachmittag war es nicht mehr möglich, das Aushubmaterial mit der Schaufel direkt aus dem Loch zu wuchten, das sich immer tiefer in den Wüstenboden fraß.
„Meinst du nicht auch, dass wir uns morgen nach Arbeitern umsehen sollten, die uns das Schaufeln abnehmen? Was wir bisher gefunden haben, rechtfertigt auf jeden Fall schon den Einsatz weiterer Mittel. Und schneller wären wir natürlich auch."
„Nein", kam Alis erschöpfende Antwort. „Kannst hochziehen!"
Chess schmunzelte. *Vom Schatzfieber gepackt, mein Bruderherz. Wie jedes Mal, wenn wir den ersten Hinweis finden, dass wir an der richtigen Stelle graben.*
Mit beiden Händen zog sie das Seil mit dem Sandeimer hoch. *Ein Dutzend Männer mit seinem Ehrgeiz würden vermutlich sogar eine Stadt wie Petra ausgraben. Vorausgesetzt, es findet sich jemand, der rechtzeitig alle Inschriften beseitigt, die von Flüchen berichten.*
Chess machte keinen Hehl daraus, wie sehr ihr Ali mit seinem Aberglauben auf die Nerven ging. Für sie als westlich orientierte Araberin war es selbstverständlich, den Erkenntnissen der modernen Wissenschaft aufgeschlossen gegenüber zu stehen. Im Gegenzug bedeutete das allerdings auch, dass es für Geisterzauber und anderen Hokuspokus keinen Platz in ihrer Welt gab.
Dieser grundlegende Unterschied in den Sichtweisen der Geschwister war umso überraschender, als sie dieselben Schulen und dieselbe Universität besucht hatten.
In diesem Punkt geriet Chess erkennbar stärker ihrer Mutter nach, die sie sehr modern und aufgeklärt erzogen hatte, während sich Chess' Vater bis zu seinem Tod nicht dazu

durchringen hatte können, der Schulmedizin sein Vertrauen zu schenken.
„Was ist mit dir?“, tönte Alis Stimme aus dem Sandloch. „Wenn du mir nichts zum Sandeinfüllen runterlässt, wird das nichts mit der nächsten Stufe.“
Chess leerte den Sand auf einen der mittlerweile ganz beachtlich gewachsenen Haufen und ließ den leeren Eimer wieder hinunter.
Als sie sich vorbeugte, bemerkte sie, wie neben ihrem Stiefel Sand hinunterrieselte. „Meinst du nicht, dass wir das Loch abstützen sollten, bevor wir weitergraben?“
„Nein.“
„Ich schon.“
„Morgen Früh!“
Das war ein Kompromiss, mit dem sie gut leben konnte. „Wie sieht’s da unten aus? Kannst du die Inschrift auf der Stufe schon entziffern?“
„Vergiss es, viel zu dunkel. Die Grablaterne, die du mir da hingehängt hast, macht ihrem Namen alle Ehre. Mehr als graben kann man bei ihrem Licht wirklich nicht.“
Chess räusperte sich unüberhörbar. „Ich möchte jetzt nicht ansprechen, wer mit den Solartafeln im klimatisierten Kofferraum einkaufen gefahren ist, sodass ich unsere Hochleistungslampen nicht aufladen konnte, obwohl nicht ein schattenspendendes Wölkchen am Himmel war.“
„Eigentlich finde ich die Lampe gar nicht so schlecht. Vermutlich ist ihr Licht auch viel gesünder für die Augen als dieses neumodische LED-Zeugs.“
Sie grinste. „Versuch doch mal, ob du mit den Fingern die Schriftzeichen ertasten kannst.“
Ali stützte sich auf die Schaufel und hielt Chess seine schwielige Hand entgegen, die aussah, als hätte er sie von einem Gleisbauarbeiter der legendären Hedschasbahn geerbt, die selbst den Sprengstoffanschlägen des Lawrence von Arabien getrotzt hatte. „Was glaubst du, wie groß die Abstände zwischen den Schriftzeichen sein müssten, damit diese geschwollenen Finger noch dazwischen passen?“

„Mach Platz da unten! Ich seh mir das selbst an.“ Chess kletterte über den Rand des Lochs und ließ sich gekonnt auf die erste Stufe gleiten.
„Nicht so wild! Du bringst ja mehr Sand rein, als in meinen Eimer passt.“
Die Archäologin stand sicher auf der ersten Stufe und trat mehrmals mit dem Stiefelabsatz gegen den schwarzen Stein. Jetzt, da bereits ein beachtliches Teilstück der Treppe vom Sand befreit war, klangen ihre Tritte viel voller, und sie bekam eine ungefähre Ahnung davon, welche Dimensionen der Fels zu ihren Füßen hatte.
„Ich bezweifle ernsthaft, dass wir zwei das alleine schaffen, Ali“, sagte sie beim Näherkommen.
„Bist du nur heruntergeklettert, um die Moral der Truppe zu schwächen, oder liest du uns auch noch die Gutenachtgeschichte vor, die da steht?“
Chess kniete sich vor die zuletzt freigelegte Stufe und wischte mit der Hand den Sand von den eingravierten Schriftzeichen.
„Wenigstens abstauben hättest du sie schon können.“
Mit dem Zeigefinger fuhr sie von Schriftzeichen zu Schriftzeichen und tastete deren Konturen ab. „Schwer zu sagen, wenn man so gut wie gar nicht sieht, was man tut.“
„Hab ich etwas anderes behauptet?“, fragte Ali provokant. „Noch dazu bei diesen alten Zeichen. Es hat seinen Grund, warum man heutzutage die Beschriftungen von Aufzügen mit Brailleschrift versieht. Zukünftige Archäologengenerationen werden es da um einiges leichter haben als unsereins.“
„Mit den neuen Lampen wäre es auch heute schon um einiges einfacher“, murmelte sie.

***

„Sie werden es bestimmt nicht bereuen, dass Sie mich mitgenommen haben“, sagte Karin Geiger.
„Das tue ich jetzt schon“, entgegnete Alon. „Wo müssen wir weiter?“

„Da vorne bei den alten Schauvitrinen links. Hier unten lagern wir Dinge, die zu schade zum Wegschmeißen sind, aber auch nicht mehr schön genug, um sie den Besuchern zu zeigen."
„Wenn das Zeug hier unten sowieso keiner mehr zu sehen bekommt, könnten Sie es doch genauso gut entsorgen."
„Wem sagen Sie das?", seufzte sie. „Aber wenn man in einem Museum arbeitet, wachsen einem die ganzen alten Sachen ans Herz."
Ihr Weg führte sie an riesigen Metalltanks vorbei, zwischen denen blaue und rote Fässer gestapelt waren. Karin bemerkte Alons Kopfschütteln. „Die sind noch in Gebrauch", sagte sie. „Die Kollegen aus der Präparation verwenden sie. Aber fragen Sie mich bitte nicht, wofür."
„Keine Sorge, mach ich nicht."
„Da auf der rechten Seite muss es sein." Sie zeigte auf eine der unscheinbaren Mauernischen, die in unregelmäßigen Abständen in den Hauptgang eingelassen waren.
„Wahrscheinlich ist es doch die nächste", korrigierte sie sich, nachdem sie ihren Irrtum bemerkt hatte.
Tatsächlich fand sich in der nächsten Mauernische die gesuchte Blechtür. „Ist Ihnen die rostig genug?", fragte sie.
„Wie oft wird diese Tür verwendet?"
„Gar nicht, soweit ich weiß."
Alon beäugte die Türklinke. „Dafür liegt hier aber verdammt wenig Staub. Geben Sie mir den Schlüssel!"
Karin signalisierte ihm kurz zu warten und kramte einen Schlüsselbund aus ihren Jeans. „Der große mit dem breiten Bart müsste es..."
„Vergessen Sie meine Frage. Es ist offen!"
„Unmöglich", widersprach Karin. „Ich habe den Schlüssel extra vom Portier geholt. Außer dem Hausmeister hat den sonst keiner."
Alon lächelte mitleidig und lenkte Karins Aufmerksamkeit auf den Bart des Schlüssels in ihrer Hand. „Das ist Sicherheitstechnik von anno dazumal. Dieses Schloss knackt Ihnen jeder Schuljunge mit einem Kleiderbügel."

Sie zuckte mit den Schultern und steckte den Schlüsselbund wieder ein. „An unseren Schulen wird so etwas jedenfalls nicht gelehrt."
„Bereit?", fragte Alon und legte seine Hand auf die Klinke. „Das ist Ihre letzte Chance auf einen ruhigen Abend."
„Geben Sie sich keine Mühe, Alon. Sie haben mich zum Abendessen eingeladen und jetzt werden wir das auch durchziehen." Sie klopfte auf ihren Rucksack. „Ein Picknick in alten Kellergewölben war zwar nicht unbedingt das, was ich mir unter Ihrer Einladung vorgestellt habe, aber ich finde, dass so viel Kreativität belohnt werden muss. Gehen wir."
„Sie halten das für einen lustigen Spaziergang, nicht wahr?" Alon wurde ernst. „Ihnen scheint nicht klar zu sein, dass wir hinter dieser Tür vielleicht Foggs Leiche finden und seinen Mörder möglicherweise gleich dazu."
Karin verzog das Gesicht. „Wenn es so gefährlich wäre, wie Sie sagen, hätten Sie mich doch niemals mitgenommen."
„Ich habe Sie nicht mitgenommen!", stellte Alon mit lauter Stimme klar. „Sie haben mich erpresst mit Ihren..."
„Schon gut", unterbrach sie ihn. „Lassen Sie uns einfach nachsehen, was uns hinter dieser Tür erwartet. Wenn da eine Leiche liegen sollte, schnappen Sie sich den Mörder und ich hole Hilfe." Sie nahm die Taschenlampe von ihrem Gürtel herunter und schaltete sie ein.
Alons Hand prüfte noch ein letztes Mal den korrekten Sitz seiner Waffe, dann öffnete er die Tür.
Vor ihnen lag ein schier endlos langer Gang, der irgendwo in der Ferne im Boden zu versinken schien.
„Also Ihre Stromrechnung möchte ich auch nicht zahlen müssen", spielte Alon auf die Vielzahl von Lampen an, die den Gang in aller Bescheidenheit erhellten.
„Eigenartig." Karin schaute sich nach einem Schalter um. „Ich wusste gar nicht, dass es im Gangsystem überhaupt Licht gibt. Das kann doch unmöglich immer brennen."
„Tut es auch nicht." Alon hatte den Schalter hinter der Tür entdeckt. „Entweder ist der, der es eingeschaltet hat, noch

immer hier, oder er hatte es einfach nur sehr eilig, diesen Ort wieder zu verlassen."
Er sah sich den Bereich rund um die Tür genau an, konnte aber weder Spuren eines Kampfes noch Blut ausmachen. „Wie weit sind wir jetzt von der Stelle entfernt, an der Piazza gefunden wurde?"
„Nicht weit", kam die zunächst wenig präzise Antwort. „Sie meinen, ob er sich mit seiner Verletzung noch bis zum Tiefspeicher hätte schleppen können? Vorstellbar ist es schon. Wenn er den schmalen Gang hinter dem Lastenaufzug als Abkürzung genommen hat, sind es keine fünfzig Meter. Aber kann man das mit so einer Wunde schaffen, ohne unterwegs alles vollzubluten?"
Auch Alon hatte sich diese Frage schon gestellt. Neben Piazza hatte er keine Tatwaffe gefunden und bei der anschließenden Suche durch Willendorfers engste Mitarbeiter war auch nichts herausgekommen. Es gab keinerlei Hinweise darauf, dass der Angriff nicht an jener Stelle stattgefunden hatte, an der Professor Golan auf ihren verletzten Kollegen gestoßen war. *Was ist, wenn Fogg gar nicht...*
„Alon? Verraten Sie mir, worüber Sie gerade nachdenken?"
„Ach, nichts", blockte er ab. „Lassen Sie uns weitergehen. Die unversperrte Tür, das brennende Licht... Bisher deutet alles darauf hin, dass wir den Gang gefunden haben, an den Piazza sich erinnert hat."
„Ja, das sehe ich genauso", bekräftigte sie. „Direktor Willendorfer wird gar nicht erfreut sein, wenn er hört, dass es hier unten einen Zugang gibt, der..." Sie überlegte kurz. „Wie sagten Sie doch gleich? ...jedem Schuljungen mit Kleiderbügel offensteht."
„Was meinen Sie erst, wie gut sich dieses Detail in meinem Bericht für die Versicherung macht?"
„Sie wollen das doch nicht..."
„Nein, natürlich nicht. Aber sobald wir geklärt haben, was sich am anderen Ende dieses Tunnels befindet, kümmere ich mich persönlich darum, dass dieser Gang gemäß den

Vertragsbedingungen gesichert wird. Und zwar mit einem richtigen Schloss!"
„Hören Sie das?", fragte Karin.
„Sie meinen das Brummen? Das ist mir vorhin schon aufgefallen. Hört sich an wie ein Generator. Wir bewegen uns direkt darauf zu."
„Es könnte die Lüftung der U-Bahn-Schächte sein. Wir sind nicht mehr weit von der nächsten Station entfernt", erklärte sie. „Ich hab mir das vorhin auf dem Plan angesehen und zähle meine Schritte, seit wir im Tunnel sind."
„Dann können wir für den Rückweg ja die U-Bahn nehmen, falls sie sich verzählen."
„Sehr witzig. Ich frage mich, wie weit dieses Tunnelsystem noch beleuchtet ist. Für einen Gang, den laut unserem Direktor seit Ewigkeiten keiner mehr benutzt hat, wirkt hier alles ziemlich gut in Schuss. Finden Sie nicht?"
„Ist mir auch schon aufgefallen." Er zeigte auf den Boden und jetzt entdeckte auch Karin die winzigen Kunststoffreste. Es waren dünne, etwa einen Zentimeter lange Hülsen in verschiedenen Farben.
„Was ist das?"
„Kabelisolierungen", erwiderte er, ohne dabei langsamer zu werden. „Die liegen hier überall herum. Wenn Elektriker Leitungen legen, schälen sie an den Kabelenden die Isolierung ab, damit das Kupfer zum Vorschein kommt. Die Reste der Isolierung landen naturgemäß auf dem Boden. Und ich kenne keinen einzigen Elektriker, der sie nicht auch genau dort liegen lässt."
„Der Kunststoff sieht noch sehr neu und sauber aus."
„Jedenfalls neuer als die Lampen an der Decke. Hier hat jemand vor kurzem die Elektroleitungen wieder in Stand gesetzt. Und wenn es das Museum nicht war..."

***

„Also, was steht auf der Stufe?", fragte Ali voller Ungeduld.

Im unscharf begrenzten Schein der beiden Gaslampen wirkte die freigelegte Treppe deutlich kleiner als zuvor bei Tageslicht. Um die Lampe schwirrende Insekten warfen bizarre Schatten an die Wand aus Sand und Stein, an der Ali lehnte.
„Nicht viel, fürchte ich." Beim Hochschauen blickte Chess direkt in die Lampe, weshalb ihr das Gesicht ihres Bruders als ein dunkler Fleck erschien. „Wir sollen uns entscheiden."
„Und was steht zur Auswahl?"
„Man bietet uns zwei Seiten an: Hell oder dunkel."
„Hell", antwortete er, ohne lange nachzudenken. „Wir nehmen auf jeden Fall die helle Seite."
„Wenn du das sagst. Ich habe sowieso keine Ahnung, worauf sich die beiden Möglichkeiten beziehen. Vermutlich erfahren wir mehr, wenn wir die nächste Stufe freilegen." Sie stand auf und wischte ihre staubigen Hände in der Hose ab. „Ich finde, für eine Probegrabung sind wir schon ganz schön weit gekommen. Mit etwas Glück haben wir morgen Mittag bereits die gesamte Treppe ausgegraben."
„Lass uns noch eine allerletzte Stufe freilegen, bevor wir uns aufs Abendessen stürzen."
„Das war bereits diese Stufe", erinnerte sie und winkte ab. „Bevor wir die nächste in Angriff nehmen, müssen wir unbedingt die Wände abstützen. Ich habe keine Lust, selbst als Sandmumie zu enden."
„Ach, sei nicht so, Chess. Auf die eine Stufe kommt es doch jetzt nicht mehr an. Wenn wir den nächsten Hinweis lesen, haben wir etwas, worüber wir am Lagerfeuer rätseln können. Aus dieser Helldunkelgeschichte werden wir doch noch nicht schlau."
„Vergiss es."
„Du machst dir viel zu viel Sorgen um die Festigkeit." Er stieß mit dem Ellenbogen gegen die Wand in seinem Rücken.
„Lass den Unsinn!"
„Welchen Unsinn?" Er rammte den Ellenbogen fester in die Wand und jaulte im selben Moment auf, weil er eine spitze Kante getroffen hatte, die aus dem Sand ragte.

„Geschieht dir recht.“ Sie schnappte sich die nächstgelegene Lampe und stieg die steinerne Treppe hoch.
„Blöder Stein“, hörte sie ihren Bruder schimpfen.
„Jetzt komm endlich!“
„Erst will ich wissen, was da für...“ Der Rest seines Satzes verkam zu einem unverständlichen Gemurmel.
„Wenn du glaubst, dass ich mich allein um das Abendessen...“
„Chess!“
„Was?“, fragte sie ohne zurückzublicken.
„Das Ding da in der Wand ist kein Stein. Ich glaube, es ist die Ausgussöffnung eines alten Tonkrugs - verdammt spitz übrigens.“ Er rieb sich den Ellenbogen, in dem es kräftig kitzelte.
Chess hatte das obere Ende der Treppe erreicht und drehte sich hellhörig um. „Du hast ihn doch hoffentlich nicht kaputt gemacht?“
„Nein“, knurrte er, „mir geht es übrigens auch gut.“
„Schön“, erwiderte sie erleichtert. „Ich freue mich nämlich schon darauf, ihn mir anzusehen - gleich morgen Früh, sobald es hell genug ist, dass man ihn von einem Stein unterscheiden kann.“
„Du willst nicht wirklich bis morgen warten?“
„Doch, wieso?“, antwortete sie mit einem Tonfall, der ausdrückte, wie absurd sie seine Frage fand. „Und jetzt komm endlich aus diesem Sandloch, bevor es wirklich noch einstürzt.“
„Aber ich...“
„Wer leitet diese Ausgrabung?“ Sie leuchtete ihn an wie mit einer Verhörlampe.
„Du natürlich“, bemerkte er salbungsvoll. „Aber ich...“
„Und wer trägt die Verantwortung?“ Ihre Stimme wurde lauter.
„Auch du.“
„Und wer muss dich ausschaufeln, wenn das Loch über dir zusammenbricht?“
„Du!“ Seinen Lippen fiel es schwer, die Wahrheit auszusprechen.

„Gut“, stellte sie zufrieden fest. „Und wir beide wissen, dass ich dazu nicht die geringste Lust habe. Also los, raus da!“
Wenig später fanden sich Chess und Ali am Lagerfeuer wieder. Die Archäologin nutzte die Gelegenheit, um sich das Seidentuch näher anzusehen, das sie geschenkt bekommen hatte.
„Gefällt es dir?“
„Es ist wunderschön“, erwiderte sie und hielt den smaragdgrünen Stoff hoch, damit sein Glänzen im Feuerschein besser zu erkennen war.
„Es hat genau dieselbe Farbe wie deine Augen.“
Sie antwortete nicht, schien sich aber sehr über das Geschenk zu freuen.
Ali lächelte sie zufrieden an. *Es hat funktioniert. Gut, dass ich nicht das rote...*
„Schieß los, was hast du diesmal ausgefressen?“, fragte Chess unvermittelt.
Obwohl sonst niemand anwesend war, gab Ali ihr durch seine Reaktion zu verstehen, dass er sich nicht als Adressat der Frage verstand.
„Versuch nicht, mich für blöd zu verkaufen, Bruderherz. Wir wissen beide, dass du mit diesem Geschenk etwas bezweckst oder...“ Sie warf ihm einen durchdringenden Blick über das Feuer hinweg zu. „Oder etwas vertuschen willst. Raus mit der Sprache! An welcher Sache, die unmöglich schief gehen kann, bist du diesmal dran?“
„Es ist nicht so, wie du denkst - nicht diesmal“, versicherte er rasch.
Seine Bemerkung amüsierte Chess mehr, als sie sie ärgerte.
„Weißt du, wie oft ich diesen Satz schon von dir gehört habe?“
Er wusste es - zumindest ungefähr. Und er wusste, dass sie es vermutlich noch besser wusste, also sah er keine Notwendigkeit für irgendwelche übertriebenen Schätzungen.
„Das ein oder andere Mal. Aber diesmal kann wirklich nichts schiefgehen.“

„So wie bei der Diamantenmine, die sich hinterher als Höhle voller Glasscherben herausgestellt hat?“, frage sie leise kichernd.
„Das war damals nicht meine Schuld“, verteidigte er sich. „Dieser räudige Sohn eines zu klein geratenen Kamels hat mich reingelegt. Aber ich habe jeden Dinar zurückbekommen, den ich für die Karte bezahlt habe.“
„Ich erinnere mich“, entgegnete sie amüsiert. „Übrigens auch an die osmanische Reiterfigur aus schwarzem Basaltstein, bei der eines der Gipsbeine abgebrochen ist, als du sie in die Hand genommen hast.“
„Den Schwindel hätte ich auch sonst sofort durchschaut.“ Bei dem Gedanken daran fiel es ihm schwer, selbst noch ernst zu bleiben.
„Also komm Ali, spuck’s aus! Was hast du diesmal für ein todsicheres Geschäft an der Hand?“
„Lach du nur, Schwesterherz. Aber diesmal ist die Sache absolut wasserdicht.“ Er stand auf und steckte lässig eine Hand in die Hosentasche. „Ein stinkreicher Antiquitätensammler aus Kairo sucht ein ganz besonderes altes Buch und ich werde es ihm verkaufen.“
Chess schüttelte belustigt den Kopf. „Ach Ali, du hast doch keine Ahnung von alten Büchern. Willst du die nächsten Wochen zwischen staubigen Schinken in noch staubigeren Bibliotheken vertun?“
„Weit gefehlt“, erwiderte er siegessicher. „Ich kenne jemanden, der das Buch für mich beschaffen wird, einen absoluten Spezialisten, was Bücher betrifft.“
„Einen Bibliothekar?“
„Na ja, nicht direkt ein Bibliothekar.“ Er zögerte. „Aber so etwas Ähnliches. Jedenfalls weiß er alles über das Buch und wird es für mich besorgen. Ich habe also keine Arbeit damit, verstehst du?“
Ihr Blick verriet ihm, dass er sie noch nicht restlos überzeugt hatte.
„Alles, was ich noch tun muss, ist, das Buch bei meinem Lieferanten abzuholen und es dem Ägypter zu bringen. Ein

einfacher Botendienst als Zwischenhändler, mehr nicht. Ich übergebe das Buch und bekomme meine Provision an dem Geschäft."
„Und wer ist so dämlich und bezahlt dir Geld dafür, dass du ein Buch spazieren führst?"
Ali grinste, als hätte er einer farbenblinden Beduinenfamilie bunte Gießkannen angedreht. „Eine ganze Stange Geld sogar. Aber darüber redet man nicht, bevor das Geschäft unter Dach und Fach ist. Das bringt nämlich..."
„Unglück, ich weiß", gähnte Chess und gab ihm zu verstehen, wie sehr er sie mit seinem Aberglauben langweilte. „Soll ich mitkommen, wenn du das Geschäft abwickelst?", bot sie vorsichtig ihre Hilfe an.
„Besser nicht", lehnte er sofort ab. „Du weißt ja, wie diese Geschäftsleute reagieren, wenn sich Frauen in ihre Domänen drängen. Damit kommen manche einfach immer noch nicht klar."
„Oh ja", seufzte sie. Der vielsagende Blick, den sie Ali dabei schenkte, ließ ihn für den Rest des Abends grübeln, an wen sie wohl gedacht hatte.

***

Alon und Karin näherten sich jener Stelle, an der sich der Gang unter dem Naturhistorischen Museum zu verzweigen schien.
„Wie lange machen Sie die Arbeit bei der Versicherung eigentlich schon?", fragte sie.
„Eine Weile." Alon suchte im Vorbeigehen den Boden nach Spuren ab, die darauf hindeuten könnten, dass Fogg und Piazza überhaupt so weit vorgedrungen waren.
„Ich hätte nicht gedacht, dass ein Versicherungsjob so abwechslungsreich und spannend sein kann. Für mich waren das immer Leute in dunklen Anzügen, die anderen Lebensversicherungen anbieten."
In gewisser Weise mache ich das auch. „Meine Kollegen im Vertrieb laufen alle in Anzügen herum." Er blieb stehen. „Es sieht so aus, als wäre der Gang da vorne zu Ende. Zumindest

brennt dort kein Licht mehr. Ich werde mir das ansehen - allein. Sie warten hier!“
„Ich hab doch eine Taschenlampe“, sagte Karin und winkte mit derselben.
„Die hilft Ihnen aber wenig, wenn jemand auf Sie schießen sollte.“
Ihr Blick brachte zum Ausdruck, dass sie nicht wusste, wie ernst sie seine Aussage nehmen sollte. „Warum glauben Sie, dass ausgerechnet jetzt jemand auf uns schießt?“
„Weil es die ideale Stelle für einen Hinterhalt ist. Wir nennen das den Catwalk-Effekt.“ Alon zeigte in das schwarze Loch vor ihnen. „Sie laufen hier wie ein Model auf dem Catwalk, aber Sie sehen Ihr Publikum nicht, weil es im Dunkeln sitzt.“
„Danke für das Model. Nur warum sind Sie so sicher, dass das Publikum mich erschießen würde, Sie aber nicht?“
„Ich habe schon mehr Bühnenerfahrung und gelernt, mich mit meinen Kritikern zu arrangieren.“ Alons Finger schoben das Sweatshirt ein Stück hoch und legten sich um den kalten Stahl seiner Glock 17. Die mattschwarz lackierte Pistole war unter seiner dunklen Kleidung kaum auszumachen.
Auch wenn Alon nicht mit einem Angriff rechnete, wollte er doch darauf vorbereitet sein. „Sollten Sie Schüsse hören, überlegen Sie nicht lange, sondern laufen Sie zurück und lassen Sie Willendorfer die Polizei rufen.“
„Und wenn ich nur einen Schuss höre?“, fragte sie provokant.
„Dann sollten Sie beten, dass er aus meiner Waffe stammt.“ Ohne sich noch einmal umzudrehen, ging er auf das Schwarz zu.
Karin bemerkte zunächst gar nicht, dass sie den Atem anhielt. Fast zeitgleich richteten sich auch die Härchen an ihren Armen auf.
Alon verzichtete ganz bewusst darauf, seine Taschenlampe aufzudrehen, als er die Helldunkelgrenze überschritt. Stattdessen hatte er die Augen auf den letzten Metern so weit wie möglich zusammengekniffen und öffnete sie nun langsam wieder. Je schneller sie sich der Dunkelheit anpassten, umso

kleiner war der kurzfristige Vorteil, den ein Angreifer aus der Dunkelheit hatte.

Karin war erstaunt, wie rasch Alons Umrisse mit der Umgebung zu einem schwarzen Nichts verschmolzen. Kurz bevor sie ihn völlig aus den Augen verlor, versuchte sie sich stattdessen auf das Geräusch seiner Schritte zu konzentrieren. *Wie macht er das?* Zu ihrem Erstaunen musste sie feststellen, dass sie rein gar nichts hörte, abgesehen von dem entfernten Brummen der Abluftanlage und ihrem eigenen Herzschlag.

Dummerweise hatte sie es verabsäumt, auf die Uhr zu sehen, doch sie spürte ganz deutlich, dass die Zeit unter dem Museum viel langsamer verstrich.

Wie schlau ist das, was ich hier mache, eigentlich? Piazza ist nur knapp mit dem Leben davongekommen und ich habe nichts Besseres zu tun, als nachzusehen, ob der Angreifer bei Fogg vielleicht mehr Erfolg hatte. Für jemanden, dessen kriminalistische Erfahrung sich auf Fernsehserien wie Kommissar Rex beschränkt, bin ich entweder sehr mutig... oder sehr dumm!

Je länger sie so dastand und auf ein Lebenszeichen von Alon wartete, umso mehr Fragen drängten sich in ihr Bewusstsein.

Wenn keiner vom Museum diesen Gang verwendet, wieso wurde die Elektrik dann erst kürzlich erneuert? Und von wem? Wohin führt der Gang? Ich kann mir nicht vorstellen, dass keiner im Museum etwas darüber weiß. Alon hat irgendwie komisch reagiert, als ich ihn darauf angesprochen habe...

Sie merkte, wie das Unbehagen in ihr wuchs und mit einem Mal war sie sich auch nicht mehr sicher, aus welcher Richtung ihr Gefahr drohte.

Sie riskierte einen verstohlenen Blick über die Schulter, zurück in den Gang, den sie gekommen waren. Der leichte Anstieg in Richtung Ausgang ließ Karins Position noch tiefer erscheinen, als sie sich ohnehin schon fühlte. *Ich hätte fragen sollen, wie lange er vorhat, sich umzusehen. Ich weiß ja nicht einmal, wann ich anfangen muss, mir Sorgen um ihn zu machen.*

Noch gelang es ihr, die Frage zu verdrängen, die zunehmend an Bedeutung gewinnen sollte.

Was mache ich, wenn Alon nicht zurückkommt?
Zähe Minuten verstrichen und nichts passierte. Insgeheim dachte sie darüber nach, ob ein oder zwei Schüsse ihre Situation nicht sogar verbessern würden. Zumindest wüsste sie dann, was zu tun wäre.

***

Dr. Qian stand auf dem Flachdach seines Labors und blickte in den grauen Himmel, wo der Hubschrauber mit seinem Besuch an Bord langsam zwischen den Regenwolken verschwand.
„Doktor?“, meldete sich der Mann, der ihm den Schirm hielt. „Ich möchte nicht drängen, aber Sie werden im Labor erwartet.“
„Ja“, erwiderte er nachdenklich. „Ich weiß.“
„Ist alles in Ordnung?“
Qian ließ ein verächtliches Schnaufen vernehmen und starrte weiter auf den Punkt am Abendhimmel.
Irgendwo in der Ferne kläffte ein streunender Hund.
Der Westwind frischte kurzfristig auf und wehte den Regen unter den Schirm. Mehrere Tropfen rannen am Ärmel von Qians Laborkittel herab.
„Doktor, wir sollten jetzt besser reingehen.“
„Sie haben Recht“, sagte er mit ausdruckslosem Gesicht und setzte sich in Bewegung. „Was steht heute noch auf dem Programm?“
„Wir haben eine Beförderung“, er senkte seine Stimme, „und leider auch einen vorzeitigen Ruhestand.“
Die Brauen des Doktors verfinsterten sich. „Diese Fälle häufen sich in letzter Zeit!“
„Ja, seit Sie die Sicherheitsbestimmungen verschärft haben“, erwiderte der Schirmträger und bereute sofort, sich im Tonfall vergriffen zu haben.
„Es gibt keinen Grund, allzu sorglos zu sein“, entgegnete Qian schroff.
„Nein, selbstverständlich gibt es den nicht“, bemühte er sich rasch zu versichern und senkte seinen Blick. Auf dem nassen

Boden spiegelten sich im Schein der Landeplatzbeleuchtung ihre verzerrten Abbilder.
Als sie beim Treppenabgang angekommen waren, öffnete er Qian die Tür und verabschiedete ihn.
Ungewohnt hart fiel die Tür hinter dem Doktor ins Schloss.
Ich muss besser aufpassen, was ich sage, sonst ende ich selbst im vorzeitigen Ruhestand.
Wenig später traf Qian in einem speziellen Bereich des Labors ein, zu dem nur ausgewählte Mitarbeiter Zutritt hatten. Auf einem Operationstisch lag ein kräftig gebauter Rumäne, dem seine Anspannung anzusehen war.
Eine von Qians Ärztinnen hatte ihn mit dem Bauch nach unten auf den Tisch geschnallt und bereitete alles für den Eingriff vor.
Der Doktor grüßte sehr allgemein in den Operationssaal und kümmerte sich um die Desinfektion seiner Hände.
„Uns gehen schon wieder die Handschuhe aus“, bemerkte er beiläufig.
„Ich kümmere mich gleich im Anschluss darum.“ Die Ärztin öffnete eine Blisterverpackung und entnahm einen speziellen Einwegrasierer, den sie im Nacken des Rumänen zum Einsatz brachte. Obwohl sie keinerlei Wasser oder Schaum verwendete, glitt die Klinge mit Leichtigkeit über die Haut und ließ nicht das kleinste Härchen stehen.
„Ich bin hier fertig!“, rief sie.
„Haben Sie die Messer eingestellt?“ Qian kam an den Tisch.
„Genau, wie Sie es wollten. Eine Klinge war verbogen, die habe ich natürlich sofort getauscht.“
Der Doktor nickte zufrieden. „Wischen Sie ihm den Schweiß von der Stirn.“ Er zog einen Beistelltisch heran, auf dem diverses Chirurgenbesteck aufgereiht lag. Sein Interesse galt einem titanfarbenen Metallteil, das etwa handtellergroß war und eine entfernte Ähnlichkeit mit einem Stempel besaß. An der Unterseite waren allerdings keine Buchstaben angebracht, sondern eine ganze Reihe von rasiermesserscharfen Klingen.
Schon auf den ersten Blick stach das Muster hervor, das sich aus den unterschiedlichen Klingenstärken zusammensetzte.

Der Doktor öffnete eine kleine Abdeckklappe an der Seite des Stempels und zog ein violettes Schaumstoffplättchen heraus, das er in einer Petrischale deponierte. „Tränken!“, befahl er.
Die Ärztin öffnete ein Fläschchen und goss eine klare Flüssigkeit in die Glasschale. Anschließend wiederholte sie die Prozedur mit einer grünlichen Flüssigkeit, die einen stechenden Geruch hatte.
Qian spannte derweilen eine Feder im Inneren des Stempels vor, wofür er beide Hände brauchte.
Die Ärztin schüttelte die Petrischale vorsichtig und nach wenigen Sekunden kam es zu einem Farbumschlag. Das kräftige Violett der Mixtur entsprach nun exakt dem Farbton des Schaumstoffs. Diesen drückte sie gefühlvoll zusammen, bis er die gesamte Flüssigkeit wie ein Schwamm aufgesaugt hatte.
Qian hielt ihr den offenen Stempel als stumme Anweisung entgegen. Zu eingespielt waren die beiden, als dass es noch einer längeren Erklärung bedurft hätte.
Sie schob das Schaumstoffplättchen zurück an seinen Platz und verschloss die Abdeckung wieder. „Fertig.“
Die eigens von Qian entwickelte Mixtur sorgte dafür, dass die Narbenbildung besonders schnell erfolgte. Zudem ätzte sie mikroskopisch kleine Nano-Farbpartikel in die Schnittwunden, deren Ränder sich daraufhin scharf vom benachbarten Gewebe abgrenzten.
Bei entsprechender Beleuchtung waren die Haarlinien des Barcodes sogar mit freiem Auge erkennbar. Das wahre Potential offenbarte sich aber erst unter den Laserrastern der Zutrittsscanner, die die besonders sensiblen Bereiche von Qians Labor sicherten.
Ursprünglich hatte der Doktor sogar überlegt, sich das Verfahren der Nano-Stigmatisierung patentieren zu lassen, war dann aber zu dem Schluss gekommen, dass es besser war, wenn das Wissen über diese Technologie sein Labor nicht verlassen würde.
„Fangen wir an!“ Qian nahm sich viel Zeit, um den Stempel punktgenau zu platzieren und korrigierte sich zweimal, weil er mit dem Ergebnis noch nicht restlos zufrieden war.

Als er schließlich die richtige Position gefunden hatte, drückte er auf einen kleinen Metallknopf, der in das Griffstück eingelassen war. Dieser löste die Sicherheitsverriegelung der vorgespannten Stahlfeder im Inneren, wodurch die Klingen explosionsartig in den Nacken des Rumänen geschleudert wurden. Dessen abgehackte Schmerzbekundung überlagerte das metallische Schnappen.
„Ätzen und versiegeln!“ Qians Arbeit war erledigt.
„Sehen Sie“, sagte die Ärztin in Richtung ihres Patienten. „So schlimm war es doch gar nicht.“ Sie tupfte die roten Linien ab, die aus den Schnitten im Nacken hervorquollen.
Der Blick des Rumänen war trüb, aber gefasst. Er zog es vor zu schweigen. Hier schien ihm ohnehin nicht der richtige Ort zu sein, um über Befindlichkeiten nachzudenken.
„Wir sind gleich fertig“, erklärte sie.
Qian streifte seine Gummihandschuhe ab und ließ sie zwischen das Chirurgenbesteck fallen. „Ich fürchte, ich muss Sie schon wieder verlassen. Auf mich wartet leider noch eine höchst unerfreuliche Personalangelegenheit.“
„Kein Problem“, erwiderte die Ärztin mit freundlicher Stimme und mischte noch etwas von der violetten Flüssigkeit an. „Wir kommen schon alleine klar.“
Als sie aufsah, stand Qian stumm da. In seinem weißen Laborkittel wirkte er groß und hager. Für einen kurzen Augenblick kam er ihr sogar orientierungslos und verletzbar vor. Sie konnte ihm seine Enttäuschung förmlich ansehen, wenngleich sie natürlich keine Vorstellung davon hatte, wer ihn so enttäuscht haben könnte. „Ist alles in Ordnung, Doktor Qian?“
„Guten Abend“, sagte er, drehte sich um und ging in Richtung Ausgang. Kurz vor der Tür stoppte er noch einmal und blickte zurück. „Ich gratuliere Ihnen übrigens zu Ihrer Beförderung. Willkommen in der Sicherheitsstufe 3!“

***

Karin Geiger befand sich gut dreißig Meter unter dem Naturhistorischen Museum in Wien. Zumindest vermutete sie das aufgrund der Schritte, die sie seit dem Betreten des Tunnels gezählt hatte.
Mit 348 Schritten musste sie sich auf jeden Fall noch auf dem Grundstück des Museums befinden. Oder waren es 384 gewesen? Es fiel ihr schwer, sich auf Zahlen zu konzentrieren, während ihr buchstäblich die Haare zu Berge standen.
Eigentlich hatte sie gedacht, ihren persönlichen Tiefststand erreicht zu haben, als Alon sich nach geschätzten zehn Minuten noch immer nicht zurückgemeldet hatte.
Als dann aber ohne jede Vorwarnung auch noch das Licht ausgefallen war, hatte der Abend seinen letzten Glanz verloren. Alles war schwarz - pechschwarz.
Natürlich war ihr sofort der Gedanke gekommen, die Taschenlampe einzuschalten, doch sie scheute aus gutem Grund davor zurück, mit dem Lichtkegel ein Loch ins Schwarz zu schneiden.
Irgendwo vor ihr war Alon, dessen Rückmeldung längst überfällig war und hinter ihr, am Tunneleingang, hatte jemand den Lichtschalter betätigt.
Ihr Finger glitt nervös über den Schalter der Taschenlampe. Karin war unentschlossen, in welche Richtung sie gehen sollte. Nur in einem Punkt war sie sich sicher. *Ich will hier weg!* Wenn sie sich entschied, Alon zu folgen, würde sie sich noch weiter vom Museum entfernen. *Der, der das Licht abgedreht hat, könnte noch immer dort sein und auf mich warten.*
Ein eisiger Schauer lief ihr über den Rücken.
Oder er ist schon auf dem Weg hierher? Sie drehte sich um, doch es war ihr unmöglich, den Lichtschein einer Taschenlampe auszumachen. *Ist das überhaupt die richtige Richtung?* Karin streckte prüfend die Hand aus und rammte sie geradewegs in die Mauer. *Verdammt! Ich habe mich schon so viel bewegt, dass ich die Orientierung verloren habe.* Auch das brummende Geräusch der Lüftungsanlage schien plötzlich aus allen Richtungen zu kommen.

Ihr Daumen legte sich über den Schalter der Taschenlampe. *Nur ganz kurz, bis ich weiß, in welche Richtung ich gehen muss.* Sie zögerte. Wie viele Minuten mochte es schon her sein, seit das Licht ausgegangen war?

Ob dort oben bei dem Schalter noch jemand darauf wartet, dass einer so dumm ist und auf sich aufmerksam macht? Sie wischte den Gedanken beiseite. *Vermutlich kann man den Lichtschein gar nicht so weit sehen, weil es bergauf geht... und wenn doch?* Karin spürte, wie sehr ihr Daumen zitterte. *Was soll ich tun?* Es dauerte einen Moment, ehe sie begriff, dass sich ihr Zittern nicht nur auf einzelne Finger beschränkte.

Jetzt entscheide dich endlich! Du machst dich ja selbst fertig. Karins feuchte Hände bestätigten ihre Einschätzung.

Ich zähle bis zehn! Dann schalte ich immer nur kurz die Taschenlampe ein, um mich zu orientieren und folge Alon. Das ist jedenfalls besser, als...

Aus der Ferne drangen merkwürdige Klopfgeräusche an ihr Ohr. Sie waren viel leiser als das Lüftungsbrummen, stachen aber durch ihre Regelmäßigkeit hervor. Karin verspürte so etwas wie Erleichterung über die Abwechslung.

Rasch wurde ihr allerdings klar, dass das, was sie für Klopfgeräusche gehalten hatte, in Wirklichkeit weit entfernte Schritte waren - und allem Anschein nach kamen sie näher.

Alon! Na endlich, das wurde aber auch Zeit.

Als sie gleich darauf den Einschaltknopf der Taschenlampe betätigte, ließ ihr der Anblick das Blut in den Adern gefrieren. Von Alon war weit und breit nichts zu sehen. Auch sonst war der Gang leer, soweit der Lichtschein ihn erhellte. Doch was viel schlimmer war, sie leuchtete in die Richtung, aus der sie gekommen waren.

Das ist nicht Alon! Die Erkenntnis traf sie wie ein Blitz, bevor ihr Daumen reflexartig den Schalter der Taschenlampe drückte und die Dunkelheit zurückholte.

Jetzt hast du dich selbst verraten! Wie Schuppen fiel es ihr von den Augen. *Dir ist doch vorhin schon aufgefallen, dass man Alons Schritte nicht hört!* Ärger und Angst wechselten sich wellenartig ab.

Sie überlegte, was zu tun war. Für eine Entscheidung blieb kaum noch Zeit. Wie bei einem Sonnenaufgang tauchte am Horizont bereits ein schwacher Lichtschein auf. Doch diesmal, da war Karin sich sicher, verhieß er nichts Gutes.
Durch das Gefälle des Tunnels würde es einige Zeit dauern, bis Karins Verfolger sie sehen konnte, aber ihre Entscheidung war gefallen. *Weg hier! Sofort!*
Sie wirbelte herum und schaltete die Taschenlampe wieder ein. Jetzt, da sie ihre Position verraten hatte, konnte sie ihre Flucht genauso gut bei Licht fortsetzen.
Etwa vierzig Meter fehlten ihr noch zu jener Stelle, an der sie Alon zuvor aus den Augen verloren hatte. Und bis dorthin gab es ohnehin keine andere Möglichkeit, als dem Gang zu folgen.
Sie entschied sich zu laufen, solange es die Bodenbeschaffenheit noch zuließ, um ihren Vorsprung weiter auszubauen. Das Echo ihrer Tritte hallte vom kalten Mauerwerk tausendfach wider und trieb Karin zusätzlich an.
Als sie kurz darauf das Ende des Gangs erreicht hatte, stoppte sie wie ein galoppierendes Pferd vor einem Abgrund.
Puh, das war knapp! Zu ihren Füßen gähnte ein riesiger Krater. Der Lichtkegel der Taschenlampe wanderte zunächst an der Wand zu ihrer Linken entlang. Alles deutete darauf hin, dass sie sich in einer Art unterirdischer Kuppel befand. Mehrere Gänge trafen hier zusammen. Der Hohlraum in der Mitte hatte einen Durchmesser von gut und gerne zwanzig Metern.
Ganz offensichtlich war das zentrale Stück des Kuppelbodens eingebrochen und in die Tiefe gesackt. Dabei musste jener Krater entstanden sein, an dessen Rand sie nun stand.
Karin kannte die zahlreichen Geschichten über vergessene Kellergewölbe und Schächte, die dem U-Bahn-Bau zum Opfer gefallen waren. Ihr war allerdings nicht bewusst gewesen, wie nah sich ihr Arbeitsplatz an einer solchen Einsturzstelle befand.
Sie leuchtete die Kuppel ab und zählte drei weitere Gänge, die sich nur noch über einen kreisförmigen Grat entlang der Kuppelwand erreichen ließen.
Vom früheren Gewölbeboden war bis auf diesen schmalen Randstreifen nichts übrig geblieben. Der gesamte Mittelteil,

der immerhin die Fläche eines Mehrfamilienhauses eingenommen hatte, war in dem Abgrund verschwunden.
Das Licht der Taschenlampe reichte gerade noch aus, um den Boden des Kraters etwas aufzuhellen.
„Oh, mein Gott!", stieß sie aus und hätte vor Schreck über den Anblick fast die Taschenlampe fallengelassen. *Alon!*
Viele Meter unter ihr lag der zu Tode gestürzte Körper in unnatürlich verdrehter Haltung. Schon auf den ersten Blick war klar, dass für ihn jede Hilfe zu spät kam.

***

Was war das? Chess hatte keinerlei Zeitgefühl, als sie durch ein Geräusch vor dem Zelt aus dem Schlaf gerissen wurde. Sie brauchte einen Moment, um zu realisieren, dass es mitten in der Nacht war, und die Gaslampe, die vor dem Zelteingang hing, ausgegangen war. Auch das Lagerfeuer musste bereits komplett heruntergebrannt sein, weil kein Feuerschein mehr zu sehen war.
Wo ist die verflixte Taschenlampe hin? Ihre Hände tasteten die Umgebung des Schlafsacks ab, allerdings ohne Erfolg.
Das vertraute Raunen einer großen Katze war zu hören. Chess begann zu begreifen, dass es Simbas Laute gewesen waren, die sie aufgeweckt hatten.
„Pst!", flüsterte sie in Richtung Zeltausgang. „Nicht so laut, sonst weckst du Ali auch noch." Sie öffnete den Schlafsack und setzte sich auf. Das fahle Mondlicht fiel durch das schmale Zeltfenster und sorgte zumindest für etwas Helligkeit. „Wenn du mich nur aus dem Schlaf geholt hast, um mir wieder eine deiner toten Ratten zu präsentieren, dann..."
Ihr Blick fiel auf den leeren Schlafsack ihres Bruders und im selben Augenblick verstand sie auch, warum ihre Taschenlampe nicht mehr dort lag, wo sie sie jeden Abend vor dem Einschlafen deponierte.
Wieder meldete sich Simba von draußen.
„Ich komm ja schon!" Ihre Stimme klang weit weniger rücksichtsvoll, seit die Archäologin zu wissen glaubte, wohin

ihr Bruder die Taschenlampe entführt hatte. Mit einem einzigen Ruck zog sie den Reißverschluss des Moskitonetzes auf und kletterte hinaus.
Sofort schmiegte sich das Karakalweibchen an ihren Oberschenkel und stieß einen besorgt klingenden Knurrlaut aus.
„Zuerst brauchen wir Licht“, stellte Chess klar und schob das Tier zur Seite.
Die Gaskartuschen für die Lampen befanden sich im Materialzelt, das nur wenige Schritte entfernt lag. Glücklicherweise hatte Chess ihr Verständnis von Ordnung beim Einräumen der Vorräte durchgesetzt und so war es nicht schwer, auch bei Dunkelheit alles zu finden.
Mit gut einstudierten Handgriffen setzte sie eine Ersatzkartusche ein und kurz darauf leuchtete die Gaslampe wieder.
„Jetzt hör endlich auf zu maunzen!“, schimpfte sie die Katze, die auf dem Weg zur Ausgrabungsstätte in Schlangenlinie vor Chess’ Beinen lief. „Das nächste Mal weckst du mich sofort, wenn mein Bruderherz ohne mich zu einer Nachtwanderung aufbricht. Oder noch besser, du beißt ihm gleich ins Bein.“
Worüber Chess sich noch mehr ärgern konnte als über die Unpünktlichkeit ihres Bruders, war dessen Schwerhörigkeit, wenn es darum ging, ihr Nein zu akzeptieren.
Wütend und besorgt zugleich stapfte sie durch die Nacht. *Wehe, du hast die Wände nicht abgestützt.* „Simba, hör endlich auf, mir vor die Füße zu laufen!“
Durch ihre schnellen Schritte war sie so darauf konzentriert, den Boden vor sich auszuleuchten, dass ihr völlig entging, was sich hinter ihrem Rücken zusammenbraute.
Als ob es nicht gereicht hätte, die restlichen Stufen morgen früh freizulegen. Du bist so ein verdammter Sturschädel! Genau wie unser Vater... Vielleicht war auch genau das der Grund, warum sie ihren Bruder so bemutterte und warum sie sich für alles, was er tat, verantwortlich fühlte. Hätte ihr Vater auf sie gehört und die Behandlung zugelassen, wäre er vermutlich noch am Leben. *Du bist genauso stur, wie er es war... Wir wissen ja, wohin ihn das letztlich gebracht hat.*

Chess näherte sich der Ausgrabungsstelle. Ihre forschen Schritte ließen die Lampe heftig schaukeln. „Ali! Wo steckst du?“, rief sie in Richtung Sandloch.
Simba antwortete mit einem Knurrgeräusch.
„Du bist nicht gemeint.“ Sie klopfte dem Wüstenluchs mit der flachen Hand gegen die Flanke. „Ali?“
„Hier unten“, tönte seine gutgelaunte Stimme einige Meter entfernt und im selben Moment bemerkte Chess auch den Lichtschein aus dem Sandloch. Sie atmete erleichtert aus. Dann holte sie kräftig Luft, um ihren Bruder zur Rede zu stellen.
„Ich hab alles ordentlich abgestützt, genau wie meine Chefarchäologin es verlangt hat“, sagte er und nahm ihr damit die erste Windböe aus den Segeln. „Da, schau es dir selbst an. Die Seitenwände sind sogar mit doppelten Streben versehen.“ Er leuchtete mit seiner Gaslampe an der hölzernen Stützkonstruktion entlang.
„Ali, weißt du, wie spät es ist?“
„Kurz vor Sonnenaufgang, würde ich meinen. Meine Uhr liegt leider noch im Zelt, sonst könnte ich es dir genau sagen.“
„Sehr witzig“, entgegnete sie barsch. „Als Simba mich mitten in der Nacht geholt hat, dachte ich, dir ist etwas zugestoßen. Weißt du, was für einen Schreck ich bekommen habe?“
„Petze!“, zischte Ali in Richtung der vierbeinigen Verräterin.
„Lenk nicht ab. Warum ziehst du mitten in der Nacht los und sagst kein Sterbenswörtchen?“
Er stellte einen Fuß auf die Treppe und stützte seinen Arm darauf. „Wäre es dir lieber gewesen, wenn ich dich aufgeweckt hätte?“
„Ali!“
„Schon gut, ich konnte nicht schlafen und bevor ich mir die Zeit bis zum Morgengrauen mit Schäfchenzählen totschlage...“
„Du hättest mir wenigstens ein paar Worte auf einen Zettel schreiben können.“
„Wozu?“ Er winkte mit ihrer Taschenlampe. „Ohne die hättest du meine Nachricht sowieso nicht lesen können.“

Das funkelnde Grün von Chess' Augen wurde zunehmend giftiger. „Mach doch, was du willst. Ich werde mich nochmal aufs Ohr legen, bis es wirklich hell wird."
Er richtete sein Licht wieder nach unten. „Willst du denn gar nicht wissen, was ich hier habe?"
„Jede Menge Ärger mit deiner Schwester!"
„Den vermutlich auch", bemerkte er beiläufig. „Aber der alleine wäre die Schufterei sicher nicht wert gewesen. Ich hab noch was Besseres. Los, komm endlich runter! Wenn du das gesehen hast, kannst du sowieso nicht mehr schlafen."
„Na schön, schieß los", sagte sie und streckte sich durch, als hätte ihr Tag gerade begonnen.
„Zuerst schau dir die Stufen beim Runterkommen in aller Ruhe an." Er leuchtete ihr den Weg. „Ich habe es auch nicht gleich bemerkt, aber wenn du genau..."
„Sie sind in der Mitte viel stärker abgegangen als am Rand", gähnte sie, ohne richtig hinzusehen. „Das ist mir auch schon aufgefallen, wurden wohl sehr häufig benutzt."
Ali ließ sich die Enttäuschung darüber nicht anmerken, dass seine erste Entdeckung bereits die zweite in der Familie war.
„Simba!", rief Chess. „Jetzt gib endlich Ruhe mit dem Gemaunze! Möchte wissen, was sie schon wieder hat."
Chess stieg die Treppe hinunter und staunte nicht schlecht, als sie plötzlich vor den Resten eines zugemauerten Eingangs stand. Ein kleiner Teil der türartigen Öffnung lag bereits frei und Ali stand stolz daneben.
„Was sagst du nun, Schwesterherz?"
Sie sagte gar nichts und genau damit brachte sie zum Ausdruck, wie überrascht sie war, am Ende der Treppe keinen Brunnen, sondern einen Höhleneingang vorzufinden.
„Ich habe schon angefangen, ein paar Steine herauszulösen. Sie sitzen nicht besonders fest. So wie es aussieht, liegt dahinter eine Höhle, die nur notdürftig zugemauert wurde."
„Wolltest du nicht einen Tonkrug bergen, als wir das letzte Mal hier waren?"

„Der steht da drüben. Leider ist nicht mehr viel davon übrig. Aber viel wichtiger ist doch, dass ich dabei diese Mauer entdeckt habe."
„Besonders alt sieht mir die aber nicht aus", bemerkte Chess im Zuge einer ersten, oberflächlichen Begutachtung.
„Ist sie vermutlich auch nicht. Die hat jemand nur hochgezogen, um zu verhindern, dass Sand in die Höhle rutscht, während er die Treppe zuschaufelt."
Sie sah ihn überrascht an.
„Ich glaube, dass die Treppe absichtlich unter dem Sand begraben wurde, damit keiner mehr den Eingang zur Höhle findet. Jedenfalls keiner, der schnell aufgibt." Er war sich sicher, dass sie seine Anspielung verstanden hatte.
Chess schob wortlos ihren Bruder beiseite und leuchtete mit der Lampe in die Maueröffnung. Das Licht reichte allerdings nicht aus, um irgendwelche Details darin zu erkennen.
Sie drehte sich zu ihm um und stellte die Lampe auf den Boden.
„Wie groß ist diese Höhle?"
„Keine Ahnung", erwiderte er achselzuckend. „Hab es auch schon mit deiner Taschenlampe versucht, aber es ist da drin einfach zu..."
„Simba! Wenn du nicht gleich mit dem Geraunze aufhörst..."
„Was hat sie denn?", fragte Ali.
„Weiß ich nicht. Zuerst habe ich gedacht, sie ist deinetwegen so unruhig, aber..." Ohne ihren Satz zu beenden, verlangte sie nach ihrer Taschenlampe. Dann wies sie Ali an zu warten und stieg die Treppe wieder hinauf.
„Komm her, Simba!" Sie richtete die Lampe auf den Karakal und leuchtete das Fell sorgfältig nach möglichen Verletzungen ab. „Hast du wieder mit den Falschen gespielt?"
Simbas Fell zeigte keine Kampfspuren jüngeren Datums und auch die ältere Wunde am rechten Hinterlauf war gut verheilt.
„Ist sie verletzt?", rief Ali hinauf.
„Nein, zum Glück nicht." Chess klang erleichtert, tastete zur Sicherheit aber noch einmal das gesamte Fell ab und untersuchte den Wüstenluchs dabei auf Druckempfindlichkeit. „Ihr scheint auch sonst nichts wehzutun."

„Vielleicht streunt hier irgendwo ein Kater herum, der deiner Katzendame schöne Augen macht", scherzte Ali. „So groß und kräftig, wie sie ist, hat sich ihre Anwesenheit bei den ansässigen Männchen sicher schon herumgesprochen."
Simba stieß einen jammernden Laut aus, der so gar nicht zu ihrem üblichen Verhalten passte.
„Sie klingt verängstigt!" Chess packte Simba mit beiden Händen und dirigierte sie zur Treppe. „Pass auf sie auf! Ich sehe mich mal ein wenig um. Wenn hier etwas herumläuft, das sie erschrecken kann, dann muss es auch so groß sein, dass es mir auffällt."

***

Karin starrte geschockt in den Abgrund, dessen wahres Grauen sich erst im Schein der Taschenlampe offenbarte. Deutlich schwächer als die Kreidezeichnung an einem Polizeitatort hob sich die dunkle Silhouette des Toten vom Untergrund ab. Vermutlich ließ gerade das den Anblick noch um einiges grotesker wirken. Arme und Beine standen in höchst unnatürlichen Winkeln vom Körper ab.
Alon! Er muss im Dunkeln über den Rand... Sie wandte sich entsetzt zur Seite. *Schrecklich. Ob er noch gelebt...*
Im selben Moment holte ein Geräusch auf der anderen Seite des Kraters sie ins Hier und Jetzt zurück.
Instinktiv riss sie die Taschenlampe hoch und richtete sie darauf. Schemenhaft war eine dunkel gekleidete Gestalt zu erkennen, die sich am Kraterrand entlangtastete.
„Ich dachte schon", kam prompt die Reaktion von der anderen Seite, „Sie hätten sich das mit dem gemeinsamen Abend anders überlegt."
„Alon!" Am liebsten wäre sie sofort hingelaufen und ihm vor Freude um den Hals gesprungen.
„Passen Sie auf, wo Sie hintreten. Nur ganz am Rand trägt der Vorsprung unser Gewicht auch." Alons Stimme klang eigenartig geschwächt.

Karin folgte seinem Rat und bewegte sich vorsichtig auf ihn zu. „Geht es Ihnen gut?“, fragte sie. „Ich dachte schon, Sie wären da hinuntergestürzt.“
„Viel hätte auch nicht gefehlt.“
„Wo haben Sie denn Ihre Taschenlampe gelassen?“
„Das ist eine lange Geschichte“, erwiderte er. „Wir sollten machen, dass wir hier rauskommen.“ Er ging ihr einige Schritte entgegen.
Karin winkte sofort ab. „Es könnte sein, dass Sie uns den Weg freischießen müssen.“ Sie leuchtete ihm direkt ins Gesicht und erkannte, dass es ihm nicht gut ging. „Was ist passiert?“
„Sie zuerst“, stellte er klar.
„Okay, wir haben nicht viel Zeit - also die Kurzfassung: Nachdem Sie weg waren, ging das Licht aus. Ich habe eine Zeit lang gewartet, bis ich mich dazu durchgerungen habe, die Taschenlampe aufzudrehen. Und dann habe ich Schritte gehört und hingeleuchtet. Aber die Schritte kamen aus der falschen Richtung. Ich bin sofort losgelaufen, aber er folgt mir.“
„Wer?“
„Ich weiß es nicht! Glauben Sie, ich bleibe stehen und warte, bis sich mein Mörder vorstellt?“
„Haben Sie jemanden gesehen?“
„Nein.“
„Hat er Sie bemerkt?“
„Nein... Ja“, sie zögerte. „Ich weiß es nicht. Wahrscheinlich schon.“
„Kommen Sie“, sagte Alon, der genug gehört hatte. „Wenn es zu einem Kampf kommt, dann besser nicht hier.“ Er zeigte auf den Tunneleingang zu seiner Rechten. „Der hier scheint mir die beste Wahl zu sein.“
„Wie weit waren Sie da schon...“
„Gar nicht.“
„Und woher wissen Sie dann...“
„Die anderen beiden Tunnel enden nach wenigen Metern in Sackgassen.“
„Überzeugt“, antwortete Karin und folgte ihm in den Tunnel. „Haben Sie die Leiche in dem Krater gesehen?“

„Nicht so laut“, zischte Alon. „Wir dürfen nicht riskieren, dass unsere Stimmen das Brummen des Lüftungsgeräuschs überlagern.“
„Haben Sie die Leiche gesehen?“, wiederholte sie die Frage deutlich leiser.
„Ja, natürlich. Gut möglich, dass es Fogg ist. Aber auf die Entfernung ist das sehr schwer zu sagen. Es könnte genauso gut jemand anderes sein.“
„Ich hatte schon befürchtet, dass Sie es sind.“
Alon warf einen flüchtigen Blick nach hinten. „Sie haben ja eine tolle Meinung von mir.“
„Sie sollten mir lieber dankbar sein, dass ich mich geirrt habe.“
„Bin ich auch“, brummte er.
„Jetzt erzählen Sie mir endlich, warum Sie nicht zurückgekommen sind, wie Sie es versprochen haben. Und was ist mit Ihrer Taschenlampe passiert?“ Sie machte ein paar schnelle Schritte um aufzuholen und ging jetzt neben Alon.
„Können Sie...“
„Um Himmels willen!“, rief sie aus, als sie den Ärmel seines Sweatshirts bemerkte. „Was ist denn mit Ihrem Arm passiert?“ Sie wollte ihn berühren, doch Alon wich ihrer Hand aus.
„Das wollte ich Ihnen ja gerade erzählen“, erklärte er.
„Sie zittern ja noch mehr als ich. Was ist geschehen?“
„Können Sie schießen?“, kam die Gegenfrage.
Ihr Blick war selbst im Halbdunkel der Taschenlampe geeignet, Alon die Antwort auf seine Frage zu geben. „Das habe ich befürchtet.“
„Ich habe mal im Prater beim Schießstand einen rosa Bären gewonnen.“
„Wirklich?“
Sie nickte. „Ja, aber ich habe eigentlich auf den blauen Elefanten in der Reihe darunter gezielt.“
„Vergessen Sie meine Frage und sparen Sie sich den Atem. Sie werden ihn noch brauchen.“
„Erzählen Sie mir jetzt endlich...“

„Als ich bei dem Krater angekommen bin, brannte das Licht noch. Die anderen Gänge waren aber dunkel. Ich habe mich also mit der Taschenlampe ein wenig umgesehen."
„Die beiden Sackgassen", warf sie dazwischen.
„Genau. Neben dem Eingang zum dritten Tunnel bemerkte ich einen Stromverteiler, der ebenfalls neu sein dürfte. Er speiste auch den Tunnel mit Strom, durch den wir gekommen sind."
„Speiste?", frage sie betont langsam. „Jetzt sagen Sie aber nicht, dass wir den Stromausfall Ihnen zu verdanken haben?"
„Soll ich die Geschichte fertig erzählen, oder wollen Sie sich lieber ein alternatives Ende überlegen?"
„Schon gut. Reden Sie endlich!"
„Da war auch ein Lichtschalter für den Tunnel, in dem wir uns gerade bewegen." Er signalisierte ihr, die Lampe ein wenig höher zu halten. „Sehen Sie die Deckenbeleuchtung? Auch hier wurde erst vor kurzem alles neu verkabelt."
„Was ist dann passiert?" Sie klang höchst ungeduldig.
„Ich habe mit der Taschenlampe auf den Schalter gedrückt und gehofft, dass das Licht angeht."
„Wieso mit der Taschenlampe?"
„Weil ich jetzt sonst zu tot wäre, um Ihnen die Geschichte erzählen zu können. Der Schalter war eine verdammte Falle! Irgendjemand hat sich sehr viel Mühe damit gegeben und ihn so kurzgeschlossen, dass beim Einschalten ein Lichtbogen entstanden ist, als hätte der Blitz eingeschlagen. Das vordere Ende der Taschenlampe ist durch die Energieladung buchstäblich verdampft und das, was davon am hinteren Ende noch ankam, hat gereicht, um mich auf den Boden zu schicken. Als ich wieder zu mir kam, war es stockfinster und mein Arm hat sich angefühlt, als wäre er voller Ameisen. Und ich meine diese wirklich bösen Ameisen, die einem richtig große Stücke aus dem Arm beißen können."
„Ein Stromschlag, deshalb zittern Sie so."
„Natürlich, dachten Sie etwa ich habe einen Zuckerschock, wie damals, als Sie mir die letzte Mehlspeise..."
„Sie haben das mit dem Schießen vorher ernst gemeint!"

„Todernst", sagte er und diesmal bestand kein Zweifel mehr daran, wie es gemeint war.
„Wie lange glauben Sie, dass es dauert, bis Ihr Arm..."
„Keine Ahnung. Wissen Sie, für gewöhnlich geht einfach nur das Licht an, wenn ich auf einen Schalter drücke."
„Können Sie denn nicht mit links schießen?"
„Spielen Sie Golf?", fragte er.
Sie stutzte. „Nein, wieso?"
„Egal... Nein, ich treffe nicht, wenn ich mit der linken Hand schießen muss. Jedenfalls nicht besser als Sie beim Zielschießen im Prater." Er warf ihr einen verständnislosen Blick zu. „Na ja, ein wenig besser vermutlich schon, aber wenn ich statt des Killers Sie treffen würde, gäbe es dafür keinen rosa Bären als Trostpreis."
„Und was machen wir jetzt?", wollte Karin wissen.
„Wir flüchten."
„Toller Plan!"
„Haben Sie denn einen besseren?"
„Möglicherweise. Bisher bin ich davon ausgegangen, dass der Killer das Licht abgedreht hat, der uns verfolgt. Aber wenn Sie das waren... Vielleicht ist das ja auch alles gar nicht so, wie ich denke."
„Wollen Sie lieber hierbleiben und Ihren Verfolger fragen, warum er den Lichtschalter zur Photonenbombe umgebaut hat? Natürlich nur, falls Ihnen dazu noch Zeit bleibt, bevor sie neben dem armen Schwein am Grund des Kraters einschlagen. Oder würden Sie einen kräftigen Hieb auf den Hinterkopf bevorzugen? Nachdem er den bei Piazza versaut hat, brennt er sicher darauf, eine zweite Chance zu bekommen."
Eine Weile sagte keiner der beiden etwas, ehe Karin sich zurückmeldete. „Eigentlich hört sich Ihr Plan doch ganz vernünftig an. Wissen Sie, wohin wir laufen?"
„Nein, aber zufälligerweise habe ich eine passionierte Fremdenführerin an meiner Seite, die jede Straße und jedes Gebäude der Stadt kennt. Soll ich sie fragen?"
„Sie können froh sein, dass Sie mich dabei haben. Ohne mich würden Sie jetzt nämlich mit der besseren Hälfte Ihrer

explodierten Taschenlampe geradewegs in die Arme des Killers laufen."
Alon konnte sich sein Grinsen nicht verkneifen, auch wenn ihm die Kontrolle seiner Feinmotorik noch sichtlich Probleme bereitete.
„Sie sehen ziemlich mitgenommen aus", stellte Karin fest. „Sind Sie sicher, dass Sie keine Pause wollen? Wir könnten die Taschenlampe ausmachen und warten, bis sich der Todesengel auf unserem Catwalk präsentiert."
„Und dann?"
„Dann ziele ich auf seine Knie und hoffe, dass die Kugel diesmal wieder ein Stück weiter oben einschlägt."
„Lassen Sie uns noch ein paar Meter laufen, vielleicht finden wir einen besseren Platz. Außerdem fürchte ich, dass ich einen gewaltigen Muskelkater von dem Stromschlag davontragen werde, der erst so richtig zur Geltung kommen wird, sobald ich aufhöre, mich zu bewegen."
„Das wäre gut möglich. Soll ich Ihnen den Arm massieren?"
„Auf das Angebot komme ich gerne noch zurück, aber im Moment fehlt mir irgendwie das passende Ambiente, um mich zu entspannen. Wissen Sie, wie lang wir schon hier unten sind?"
Sie schwenkte den Lichtkegel auf ihre Armbanduhr. „Schon viel zu lang!"

***

Es war stockfinster, als Chess, nur mit einer Taschenlampe bewaffnet, ihre Kreise rund um die Ausgrabungsstelle zog. Simbas anhaltende Unruhe hatte die Archäologin dazu veranlasst, sich auf eigene Faust etwas umzusehen.
In der Zwischenzeit wartete Ali mit dem Karakalweibchen vor dem gerade erst entdeckten Höhlenzugang.
Chess war in einer ähnlichen Steinwüste wie dieser aufgewachsen und wusste, worauf sie sich einließ. Die wenigen großen Tiere, die hier noch jagten, waren schlau genug, sich von allem fernzuhalten, was nach menschlicher Behausung

aussah. Solange sie sich nicht zu weit von der Ausgrabungsstelle entfernte, hatte sie also eigentlich auch nichts zu befürchten. Andererseits konnte es aber auch nicht schaden, mit entsprechender Vorsicht an die Sache heranzugehen, und das tat sie.
Es ist weit und breit nichts zu sehen. Sie hatte vermutet, schlimmstenfalls auf eine herumstreunende Hyäne oder einen vom Rudel ausgestoßenen Wolf zu treffen, der sein Dasein nun als Einzelgänger fristete. Aufgrund ihrer Größe waren das die einzigen Tiere, die einen Karakal von Simbas Dimensionen einschüchtern konnten.
Sie machte ein paar Schritte, blieb dann stehen und lauschte in die Nacht. Rundherum war alles still, wenn man vom permanenten Hintergrundgeräusch der Wüste absah.
Es ist fast schon zu still.
Wie auf Kommando meldete sich Simba kurz, aber lautstark zu Wort und wurde gleich darauf von Alis beschwörender Stimme beruhigt.
Was hat sie nur? Chess blickte zurück und konnte die Ausgrabungsstelle nur noch an dem schwachen Leuchten erkennen, das den Rand des Sandlochs orangefarben schimmern ließ. Sie wusste, dass ihr Karakal in der Lage war, Beute und Gefahren über große Distanzen hinweg wahrzunehmen, konnte sich Simbas Verhalten aber gerade deshalb nicht erklären.
Bei anderen Gelegenheiten waren sie Hyänen sicher viel näher gewesen, ohne dass Simba ähnlich reagiert hätte. Zudem hatte Chess selbst beobachtet, wie wenig Respekt ihre Katze vor größeren Tieren zeigte. *Sie hat so gut wie nie Angst.*
„Chess!“ Alis Ruf mischte sich unter Simbas Knurrlaute. „Ich glaube, es ist besser, wenn du wieder herkommst. Sie wird immer unruhiger.“
„Gleich“, rief sie in die Nacht zurück. „Versuch, sie hinter dem Ohr zu kraulen, das hilft immer! Ich möchte mich noch schnell bei dem Hügel da vorne umsehen!“ *Wenn sich hier tatsächlich noch etwas versteckt hält, dann ist das sicher der beste Platz.*

Zielstrebig bewegte sie sich auf die Anhöhe aus Sandstein zu. Der ganze Hügel war nur ein paar Meter hoch und vom Durchmesser her nicht größer als ein Einfamilienhaus. Dennoch war es der beste Aussichtspunkt im näheren Umkreis und bot auf der jeweils abgewandten Seite auch einen gewissen Sichtschutz.

Von da oben sehe ich jedenfalls in alle Richtungen gleich weit.

Simba machte ihrem steigenden Unwohlsein laut Luft. Es war das dominierende, weil einzige Geräusch, das Chess hörte. Sie hatte den höchsten Punkt der Sandsteinformation erreicht und drehte sich wie das Signalfeuer eines Leuchtturms im Kreis.

Zuerst suchte sie die unmittelbare Umgebung ab, und dann weitete sie den Radius so lange aus, bis das Licht ihrer Taschenlampe sich verlor. *Nichts!*

„Chess!“ Alis Stimme klang angespannt. „Dein Kätzchen hat genug vom Warten.“ Nach zwei wenig erfolgreichen Ohrkraul-Versuchen signalisierte das Karakalweibchen fauchend, dass es an weiteren nicht interessiert war.

Simba wirkte dabei aber keineswegs angriffslustig, sondern verhielt sich so, als hätte jemand oder etwas sie in die sprichwörtliche Ecke gedrängt, die sie nun auch nicht mehr zu verlassen beabsichtigte.

Ali entfernte unterdessen weitere Steine aus dem Höhleneingang. Die Öffnung hatte fast schon die Größe eines Benzinkanisters. Zu erkennen war im Inneren der Höhle allerdings nach wie vor nur tiefstes Nichts.

Hoffentlich kommt Chess endlich zurück. Ich bin deutlich schneller, wenn ich mich nicht auch noch um die Hormonstörungen ihres Haustiers kümmern muss. Er hob einen weiteren Stein heraus und legte ihn neben sich auf den Boden. „Hör auf mich anzufauchen!“

Chess stand auf der Anhöhe und lauschte. Sie wartete immer noch auf einen markanten Tierlaut, der einen Anhaltspunkt für Simbas Verhalten geben würde, die sich zumindest kurzfristig nicht bemerkbar machte.

Stattdessen war nur das Hintergrundgeräusch der Wüste zu hören. Ein vibrierender Ton, den die aneinanderreibenden

Sandkörner machten, wenn der Wind über die Unendlichkeit aus Sand und Stein strich.
Ohne sich all zu viel davon zu erhoffen, schaltete Chess die Taschenlampe aus und starrte in die Dunkelheit. Die Sekunden verstrichen und nichts passierte. Es kam ihr so vor, als würde das Vibrieren der Sandkörner lauter werden. Das war wenig überraschend, da ihr Gehirn mangels visueller Reize nun dem Gehör größere Aufmerksamkeit schenkte und dessen Eindrücke verstärkte.
Als sie so ruhig dastand, wurde ihr erst bewusst, wie empfindlich es abgekühlt hatte, und wie unpassend ihr T-Shirt für die nächtlichen Temperaturen war. Ein Luftzug wehte in ihre Richtung und verstärkte den Eindruck zusätzlich.
Sie rieb sich mit den Händen über die Unterarme. *Kaum vorstellbar, dass hier in ein paar Stunden wieder die Sonne herunterbrennt und den Sand zum Glühen bringt.*
Erneut hörte sie Simba. Ihre Laute klangen diesmal gedämpfter. Da Chess sich aber nicht weiter von der Ausgrabungsstelle entfernt hatte, vermutete sie zunächst, dass ihr Haustier sich beruhigt hätte.
Tatsächlich aber war es nicht Simbas Lautstärke, die sich reduziert hatte. Vielmehr verstärkte sich das laute Vibrieren der Sandkörner ringsum mit jedem ihrer Atemzüge.
„Chess, wo steckst du?" Alis Stimme reichte kaum noch aus, um die Katze zu übertönen, die in ihrer Ecke kauerte, als wäre es der letzte sichere Platz auf Erden. Zwar hatte Ali längst eingesehen, dass es keine Hormone sein konnten, die Simba zu diesem höchst merkwürdigen Verhalten veranlassten, der wahre Grund blieb ihm dennoch verborgen. Kurzfristig hatte er sogar befürchtet, dass das Öffnen der Höhle Auslöser für ihre Reaktion war, aber dann wäre sie wohl kaum wie versteinert daneben sitzen geblieben.
Vermutlich hätte Ali dem Lärm der Wüste längst mehr Aufmerksamkeit geschenkt, wenn Simbas verängstigte Schreie nicht jedes andere Geräusch im Sandloch überlagert hätten.
Für Chess wurde es indessen unmöglich, das Kreischen der Sandkörner noch zu überhören, die der Wind von der

irakischen Seite aus durch das Tal peitschte. Ihr Blick war zum Himmel gerichtet, der ihre schlimmsten Befürchtungen bestätigte.
Dort, wo zuvor noch der Mond geleuchtet hatte, klaffte ein riesiges Nichts und breitete sich mit atemberaubender Geschwindigkeit über den Nachthimmel aus. Die Sterne verschwanden mit solchem Tempo im Schwarz, als würde sie jemand der Reihe nach vom Himmel reißen.
Für eine viel zu lange Schrecksekunde stockte Chess der Atem - wertvolle Zeit, in der ihre entsetzten Augen mitverfolgen mussten, wie weitere Sterne erloschen.
In einer Art Trancezustand schaltete sie die Taschenlampe ein. Zeitgleich schossen aus dem Nebennierenmark gewaltige Mengen an Neurotransmittern in die Blutbahn, die die Muskeln für einen Alarmstart vorbereiteten.
Es gab Instinkte, die nie schliefen, und einer von ihnen setzte die Entscheidung um, die Chess' Bewusstsein erst mit dem nächsten Herzschlag treffen sollte.
Binnen Sekundenbruchteilen wurden Energiereserven mobilisiert und wie Benzin durch die Beinmuskulatur gepumpt, um Chess die Flucht zu ermöglichen.

***

Alon und Karin waren auf ihrem Weg durch das unterirdische Gangsystem an einer weiteren Gabelung vorbeigekommen. Überraschend einstimmig hatten sie sich diesmal für den mittleren Gang entschieden. Sein selbsttragendes Steingewölbe versprach weit mehr Stabilität als die morschen Holzstützen der anderen Tunnel.
In vielen Momenten mochte die goldene Mitte eine gute Wahl sein, diesmal allerdings nicht. Schon nach wenigen Metern war der Boden feucht geworden und mittlerweile stand in dem Tunnel bereits knöchelhoch das Wasser.
„Ich fürchte, es wird immer tiefer. Noch könnten wir umdrehen." So wie Karin es sagte, klang es mehr nach einer Bitte als nach einem Vorschlag.

„Und welcher der wahnwitzigen Holzkonstruktionen in den anderen Gängen möchten Sie jetzt plötzlich doch ihr Leben anvertrauen?“
Sie seufzte. „Ich hatte eigentlich gemeint, dass wir uns nur so lange darin verstecken, bis sich der Killer hoffentlich für einen der anderen Tunnel entscheidet.“
„Ich fürchte, genau das machen wir gerade. Kommen Sie weiter“, trieb Alon sie an.
Ihre Schritte platschten im Wasser und irgendwo aus der Dunkelheit hallten sie als fernes Echo wieder.
„Es klingt so, als würde da vorne ein großer Hohlraum kommen, vielleicht noch eine von diesen Kuppelhallen.“
„Mir ist alles recht. Hauptsache, wir entscheiden uns bei der nächsten Abzweigung für den trockenen Weg. Das Wasser ist eiskalt.“
Mit jedem ihrer Schritte wurde das Echo lauter und das Wasser, durch das sie wateten, tiefer.
Kurz bevor der Wasserstand Alons Oberschenkel erreichte, fanden sie sich in einer runden Gewölbekonstruktion wieder. Diese besaß starke Ähnlichkeit mit dem Kuppelraum, in dem Karin Alon wiedergetroffen hatte. Der wesentlichste Unterschied lag darin, dass der Boden hier nicht aus einem Krater bestand, sondern aus einem kleinen See. Zudem war die gesamte Kuppel mit einer dicken Rußschicht bedeckt, die eigentlich nur von einem Großfeuer stammen konnte.
Karin schwenkte die Taschenlampe, deren Licht an der Wasseroberfläche geheimnisvoll glitzerte, zu allen Seiten. „Wo sind wir hier?“
„Religion gehört zwar nicht zu meinen Spezialgebieten, aber ich erkenne die traurigen Reste einer ausgebrannten Synagoge, wenn ich sie sehe“, antwortete Alon, der äußerst bedacht darauf war, sich nicht zu weit von der Taschenlampe zu entfernen.
„Eine Synagoge im Untergrund.“ Beim Gedanken daran, was hier passiert sein mochte, erschauderte sie. Die Schatten einer furchtbaren Vergangenheit hingen deutlich spürbar in der Luft.

„Die stammt wahrscheinlich noch aus der Zeit des Zweiten Weltkriegs."
„Gut möglich. Leuchten Sie mal hierher!" Alon hatte einen Schacht entdeckt, der nach oben führte. Er zeigte auf die Reste einer Steigleiter in der Wand. „Hier gab es einmal einen Weg nach oben. Vielleicht ein Ausgang."
Die hervorstehenden Eisenbügel waren komplett verrostet. Die meisten ihrer Mittelstücke, die einst als Trittflächen gedacht gewesen waren, fehlten längst. Den verbliebenen hatte die feuchte Luft gut zwei Drittel ihrer Materialstärke weggefressen. Überall sonst ragten nur noch die beiden Seitenteile aus der Wand, wie vom Rost angespitzte Zahnstocher.
„Hier kommen wir nicht weiter."
„Hier nicht, aber vielleicht dort drüben." Sie leuchtete zwei Steinportale auf der gegenüberliegenden Seite des Sees an, die unterschiedlich weit aus dem Wasser ragten. Vor allem das rechte wirkte wenig einladend, wenn einem Kiemen fehlten.
„Halten Sie die Lampe weiter nach rechts. Dort scheint auch noch etwas zu sein."
Im Lichtkegel tauchten die Reste eines weiteren Portals auf. Nur noch die obere Begrenzung war zu erkennen, der Rest lag unter der Seeoberfläche.
„Hier muss der Boden auch nachgegeben haben", folgerte Karin. „Die ganze Kuppel hängt schief. Zumindest lässt der unterschiedlich hohe Wasserstand in den drei Portalen darauf schließen."
„Ich vermute, hier kam Sprengstoff zum Einsatz. Das würde auch die Brandschäden erklären. Ein Wunder, dass die Kuppel überhaupt noch hält."
Sie stimmte ihm zu. „Damit wäre auch geklärt, welchen Weg wir hier rausnehmen. Ich habe jedenfalls keine Lust, mich hier als Höhlentaucherin zu versuchen."
„Geht mir genauso."
„Gut, dann lassen sie uns diesmal den linken Gang nehmen. An das hüfthohe Wasser habe ich mich fast schon gewöhnt."
„Bleibt nur zu hoffen, dass der Tunnel auch wirklich wieder an die Oberfläche führt. Viel mehr Reserve nach unten haben wir

nämlich nicht mehr.“ Er musterte Karin, um die Situation besser einschätzen zu können. „Noch sechzig Zentimeter, bestenfalls siebzig, dann steht Ihnen das Wasser bis zum Hals.“
„So viel besser sieht es für Sie auch nicht aus. Und ob die Taschenlampe dabei mitmacht, ist mehr als fraglich. Vielleicht sollten wir es doch besser mit einem Hinterhalt versuchen. Was macht Ihr Arm?“
Alon kam näher und hielt seine rechte Hand ins Licht. Das Zittern war nicht zu übersehen. „Können wir vergessen. Das wird eher schlimmer als besser, kommt mir vor.“
„Liegt vielleicht auch am Eiswasser. Wir sollten machen, dass wir wieder ins Trockene kommen.“
Alons Blick verharrte weiter auf seiner Hand, obwohl Karin die Lampe längst wieder weggedreht hatte.
Abhängig von der Entfernung zum Ziel konnte jeder verzitterte Millimeter zu beträchtlicher Streuung führen. Ein sicherer Schuss, daran bestand für Alon kein Zweifel, war unter diesen Bedingungen unmöglich.
Was ihm im Moment aber mehr Sorgen bereitete, war die Vergänglichkeit der Taschenlampe, die Karin völlig zu Recht angesprochen hatte. *Ohne Licht haben wir nicht die geringste Chance, den Weg zurückzufinden, und die Batterien werden nicht ewig halten.*
Schon die ganze Zeit hatte er sich gefragt, warum der Killer sie nicht längst eingeholt hatte. Zum einen kannte er sich in dem Tunnelsystem zweifellos viel besser aus, zum anderen musste er längst mitbekommen haben, dass Alon außerstande war, sich einem offenen Kampf zu stellen.
Der will sich die Hände nicht an uns dreckig machen! Er treibt uns einfach nur so lange durch die Tunnel, bis...
„Alon? Worauf warten Sie? Wir müssen weiter.“ Karin war bereits ein ganzes Stück vorangegangen und leuchtete ihn an. „Gehen Sie nur am Rand entlang. Zur Mitte hin wird es rasch tiefer.“

***

Das war mir klar. Maier überlegte kurz, ob ihm die Treibjagd im Wiener Untergrund wert war, nasse Füße zu bekommen. *Sie sind in den überfluteten Gang zur alten Synagoge gelaufen. Kollek ist so leicht zu durchschauen.*
Er krempelte seine Hose bis zu den Knien auf und setzte seine Schritte auf dem nassen Boden ebenso vorsichtig wie zielsicher. Dabei machte er weit weniger Lärm als seine Beute, die erst vor wenigen Minuten hier durchgekommen sein musste.
Im Gegensatz zu den beiden Flüchtenden hatte Maier es aber auch überhaupt nicht eilig. *Es ist nur eine Frage der Zeit, bis ich sie erwische. Und wenn nicht, geht ihnen irgendwann sowieso das Licht aus. Dann können sie entweder in einer Ecke hockenbleiben und sich von den Ratten fressen lassen, oder sie enden wie Fogg. Dieser Idiot! Was musste er auch in Panik geraten und einfach loslaufen.*
Dass Professor Fogg bei seinem Fluchtversuch in den Tod gestürzt war, wollte Maier so gar nicht in den Kram passen. Seine Leiche lag im Krater wie auf einem Präsentierteller, war gleichzeitig aber auch unerreichbar in ihrem tiefen Grab.
Jedem, der daran vorbeikam, musste sie zwangsläufig auffallen, doch ohne entsprechende Bergeausrüstung sah Maier keine Möglichkeit, wie er die Überreste des Professors verschwinden lassen sollte. *Selbst nach seinem Tod macht er mir noch sinnlos Arbeit!*
Gerade deshalb war ihm sehr daran gelegen, alle weiteren Opfer an weniger exponierten Stellen verschwinden zu lassen. *So weit unten wird niemand mehr nach ihnen suchen. In diesen Teil der Tunnel hat sich seit Jahrzehnten keiner mehr vorgewagt, jedenfalls keiner, der es noch weitererzählen könnte... Ich muss nur sicherstellen, dass Kollek nicht doch noch einen Weg aus dem Tunnelsystem findet...*
Schritt für Schritt stieg das Wasser an und die Kälte kletterte an seinen Waden hoch.
Das süße Püppchen des Direktors ist kein Problem! Die bewegt sich keinen Millimeter mehr, wenn ihrer Taschenlampe erst der Saft ausgegangen ist... Aber dieser Kollek ist ein verdammt zäher Bursche. Der Stromschlag hätte ihn eigentlich

auf der Stelle töten müssen. Bisher hat noch keiner so was überlebt. Wissenschaftlicher Assistent - von wegen! Ich frage mich, für wen er in Wirklichkeit arbeitet. Vielleicht hat ihn Willendorfer auf die verschwundenen Kunstschätze angesetzt. Kann mir aber auch egal sein.

Er blieb stehen und krempelte seine Hose noch weiter auf. Der eingeschlagene Rand war bereits ein wenig feucht geworden und das störte Maier viel mehr als die nassen Schuhe.

Von so ein paar dahergelaufenen Möchtegern-Wissenschaftern lasse ich mir jedenfalls nicht das Geschäft meines Lebens versauen. An diesem Tuch verdiene ich auf einen Schlag mehr als mit dem ganzen Plunder, den Maier und ich in den letzten Jahren hier rausgeschafft und verscherbelt haben.

Er erinnerte sich nur zu gut an den ursprünglichen Maier, der sein Verbindungsmann im Naturhistorischen Museum gewesen war. Mehrere Monate hindurch hatte er mit ihm lukrative Geschäfte gemacht und dafür gesorgt, dass die Lagerräume des Museums nicht vorzeitig aus allen Nähten platzten.

Alles war gut gelaufen, bis der ursprüngliche Maier zu gierig geworden war. *Mein Anteil reicht mir nicht mehr*, hatte er eines Nachts am Biertisch gegrölt. *Schließlich bin ich es, der da drinnen Kopf und Kragen riskiert. Wenn die Sache jemals auffliegt, wandere ich in den Bau und von dir weiß keiner! Ich will genauso viel an jedem Stück verdienen wie du!*

Maier, der sich damals genau genommen noch nicht Maier genannt hatte, war zum Schein auf die Bedingungen eingegangen und hatte den Vorschlag gemacht, die Details in aller Ruhe bei einem gemütlichen Skiwochenende zu besprechen.

Allzu bereitwillig hatten ihre Auftraggeber den Kurzurlaub finanziert, um das Problem aus der Welt zu schaffen. Zu diesem Zeitpunkt legten sie auch das Ablaufdatum des ursprünglichen Maiers fest. Den inoffiziellen Teil seiner Arbeit im Museum sollte künftig der neue Maier besser und günstiger erledigen. Der offizielle Teil seiner Arbeit interessierte die Diebe ohnehin nicht.

So war das Lawinenunglück an diesem Wochenende nur für einen der Beteiligten überraschend gekommen. Da das Leid des einen aber bekanntlich zur Freude der anderen beiträgt, ließ diese auch nicht lange auf sich warten. Vor allem der neue Maier profitierte von der veränderten Situation erheblich, hatte sich sein Anteil am Geschäft doch um ein ganzes Stück erhöht.
Nämlich exakt um jenen Betrag, der dem ursprünglichen Maier dafür zugestanden hatte, damit dieser die richtigen Museumstüren zur falschen Zeit unverschlossen ließ.
Dank der Nachschlüssel und des unterirdischen Zugangs war es Maier nun ein leichtes, im Museum nach Belieben ein- und auszugehen.
Wie die Praxis rasch bestätigte, waren alle Partner des Geschäftsmodells bessergestellt, nachdem Maier sein Aufgabengebiet erweitert hatte.
Wenn dieses verdammte Wasser bloß nicht so kalt wäre! Ich frier mir hier ja sonstwas ab.
Die Absatzmengen hatten sich infolge von Maiers Skrupellosigkeit ebenso erhöht wie die Fehlmengen im Tiefspeicher.
Natürlich war er sich der Tatsache bewusst, dass der illegale Handel mit Kunstschätzen eines Tages auffliegen würde. Schließlich hatte er sich genau diese Bedenken immer wieder anhören müssen, wenn er seinen Vorgänger zu neuen Lieferungen gedrängt hatte:
Wir müssen in Zukunft vorsichtiger sein. Die sind nicht blöd! Es kostet viel Zeit, die gesamte Bestandsliste immer wieder umzuschreiben und es so aussehen zu lassen, als wären die jeweiligen Stücke gerade an eine andere Abteilung verliehen. Wenn ich dabei den Überblick verliere und nur den kleinsten Fehler einbaue, fliegt die ganze Sache sofort auf.
Doch all das war Maier mittlerweile egal. Für ihn zählte nur noch der eine ganz große Fisch, den er an der Angel hatte, den es nur noch an Land zu ziehen galt.
Der Verkauf des Grabtuchs würde ihm so viel Provision einbringen, dass er sich die Anerkennung kaufen konnte, die ihm als Wissenschafter bisher versagt geblieben war.

Längst hatte er den Überblick verloren, wie viele Identitäten er in seinem Leben gestohlen hatte. Zu viele Leute waren spurlos verschwunden, an deren Namen er sich nicht mehr erinnern wollte. Mit jeder neuen Verwandlung streifte er frühere Persönlichkeiten wie alte Haut ab. Er übernahm dabei nicht nur die bloßen Äußerlichkeiten seiner Opfer, sondern verinnerlichte deren Existenz auf einzigartige Weise: Er stahl ihr Leben und machte es zu seinem.
Er blieb stehen und kramte eine weitere Kopfschmerztablette heraus, bereits die vierte, die er an diesem Nachmittag zerkaute. *Ich hätte nicht so fest zuschlagen sollen.* Er griff sich an den schwarzen Vollvisierhelm, der in Verbindung mit seiner ebenfalls schwarzen Kleidung dafür sorgte, dass er im Dunkel so gut wie unsichtbar war. Allerdings beeinträchtigte er auch das Gehör seines Trägers.
Aber ich hatte nur diese eine Chance. Der Angriff musste echt aussehen, damit ich alle überzeuge... Es hatte ihm ein gehöriges Maß an Selbstdisziplin abverlangt, sich vorsätzlich eine Kopfwunde zuzufügen, um einen Überfall vorzutäuschen.
Genau das war Piazza, wie Maier sich mittlerweile nannte, perfekt gelungen. Alon Kollek hatte sich sofort daran gemacht, jene verrostete Kellertür zu suchen, an die Piazza sich nach dem Überfall noch vage erinnern hatte können.
Verdammter Schnüffler! Von dir lasse ich mir mein Geschäft nicht vermasseln, nicht so kurz vor dem Abschluss. Das ist der Jackpot meines Lebens!
Kolleks Schicksal war besiegelt - seines, und das seiner Freundin. Beide würden dieses Tunnelsystem nicht mehr verlassen.
Eingeplant hatte Piazza all die Leichen freilich nicht, vielmehr hatten die Umstände ihn zum raschen Handeln gezwungen. *Fogg hat mich dazu getrieben, dieser Schwätzer!*
Nachdem Fogg plötzlich begonnen hatte, sich zu sehr für Piazzas Ausleuchtungsexperimente an dem Grabtuch zu interessieren, war es unvermeidbar geworden, die Notbremse zu ziehen. Dass der Brite so rasch den Tod gefunden hatte, war keinesfalls beabsichtigt gewesen, hatte sich aber nicht mehr

verhindern lassen. Zumindest konnte er jetzt keinem mehr von dem Hologramm erzählen, das er auf dem Grabtuch gesehen haben wollte, als Piazza bei seiner Arbeit einen Moment lang unvorsichtig gewesen war.
Doch das alles würde sehr bald keine Rolle mehr spielen.
Dieses Tuch wird dafür sorgen, dass ich im Geld schwimme!
Bis es so weit war, sah er sich allerdings gezwungen, weiter durch das eisige Nass zu waten.

***

Alon und Karin hatten sich zu einer Entscheidung durchgerungen. Sie waren übereingekommen, dass sie ihre Flucht nicht endlos fortsetzen konnten. Ihre Bedenken bezüglich des Zustands der Taschenlampenbatterie hatten letztlich den Ausschlag gegeben, sich ihrem Verfolger in der versunkenen Synagoge zu stellen.
Um ihre Chancen zu verbessern, hatten sie sich in dem runden Raum getrennt. Während Karin sich mit der Taschenlampe in einer Mauernische gleich rechts neben dem Eingang versteckt hielt, bereitete Alon sich links davon auf das Unausweichliche vor.
Auf Karins Seite gab es nur ein Ausgangsportal, und das war komplett überflutet. Es war daher höchst unwahrscheinlich, dass jemand diesen Weg wählen würde. In Alons Hälfte dagegen gab es zwei Portale, von denen eines nur hüfthoch unter Wasser stand. Es war also naheliegend, dass der Verfolger diese Passage wählen würde, zumal ein direktes Durchqueren der Synagoge nur schwimmend möglich war.
Karins Versteck konnte er somit erst einsehen, wenn er mehr als die Hälfte des Weges zurückgelegt hatte. Und der führte ihn direkt an dem alten Schacht vorbei, in dem Alon auf seine Chance lauerte.
Karin vermochte nicht zu sagen, wie viele Minuten vergangen waren, seit sie die Taschenlampe abgedreht hatte. In der Dunkelheit kam ihr die Kälte noch viel schlimmer vor, die ihre Beine emporkroch. Die Versuchung war groß, die Augen für

einen Moment zu schließen und sich der Müdigkeit hinzugeben, die in dem nassen Grab lauerte.
Sie fragte sich immer wieder, ob es nicht doch besser gewesen wäre, wenn sie Alons Waffe bekommen hätte. So schwer kann das doch nicht sein. Aber vermutlich hatte Alon Recht gehabt mit seiner Aussage, dass ein bewaffneter Angreifer im Fall des Falles sofort zurückschießen würde und das vermutlich mit weit mehr Zielsicherheit.
Wenn Ihr erster Schuss nicht sitzt, hören Sie den zweiten nicht mehr. Seine Worte gingen ihr nicht mehr aus dem Kopf, so eindringlich hatte er sie wiederholt: *Sobald ich mich auf ihn stürze, schalten Sie die Taschenlampe ein und laufen denselben Weg zurück, den wir gekommen sind. Egal was passiert, bleiben Sie nicht stehen, bis Sie wieder im Museum sind.*
Auf ihre Frage, was Alon zu tun gedachte, wenn sie es mit mehr als einem Verfolger zu tun hätten, hatte er nur gelächelt. Vermutlich um sie zu beruhigen, aber das hatte nicht funktioniert. Das Herz raste vor Aufregung, während der Rest von ihr langsam erfror.
Alon lehnte an den verrosteten Tritteisen im Schacht und ließ nichts unversucht, die Kontrolle über seinen rechten Arm wiederzuerlangen. *Dieser verdammte Schalter hätte mir den Arm auch abreißen können.*
Bisher war jeder Versuch, die Glock 17 ruhig zu halten, kläglich gescheitert. Im Gegenteil, durch die Kälte verstärkte sich das Zittern zu zuckenden Krampfanfällen. Beim letzten wäre die Pistole fast im Wasser gelandet.
Hört das denn gar nicht mehr auf? Eine weitere Schmerzwelle raste durch seine Hand. Wie in einem riesigen Schraubstock drückten sich seine Finger zusammen und sorgten für Schmerzen, die er nur allzu gerne in die Dunkelheit hinausgeschrien hätte. Stattdessen biss er die Zähne zusammen und bog mit der anderen Hand die Finger einzeln wieder gerade.
Er konnte sich nicht erinnern, ob und weshalb er jemals feuchte Augen gehabt hatte, aber er war sich sicher, dieses Mal nicht zu vergessen.

Es war unglaublich, wie viel Kraft er gegen die kontrahierenden Muskeln aufbringen musste. Unter normalen Umständen hätte vermutlich schon der halbe Druck ausgereicht, um jeden der Finger mit Leichtigkeit zu brechen.
Den Daumen noch... Er verschluckte sein Brüllen und gab sich ganz den Zuckungen hin, die seinen Arm wie elektrische Schläge durchfluteten.
Mit jeder Sekunde wuchs Alons Verlangen nach Vergeltung. *Dafür wirst du bezahlen!* Der Wunsch nach Rache mochte einer der niedrigsten Überlebensinstinkte sein, aber er verstand es wie kein zweiter, sich vom Schmerz zu nähren. Und davon hatte Alon wahrlich genug.
Mittlerweile stand außer Zweifel, dass er den Angriff mit links durchführen würde. Jeder Versuch, einen Schlag mit der Rechten zu landen, war so sinnlos, als wollte man mit eingeschlafenen Beinen lossprinten.
Bei der Fülle an Druck- und Manipulationspunkten, die das Gesicht des Gegners bot, war die gewählte Angriffstaktik geradezu von brachialer Einfachheit: Ein beherzter Faustschlag gegen die Schläfe sollte es werden. Angesichts der seitlichen Angriffsposition und der schlechten Lichtverhältnisse hielt Alon diese Strategie für am erfolgversprechendsten.
Die Zeit schien stehengeblieben zu sein. Karin kämpfte mit aller Kraft gegen die Kälte an und trat vorsichtig mit den Füßen auf der Stelle, um sich in Bewegung zu halten.
Aus dem hinteren Teil der Synagoge war das leise Plätschern des Wassers zu hören, das durch den Fels gedrückt wurde und sich nun seinen Weg in den kleinen See suchte.
Es kostete sie viel Überwindung, die Augen offenzuhalten, obwohl es nicht den geringsten Unterschied machte. Zumindest so lange nicht, bis auf der Wasseroberfläche wie aus dem Nichts ein schwacher Lichtschimmer auftauchen würde.
Reiß dich zusammen! War der Startschuss erst einmal gefallen, musste alles ganz schnell gehen. *Hoffentlich kann Alon ihn ausschalten... Wenn er es...*

Hatte sie sich das nur eingebildet oder kam da tatsächlich jemand durch den Tunnel? Sie hielt den Atem an und war wie versteinert.
Das ist er! Als sie den Lichtschein bemerkte, schlug ihr Herz bis zum Hals und die aufsteigende Angst durchfuhr ihre eisigen Glieder. Mit eigenen Augen sah sie, wie der Catwalk-Effekt wirkte, vor dem Alon sie gewarnt hatte.
Sie schluckte. Jetzt gab es kein Zurück mehr. In den kommenden Sekunden war sie nur noch Zuschauerin in einer bizarren Inszenierung mit offenem Ausgang.
Der Lichtkegel tastete sorgsam die Wände der Synagoge ab. Wer immer ihn führte, schien alle Zeit der Welt zu haben.
Alon konnte von seiner Position den Tunnel nicht einsehen, ohne zu riskieren, bei dem Versuch entdeckt zu werden. Dennoch war er sich sicher, dass seine Zielperson den Eingangsbereich noch nicht verlassen hatte.
Na, los! Worauf wartest du? Vermutlich stehst du im letzten Stück des Tunnels und zögerst, weil du deine Deckung nicht verlassen willst... Ich würde es genauso machen... Komm schon!

***

Endlose Sekunden verstrichen. Sekunden, in denen das Licht der Taschenlampe unentschlossen über die Wände der Synagoge tanzte und zwischendurch immer wieder die Seeoberfläche zum Schimmern brachte.
Nur das Geräusch des durch die Mauerrisse sickernden Wassers war zu hören.
Bei dem Versuch, ihre Sicht zu verbessern, bewegte Karin sich ein Stück nach vorne. *Worauf wartet er?* Gerne hätte sie die Frage an Alon weitergegeben, doch der schien ihr mit einem Mal unendlich weit entfernt.
Wir hätten uns nicht trennen dürfen.
Und da geschah es. Als hätten ihre Gedanken sie verraten, änderte der Lichtkegel mit einem Ruck die Richtung und erleuchtete die Mauernische, die Karin als Versteck diente.

Instinktiv zuckte sie zurück und presste ihren Rücken gegen die Mauer. *Er kann mich nicht gesehen haben*, versuchte sie, sich zu beruhigen, während eine Überdosis Adrenalin durch ihre Schläfen jagte. *Atme! Du musst ruhig weiter atmen.* Das Letzte, was jetzt passieren durfte, war, dass sie vor Aufregung zu atmen vergaß und in der Folge lautstark hyperventilierte.
Die Kälte in ihren Gliedern war mit einem Schlag wie weggeblasen, als das Licht sich in Bewegung setzte.
Er kommt! Ihre Augen standen weit offen.
Entsetzt starrte sie auf die Wasseroberfläche, auf der sich die Lichtreflexionen näherten wie ein Kaiman beim Angriff. Mit jedem Meter, den er ihr entgegenschwamm, fraß er ein weiteres Stück der Dunkelheit, deren Schutz sie sich jetzt zurücksehnte.
Alon! Würde ein Hilfeschrei überhaupt noch etwas helfen? Oder würde er das Unausweichliche nur noch beschleunigen? Sie stand buchstäblich mit dem Rücken zur Wand und vor ihr erstreckte sich nur eisiges Wasser. An eine Flucht war nicht zu denken.
Verzweifelt tastete sie ihre Umgebung nach irgendetwas ab, das sich als Waffe verwenden ließ, doch da war nichts. Sie saß in der Falle.
Nie hätte sie gedacht, dass ihr letzter Gedanke einmal ihren Eltern gelten würde, doch nun war es Gewissheit.
Alon blieb keine Zeit mehr für Vorsicht. Nachdem er bemerkt hatte, dass der Lichtkegel sich von ihm entfernte und geradewegs auf Karins Versteck zusteuerte, musste er handeln. Mehr als die Umrisse einer schwarzen Gestalt konnte er von hinten und ohne Licht nicht erkennen. Er ist allein! Der Angreifer hatte ihm den Rücken zugewandt und war nur noch wenige Schritte von Karins Position entfernt.
Unter normalen Umständen hätte Alon keine Sekunde gezögert und die Situation mit einem Distanzschuss gerettet. Diesmal ließ er seine Glock aber stecken und hastete stattdessen durch das hüfthohe Wasser.

Die abgekühlten und vom Stromschlag geschwächten Muskeln mobilisierten ihre letzten Reserven, um den Vorsprung des Angreifers zu egalisieren. *Schneller!*
Während sich seine Beine durch das Wasser kämpften, verabschiedete Alon sich gleich wieder von der spontanen Idee, mit einem Sprung oder einem gezielten Fußtritt den Überraschungsangriff zu starten. Unter diesen Bedingungen grenzte es an ein Wunder, dass er überhaupt noch laufen konnte. Das Wasser legte sich wie ein Bleigürtel um seine Füße und bremste jeden seincr Schritte brutal ab, bevor sich eine Dynamik aus der Bewegung aufbauen konnte. *Los!*
Karin musste jeden Moment in den grellen Schein der Taschenlampe ihres Angreifers blicken und spätestens dann war ihre Zeit abgelaufen. *Schneller!*
Alon blieb nur die schattige Rückansicht des Unbekannten, von dem im schwachen Streulicht nicht mehr auszumachen war als die Umrisse.
Je mehr Boden Alon gutmachte, desto weniger Spielraum blieb ihm für etwaige Ausweichmanöver, falls der Angreifer doch noch die Richtung ändern sollte. Im besten Fall wäre es noch möglich gewesen, sich fallen zu lassen und dabei zu versuchen, die Glock doch mit links abzufeuern. Doch jeder Schuss würde auch Karin gefährden.
Auch wenn er das Ziehen der Waffe während eines Ausweichsprungs nie mit der linken Hand trainiert hatte, blieb es eine Option, möglicherweise die letzte.
Alon war bei seinem Wasserlauf bis auf zwei Schritte herangekommen, ohne dass der Angreifer ihn bemerkt zu haben schien. Als er schließlich doch noch reagierte und herumwirbeln wollte, hatte Alons Linke bereits zu einem Schlag ins Blaue angesetzt.
Was an Schwung vom Laufen noch über war, floss mit in den Fausthieb und verstärkte dessen Wucht beim Aufprall gegen den vermeintlichen Kopf.
Krachend bohrten sich Alons Knöchel in die oberste Schicht des Motorradhelms, wo Fiberglas und Kohlefasern zersplitterten.

Dem Israeli blieb keine Zeit darüber nachzudenken, warum sein Schlag sich anfühlte, als hätte er den Schädel einer Marmorbüste getroffen.
„Laufen Sie!“, brüllte er aus vollem Hals, während die Taschenlampe des Angreifers wie in Zeitlupe ins Wasser eintauchte. Mit schaukelnden Wellenbewegungen versank das schwächer werdende Licht in der Tiefe.
Karin bekam davon nichts mehr mit. Noch bevor Alons Worte verhallt waren, hatte sie ihre eigene Lampe eingeschaltet und rannte, so schnell das Wasser es zuließ.
„Laufen Sie!“, Alon, der von Karins Lampe selbst kurz geblendet wurde, wusste im selben Moment, dass Karin an ihm vorbei war. Nun gab es keinen Grund mehr, auf sie Rücksicht zu nehmen. Seine von den Helmsplittern zerschnittenen Finger packten die Glock und feuerten wahllos in die Richtung, in der er seinen Gegner vermutete.
Sehen konnte er außer dem aufblitzenden Mündungsfeuer allerdings nichts. Zu tief war die offensichtlich wasserdichte Lampe des Angreifers bereits gesunken, als dass ihr Licht noch ermöglicht hätte, etwas zu erkennen.
Karins Lichtkegel entfernte sich mit unglaublicher Geschwindigkeit. Sie rannte um ihr Leben und bog bereits in den Tunnel ein, der zurück zum Museum führte.
Erst jetzt ließ Alons Gehirn den Schmerz seiner blutenden Knöchel zu und signalisierte damit ganz massiv, wie gut er beraten war, Karin schleunigst zu folgen.

***

Chess rannte in Richtung Ausgrabungsstelle und verschwendete keine Sekunde damit, in die Nacht zurückzublicken. Es war ihr völlig egal, wie knapp der Sandsturm bereits hinter ihr tobte, solange sie es nur rechtzeitig zu ihrem Bruder schaffen würde. *Die Höhle ist unsere einzige Chance!*
Das anfängliche Vibrieren einzelner Sandkörner hatte längst die gesamte Umgebung erfasst und ließ den Boden erzittern.

Ohrenbetäubender Lärm hallte von beiden Seiten der Steilwände wider, während die Sturmfront immer rascher durch das Tal jagte.
Anders als bei reinen Sandstürmen war der Staubanteil der aufgewirbelten Luftmengen in dieser Steinwüste besonders hoch. Wer es nicht schaffte, schnell genug Schutz zu finden, riskierte sogar, darin zu ersticken. Dieser Tod war dem Ertrinken nicht unähnlich, da auch hier der Hustenreiz rasch dazu führte, dass sich die Lungen bei jedem Atemzug weiter mit Sand und Staub füllten, bis man schließlich qualvoll sein Ende fand.
Alis Hände hielten den Stiel seiner Schaufel fest umklammert und setzten sie wie eine Mischung aus Hammer und Brecheisen ein, um den Höhleneingang zu vergrößern.
Die Erleichterung über das näherkommende Licht von Chess' Taschenlampe hatte nicht lange angehalten. Sofort schlug die Erkenntnis durch, welch sterneverschluckendes Unheil sie verfolgte.
Mit viel Glück hätten er und Simba es vielleicht noch bis zum Range Rover geschafft, doch das war keine Lösung, solange Chess nicht bei ihnen war. Stattdessen setzte er alles daran, den Zugang zur Höhle so weit freizulegen, dass sie hindurch passen würden.
Seine Hände rammten die Schaufelspitze mit solcher Wucht gegen die Steine, dass die Funken flogen. *Schneller!*
Die ersten Vorboten des Sandsturms erreichten ihn und zwangen ihn, sein T-Shirt über Mund und Nase zu ziehen. Hustend und mit zusammengekniffenen Augen hämmerte er ohne Unterlass auf das obere Drittel der Steinmauer ein. Seine archäologische Sorgfalt beim Herauslösen einzelner Steine war längst dem Kampf ums nackte Überleben gewichen.
Er riss sein selbstgebasteltes Mundtuch für einen Augenblick hoch und spuckte den Dreck zurück in die Wüste. Aus dem Augenwinkel nahm er die Umrisse seiner Schwester wahr, die endlich die Treppe erreicht hatte. Es war weder möglich noch notwendig, ihr etwas zuzurufen. Ganz selbstverständlich

schnappte sie sich die andere Schaufel und schlug damit auf den zugemauerten Höhleneingang.
Der Sturm schleuderte Chess und Ali Jahrmillionen an Sand und Staub entgegen. Es war, als setzte die Wüste alles daran, die beiden Archäologen in ihr vergehen zu lassen.
Auch Chess' T-Shirt war längst zur Atemmaske umfunktioniert und auf ihrem entblößten Rücken verewigten sich die Sandkörner wie grobkörniges Schleifpapier.
Alis Schaufel riss einen größeren Stein heraus, der in dem gähnenden Schwarz der dahinterliegenden Höhle verschwand. Chess änderte ihre Strategie und setzte den Schaufelstiel als Hebel ein, um die von ihrem Bruder gelockerten Steine herauszubrechen.
„Die beiden noch!", glaubte sie sein Brüllen deuten zu können, während ringsum die ganze Wüste in Bewegung war. Der Sandregen kam jetzt von allen Seiten und es war fast unmöglich geworden, die Augen offen zu halten.
Das Licht der Lampen wurde zum größten Teil schon verschluckt, bevor es die Mauer überhaupt erhellen konnte. Es war, als hätte sich die ganze Wüste verflüssigt und drohte, alles unter ihren sandigen Staubfluten zu begraben.
Ali kniff seine schmerzenden Augen zusammen und schlug wie besessen auf die Steine ein. Wieder und wieder prallte seine Schaufel ab, bis er endlich die erlösende Leere hinter seinem Hieb verspürte, als ein weiteres Mauerstück nachgab. „Einen noch!"
Doch Chess packte seinen Arm und gab Ali zu verstehen, dass sie nicht länger warten wollte. Ohne Rücksicht auf sich oder ihre Kleidung zwängte sie sich kopfüber in die schmale Öffnung.
Bereits nach wenigen Zentimetern hatte sich ihre Situation um ein Vielfaches verbessert. Zum einen dichtete ihr Körper den Höhleneingang gegen den draußen herumfliegenden Sand gut ab, zum anderen herrschte im Inneren eine fast schon erlösende Stille, verglichen mit dem Kreischen des Sturms.
Simbas besorgt klingender Schrei drang irgendwo aus dem Dunkel an Chess' Ohren, während der Rest der Archäologin

noch damit kämpfte, in die Höhle vorzudringen. „Ganz ruhig, Simba. Wir sind gleich bei dir.“
Ali hatte den Karakal sofort in die Höhle verfrachtet, nachdem ihm die Öffnung dafür groß genug erschienen war. Jetzt hoffte er, dass sich seine Schwester nicht verschätzt hatte, und er ebenfalls noch Gelegenheit erhalten würde, sich in Sicherheit zu bringen.
Chess' Füße strampelten auf den ersten Blick zwar etwas planlos in der Luft, doch es gelang ihr dadurch, sich Stück für Stück vorzukämpfen, bis sie schließlich nach vorne überkippte und komplett in der Höhle verschwand.
„Jetzt du, Ali“, brüllte sie nach draußen.
Die Antwort kam ihr in Form einer der Gaslampen entgegen, die Ali ihr durch die Öffnung reichte. Chess packte die Lampe und wollte ihren Bruder gleich nachziehen, doch der löste sich aus ihrem Griff und schob stattdessen seine Schaufel hinterher.
„Komm schon! Vergiss den Krempel!“ *Was macht er jetzt wieder?*
Alis Umrisse vor dem Loch verschwanden und sofort wehte Chess wieder der Sand ins Gesicht. Instinktiv drehte sie sich mit dem Rücken zum Loch und versuchte, möglichst viel davon abzudecken. „Ali!“
Ali musste erkennen, wie unklug es gewesen war, die zweite Lampe irgendwo auf dem Boden abzustellen, denn von ihr fehlte jede Spur. Weit größer als das Risiko, sich bei der Suche danach zu verirren, schätzte er allerdings die Gefahr ein, dass sie ihm mit der nächsten Sturmböe um die Ohren flog.
„Ali!“ Chess' Stimme hatte keine Chance mehr, gegen das tobende Inferno anzukämpfen. Die Sturmfront hatte das Tal zur Gänze erreicht und würde alles unter einer dicken Sandschicht begraben, was sie wegzureißen nicht im Stande war.
„Mach Platz!“, hörte sie seine Stimme hinter sich und spürte, wie seine Hände sie unsanft zur Seite schubsten.
Wie seine Schwester zuvor war es nun Ali, der sich zumindest teilweise in Sicherheit befand und seine Augen wieder gefahrlos öffnen konnte.

Chess hatte die Gaslampe auf den Boden gestellt und das Licht ermöglichte einen ersten Überblick. Die Höhle war letztlich doch um einiges kleiner, als Ali vermutete hatte, und ähnelte bei genauer Betrachtung auch mehr einer künstlich in den Stein gehauenen Kammer.
„Worauf wartest du?“, fragte Chess höchst ungeduldig. „Komm endlich rein!“
Seine bisherigen Bemühungen, sich mit den Händen abzustoßen und so durch die Maueröffnung zu gelangen, zeigten nur mäßigen Erfolg. „Zieh!“, verlangte er und streckte ihr die Arme entgegen.
Mehrere Kraftanstrengungen später landete er unsanft auf dem glatten Steinboden. Sofort war der tobende Sandsturm wieder präsent und machte deutlich, mit welcher Wucht er über der Ausgrabungsstätte wütete. Kleine Steine und Sand kamen nahezu waagrecht hereingeflogen und Chess blieb keine andere Wahl, als sich wieder vor die Öffnung zu stellen, um das Schlimmste zu verhindern. „Wir müssen das Loch wieder...“
„Schon dabei“, sprang Ali auf und hatte in jeder Hand einen Stein. „Wir müssen sie gut verkeilen, damit sie uns nicht um die Ohren fliegen.“
„Ich glaube nicht, dass ich dir dabei eine große Hilfe sein werde“, erwiderte sie und stemmte ihren nackten, geschundenen Rücken mit ganzer Kraft gegen den Wind.
Auch an Alis entblößtem Oberkörper hatte die Maueröffnung beim Durchkriechen ihre Spuren hinterlassen. Aber ein paar Abschürfungen und blaue Flecken schienen den Geschwistern ein fairer Preis für ihr Überleben zu sein.
„Au!“, rief Chess aus, deren Rückseite einem größeren Steinsplitter als Einschlagstelle gedient hatte. „Bitte beeil dich. Ich habe das Gefühl, dass die herumfliegenden Trümmer immer größer werden.“ Im selben Moment traf etwas mit der Wucht eines gut angeschnittenen Tennisballs ihre linke Schulter. „Ali!“
„Ich mach, so schnell ich kann.“ Er stopfte zwei weitere Steine in die Öffnung, die Chess stückweise mit ihrem Körper freigab. „Oder willst du tauschen?“

Ihr Blick strafte sie Lügen, als sie durch zusammengebissene Zähne antwortete: „Nein.“ Sie atmete stoßweise. „Mach einfach weiter... schnell... Au!“
Auch ohne Chess’ Einschlagsmeldungen war Ali sich bewusst, dass draußen die Steine wie Meteoriten durch die Luft sausten und auf allem niedergingen, was in ihrer Flugbahn lag.
„Ich brauche noch etwas, um sie zu verkeilen.“ Er sah sich flüchtig um und fand in einiger Entfernung einen zerbrochenen Tonkrug von der Art, wie er ihn bereits am Vorabend entdeckt hatte. *Damit sollte es klappen.*
Er schnappte sich ein paar unterschiedlich große Tonscherben und machte sich daran, sie wie Keile zwischen die Steine zu stecken. Um dem Ganzen zusätzlichen Halt zu verleihen, klopfte er die Tonkeile vorsichtig fest.
„Das muss keiner baupolizeilichen Überprüfung standhalten“, drängte sie ihn und stieß einen fluchenden Schmerzensschrei aus. „Kümmere dich zuerst um die groben Stücke, die Feinarbeit können wir nachher gemeinsam machen.“ Sie rutschte ein Stück zur Seite und machte Platz für einen weiteren Stein.
„Es soll aber schon auch halten“, entgegnete er und huschte herum, wie ein Vogel beim Nestbau. „Gleich sind wir fertig.“
„Ich überhaupt“, scherzte Chess gequält. Sie versuchte, sich von ihrer Folter abzulenken, indem sie Simbas Bewegungen verfolgte. Die Karakaldame ging vor der gegenüberliegenden Wand auf und ab, als würde sie patrouillieren. Seit sie dem Sandsturm nicht mehr direkt ausgesetzt war, hatte sie sich sichtlich entspannt.
„Das sieht aus wie eine Tür“, bemerkte Chess.
„Keine Zeit“, entgegnete Ali und schlug den nächsten Tonkeil in die Konstruktion. „Aber wenn du darauf bestehst, dass ich einen Blick darauf...“
„Mach einfach nur weiter“, verlangte sie. „Ich erzähl dir, womit wir uns in den nächsten Stunden beschäftigen werden... Oder für den Rest unseres kurzen Lebens, wenn du es mit dem Einmauern übertreibst.“
„Mein Tauschangebot steht noch.“

„Vergiss es! Jetzt wo ich endlich etwas gefunden habe, um mich abzulenken... In die gegenüberliegende Wand ist eine Steintür eingelassen“, erklärte sie und rutschte wieder ein Stück zur Seite.
„Na bitte, zumindest sitzen wir dann nicht in einer Sackgasse fest, bis der Weltuntergang draußen weiterzieht.“ Er schob Chess zur Seite und drückte die beiden letzten Steine in den verbliebenen Spalt. „Ich halte sie fest und du klopfst die Tonscherben fest.“ Er deutete mit dem Kopf auf einen faustgroßen Stein, den er als Hammer verwendet hatte.
Das Heulen des Sturms verlor mit jedem ihrer Schläge von seiner Bedrohlichkeit.
„Fertig!“ Chess’ behelfsmäßiger Hammer fiel gemeinsam mit der Anspannung von ihr ab. „Komm her“, sagte sie und streckte beide Arme nach ihrem Bruder aus. Erst jetzt war Zeit, sich über die gelungene Flucht zu freuen. Sie drückte ihn zunächst ausgiebig und schob ihn dann wieder von sich weg. „Sehe ich auch so zerstört aus wie du?“
„Keine Ahnung, ich weiß ja nicht, wie schlimm es mich selbst erwischt hat.“ Er forderte Chess mit einer Geste auf, ihm den Rücken zuzudrehen.
„Na ja, an deiner Stelle“, sagte er mir gespielter Betroffenheit, „würde ich mir schon Sorgen machen.“

***

Es war sehr spät geworden, als Alon, Karin und Professor Golan mit Direktor Willendorfer in seinem Büro zusammensaßen. Die Stimmung aller Anwesenden entsprach dem Unwetter, das über das Naturhistorische Museum zog. Vor allem Karin hatte nach der abgefallenen Anspannung ein sehr flaues Gefühl, das sie ganz bewusst überspielen wollte.
Gleich nachdem Karin und Alon aus dem Untergrund zurückgekehrt waren, hatte Direktor Willendorfer in Rücksprache mit der Versicherungsgesellschaft eine Spezialeinheit angefordert. Die hatte daraufhin mehrere

Stunden lang die Tunnel unter dem Museum durchsucht, allerdings ohne Erfolg.
Sowohl von der Leiche aus dem Krater als auch von dem geheimnisvollen Angreifer fehlte jede Spur.
Alon bedauerte zutiefst, dass er fast den ganzen Abend im Krankenhaus verbracht hatte, um seine Verletzungen behandeln zu lassen.
„Es ist, wie es ist", sagte ein von den Ereignissen des Tages gezeichneter Direktor. „Wenn die Leute von der Spezialeinheit da unten niemanden mehr gefunden haben, dann müssen wir das akzeptieren."
„Aber er war da!", beharrte Karin. „Auch wenn wir nicht mit Sicherheit wissen, dass die Leiche Professor Fogg war, so war da unten trotzdem eine Leiche. Und sie lag mitten im Krater, gleich am Ende des Haupttunnels."
„Ich glaube euch ja, Karin", seufzte Willendorfer. „Aber die Versicherungsgesellschaft und ich sind übereingekommen, dass wir keine mediale Aufmerksamkeit gebrauchen können, solange sich Objekt L2471 noch im Haus befindet." Er holte tief Luft. „Es war nicht leicht, den Einsatz der Spezialeinheit geheimzuhalten, aber es ist uns gelungen. Da keine Anhaltspunkte dafür gefunden wurden, dass sich tatsächlich Leichen in unserem Keller befinden..." Er zuckte zusammen bei dem Gedanken daran, wie sich diese Schlagzeile am darauffolgenden Morgen in der Zeitung machen würde. „... schlage ich vor, dass wir unsere nächsten Schritte so setzen, wie das auch von der Versicherung vorgeschlagen wurde." Sein Blick stahl sich zu Alon, als wollte er dessen Zustimmung hören.
„Was ist mit dem zusätzlichen Wachpersonal?", fragte Karin.
„Das ist zu unserer Sicherheit. Ich habe ein Dutzend Leute zugeteilt bekommen, die im Tiefspeicher Präsenz zeigen werden und ein paar weitere, die sich in Zivil unter die Museumsbesucher mischen. Außerdem wurde der Eingang zu den alten Tunnelsystemen versiegelt und plombiert. Der ist jetzt garantiert dicht."

Die letzten Details zu den neuen Sicherheitsvorkehrungen, von denen nur er und Alon Kenntnis hatten, erwähnte er ganz bewusst nicht vor den anderen.
„Und Sie erwarten jetzt von uns, dass wir einfach weitermachen, als wäre nichts gewesen?“, fragte Professor Golan wenig begeistert. „Fogg ist möglicherweise tot, Piazza verletzt und die beiden hier“, sie machte eine Geste in Richtung Karin und Alon, „sind gerade noch mit dem Leben davon gekommen.“
„Sie übertreiben, Professor“, versuchte Alon zu beschwichtigen. „Ich gebe zu, dass es für Fogg zunächst nicht gut ausgesehen hat, aber wenn seine Leiche nicht mehr auf dem Grund des Kraters liegt, dann...“
„Dann was?“, unterbrach Golan ihn forsch. „Wollen Sie damit etwa andeuten, dass er es war, der Piazza überfallen hat? Und dass er seinen eigenen Tod nur inszeniert hat, um Sie beide auch ungestört beseitigen zu können?“
„Immerhin hätte es fast geklappt.“ Karin quälte sich zu einem Lächeln. „Wenn Piazza wie beabsichtigt an seiner Verletzung gestorben wäre, hätten wir von dem Tunnelsystem nie etwas erfahren und dann...“
„Ich würde mich sehr freuen“, meldete sich der Direktor wieder zu Wort, „wenn Sie die Arbeit wieder aufnehmen könnten. Für Ihre Sicherheit ist in höchstem Maße gesorgt, wie Sie sich draußen im Flur selbst schon überzeugen konnten.“
„Ja, wir haben die Sicherheitsleute gesehen“, erwiderte Golan, die sich immer noch nicht überzeugt anhörte. „Was ist mit Piazza?“
Willendorfer zog die Schreibtischschublade auf und verging sich an seinen Mozartkugeln, als wären es Herztabletten, mit denen er einen drohenden Infarkt abwehren wollte. „Was Piazza betrifft...“, seine Stimme klang sehr undeutlich.
„Ja?“, hakte Golan nach.
„Einen Moment, bitte“, entschuldigte er sich für seinen vollen Mund und schluckte lautstark hinunter. „Mit Piazza habe ich vor einer Stunde telefoniert. Er hat seit der Entlassung aus dem Krankenhaus in seinem Hotelzimmer durchgeschlafen und

darüber geklagt, dass sein Kopfweh noch nicht viel besser geworden ist. Aber er möchte gleich morgen Früh seine Arbeit wiederaufnehmen!“ Die Anerkennung, die Willendorfer der hohen Arbeitsmoral des Italieners entgegenbrachte, war nicht zu überhören.
„Konnte er sich noch an irgendwelche Details erinnern, die uns weiterhelfen?“, fragte Alon.
„Leider nicht, fürchte ich. Er wirkte auf mich noch sehr desorientiert. Es könnte aber auch sein...“, der Direktor bemühte sein Verlegenheitslächeln, „...dass ich ihn mit meinem Anruf vielleicht aufgeweckt habe. Es ist wohl besser, wenn wir ihn erst einmal eine Nacht über die Geschehnisse schlafen lassen. Es war ein sehr anstrengender Tag für ihn.“ Er blickte in die Runde. „Für uns alle.“

***

Über der jordanischen Wüste wüteten noch die letzten Überbleibsel des nächtlichen Sandsturms und nur langsam drang das morgendliche Sonnenlicht durch den Staubteppich.
„Wir werden es beide überleben“, fasste Chess die Blessuren zusammen, die sie und ihr Bruder sich zugezogen hatten.
„Es war richtig knapp. Der Sturm kam so plötzlich, dass uns kaum noch Zeit geblieben ist.“
„Das nächste Mal werden wir auf Simba hören.“ Sie streichelte dem Wüstenluchs über den Rücken. „Ich kann mich auch nicht erinnern, jemals so von einem Sandsturm überrascht worden zu sein. Noch dazu von einem so heftigen.“
„Es muss an dem Talkessel liegen, in dem wir uns befinden“, vermutete Ali. „Der Zugang ist sehr eng und bildet in Kombination mit den hohen Bergen einen richtigen Flaschenhals. Wenn der Wind große Luftmassen in das Tal treibt, verdichten die sich immer weiter und was dann passiert, haben wir ja gerade selbst erlebt.“
Chess stimmte zu. „Ich bin gespannt, wie es unseren Zelten ergangen ist. Mit etwas Glück hat es sich diesmal ausgezahlt,

dass wir die sturmsicheren Varianten mit besonders reißfesten Planen gekauft haben."
„Wenigstens müssen wir uns keine Sorgen um deinen Dino machen. Außer, dass wir die nächsten Tage vermutlich damit verbringen werden, ihn wieder auszuschaufeln."
Ali verglich den Range Rover seiner Schwester gerne mit einem Dinosaurier, weil der schwere Wagen in seinen Augen deutliche Parallelen zu einer gepanzerten Riesenechse aufwies.
„Lass Dino in Ruhe!", schmunzelte Chess, die mit der Lampe in der Hand die geheimnisvolle Steintür am anderen Ende der Kammer absuchte. „Sieht so aus, als hätten die Konstrukteure die Türklinke vergessen." Sie leuchtete die Zeichnungen ab, die in die Tür geritzt waren. „Oder jemand hat sie mitgenommen."
Ali widersprach beim Näherkommen. „Der Öffnungsmechanismus muss gleich neben der Tür sein. Ich vermute, es ist diese eigenartig geformte Steinschale, die aus der Wand steht."
„Das Ding da?", fragte sie skeptisch.
„Ja, genau", bestätigte er. „Das sieht doch mit etwas Fantasie aus wie ein Trichter, findest du nicht? Leuchte doch mal auf die rechte Seite, da müsste ein Hebel sein."
Chess ging ganz nah an die unmittelbar neben der Tür befindliche Steinschale. Sie sah aus wie eine zur Hälfte eingemauerte Salatschüssel und ragte etwa auf Bauchhöhe aus der Wand. An ihrem tiefsten Punkt befand sich ein faustgroßes Loch, das direkt in die Wand mündete. Der Schluss lag nahe, dass alles, was in die Schüssel geschüttet wurde, auf direktem Weg in oder hinter der Wand verschwand.
„Da ist wirklich ein Hebel", stellte sie überrascht fest. „Woher hast du das gewusst?"
„Hab ich draußen auf der Stufe gelesen, bevor die Welt untergegangen ist. Wir sind auf dem richtigen Weg zum Schatz." Ali grinste breit und umklammerte den Hebel mit seiner rechten Hand. „Scheint zu klemmen..." Er half mit der zweiten Hand nach. „Warte..."

Mit einem kräftigen Ruck setzte sich der Hebel in Bewegung und im selben Augenblick rauschten geschätzte drei Eimer Sand auf, über und in Chess' Stiefel.
„Na toll!“, Chess machte ihrer Begeisterung unverhohlen Luft. „Jetzt hast du es ruiniert.“
Ali ließ sich sein Missgeschick nicht anmerken und drückte den Hebel rasch wieder in die Ausgangsposition zurück. „Was erwartest du dir von einem Türschloss in der Wüste?“, fragte er wie jemand, den unmöglich die Schuld treffen konnte. „Wenn es früher auch schon solche Stürme gab, ist es kein Wunder, dass alles voller Sand ist.“
Chess wollte gerade etwas erwidern, da kam ihr Ali zuvor, der erneut den Hebel umlegte. Diesmal allerdings löste er dabei keine Sandlawine aus. „Na bitte! Nichts mehr drin - alles sauber.“
Der Blick, den Chess an sich hinunterwandern ließ, machte deutlich, dass sie seine Einschätzung nicht teilte.
„Aber die Tür geht leider trotzdem nicht auf.“ Er betätigte noch ein paar Mal den Hebel, um seine Worte zu untermauern. „Wenn das tatsächlich einmal ein Schloss war, ist es bestimmt schon sehr lange kaputt.“
Chess ignorierte die Bemerkung und grub stattdessen ihre Beine aus.
„Auf der Stufe stand, dass einem ein Hebel den Zugang verschafft“, murmelte Ali vor sich hin. „Und es gibt hier drin nur diesen einen Hebel... Aber vielleicht wäre das auch zu einfach, dann könnte sich ja jeder den Schatz holen.“
„Jeder bestimmt nicht“, erwiderte sie mit eindeutig zweideutigem Unterton und leerte den Sand aus ihrem Schuh. „Es wäre übrigens eine gute Gelegenheit, mir zu erzählen, was du sonst noch an Hinweisen gefunden hast.“
„Es war noch die Rede von Pyramiden, die in den Himmel wachsen... oder so ähnlich. Diese Stelle war leider schon zu stark verwittert, um sie noch richtig deuten zu können.“
„Geht es genauer?“
„Pyramiden... wachsen... Himmel, mehr war da nicht. Der Text muss auch nicht unbedingt ein Hinweis gewesen sein. Wir

haben ja auf einigen anderen Stufen auch nur allgemein gehaltene Texte gefunden." Ali klopfte die Wand ab. „Der Hebel ist so etwas wie die Türklinke, da bin ich mir ganz sicher, aber ich sehe weit und breit kein Schloss."
„Ein Schloss wäre ein guter Anhaltspunkt, um nach einem passenden Schlüssel Ausschau zu halten." Sie zog ihren Stiefel wieder an und sah sich um. „Aber man kann es natürlich auch umgekehrt..." Chess wurde immer leiser, bis ihr Murmeln schließlich ganz verstummte.
„Hier drin werden wir kaum fündig werden." Er schwenkte die Lampe in alle Richtungen. Die Wände und die Decke der Kammer waren völlig kahl. Nur den Boden zierte ein schachbrettartiges Muster aus grauen und beigen Steinen, die entfernt an quadratische Natursteinfliesen erinnerten. Insgesamt waren es neun, und zusammen bildeten sie ein größeres Quadrat von etwa siebzig Zentimeter Kantenlänge. Ringsum lagen zwischen jeder Menge Sand und Staub auch noch einige Tonkrüge sowie Reste davon.
„Allzu aufwändig kann das Türschloss nicht konstruiert sein", erklärte Chess. „Sonst hätte es hier draußen nicht so lange überdauert. Die Trittspuren, die wir auf den Stufen entdeckt haben, zeigen deutlich, wie oft dieser Durchgang benutzt wurde. Und wenn ich mir ansehe, wie abgegriffen dieser Hebel ist, kam der bestimmt auch öfter als einmal zum Einsatz. Wir suchen also nach einer praktikablen Lösung, die höchstwahrscheinlich über viele Jahrzehnte problemlos funktioniert hat..."
„Und das unter widrigsten Bedingungen", fügte Ali hinzu. Er hob eine Hand voll Sand auf und ließ ihn durch die Finger rieseln. „Vielleicht ist das auch gar keine Tür, die jeden Tag geöffnet wurde. Weißt du, woran diese trichterförmige Schale mich erinnert?"
Ohne ihre Reaktion abzuwarten, beantwortete er seine Frage selbst: „An einen Nachttresor."
„Ein Nachttresor?"
„Ja, du weißt schon, was ich meine. Diese Dinger vor den Banken, in die Geschäftsleute noch ihre Tageseinnahmen

werfen können, auch wenn die Bank selbst schon geschlossen hat." Er strich mit der Hand über den Rand der Schale. „Auf jeden Fall ist diese Öffnung groß genug, um eine Menge Schätze aufzunehmen. Und durch das Loch fallen sie auf der anderen Seite der Wand in den Tresor. Genau wie bei der Bank."

Chess sah nicht so aus, als könnte die Erklärung sie überzeugen. Stattdessen ging sie zurück zu dem notdürftig verschlossenen Eingang und informierte sich mit einem verstohlenen Blick durch die Mauerritzen, wie es um den Sturm stand. „Draußen wird es langsam besser", sagte sie leise vor sich hin.

„Der Nachttresor würde vieles erklären."

„Ach ja?", fragte sie.

„Ja! Zum Beispiel, warum hier viele Leute ein- und ausgegangen sind, aber die Tür trotzdem nicht so einfach aufgeht. Und zwar nur deshalb, weil das nie beabsichtigt war."

„Und an dem Hebel hat man gezogen, um sich eine Quittung für die Buchhaltung auszudrucken? Oder holt man sich damit das Wechselgeld?" Sie schüttelte belustigt den Kopf.

„Probieren wir es aus." Ali bückte sich nach einem Stein von der Größe eines Hühnereis und ließ ihn in den Trichter fallen. Erwartungsgemäß verschwand er in dem Loch und blieb nach heftigem Klackern irgendwo im Inneren der Wand liegen.

Das Geräusch hatte auch Simbas Neugierde geweckt, die neben der Tür in Lauerstellung ging und auf eines von Alis lustigen Spielen hoffte.

Wir sollen uns entscheiden. Chess starrte gedankenversunken auf die grauen und beigen Quadrate auf dem Boden. *Auf der Stufe stand doch, dass wir uns zwischen hell und dunkel entscheiden müssen. Bestimmt hat dieses Steinmuster etwas mit dem Schlüssel zu tun... Pyramiden, die in den Himmel wachsen. Hier sind keine Pyramiden... Denk nicht so kompliziert, Chess! Die einfachsten Lösungen funktionieren immer am besten. Vielleicht sind die Pyramiden...*

„Chess?"

„Ja", antwortete sie und schob ihre Gedanken beiseite.

„Schau wenigstens zu, wie ich meine Einzahlung tätige!“ Seine Hand zog kraftvoll an dem Hebel und die Reaktion ließ nicht lange auf sich warten. Wie schon zuvor der Sand, rauschte diesmal der hineingeworfene Stein aus einem der Löcher in der Wand und landete unüberhörbar auf Simbas Rücken. Mit einem giftigen Fauchen zuckte der Karakal zusammen und hatte sogleich jedes weitere Interesse an dem Spiel verloren.
„Machst du das eigentlich absichtlich?“, wollte Chess wissen.
Ali tat wieder einmal so, als hätte er die Frage nicht gehört. „Dieser Tresor ist besser, als ich dachte. Mit einem Stein lässt er sich jedenfalls nicht austricksen. Bestimmt hat er deshalb auch den Sand wieder ausgespuckt.“
Um seine bisherigen Erkenntnisse zu untermauern, warf er weitere Steine und ein paar Hände voll Sand in die Schale, die nach Betätigung des Hebels alle wieder zum Vorschein kamen. „Der akzeptiert vielleicht nur richtige Schätze.“
Chess war mit ihren Gedanken schon einen Schritt weiter. Sie kniete vor dem schachbrettartigen Bodenmuster und fuhr mit den Fingern an den Kanten der Steinplatten entlang. *Hell oder dunkel? Es sind neun Quadrate, vier graue und fünf beige. Entscheide dich... die hellen oder die dunklen... grau oder beige...* „Aber wie kann ich mich entscheiden?“
Ali kamen erste Zweifel an seiner Tresortheorie. „Es ergibt keinen Sinn, dass einfach alles nur durchfällt.“
„Ich arbeite daran“, brummte Chess konzentriert. *Hell oder dunkel?* Sie versuchte, die einzelnen Steinplatten durch Drücken und Schieben irgendwie zu bewegen, doch sie waren fest im Boden verankert. „Dunkel!“, sagte sie entschlossen und schlug mit der Faust auf eine graue Platte. „Wir entscheiden uns für dunkel!“
„Ich glaube nicht, dass uns das weiterhilft, Schwesterherz. Diese Steine sitzen bombenfest im Boden. Da gibt es keine beweglichen Teile und erst recht kein Schloss.“
„Ein Schloss nicht“, stimmte sie zu. „Aber ich werde das Gefühl nicht los, dass uns dieses Pseudo-Schachbrett einen Hinweis auf den Schlüssel gibt.“

„Glaub mir, es macht bestimmt keinen Unterschied, ob wir hier oben helle oder dunkle Schachfiguren einfüllen, sie kommen auf jeden Fall wieder unten raus. Mittlerweile bin ich mir nämlich ziemlich sicher, dass diese blöde Schale gar keine Verbindung in den Raum hinter der Tür hat. Es kommt einfach nur alles wieder raus, sobald man am Hebel zieht... Aber wozu soll so eine Konstruktion gut sein?"
„Na, wenigstens hast du dir die Idee mit dem Nachttresor wieder ausgeredet", schmunzelte sie.
Alis gelassenes Achselzucken unterstrich, wie sehr ihr Spott an ihm abprallte.
Chess stand auf und deutete auf die Steinschale. „Da muss der Schlüssel rein. Es gibt keinen anderen Weg."
Er stimmte zu. „Ich sehe nur nicht, wie uns deine dunklen Steinplatten weiterhelfen sollen."
„Und ich sehe leider sonst nichts... Abgesehen von den hellen, aber für die habe ich mich bewusst nicht entschieden."
„Ja, weil ich vorhin dafür war!"
Chess seufzte. „Ach, hör doch endlich auf mit deinem Aberglauben. Dunkel ist um nichts besser oder schlechter als hell."
„Dann können wir doch genauso gut hell nehmen."
„Ali!"
„Schon gut", lenkte er ein. „War ja nur ein Vorschlag." Sein Blick wurde ernst, als hätte er etwas von Bedeutung entdeckt. „Es gibt da vielleicht doch noch etwas, das wir als Schlüssel verwenden können."

***

Piazza stand vor den drei riesigen Hauptportalen des Naturhistorischen Museums und blickte zum wolkenlosen Morgenhimmel. Ganz wohl war ihm nicht beim Gedanken daran, ins Museum zurückzukehren und sich den Fragen der anderen Teammitglieder zu stellen.
Aber blieb ihm eine Wahl?

Zudem bestand auch noch das Restrisiko, dass Geiger oder Kollek ihn bei ihrem Zusammentreffen in der versunkenen Synagoge doch erkannt hatten. Ein Motorradhelm war zwar perfekt geeignet, um einen Verband zu verbergen und auch, das hatte sich eindrucksvoll gezeigt, um einen Faustschlag abzufangen, aber eine Garantie für Anonymität war er freilich nicht.

Ich darf Alon nie wieder unterschätzen. Der Sturzhelm sah aus, als hätte ein Pferd dagegen getreten. Weiß der Teufel, wo er gelernt hat, so zuzuschlagen.

Piazza drückte zwei Tabletten aus der Schutzfolie und würgte sie hinunter. Er war sich nicht sicher, wie viel seines Kopfwehs auf das Konto von Kollek ging, aber er wusste, wie viel Glück er gehabt hatte, überhaupt noch am Leben zu sein.

Zweimal hätte es mich fast erwischt gestern Abend.

Er wischte den Gedanken an den Kugelhagel aus Alons Waffe ebenso beiseite wie die wahnwitzige Bergungsaktion von Foggs Leiche, die keine Sekunde länger hätte dauern dürfen.

Verdammte Suchtrupps...

Piazza versuchte, sich jetzt ganz auf seinen großen Auftritt zu konzentrieren, bei dem es galt, sich für alle überzeugend als Foggs Opfer zu präsentieren. Dass die Leiche des Briten verschwunden war, passte hervorragend zu jener Version der Ereignisse, an die Piazza sich auf einmal wieder erinnern konnte.

Vorübergehende Amnesie war angesichts einer Kopfverletzung keine Besonderheit, wie man ihm im Spital beim Vernähen des Cuts versichert hatte. Zumeist kehrten die Erinnerungen der Betroffenen schubweise zurück und es passte Piazza ausgezeichnet in den Kram, dass nur er allein wusste, wann er den nächsten Erinnerungsschub zu erwarten hatte.

Er stieg die breite Treppe hoch und betrat das Museum durch den Besuchereingang. Im Gegensatz zu Fogg hatte Piazza es von Anfang an vorgezogen, nicht den seitlichen Personaleingang zu nehmen. Vielmehr hatte er jede sich bietende Gelegenheit genutzt, um sich möglichst unauffällig im Museum umzusehen.

Vor allem jetzt, da alle vorgewarnt waren, rechnete er mit einer deutlichen Verschärfung der Sicherheitsvorkehrungen. Dass er den Kellerzugang nicht mehr für seine Zwecke verwenden konnte, stand außer Zweifel. Aber gerade der öffentliche Teil des Museums bot interessante Alternativen, wenn es darum ging, gewisse Dinge verschwinden zu lassen.
Gleichgültig, wie hoch die Sicherheitsvorkehrungen waren, die Willendorfer angeordnet hatte, es war unmöglich, alle Besucher des Museums zu kontrollieren. Und solange das nicht geschah, bot sich mit jedem von ihnen die Chance zur Umsetzung jener Idee, die in Piazzas Kopf Gestalt annahm.
Es gibt eine bessere Möglichkeit, das Hologramm des Grabtuchs hier herauszuschaffen...
Er sah sich in der Eingangshalle flüchtig um und stieg die Haupttreppe empor. Mit dem Verband auf seinem Kopf war der Wiedererkennungswert erheblich und nichts lag ihm ferner, als unnötige Aufmerksamkeit zu erregen.
Auf den ersten Blick waren die verdeckt arbeitenden Sicherheitsleute zu beiden Seiten des Haupteingangs kaum von normalen Besuchern zu unterscheiden. Piazza waren die Ausbuchtungen ihrer viel zu großzügig geschnittenen Jacken dennoch nicht verborgen geblieben. *Ihr versteckt doch bestimmt keine Mobiltelefone in euren Schulterhalftern.*
Im Halbstock der Haupthalle endete die mittig angeordnete Haupttreppe aus Marmor. In entgegengesetzter Richtung zu ihr verliefen von dort aus je eine Treppe links und rechts der Wand entlang hinauf in den ersten Stock. Dadurch wirkte die nach oben offene freitragende Halle noch um einiges größer, als sie ohnehin schon war.
Piazza interessierte sich allerdings nicht für die architektonischen Besonderheiten, sondern für die gute Rundumsicht, die er von hier oben hatte.
Das Stundensignal seiner Uhr piepste. Er hatte es erst beim Verlassen des Hotelzimmers aktiviert, um sich vor Augen zu führen, wie schnell die Zeit verrann, die ihm noch blieb, um den Job zu Ende zu bringen.

Sein Kontaktmann hatte am Telefon in aller Deutlichkeit durchklingen lassen, dass der Auftraggeber keine Verzögerung tolerieren würde. Die Art, wie er das gesagt hatte, legte wiederum nahe, dass jede Abweichung vom Zeitplan mit physischen Konsequenzen verbunden war. Damit hatte er, wissentlich oder nicht, bei dem Italiener einen ohnehin schon sehr wunden Punkt angesprochen.
Piazza erreichte die Balustrade aus weißem Marmor, die sich im ersten Stock rund um den prunkvollen Treppenaufgang wand. Fast ein wenig wehmütig lächelte er hinüber zum Café, in dem er so oft mit Fogg gespeist hatte. Jetzt allerdings war es der Brite selbst, der einige Stockwerke tiefer und gut geschützt vor neugierigen Blicken verspeist wurde. *Vielleicht sollte ich heute Dr. Geiger einladen, mir beim Mittagessen Gesellschaft zu leisten.*
Es war keineswegs so, dass ihm Foggs selbstgefälliges Geschwätz fehlte, doch nun musste er befürchten, dass Kollek seine gesamte Aufmerksamkeit ihm widmen würde.
Ein Schnüffler, der ihm permanent über die Schulter schaute, kam ihm vor allem in dieser heiklen Phase des Projekts höchst ungelegen. Mehrfach hatte Piazza in den vergangenen Wochen seinen Dienstplan geändert, doch nur selten war es ihm dadurch gelungen, Kollek aus dem Weg zu gehen.
Vielmehr schien der nämlich Gefallen daran gefunden zu haben, jede freie Minute im Untersuchungslabor zu verbringen. Und das, obwohl seine Abneigung gegenüber Blütenpollen für alle Beteiligten noch um einiges offensichtlicher war als sein Interesse an Karin Geiger.
Jeder Mann hat seine Schwächen. Nicht wahr, Kollek?
Um den Wachmann, der stets so regungslos neben der Tür des Untersuchungsraums verharrte wie ein britischer Gardesoldat, machte Piazza sich ebenso wenig Sorgen wie um die Überwachungskameras, deren vergleichsweise bescheidene Technik nicht einmal ansatzweise ausreichte, abzubilden, woran er forschte.
Die wahre Gefahr, entdeckt zu werden, war stets von Leuten wie Fogg und Kollek ausgegangen, die ständig im Raum

umhergingen und dabei durchaus auch etwas sehen konnten, das eigentlich nicht für ihre Augen bestimmt war.
Zumindest was den Briten betraf, bestand dieses Risiko nun nicht mehr.

***

Obwohl sich der nächtliche Sandsturm über der jordanischen Wüste gelegt hatte und außerhalb der unterirdischen Kammer bereits der Morgen angebrochen war, konnten Chess und ihr Bruder nur noch an das mysteriöse Türschloss denken.
„Ich habe drei ganze Krüge, den einen mitgezählt, bei dem der Henkel abgebrochen ist." Ali stellte sie in der Nähe der Steinschale ab.
„Einen unbeschädigten Tonkrug und zwei Hände voller Scherben", fasste Chess ihren Fund zusammen und legte ihn daneben.
„Jetzt haben wir wirklich alles zusammengetragen, was wir in der Kammer gefunden haben." Ali beäugte die Ausbeute.
„Die Krüge sind alle gleich groß. Es müsste also egal sein, welchen wir für unser Experiment verwenden."
Alis Gedanken glitten ab. Er überlegte noch immer, wie der Mechanismus im Inneren der Tür aussehen musste. *Falls es wirklich von der Menge des eingefüllten Sands abhängt, ob die Tür aufgeht, muss es einen Bolzen geben, der erst durch den Sand in die richtige Position gedrückt wird.*
„Ali? Grübelst du schon wieder über diesen ominösen Steinbolzen nach?"
„Ja, aber ich bin davon noch weniger überzeugt als vom Nachttresor."
Chess lachte. „Also ich finde deine Steinbolzentheorie um Klassen besser. Wir müssen nur noch die richtige Menge an Sand einfüllen, damit wir sie auch beweisen können."
„Nur noch", äffte er sie nach. „Wenn die Konstrukteure dieser Tür sich ein wenig Mühe gegeben haben, dann funktioniert ihr Mechanismus leider auch dann nicht, wenn zu viel Sand eingefüllt wird. Wir müssen also einen Blindflug mit

Punktlandung hinlegen, um zu sehen, ob es überhaupt einen Flughafen gibt."
„Wie poetisch!" Chess nahm einen der unversehrten Krüge und ging zum praktischen Teil über. Nachdem sie ihn bis zum Rand mit Sand gefüllt hatte, leerte sie ihn in die Steinschale. „Nummer eins."
Ali tat es ihr gleich. „Nummer zwei."
„Nummer drei" und „Nummer vier" folgten in kurzen Abständen und auch ihr Sand verschwand in dem Loch.
„Vier dunkle Steinplatten - vier Krüge voller Sand", fasste Chess das Vorhaben zusammen. *Wenn das nicht klappt, versuche ich meine Idee mit den Pyramiden.*
Ali blickte zu den fünf hellen Steinplatten. „Wir könnten sicherheitshalber noch einen fünften dazutun."
„Netter Versuch, Ali. Aber den heben wir uns auf, falls es mit der dunklen Seite der Sandmacht nicht klappt." Sie bediente den Hebel und der Sand ergoss sich gleichmäßig über den Boden.
Mehr passierte allerdings nicht.
Alis ausdrucksstarkes Gesicht ließ keinen Zweifel offen, was er sich dachte.
„Na schön", gab Chess sich geschlagen. „Die dunkle Seite hat versagt. Versuchen wir es mit den hellen Steinen - also fünf Krüge voller Sand diesmal."
Mit einer gewissen Routine füllten die beiden die Krüge wieder auf und kippten den Sand in die Steinschale zurück.
„Nummer vier", grinste Ali siegessicher.
„Und Nummer fünf." Chess nahm ihrem Bruder den leeren Tonkrug aus der Hand und forderte ihn mit einer übertrieben zuvorkommenden Geste auf, den Hebel diesmal selbst zu bedienen. „Bitte machen Sie Ihr Spiel an unserem einarmigen Banditen, mein Herr. Wir garantieren Ihnen, dass sie zumindest Ihren Einsatz wieder zurückbekommen."
„Von wegen. Ich sprenge jetzt die Bank in deinem verstaubten Wüstencasino."
Sekunden später hatte sich der Sand aus fünf Tonkrügen über den Boden verteilt und Ali verstand die Welt nicht mehr.

„Sie können Ihre Jetons an der Kasse jederzeit in handliche Steinnuggets umtauschen, wenn Sie nicht wissen, wie Sie Ihren Gewinn sonst nach Hause transportieren sollen."
„Aber warum? Was haben wir falsch gemacht?" Ali betrachtete die Krüge noch einmal genauer und suchte an der Innenseite nach einer versteckten Markierung - vergeblich. „Wahrscheinlich dürfen wir sie nicht ganz voll füllen."
„Möglich", sagte Chess, die nicht überzeugt klang. *Wir brauchen diese Pyramiden, die in den Himmel wachsen... oder eben genau das nicht tun... keine Pyramiden zu sehen... aber wir haben Quadrate!* „Genauso gut ist es aber denkbar, dass wir für jedes Feld zwei, drei oder noch mehr Krüge füllen müssen."
Ali gab ihr Recht. „Solange wir nicht wissen, wie viel Sand notwendig ist, um den Steinbolzen in die richtige Position zu drücken, damit er eine Verbindung zwischen dem Hebel und dem Schloss bildet, werden wir die Tür nicht aufbekommen."
„Jedenfalls nicht ohne Gewalt... Damit sind wir wieder am Anfang: hell oder dunkel?", wiederholte sie den Hinweis. „Vielleicht haben wir uns die Sache auch nur zu einfach gemacht." Sie stieß mit der Stiefelspitze gegen den Haufen aus Tonscherben. „Was hätten wir denn getan, wenn keiner der Tonkrüge mehr ganz gewesen wäre?"
„Sie geklebt, um herauszufinden, wie viel Sand hineinpasst, schätze ich mal. Dann wären wir aber zu demselben Ergebnis gekommen."
„Und wenn wir auch keine Scherben mehr gefunden hätten?", hakte sie nach.
Ali schien zu verstehen, worauf seine Schwester hinauswollte. „Hell oder dunkel", murmelte er. „Du meinst, die Felder verraten uns mehr als nur die Anzahl der Krugfüllungen pro Farbe."
„Genau das meine ich." Chess schnappte sich einen der Krüge und füllte ihn erneut mit Sand. „Die Steinplatten sind quadratisch geformt, so wie die Grundflächen von Pyramiden. Das Einzige, was wir bisher nicht getan haben, war sie in den Himmel wachsen zu lassen."

Sie goss den Sand genau in die Mitte eines der grauen Felder und bat Ali, ihr Nachschub zu reichen. „Wir müssen nur noch Sand darüberleeren, bis er an den Seiten über die Steinplatte läuft. Dann haben wir mit etwas Fantasie eine Pyramide, die so lange in den Himmel wächst, bis ihr an der Grundfläche der Platz ausgeht."
Sie schüttete den Inhalt des nächsten Tonkrugs über die Spitze des Sandhaufens, der durchaus Ähnlichkeit mit einer Pyramide erkennen ließ und sowohl in die Höhe als auch in die Breite wuchs.
„Einer könnte noch hineinpassen", sagte Ali und hielt den nächsten Tonkrug schon bereit.
„Sehe ich genauso." Vorsichtig ließ sie den Sand herausrinnen, bis dieser die Kanten der Steinplatte erreicht hatte. Ganz bewusst vermied sie es, mit der Hand nachzuhelfen, um die natürliche Form nicht zu beeinflussen.
„Mehr geht nicht." Sie drehte den Tonkrug so, dass Ali einen Blick hineinwerfen konnte. Nur noch der Boden war bedeckt.
„Immerhin sind fast vier Füllungen notwendig gewesen, um die Pyramide zu errichten. Also brauchen wir insgesamt sechzehn Ladungen Sand für unsere vier dunklen Felder."
„Oder zwanzig, wenn wir es doch lieber mit den fünf hellen versuchen wollen."
„Sechzehn", wiederholte sie schmunzelnd.
In der Folge schütteten die beiden abwechselnd so lange Sand in die Steinschale, bis auch der sechzehnte Krug geleert war.
„Versuch es", ließ Ali ihr den Vortritt.
Chess trat ein Stück zur Seite, um für alle Eventualitäten gerüstet zu sein und betätigte den Hebel. Anders als bei den vorangegangenen Versuchen war das Geräusch von aneinanderreibenden Steinen zu hören.
„Es funktioniert!"
„Sieht ganz so aus." Sie drückte den Hebel bis zum Anschlag und forderte Ali auf, sich gegen die massive Steintür zu lehnen.
„Sie ist ziemlich schwer", bemerkte er angestrengt. „Aber sie bewegt sich!"

Die Tür kratzte über den sandigen Steinboden und aus dem dahinterliegenden Raum drängte abgestandene Luft nach draußen.

***

Piazzas erster Morgen nach dem Angriff auf ihn hatte mit einem Besuch in Willendorfers Büro begonnen. Die Unterhaltung, die deutlich länger gedauert hatte als eingeplant, fand zur Erleichterung des Italieners ohne das Beisein der anderen Teammitglieder statt.
Die anschließende Konfrontation mit Golan, Geiger und Kollek im Untersuchungsraum war dennoch unvermeidbar.
Die beiden Frauen gingen besorgt und erleichtert zugleich auf ihn zu und überhäuften ihn mit Fragen zu seinem Befinden und Bekundungen der Anerkennung für seine Arbeitsmoral.
Alon Kollek dagegen saß ungewöhnlich ruhig in einer Ecke und blätterte in irgendwelchen Unterlagen. Seine rechte Hand war nicht nur auf den ersten Blick geschwollen, wohingegen der Verband um seine linke eine genaue Einschätzung ihres Zustands verhinderte.
Angesichts seiner eigenen Verletzungen schien Alons Mitleid für den Italiener Grenzen zu kennen. Um nicht den Eindruck zu erwecken, ihm mehr als üblich aus dem Weg zu gehen, sprach Piazza ihn direkt an: „Der Direktor hat mir erzählt, dass Sie gestern Abend ebenfalls einen Zusammenstoß mit Fogg hatten.“ Er betonte die darauffolgende Frage mit einem besorgten Blick auf die bandagierte Hand. „Es kommt doch hoffentlich wieder alles in Ordnung?“
Alon nickte, gab sich aber kaum Mühe, überzeugt auszusehen. „Ein paar Tage wird es schon dauern, bis ich wieder genug Gefühl in der Hand habe, um das Mikroskop richtig zu bedienen.“
„Schrecklich, was da passiert ist. Ich hätte nie geglaubt, wozu dieser Mensch fähig sein kann. Dabei hätte ich meine Hand für Fogg ins Feuer gelegt, nach dem, wie er sich bei seiner Arbeit gezeigt hat.“

„Vorsicht!“, warnte Alon und hob seine verbundene Hand ein Stück an. „Das geht schneller, als man denkt.“
„Natürlich. Wie dumm von mir. Verzeihen Sie bitte diese unbedachte Anspielung.“
Alon wischte seine Bedenken mit einer Geste beiseite. „Viel wichtiger ist doch, dass er nicht bekommen hat, was er wollte.“
„Hat er nicht?“, fragte er zögerlich. „Wie können Sie sich da so sicher sein? Ich kann mir ja noch nicht einmal erklären, warum er mich überhaupt angegriffen hat.“ Seine Hand wanderte demonstrativ an den eingebundenen Kopf, um eine Erinnerungslücke hervorzuholen.
„Sie haben“, begann Alon seinen Satz, „ohne es zu bemerken, seine Pläne durchkreuzt und sind deshalb sein erstes Opfer geworden. Glauben Sie mir, wenn ich Ihnen sage, dass Sie unwahrscheinliches Glück hatten, mit dem Leben davongekommen zu sein.“ Seine Stimme klang besorgt genug, um keinesfalls als Drohung verstanden zu werden.
Piazza nahm innerlich erstaunt, aber ohne es sich anmerken zu lassen, zur Kenntnis, dass Alon Kollek ihm förmlich aus der Seele sprach.
„Wir“, Alon sah Professor Golan und Karin nacheinander an, „haben uns alle in diesem Mann getäuscht. Ich...“, er machte eine Pause. „Ich muss mich bei Ihnen entschuldigen, Professor.“ Er reichte ihm die geschwollene Hand, um seinen Worten Nachdruck zu verleihen. „Eine Zeit lang habe ich doch tatsächlich Sie verdächtigt.“
Piazza lächelte so betroffen, als hätte er gerade erfahren, dass der Reißverschluss seiner Hose offen stand. „Ich fürchte, ich verstehe nicht ganz, was Sie mir damit sagen wollen.“
Alon streckte ihm die Hand noch ein Stück weiter entgegen. „Ich arbeite in Wirklichkeit für die Versicherungsgesellschaft und wurde in das Team eingeschleust, um einen möglichen Diebstahl von Objekt L2471 aufzudecken.“
„Nein!“, stieß er ungläubig aus. *Also doch!* „Dann... Dann haben Sie uns die ganze Zeit...“
„Ja“, kam Alon seiner Vermutung zuvor. „Die anderen wissen es bereits seit gestern Nacht. Im Zuge meiner Ermittlungen

hatte ich auch Sie unter Verdacht, Professor. Und dafür möchte ich mich in aller Form entschuldigen." Sein Blick forderte dazu auf, die ausgestreckte Hand zu ergreifen.
„Ja... Ja, selbstverständlich." Der Italiener erwiderte die Geste fassungslos mit einem Händedruck, zuckte aber sofort erschrocken zurück, als er Alons Aufschrei vernahm.
„Nicht so fest, bitte", flüsterte Alon, als hätte man ihm gerade in sein Allerheiligstes getreten.
„Aber natürlich, entschuldigen Sie, bitte. Aber ich war so erstaunt darüber, was Sie mir gerade gesagt haben..." Piazza schüttelte ungläubig den Kopf. Er sah aus, als wäre er aus einem schlechten Traum erwacht. „Im Moment ist das alles ein wenig viel für mich."
Alon zeigte sich ungewohnt verständnisvoll. „Glauben Sie mir, keiner kann das besser nachvollziehen als ich. Ich habe mir große Vorwürfe gemacht, als mir gestern klar wurde, dass Sie in Wirklichkeit das Opfer waren. Unvorstellbar, wie ich mich in Fogg täuschen konnte."
„Was ist eigentlich mit ihm?", fragte Piazza vorsichtig nach. „Sie haben gesagt, er hätte nicht bekommen, weshalb er... Warum hat er mich überhaupt angegriffen?"
„Alon vermutet, dass er unser Untersuchungsobjekt stehlen wollte", mischte sich Karin in das Gespräch. „Sie dürften wohl irgendeine Bemerkung oder einen Hinweis aufgeschnappt haben, der Sie zum unerwünschten Mitwisser machte. Schrecklich, wie schnell man in so was hineingezogen werden kann, nicht wahr?"
„Aber was will er damit? Und wie hatte er vor, es hier herauszuschaffen?" *Denk nach, was du fragst!* Piazza musste aufpassen, nicht zu interessiert und vorbereitet zu klingen.
„So wie es aussieht", erklärte Karin, „wollte er das alte Tunnelsystem unter dem Museum dafür benutzen. Mit der richtigen Karte als Orientierungshilfe kann man vermutlich durch die ganze Stadt gelangen, ohne gesehen zu werden. Selbst unser Direktor hatte keine Ahnung davon, wie weit das Netz sich da unten verzweigt. Alte Keller, U-Bahn-Schächte, Kanäle... Sogar eine versunkene Synagoge gibt es da unten."

„Können Sie sich denn an gar nichts mehr erinnern, Professor?“, fragte Alon nach. „Fogg ist immer noch auf der Flucht. Jeder Hinweis könnte uns weiterhelfen. Vielleicht hat er Ihnen gegenüber noch irgendetwas erwähnt, das uns weiterhelfen könnte - ein Gebäude oder eine Straße?“
„Ich fürchte nicht. Alles, was mir noch eingefallen ist, habe ich heute Morgen bereits dem Direktor erzählt. Die Erinnerungen sind nur einzelne, sehr vage Bilder - nicht mehr. Aber ich werde Ihnen selbstverständlich sofort berichten, wenn mir noch etwas einfällt.“*...und ich es für erwähnenswert halte.* „Was ist mit seinem Hotel? Haben Sie dort schon... Aber natürlich haben Sie das längst“, unterbrach er sich selbst. „Sie müssen entschuldigen, aber ich bin völlig durch den Wind.“ Er vergaß nicht, sich erneut an den Kopf zu greifen.
„Hätten Sie vielleicht ein Glas Wasser für mich?“, fragte er an Karin gerichtet und kramte seine Kopfschmerztabletten hervor. „Man kann sie zwar auch trocken schlucken, aber ich habe das Gefühl, das bekommt meinem Magen nicht so gut.“
„Selbstverständlich.“ Karin kam seiner Bitte sofort nach. „Ich vertrage die Dinger auch nicht, ohne etwas zu trinken.“
„Meinen Sie, Fogg wird es wieder versuchen?“ Piazza sah Alon hilfesuchend an. „Was ist, wenn die Polizei ihn nicht findet?“ Er zögerte. „Sie sucht doch nach ihm?“
„Die besten Leute!“, versicherte Alon. „Selbstverständlich passiert alles verdeckt, um kein Aufsehen zu erregen, aber sie werden ihn finden. Machen Sie sich keine Sorgen! Und bis es so weit ist, hat der Direktor noch weitere Leute zu unserer Sicherheit abstellen lassen.“
Piazza spülte eine Tablette hinunter und seufzte erleichtert. „Was ist mit den Tunneln, von denen Sie erzählt haben? Im Krankenhaus hat man gemeint, dass meine Erinnerung zurückkehren könnte, wenn ich mich wieder an den Ort begebe, an dem...“ Er ließ den Satz unvollendet, als bereite es ihm Probleme, darüber zu reden.
„Das wird nicht möglich sein“, erklärte Karin. „Der Zugang zum Tunnelsystem wurde bis auf weiteres versiegelt und wird zudem noch bewacht. Wir wollen auf jeden Fall verhindern,

dass Fogg sich darüber noch einmal Zutritt zum Museum verschafft."
„Ich verstehe. Das ist bestimmt auch besser so", sagte Piazza und ließ es erleichtert klingen. „Wenn Sie nichts dagegen haben, würde ich mich jetzt gerne wieder meiner Arbeit widmen. Ich könnte etwas berufliche Ablenkung nach all der Aufregung gut gebrauchen."

***

Ali und Chess war es nicht ganz gelungen, die schwere Steintür ganz zu öffnen, weil sich zu viel Sand und Steine darunter verkeilt hatten. Der entstandene Spalt war allerdings groß genug, um den Raum hinter der Tür betreten zu können.
„Zieh den Bauch ein", empfahl Chess, die mühelos hindurchgeschlüpft war.
„Welchen Bauch?" Ali musste sich deutlich mehr anstrengen, aber auch ihm gelang es, in den aus dem Stein gehauenen Raum zu gelangen, den sie fortan das *Rote Atelier* nannten.
Größe und Form erinnerten an ein Künstleratelier und auch die an die Wände gemalten Tierbilder passten gut zu dieser Vorstellung. Weit beeindruckender als die Wandmalereien selbst war aber das alles beherrschende Rot. Boden, Wände, ja selbst die Decke waren in schreiendem Scharlachrot gehalten, das im Schein der Lampe wie frisches Blut aussah.
„Hast du so etwas schon einmal gesehen?", fragte Chess.
„Nicht in diesem Leben." Er ging mit der Gaslampe an der Wand entlang und sah sich die Zeichnungen an. „Sind das Tiere?"
„Ja, auf meiner Seite sind Steinböcke und da drüben habe ich schon Antilopen gesehen, die von Hyänen angegriffen werden."
„Gut, dass ich so eine erfahrene Kunstexpertin in der Familie habe", witzelte er. „Diese Maler waren ja noch schlechter als ich - und das will was heißen. Schau dir nur diesen verhungerten Löwen an!"

Chess leuchtete in seine Richtung. „Das ist kein Löwe, sondern einer von Simbas Vorfahren. Das musst du doch an den großen Ohren erkennen."
„Ach, das sind Ohren?"
Chess setzte ihre Runde fort und entdeckte einige Jagdszenen, die Wölfe, Hyänen und auch Wüstenluchse beim Erlegen und Fressen ihrer Beute zeigten.
„Glaubst du, dass die Farbe an den Wänden Blut ist?", fragte Ali, der offenkundig kein Bewunderer abstrakter Höhlenmalerei war. „Ich habe eigentlich gedacht, dass Blut schwarz wird, wenn es eintrocknet. Aber dieses Rot ist so kräftig..."
„Ich kann es mir auch nicht vorstellen", bestätigte sie seinen Zweifel. „Aber beeindruckend ist es auf jeden Fall, wie stark die Farbe nach all den Jahren noch leuchtet.
Chess richtete die Taschenlampe an die Decke. „Hast du das schon gesehen?"
Im Abstand von einigen Metern ragten Holzstangen aus dem Fels. In jeder von ihnen steckten, fein säuberlich aufgereiht, mehrere dutzend Vogelfedern. Trotz ihrer staubigen Vergangenheit erstrahlte ihr helles Weiß im harten Kontrast zu den tiefrot getränkten Spitzen.
„Gänsefedern?" Alis Interesse an den Geflügelresten hielt sich in Grenzen. „Ziemlich untypisch für diese Gegend. Ein paar Knochen wären mir lieber, am besten in einem großen Erdloch und mittendrin der Schatz."
„So stellst du dir den Brunnen der Gebeine vor?"
„Klar, warum auch nicht? Aber da sind wir in diesem roten Atelier offenbar völlig falsch. Hast du schon einen Ausgang entdeckt?"
Der Lichtkegel ihrer Taschenlampe zielte auf einen Durchgang in der Mauer vor ihnen. „Wie wäre es damit?"
Ali trat näher heran und leuchtete in den Stollen, der wenigstens zehn, vielleicht auch zwanzig Meter tief in den Fels führte. So wie es aussah, war er über die gesamte Länge mit Stämmen aus Akazienholz abgestützt. Trotzdem war an

mehreren Stellen bereits Sand durch die poröse Decke eingedrungen und bildete kleine Hügel.
„Simba, bleib hier!“, befahl Chess scharf. „Hier wird nicht rumgeklettert.“
Der Karakal gehorchte ihr aufs Wort.
„Erinnert mich an das Pyramidenspiel von vorhin.“
Sie pflichtete ihm bei. „Sieht auf jeden Fall nicht sehr einladend aus. Kannst du auf der anderen Seite etwas erkennen?“
„Nichts, was unbedachten Leichtsinn rechtfertigen würde.“ Ali klopfte mit der Faust gegen einen der Stützbalken. „Traust du dir eine Schätzung zu, wie alt das hier ist?“
Chess kam näher, um sich die Holzkonstruktion anzusehen. „Schwer zu sagen, ohne genauere Untersuchung. Aber bestimmt nicht annähernd so alt wie die Wandzeichnungen. Trotzdem würde ich dem Akazienholz mehr zutrauen als dem Sandstein rundherum. Bevor wir da reingehen, müssen wir den Stollen auf jeden Fall anständig sichern.“
Ali seufzte. „Dann kommt jetzt also der Teil mit der richtig harten Arbeit auf uns zu.“
Chess nickte. „Ein, zwei Tage werden wir sicher brauchen, bis wir die andere Seite erreichen.“
Er legte die Hand um seine Schwester und gemeinsam blickten sie in den Stollen.
„Weißt du, was noch viel schlimmer werden könnte?“, fragte sie.
Er wusste es, und er hatte sich schon die ganze Zeit gefragt, wann sie es endlich ansprechen würde. „Muss ich Dino ausgraben?“
„Würdest du denn lieber die Zelte freischaufeln?“
Er überlegte kurz. „Lass uns darum knobeln.“

***

Monza - Oberitalien, Frühsommer 2007:
Der Platz vor dem Dom in Monza war menschenleer. Bereits vor Stunden hatten die letzten Maler ihre Bilder und Staffeleien

zusammengepackt und waren ebenso wie die Touristen verschwunden. Die Domfassade aus Marmorblöcken schimmerte im hellen Mondlicht und auf dem weißen Zifferblatt der Turmuhr brach die dritte Stunde des neuen Tages an.
Der in drei Schiffe unterteilte Dom verfügte über mehrere Kapellen, die seitlich angebaut waren. Im Vergleich zur prunkvollen Vorderseite erwarteten den Besucher auf der Rückseite nur hohe Steinmauern und kleine vergitterte Fenster, die an ein Verlies erinnerten. Das hier untergebrachte Dommuseum beherbergte Kunstschätze und Reliquien von unermesslichem Wert.
Der diensthabende Wachmann warf einen letzten Blick auf die Schaltzentrale der Alarmanlage. Vier von dutzenden grün leuchtender Lämpchen waren erloschen. Ohne einen Laut von sich zu geben, sank der Mann der Sicherheitsfirma in die Knie und seine Augen lösten sich von der Schalttafel.
Mit einem kräftigen Ruck riss der Ägypter die gezackte Klinge aus dem Rücken des Wachmanns und dessen lebloser Körper kippte nach vorne.
„Siehst du“, erklärte der Ägypter dem Söldner an seiner Seite, „das ist der Vorteil, wenn man zuerst um Hilfe bittet und danach zusticht.“ Er deutete mit der rot verschmierten Klinge auf die Anzeige der Alarmanlage. Die erloschenen Lämpchen signalisierten, dass der Zugang zu einem speziellen Bereich der Schatzkammer nun nicht mehr überwacht wurde.
„Worauf wartest du noch?“, fuhr er seinen Begleiter an. „Wir haben keine Zeit zu verlieren!“
„Und wenn er gelogen hat? Was ist, wenn der Alarm trotzdem losgeht?“
Der Ägypter wischte die Klinge an der Jacke des toten Wachmanns ab. „Deshalb gehst ja auch du zuerst hinein.“
Widerwillig setzte sich der Söldner in Bewegung. „Wieso immer ich?“, knurrte er. „Wieso kann nicht unser Popeye gehen? Der ist doch ohnehin überfordert damit, die beiden Mönche in Schach zu halten.“

„Wenn du mir noch lange auf den Sack gehst, wische ich mein Messer das nächste Mal an deiner Jacke ab.“
„Ich geh ja schon!“ Auch wenn der Respekt für seinen Boss begrenzt war, so wusste er doch sehr genau, wie weit er gehen konnte, um sich keine Klinge zwischen den Rippen einzufangen. In seinen Augen war der Ägypter nicht mehr als eine armselige Kopie ihres gemeinsamen Bosses Mustafa Shahid.
Mustafa Shahid war das personifizierte Böse, der Mann, dessen Unmut für seine Männer gleichbedeutend mit einem Todesurteil war. Der Respekt, den sie ihm entgegenbrachten, war so einzigartig wie die schwarze Aura, die ihn umgab.
Der Ägypter mochte aussehen wie Shahid und er gab sich sichtlich Mühe, ihn zu imitieren, aber in Sachen Kaltblütigkeit konnte er Shahid nicht das Wasser reichen. Der Söldner wusste das, Ramar wusste es und der Ägypter wusste es erst recht. Genau deshalb lag jedes Mal eine unerträgliche Spannung in der Luft, wenn Shahid die drei gemeinsam losschickte, um für ihn einen Auftrag zu erledigen.
Ramar saß auf einem Stuhl im Aufenthaltsraum des Dompersonals und behielt die beiden Mönche zu seinen Füßen genau im Auge, die geknebelt und gefesselt auf dem Boden kauerten.
„Wieso glotzt ihr mich so blöd an? Seid froh, dass wir euch nicht die Kehlen durchgeschnitten haben wie den Wachleuten.“
In den Augen der Gefangenen blitzte das nackte Entsetzen auf, als sie der Paschtune über das Schicksal der anderen informierte.
„Habt ihr wirklich gedacht, wir lassen sie am Leben?“ Ramar lachte dreckig. „Die waren aus einem anderen Holz geschnitzt als ihr beide. Wenn man euch Schafen sagt, dass ihr euch nicht bewegen dürft, dann bleibt ihr bis in alle Ewigkeit genau so sitzen. Aber Sicherheitsleute ticken anders. Das sind Wölfe, so wie wir. Denen liegt das Heldenspielen im Blut. Bei der ersten Gelegenheit hätten sie versucht, uns zu überwältigen... Also mussten wir dafür sorgen, dass sich ihnen keine Gelegenheit mehr bietet. Versteht ihr?“ Er zog seine Pistole und zielte

abwechselnd auf die Gefangenen. „Sie hätten genauso gehandelt. Da ist es doch nur fair, dass wir ihnen zuvorgekommen sind. Sie hatten Pech...“ Er senkte die Waffe. „Und ihr hattet Glück... bisher jedenfalls.“
Die Kutte eines der Mönche färbte sich im Schambereich dunkel und der Gestank von Urin breitete sich aus.
„Du solltest lieber beten, dass wir bekommen, was wir wollen, und deine Zeit nicht damit verschwenden, dir vor Angst in die Kutte zu pissen!“
Der Ägypter und sein Begleiter hatten den Raum erreicht, in dem sich eine der bedeutendsten Reliquien des Domschatzes befand. In die eiserne Krone der Langobarden war ein Eisenreif eingearbeitet, den man angeblich aus einem der Kreuznägel Christi gefertigt hatte. Einer Legende nach waren im Mittelalter alle Herrscher Italiens mit dieser Krone zum König gekrönt worden. Wer immer die Herrschaft an sich reißen hatte wollen, musste dazu zuerst in den Besitz der Krone gelangen.
„Das soll die Krone sein?“, raunte der Söldner abfällig. „Die ist ja potthässlich.“
„Du sollst sie ja nicht tragen, sondern nur mitnehmen.“
Unter einer Glasvitrine aus massivem Panzerglas lag ein mit Edelsteinen verzierter Stirnreif aus purem Gold. Saphire und goldene Ornamente formten eine Abfolge von Kreuzen, die die Krone in sechs Segmente teilten.
„Das Ding ist ja aus Gold!“, staunte der Söldner beim Näherkommen. „Und sieh mal, was da für Klunker draufkleben. Was meinst du, wie viel die einbringt?“
„Keine Ahnung“, brummte der Ägypter. „Aber das ist auch nicht unsere Sorge. Wir sind nur für den Abtransport zuständig.“
Der Söldner klopfte das dicke Schutzglas ab. „Wenn wir das aufsprengen, bleibt von der Krone aber nicht mehr viel über.“
„Bist du verrückt?“, fuhr ihn der Ägypter an. „Wir sind mitten in der Stadt. Wenn wir die Polizei auf uns aufmerksam machen, hat sich die Sache für uns auf der Stelle erledigt.“ Er beäugte das Panzerglas von allen Seiten. Es saß luftdicht und passgenau

auf einem Betonsockel und war mit vier Spezialschlössern gegen das Anheben abgesichert.
„Die Wachleute hatten keinen Schlüssel dafür“, erwiderte der Söldner. „Vermutlich hat der Typ nur deshalb so bereitwillig den Alarm abgestellt.“ Er umrundete die Vitrine. „Wenn du sie nicht mitsamt dem Betonsockel hier raustragen willst, dann...“
„Dann was?“, fuhr der Ägypter ihn an. „Fällt es euch wirklich so schwer, statt eurer Muskeln auch einmal das Hirn einzusetzen?“ Seine Hand ballte sich zur Faust. „Du hast doch ein Hirn?“
Das als Antwort gedachte Brummen klang nicht sehr überzeugend. „Aber...“
„Wie lange braucht ihr noch?“, unterbrach ihn Ramar, der plötzlich in der Tür stand.
„Du sollst doch auf die Mönche aufpassen!“, herrschte der Ägypter ihn an. *Warum fällt es euch so schwer, die Befehlskette zu akzeptieren? ICH bin der Boss!* „Was genau verstehst du daran nicht?“
„Siehst du, ich hab dir ja gesagt, dass Popeye selbst dafür zu blöd ist.“
Ramar knurrte den Söldner geringschätzig an, ehe er antwortete: „Der Gestank dort drüben ist nicht mehr auszuhalten. Einer der beiden hat sich angepisst und so wie der andere dreinschaut, fällt ihm auch nichts Besseres ein... Kann ich mich nicht hier nützlich machen? Die Mönche sind geknebelt und gefesselt. Und außerdem sind sie vor Schreck sowieso wie gelähmt. Die machen uns bestimmt keinen Ärger.“
„Hier ist Hirn gefragt“, entgegnete der Söldner trocken. „Ich fürchte, damit scheidest du für diesen Job leider aus.“
„Und warum bist du dann...“
„Geht das schon wieder los?“ Die aggressive Stimme des Ägypters schob sich wie eine unsichtbare Wand zwischen die Streithähne und sorgte vorübergehend für Ruhe.
„Vielleicht habe ich doch noch Verwendung für dich“, sagte er an Ramar gerichtet. Dann holte er eine kleine Metallbox aus der Jacke, die er auf die Panzerglasvitrine legte. „Aber bis es so

weit ist, hältst du einfach nur die Schnauze. Ihr beide!“ Er blickte sie abwechselnd an.
Nachdem er das Schweigen als Zustimmung gewertet hatte, klappte er die Metallbox auf und zum Vorschein kamen eine Spritze sowie mehrere Ampullen mit roter und gelber Flüssigkeit.
„Das hier ist Sicherheitsglas der höchsten Güte“, erklärte er seinen Männern. Selbst mit einer Panzerfaust würden wir diese Vitrine vermutlich nicht zerstören können und selbst wenn...“ Er machte eine effektheischende Pause und lenkte die Aufmerksamkeit auf die kostbare Reliquie im Inneren. „Das Glas können wir nicht zerstören, ohne dass die Krone dabei Schaden nimmt und wir die halbe Stadt aufwecken.“
Er nahm die Spritze aus der Box und schraubte eine lange, dünne Nadel auf. „Aber das müssen wir auch gar nicht.“
Vorsichtig durchdrang die Nadelspitze die Gummimembran einer mit roter Flüssigkeit gefüllten Ampulle. Der Ägypter zog mit der Spritze langsam etwas davon auf. „Entscheidend ist, das Mischungsverhältnis genau einzuhalten.“
In Millimeterabständen waren Markierungen auf der Spritze angebracht, die umso besser abzulesen waren, je höher die rote Flüssigkeit stieg. „Das reicht.“ Er zog die Nadel heraus und durchstach gleich darauf die Membran einer gelben Ampulle.
Wortlos verfolgten Ramar und der Söldner jede seiner Bewegungen. Beide verzichteten nur zu gern darauf, dem jeweils anderen zu signalisieren, dass sie sich keinen Reim darauf machen konnten, was ihr Boss vorhatte.
Die Spritze war bis auf ein kleines Luftpolster aufgefüllt. Das reichte aus, um die beiden Flüssigkeiten durch kräftiges Schütteln zu vermengen. Es dauerte eine ganze Weile, bis der Inhalt mehr oder weniger schlagartig die Farbe wechselte.
Die chemische Reaktion hatte den Spritzeninhalt in ein fluoreszierendes Giftgrün verwandelt.
„Gleich wird sich zeigen, ob das Zeug sein Geld wert ist. Ich werde jetzt unser Mittel in die Klebeflächen der Vitrine injizieren. Innerhalb weniger Minuten sollte sich der

Glasklebstoff auflösen und dann können wir die Panzerglasscheiben herunterheben. Das ist dann euer Job!"
Die beiden Angesprochenen nickten stumm.
„Auch wenn ich bezweifle, dass die Dämpfe bei euch noch Schaden anrichten können, solltet ihr sie besser nicht einatmen." Er holte eine zusammengefaltete Atemmaske aus seiner Jacke und zog sie über den Kopf. „Wartet draußen, bis ich euch rufe. Das freiwerdende Gas zersetzt sich schnell."
Sofort stürmten Ramar und der Söldner auf den Ausgang zu.
„Und vergesst nicht, die Schnauze zu halten", rief er mit eigenartig verfremdeter Stimme unter der Gummimaske hervor.
Behutsam führte er die hauchdünne Nadel in den Spalt, an dem die Deckplatte mit der Frontscheibe der Vitrine verklebt war. Sowie die Klebestelle mit der Chemikalie in Berührung kam, begann sie sich zu verflüssigen.
Mit Leichtigkeit drang die Nadel immer tiefer in den Spalt vor und die grüne Flüssigkeit fand immer mehr Angriffsfläche. Wegen ihrer grellen Färbung war gut erkennbar, wie weit sie schon vorgedrungen war. Rund um die Einstichstelle bildete sich eine Rauchsäule, die umso größer wurde, je stärker die chemische Reaktion mit dem Scheibenklebstoff verlief.
Im Abstand von einigen Zentimetern versenkte der Ägypter die Nadel erneut. War erst genug Chemikalie an einer Stelle injiziert, erledigte die Schwerkraft den Rest und das giftige Grün fraß sich immer weiter nach unten durch, bis es schließlich im Inneren der Vitrine herabtropfte.
„Es funktioniert sogar noch besser als Shahid gesagt hat", rief er nach draußen. „Wenn ich nicht genau aufpasse, fällt womöglich die ganze Vitrine einfach in sich zusammen."
Ramar und der Söldner waren indessen wieder mit ihrem ewigen Streit beschäftigt.
„Wieso verstehst du nicht einmal die einfachsten Befehle, die man dir gibt? Du solltest die Heiligen bewachen, mehr nicht!"
„Du willst wissen, warum ich hier bin?", fragte Ramar gereizt. „Weil ich den Anblick dieser beiden Jammergestalten nicht mehr länger ertrage. Wir würden ihnen nur einen Gefallen tun, wenn wir sie gleich umlegen."

„Was hält dich davon ab? Mach es doch! Oder fehlt dir der Mut?“
„Wir haben klare Befehle.“
„Blödsinn!“, fauchte der Söldner ihn an. „Wir wissen beide ganz genau, wer hier die Befehle gibt. Shahid hätte die Mönche längst erledigt und keinen Mann dafür verschwendet, sie zu bemuttern.“
„Das ist etwas anderes. Wenn ich sie umlege...“
„Was dann?“, fragte der Söldner provokant. „Meinst du etwa, ER legt dich um?“ Er zeigte mit dem Kopf in den Raum, in dem der Ägypter an der Vitrine arbeitete. „Er ist nicht Shahid!“, zischte er abfällig. „Er schafft es ja nicht einmal mit der richtigen Hand zuzustechen.“
Ramar antwortete nicht.
„Du hast Angst vor ihm! Nicht wahr, Popeye?“
„Hör auf, mich so zu nennen!“
„Sonst was?“ Seine Augen blickten giftig auf.
„Ich zerbreche dich wie einen Strohhalm.“
„Na, los! Versuch's doch. Wir werden ja sehen...“
„Was habe ich euch Schwachköpfen gesagt?“, fuhr der Ägypter dazwischen. „Wenn ihr euch die Schädel einschlagen wollt - gut! Ich habe nichts dagegen. Aber zuerst erledigt ihr den Job oder ihr endet genauso wie die Wachleute.“
Ramar und der Söldner tauschten einen spannungsgeladenen Blick.
„Du hast Glück, dass er dich rettet“, knurrte Ramar.
Der Söldner spuckte auf den Boden und verfehlte Ramars Fuß nur um Haaresbreite. „Wenn du das sagst, Popeye.“
Blitzschnell stieß die Hand des Paschtunen hervor, um den Söldner zu packen, doch dieser reagierte ebenso schnell und tauchte nach unten weg.
„Es reicht!“, brüllte der Ägypter. Zu gerne hätte er wenigstens einen der beiden daheim gelassen, doch dann hätte er vor Shahid eingestehen müssen, dass er nicht in der Lage war, sich seinen Männern gegenüber durchzusetzen. Genau das durfte niemals passieren. „Muss ich erst einen von euch umlegen, damit der andere meine Autorität akzeptiert?“

Beide starrten ihn überrascht an.
„Das ist es doch, worum es euch geht. Wenn Shahid hier wäre, hätte er euch beide längst in Streifen geschnitten. Ihr glaubt wohl, dass ich dazu nicht fähig bin?“
Die beiden Männer sahen ihn mit ausdruckslosen Blicken an und sagten kein Wort.
Es war ihr betontes Schweigen, das ihn darin bestärkte, wie richtig er mit seiner Vermutung lag. Seit Jahren stand er nun schon im Schatten von Mustafa Shahid. Ein Mann, dessen Wort Gesetz war - dessen Befehle niemand in Frage stellte, der an seinem Leben hing. Doch so sehr der Ägypter sich auch bemühte, Shahids Ideale zu vertreten und dessen selbstbewusstes Auftreten zu kopieren, es gelang ihm einfach nicht, dieselbe Autorität auszustrahlen.
Seine Männer waren wie ein Rudel blutdürstiger Wölfe, die sich nur einem starken Alphatier unterwarfen, das seine Interessen rücksichtslos verfolgte. Kaum entfernte sich dieses Alphatier vom Rudel, brachen die alten Spannungen auf und der Kampf um die Vorherrschaft im Rudel entbrannte erneut.
Es war ein Konflikt, der seit langem unter der Oberfläche schwelte und den der Ägypter vor Shahid verbergen musste, um seinen eigenen Kopf zu retten.
Immer wieder brach dieser Machtkampf allerdings hervor und es war nur eine Frage der Zeit, bis es zu einem offenen Schlagabtausch kommen würde.
Wollte der Ägypter nicht den letzten Rest an Glaubwürdigkeit verspielen, dann musste er ein Zeichen setzen, und zwar ein deutliches. Angesichts der körperlichen Überlegenheit seiner Männer blieb ihm dafür nur eine Demonstration übertriebener Grausamkeit, wie er fand.
„Na, schön“, sagte er mit eiskalter Stimme. „Die Zeit, die das Mittel braucht, um sich durch die Fugen zu fressen, können wir auch sinnvoll nützen.“
Ich werde jetzt dafür sorgen, dass ihr bei mir genauso erzittert wie bei Mustafa Shahid.

***

„Das hält jetzt.“ Ali schlug bestätigend mit der Faust auf die neu errichtete Stützkonstruktion des Stollens, der das rote Atelier mit dem dahinterliegenden Raum verband. Vor allem der vordere Teil war akut einsturzgefährdet gewesen. Im hinteren Bereich wurde der Sandstein dagegen wieder deutlich fester und verlieh dem Stollen natürliche Stabilität.
Bisher hatten weder Chess noch Ali einen Blick hinter den schweren Teppich geworfen, der offensichtlich als Türvorhang gedacht war. An Versuchungen hatte es während der vergangenen zwei Tage nicht gemangelt, doch das Risiko, unter dem einstürzenden Sandstein zu enden, rechtfertigte ihre Geduld.
„Du oder ich?“, fragte Chess.
Gemeinsam standen sie vor dem handgeknüpften Teppich, der mehrere Kamele vor einer Oase zeigte. Die meisten Farben waren verblasst, aber das fast blutige Rot des Wüstensands rund um die Oase strahlte ähnlich kräftig wie die Wände im roten Atelier.
„Nach dir, Schwesterherz. Du hast es dir verdient, den Brunnen der Gebeine zuerst zu sehen.“
„Was macht dich so sicher, dass wir schon am Ziel sind?“
„Die Oase!“ Er zeigte auf das Teppichmotiv. „Oase - Brunnen... Der Zusammenhang liegt doch auf der Hand. Los jetzt, holen wir uns den Schatz!“
„Du und deine Schätze“, sagte sie belustigt. „Die Höhlenmalereien, die wir entdeckt haben, sind alleine schon unbezahlbar für die Wissenschaft.“
„Mag sein, aber ich hätte trotzdem lieber etwas Handfestes, das sich auch in einer Museumsvitrine ausstellen lässt... Und darunter dann ein kleines, goldenes Schild mit meinem Namen. Damit die Nachwelt weiß, wem sie den Fund zu verdanken hat.“ Er lachte.
„Träum weiter!“ Chess schob den Vorhang ein Stück zur Seite und wirbelte dabei eine Menge Staub auf, der sich aus dem alten Stoff löste. Sie wartete einen Moment, bis sich der Staub etwas gesetzt hatte, dann schlüpfte sie in den Raum dahinter.

Ali folgte ihr voller Ungeduld.
Chess hatte kaum einen richtigen Schritt gemacht, da blieb sie wie angewurzelt stehen.
„Was ist? Warum gehst du nicht..." Er blickte über ihre Schulter und verschluckte den Rest seiner Frage.
Das Licht seiner Taschenlampe verschwand in den dunklen Augenhöhlen eines vertrockneten Schädels, der genau vor Chess' Gesicht von der Decke hing. Mit weit aufgerissenem Mund war er in seinem Todesschrei erstarrt.
Chess tastete nach Alis Arm und öffnete den Mund, entschied sich dann aber doch zu schweigen.
Die Taschenlampe löste sich vom Kopf des Erhängten und brachte weitere grausame Details zum Vorschein. Der Mann, der wie ein zusätzlicher Vorhang von der Decke baumelte, war kein Einzelfall - im Gegenteil. Ringsum waren die bedrückenden Symbole des Todes unübersehbar.
Schon auf den ersten Blick war klar, dass keine der drei mumifizierten Leichen an Altersschwäche gestorben war.
„Vielleicht sind Höhlenmalereien gar nicht so schlecht." Ali versuchte, die angespannte Situation etwas aufzulockern.
Chess reagierte nicht. Sie atmete noch einmal kräftig durch und danach galt ihr Interesse dem vertrockneten Körper, der ihr wie ein Mahnmal den Weg versperrte. „Schau dir seinen rechten Arm an."
Ali leuchtete in das Nichts, das knapp unterhalb des Ellenbogens begann. „Abgehackt", sagte er leise.
„Wie bei einem Dieb."
„Ob sie auch nach dem Schatz gesucht haben?"
„Schon möglich."
„Meinst du, sie haben ihn gefunden?"
Chess zuckte mit den Achseln. „Zumindest haben sie ihn nicht mehr raustragen können." Sie lenkte Alis Aufmerksamkeit auf einen in rechteckige Form gehauenen Steinblock, neben dem die traurigen Reste von drei vertrockneten Händen lagen. „Die Rechtsprechung war früher ziemlich eng an die Urteilsvollstreckung gekoppelt. Ich glaube nicht, dass sie noch viel Zeit hatten, nachdem man sie erwischt hat."

„Aber warum hat man ihnen zuerst die Hände abgeschlagen, wenn man sie danach sowieso aufgehängt hat?“ Ali machte ein paar Schritte und spürte eine unangenehme Kälte, die aus dem Mauerwerk zu strömen schien.
Von den Leichen abgesehen deutete alles auf einen Lagerraum hin. In die Wände waren regalähnliche Fächer geschlagen und auch die langgezogene Form des Raums unterstrich diesen Eindruck.
Auffällig war allerdings, dass die Decke verhältnismäßig niedrig war. Ein Detail, dessen Problematik sich Chess erst bewusst wurde, als sie die gebrochenen Unterschenkel der Erhängten bemerkte.
„Die Strafen wurden ihrer Schwere nach vollstreckt und zwar nacheinander“, erklärte sie. „Diebstahl und Raub verlangten das Abhacken der Hand - eine verhältnismäßig leichte Strafe, die auf jeden Fall vor einer Todesstrafe vollzogen wurde.“
„Noch eine leichte Strafe zur Einstimmung?“ Ali glaubte, sich verhört zu haben. „Der Tod alleine reichte also nicht?“
Chess blieb erschreckend gelassen bei ihren schaurigen Ausführungen. „Die Reihenfolge der Bestrafung war sehr wichtig, um auch weniger schwerwiegende Taten ausreichend zu sühnen. Das bedeutete den Angehörigen der Opfer sehr viel, vor allem wenn verschiedene Familien unter einem Täter gelitten hatten.“
Ali ließ die Worte auf sich wirken und dachte daran, was sich in den letzten Stunden der drei Schatzsucher, wenn sie denn Schatzsucher gewesen waren, wohl zugetragen hatte.
„Der Henker hatte es offenbar ziemlich eilig, weil er sie gleich hier aufgeknüpft hat. Und das, obwohl der Raum dafür überhaupt nicht geeignet ist.“ Sie leuchtete nach unten. „Er musste ihnen davor noch die Beine brechen, weil die Decke zu niedrig ist.“
Ali schüttelte sich angewidert und Chess widmete sich einer genaueren Betrachtung der zerlumpten Kleidung, die an den sterblichen Überresten hinunterhing. „Du könntest schon mal ein paar Fotos machen.“

Chess' einziges Interesse galt dabei der wissenschaftlichen Dokumentation. Nur ihre Professionalität machte es möglich, jeden noch so grausigen Fund als das zu sehen, was er war - die Chance, einen Blick auf vergangene Zivilisationen und Kulturen zu werfen.
„Wie lange glaubst du, hängen die schon hier?"
Das Blitzlicht der Kamera warf bizarre Schatten an die Wand. Ihr plötzliches Aufleuchten brachte eine morbide Dynamik in die ohnehin schon gespenstische Szenerie.
„Der Kleidung nach zu urteilen, sind es Beduinen. Das macht es schwer, die Zeit jetzt schon genau einzugrenzen."
„Weil die nicht nach der Mode gehen..."
„Genau", lächelte sie und untersuchte den Stoff im Licht ihrer Lampe. „Auf jeden Fall sind sie nicht annähernd so alt wie die Wandbilder im roten Atelier."
Ihre Hand tastete über den Umhang des Toten. Sie hoffte, einen Hinweis zu finden, der bei einer ersten Altersbestimmung half.
„Der hier hat etwas bei sich!" Behutsam zog sie den Stoff zur Seite und leuchtete in die aufgenähte Tasche.
„Falscher Alarm", erklärte sie, nachdem sich ihre vermeintliche Entdeckung als bedeutungsloses Schneckenhaus herausgestellt hatte.
„Der hier hat eine Muschel dabei", meldete Ali und fotografierte seinen Fund.
„Ich glaube, das sind Gehäuse von Meeresschnecken", mutmaßte Chess, während sie sich der dritten Leiche widmete.
„Der hier hat auch eines."
„Warum sollte jeder von denen eine Meeresschnecke dabei haben?" Er stutzte. „Ein Zahlungsmittel? Ich dachte, das gibt es nur auf Südseeinseln."
„Unwahrscheinlich", bestätigte ihn Chess.
„Vielleicht haben sie etwas mit den Hinrichtungen zu tun." Ali wich zurück. „Ein Fluch!"
„Kein Fluch!"
Er zögerte. „Aber sicher bist du dir nicht."

„Ali, du nervst mit deinem Aberglauben. Außerdem, wem sollte ein Fluch nützen, wenn keiner davon weiß? Du hast selbst gesehen, dass nirgendwo etwas von einem Fluch stand."
„Keine Ahnung... vielleicht ein geheimer Fluch." Er sah sich verunsichert um. „Ich hatte schon bei den blutigen Gänsefedern ein ungutes Gefühl... Gänsefedern und Meeresschnecken... Das ist eine Kombination, die einem bestimmt nicht zufällig einfällt. Erst recht nicht mitten in der Wüste."
Sie stöhnte. „Es gibt keinen Fluch!"
„Das kannst du nicht wissen."
„Eben, deshalb muss ich mir auch keine Sorgen machen."
„Das haben sich die drei vielleicht auch gedacht und jetzt haben sie ein Schneckenhaus in der Tasche und wissen es besser."
„Blabla", zwitscherte sie und klopfte sich bedeutungsvoll an die Stirn.
Ali verzog unwillig das Gesicht. Als Chess ihm für einen Moment den Rücken zukehrte, kniete er sich hin und zeichnete mit den Fingern einen Bannkreis in den Sand, den er aktivierte, indem er genau in die Mitte spuckte. *Sicher ist sicher!*
„Wolltest du nicht Fotos machen?" Ihr Tonfall nahm die Antwort auf die Frage bereits vorweg.

***

Ramar und der Söldner hatten den Job in Monza zu Ende gebracht und warteten in einer letztklassigen Absteige am Stadtrand auf Nachricht vom Ägypter. Außer zwei schäbigen Betten mit durchgelegenen Matratzen und einem Fernseher, der diese Bezeichnung nicht verdiente, hatte das Zimmer nichts zu bieten.
Ramar saß mangels anderer Sitzgelegenheiten auf seinem Bett und arbeitete sich seit Stunden durch die Kabelkanäle, die er nur durch unterschiedlich starkes Flimmern und die damit verbundenen Nebengeräusche unterscheiden konnte.
Das Warten zermürbte die beiden Männer zusehends.

„Wann kapierst du endlich, dass du in diesem Dreckloch keinen Sender reinbekommst?“, zischte der Söldner.
„Halt’s Maul und setz dich hin. Dein Rumgerenne geht mir auf den Sack!“
Die Schuhsohlen des Söldners klebten bei jedem seiner Schritte auf dem Linoleum fest und verstärkten die angespannte Stimmung zusätzlich.
„Weißt du, was mir auf den Sack geht, Popeye?“ Er deutete mit dem Finger so aggressiv auf die eigene Brust, als wollte er sich damit selbst erstechen. „Weißt du, was mir sogar ganz gehörig auf den Sack geht? Willst du das wissen?“ Seine Augen glühten förmlich.
„Nein, und jetzt hock dich hin und halt’s Maul!“ Ramar riss eine Bierdose auf und schüttete sie in einem Zug hinunter.
„Es gibt nicht mal fließend Wasser in diesem Stall. Wahrscheinlich haben wir das einzige Hotelzimmer in ganz Italien, bei dem das Bad nicht funktioniert.“
Ramar rülpste genussvoll und legte seinen Finger wie eine Schraubzwinge um die leere Dose. „Glaub ich nicht.“ Er knetete auf dem Aluminium in seiner Hand herum, als spielte er mit einer Stanniolkugel. „Du solltest dir auch eines genehmigen! Das beruhigt dich und hilft gegen den Kotzegeschmack.“
Der Söldner schüttelte energisch sein Haupt. „Keinen Schluck bringe ich runter. Nicht, bis ich mir das Blut dieser Pfaffen...“ Er hielt den Atem an und kämpfte gegen die Magensäure, die ihm bereits das Gaumenzäpfchen hochdrückte.
„Kotz ja nicht ins Zimmer!“
Ramars Sorge war weitgehend unbegründet. Schließlich hatte der Söldner die Rückfahrt vom Dom damit verbracht, seinen Mageninhalt auf der Rückbank des Fluchtwagens zu verteilen.
Das Einzige, was ihm noch geblieben war, war der saure Geschmack auf seiner pelzigen Zunge und der Brechreiz, sobald er auch nur einen Gedanken an die Ereignisse der letzten Stunden verschwendete.
Ramar warf die nur noch kirschengroße Aluminiumkugel in eine Ecke und holte sich einen Kraftriegel aus seinem Trolley.

„Du siehst schlecht aus“, schmatzte er. „Bist du sicher, dass du dir nicht einen ruhigeren Job suchen willst?“
Der Söldner würgte seinen Brechreiz hinunter, ehe er eine Antwort gab. „Der Typ ist doch krank!“, stieß er hervor und atmete tief durch.
Ramar zuckte ungerührt mit den Schultern und kaute auf seinem Proteinsnack herum. „Lass ihm doch seine Show. Er ist noch jung und will uns beweisen, dass er es drauf hat. Ich finde, er ist zum ersten Mal aus sich herausgegangen. Und für diese Kerzenschlecker macht es doch keinen Unterschied mehr, wie sie krepiert sind. Tot ist tot.“
„Mag sein, aber mit einer Kugel im Kopf wären sie das auch und ich hätte mein Abendessen noch bei mir. Ganz zu schweigen von meinen Schuhen. Dieses Blut klebt bei jedem verdammten Schritt, den ich mache. Schon allein das Geräusch auf dem Plastikboden macht mich wahnsinnig!“
„Mich auch! Also setz dich wieder hin.“ Er genehmigte sich einen weiteren Proteinriegel und ließ sich entspannt zurückfallen. „Ich habe kein Problem mit Schlachtfesten. Mein Vater hat bei uns im Ort immer das Vieh abgestochen. Selbst aus den Nachbardörfern haben sie ihm ihre Ziegen gebracht und er hat sie zerlegt. Er hatte einen kleinen Laden... Eigentlich war es nur eine dreckige Hütte mit vielen Fliegen, aber er war ein sehr angesehener Mann im Dorf.“ Er drehte sich zur Seite, um mitverfolgen zu können, wie seine Anekdote ankam. „Als ich fünf war, hat er mich auch mal rangelassen.“ Er lachte. „Aber ich hab’s versaut und das blöde Vieh hat mir fast das Auge rausgetreten.“
Ramar schob die linke Augenbraue ein Stück hoch und entblößte die darunterliegende Narbe. „Für meinen Vater stand damit fest, dass ich nicht zum Fleischer tauge.“
Der Söldner öffnete das einzige Fenster im Raum und blickte hinunter in den Innenhof.
Kreuz und quer waren Wäscheleinen gespannt und irgendwo dazwischen spielten Kinder mit ihrem Ball. Ein paar Blocks weiter heulte eine Polizeisirene, die sich aber rasch wieder entfernte.

„Aber weißt du, was ich stattdessen gemacht habe?"
Der Söldner brummte irgendwas Unverständliches und Ramar deutete das als Aufforderung, seine Geschichte fortzusetzen.
„Nachdem er mir verboten hatte, Ziegen und Schafe zu schlachten, habe ich an den streunenden Hunden und Katzen geübt. Zuerst natürlich nur an den kleinen, denn auch die können ganz schön zubeißen, das kannst du mir glauben."
Ein weiterer Schluck Bier floss seine Kehle hinunter. „Aber wenn du den Dreh dann erst mal heraus hast, ist die Größe eigentlich egal. Die Fleischerei hat aber trotzdem mein älterer Bruder übernommen."
Er öffnete die nächste Dose. „War aber wahrscheinlich auch besser so, denn für meine Hunde und Katzen gab es im Dorf sowieso keine Abnehmer." Er lachte dreckig. „Nachdem ich das mit dem Job im Familienbetrieb vergeigt hatte, hab ich nach anderen Möglichkeiten gesucht, mein Hobby zum Beruf..."
„Kannst du mir wenigstens diesmal deine rührseligen Kindergeschichten ersparen?", fiel ihm der Söldner ins Wort. „Es ist schlimm genug, dass wir in diesem verdammten Kaff festsitzen, wo weder Bad noch Klimaanlage funktionieren." Er wischte sich mit dem Ärmel seines T-Shirts die Schweißperlen von der Stirn. „Wie lange kann es denn dauern, einen Flug zu organisieren?"
„Entspann dich", grunzte Ramar hinter seinem Bier hervor. „Andere Leute zahlen eine Menge Geld dafür, dass sie in Italien Urlaub machen... Wer weiß, wo wir als nächstes hinmüssen. Hier gibt es wenigstens genug zu trinken und gekühlt ist es auch." Er nahm eine der noch verschlossenen Dosen und rollte sie sich übers Gesicht. „Solltest du auch versuchen."
„Ist dir Vollidiot eigentlich entgangen, dass uns die gesamte italienische Polizei auf den Fersen ist? Wir machen hier keinen Urlaub, sondern wir verstecken uns, weil dieser Psychopath im Dom völlig ausgerastet ist. Die Krone zu klauen und ein paar Wachen umzulegen, ist eine Sache, aber es war nie die Rede

davon, dass wir dort ein Opferritual abhalten. Um ein Haar hätten sie uns erwischt."
„Haben sie aber nicht." Ramar stöhnte erfrischt, als er sich mit der Bierdose in seinem Nacken Kühlung verschaffte. „Und sie werden uns hier auch ganz sicher nicht suchen kommen. Jemanden, der gerade eines der teuersten Stücke aus dem Domschatz geraubt hat, wird die Polizei bestimmt nicht in dieser Absteige vermuten."
Seine Faust schnellte hinüber zum Nachttisch und beendete das Dasein einer Kakerlake. „So groß werden die bei uns daheim nicht", sagte er und schnippte ihre Überreste durch die offenstehende Badezimmertür.
„Was machen wir, wenn er sich nicht meldet? Wir können hier nicht für den Rest unserer Tage bleiben." Die Anspannung des Söldners wuchs zusehends.
„Er wird sich schon melden", beruhigte Ramar und wischte seine klebrigen Finger im Leintuch ab.
Er schien weder den Sorgen des Söldners noch dem Heulen der Polizeisirenen Bedeutung zu schenken und wirkte äußerlich völlig ruhig.
Eigentlich gab es im Moment nur eine Sache, die ihn wirklich nervte. „Wenn du noch einmal mit deinen Schuhen rumquietscht, frisst du sie!" Er warf dem Söldner ohne Vorwarnung eine Bierdose zu, die dieser sicher auffing.
„Wasch dir damit das Blut von den Schuhen."
Der Söldner brummte zustimmend und ließ sich auf dem Bett nieder.
Mit einer einzigen Armbewegung riss Ramar eine Stoffbahn aus dem Betttuch und reichte sie ihm hinüber. „Beim nächsten Mal schaust du besser, wo ich mich hinstelle. Im Gegensatz zu dir weiß ich nämlich, dass Blut nicht bergauf rinnt." Er grinste überlegen und widmete sich wieder dem rauschenden Fernsehprogramm.
Der Söldner goss etwas Bier über den Fetzen und reinigte damit seine Schuhsohlen. Schnell färbte sich alles hellrot.

Er atmete bewusst flach und als der saure Geschmack wieder zurückkam, schloss er die Augen und versuchte, sich mit dem Gedanken an seinen Anteil an der Beute abzulenken.
Noch bevor er alle Schuld abgewaschen hatte, hörte er das erlösende Klingeln des Telefons.
Ramar drehte das Rauschen des Fernsehers leiser und nahm das Gespräch entgegen. Zweimal stimmte er dem Anrufer zu, dann notierte er etwas auf dem vergilbten Block neben dem Telefon.
Ohne sich zu verabschieden legte er schließlich auf. „Gute Neuigkeiten“, verkündete er erfreut. „Der Italienurlaub hat ein Ende. Unser Rückflug ist für morgen Abend gebucht.“
„Noch eine Nacht in diesem versifften Zimmer“, stöhnte der Söldner. „Dann können wir ja...“ Mitten im Satz presste er seine Lippen aufeinander.
„Was können wir?“
Er schloss die Augen und würgte seinen Einwand hinunter. „Nichts, alles in Ordnung.“

***

Chess und Ali hatten zahlreiche Fotos von den erhängten Mumien gemacht und ihre Positionen dokumentiert. Obwohl Chess schon mehrfach vorgeschlagen hatte, sich Hilfe bei der Arbeit zu organisieren, blockte Ali weiterhin ab.
Er war wie elektrisiert von dem Gedanken, den Brunnen der Gebeine bereits hinter der nächsten Tür zu finden. Eine Einschätzung, die mit jedem seiner Irrtümer wahrscheinlicher wurde, sollte es den Brunnen überhaupt geben.
„Natürlich gibt es diesen Brunnen! Hör doch endlich auf mit deiner Zweiflerei, Schwesterherz.“ Ali schleppte eine Kiste mit Ausrüstung in den Mumienraum. Lauter als beabsichtigt landete sie auf dem Boden.
„He! Pass auf mit den Sachen. Wenn du was kaputt machst, zieh ich dir das von deinem Taschengeld ab.“

„Ja, ja. War doch keine Absicht.“ Er tätschelte behutsam die Kiste. „Können wir uns jetzt endlich auf den nächsten Raum stürzen?“
„Du mit deinem Zeitdruck! Und alles nur wegen dieses Buchs. Wenn es dir so wichtig ist, dann fahr es eben gleich holen und ich mach einstweilen allein weiter.“
„Kann ich nicht, noch nicht.“ Er dachte an den Countdown auf seinem Handy.
„Dein Pech. Ich lass mich jedenfalls nicht von dir stressen. Und wenn du dich weiterhin weigerst, dass wir Arbeiter hinzuziehen, dann wird es noch länger dauern.“
„Jetzt, wo die mühsame Schauflerei und Pfostenschlepperei vorbei ist, brauch ich erst recht keine Studenten mehr, die mir im Weg herumstehen. Wir sind so nah dran.“ Er hielt Daumen und Zeigefinger so dicht aneinander, dass bestenfalls noch eine Münze dazwischengepasst hätte. „Los jetzt, du willst doch auch wissen, was uns hinter der nächsten Tür erwartet.“
„Natürlich, aber mein Interesse ist rein wissenschaftlich. Dich dagegen“, sie warf ihm einen vielsagenden Blick zu, „treibt das Schatzfieber.“
„Und wenn schon. Machen wir sie jetzt endlich auf?“
Die zweiteilige Holztür war, verglichen mit den bisher gefundenen Zugängen, von beachtlicher Größe. Es verwunderte also nicht, dass die beiden sie zunächst für eine Wand gehalten hatten. Das Holz selbst war dunkel, fast schwarz und stellenweise mit Symbolen verziert. Ihre Konturen hatte man mit dem für diesen Fundort typischen Rot nachgezogen.
„Das sieht wie eine Welle aus.“ Chess berührte eines der Symbole. „Könnte ein Hinweis auf das Meer sein oder einen See.“
„Oder auf den Brunnen der Gebeine. Wir wissen es, sobald wir die Tür aufmachen.“
„Vielleicht ist es dann zu spät“, sagte sie mit übertrieben tiefer Stimme. „Es könnte sich nämlich auch um eine letzte Warnung handeln... Vor dem Fluch der Kaulquappe.“ Sie kicherte ungeniert los.

„Ach, du mich auch“, entfuhr es ihm. „Ich mach die Tür jetzt auf und wenn du nicht wissen willst, was dahinter ist, dann wartest du eben hier.“
„Von wegen, sicher komme ich mit!“
„Fein, dann kannst du gleich vorgehen.“ Er machte einen Schritt zur Seite und Chess fand sich in der ersten Reihe wieder.
„Keine Angst, Schwesterherz. Du glaubst doch nicht an Flüche, also kann dir auch gar nichts passieren... vermutlich.“
„Spinner!“ Chess öffnete die Tür und Ali nutzte die Gelegenheit, um noch dreimal zu spucken. *Sicher ist sicher.*
Ihren erstaunten Gesichtern nach zu urteilen, hatten sie beide nicht mit dem Anblick gerechnet, der sich ihnen hinter der Tür bot. Selbst der scharf begrenzte Lichtstrahl von Chess' Taschenlampe reichte nicht aus, um bis ins hintere Ende der gewaltigen Höhle vorzudringen.
„Wow!“
„Du nimmst mir die Worte aus dem Mund“, versicherte Ali.
Wenige Schritte vor ihnen gähnte ein tiefer Graben, über den eine äußerst betagte Hängebrücke führte. Dahinter erstreckte sich die Höhle, so weit das Licht fiel.
„Denkst du, was ich denke?“, fragte er.
„Vermutlich, aber es wäre mir trotzdem lieber, wenn du zuerst gehst.“
„Vielleicht gibt es noch einen anderen Weg da rüber.“
Sie leuchtete die umliegenden Wände ab und sah ihn dann vielsagend an.
„Gut, dass wir das geklärt haben“, murmelte er. „Wie breit ist der...“
„Zehn, maximal elf Meter.“
„Und wie tief ist...“
Ihre Taschenlampe erhellte bereits den Graben. „Sieben Meter.“ Der unregelmäßige Boden reflektierte scharlachrot.
Was Ali noch mehr störte, als von Chess ständig unterbrochen zu werden, war die beunruhigende Genauigkeit ihrer Schätzungen.
„Das Rot da unten stammt doch hoffentlich nicht von jenen, die ihr Leben schon vor mir dieser Brücke anvertraut

haben?“ Er näherte sich wenig überzeugt der Seilkonstruktion, die über den Graben gespannt war. „Sieht nicht sehr vielversprechend aus, wenn du mich fragst.“
„Ich bin ganz still.“
Er zögerte. „Wahrscheinlich haben sie die Brückenseile aus Kamelhaar, Palmfasern und wer weiß noch was geknüpft.“
„Hattest du nicht demnächst einen Termin beim Buchhändler deines Vertrauens?“
„Gibt es irgendwas, das du mir sagen willst?“
Chess pfiff vergnügt vor sich hin. „Ich hab's nicht eilig.“
Ali rüttelte an den Seilen der Hängebrücke und beäugte skeptisch die Trittflächen, die allem Anschein nach aus zusammengebundenen Kamelknochen gefertigt waren. „Ich glaube nicht, dass die mein Gewicht trägt.“
„Es gibt nur einen Weg, das rauszufinden.“
Ali schluckte. Ziemlich spontan war er zur Überzeugung gekommen, dass es doch besser war, sich mehr Zeit für das Erforschen der Ausgrabungsstelle zu nehmen. „Weißt du noch, wie du mir gestern vorm Einschlafen gesagt hast, dass uns der Brunnen der Gebeine nicht wegläuft? Vielleicht hast du Recht. Wir sollten nichts überstürzen. Am Ende übersehen wir sonst noch einen entscheidenden Hinweis.“
„Komm schon her“, lachte sie und holte bereits den Klettergurt aus ihrem Rucksack. „Ohne entsprechende Sicherung gehst du keinen Schritt. Erst recht nicht über diese Wackelbrücke.“
„Ich glaube, das sind Kamelknochen, auf denen man rumsteigt.“
„Warum auch nicht?“ Sie zuckte mit den Schultern. „Das wäre nicht das erste Mal, dass man Tierknochen als Baumaterial verwendet hat.“
„Können Kamele an Osteoporose erkranken?“ Er schlüpfte in den Sitzgurt der Kletterausrüstung.
„Was mich viel mehr interessiert, ist, warum der ausgetretene Weg hier so abrupt im Nichts endet. Bisher sind wir davon ausgegangen, dass tagtäglich wer weiß wie viele Leute über die Stufen und durch den Stollen gelaufen sind. Aber wenn ich mir

die Brücke ansehe, habe ich so meine Zweifel, ob die für den Durchzugsverkehr ausgelegt ist."
„Stimmt. Wenn wir berücksichtigen, wie abgetreten die Steinstufen am Eingang sind, müsste man hier unten einen ziemlichen Verschleiß an Kamelknochen gehabt haben."
„Oder sie sind immer nur bis hierher gegangen und der Weg über die Brücke war nur ganz bestimmten Personen vorbehalten."
„Den Schatzwächtern!" Ali hatte den Rest der Kletterausrüstung angelegt.
„Vielleicht..." Chess überlegte.
„Was ist?"
„Nur so ein Gedanke... Brunnen der Gebeine... Brücke mit Kamelknochen... Brücke der Gebeine?" Sie sah ihn fragend an. „Könnte es sein, dass ich mich bei der Übersetzung vertan habe?"
„Wäre das möglich? Ich meine, passen würde das hier ganz gut. Dann ist die Brücke der Gebeine nämlich gleichzeitig die Brücke zur Schatzhöhle."
„Warte hier. Ich geh zurück und seh mir die Textstelle auf der Stufe noch mal genauer an."

***

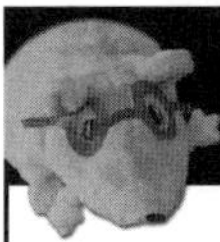

Café Nautilus

Gerne hätte Piazza sich noch weiter mit Objekt L2471 beschäftigt, zumal die Zeit drängte, stattdessen fand er sich hier, im Café *Nautilus* wieder.
Als wäre es nicht schon genug, dass Kollek pausenlos um ihn herumschwänzelte, jetzt hatte er ihn auch noch zu einer Nachmittagsmehlspeise eingeladen. Eine Einladung, die Piazza mit innerlichem Widerwillen aber äußerlich wohlwollend angenommen hatte.
„Ist dieses Museum nicht ein herrlicher Platz?“, schwärmte Alon und lehnte sich entspannt zurück, als hätte er alle Zeit der Welt. „Fast könnte man vergessen, wie gefährlich die Arbeit hier ist.“
„Meinen Sie jetzt das Pollenzählen oder die andere...“
Piazzas wenig gelungener Scherz wurde von der Kellnerin unterbrochen, die an den Tisch trat.
Die beiden bestellten, was sie sonst auch bestellten, und widmeten sich wieder ihrem Gespräch.
„Ich persönlich finde es schon etwas übertrieben, wie viel Sicherheitspersonal neuerdings im Museum rumläuft“,

bemerkte Alon mit gedämpfter Stimme und konzentrierte sich auf jede noch so kleine Veränderung in Piazzas Mimik.
„Ich bin etwas überrascht, dass ausgerechnet Sie das sagen. War es nicht Ihre Versicherungsgesellschaft, die maßgeblich zur Aufstockung des Personals beigetragen hat?“
Alon massierte die Finger seiner rechten Hand. „Das bedeutet aber nicht, dass ich deren Paranoia teile“, sagte er und verstand es ausgezeichnet, wie ein kleines Rädchen in einem viel zu großen Uhrwerk zu klingen. „Wenn Sie mich fragen“, er beugte sich über den Tisch, „dann ist Fogg entweder tot oder längst über alle Berge. Mit dem Überfall auf Sie hat er bewiesen, dass er nicht die Nerven besitzt, um so ein großes Ding durchzuziehen.“
Piazza wollte etwas einwenden, doch Alon redete einfach weiter.
„Ich habe genug Erfahrung mit Versicherungsbetrug und Diebstählen. Glauben Sie mir, wenn ich Ihnen sage, dass dieser Fall so gut wie abgeschlossen ist.“
„So gut wie?“
Alon machte eine abfällige Handbewegung. „Die da oben können doch erst wieder ruhig schlafen, wenn sie ihr geliebtes Objekt L2471 zurückhaben. Keiner von denen kann es sich leisten, dass jetzt noch etwas passiert, darum auch der ganze Zirkus mit dem Wachpersonal.“ Er holte kurz Luft. „Säbelrasseln und Zähneknirschen, damit sie später in ihrem Bericht schreiben können, wie wichtig sie waren. Und das, obwohl sich kein Einziger von denen die Mühe gemacht hat, selbst hier aufzukreuzen.“
„Sie klingen etwas verbittert, wenn Sie diese Anmerkung gestatten.“
„Wundert Sie das? Die große Show ist vorbei. Ich weiß es, die da oben wissen es und die Leute vom Wachpersonal, die sich nur mehr die Beine in den Bauch stehen müssen, wissen es auch. Auf etwas warten zu müssen, das längst passiert ist, kann selbst die besten Männer zermürben.“
Piazza ließ sich nicht anmerken, was er dachte, und hatte allem Anschein nach auch nicht vor, etwas zu erwidern.

Alon war aber ohnehin noch nicht fertig. „Die Anspannung ist weg und der Rest der Woche wird langweilige Routine für uns alle werden. Da darf man es den Leuten nicht übel nehmen, wenn sie in Gedanken schon wieder daheim bei ihren Familien sind."

„Haben Sie Familie?", griff Piazza das Stichwort auf.

„Hat leider nicht geklappt", kam die nachdenkliche Antwort. „Meine Arbeitszeiten deckten sich dummerweise nicht mit ihrem Verständnis von Familienleben."

„Tut mir leid."

„Ach, halb so wild."

Die Kellnerin brachte die Bestellung.

„Was ist mit Ihnen? Warum haben Sie nicht wieder geheiratet, Professor?"

„Ich bin der Meinung", begann er lächelnd, „man sollte aus seinen Fehlern lernen und sie nicht wiederholen."

Alon gab ihm zu verstehen, wie sehr er diese Ansicht teilte.

Der Professor führte die dampfende Tasse zum Mund und nahm mehrere kleine Schlucke.

„Entschuldigen Sie mich bitte für einen Moment", reagierte Alon auf den Signalton seines Mobiltelefons.

„Machen Sie nur", entgegnete Piazza, und während Alon auf seinem Handy herumtippte, ließ er seinen Blick durch das Café schweifen.

Er hat eigentlich vollkommen Recht mit dem, was er sagt. Es ist höchst unwahrscheinlich, dass noch jemand mit einem weiteren Überfall rechnet. Überhaupt jetzt, wo die Sicherheitsvorkehrungen so verschärft sind.

Während er so über Alons Worte nachdachte, beobachtete er eine Mutter, die am Nebentisch saß und ihren beiden Kindern gerade zu erklären versuchte, warum sie nicht noch ein weiteres allerletztes Eis bekommen würden.

Im Prinzip ist genau das mein Problem. Die Wachleute sind allesamt nur noch gelangweilt. Das macht sie viel gefährlicher, weil ihre Reaktion nicht mehr so vorhersehbar ist. Wenn sie in Alarmbereitschaft sind, kommt keiner von ihnen auf die Idee,

sich am Snackautomaten einen Schokoriegel zu holen. Vielleicht sollte ich für etwas Ablenkung sorgen.
Sein Blick wanderte ein paar Tische weiter zu einem Mann von großen Dimensionen, dessen Gulaschsuppe so gut duftete, dass Piazza versucht war, seine Bestellung nachzubessern.
Alon tippte immer noch auf seinem Handy herum.
Auch einer von den Wichtigtuern, die jede Blähung per SMS verschicken müssen... Ich liebe Gulaschsuppe... Warum habe ich mir keine bestellt? Wenn wir hier noch länger sitzenbleiben...
„Ich bin gleich so weit." Alon blickte vorübergehend auf. „Mein Boss will einen kurzen Statusbericht, obwohl ich ihm nur dasselbe schreiben kann, was ich ihm heute Mittag und heute Vormittag schon geschrieben habe." Er klang ehrlich gequält.
„Lassen Sie sich Zeit", bekräftigte Piazza mit einer Handbewegung. *Ein Ablenkungsmanöver würde auch Kollek beschäftigen. Er schaut mir seit Tagen bei jeder Bewegung über die Schulter. Ohne ihn wäre mein Job längst erledigt... Mir läuft die Zeit davon. Nächste Woche bringen sie das verdammte Tuch schon wieder zurück nach Israel. Ein Ablenkungsmanöver... dann kann ich die Daten des Hologramms in Ruhe überspielen.*
„Fertig", meldete sich Alon, der nicht ahnen konnte, zu welchem Entschluss sich Piazza gerade durchgerungen hatte. „Tut mir leid, dass es so lange gedauert hat, aber ich bin nicht sonderlich geschickt beim SMS-Schreiben."
Piazza lächelte verständnisvoll. „Geht mir genauso mit diesem modernen Zeugs."
Ein paar Tische weiter löffelte einer genüsslich seine Gulaschsuppe und schien dabei die Welt um sich herum vergessen zu haben. Sein Blick war stur, aber glücklich auf den Teller gerichtet, bis er plötzlich den Löffel ablegte.
Ein Vibrieren in seiner Brusttasche verlangte nach seiner Aufmerksamkeit. Es war sein Mobiltelefon, auf dem eine Nachricht eingegangen war:

Zielperson sitzt mir gegenüber. Werde ihn zum Handeln zwingen.

Die Nachricht erreichte Hiob an jenem Ort und zu jenem Zeitpunkt, den Alon ihm Tage zuvor ebenfalls per SMS mitgeteilt hatte. Damals war Hiob allerdings noch nicht klar gewesen, unter welchen Umständen sie sich im *Nautilus* treffen würden.
Hiob löschte die Nachricht, steckte das Handy weg und widmete sich dem Rest seiner Suppe.
Alon und Piazza waren unterdessen wieder in ihr scheinbar belangloses Gespräch vertieft.
„Wissen Sie schon, was Sie tun werden, wenn die Arbeit hier beendet ist?“, fragte Alon und verstand es vorzüglich, immer wieder in Erinnerung zu rufen, dass die Uhr tickte.
„Mir wird nicht langweilig werden, falls Sie das meinen. In Italien wartet eine Menge Arbeit auf mich... Selbstverständlich keine, die auch nur annähernd so bedeutsam wäre wie das, was wir hier leisten.“
„Geleistet haben, muss man fast schon sagen“, merkte Alon ganz beiläufig an. „Die wichtigsten Erkenntnisse über Objekt L2471 sind dokumentiert und unsere Arbeit war ein voller Erfolg.“ Er nahm einen schnellen Schluck, ehe er fortfuhr.
„Na ja, zumindest Ihre Arbeiten... Meine Pollenzählung diente wohl eher als Beschäftigungstherapie, damit ich Professor Golan nicht bei ihrer Arbeit störe.“ Er lachte über seinen eigenen Witz und verfolgte Piazzas Reaktion darauf ganz genau. „Wissen Sie, Professor, in solchen Momenten bereue ich es, dass ich mein Studium damals vorzeitig hingeschmissen habe und Versicherungsdetektiv geworden bin. Die Arbeit in unserem wissenschaftlichen Team bedeutet mir so viel mehr als diese Jagd auf irgendwelche Betrüger oder Phantome.“
„Sie können doch immer noch fertigstudieren. Kollegin Golan würde Sie sicher ganz besonders gerne wieder zu ihren Studenten zählen dürfen.“
„Das kann ich mir vorstellen.“ Alon spielte mit den Fingern seiner rechten Hand.

„Was macht eigentlich Ihr Arm?"
„Ach, fragen Sie nicht", seufzte er. „Die Ärztin hat angedeutet, dass es vielleicht noch mehrere Wochen dauern kann, bis ich wieder volle Kontrolle darüber habe. Zum Glück verheilen die Kratzer an der anderen Hand umso schneller."
„Kratzer ist gut", wandte Piazza ein. „Die Schnitte haben zunächst sehr böse ausgeschaut."
„Alles harmlos, verglichen mit Ihrer Kopfwunde, Professor", erwiderte Alon rasch, um jedes Geplänkel abzukürzen. *Und nichts im Vergleich zu dem, was uns vielleicht noch bevorsteht.*

***

„Keine Brücke", erklärte Chess bei ihrer Rückkehr in die Höhle. „Es heißt Brunnen der Gebeine - Verwechslung ausgeschlossen."
Ali, der in der Zwischenzeit Sicherungshaken in die Höhlenwand geschlagen hatte, zeigte sich nur mäßig überrascht von den Neuigkeiten. „Dann lass uns rausfinden, wie robust Kamelknochen tatsächlich sind."
Er hatte das Sicherungsseil bereits in seinen Klettergurt eingehakt. „Ich werde versuchen, die Hängebrücke zu benutzen, soweit das möglich ist. Falls es gar nicht anders geht, seile ich mich ab und gehe unten im Graben zur anderen Seite."
„Und wie willst du drüben wieder raufkommen?"
„Das überlege ich mir, sobald ich dort bin." Er setzte seinen Höhlenforscherhelm auf und knipste die Stirnlampe an.
„Dann könnte es aber zu spät sein!"
„Und wenn ich gar nicht so weit komme, ist jeder Gedanke daran Zeitverschwendung. Los jetzt! Ich will wissen, was da auf der anderen Seite auf uns wartet."
Chess befestigte das Seil mit Schlaufe und Karabiner am Sicherungshaken und gab ihrem Bruder ein Zeichen.
Ali atmete noch einmal tief durch und setzte dann seinen ersten vorsichtigen Schritt auf die in die Jahre gekommene Hängebrücke. Die Kamelknochen knirschten unter seinem Fuß, hielten dem Gewicht aber stand.

Er blickte zu Chess zurück, sagte jedoch nichts.
„Keine Sorge, ich bin voll auf Zug, falls du fällst, dann bestimmt nicht tief", sagte sie.
„Noch", flüsterte er sich selbst zu und konzentrierte sich auf seinen nächsten Schritt. Beiden war bewusst, dass das Sicherungsseil nur einen begrenzten Schutz bot.
Falls Ali mitten auf der Brücke durchbrechen sollte, konnte sein Gewicht leicht ausreichen, um die Trittbretter der Hängebrücke wie einen Reißverschluss auseinanderzufetzen.
In diesem Fall wäre es reichlich egal, wie fest Chess das Seil hielt. Ali würde dann genau so viele Meter tief fallen, wie er bisher zurückgelegt hatte. Spätestens nach sieben Metern, so tief war der Graben nach Chess' Schätzung, hatte Ali demnach den Punkt erreicht, an dem das Seil seine Sicherungsfunktion verlor. Ein Sturz bedeutete dann unabänderlich, Bekanntschaft mit dem Boden zu machen.
Wie unsanft das vonstatten gehen würde, hing dann nur mehr davon ab, wie viel die Kamelknochen dem Seil entgegensetzen konnten. Unter dem herabstürzenden Gewicht würde es sich wie eine Rasierklinge durch den Brückenboden fressen.
„Woran denkst du?", fragte Chess.
„Das willst du nicht wissen." Er machte seinen nächsten Schritt auf der wackeligen Konstruktion. Ohne seine Hände komplett von den Halteseilen links und rechts der Brücke zu nehmen, bewegte er sich langsam vorwärts.
Das knochige Gebälk knackste unheilvoll, hielt aber der Belastung weiter stand.
„Schau einfach nicht nach unten."
„Dann sehe ich aber nicht, wo ich hintrete." *Obwohl das vermutlich sogar besser wäre.*
„Du weißt schon, wie ich es meine." Sie gab Seil nach, damit Ali den nächsten Schritt setzen konnte.
„Also ich kann die vielen Menschen verstehen, die alle nicht weitergegangen sind als bis zu dieser Brücke und dann wieder kehrtgemacht haben."
„Das wissen wir nicht mit Sicherheit."

„Ich schon. Ich spüre das!“ Ali merkte, wie sich zwei Knochenplatten unter seinem Fuß auseinanderbewegten und hob ihn sofort wieder an. „Man muss wirklich höllisch aufpassen, wo man hintritt... Die Knochen selbst sind allerdings stabiler, als ich dachte. Das eigentliche Problem sind die Seile, die sie zusammenhalten sollen. Denen haben die Jahre nicht so gut getan.“ Ali hatte etwa ein Drittel des Weges zurückgelegt.
„Wenn du es für zu gefährlich hältst, dann brich ab und komm zurück. Wir können aus dem Range Rover die Sandbleche holen. Wenn du die abwechselnd vor dir auflegst, verteilt sich dein Gewicht über eine größere Fläche.“
Das hätte dir aber auch früher einfallen können. Er blickte zu seiner Schwester zurück. Im selben Augenblick knackste es.
„Nein, lass lieber. Die Brücke flüstert mir gerade zu, dass sie kein zusätzliches Gewicht tragen möchte.“
„Sie flüstert dir zu?“
„Nun ja, streng betrachtet, teilt sie es mir sogar ziemlich lautstark mit. Hast du das Seil angespannt?“
„Lass den Blödsinn. Dreh um und komm zurück!“
Er sagte nichts. Stattdessen gab er sich ganz dem bedrohlichen Geräusch zu seinen Füßen hin, das sich in etwa so vielversprechend anhörte wie ein Sprung, der quer durch eine Glasscheibe lief.
Vorsichtig schob Ali seinen rechten Fuß ein Stück weiter, um ihn von der vermeintlichen Bruchlinie zu bekommen.
„Ali, du sollst zurückkommen!“
Das Knacksen schien seinen Fuß zu verfolgen. Erschreckenderweise tat es das mit genau derselben Beharrlichkeit, die Ali an den Tag legte, um zu entkommen.
Ihm blieb nichts anderes übrig, als den Fuß noch weiter vorzuschieben. Seine Beinhaltung deutete bereits einen Spagat an.
Gerade, als er meinte, eine stabile Stelle für sein rechtes Bein gefunden zu haben, begannen die Knochen unter seinem linken Bein nach hinten zu rutschen. Ihm blieb keine Wahl, als ihnen zu folgen.

Jetzt wird's eng. „Spann das Seil!" Alis Hände krallten sich um die seitlichen Halteseile der Brücke, doch die Konstruktion schwankte zu stark, um das eigene Gewicht sinnvoll darauf abzustützen.
Das beunruhigende Geräusch unter dem rechten Fuß signalisierte sehr eindringlich, dass die Position nicht mehr zu halten war. Alis unfreiwilliger Spagat hatte allerdings schon Ausmaße angenommen, die jede Gewichtsverteilung zu einem artistischen Kunststück machten. Wie Kontinente drifteten die gelockerten Kamelknochen unter seinem linken Bein auseinander.
Chess konnte nur noch zusehen, wie ihr Bruder versuchte, irgendwo Halt zu finden. Längst hatte sie sich mit ihrem Gewicht in das Seil gehängt, als wollte sie Ali daran zurückziehen. Ein Umstand, der seinen Bewegungsspielraum zusätzlich einschränkte.
Alis Beine fingen an, unter der Anspannung zu zittern. Ein, wie er rasch feststellen musste, ausgesprochen unglücklicher Zustand, wenn man sich dabei auf einer in Auflösung befindlichen Hängebrücke befand.
Bevor er über seinen nächsten Schritt nachdenken konnte, nahm ihm ein finales Krachen die Entscheidung ab. Reflexartig riss er noch seinen rechten Fuß zurück.
„Nein!", schrie Chess und hatte im selben Augenblick schon alle Hände voll zu tun.

***

Die gebürtige Russin Alisa Andrejewna Petrowa war auf dem Weg in Qians Büro. Für sie war der Tag eigentlich ein Grund zur Freude, doch das merkte man ihrem Gesicht nicht an.
Während sie auf den Aufzug wartete, wurde sie von zwei Technikern beobachtet. Die beiden Männer standen etwas abseits und reparierten ein in die Wand eingelassenes Computerterminal.

„Das ist sie!“ Der unkonventionelle Elektroniker, den alle im Haus nur Shorty - abgeleitet vom englischen Wort für Kurzschluss *short circuit* - nannten, rempelte seinen Kollegen.
„Wer?“ Er blickte von seiner Arbeit auf.
„Nicht so auffällig!“, zischte Shorty. „Dort drüben bei den Aufzügen. Qians Neue kann man doch gar nicht übersehen, das süße Ding.“
„Das ist Ms. Gorbatschow?“, fragte er und ließ den Mund vor Staunen geöffnet.
„Keine Ahnung, wie sie wirklich heißt, ich kann kein Russisch. Aber wenn ich die Gelegenheit bekäme, sie näher kennenzulernen, würde ich sowieso keine Zeit mit Reden verschwenden.“ Er zwinkerte seinem Kollegen zu, wie nur Männer im Hormonrausch das taten.
„Träum weiter!“, kam die lachende Antwort. „Die ist mindestens fünf Nummern zu groß für dich, Shorty.“
„Gut möglich... Bei der letzten Abteilungsleitersitzung hat mir einer erzählt, dass sie einen ziemlich steilen Aufstieg hinter sich hat.“
„Wundert dich das, bei dem Aussehen? Sieh dir nur ihre langen Beine an...“
„Nicht so, wie du jetzt denkst. An die ist bisher noch keiner rangekommen - die Braut soll so kalt sein wie das Eis im Wodka. Es wird gemunkelt, dass sie sich alles für Qian aufgespart hat.“ Er grinste breit.
„Diese Weiber werd ich nie verstehen. Was hat der Alte, was wir nicht haben?“
„Macht und Geld“, erwiderte Shorty ohne nachzudenken. „Und mehr brauchst du auch nicht, wenn du in dieser Liga spielst.“
Alisa Andrejewna Petrowa stieg in den Fahrstuhl und überließ die beiden Techniker damit ihren Fantasien.
„Wo treibt der Alte nur immer solche Schönheiten auf?“ Er schüttelte den Kopf. „Und allzu blöd darf sie ja auch nicht sein, wenn sie die ganze Arbeit für ihn erledigen muss. Weiß man eigentlich, was aus seiner letzten Sekretärin geworden ist?“
Shorty verzog das Gesicht, als hätte er zu diesem Thema nichts zu sagen.

„Was? Komm schon, Shorty, was weißt du?“
„Nichts Konkretes... Ich habe auch nur ein Gerücht gehört.“
„Besser als nichts. Schieß los!
Wie Verschwörer steckten die beiden ihre Köpfe zusammen.
„Aber von mir hast du es nicht!“
„Nein!“, stieß er so entrüstet aus, als hätte man ihn einer Todsünde bezichtigt. „Natürlich nicht. Ich werde schweigen wie ein Grab, Shorty. Du kennst mich doch.“
„Eben.“ Shorty blickte in alle Richtungen, um sich zu versichern, dass sie nicht beobachtet wurden. „Ich habe gehört, dass sein letztes Bürovögelchen etwas zu geschwätzig gewesen sein soll. Es war sogar von Spionage die Rede.“
„Ist nicht wahr?“
„Qian dürfte schon länger etwas geahnt haben und hat ihr dann einen Köder auf den Schreibtisch gelegt.“
„Und sie hat ihn geschluckt?“
„Mitsamt dem Haken und allem was dazugehört.“
„Das ist ja ein Ding!“ Er blies hörbar die Luft aus. „Wie blöd muss man sein, um in diesem Hochsicherheitsladen Daten zu klauen. Das kann ja nur ins Aug’ gehen, bei all den Kameras und Sicherheitsleuten.“
„Sie war angeblich geschickt genug, die zu umgehen. Aber man hat nach einem Hinweis in ihrer Handtasche Daten gefunden, die dort nicht hingehörten. Damit war die Sache dann eindeutig.“
Alisa Andrejewna Petrowa hatte zwischenzeitlich in Qians Büro Platz genommen und musste sich einer ersten Einweisung in ihren neuen Job unterziehen.
„Mit den Abläufen im Haus sind Sie ja so weit schon vertraut“, erklärte Qian und blätterte in ihrem virtuellen Personalbogen. „Sie haben bei uns erstaunlich schnell Karriere gemacht... bei jeder Bewertung durch Ihre Vorgesetzten nur Bestnoten... deutlich mehr Überstunden als der Durchschnitt... nur einen Tag krank gemeldet...“ Er sah sie an, als wartete er auf eine Erklärung.
„Ich...“ Es war ihr sichtlich unangenehm, dass er sie darauf ansprach.

„In meinem Labor gibt es keine Geheimnisse vor mir!“, stellte er mit unerwartet scharfem Ton klar. „Hier geht es um eine vertrauensvolle Stelle!“
„Ich habe mich sterilisieren lassen“, sagte sie ebenso rasch wie leise und eine verlegene Röte befiel ihre Wangen.
„Gab es dafür medizinische Gründe?“, fragte er, als wäre dieses Thema das selbstverständlichste auf der Welt.
Sie schüttelte stumm den Kopf und vermied es, ihm in die Augen zu sehen. „Da, wo ich herkomme, sieht man es nicht gerne, dass Frauen Karriere machen und keine Kinder bekommen.“
„Wo genau kommen Sie denn her?“
Sie sagte den Namen eines kleinen russischen Dorfs, von dem Qian nie zuvor gehört hatte. Hätte sie ihn dabei angesehen, wäre ihr ohne Zweifel aufgefallen, wie schwer es ihm fiel, sich auf die einzelnen Silben zu konzentrieren.
„Haben Sie schon Kinder?“
„Nein.“
„Warum wollen Sie keine?“
„Ich lebe für meinen Beruf. Karriere bedeutet mir alles.“ Sie klang überzeugt, wie selten jemand zuvor, der auf ihrer Seite des Schreibtisches gesessen hatte.
Qian hatte allen Grund, mit seiner Auswahl zufrieden zu sein. Frauen im gebärfähigen Alter stellten aus seiner Sicht immer ein Risiko dar, während jene, die es überschritten hatten, seinen optischen Ansprüchen nicht gerecht wurden.
Der Doktor stellte ihr einige weitere Fragen, die sie alle zu seiner vollsten Zufriedenheit beantworten konnte. Ihr Lebenslauf war ebenso vorbildlich wie das Leumundszeugnis, das ihm mehrere Abteilungsleiter unabhängig voneinander bestätigt hatten.
„Sie wissen, dass in diesem Unternehmen nur einer die Fragen stellt?“
„Nur Sie, Dr. Qian!“, bestätigte sie, ohne zu zögern.
Er verschränkte zufrieden die Arme. „Ich erwarte mir 100%ige Loyalität von Ihnen. Ihr mehr als großzügig bemessenes Gehalt stellt sicher, dass Sie es nicht nötig haben, irgendwelchen

Versuchungen oder Angeboten zu erliegen. Dennoch kann es vorkommen - nein, ich erwarte sogar, dass man an sie herantreten wird, um Informationen zu erhalten. Informationen, die dieses Labor unter keinen Umständen verlassen dürfen!"
„Sollte das der Fall sein, werde ich Ihnen sofort davon berichten."
„Genau das verlange ich auch von Ihnen. Wenn Sie den Eindruck bekommen sollten, dass ich mich verstärkt für das Leben meiner engsten Mitarbeiter interessiere, dann entspricht das durchaus den Tatsachen." Er lächelte. „Es ist mir ein persönliches Anliegen, stets zu wissen, dass es Ihnen gut geht." Es war das Lächeln des Teufels, der aus der Bibel zitierte.
Alisa Andrejewna Petrowa strich sich den Rock zurecht und wartete darauf, dass Qian fortfahren würde.
„Das wäre von meiner Seite vorerst alles", erklärte er. „Den Rest erfahren Sie ohnehin während der nächsten Tage im laufenden Betrieb."
Seine Körpersprache signalisierte allerdings, dass er noch nicht fertig war. Den aus seiner Sicht schönsten Teil des Gesprächs hatte er sich für den Schluss aufgehoben, wie er es immer tat.
„Ich habe es mir zur Angewohnheit gemacht, dass mir jede neue Sekretärin eine Frage zu ihrer Vorgängerin stellen darf." Er hob den Zeigefinger. „Aber nur eine Frage! Sie steht symbolisch dafür, dass Sie von nun an jede Art von Neugier überwinden, die Ihrer Position nicht zuträglich wäre." Er blickte sie herausfordernd an.
„Eine Frage", murmelte sie und schien nicht die leiseste Ahnung zu haben, was der Doktor von ihr erwartete.
„Eine Frage!", wiederholte Qian, der sich die Antwort längst zurechtgelegt hatte.
„Ich bin mir nicht sicher, ob ich überhaupt eine..."
„Nur zu, fragen Sie!"
Sie biss sich auf die Lippen, als weigerte sie sich, den Gedanken auszusprechen.
„Na los, worauf warten Sie?"

Sie nahm ihren ganzen Mut zusammen und platzte dann heraus: „Warum haben Sie sich von meiner Vorgängerin getrennt?"
Sein Lächeln war kalt wie Stahl. „Sie musste uns wegen einer dringenden persönlichen Angelegenheit verlassen."
Alisa Andrejewna Petrowa war die Verunsicherung anzusehen. *Welche Reaktion erwartet er sich jetzt von mir?* „Nichts Schlimmes, hoffe ich?", formulierte sie einen der zahllosen Gedanken, die ihr durch den Kopf schossen.
„Sie hatten Ihre Frage." Qian lehnte sich zurück und ließ sich nicht anmerken, wie überaus zufrieden er mit dem Ergebnis seines kleinen Psycho-Experiments war.

***

„Bist du in Ordnung?", rief Chess ihrem Bruder zu.
Ali steckte bis zur Hüfte im Brückenboden und zog abgehackt die Luft ein. Die angemorschten Kamelknochen schnürten ihn einerseits ziemlich ein, hatten aber andererseits einen Komplettabsturz verhindert.
„Ali?"
„Gleich!", stieß er angestrengt hervor.
Alles war so schnell gegangen, dass er die Ereignisse erst im Nachhinein begriff. Seine Hand tastete nach dem Sicherungsseil, das beim Sturz zunächst einige Knochen aus der Brücke gerissen, dann aber doch Halt gefunden hatte.
Vorsichtig bewegte er seine Beine, die über dem Abgrund baumelten. Seine Lage war ernst, aber nicht hoffnungslos, noch nicht.
„Geht es dir gut? Jetzt sag doch endlich was!", Chess konnte sich kein bisschen bewegen, ohne Spannung von dem Seil zu nehmen.
Ali gab sich Mühe, möglichst zuversichtlich zu klingen. „Mir geht es gut, nur bitte lass das Seil nicht los."
Sie atmete auf. „Kannst du dich aus eigener Kraft befreien?"
Er wollte sich mit dem Ellenbogen auf der Brücke abstützen, fand aber kaum Halt. „Könnte schwer werden."
„Ich helf dir." Sie ließ sich mit einem Ruck in das Seil fallen.

„Au!“, kam prompt die Antwort. „Das ist keine gute Idee.“
Bei seinem Teilabsturz waren einige der Kamelknochen so unglücklich gebrochen, dass sie wie Speerspitzen hervorstanden.
„Wenn du mich nach oben rausziehst, reißt du mir dabei den Allerwertesten auf.“
„Willst du lieber so hängenbleiben?“
„Sicher nicht! Ich muss mir nur ein wenig Platz schaffen. Die Knochensplitter sind so scharf wie dein Küchenmesser.“
Es war schwer, die Knochen zur Seite zu biegen, drückte doch sein eigenes Gewicht dagegen. Ali steckte wie in einem Korsett aus Klappmessern fest, dessen Klingen sich aufrichteten, sobald er herauszuschlüpfen versuchte.
„Das wird so nichts!“, gab er sich nach mehreren Versuchen geschlagen. „Der einzige Weg hier raus führt nach unten. Du wirst mich abseilen müssen.“
„Und du glaubst, diese Kamelreste fühlen sich besser an, wenn sie dir dein Gesicht zerkratzen?“
Guter Einwand. „Wahrscheinlich nicht, aber zumindest richten sie sich dabei nicht wie Widerhaken auf. Besser ein paar Kratzer als aufgespießt zu werden.“
„Wie du meinst. Sag mir Bescheid, sobald ich Seil nachgeben kann.“
Ali schlang seine Arme eng um die Brust und spürte, dass nun sein gesamtes Gewicht im Klettergurt hing. „Los! Aber ganz langsam.“
Chess folgte der Anweisung und strengte sich an, möglichst gleichmäßig zu arbeiten.
„Geht schon, gib mir Seil.“
„Mach ich doch. Es wird schon locker!“
Kann nicht sein. Es sei denn... Verdammt! „Es muss sich irgendwo verhakt...“
Ali konnte seinen Satz nicht mehr beenden. Mit einem ordentlichen Ruck sackte er ein Stück tiefer.
Jetzt nicht mehr. Chess spürte wieder vollen Zug am Seil und hielt die Spannung.

Alis Stöhnen war kaum zu überhören. Seine Hüfte hatte einen ordentlichen Kratzer abbekommen.
„Noch alles dran?"
„Ja... geht wieder. Mach weiter!"
Jetzt, da das Seil frei war, verlief das Abseilen deutlich einfacher. Um sein Gesicht bestmöglich zu schützen, verbarg er es hinter seinen durchgestreckten Armen, den Rest würde der Helm erledigen.
Nachdem er seine breiten Schultern durch das Loch in der Brücke gezwängt hatte, folgten Kopf und Hände fast wie von selbst. Gleich darauf war er zur Gänze durchgerutscht.
Er baumelte im Klettergurt und sah zu, wie ein paar lose Kamelknochenreste an ihm vorbei in die Tiefe fielen.
„Ist dir auch nichts passiert?"
„Ich überleg noch", kam prompt die Antwort.
„Also nicht", sagte sie erleichtert und mehr an sich selbst gerichtet. „Ich lass dich jetzt ganz hinunter!"
„Okay!" Auf dem Weg nach unten drehte Ali seinen Kopf in alle Richtungen, um mit der Helmlampe die Umgebung abzuleuchten. Dabei fiel ihm auf, dass nicht nur der Boden rot überzogen war, sondern sich auch ringsum an den Wänden Spuren von Farbe fanden. „Hier unten sind Wasserstandslinien! Sieht so aus, als wäre der Graben früher mit roter Flüssigkeit gefüllt gewesen."
„Genug Blut, um den Sand der Wüste damit zu färben", zitierte Chess den alten Text.
Ali hing nur noch einen knappen Meter über dem Boden. „Das letzte Stück bitte besonders vorsichtig. Der ganze Boden ist rot. Egal, was es ist, ich will nur ungern drin versinken."
Chess bremste das Seil merklich ab. Ihr Bruder war längst zu tief im Graben, als dass sie ihn von ihrer Position aus noch sehen konnte. „Wie weit noch?"
„Zwanzig Zentimeter... Zehn... Stopp!"
Dann wurde es still.
„Was ist?", fragte Chess. „Soll ich dir mehr Seil geben?"
„Ja, aber lass mich nicht ganz los. Ich traue dem Boden nicht."

Unter Alis Füßen knirschte es, als würden Flusskiesel aneinanderreiben. „So ähnlich muss sich Armstrong gefühlt haben, als er auf den Mond gestiegen ist. Ich sink bis zu den Knöcheln in eine rote Staubschicht ein... merkwürdig... darunter wird der Boden fester... wobei..."
„Du musst lauter reden, ich kann dich kaum noch hören! Was ist merkwürdig da unten?"
„Schwer zu beschreiben, Schwesterherz. Aber wirklich stabil ist der Untergrund nicht. Ich habe das Gefühl, auf einem Berg Rollschotter herumzulaufen. Das muss ich mir aus der Nähe anschauen."
„Bevor ich dich wieder hochziehen kann, müssen wir erst das Seil umhängen. Mach also bitte nichts Unüberlegtes."
„Ja, ja..." Ali zog am Seil, um sich mehr Bewegungsfreiheit zu verschaffen.
„Ali, denk an den Fluch!"
„Welcher Fluch?"
„Egal, denk an irgendeinen. Hauptsache, du wirst nicht übermütig."
„Sehr lustig!" Er bückte sich und steckte neugierig seine Hand in die rote Staubschicht. „Es fühlt sich ganz fein an, viel feiner als Sand."
„Sei vorsichtig!"
„Ich mach doch gar nichts", beteuerte er. „Außerdem muss ich sowieso vorsichtig sein, weil ich den Staub nicht aufwirbeln will."
„Um den Staub mach ich mir keine Sorgen, sondern um das, was da vielleicht drin ist."
„Im Staub? Du hast zu viel schlechte Filme gesehen!" Er zerrieb einige der roten Körner zwischen seinen Fingern. „Und mir wirft sie vor, ich wäre abergläubisch..."
„He! Das hab ich gehört. Ich bin immer noch hier und bereit, dein Leben zu retten, wenn die Sandwürmer dich angreifen."
„Bring ein paar große Angelhaken mit, dann laden wir sie zum Fischen ein... Diese Farbkraft ist wirklich unglaublich", schwärmte er. „Selbst das kleinste Körnchen reicht aus, um den Finger zu färben."

Er steckte die Hand erneut in den Boden, diesmal aber tiefer. Seine Finger ertasteten etwas Kleines, Rundes und zogen es heraus. *Ein Stein?* Er schüttelte das Fundstück und blies behutsam dagegen, um es zu reinigen. „Chess? Du wirst nicht glauben, was ich gerade gefunden habe.“ Er griff noch einmal in das Rot und holte zwei weitere Stücke hervor.
„Versuch es doch einfach“, rief sie mit erkennbarer Neugier in der Stimme.
„Gleich. Gib mir bitte noch etwas mehr Seil. Ich möchte da drüben auch noch eine Bodenprobc nchmen.“
Eine Bodenprobe nehmen? Er glaubt wirklich, er ist bei der Mondlandung dabei. Chess schüttelte amüsiert den Kopf und gab etwas Seil nach. „Jetzt sag endlich, was du da unten entdeckt hast!“
„Sei nicht so ungeduldig!“
„Bin ich doch gar nicht. Was ist es?“
„Schneckenhäuser.“
„Wie *Schneckenhäuser*?“
„Schneckenhäuser! Hier unten liegen die Gehäuse von Meeresschnecken. Millionen davon - ganze, halbe, und Bruchstücke. Ich kann dir nicht sagen, wie viele genau, aber so tief ich mit meinen Armen komme, ertaste ich Schneckenhäuser. Hier und dort drüben und da hinten auch...“
Im selben Augenblick kam auch schon eine Handvoll Schneckenhäuser aus dem Graben geflogen. „Sie sehen genauso aus wie die drei, die wir bei den Mumien gefunden haben.“
„Kann ich dein Seil kurz loslassen, um eine aufzuheben?“
„Loslassen?“, fragte er etwas überrascht. „Ja klar! Ich hab mich schon lange abgehängt, damit ich mich besser bewegen kann.“
„Und wofür halte ich dann...“ Chess ärgerte sich und legte das Seilende weg.
„Ich hoffe, diese Dinger bringen kein Unglück“, äußerte sich Ali besorgt. „Sonst haben wir nämlich jede Menge davon am Hals.“
„Ali!“, rief sie genervt. „Schneckenhäuser bringen kein Unglück.“

„Erklär das den drei Mumien, die sie in der Tasche hatten.“
Chess nahm eines der Gehäuse an sich. „Es ist dieselbe Art.“
„Sag ich doch!“
„Was ist sonst noch da unten?“ Sie trat an den Rand des Grabens.
„Du meinst, abgesehen von rotem Staub und dem Schneckenfriedhof? Nichts!“
„Schneckenfriedhof...“, wiederholte Chess, als hätte er sie damit auf eine Idee gebracht. „Hast du nicht zuerst gesagt, dass es da unten auch Wasserstandslinien gibt?“
„Du hast mir also doch zugehört...“ Ali beleuchtete eine Stelle der Wand, an der die Linien besonders deutlich zu sehen waren. „Hier, bitte.“
„Der Brunnen der Gebeine“, sagte sie mit erstaunlich ruhiger Stimme. „Gratulation, du stehst mitten im Brunnen der Gebeine.“
„Ach ja?“
„Schneckenhäuser! Verstehst du nicht? Schnecken haben keine Knochen, aber sie haben Gehäuse. Also sind die so etwas wie ihre Gebeine. Und wenn dieser Graben früher mit Wasser gefüllt war, ist die Bezeichnung doch ziemlich naheliegend.“
„Schön“, sagte er und hörte sich an wie ein kleiner Junge, dem die Schwester gerade die Geburtstagsüberraschung verdorben hatte. „Dann ist das eben der Brunnen der Gebeine. Das Blut, oder besser gesagt, das Blutpulver, das die Wüste färbt, haben wir demnach auch schon. Aber wo ist der Schatz?“
„Ich dachte, du wolltest ihn finden. Das goldene Schild im Museum, mit deinem Namen drauf... Schon vergessen?“
„Du weißt es. Du weißt, wo der Schatz ist!“
„Nein“, grinste sie. „Wissen tu ich es nicht, aber ich habe jetzt eine Vermutung, wie all das hier zusammenpassen könnte.“

***

Piazza schleppte auf seinem Weg durch das Naturhistorische Museum eine grüne Halbliter-PET-Flasche mit. Und er war

nicht der Einzige, der mit einem Getränk oder Eis in der Hand herumlief.
Die sommerliche Hitze der letzten Woche hatte das Museumsgebäude in einen wahren Backofen verwandelt.
Obwohl Direktor Willendorfer Anweisung gegeben hatte, die großen Fenster der Schausäle über Nacht geöffnet zu halten, war das Temperaturproblem nicht in den Griff zu bekommen. Den Museumswärtern blieb nichts anderes übrig, als ihre Hemden noch ein Stück weiter aufzuknöpfen und zu hoffen, dass die spärlichen Besucher an diesem Tag dafür Verständnis zeigten.
Deutlich besser ging es dagegen den Mitarbeitern, die ihren Job im Tiefspeicher verrichteten. Er wurde von einer gewaltigen Kühlanlage auf konstanter Temperatur gehalten und so war es nicht verwunderlich, dass an einem heißen Tag wie diesem besonders viele Mitarbeiter in den Kellerräumlichkeiten unterwegs waren. Jede Abteilung nutzte die Gelegenheit, irgendwelche Ausstellungsstücke aus dem Speicher zu holen oder dorthin zurückzubringen. Hauptsache, man konnte sich möglichst lange in den klimatisierten Lagerräumen aufhalten.
Die Hitze machte Piazzas spezielles Vorhaben allerdings ein klein wenig komplizierter. Für ihn galt es, tunlichst zu vermeiden, dass er beobachtet wurde.
Ihm blieben bestenfalls fünf Minuten Zeit, bis die anderen ihn im Untersuchungsraum zurückerwarteten.
Er beschleunigte seinen Gang, gab sich aber alle Mühe, nicht gehetzt zu wirken. Sein Weg führte ihn aus dem Tiefspeicher durch den langen Hauptgang des Kellers, der wie eine Straße unter dem öffentlichen Teil des Museums verlief.
In grauer Vorzeit war das Museum vom Keller aus beheizt worden, indem man die warme Luft in die hohlen Doppelwände geleitet hatte, die die einzelnen Schausäle trennten.
Auch wenn die meisten Schächte in den hohlen Wänden nicht mehr begehbar waren, weil man ihre Eingänge vergittert oder zugemauert hatte, stellten einige noch immer eine direkte

Verbindung zwischen dem Keller und den darüber befindlichen Schausälen dar.
Piazza stoppte vor einer lindgrünen Blechklappe, hinter der sich der Eingang in eine der Hohlwände verbarg. Mit verstohlenem Blick sah er sich um und lauschte, ob vom anderen Ende des Ganges Schritte drohten.
Alles blieb ruhig.
Dann los! Die Öffnung war nicht riesig, ermöglichte es einem Mann von durchschnittlicher Statur aber, in gebückter Haltung durchzuklettern.
Vorsichtig zog Piazza die Klappe hinter sich wieder zu und schaltete die Videoleuchte seines Mobiltelefons ein, die ihm in ähnlichen Situationen schon gute Dienste erwiesen hatte.
Ungefähr drei Meter musste er halb kniend, halb hockend zurücklegen, ehe der niedrige Quergang in den Hauptschacht mündete, der senkrecht nach oben führte. Piazza befand sich genau unter der Reptiliensammlung.
Er öffnete die PET-Flasche und stellte sie neben sich auf den Steinboden. Anschließend kramte er in seiner Hosentasche nach einer Medikamentendose. Mit dem Daumennagel schnippte er den Deckel auf und schüttete ein gutes Dutzend cremefarbener Tabletten in seine linke Hand.
Blitzschnell versenkte er eine nach der anderen in der Flasche und positionierte diese dann genau in der Mitte des Steigschachts. *Und jetzt weg hier!*
Vor dem Öffnen der Blechklappe presste er sein Ohr dagegen und lauschte. Erst als er sich sicher war, dass auf der anderen Seite niemand vorbeilief, schwang er die Klappe auf und sprang heraus.
Weniger als eine Minute später hatte Piazza schon wieder die Ebene des Tiefspeichers erreicht, in der sich auch der Untersuchungsraum von Objekt L2471 befand. „Die Hitze da oben ist unerträglich“, jammerte er beim Betreten des Sicherheitsbereichs und wischte publikumswirksam den Schweiß von seiner Stirn.

„Hab ich Ihnen doch gesagt", erwiderte Professor Golan mit einer gewissen Schadenfreude im Tonfall. „Freiwillig gehe ich hier heute nicht mehr raus."
Karin Geiger schmunzelte. „Ein besseres Wetter hätten wir uns für die letzte Untersuchungswoche doch gar nicht wünschen können. So kommt wenigstens keiner von uns in die Versuchung, es sich draußen in der Gluthitze des Parks gemütlich zu machen."
„Was sehen Sie mich so an?", fragte Alon. „Ich darf hier so lange nicht weg, bis alle Pollen gezählt, vermessen und gewogen sind." Er blickte zu Golan. „Stimmt doch?"
Sie rückte die Brille auf ihrer Nase zurecht und klopfte dann mit der Spitze des Zeigefingers auf einen Stapel Probenbehälter. „Alle!"
Piazza hatte derweilen an seinem Tisch Platz genommen und beugte sich über seinen Laptop, der unmittelbar neben dem Mikroskop stand.
Obwohl es für alle Anwesenden den Anschein hatte, als würde er irgendwelche Untersuchungsergebnisse kontrollieren, tat er das nicht. Stattdessen wartete er auf die Reaktion seines Tablettenexperiments.
Im Steigschacht des Kellers zeige die Kombination aus Flüssigkeit und vermeintlichen Medikamenten erste Wirkung. Die lösliche Umhüllung der eingeworfenen Tabletten war an mehreren Stellen undicht geworden und ermöglichte nun einen direkten Kontakt zwischen der Flüssigkeit und dem Wirkstoff in Pulverform.
Durch die gewählte Säurekonzentration des Kontaktmediums ließ sich die Zersetzungszeit der Tablettenummantelung nahezu minutengenau vorherberechnen.
Im Flascheninneren bildeten sich erste Bläschen, die den Auflösungsprozess zusätzlich beschleunigten. Was aussah und schäumte wie tollwütig gewordene Brausetabletten, war aber erst der Anfang des Experiments, den Piazza mit seinem chemischen Zeitzünder in Gang gesetzt hatte.
Die Flüssigkeit in der PET-Flasche begann immer heftiger zu brodeln, wodurch sich die beiden Substanzen noch schneller

vermischten. Dabei wurde auch Wärme erzeugt, die die Gasbläschen wie winzige Heißluftballone über den Flaschenrand steigen ließ, wo sie platzten und einen blaugrauen Nebelschleier bildeten. Dieser wurde vom nachströmenden Gas weiter erwärmt.
Der hohe Schacht, in dem Piazza die Flasche aufgestellt hatte, wirkte nun wie ein Schornstein und begünstigte die chemische Reaktion zusätzlich. In der Flasche kochte die Flüssigkeit regelrecht und entlud sich wie bei einem Geysir in kleinen Fontänen, die beim Kontakt mit der Umgebungsluft rauchige Nebelschwaden aufsteigen ließen.
Binnen weniger Sekunden füllte sich der Quergang mit dichtem Rauch, der jedem Lagerfeuer aus feuchtem Holz Konkurrenz machen konnte. Meter um Meter schob er sich durch die hohle Mauer nach oben.
„Brauchen Sie die Lampe noch?“, fragte Alon in Richtung Piazza und umklammerte das Objekt seiner Begierde bereits mit beiden Händen.
„Können Sie haben“, murmelte Piazza ohne hinzusehen. Er war allem Anschein nach völlig in seine Tabellen vertieft und ließ sich nicht im Geringsten anmerken, wie sehr er auf das Ergebnis seines Rauchtests gespannt war. *Wenn es funktioniert, muss der Alarm jede Sekunde losgehen.*
„Danke“, sagte Alon und nutzte die Gelegenheit für einen Blick über Piazzas Schulter. Die Zahlenreihen, die er auf dem Bildschirm erblickte, gaben ihm allerdings keinen Aufschluss darüber, wie weit der Anthropologe mit seiner Arbeit war. Dennoch ließ Alon es sich nicht nehmen, den Druck zu erhöhen. „Wir liegen gut in der Zeit“, bemerkte er im Vorbeigehen. „Vielleicht können wir unsere Arbeit sogar schon früher beenden und doch noch in den Park gehen.“
Piazza reagierte nicht.
Golan schon: „Wenn Sie zu viel Zeit haben, dann schlage ich vor, dass Sie die Proben vom Freitag noch einmal zählen.“ Sie tippte ein paar Zahlen in ihren Computer. „Aber erst nachdem Sie mit den aktuellen Proben fertig sind.“

Im Schausaal der Reptiliensammlung hatten die aufsteigenden Rauchschwaden das Lüftungsgitter erreicht und strömten knapp unterhalb der Zimmerdecke hinter einen der großen Schaukästen, über dem sich auch der Rauchmelder befand.
Piazza starrte gespannt auf die rechte untere Ecke des Displays seines Laptops. Es war exakt 16:23 Uhr, als er das hochfrequente Pfeifen aus dem Lautsprecher des Untersuchungsraums vernahm.
Überrascht blickten die Anwesenden im Untersuchungsraum einander an.
„Das ist der Feueralarm", erklärte Karin erstaunlich gelassen. „Kein Grund zur Panik - jedenfalls nicht, solange wir nicht die Durchsage hören, dass wir das Gebäude räumen müssen. Es gibt leider immer wieder Fehlalarme. Einer der Portiere ist sicher schon auf dem Weg zur Brandschutzzentrale, um festzustellen, welcher Melder diesmal spinnt."
„Und wenn es kein Fehlalarm ist?" Golan verzog das Gesicht, als würde sie damit das schrille Kreischen des Lautsprechers erträglicher machen.
„Dann wird der Raum versiegelt und wir begeben uns auf dem kürzesten Weg zum Notausgang." Karin versuchte ihr Lächeln möglichst beruhigend wirken zu lassen. „Machen Sie sich keine Sorgen, Professor Golan. Das ist nur ein unbestätigter Voralarm. Davon bekommen die Besucher oben im Museum noch gar nichts mit. Ich bin sicher, er wird gleich wieder abgestellt."
„Das hoffe ich!", sagte Piazza mit lauter Stimme und zog sich seinen Kopfverband behelfsmäßig über die Ohren, um sich zumindest ein wenig des Lärms zu ersparen.
Alon beteiligte sich nicht an der allgemeinen Diskussion, sondern unterhielt sich mit dem Wachmann neben der Tür.
Kurz darauf erstarb der Pfeifton.
„Sehen Sie", sagte Karin erleichtert. „Alles wieder unter Kontrolle."
Nicht ganz drei Minuten! Piazza hatte sofort nach Verstummen des Lautsprechers die Zeit gestoppt, die der Portier benötigt hatte, um den Fehlalarm abzustellen.

Von der Rauchwolke war weder im Keller noch im Schausaal etwas zu sehen. So schnell, wie sie sich gebildet hatte, war sie auch wieder in ihre Bestandteile zerfallen. Nur eine leere PET-Flasche lag irgendwo auf dem Boden eines Steigschachts. Doch selbst wenn jemand sie dort finden sollte, gab es keinerlei Hinweise auf ihre Verwendung.
„Ich werde beim Portier nachfragen, damit wir ganz sicher sein können, dass alles in Ordnung ist“, beruhigte Karin die anderen.
„Danke“, erwiderten Golan und Piazza fast gleichzeitig, auch wenn der Anthropologe längst alles in Erfahrung gebracht hatte, was er wissen musste.

***

Ali und Chess hatten einen ganzen Tag gebraucht, um ein System aus Strickleitern und Seilen zu installieren, mit dem sich der Brunnen der Gebeine nun sicheren Fußes überwinden ließ.
Damit blieb Ali allerdings nur noch etwas mehr als ein Tag bis zu seinem Treffen mit Essad.
Chess kletterte über die Strickleiter hoch und betrat zum ersten Mal die Höhle, die sich auf der anderen Seite des Grabens erstreckte.
„Entspricht sie deinen Vorstellungen?“, wollte Ali wissen und half seiner Schwester mit ihrem schweren Rucksack und der restlichen Ausrüstung.
„Bis jetzt sehe ich noch nicht viel.“
„Gewöhn dich dran.“ Ali hatte die Zeit genutzt und eine erste Runde gedreht. Die Höhle war bei weitem nicht so groß, wie anfangs vermutet. Ihre Grundfläche entsprach etwa einem Handballfeld und war kaum höher als ein Turnsaal.
Chess schaltete die beiden LED-Strahler an und postierte sie auf Felsvorsprüngen. Ihr Licht reichte zwar nicht aus, um die ganze Höhle auszuleuchten, ermöglichte aber einen recht guten Überblick.
„Ja“, sagte sie mit einer gewissen Genugtuung. „Das hier entspricht in etwa meinen Vorstellungen.“

Ali schwang sein Hinterteil auf einen der großen Steinblöcke, die entfernt an Tische erinnerten. „Für mich sieht es ein wenig nach einem Strafgefangenenlager aus. Würde mich nicht wundern, wenn hier früher Sklaven Steine geklopft hätten."
„Keine Steine", bemerkte Chess und strich über den als Werkbank gedachten Steinblock zu ihrer Rechten. „Aber geklopft hat man hier tatsächlich." Die Spuren an der scharlachroten Oberfläche ließen daran keinen Zweifel.
„Also komm schon, Schwesterherz. Du hattest deinen Auftritt. Jetzt sag mir endlich, was es mit all dem hier auf sich hat." Er verschränkte die Arme und spitzte die Ohren.
Chess richtete ihre Taschenlampe auf den hinteren Teil der Höhle. Aus dem Boden hatte man rechteckige Wannen von mehreren Metern Länge geschlagen. „Siehst du diese Becken da?"
Sie hörte ein vernehmliches Nicken.
„Das sind Färbebecken. Da drin entstand dein Schatz."
„Dann gibt es ihn also wirklich?"
„Nicht so, wie du ihn dir vorstellst." Sie ging auf die andere Seite der Höhle, um sich letzte Gewissheit über ihre Vermutung zu verschaffen.
Wie erwartet, fand sie dort einen zweiten Eingang, der allerdings vollkommen zugeschüttet war. Durch das einstige Loch in der Wand waren mehrere Kubikmeter losen Gerölls ins Innere der Höhle gerutscht und bildeten einen beachtlichen Berg.
Chess hob etwas davon auf, um es näher zu betrachten. „Zerbrochene Schneckenhäuser", sagte sie, als wäre es das Selbstverständlichste auf der Welt und steckte eines davon ein. *Der Kreis schließt sich.* „Ich fürchte..." Sie ging wieder auf ihren Bruder zu. „...du wirst hier drinnen nichts finden, das man in einem Museum ausstellen kann."
„Kein Schatz?"
Sie schüttelte lächelnd den Kopf. „Nein, Ali. Diesmal leider nicht. Das, wofür man sich vor ein paar hundert, meinetwegen auch tausend Jahren noch bereitwillig die Schädel eingeschlagen hat, klebt jetzt an deinem Hosenboden." Sie

wischte demonstrativ über seine Sitzgelegenheit und hielt ihm die rot gefärbte Hand unter die Nase. „Purpur!“
„Rot“, widersprach er.
„Jetzt schon. Aber das war mal Purpur - der teuerste Farbstoff, den man kannte.“ Sie holte das zerbrochene Schneckenhaus hervor. „Das stammt von einer Purpurschnecke, genauso wie all die anderen Schneckenhäuser, die den Brunnen der Gebeine füllen. Aus ihnen hat man Purpur gewonnen. Soweit ich weiß, waren zigtausend davon nötig, um an ein einziges Gramm zu gelangen.“
„Woher? Woher zum Geier weißt du solche Dinge immer?“
Chess schmunzelte. „Das war diesmal reiner Zufall. Vor ein paar Wochen war im Fernsehen ein Bericht über die verschiedenen Weltreligionen.“
Sein Blick forderte sie dringend auf weiterzusprechen.
„Darin ging es auch um Gold, Juwelen und edle Kleider für deren irdische Vertreter. Vor allem bei den Christen sollen Purpurroben für die Geistlichen sehr begehrt gewesen sein - und sauteuer sowieso.“
„Du willst mir aber jetzt nicht erklären, dass man hier drin Millionen Schnecken zerklopft hat, um irgendwelche Bischofsgewänder zu färben?“
„Natürlich nicht nur für Bischöfe - auch für Könige oder Adelige. Aber das einfache Volk hat sich diesen Luxus bestimmt nicht leisten können.“
„Ich fasse es nicht.“ Er schüttelte ungläubig den Kopf. „Was für ein mieser Schatz!“
„Aus heutiger Sicht schon“, räumte Chess ein. „Aber damals...“
„Okay, aber was ist dann bitte mit den Legionen, die bei dem Versuch starben, den Schatz für sich zu behalten? So was meißelt man doch nicht nur einfach so in die Stufen!“
„Die liegen alle im Brunnen der Gebeine. Du hast da unten Millionen Schneckenhäuser gefunden. Sie sind die Legionen, die sterben mussten, weil man an den Purpurfarbstoff wollte. Sie sind es, die den Sand der Wüste rot wie Blut färben. Du hast selbst gesagt, wie intensiv die Farbe ist.“

Ali massierte sich die Schläfen. „Moment. Gib mir etwas Zeit, den Schock zu verarbeiten.“
Chess lachte. „Ach, Ali! Du übertreibst schon wieder maßlos.“
„Seit wann hast du es gewusst?“ Die Frage klang wie ein Vorwurf.
„Ich habe schon die ganze Zeit vorgeschlagen, dass wir ein paar Helfer holen, die uns bei der Arbeit unterstützen.“
„So lange schon?“ Er machte ein Gesicht, als hätte sie ihn gerade in den April geschickt. „Und du hast nichts gesagt? Wir haben diese blöde Höhle ganz alleine ausgegraben, obwohl du gewusst hast, dass wir hier drin nur roten Sand finden?“
Chess wusste, wann es besser war, diplomatisch zu schweigen.
Ali wischte etwas von dem scharlachroten Pulver zusammen. „Ist das Zeug denn heute auch noch was wert?“
„Wenn wir es vom Dreck der Jahrhunderte trennen können, möglicherweise.“
„Verstehe“, seufzte er. In seinen Gedanken sah er ein Gurkenglas voll rotem Staub in einer Vitrine des Museums. Daneben glänzte ein Schild mit seinem Namen darauf. *Auch noch falsch geschrieben!*
„Woran denkst du?“
„Frag nicht!“
„So schlimm, wie du tust, ist es auch wieder nicht. Immerhin haben wir eine antike Färbestätte gefunden - noch dazu mitten in der Wüste. Ich brenne schon darauf, herauszufinden, wie man die Schnecken vom Meer bis hierher transportiert hat.“
„Na, und ich erst“, antwortete er mürrisch.
„Spaßbremse!“ *Ich weiß ja, warum ich so lange gewartet habe, es dir zu sagen.*
„Selber!“ *Ich hab's doch gleich gewusst, dass mir diese Schneckenhäuser nur Unglück bringen... Bleibt zu hoffen, dass das kein schlechtes Omen für meinen Buchdeal mit Essad ist.* Er spuckte auf den Boden und seine Gedanken glitten zu dem Bündel Geldscheine ab, das er für das Buch der Gog und Magog bezahlt hatte.

***

Natascha Wilder hatte einige lange Frühsommernächte im Imperial College London verbracht. Sie spürte, wie nah sie dem Geheimnis bereits gekommen war, das die Einträge des Tagebuchs wie ein trüber Schleier verhüllte.
Trotzdem kam sie für den Moment mit ihrer Arbeit kaum weiter. Die Aufzeichnungen, die Professor Gabor dem Imperial College seinerzeit vermacht hatte, beinhalteten nämlich keine vollständige Erklärung seiner holographischen Experimente an Objekt L2471.
Für den entscheidenden Schritt zur Lösung fehlte Natascha etwas Wesentliches: Zutritt zum Objekt L2471.
Ohne die Möglichkeit, selbst Untersuchungen an dem mysteriösen Hologramm vorzunehmen, war es schwer bis unmöglich, die theoretischen Erkenntnisse aus dem Tagebuch richtig zu interpretieren und mit den geheimen Analysedaten abzugleichen, die sie in unregelmäßigen Abständen per SMS bekam.
Was nützt mir die ganze Technik hier, wenn ich nichts habe, das ich untersuchen kann?
Professor Woodberry sortierte am Nebentisch das strukturierte Chaos seiner Versuchsreihen. „Sie sehen müde aus, Natascha. Schlafen Sie zu wenig in letzter Zeit?“
„Vermutlich“, seufzte sie und blickte vom Laptop hoch. „Aber wenn ich mir den Berg an Arbeit ansehe, der noch auf mich wartet... Ich habe immer öfter das Gefühl, dass ich irgendetwas Wichtiges vergesse, weil es schon so weit nach unten gerutscht ist.“
„So geht's mir auch ständig. Und glauben Sie mir, das wird im Alter nicht besser. Da fällt mir ein...“ Er holte eine Pillendose aus seiner Jacke und warf eine Tablette ein.
„Sollten Sie die nicht gleich nach dem Mittagessen nehmen?“ Ihre Stimme klang aufrichtig besorgt, aber auch ein wenig vorwurfsvoll.
„Besser spät als nie, nicht wahr?“ Sein freundliches Lächeln bat um Nachsicht. „Seien Sie nicht zu streng mit mir, meine Liebe. Und erst recht nicht mit sich selbst. Jeder andere

Professor hier am Campus würde sich alle zehn Finger abschlecken, eine so engagierte Mitarbeiterin wie Sie zu haben."

Sie errötete. „Vielen Dank!" *Jede andere hätte schon längst gekündigt. Aber ich brauche dieses Labor und seine Einrichtung... Und ich brauche Ihre Hilfe bei meiner Arbeit, werter Professor.*

Sie wusste, dass ihr nicht mehr viel Zeit blieb, um hinter das Geheimnis des Hologramms zu kommen und für Alternativen war es längst zu spät. Das Projekt stand unmittelbar davor, in seine heiße Phase einzutreten. Wenn sie den richtigen Moment ungenutzt verstreichen ließ, bot sich der nächste vielleicht erst wieder nach weiteren vierzig Jahren. *So lange kann ich nicht warten!*

Sie starrte auf das Poster, das über ihrem Arbeitsplatz hing. Es zeigte ein zutiefst religiöses Motiv mit blauem Hintergrund, vor dem eine Vielzahl von Figuren um ihr Leben bangten. Das Original, ein Fresko von Michelangelo aus dem sechzehnten Jahrhundert, zierte die westliche Altarwand der sixtinischen Kapelle in Rom.

Natascha war weder religiös, noch fand sie sich von dem Werk des Künstlers inspiriert. Dennoch ließ sie Woodberry ganz bewusst in dem Glauben, dass es das Bildmotiv war, weshalb sie sich vor einiger Zeit dazu entschieden hatte, das Poster aufzuhängen.

Denn bekanntlich lag der beste Weg, um etwas vor neugierigen Blicken zu verbergen, darin, bei jeder Gelegenheit darauf hinzuweisen.

Als Brite und Gentleman, der Woodberry nun einmal war, wusste er nur zu gut, mit derartiger Komplimentfischerei umzugehen. Nachdem er ihr Poster also in der Vergangenheit wiederholt mit Bekundungen seiner Bewunderung bedacht hatte, war er froh, nichts mehr davon zu hören.

Mittlerweile reichte ein verträumter Blick von Natascha in Richtung Jüngstes Gericht und Woodberry vergrub seinen Kopf in Arbeit, um nur ja keine schlafenden Hunde zu wecken.

Hätte er sich allerdings die Mühe gemacht, das Bild so genau zu betrachten, wie seine Mitarbeiterin das tat, wären ihm die winzigen Zahlen mit Sicherheit aufgefallen, die man mit Bleistift darauf geschrieben hatte.
Was auf den ersten Blick aussah wie Malen nach Zahlen, waren in Wirklichkeit versteckte Angaben über Farbverschiebungen und Lichtfrequenzen, die Natascha nahezu täglich per SMS erhielt und auf dem Poster vermerkte.
Für sie waren diese Werte vorläufig die einzige Möglichkeit, um dem Geheimnis von Objekt L2471 auf die Spur zu kommen - wenn auch nur aus der Ferne.

***

Die Sonne über Wien brannte heiß, als zwei leger bis sportlich gekleidete Männer Ende dreißig aus der U-Bahn stiegen. Schon von weitem musste man sie mit ihren Kameras für Touristen halten.
Nach wenigen Metern hatten sie die Treppe erreicht, die unmittelbar neben dem Naturhistorischen Museum an die Oberfläche kam. Die eigenwillige Bauweise der Station ließ sie wie einen in den Gehsteig zementierten Höllenschlund aussehen - vorausgesetzt, man betrachtete diese Passage in die Unterwelt von etwas weiter oben - aus den Schausälen des Museums beispielsweise.
Die als Touristen getarnten Männer flüsterten einander ein paar Worte auf Französisch zu und gingen dann im Abstand von wenigen Minuten ins Naturhistorische Museum.
Während der fülligere der beiden schnurstracks über die Haupttreppe in den ersten Stock ging, sah sich der andere die Aquariensammlung im Erdgeschoss an.
Er vermied es, irgendeinem der im Museum herumlaufenden Wärter in die Augen zu sehen, indem er seinen Blick sehr konsequent von einem Glasbecken zum nächsten wandern ließ, ohne aufzublicken. Hin und wieder machte er ein Foto, um den Eindruck zu erwecken, die Kamera nicht völlig umsonst mitgenommen zu haben.

Tatsächlich war sie nicht nur Teil seiner Tarnung, sondern rechtfertigte vor allem das Tragen der Kameratasche, die an dem Schulterriemen nicht annähernd so locker baumelte, wie ein aufmerksamer Beobachter sich das vielleicht von einer leeren Tasche erwartet hätte.
Der fülligere Franzose im ersten Stock lief unterdessen irgendwo zwischen ausgestopften Murmeltieren und Steppenpfeifhasen herum. Die riesigen Schauschränke mit ihren dunklen Eichenholzeinfassungen und den im Laufe der Jahrzehnte verronnenen Glasscheiben waren nicht nur historisch, wie der Name des Museums vermuten ließ, sie standen auch unter Denkmalschutz - ebenso wie der Parkettboden, der bei jedem Schritt des Franzosen verräterisch knarrte.
Kein Wunder, dass hier kaum etwas los ist. Wir hätten uns keinen blöderen Tag für die Aktion aussuchen können. Die Hitze hier drin ist unerträglich und die Luft so stickig wie in einer Besenkammer!
Während der Franzose damit beschäftigt war, sich selbst leidzutun, näherte sich aus dem Nebenraum einer der Museumswärter. Bei dem Kaiserwetter schienen von ihnen fast schon mehr herumzulaufen als Besucher. Die guten Geister des Hauses, als die Direktor Willendorfer sie gerne bezeichnete, hatten sich längst an den Geruch des Mottenpulvers gewöhnt, der aus allen Schränken und Vitrinen strömte.
Und es riecht auch kaum besser als dort! Der Franzose stand unmittelbar neben einem Papierkorb, als er das Knarren des Bodens hinter sich hörte.
Schritte kamen näher und für einen Augenblick war er versucht, die PET-Flasche in seiner Hand wieder in die Kameratasche zurückgleiten zu lassen, aus der er sie gerade erst hervorgeholt hatte.
Durch das Spiegelbild der Vitrine vor ihm konnte er sich allerdings leicht ausmalen, dass es dafür bereits zu spät war. *Merde!*
Stattdessen öffnete er den Schraubverschluss und tat so, als würde er sich einen Schluck genehmigen. Dabei war er

allerdings tunlichst bemüht, nichts von der Flüssigkeit an seine Lippen kommen zu lassen.
„Uah!“, stieß er angewidert aus und verzog das Gesicht, als hätte ihm jemand lauwarmen Kinderurin abgefüllt. Seine Position hatte er dabei so gewählt, dass der gelungene Auftritt seine Wirkung nicht verfehlen konnte.
Der Wachmann, der bis auf wenige Schritte herangekommen war, konnte sich sein Schmunzeln nicht verkneifen. „Drüben im Café bekommen sie gekühlte Getränke“, erklärte er mit freundlicher Stimme.
Der Franzose mimte weiterhin den Touristen und schüttelte ratlos den Kopf. Zusätzlich zog er einen Stadtführer aus seiner Tasche, um seiner Tarnung Nachdruck zu verleihen.
„Do you speak English? Parlez vous français?“
„Oui, je suis français.“
Mit deutlichen Schwächen bei der französischen Aussprache, aber für ausländische Besucher mit gutem Willen durchaus verständlich, wiederholte der Wachmann seinen Vorschlag.
Der Franzose lächelte erfreut zurück, bedankte sich und tat so, als würde er die Flasche wieder zuschrauben.
Kaum war der Wachmann um die nächste Ecke gebogen, versenkte er sein Mitbringsel im Papierkorb und versicherte sich, dass niemand beobachtete, wie viel Mühe er sich bei der korrekten Platzierung gab.
Der Mann bei den Aquarien hatte nach einem unverdächtigen Blick auf die Uhr beschlossen, dass es Zeit war, sich auch nach oben zu begeben. Schließlich galt es, einen sehr eng gesteckten Zeitplan unbedingt einzuhalten.
Natürlich interessierte der Franzose sich nicht für Murmeltiere, Hasen oder all die anderen Nager in ihren Schauschränken. Dennoch steuerte er sehr zielstrebig gerade diesen Teil des Museums an.
Auch seine Tasche war nicht so leer, wie man das angesichts der um den Hals baumelnden Kamera vermutet hätte. Der Inhalt der zwei mit milchigtrüber Flüssigkeit gefüllten Flaschen war für sich allein genommen bei weitem nicht so gefährlich wie die Mitbringsel, die der andere Franzose zuvor

deponiert hatte. Obwohl sich keine der Flüssigkeiten zum Verzehr empfahl, entfalteten sie ihr eigentliches Risiko für Leib und Leben erst in Kombination miteinander.
Noch in der Kameratasche entfernte er den Verschluss und sorgte dafür, dass die erste seiner Flaschen in perfekter Position im Inneren des Abfalleimers zu liegen kam. Denn nur wenn sich die Flüssigkeiten vermischten, war sichergestellt, dass es wenig später zur gewünschten Reaktion kam. Anschließend warf er noch eine grüne Tablette hinterher.
Diesen Vorgang wiederholte er bei einem weiteren Papierkorb, der einige Schausäle weiter stand und begab sich danach wieder in den unteren Teil des Museums, wo auch sein Landsmann darauf wartete, dass die Chemikalien ihre Wirkung entfalteten.
Bis es allerdings so weit war und im Museum das große Chaos ausbrach, galt es weiterhin, möglichst nicht aufzufallen. Also setzte er sich auf eine der herumstehenden Bänke und tat das, womit jeder Hobbyfotograf sich nahezu endlos und vor allem unverdächtig beschäftigen konnte: Er holte ein Brillenputztuch aus einem Seitenfach der Kameratasche und macht sich daran, das Objektiv zu reinigen.
In den präparierten Papierkörben im ersten Stock hatte sich die mintgrüne Schutzfolie der ersten Tablette aufgelöst und damit einen chemischen Zünder freigelegt, der seinem Namen umgehend alle Ehre machte. Mit einer meterhohen Stichflamme ließ er den zuvor verschütteten Brandbeschleuniger auflodern.
Keine dreißig Sekunden später entzündete sich auch der zweite Papierkorb, der ebenfalls unmittelbar neben einem Schauschrank stand. Blitzschnell kletterte die Flammensäule an dem Holzrahmen empor, und die hohe Temperatur der chemisch optimierten Verbrennung sorgte für weiteren Vortrieb.
Kostbare Sekunden verstrichen, ehe der erste Rauchmelder anschlug und Alarm in der Portierloge auslöste. Zunächst war es nur ein blinkendes Lämpchen, kurz darauf zwei.

Ein auf seiner Runde im ersten Stock gerade vorbeikommender Wachmann bemerkte die drohende Katastrophe als Erster und riss einen Feuerlöscher von der Wand, um sich den Flammen zu stellen.
Für die beiden Franzosen hieß es nun warten, bis das Personal mit der Evakuierung des Museums begann. Sie hatten vor, sich im entscheidenden Moment zu verstecken, um sich anschließend ungestört durch die Räumlichkeiten bewegen zu können, während alle anderen gespannt vor der brennenden Fassade stehen und die Arbeiten der Feuerwehr verfolgen würden.
Drei Minuten, bis der allgemeine Alarm losgeht, sobald der Feuermelder anschlägt! Der Blick des Franzosen wechselte zwischen dem Objektiv der Kamera und dem Zifferblatt auf seinem Handgelenk.
Drei Minuten. Das hatte ihnen Piazza jedenfalls gesagt.

***

„Würden Sie Ihr Leben darauf verwetten?“ Der dunkelhäutige Mann mit Sonnenbrille und hellem Anzug stellte sein Glas auf den Tisch aus feinstem Tropenholz.
Essad, der nur hier war, um das Buch der Gog und Magog abzuholen, zuckte innerlich zusammen, als er die Frage hörte, blieb aber äußerlich ungerührt. „Das Wetten überlasse ich den Spielern. Ich bin Geschäftsmann.“
Und als solcher war er erfahren genug zu wissen, wann einer seiner Geschäftsabschlüsse drohte, den Bach hinunterzugehen. Essad hatte von Anfang an kein gutes Gefühl dabei gehabt, das luxuriöse Domizil des Millionärs aufzusuchen, der ihm das Buch für Ali beschafft hatte. Dass sich die Lage für Essad jetzt allerdings so zuspitzte, überstieg seine schlimmsten Befürchtungen.
Der Mann im Anzug lachte und ließ sich gönnerhaft in seinen gepolsterten Gartensessel zurückfallen, wodurch sein Kopf aus dem Schatten hervorlugte, den das Sonnensegel auf die Terrasse warf. „Sie gefallen mir!“

Und er fand sichtlich auch Gefallen daran, vor seinem Besucher mit dem riesigen Anwesen zu protzen, das er sein Eigen nannte. Sein unbescheidenes Vermögen hatte der neureiche Araber durch eine Reihe von Geschäften angehäuft, die dem Teint seiner Haut um nichts nachstanden.
„Meinen Sie, ich hätte das alles hier beim Spielen gewonnen?“ Seine ausgestreckte Hand wanderte über den Pool, vorbei an den Arkaden, hinter denen sich Palmenhaine erstreckten, hinüber zu einer parkähnlichen Anlage, die eine Mischung aus Privatzoo und botanischem Garten war. „Nicht einmal ein so erfolgreicher Mann wie ich kann dermaßen viel Glück haben. Aber...“, er machte eine schöpferische Pause und rückte seine Sonnenbrille zurecht, „selbst der beste Geschäftsmann ist zum Scheitern verdammt, wenn er vom Pech verfolgt ist.“ Der drohende Unterton in seiner Stimme war nicht zu überhören.
„Lassen Sie uns das Geschäft zu Ende bringen!“ Essad unterstrich seine Forderung mit einer Geste. „Ein Mann wie Sie hat bestimmt Wichtigeres zu tun, als seine Zeit mit kleinen Fischen wie diesem zu verschwenden.“
„Ich fürchte, Ihnen ist noch immer nicht bewusst, worauf Sie sich bei diesem Angelausflug eingelassen haben.“ Er verschränkte die Arme vor der Brust und musterte Essad, dessen schlichtes Äußeres so gar nicht zum übrigen Ambiente passte. „Für das Buch der Gog und Magog gibt es noch einen weiteren Interessenten.“
Die Nachricht traf Essad wie ein Komet, der vom heiteren Himmel fiel. „Wer?“
„Namen tun nichts zur Sache“, wehrte der Millionär die Frage ab. „Aber Sie sollten wissen, dass es Leute gibt, denen das Buch um einiges mehr wert ist, als Sie dafür zu zahlen bereit sind.“
„Wir haben eine Vereinbarung!“ Essads Stimme wurde hart. „Und ich erwarte mir von einem Mann wie Ihnen, dass...“
„Ich spreche nicht von Geld“, sagte er gelangweilt und wischte eine dunkle Stofffaser vom Ärmel seines Anzugs.

Essad spürte eine unsichtbare Hand, die sich um seine Kehle legte. Das Geschäft drohte, völlig außer Kontrolle zu geraten.
„Wovon sprechen Sie dann?“
„Ich respektiere Sie als Geschäftspartner und selbstverständlich werde ich die mit Ihnen geschlossene Vereinbarung einhalten... Sie sollten nur informiert sein, dass Sie nicht der Einzige sind, der sich für das Buch interessiert und dass Sie Ihren Kauf möglicherweise in Kürze bereuen werden.“
„Drohen Sie mir?“
„Ganz im Gegenteil“, versicherte er bestürzt. „Ich möchte Sie warnen, Essad. Auch wenn mein Reichtum und mein Einfluss einem kleinen Händler wie Ihnen unermesslich erscheinen müssen, so sind sie das nicht. Außerhalb meines kleinen Reichs kann ich nicht für Ihre Sicherheit garantieren. Wenn Sie allerdings Interesse an adäquater Begleitung beim Verlassen meines Grundstücks haben, könnte ich da vielleicht etwas für Sie arrangieren. Allerdings wird dieser Service nicht ganz so billig zu haben sein wie das Buch.“
„Ich komme alleine klar!“, entgegnete Essad schroff.
„Sicher tun Sie das.“ Der Millionär lächelte. „Entschuldigen Sie bitte meinen Hang zu lukrativen Zusatzgeschäften. Aber wenn sich mir eine so todsichere Gelegenheit bietet, kann ich einfach nicht widerstehen.“
„Geht mir genauso.“ Die unsichtbare Hand um Essads Hals verstärkte ihren Druck. Er hatte eine ungefähre Vorstellung davon, was ihm sein Gegenüber mit den Andeutungen mitteilen wollte.
So wie die Sache sich darstellte, war Essad längst selbst Teil eines Zusatzgeschäftes geworden. Auch wenn der Millionär sich an die mit ihm getroffene Vereinbarung gebunden fühlte, so bewahrte das Essad keinesfalls davor, selbst verkauft zu werden, sobald er erst im Besitz des Buchs der Gog und Magog war.
Der Vorteil für seinen Geschäftspartner lag auf der Hand: Er blieb Essad im Wort und kassierte für das Buch den vereinbarten Preis. Sowie das Geschäft abgewickelt war, lieferte er Essad mitsamt seiner Neuerwerbung an den zweiten

Bieter aus, der vermutlich nur drauf wartete, dass Essad das sichere Anwesen verließ.
Dass der Millionär ihn vor dem doppelten Spiel warnte, war keinesfalls ein Akt der Nächstenliebe - im Gegenteil. Durch das Angebot, Essad ein paar Leute als Geleitschutz mitzugeben, bot sich für seinen Gastgeber die Möglichkeit, den Profit noch weiter zu steigern. Der gewiefte Geschäftsmann verstand es ohne Zweifel, die gestiegene Nachfrage an dem Buch der Gog und Magog für seine Zwecke auszuschlachten.
Der Millionär klatschte in die Hände und ein Diener, der weit besser gekleidet war als Essad, brachte ein in Papier verpacktes Buch an den Tisch.
„Das ist es, was Sie bei mir bestellt haben, Essad." Er wickelte es aus und strich behutsam mit der Hand über den schwarzen Einband. „Es ist, als könnte man die Macht und das Verderben spüren, die von ihm ausgehen", murmelte er.
„Ich muss mich vergewissern, dass es sich um das Original handelt."
„Aber natürlich", schob er ihm das Buch zu. „Lassen Sie sich Zeit." Er wandte sich vertrauensvoll an seinen Diener und flüsterte ihm etwas ins Ohr, worauf dieser wieder in der Villa hinter Essads Rücken verschwand.
Der Gastgeber verschränkte die Arme hinter seinem Kopf und ließ sich die Sonne ins Gesicht scheinen.
Essad blätterte einige Zeit in dem alten Buch und nutzte sie, um einen möglichen Ausweg aus der unglücklichen Lage zu überdenken. Er war lange genug im Geschäft, um sich für besondere Fälle immer eine Option offenzuhalten.
„Sie haben nicht zuviel versprochen", sagte er schließlich und kramte ein Bündel Geldscheine unter seinem Umhang hervor.
Der Millionär richtete sich in seinem Sessel auf und wollte das Geld an sich nehmen. Essads Finger hielten die Scheine allerdings noch zurück. „Ich könnte mir gut vorstellen, in Zukunft weitere Geschäfte mit Ihnen zu machen - größere Geschäfte. Sind Sie interessiert?"
„An lukrativen Handelsbeziehungen bin ich immer interessiert. Was suchen Sie?"

Essad gab das Geld frei. „Für den Moment wäre mir mit einem Vorsprung von fünfzehn Minuten geholfen, den Sie als Investition in künftige Projekte verbuchen."
„Ich dachte, Sie sind kein Spieler", entgegnete der Millionär amüsiert.
Ohne ihn aus den Augen zu lassen, holte Essad ein altes Polaroidfoto hervor und legte es auf den Tisch. Mit einem Kopfnicken forderte er sein Gegenüber auf, einen Blick darauf zu werfen.
Schlagartig fror das Lächeln im Gesicht des Millionärs ein.
„Interessiert?", fragte Essad schlicht. Während er auf eine Antwort wartete, wickelte er das Papier wieder um das Buch der Gog und Magog und steckte es ein.
„Wie sind Sie an dieses Bild gekommen?" Der Mann im Anzug bewahrte nur mühsam die Fassung.
„Ich deute das als Ja!"
„Wissen Sie wo... Haben Sie noch mehr Bilder?", unterbrach er sich selbst.
„Alles zu seiner Zeit. Ich denke, für fünfzehn Minuten Vorsprung sollte dieses eine Foto reichen. Sie können es gerne behalten. Ich habe deutlich bessere in höherer Auflösung."
Der Millionär setzte seine Sonnenbrille ab und legte sie vor sich hin. „Für jemanden, der von sich selbst behauptet, kein Spieler zu sein, beherrschen Sie die Regeln erstaunlich gut."
„Ich lerne schnell, wenn die Situation es erfordert."
„Können Sie es für mich beschaffen?" Seine Augen glänzten beim Anblick des Fotos.
„Hätte ich es Ihnen sonst angeboten?" Essad genoss es, wieder Oberwasser zu haben und erhob sich. „Wenn Sie mich jetzt entschuldigen würden, ich habe noch eine weitere geschäftliche Vereinbarung, die keinen Aufschub mehr duldet."
„Fünfzehn Minuten scheinen mir ein fairer Preis dafür zu sein." Der Millionär ließ das Foto in der Innentasche seines Anzugs verschwinden und stand auf. „Mein Diener wird Sie in die Stadt zurückbringen oder wohin Sie sonst müssen. Es ist ratsamer, wenn Sie Ihren Wagen vorerst hier stehenlassen."
Essad signalisierte seine Zustimmung.

„Es gibt da übrigens noch etwas, das Sie besser über das Buch wissen sollten.“ In wenigen Sätzen informierte er Essad über die Vorgeschichte, die wie ein blutiger Fluch an dem Buch der Gog und Magog klebte.
Essad zeigte sich von den Schilderungen ungerührt, zumal er nicht vorhatte, das Buch auch nur eine Sekunde länger als notwendig zu behalten. Er verabschiedete sich und wies den Diener an, ihn zu seiner nächsten Verabredung zu bringen.
Unter den gegebenen Umständen fand er es allerdings höchst angebracht, die Rahmenbedingungen für sein Treffen mit Ali entsprechend abzuändern.
Noch lange, nachdem Essad gegangen war, verharrte der Millionär in seinem Stuhl auf der Terrasse. Anfangs weil er sich nicht von dem verträumten Gedanken lösen konnte, den der Anblick des Fotos in ihm geweckt hatte - etwas später dann, weil man ihm eine gezackte Klinge von hinten durchs Herz gestoßen hatte, wodurch nicht nur seine Träumereien ein rasches Ende fanden.

***

Im Tiefspeicher des Naturhistorischen Museums heulte der Lautsprecher auf wie ein mit hundert Dezibel pfeifender Tinnitus.
„Nicht schon wieder!“ Professor Golan war die Erste, die auf den neuerlichen Feueralarm reagierte, der alle Anwesenden aus ihrer Arbeit riss.
„Vermutlich wird den Sensoren der Rauchmelder auch schon zu heiß“, bemerkte Karin, die vom Haustechniker wusste, dass durch die übertriebene Sommerhitze der letzten Tage auch die Gebäudetechnik erste Ermüdungserscheinungen zeigte. „Es dauert bestimmt nicht lange.“
„Das haben Sie beim letzten Mal auch gesagt.“
„Und sie hatte Recht!“ Alon war die Ruhe selbst und schaffte es, das nervige Lautsprechergeräusch nahezu vollständig auszublenden. Er saß auf einem Stuhl und fand es augenscheinlich nicht einmal der Mühe wert aufzustehen.

„Ich kann bei diesem Lärm unmöglich arbeiten“, beschwerte sich Piazza. „Kann man den Lautsprecher denn nicht vorübergehend ausschalten?“
„Ich fürchte, das wird nicht möglich sein“, formulierte Karin ihre vorsichtige Antwort auf den absurden Vorschlag. „Bitte haben Sie noch einen Augenblick...“
„Könnte man nicht einen Fetzen davorklemmen?“, rief Golan dazwischen. „Dann könnten wir uns zumindest wieder in normaler Lautstärke unterhalten.“
Piazza tat so, als würde er in dem akustischen Durcheinander etwas suchen und lief sichtlich genervt zwischen seinem Tisch und Objekt L2471 hin und her. „Ein furchtbares Geräusch!“, posaunte er in die Runde. „Das grenzt an Folter! Kein Wunder, dass ich mich nicht konzentrieren kann.“
Er nützte die allgemeine Ablenkung im Raum und bereitete einen kleinen Kunststoffquader vor, den er in der vergangenen Nacht angefertigt hatte. Form und Größe waren perfekt geeignet, um den Verriegelungsmechanismus des Transportbehälters zu blockieren, in dem Objekt L2471 lag. An der richtigen Stelle platziert, sollte er verhindern, dass das automatische Schloss einrasten konnte, sobald jemand den von hydraulischen Dämpfern gestützten Panzerglasdeckel herunterdrücken würde.
„Kommt es mir nur so vor, oder dauert es diesmal...“
Das Pfeifen verstummte.
„Na endlich, ich...“, begann Professor Golan gerade ihren Satz, da wurde sie von einer Lautsprecherdurchsage jäh unterbrochen: „Sehr geehrte Besucher und Mitarbeiter des Naturhistorischen Museums. Wir bedauern, Ihnen mitteilen zu müssen, dass wir aufgrund eines technischen Gebrechens das Haus schließen müssen. Bitte verlassen Sie das Museum umgehend über die beschilderten Notausgänge. Unser Aufsichtspersonal wird Ihnen gerne dabei behilflich sein, zum nächstgelegenen Ausgang zu gelangen. Bitte folgen Sie den Anweisungen des Personals, damit es zu keinen Verzögerungen kommt. Wir werden Sie im Park vor dem Haupteingang mit weiteren Informationen versorgen. Im

Namen der Museumsleitung und aller Mitarbeiter entschuldigen wir uns für die Unannehmlichkeiten."
Dann war ein klickendes Geräusch zu hören und die Durchsage wurde in englischer Sprache wiederholt.
Während Professor Golan, Alon und Karin noch gebannt auf den Lautsprecher starrten, war der erste Teil von Piazzas Ablenkungsmanöver bereits umgesetzt. Blitzschnell hatte er den Kunststoffquader in der Schlossöffnung des Transportbehälters versenkt und tat nun dasselbe, was auch all die anderen im Raum taten: Er versuchte, möglichst erstaunt auszusehen.
„Was bedeutet das?", wollte Golan wissen, während die englische Version noch lief.
„Wir müssen das Gebäude verlassen!" Karins Stimme klang fest und entschlossen. „Alon, würden Sie mir bitte helfen, den Deckel zu schließen?" Sie machte zwei schnelle Schritte in Richtung Transportbehälter.
„Selbstverständlich", kam er ihrer Bitte nach.
Keiner außer Piazza nahm wahr, dass das Klicken der Verriegelung diesmal ausblieb.
Nachdem der Deckel zu war, forderte Karin alle Anwesenden auf, ihr zu folgen. „Dieser Untersuchungsraum wird hinter uns luftdicht verschlossen", erklärte sie.
Der ständig anwesende Wachmann hielt die schwere Brandschutztür auf, damit alle hinauskonnten. Alon ließ den Damen und anschließend auch Piazza galant den Vortritt.
Beim Verlassen des Raums warf Alon dem Wachmann einen verstohlenen Blick zu. Dieser nickte mit seinen Augenbrauen bestätigend zurück, ohne dass einer der anderen eine Chance hatte, die Geste zu bemerken.
„Wohin müssen wir?", fragte die etwas nervös wirkende Golan, wenngleich die Antwort offensichtlich war.
„Hier entlang!" Karin zeigte die Treppe hinauf.
Derweilen kontrollierte der Wachmann ein letztes Mal den Untersuchungsraum und versperrte die Brandschutztür hinter sich. Mit raschen Schritten folgte er den anderen durch das Treppenhaus nach oben.

Piazza war mit sich und dem Verlauf der Dinge ausgesprochen zufrieden, auch wenn er sich das freilich nicht anmerken ließ. Erwartungsgemäß hatten die beiden Brandherde ihre Wirkung nicht verfehlt.

Nachdem der Portier zu dem Schluss gekommen war, dass es sich beim Alarm der Feuermelder um keinen Fehler handelte, wurde die Brandmeldung automatisch an die Einsatzzentrale der Feuerwehr Am Hof weitergeleitet. Von da an würde es einige Minuten dauern, bevor die ersten Löschfahrzeuge eintrafen. Je nach Größe und Schwere des Brands würde dann vor Ort entschieden werden, ob weitere Löschzüge angefordert werden mussten.

Piazza war davon überzeugt, dass sich genug Fahrzeuge an den Löscharbeiten beteiligen würden, um für ausreichend Aufregung und Ablenkung zu sorgen.

Nur in einem Punkt hatte er sich mehr erhofft, denn bei schlechtem Wetter wären sicher mehr Besucher im Museum gewesen und hätten den Tumult auf dem Vorplatz zusätzlich vergrößert. Andererseits konnte es nicht lange dauern, bis sich die ersten Schaulustigen einfinden würden, wenn erst einmal die meterhohen Flammen aus den Fenstern des oberen Stockwerks loderten.

„Bitte bleiben Sie zusammen“, wies Karin die Gruppe an, der sich auch schon drei weitere Mitarbeiter angeschlossen hatten, auf die sie im Treppenhaus gestoßen waren.

„Weißt du, was los ist?“, fragte ein junger Mann im khakifarbenen Anzug, der direkt neben Karin herlief.

„Frag mich bitte was Leichteres. Bis zur Durchsage war ich mir sicher, dass es wieder ein Fehlalarm ist, aber jetzt...“

„Ist von euch noch jemand unten?“, fragte der Wachmann zurück, der versuchte, sich einen ersten Überblick zu verschaffen.

Die eingeleitete Evakuierung des Museums erfolgte erstaunlich genau nach dem theoretischen Ablaufplan. Im Falle eines echten Alarms kümmerten sich die Chefs jeder Abteilung darum, dass ihre Mitarbeiter auf schnellstem Weg das Gebäude

verließen und sich umgehend auf dem großen parkähnlichen Platz vor dem Museum einfanden.
Hier hatte jeder Abteilungsleiter dem Brandschutzbeauftragten Bericht zu erstatten, um sicherzustellen, dass auch wirklich alle Museumsangehörigen das Gebäude verlassen hatten. Parallel dazu geleitete das Wachpersonal in den Schausälen die Besucher über Haupt- und Notausgänge nach draußen und alle Aufzugskabinen machten mit geöffneten Türen im Erdgeschoss halt.
Aus Sicht des Brandschutzbeauftragten war es ein Vorteil, dass der Feueralarm in die heiße Urlaubszeit fiel, weil die geringere Personal- und Besucherzahl die Räumung des Museums beschleunigte.
Laut Vorgabe hatte er sieben bis zehn Minuten, um das Gebäude zu evakuieren.
Fünf davon waren vergangen, als Karin und die anderen bei der metallenen Elefantenfigur ankamen, die genau vor der Haupttreppe zum Museum stand. Hier war auch der vereinbarte Treffpunkt.
„Wir sind komplett", meldete sie dem Brandschutzbeauftragten und zählte die Mitglieder vor ihm noch einmal durch.
„Danke, Karin." Er vermerkte die Zahl in einer der Listen auf seinem Klemmbrett.
„Weißt du schon, was passiert ist?", fragte sie.
„Es brennt im ersten Stock zumindest an zwei Stellen. Einige meiner Leute versuchen das Feuer mit den Feuerlöschern einzudämmen."
Ein weiterer Abteilungsleiter kam und zählte seine Gruppe durch. Wie aus einem Ameisenhaufen strömten die Menschen aus dem Gebäude und mischten sich mit den ersten Schaulustigen - ganz, wie Piazza es geplant hatte.
Vor allem Professor Golan wirkte nervlich etwas angeschlagen, hatte sie sich ihren Wienausflug doch weit weniger spannend vorgestellt.
Das Geheul der Feuerwehrsirenen ertönte gleichzeitig aus allen Richtungen, was vor allem daran lag, dass sich fast ein

Dutzend Einsatzwagen seinen Weg durch den Nachmittagsverkehr bahnte.
Nachdem das Brandrisiko vom ersten eingetroffenen Löschzug entsprechend eingestuft worden war, hatte dieser Verstärkung aus den umliegenden Bezirken angefordert.
Karin legte ihren Arm um Golans Schulter. „Machen Sie sich keine Sorgen, Professor. Das sieht schlimmer aus, als es ist.“ *Hoffe ich.*
„Wie sicher ist Ihr Tiefspeicher? Ihnen brauche ich doch wohl nicht zu erklären, was es bedeutet...“
„Nein, brauchen Sie nicht“, fiel ihr Karin ins Wort. „Selbst wenn das ganze Museum bis auf die Grundmauern niederbrennen sollte, ist der Tiefspeicher völlig sicher.“
„Sie hat Recht!“ Direktor Willendorfer trat überraschend zwischen Alon und Golan hervor. „Wir hoffen allerdings, dass die Feuerwehr den Brandherd unter Kontrolle bekommt, bevor unsere Schausäle zerstört sind.“ Der Zweckoptimismus des Direktors lockerte die Stimmung etwas auf.
„Wissen Sie schon Genaueres?“, fragte Piazza.
Willendorfer schüttelte sein ergrautes Haupt. „Ich bin selbst gerade auf dem Weg zu unserem Brandschutzbeauftragten, um mir ein Bild zu machen. Einer der Feuerwehrleute hat vom Portier die Schlüssel geholt, als ich vorbeigekommen bin. Er sprach von zwei, möglicherweise sogar drei Brandherden, mit denen wir es zu tun haben.“
„Können wir irgendetwas tun?“, drängte Karin. „Wir könnten doch einige der kleineren Exponate in Sicherheit bringen, bevor das Feuer auf andere Räume übergreift.“ Es stand ihr ins Gesicht geschrieben, wie sehr ihr die Geduld fehlte, abzuwarten, wie erfolgreich sich die Löscharbeiten der Feuerwehr gestalten würden.
„Ich bin heilfroh, Sie alle gesund hier draußen in Sicherheit zu haben“, betonte der Direktor. „Die Rettung unserer Arbeit liegt jetzt in den Händen der Profis und ich bin sehr zuversichtlich, dass sie den Brand rasch unter Kontrolle bekommen.“
Die Überzeugung, mit der Willendorfer das sagte, beruhigte nicht alle Anwesenden.

„Was macht sie da so sicher?“ Piazza verlieh seinem Tonfall ganz bewusst eine besorgte Note, um nur ja keinen Argwohn mit seiner Frage zu wecken.
Willendorfer blickte zunächst Piazza an, dann ließ er seinen Blick zu Alon schweifen. „Sagen wir einfach, die Versicherungsgesellschaft hat uns sehr aufmerksame Mitarbeiter geschickt, die uns auf fast alle Eventualitäten vorbereitet haben.“
Alon wartete gespannt auf irgendeine Reaktion unter Piazzas Verband, der noch immer die Stirn des Anthropologen zierte - ein leichtes Zusammenzucken, ein Verkrampfen seiner Gesichtszüge - doch der Italiener ließ sich nur zu einem erleichterten Lächeln hinreißen. „Dann können wir ja wirklich alle ganz beruhigt sein.“
Der Direktor bestätigte die Einschätzung und entschuldigte sich, da der Brandschutzbeauftragte ihm bereits zum zweiten Mal aus der Menschentraube zuwinkte.
Alon zog lässig seine linke Hand aus der Hosentasche und schüttelte seine Uhr zurecht, um sie besser ablesen zu können. „In spätestens einer Stunde sind wir alle wieder zurück im Tiefspeicher“, sagte er so langsam und ruhig, dass einer der Anwesenden es fast schon als Provokation verstehen musste.

***

Ali blickte auf die Uhr des Range Rover. *Noch zwanzig Minuten.* Er war unterwegs zu seinem Treffen mit Essad. Fünf Tage war es her, seit er den Palästinenser damit beauftragt hatte, ihm das Buch der Gog und Magog zu beschaffen. Beauftragt und bezahlt um genau zu sein, denn schließlich hatte Essad den halben Kaufpreis im Voraus kassiert - ein nicht unwesentliches Detail des Deals, das Ali seiner Schwester aus gutem Grund verschwiegen hatte.
Ich hätte mich nie darauf einlassen dürfen, ihm so viel im Voraus zu geben.
Er bog in die Zufahrtsstraße zum Marktplatz ein und verschwendete keinen Gedanken an seine Schwester, die

vermutlich gerade Skizzen der Ausgrabung anfertigte oder irgendwelche Fundstücke vermaß. Viel zu sehr war er damit beschäftigt, sich Sorgen um sein Geld zu machen. *Wenn Essad nicht auftaucht, habe ich ein echtes Problem... ein echt großes Problem.*

Er parkte den Wagen neben einer kleinen Bäckerei. Die Türen standen weit offen und der Duft von Honig und Sesamgebäck strömte ihm in die Nase.

Auf dem Markt war diesmal weit weniger geschäftiges Treiben als bei Alis letztem Besuch. Ein geschätztes Drittel der Geschäfte hatte die Rollläden geschlossen und auf den sonst so beliebten Stufen davor saßen nur vereinzelt fliegende Händler, die auf Kundschaft hofften.

Zielstrebig überquerte Ali den Marktplatz und ließ sich auf keinerlei Verkaufsgespräche ein. „Danke, kein Geld mehr", wimmelte er einen besonders aufdringlichen Obsthändler ab.

Eigentlich ein Fehler, wie er bemerkte, denn Äpfel standen auf der Einkaufsliste, die Chess ihm mitgegeben hatte. Doch dafür hatte er keinen Kopf. *Jetzt nicht!*

Seine Handflächen waren schweißnass und er war sich sicher, dass es nicht an der Hitze lag. *Ich habe ein ganz mieses Gefühl...*

Ali kam an einem Tabakhändler vorbei, dessen quietschender Ventilator ihm noch von seinem letzten Besuch in Erinnerung geblieben war.

Von hier konnte er bereits das rostige Reklameschild sehen - Essads Schild. *Fünfzehn Minuten zu früh... besser als zu spät.*

Die Länge seiner Schritte wuchs mit seiner Nervosität. Immer schneller bewegten sich seine Beine, bis er endlich den Eingang von Essads Geschäft sah.

Ali blieb vor Schreck fast das Herz stehen. Die hellblauen Türflügel waren zugeklappt.

Tausend Gedanken schossen dem Palästinenser durch den Kopf, aber kein einziger davon war geeignet, ihm Mut zu machen. *Das ist unmöglich!*

Er rannte zur Tür und rüttelte daran, um sich davon zu überzeugen, dass sie nicht nur angelehnt war. Doch all sein

Drücken, Zerren und Klopfen nützte ihm nichts. Die Tür war und blieb fest verschlossen.
Sein lautstarkes Begehren verhallte dennoch nicht unbemerkt. Aus dem Geschäft daneben steckte ein junger Araber den gekrausten Kopf heraus, um zu sehen, wem er die Störung seiner Mittagsruhe zu verdanken hatte. Es war der Seidenhändler, bei dem Ali das Tuch für Chess gekauft hatte.
„Essad? Bist du da?" Ali hoffte, seinen Geschäftspartner auf sich aufmerksam machen zu können, sollte dieser in einem Hinterzimmer seines Ladens eingeschlafen sein.
„Essad! Ich bin es, Ali. Wir haben einen Termin."
Der Seidenhändler trat aus seinem Geschäft und kam näher. Er brauchte einen Moment, um zu erkennen, wen er da vor sich hatte. „Du hast doch neulich das grüne Tuch bei mir gekauft, nicht wahr?"
Ali drehte sich um und blickte in das bekannte Gesicht.
„Hat es deiner Freundin gefallen?"
„Schwester", verbesserte Ali ihn.
„Bitte verzeih meinem Gedächtnis", entschuldigte er sich mit einem wohlwollenden Lächeln. „Gefällt es ihr? Möchtest du ihr wieder ein Tuch mitbringen?"
„Vielleicht ein anderes Mal." Ali blickte besorgt auf sein Handgelenk. Zehn Minuten blieben ihm noch, zwölf, wenn er berücksichtigte, dass seine Uhr immer etwas vorging.
„Ich habe gestern eine neue Lieferung erhalten. Es sind ein paar wunderschöne Exemplare dabei."
„Nicht jetzt." Ali klopfte mit der Faust gegen die Tür. „Essad!"
„Auch grüne", verkündete der Seidenhändler erfreut. „Willst du einen Blick darauf werfen?"
„Nein."
„Dauert auch nicht lange. Ich hol sie schnell. Bin gleich wieder zurück."
Ali schenkte ihm keine weitere Bedeutung. *Das darf doch alles nicht wahr sein. Wo steckt der Kerl? Wenn ich Chess erzählen muss, wie viel Geld ich diesmal in den Sand gesetzt habe...*

Der bloße Gedanke an die Reaktion seiner Schwester sorgte für sichtbare Abkühlung auf seinen Unterarmen. „Essad! Mach endlich auf! Ich bin es, Ali!"
Mit jedem Millimeter, den der Zeiger seiner Uhr zurücklegte, schwand auch ein Stück von Alis Hoffnung dahin.
Er ging eine Runde um den Häuserblock, fand aber auf der Rückseite nur ein vergittertes Fenster, das ebenfalls verschlossen war. *Was mache ich, wenn er nicht auftaucht?*
Er holte sein Handy hervor und wählte Essads Nummer.
Aus dem Inneren des Geschäfts war das Klingeln eines Telefons zu hören. Nach sechsmaligem Läuten meldete sich pfeifend ein Faxgerät.
Ali legte auf und machte ein verbissenes Gesicht. Wenn er eines nicht wollte, dann Chess einen weiteren Grund liefern, sich über ihn lustig zu machen. Vor allem dann nicht, wenn ihn die Belustigung seiner Schwester diesmal so viele Scheine kosten sollte. „Essad!"
Wieder an der Vorderseite angelangt, wäre er fast mit dem Seidenhändler zusammengestoßen, der seine Drohung wahrgemacht hatte. Mit einer Auswahl von gut und gerne zwanzig Tüchern in den verschiedensten Grüntönen stürzte er sich auf Ali. „Ich gebe dir Rabatt", erklärte er. „Stammkunden bekommen bei mir Rabatt."
„Wo ist Essad?" Ali trat unruhig von einem Fuß auf den anderen.
„Wer?"
„Essad!"
„Nie gehört."
Ali seufzte und ließ sich mit dem Rücken gegen die versperrte Tür fallen. Wie eine dagegengeworfene Tomate rutschte er daran hinunter. Zeitgleich mit seiner Ankunft auf dem Boden signalisierte ihm der Timer seines Mobiltelefons, dass die fünf Tage um waren.
„Ich bin erledigt", flüsterte er sich selbst zu und sah keinen Grund mehr, seine Verzweiflung zu verbergen. „Sie wird mir den Kopf abreißen."

„Hast du Ärger mit deiner Schwester?“, fragte der mit Tüchern behängte Seidenhändler in seiner heiteren Art und kniete sich neben ihn. „Ich kenne mich mit Frauen aus. Und ich habe für jeden Ärger das passende Tuch.“
„So ein großes nicht!“
„Ich kann dir mehrere zusammennähen - kein Problem“, bewies der Händler seinen Geschäftssinn. „Es gibt kein Problem, das man nicht unter einem Dutzend grüner Tücher verschwinden lassen könnte.“
Ali schien ihm keinen Glauben zu schenken.
„Hab ich schon erwähnt, dass ich auch Seidenkleider führe?“
„Wahrscheinlich verspätet er sich nur“, versuchte Ali sich selbst Mut zu machen.
„Du meinst Essad?“
„Ja!“ Ali richtete sich auf. „Kennst du ihn also doch?“
„Nein, aber du hast seinen Namen schon mehrmals erwähnt.“
„Essad ist der Name des Händlers, dem der Laden hier gehört.“ Er schlug mit dem Ellenbogen gegen die Tür in seinem Rücken. „Zumindest hat er mir das erzählt, bevor er mir mein Geld abgeknöpft hat.“
„Ich wusste nicht, dass er Essad heißt... Aber wir kennen uns bisher auch nur vom Sehen. Ich habe meinen Laden erst vor einer Woche eröffnet, musst du wissen. Bisher war ich vor allem damit beschäftigt, die Ware einzuräumen und ein paar Tücher zu verkaufen. Die grünen gehen übrigens am besten.“
Er versäumte es nicht, Alis Aufmerksamkeit auf das flaschengrüne Halstuch zu lenken, das er ganz oben auf seiner Schulter liegen hatte.
„Dann ist Essad also regelmäßig hier? Bart... Palästinensertuch...“ Er beschrieb seinen vermissten Geschäftspartner sehr detailliert.
„Ja, ich würde sagen, dem gehört der Laden“, bestätigte der Händler. „Scheint ein netter Kerl zu sein, zumindest gehen viele Leute bei ihm ein und aus. Aber heute habe ich ihn noch nicht gesehen.“

In Alis Gesicht keimten erste Anzeichen von Hoffnung auf, sein Geld doch noch nicht abschreiben zu müssen. „Weißt du, wo er steckt? Es ist wirklich wichtig, dass ich ihn finde."
Der Händler lächelte unverbindlich, als würde er auf weitere Erklärungen warten, ehe er sein Gedächtnis bemühen wollte.
„Na, schön", seufzte Ali. „Ich habe ihm Geld dafür gegeben, dass er ein Buch für mich besorgt. Wir hatten vereinbart, dass ich es heute erhalte und zwar vor..." Er blickte auf seine Uhr. „...genau dreizehn Minuten." *Wenn das mal kein anständiges Unglück bedeutet!* Ali spuckte dreimal auf den Boden.
„Abergläubisch? Wie viel hast du ihm bezahlt?", fragte der Händler frech.
„Genug, dass es sich für ihn lohnen würde, heute nicht aufzutauchen."
„Ach komm, bestimmt hat er sich nur verspätet. Wie ein Betrüger sieht mir mein Nachbar jedenfalls nicht aus. Und als Geschäftsmann lass mich dir sagen, dass man für eine kleine Anzahlung nicht das eigentliche Geschäft riskiert."
Alis Blick verriet dem Händler, dass er soeben einen mit Salz verkrusteten Krummdolch in die blutende Wunde seines Stammkunden gerammt hatte.
„Autsch", sagte er betroffen und verzog das Gesicht.
„*Autsch* ist gar kein Ausdruck", erwiderte Ali kleinlaut. „Da hilft es nicht einmal, wenn ich deinen ganzen Vorrat an grünen Tüchern kaufe."
„Ich kann jederzeit für dich nachbestellen." Das freundliche Lachen in seiner Stimme entspannte die Situation ein wenig.
„Meine Schwester erwartet mich heute Abend wieder zurück. Ich muss Essad finden und zwar sofort."
„Und ich werde dir dabei helfen."
Ali sah ihn überrascht an.
„Du bist mein erster Stammkunde. Das ist das Mindeste, was ich für dich tun kann. Du empfiehlst mich doch sicher auch deinen Freunden weiter?"
Jetzt konnte sich auch Ali sein Lächeln nicht mehr verkneifen.
„Wenn du mir wirklich hilfst, Essad zu finden, dann kaufe ich dir dein schönstes Kleid ab - versprochen."

Das Gesicht des Händlers erstrahlte, als wittere er das Geschäft seines Lebens. „Das wird zwar nicht so preiswert wie die Tücher hier, aber ich garantiere dir, deine Schwester wird begeistert sein... Ich räume nur schnell die paar Kleiderständer weg und schließe meinen Laden ab. Dann gehen wir der Reihe nach die Geschäfte durch. Irgendjemand muss uns doch sagen können, wo Essad steckt."
Keiner der beiden nahm von dem Mann Notiz, der in einem kleinen Bistro auf der anderen Seite des Marktplatzes saß. Noch hatte er keine einzige Zeile der Zeitung gelesen, hinter der er in unregelmäßigen Abständen hervorlugte.

***

Vor dem Naturhistorischen Museum hatten sich bereits mehrere hundert Menschen versammelt und noch immer drängten Schaulustige nach. Das Geheul der Feuerwehrsirenen lockte sie an wie das Licht die Nachtfalter.
„Sorgt dafür, dass die Leute mehr Abstand zum Gebäude halten!", wies einer der Feuerwehrmänner zwei seiner Kollegen an. „Wenn die Fenster da oben platzen, regnet es hier überall Scherben."
Sofort begannen die Angesprochenen damit, die Anweisung umzusetzen - zumindest versuchten sie das. „Bitte treten Sie zurück!"
Die Idee, die Menschenmassen vom Museum fernzuhalten, artete in eine wahre Sisyphusarbeit aus. Es war, als versuchten Fischer, die einsetzende Flut aufzuhalten. Die Schaulustigen wichen zwar punktuell zurück, sobald die Feuerwehrleute auf sie zugingen, doch auf die gesamte Fassadenfront gerechnet, war es unmöglich, etwas gegen den Ansturm auszurichten.
„Besorgt mir Absperrgitter!", rief einer der Zugführer.
„Woher?"
„Was weiß denn ich!"
„Drüben beim Parlament stehen doch immer welche herum, die könnten wir holen."

„Nimm dir fünf Leute und schafft her, was ihr finden könnt! Und beeilt euch!“
Zwei weitere Löschfahrzeuge schlängelten sich durch den Berufsverkehr der mehrspurigen Ringstraße und bogen in den Ladehof des Museums ein.
Alon stand mit Karin etwas von dem größten Gedränge entfernt.
„Die haben uns noch gefehlt!“ Sie zeigte auf drei Männer, von denen einer eine große TV-Kamera geschultert hatte. Das Reportertrio eines Privatsenders traf als Erstes ein, was aber vor allem daran lag, dass sich die Sendezentrale nur wenige hundert Meter entfernt befand und die Reporter zu Fuß angerückt waren.
Sofort stürzte sich der Mann mit dem Mikrofon auf Willendorfer und überhäufte ihn mit Fragen.
Karin beobachtete, wie der Direktor sein Möglichstes tat, um dem unfreiwilligen TV-Auftritt zu entkommen.
Als sie sich gleich darauf wieder Alon zuwenden wollte, war der schon in der Menge verschwunden. „Alon?“ Sie entdeckte gerade noch den Rücken seines schwarzen Poloshirts, wie er sich durch die Schaulustigen kämpfte.
„Alon!“ Inmitten der lauten Geräuschkulisse ging ihre Stimme völlig unter.
Bevor sie Zeit fand, darüber nachzudenken, was er wohl vorhatte, bahnte sie sich bereits selbst einen Weg durch das Gedränge und war bemüht, das schwarze Shirt im Auge zu behalten. „Entschuldigen Sie, bitte!“, zwängte sie sich durch.
Alon zeigte sich nicht ganz so höflich. Er war fast schon zu lange abgelenkt gewesen. Um ein Haar wäre ihm entgangen, dass Piazza sich ganz beiläufig durch die Menschenmassen hatte treiben lassen und kurz davor war, den Rand der Ansammlung zu erreichen.
Für Alon stand schon seit längerem außer Zweifel, dass Piazza Antworten auf viele offene Fragen rund um die Ereignisse im Museum geben konnte. Keinesfalls durfte er riskieren, den Italiener jetzt zu verlieren. Angesichts des Vorsprungs, den

dieser bereits hatte, konnte Alon beim Einsatz seiner Ellenbogen nicht zimperlich sein.
Auch wenn er genau zu wissen glaubte, wohin Piazza unterwegs war, musste er einen Zahn zulegen. Beim Verlassen des Untersuchungsraums hatte der Wachmann Alon bestätigt, dass Piazza den Transportbehälter von Objekt L2471 manipuliert hatte, als der Italiener fälschlicherweise davon ausgegangen war, völlig unbeobachtet zu sein.
Natürlich wäre es ein Leichtes für Alon gewesen, ihn gleich im Anschluss auszuschalten, doch das war nicht Teil des Auftrags, den er hatte. *Der Kerl ist verdammt schnell unterwegs!*
Piazza hatte das Gedränge hinter sich gelassen und lief durch den Park in Richtung Museumsquartier.
Was will er dort? Alon musste noch mehrere Leute niederrempeln, ehe auch er freie Bahn hatte.
Unterdessen ging es im Innenhof des Museums zu wie in einem Ameisenbau, nur dass statt Feuerameisen Feuerwehrleute durch die Treppenhäuser und Gänge in den ersten Stock stürmten.
Während einer der Brandherde bereits unter Kontrolle war, hatte das Feuer im hinteren Teil des Museums über Luftschächte seinen Weg in den Dachbereich gefunden, wo sich diverse Büroräumlichkeiten befanden.
Angesichts der großen Zahl an Löschfahrzeugen und Feuerwehrleuten fiel es selbst dem ansonsten so aufmerksamen Portier schwer, den Überblick zu bewahren. Überall blinkten Lichter, wurden Schläuche abgerollt und Ausrüstung hochgebracht.
Keiner schenkte demnach den vier Uniformierten besondere Bedeutung, die aus einem der Fahrzeuge schweres Bergegerät luden und in den Treppenabgang neben der Präparation brachten.
„Beeilt euch!“, trieb der Anführer der Gruppe seine Leute an.
Die sommerlichen Temperaturen kombiniert mit der schweren Kleidung und unhandlichen Ausrüstung machten den Weg in den Keller zu einer Tortur.

„Wo müssen wir lang?“, fragte der Vorauslaufende, als er zu einer Gabelung gelangte.
„Rechts durch die Tür.“
„Abgeschlossen!“
„Rammbock!“
„Drei... zwei... eins!“, zählte der Mann, der den Grundrissplan des Museums zuvor genau einstudiert hatte.
Der Aufprall des Rammbocks ließ den Türrahmen erzittern und an einigen Stellen fiel der Verputz von der Wand. Die massive Brandschutztür hatte einen schweren Treffer bekommen, hielt aber in der Verankerung.
„Drei... zwei... eins!“
Der wuchtige Treffer riss die Tür aus dem Rahmen und schleuderte sie gut zwei Meter in den dahinterliegenden Gang.
„Los, weiter!“
Auf ihrem Weg zum Tiefspeicher räumten die Männer zwei weitere Türen beiseite, die angesichts der brachialen Mittel, die zum Einsatz kamen, keinen nennenswerten Widerstand boten. Im Laufschritt erreichten sie die dicke Haupttür, die den Kellergang vom dahinterliegenden Tiefspeicher abschottete.
„Versucht es! Drei... zwei... eins!“
Schon an dem dumpfen Aufprallgeräusch war zu hören, dass der Rammbock hier auf deutlich mehr Widerstand traf.
„Noch einmal!“, befahl er und zählte erneut.
„Sie hält noch.“
„Macht weiter! Drei... zwei... eins!“
Die Stahlkappe des Rammbocks richtete deutlichen Schaden am Schloss an, konnte es aber nicht gänzlich durchschlagen.
„Worauf wartet ihr?“
Beim nächsten Treffer bog sich der Türflügel ein ganzes Stück nach innen und verkeilte sich im Rahmen.
„Keine Chance“, er ließ sein gewichtiges Werkzeug zu Boden sinken. „Wir brauchen die Hydraulik.“
Sofort machten sich die zwei Männer, die bisher im Hintergrund agiert hatten, daran, eine ausziehbare Stange zwischen den Gangwänden zu verspreizen.
„Fest!“, bestätigte der erste.

„Bei mir auch!"
Gemeinsam hoben sie einen Hydraulikstempel in Position, den der Anführer hastig mit der Stange verschraubte. In der Zwischenzeit begann der vierte Mann bereits damit, Öl in den Stempel zu pumpen, der sich daraufhin millimeterweise auf die Tür zubewegte.
„Kontakt", sagte der Mann, der direkten Blick auf das Türschloss hatte. Das war das Zeichen, dass die Konstruktion sich nun so verspannt hatte, dass sie ihr Gewicht selbst trug.
Alle traten einen Schritt zurück und der Mann an der Ölpresse pumpte den hydraulischen Stempel tiefer in das Türschloss.
„Schneller! Wir haben nicht den ganzen Tag Zeit."
Mit jeder Pumpbewegung wurde das metallische Ächzen lauter, bis das Schloss explosionsartig auseinanderflog.
„Noch eine Tür, dann haben wir es geschafft. Kommt schon, beeilt euch!"
Die eingespielten Männer sammelten die Ausrüstung auf und liefen die Treppen hinab. Sie stoppten erst wieder, als ihnen die Sicherheitstür zum Untersuchungsraum von Objekt L2471 den Weg versperrte. *Jetzt zählt jede Sekunde.*
„Hydraulikstempel!"
Derweilen hatte sich Karin durch die immer größer werdende Menschenansammlung gekämpft und setzte alles daran, Alon im Blickfeld zu behalten. Längst hatte sie es aufgegeben, ihm nachzubrüllen.
Sie fand, dass es besser war, ihren Atem zu sparen, um mit Alons Tempo zumindest einigermaßen mithalten zu können.
Der hatte bereits das obere Ende des Museumsgebäudes erreicht und setzte an, es zu umrunden.
Was macht er? Karin schnaufte, legte aber noch einmal einen Zahn zu.
Piazza gelang es noch, seinen Vorsprung zu halten. Hastig sprang er über die als optische Absperrung gedachte Kette und rannte geradewegs auf eines der sprichwörtlich museumsreifen Fenster zu. Ihm fehlte die Zeit nachzuprüfen, ob eines der riesigen Fenster im Erdgeschoss vielleicht offenstand. Letztlich war es ihm ohnehin egal, ob er durch sein gewaltsames

Eindringen Alarm in einem Museum auslöste, in dem seit gut zwanzig Minuten alle Sirenen heulten.
Er bückte sich im Laufen nach einem Stein und gleich darauf durchschlug das faustgroße Wurfgeschoß die Scheiben des Altbaufensters.
Zwei Handgriffe und eine akrobatische Einlage später fand Piazza sich im Inneren des Museums wieder. Der große Vorteil war, dass in diesem Bereich alle Türen aus Brandschutzgründen als alarmgesicherte Notausgänge ausgeführt waren und sich durch ruckartiges Aufstellen der Türklinke gewaltsam öffnen ließen.
Damit stand Piazza praktisch das gesamte Museum offen, wenn man von den Bereichen absah, in denen die Flammen wüteten. Diese waren allerdings im Vorfeld so gewählt worden, dass er dort ohnehin nichts verloren hatte.
Unmittelbar darauf kam Alon um die Ecke gerannt. Da er im näheren Umkreis keine andere Fluchtmöglichkeit ausmachen konnte, visierte er das einzig offenstehende Fenster an.
Er steigerte sein ohnehin schon beachtliches Tempo, je näher er dem auf Augenhöhe befindlichen Fensterbrett kam.
Sekundenbruchteile bevor er gegen die Fassade knallte, katapultierte er sich senkrecht nach oben weg und leitete die gesamte Dynamik seines Anlaufs in eine Aufwärtsbewegung um. Mit zwei blitzschnellen Tritten stieß er sich noch am Mauerwerk ab, als würde er eine Treppe hochlaufen und sprang ein Augenzwinkern später durch das aufgebrochene Fenster ins Innere des Museums.
Wie hat er das gemacht? Karin führte das gerade Gesehene auf Sauerstoffmangel im Gehirn zurück, den die Rennerei bei ihr verursachte. *Und was bitte soll ich jetzt machen?*

***

Ali half dem Händler dabei, die Ständer voller Seidentücher ins Geschäft zu räumen. Das unerwartete Angebot, sich gemeinsam auf die Suche nach Essad zu machen, war wie ein Strohhalm, an den er sich nur zu gerne klammerte.

„Der gehört da rüber", erklärte der Händler im Vorbeigehen und zeigte auf einen der Berge aus bunten Stoffen. „Das hier ist übrigens das Kleid, das du deiner Schwester kaufen musst, mein bestes."
„Das ist sogar ihre Größe!" Alis Augen fanden durchaus Gefallen an dem schimmernden Grün. „Ich muss zugeben, es sieht wirklich sehr gut aus... und teuer!"
Der Händler lachte. „Das ist Naturseide, handgewebt. Etwas Besseres findest du im ganzen Orient nicht."
Irgendwo zwischen den Stapeln aus Tüchern und Gewändern läutete ein Telefon.
„Hoffentlich endlich mal ein Kunde, der von meiner überragenden Qualität gehört hat", sagte der Händler, dessen einzige Anrufe bisher von Gläubigern des Vormieters stammten.
Er wühlte sich durch einen Stoffberg, fand schließlich das Telefon und hob ab. „Hallo, hier ist das Geschäft von..." Er kam gerade noch dazu, seinen Namen zu sagen, da fiel ihm der Anrufer bereits ins Wort.
Dem verdutzten Gesicht nach zu schließen war es wieder kein Kunde.
„Ja... ja, natürlich. Der steht quasi schon neben mir." Er winkte Ali zu sich. „Für dich!"
Ali übernahm vom Händler gleichzeitig Hörer und Gesichtsausdruck.
„Es ist Essad", flüsterte ihm dieser noch zu.
Ali riss die Augen auf und starrte das Telefon einen Herzschlag lang an.
„Na los", drängte der Händler und sah mit einem Mal so glücklich aus, als hätte er gerade seinen Wochenumsatz verdoppelt.
„Essad?", fragte Ali ungläubig in den Hörer.
„Genau der", vernahm er Essads Stimme. „Es wäre einfacher gewesen, wenn du mir deine Handynummer gegeben hättest, aber jetzt habe ich dich ja auch so erreicht."
„Wo steckst du? Wir hatten eine Vereinbarung! Wo ist mein Buch?"

„Ruhig, mein Freund“, beschwichtigte Essad. „Ich hab dein Buch bei mir und ich will es dir auch so schnell wie möglich geben, das kannst du mir glauben.“ Das war zwar nicht unbedingt gelogen, aber doch deutlich untertrieben, angesichts der Dringlichkeit, mit der Essad das Buch der Gog und Magog wieder loswerden wollte.
„Ich habe leider ein Problem mit meinem Wagen und würde mich deshalb gerne hier mit dir treffen.“ Diesmal hatte er gelogen. „Sonst müssen wir unser Treffen leider auf morgen verschieben. Aber ich komme hier vorläufig nicht weg.“
„Wo steckst du?“, wollte Ali endlich wissen.
„Kerak!“
„Kerak“, wiederholte Ali und fuhr die Strecke in Gedanken ab.
„Kennst du das Museum im Inneren der alten Festung?“
„Ja, klar.“
„Gut, davor treffen wir uns. Wenn du sofort losfährst, müsstest du in einer Stunde da sein.“
Hätte Ali mehr Zeit zum Nachdenken gehabt, wäre ihm vermutlich aufgefallen, dass alles viel zu schnell ging.
„Einverstanden! In einer Stunde. Aber diesmal will ich nicht wieder vor versperrten Türen stehen.“
„Bestimmt nicht“, beteuerte Essad. „Tut mir wirklich leid, dass du warten musstest, aber ich hatte deine Nummer nicht und auf diesem Anschluss habe ich es schon dreimal versucht.“
„Ich gebe dir meine Handynummer und du mir...“
Der Seidenhändler verfolgte das Gespräch voller Vorfreude und verpackte bereits sein bestes Kleid in einem angemessenen, weil ebenfalls nicht billigen, Geschenkpapier.
Ali beendete das Telefonat und wandte sich ihm zu. „Sieht so aus, als hätte ich noch einmal Glück.“ Er klang ehrlich erleichtert.
„Wir drei!“ Der Händler hielt ihm grinsend das fertige Päckchen für Chess entgegen. „Was hat er dir erzählt? Warum ist er nicht wie vereinbart gekommen?“
„Eine Autopanne“, murmelte Ali, der noch einem Gedanken nachhing. „Blöderweise hab ich ihm damals meine Nummer

nicht gegeben... Er hat mir gesagt, dass er schon ein paar Mal hier bei dir im Geschäft angerufen hat, um mich zu erreichen."
Der Händler war einen prüfenden Blick auf das Display des Telefons. „Dreimal", bestätigte er. „Muss gewesen sein, als ich mit dir draußen vor seinem Laden war."
Ali atmete erleichtert auf. „Was für ein Glück, dass wir wenigstens diesen Anruf gehört haben."
„Und dass ich den Telefonanschluss des Vormieters übernommen habe, sonst wäre er wohl kaum so leicht an meine Nummer gekommen."
„Ich muss schleunigst nach Kerak. Er wartet dort auf mich."
„Das dachte ich mir. Ich hab schon alles für deine Schwester verpackt und dir auch gleich deinen Stammkundenrabatt abgezogen."
„Danke! Du hast mir wirklich sehr geholfen."
Kurz darauf verließ Ali mit dem besten Kleid unter dem Arm das Geschäft des Seidenhändlers. Obwohl er das Buch der Gog und Magog noch nicht in seinen Händen hielt, fühlte er sich um einiges beruhigter.
Essad hatte das Buch bekommen und in etwas weniger als einer Stunde würde er es selbst in Händen halten. Der Rest des Geschäfts war eine todsichere Sache: das Buch an den Ägypter übergeben und von der erzielten Provision gut leben. Für jemanden, der bis gerade eben noch der Verzweiflung nahe gewesen war, hatte er sich deutlich gemausert.
Im Bistro auf der anderen Seite blieb sein Aufbruch nicht unbemerkt. Der Mann klappte die Zeitung zusammen und ließ sie auf den Tisch fallen. Knochige Finger zählten den Preis für ein Glas Mineralwasser passend ab und legten die Münzen neben die Zeitung.

***

Alon war dem laufenden Piazza dicht auf den Fersen. Fast schon zu dicht, wie Alon fand. Ob der Italiener bereits mitbekommen hatte, dass er verfolgt wurde, ließ sich nicht mit Sicherheit sagen. Wenn dem aber so war, machte es sein Verhalten für Alon umso unverständlicher.

Er gibt sich wenig Mühe, mich abzuhängen.

Alon war überzeugt, dass Piazza die Ablenkung nutzen wollte, um Objekt L2471 zu stehlen. Unter dem Mantel der Verschwiegenheit war mit dem Museumsdirektor vereinbart worden, dass im Falle eines Alarms die Zutrittsberechtigungen für den Untersuchungsraum außer Kraft gesetzt werden würden. Piazza, der Alons Auffassung nach darauf spekulierte, einfach in den Untersuchungsraum zurückzukehren und das Grabtuch mitnehmen zu können, sollte spätestens beim elektronisch verriegelten Türschloss eine Überraschung erleben. Auf keinen Fall würde sein knapper Vorsprung ausreichen, die Sicherheitstür zu knacken und unbeschadet mit dem Tuch zu entkommen - zumindest hoffte Alon das. Für den

unwahrscheinlichen Fall, dass er sich irrte, würde er andere Mittel und Wege finden, den Italiener zu stoppen.
Alons oberste Priorität galt nach wie vor dem Schutz von Objekt L2471. Gleich danach kam die Anweisung, die Hintermänner von Piazza ausfindig zu machen, soweit es welche gab.
Mit Vermutungen darüber hielten sich Alons Vorgesetzte allerdings bedeckt. Grundsätzliches Misstrauen und Vorsicht gegenüber jedermann war schließlich Prämisse beim Mossad.
Alon, der den Vorteil hatte, die Türen, durch die er lief, nicht erst öffnen zu müssen, holte stetig auf.
Piazza riss eine weitere Tür auf und erreichte den öffentlichen Teil des Museums - sehr zur Verwunderung von Alon, der fest damit gerechnet hatte, dass sie die Abkürzung durch den Aquarientrakt nehmen würden, um auf dem kürzesten Weg zum Tiefspeicher zu gelangen.
Was hat er vor? Alon hatte bereits im Vorfeld Absprachen mit Willendorfer und der Feuerwehr getroffen, um eventuelle Schäden am Museum so gering wie möglich zu halten, ebenso wie das Zeitfenster, das dem Italiener für die Umsetzung seines Plans blieb.
Dass Piazza es aber nun ganz offensichtlich vorzog, einmal quer durch das ganze Museum zu laufen, verhieß nichts Gutes.
Irgendetwas stimmt hier nicht!
Wie zur Bestätigung von Alons Befürchtungen schaute der Italiener im vollen Lauf über die Schulter zurück. Für einen sehr kurzen Moment kreuzten sich die Blicke von Jäger und Gejagtem. Spätestens jetzt stand fest, dass Letzterer seinen Verfolger bemerkt hatte.
Piazza beschleunigte merklich und rannte auf den Ausstellungsbereich mit den Höhlensystemen zu. Dieser riesige, fast komplett abgedunkelte Raum voller Kunstfelsen zeigte Nachbildungen berühmter Höhlenmalereien aus aller Welt. Durch die realitätsnahe Kombination von Beleuchtungseffekten und Umgebungsgeräuschen war es eine der besten Gelegenheiten im Museum, um jemanden abzuhängen.

Zudem bot sich die Felskulisse mit ihren Nischen auch als Hinterhalt für unliebsame Verfolger an. Eine Tatsache, der sich Alon voll bewusst war, als er unmittelbar vor dem verwinkelten Eingang jäh stoppte.
Gespannt lauschte er in das Dunkel. Schritte waren keine zu hören. *Er wartet da drin auf mich!*
Irgendwo ließ ein Lautsprecher elektronisches Wasser von der Decke tropfen und simulierte akustisch Stalaktitenwachstum.
Alon nutzte seinen sicheren Stand für einen Blick auf die Uhr. Wenn alles nach Plan gelaufen war, hatte die Feuerwehr den Brand bereits unter Kontrolle gebracht. Zumindest aus Sicht des Museums war damit die größte Gefahr gebannt.
Auch Alon konnte grundsätzlich zufrieden sein, hatte er doch Piazza am Diebstahl von Objekt L2471 gehindert. Ihn jetzt zur Strecke zu bringen, war eigentlich nur noch Formsache. Seine Finger umklammerten das Griffstück seiner Pistole. *Das alles könnte so einfach sein.* Er war zu Recht unzufrieden mit sich. Es erschien ihm höchst unwahrscheinlich, dass ein Mann wie Piazza ein Geständnis ablegen und seine Hintermänner verraten würde.
Die Beschaffung genau dieser Informationen war aber ein wesentlicher Teil von Alons Auftrag. Nur deshalb hatte er Piazza an der langen Leine gelassen und versucht, seinen Verdacht gegen ihn weiter zu erhärten. *Dieses Katz-und-Maus-Spiel kann nicht ewig so weitergehen!*
Er zog seine Glock 17 und bereitete sich mental auf ihren Einsatz vor. Wenn Piazza bis jetzt noch nicht bemerkt haben sollte, wie gut es um die Genesungsfortschritte von Alons rechter Hand bestellt war, dann würde er nun die Gelegenheit dazu erhalten.
„Piazza!", rief er ins Höhlensystem. „Oder wie immer Sie heißen." Er presste seinen Oberkörper gegen den Kunstfels und schob sich vorsichtig um den rechtwinkeligen Vorsprung am Eingang, der verhindern sollte, dass von außen Licht hereindrang.
Ringsum war es dunkel. Einzig die Höhlenbilder waren im schwachen Schein der indirekten Beleuchtung auszumachen.

„Piazza! Sie haben sich diesmal das falsche Objekt für Ihre Diebstähle ausgesucht.“ Er ließ seine Worte wirken.
„Willendorfer ist Ihnen schon seit einiger Zeit auf der Spur. Ihr Kunst- und Antiquitätenhandel mit den Schätzen aus dem Tiefspeicher ist längst aufgeflogen.“
Aus dem Inneren der Höhle war nur das monotone Tropfen aus dem Lautsprecher zu vernehmen.
„Wir wissen doch beide, dass Sie lediglich ein Handlanger sind, Piazza! Meiner Versicherungsgesellschaft ist es egal, wenn Sie alten Krempel klauen, der nicht bei uns versichert ist... Mir ist es egal“, fügte er hinzu. „Ich bin hier, um die Sicherheit von Objekt L2471 zu garantieren - mehr nicht... Piazza? Hören Sie mich?“
Alon war gut beraten, seinen Kopf nicht zu weit hinter der Deckung hervorschauen zu lassen. „Keinem von uns geht es darum, kleine Fische wie Sie einzubuchten. Wir interessieren uns alle nur für die Hehler im Hintergrund.“
„Was wollen Sie?“, brach Piazza endlich sein Schweigen.
Alon schätzte blitzschnell Richtung und Entfernung ein - zumindest versuchte er das, denn das künstliche Echo der Felswände war wenig hilfreich bei der Bestimmung von Piazzas genauer Position. „Einen Namen“, erwiderte er. „Nennen Sie mir nur einen Namen.“
„Und dann? Lassen Sie mich einfach hier rausspazieren?“
„Sie können gehen, sobald ich den Namen habe. Aber das Tuch bleibt hier!“
Piazza schnaubte abfällig. „Und darauf geben Sie mir jetzt Ihr Ehrenwort als Versicherungsschnüffler, nicht wahr?“
„Hören Sie, Piazza! In den letzten zwei Jahren sind fast ein Dutzend Kunstschätze mit religiösem Hintergrund gestohlen worden. Meine Versicherungsgesellschaft hat den Betroffenen dafür ein Vermögen an Entschädigungen auszahlen müssen.“
„Kommen Sie zum Punkt“, gähnte Piazza. „Wenn Sie etwas zu sagen haben, dann tun Sie’s endlich und falls nicht, verschwinden Sie!“
Alons Stimme behielt ihre Ruhe. „Bei allen Diebstählen wurden kleine Ganoven wie Sie eingesetzt, die mit den

Gegebenheiten vor Ort gut vertraut waren. In keinem der Fälle gab es eine konkrete Spur, die uns weitergebracht hätte. Ich bin mir sicher, dass diesmal derselbe Auftraggeber dahintersteckt. Aber ich brauche einen Namen!"
„Warum fragen Sie dann nicht die anderen Ganoven?"
„Weil die alle tot sind. Umgelegt von ihrem Auftraggeber, nachdem sie das Diebesgut abgeliefert haben."
Piazzas Antwort dauerte einen Augenblick. „Sie sorgen sich also nur um meine Sicherheit? Mir kommen die Tränen! War nett mit Ihnen zu plaudern, aber ich muss los."
Im selben Augenblick krachte ein Schuss und Alon presste sich reflexartig gegen die Wand.
„Das war nur eine Warnung!", stellte Piazza klar. „Für den Fall, dass Sie weiterhin so anhänglich sind."
Alons Finger zuckte am Abzug seiner Waffe. Zu gerne hätte er angemessen geantwortet. „Seien Sie kein Idiot, Piazza! Wissen Sie, wie viel dreißig Millionen sind? Mehr als Sie jemals für dieses dämliche Tuch bekommen werden, die verdammte Kugel nicht mitgerechnet, die Ihnen Ihr Auftraggeber bei der Übergabe durch den Kopf jagen wird. Ich biete Ihnen fünfzehn Millionen, wenn Sie mir den Namen liefern."
Piazza schwieg.
„Haben Sie mich verstanden? Ich biete Ihnen fünfzehn Millionen Euro, wenn Sie mir den Namen nennen. Durch diese Diebstähle ist meiner Versicherung ein Schaden von mehr als dreihundert Millionen entstanden. Als Versicherungsdetektiv stehen mir zehn Prozent dieser Summe zu, wenn ich die Stücke wiederbeschaffe. Und ich wette meinen und Ihren Kopf darauf, dass wir jedes einzelne davon im gepanzerten Geheimkeller Ihres Auftraggebers finden werden. Denken Sie darüber nach, Piazza! Ich arbeite seit zwei Jahren an diesem Fall und ich werde ihn lösen. Mit Ihrer Hilfe wäre es deutlich leichter für mich!"
Für gewöhnlich bereitete Alon die Hintergrundgeschichten für seine Tarnung sorgfältiger vor, doch im Moment bestand wenig Sorge, dass der Italiener eine Möglichkeit fand, die

Angaben zu überprüfen. Zudem war ohnehin nicht klar, ob und wie viel er tatsächlich über seinen Auftraggeber wusste.
„Piazza! Fünfzehn Millionen für jeden von uns. Ich brauche Sie, um an das Geld zu kommen und Sie brauchen mich! Was sagen Sie dazu?"
Der Italiener sagte nichts - zumindest für eine Weile.
„Wie stellen Sie sich das vor? Ich sage Ihnen den Namen und Sie schicken mir dann einen Scheck?"
„Wenn das für Sie okay ist."
Mündungsfeuer blitzte auf und ein weiterer Schuss krachte. Diesmal schlug die Kugel mehrere Meter neben Alon ein.
„Falls Sie vorhaben mit Ihren blöden Witzen weiter meine Zeit zu verschwenden, ist unser Gespräch beendet."
Er hat angebissen! Alon hatte fast nicht mehr damit gerechnet, doch nun bestand zumindest wieder der Funke einer Chance, die Lage zu entspannen. „Verschwinden Sie einfach, Piazza! Vergessen Sie das Tuch und spazieren Sie hier heraus, solange das Chaos noch andauert. Ich werde Sie nicht daran hindern. Sobald Sie in Sicherheit sind, melden Sie sich bei mir, nennen den Namen und ich besorge uns die dreißig Millionen, fünfzehn für jeden von uns."
Aus der Tatsache, dass diesmal kein Schuss krachte, leitete Alon ab, dass der Italiener über den Vorschlag zumindest nachdachte.
„Piazza? Sie haben nichts zu verlieren. Das Tuch werden Sie in keinem Fall hier raustragen und wenn Sie nicht bald abhauen, werden andere kommen und Sie mitnehmen. Ich biete Ihnen freien Abzug. Einen besseren Beweis meiner Absichten können Sie nicht verlangen. Ich riskiere alles und Sie nichts!"
„Und wer garantiert mir, dass Sie die Kohle mit mir teilen?"
„Gegenfrage! Wer garantiert mir, dass Sie mir den Namen nennen, nachdem ich Ihnen die Flucht ermöglicht habe? Es ist ein Risiko für beide Seiten! Aber für dreißig Millionen... Mir reicht die Hälfte, um meinen Job an den Nagel zu hängen und was Sie mit Ihrer Hälfte machen, ist mir herzlich egal. Die Zeit läuft, Piazza - Ihre Zeit! Wenn Sie hier nicht bald verschwinden und die Polizei Sie einsammelt, kann ich Ihnen

auch nicht mehr helfen. Fünfzehn Millionen für jeden von uns und keiner wird Sie dafür jagen. Alles ganz legal!"
Piazza blickte auf die fluoreszierenden Zeiger seiner Uhr. Er wusste, dass Alon Recht hatte - was die Zeit betraf. „Na schön! Ich verschwinde hier und melde mich in Kürze bei Ihnen. Dann besprechen wir die weiteren Details. Aber falls Sie mir folgen, ist unser Deal geplatzt!"
„Einverstanden!", erwiderte Alon. „Ich begebe mich auf direktem Weg zum Tiefspeicher. Nur damit Sie es sich nicht doch noch anders überlegen! Wenn Sie sich an unsere Vereinbarung halten, beginnen wir in zwei Wochen ein komplett neues Leben als Millionäre."
Piazza antwortete nicht mehr.
Stattdessen vernahm Alon zögerliche Schritte, die an Tempo zulegten und sich schließlich rasch entfernten. Piazza hatte seinen Köder gefressen, und Alon hatte die Chance auf den geheimen Auftraggeber gewahrt. Er steckte seine Waffe wieder ein und hoffte, das Richtige getan zu haben.

***

Ali steuerte den Range Rover Richtung Süden. Zeitpunkt und Strecke waren gut gewählt, um zügig voranzukommen, denn selbst die Hauptstraße war leer. Ideale Voraussetzungen also, um es innerhalb der vereinbarten Stunde nach Kerak zu schaffen.
Die alte Festung hatte bereits zu Kreuzfahrerzeiten als wichtiges Zentrum in der Region gegolten und lockte mit ihren kolossalen Mauern auch heute noch Reisende aus aller Welt an. Ali hatte Kerak in der Vergangenheit mehrfach besucht und wusste um den besonderen Reiz, aber auch die versteckten Gefahren, die von ihr ausgingen.
Durch ihre Ruinen, so erzählte man sich, geisterten bei Nacht die gefallenen Krieger vergangener Tage, die im ewigen Kampf um die Festungsmauern keine Ruhe fanden. Von Sonnenuntergang bis Sonnenaufgang wiederholte sich die letzte erbitterte Schlacht. Nacht für Nacht stiegen die bleichen

Knochen aufs Neue aus der Erde und schlugen mit ihren längst verrosteten Waffen aufeinander ein. Jeder Lebende, der ihnen dabei in die Quere kam, verschwand für immer in den unterirdischen Gängen.
Keine zehn Pferde hätten Ali dazu gebracht, Kerak bei Nacht aufzusuchen, und selbst die Wolkenbank, die seit einigen Minuten die Sonne verdunkelte, war ihm nicht ganz geheuer.
Hoffentlich verzieht sie sich, bis ich dort bin.
Sein Weg führte ihn quer durch das steinige Land, das nur sehr spärlich besiedelt war. Mitten im Nichts der Wüste, das sich zu beiden Seiten des Asphaltstreifens erstreckte, tauchten dann und wann kleine Siedlungen mit ihren einfachen Hütten auf. Um sie einzuzäunen, hatte man entweder Steine zu Mauern aufgeschichtet oder LKW-Reifen bis zur Hälfte im Boden eingegraben.
Ali verlangsamte den Wagen, als er in einigem Abstand eine Kamelherde ausmachte, die ansetzte, die Straße zu queren.
In sicherer Entfernung bremste auch der weiße Peugeot, der Ali schon seit seiner Abfahrt folgte.
Die Kamele kamen nur sehr langsam voran, da ihnen ihr Besitzer die Vorderbeine bis auf wenige Zentimeter zusammengebunden hatte. So war es möglich, die Herde für längere Zeit unbeaufsichtigt zu lassen, ohne dass sie sich zu weit entfernen konnte.
Sechs... sieben... Ali vermied es ganz bewusst zu hupen. Obwohl das bei Ziegenherden mitunter ganz passabel funktionierte, gab es unter den gewichtigen Höckertieren Exemplare, die mit Körpereinsatz gegenüber Dränglern reagierten.
In jedem Fall war Ali besser beraten, ruhig zu bleiben und sich das Warten damit zu vertreiben, die Tiere zu zählen, die seinen Weg kreuzten. *Neun... zehn...*
Noch lag er gut in der Zeit und das letzte Tier der Karawane war bereits in Sicht. *Zwölf... bitte nicht... dreizehn!*
Damit hatten alle Kamele die Straße überquert.
Dreizehn!
Der Weg war frei, doch Ali zögerte.

Auch der Peugeot wartete noch ab. Die knochigen Finger des Fahrers tippten ungeduldig gegen das Lenkrad. Es war höchst unwahrscheinlich, dass der Mann im Range Rover ihn bereits bemerkt hatte. In seinem Rückspiegel war der Peugeot bestenfalls ein Staubkorn.
Aber warum fuhr er dann nicht weiter?
Die Tür des Geländewagens flog auf und Ali sprang heraus.
Für einen Moment blieb dem Peugeotfahrer die Luft weg. Als er dann aber sah, wie der Mann zur Motorhaube seines Geländewagens lief, schien klar zu sein, dass es ein Problem mit dem Wagen gab.
Das Tippen der Finger beschleunigte sich. Damit hatte er freilich nicht gerechnet. Sein Peugeot war das einzig andere Auto weit und breit, und wenn Ali ihn erst einmal entdeckt hatte, war es nur noch eine Frage der Zeit, bis er herkommen würde, um nach Hilfe zu fragen. Das durfte nicht passieren.
Die Finger verkrampften sich zur Faust und sausten, begleitet von einem Ausruf tiefster Verwünschung, auf das Armaturenbrett nieder.
Diesen Gelegenheitsjob hatte er sich wahrlich anders vorgestellt! Die Anweisungen, die ihm sein Auftraggeber für einen Problemfall gegeben hatte, waren ebenso klar, wie die Tatsache, dass damit die Hälfte des versprochenen Geldes verloren war.
Er legte blitzschnell den Rückwärtsgang ein, wendete den Wagen und gab Gas. Während er noch das Telefon unter sein Kinn klemmte, verschwand das Staubkorn bereits im Rückspiegel.
„Blöde Kamele!“, schimpfte Ali vor sich hin und spuckte ein weiteres Mal vor den Wagen. „Es sollte verboten werden, mehr als zwölf Tiere in einer Herde zu halten.“ Zusätzlich klopfte er mit überkreuzten Armen auf die Oberschenkel, was die Wirkung seines Zaubers unterstützen sollte.
Das kann auch nur einem Pechvogel wie mir passieren... Bleibt nur zu hoffen, dass ein erweiterter Spuckzauber überhaupt gegen so viel Unglück hilft.

„Heute ist echt nicht mein Tag“, brummte er und stieg in den Wagen.
Einige Kilometer weiter bog Ali nach Westen ab und folgte der gewundenen Straße, die ihn immer tiefer in das Hügelland führte. Bald schon gingen die Hügel in größere Erhebungen über und die Straße schlängelte sich über ausgewachsene Bergrücken.
Dann tauchte Kerak auf. Die gewaltigen Mauern waren unverkennbar und so weit das Auge reichte, gab es nichts, was sich mit diesem Bollwerk messen konnte.
Ali schnappte sich einen der für Touristen als illegal gekennzeichneten Parkplätze und erreichte die Brücke der Festung kurz vor Ablauf der vereinbarten Stunde.
Mit schnellen Schritten stieg er die Stufen zum Museum hinab, das sich im neueren Teil der Anlage befand. Schon von weitem erblickte er Essads wehendes Kopftuch und spürte, wie der letzte Zweifel von ihm abfiel. *Geschafft.*
„Da bist du ja!“, begrüßte ihn Essad unerwartet überschwänglich. „Ich dachte schon, dich hätte vielleicht etwas aufgehalten. Ist alles in Ordnung?“ Seine Stimme senkte sich und er blickte sich in alle Richtungen um.
Ali schien mit der Frage nicht so recht etwas anfangen zu können und lenkte das Gespräch auf das eigentliche Thema: „Wo ist mein Buch?“
Essad klopfte mit der Hand gegen die Seitentasche seines Umhangs. „Hier drin, mein Freund. Ich habe es in Papier eingewickelt. Es ist besser, wenn uns keiner damit sieht.“
„Ich will es sehen“, stellte Ali klar.
„Freilich.“ Essad hatte diese Reaktion erwartet und bat Ali, ihm zu einer der zahlreichen Einbuchtungen in der Hauptmauer der Festung zu folgen. Die meisten von ihnen hatten früher als Schießscharten oder Abwurföffnungen gedient - dementsprechend beeindruckend war die Aussicht auf das Umland.
An klaren Tagen konnte man fast bis zum Toten Meer blicken, an einem bewölkten Tag wie diesem immerhin noch bis zum Boden der senkrecht abfallenden Schlucht.

„Gib acht, wo du hintrittst", warnte Essad. „Hier ist es nicht ganz ungefährlich, aber dafür sind wir ungestört." Er spielte auf die Touristen an, von denen um diese Jahreszeit eine Menge durch die alte Festungsruine und ihre unterirdischen Tunnel streiften.
Essad hatte den Ort für das Treffen aus gutem Grund gewählt. Zum einen war er öffentlich genug, um sich sicher zu fühlen, zum anderen gab es ausreichend Möglichkeiten, um unbemerkt das Buch zu übergeben. *Für kein Geld der Welt hätte ich dieses verfluchte Buch in meinen Laden mitgenommen!*
„Jetzt zeig schon her", drängte Ali.
„Du kannst es wohl gar nicht mehr erwarten?" In Essads Stimme schwang ein warnender Unterton mit, den sein Gegenüber aber nicht zu deuten verstand.
Er holte das in braunes Packpapier eingewickelte Buch hervor und hielt es Ali entgegen. „Hier ist es. Aber Vorsicht, einige Seiten sind schon etwas locker."
Ali griff hastig danach und wickelte es aus. Angesichts der Summe, die er dafür bezahlt hatte, war der Anblick eher enttäuschend. Das schwarz eingebundene Buch der Gog und Magog war ohne Zweifel sehr alt, aber optisch keineswegs ansprechend.
Was für ein Schinken. Ali blätterte behutsam ein paar Seiten durch und klappte es wieder zusammen. Zumindest äußerlich sprach nichts gegen seine Echtheit.
„Pack es wieder ein!", forderte Essad ihn auf. „Es soll uns keiner damit sehen. Und jetzt mein restliches Geld."
Ali übergab den vereinbarten Restbetrag und Essad zählte das dicke Bündel sofort nach.
Überglücklich über den Ausgang wickelte Ali das Buch wieder ein und steckte es weg. „Ich bin froh, dass das mit unserem Geschäft doch noch geklappt hat. Zwischendurch hatte ich ja so meine Zweifel... Wo hast du es denn aufgetrieben?"
Essad blickte zum Himmel. „Es wird bald regnen."
Ali brauchte einen Moment, um zu verstehen. Dann lächelte er. „Ich respektiere deine Geschäftsgeheimnisse natürlich. Tut mir

leid, dass du Probleme mit deinem Wagen hattest. Kann ich dich irgendwohin mitnehmen?“
„Nein“, wehrte Essad ab. „Das Problem sollte in der Zwischenzeit behoben sein. Aber danke für das Angebot und auch dafür, dass du extra hierhergekommen bist.“
„Was blieb mir denn anderes übrig?“, scherzte Ali.
Einen Moment lang überlegte der Mann unter dem rot-weiß karierten Palästinensertuch, ob er Ali warnen sollte, worauf er sich eingelassen hatte. Ob er ihm sagen müsste, wie viel Blut schon an dem Buch klebte und dass der Durst seiner Seiten längst noch nicht gestillt war.
Aber war der junge Mann nicht selbst schuld, wenn er es versäumte, sich genau zu informieren, bevor er sich mit den falschen Leuten einließ?
Ich habe ihn mit der Nase darauf gestoßen, mehr kann ich nicht tun, beruhigte Essad sein Gewissen. Schließlich war er Geschäftsmann und kein Missionar.
Er schwieg.
„Ich muss los“, verabschiedete sich Ali. „Nochmals vielen Dank.“
„Ich wünsch dir viel Glück“, erwiderte Essad und hatte es noch nie ehrlicher gemeint. „Falls du wieder einmal ein Buch suchst...“, rief er ihm noch nach.
„Ja?“
„Komm nicht zu mir!“
Was in Alis Ohren wie ein Scherz klang, war keiner.

***

Karin hatte drei Versuche gebraucht, um durch das offene Fenster zu klettern, das Alon zuvor so elegant als Hintereingang ins Museum genutzt hatte.
Im Moment war sie unschlüssig, worüber sie sich mehr ärgern sollte: Dass sie wie ein Einbrecher hereingeklettert war, obwohl sie für nahezu alle Räume einen Schlüssel hatte, oder dass sie sich dabei ihr neues Kleid zerrissen hatte.
Das war definitiv eine deiner blöderen Ideen!

Vermutlich hatte sie damit sogar Recht, doch es war der Geruch des Abenteuers, der sie lockte. Sie blickte auf das Stück geblümten Stoffs, das wie eine Girlande von ihrem Kleid herabhing.
Nächsten Sommer trägt man sowieso wieder kürzer. Mit einem beherzten Ruck trennte sie sich von der aktuellen Sommermode.
Sieht doch gar nicht so schlecht aus!
Es fiel ihr nicht schwer, der Spur aus entriegelten Türen zu folgen, die Piazza und Alon hinterlassen hatten.
Die Stimmung in den verlassenen Museumsräumlichkeiten war ungewohnt und faszinierend zugleich. Den von der Feuerwehr verursachten Lärm nahm Karin kaum noch wahr und so umgab sie trotz der Geräuschkulisse eine bedrohlich klingende Stille.
Die noch immer eingeschalteten Computer der Kollegen verstärkten ihr Gefühl, zur falschen Zeit am falschen Ort zu sein.
Überall fanden sich Spuren der überstürzten Evakuierung, lagen unverschlossene Faserstifte herum, standen Schreibtischladen offen oder perlte Kohlensäure aus halbvollen Trinkgläsern.
Solange ich keinen Rauch oder Feuer sehe, bin ich auch nicht in Gefahr! Erst langsam ließ der Adrenalinschub etwas nach und sie fand Zeit, über ihre Situation nachzudenken.
Ihre Idee war es, in Richtung Tiefspeicher zu gehen, weil sie überzeugt war, dort auch Alon wiederzutreffen.
Es war mehr als offensichtlich, dass er Piazza verfolgt hatte. Und der Rest war leicht zusammenzureimen.
Ich konnte Piazza von Anfang an nicht leiden. Bestimmt hat er Fogg auf dem Gewissen. Ich habe mir die Leiche im Untergrund nicht eingebildet! Piazza ist der Mörder von Fogg und nicht sein Opfer. Der Schauder der Erkenntnis kühlte ihr Rückenmark schockartig herunter.
Karin war ungefähr bis zur Mitte des langgezogenen Gebäudekomplexes vorgedrungen und lief die Strecke, die sie zuvor durch den Park gerannt war, nun im Inneren des Museums wieder zurück.

Hier läuft ein Mörder rum! Sie wurde langsamer. *Und ich auch!* Der Raum, in dem sie sich gerade befand, hatte ein großes Fenster und ermöglichte einen guten Blick auf das Geschehen im Innenhof. Zu Karins Erstaunen sah sie kaum Feuerwehrleute. Zwar standen überall Löschfahrzeuge, aber das Personal schien sich bis auf wenige Ausnahmen im Obergeschoss aufzuhalten.
Ein Mörder!
Ihr Bedürfnis, wieder unter Menschen zu kommen, wuchs mit jedem Herzschlag. Sie steuerte auf kürzestem Weg die nächstgelegene Tür zum Innenhof an und hoffte inständig, dass Piazza nicht der erste Mensch war, der ihr unterwegs begegnete.

***

Alon öffnete die Tür zum Innenhof und trat vorsichtig zwischen parkenden Polizeiautos hervor, die zu beiden Seiten die Treppe flankierten. In aller Ruhe blickte er sich um. *Keine Spur von Piazza!*
Insgeheim war er davon überzeugt, dass sich der Italiener nicht von seinem Plan abbringen lassen würde. Aus Alons Sicht wäre es das Beste gewesen, den Job in Wien zu einem raschen und endgültigen Abschluss zu bringen.
Doch die Befehle gab ein anderer und nur dessen Meinung zählte. Seine, und die seiner Tochter, Souzan-Chaya. Alon hatte sein Naheverhältnis zu ihr in der Vergangenheit schon viel zu oft strapaziert.
Alon und Hiob genossen innerhalb des Mossad den Ruf, jeden Interpretationsspielraum auszunutzen, den ein Auftrag ihnen ließ. Es war also nicht weiter verwunderlich, dass ihre Vorgesetzten stets darauf bedacht waren, den beiden unmissverständliche und klare Anweisungen zu geben.
Kurz nach Erklingen des Feueralarms, als alle vor dem Museum zusammengelaufen waren, hatte Alon die Gelegenheit genutzt und Souzan-Chaya angerufen. Seine neuerliche Empfehlung, Piazza umgehend aus dem Spiel zu nehmen und Professor Golan samt Objekt L2471 nach Israel

zurückzueskortieren, hatte sie diskussionslos abgelehnt. „Du hast deinen Auftrag!“, waren ihre Worte gewesen.
Da sich Objekt L2471 in Sicherheit befand, wie Alon berichtet hatte, sah Souzan-Chaya keinen Grund, auf die Informationen zu verzichten, die sie sich von Piazza erhoffte.
Alon wusste eine Menge Gründe, doch er war angehalten worden, diese für sich zu behalten. *Ich habe keine Ahnung, warum ihr das Leben dieses Italieners so wichtig ist!*
So blieb ihm nichts anderes übrig, als die Kugel mit Piazzas Namen so lange im Lauf seiner Glock zu belassen, bis dieser entweder redete oder mit Objekt L2471 unter dem Arm aus dem Tiefspeicher marschierte. Beides erschien Alon höchst unwahrscheinlich und genau das ärgerte ihn.
Ihr Schreibtischagenten habt doch nicht die geringste Ahnung, wie die Dinge in der Praxis laufen. Wenn ihn die österreichische Polizei verhaftet, weil er hier die Leute umlegt, hilft uns das doch auch nicht weiter.
Unweigerlich musste er an die beiden Polizisten im Smart denken, die vor der Parlamentstreppe die Alleinunterhalter für Touristen mimten.
Okay, vermutlich schnappen die ihn nicht! Aber das macht Piazza keinesfalls weniger gefährlich.
„Alon!“ Karins Stimme bahnte sich ihren Weg zu Alons Ohr. „Hier drüben!“, winkte sie ihm zu.
Seine Wiedersehensfreude hielt sich in Grenzen. „Was machen Sie hier? Das Museum wurde evakuiert! Schon vergessen?“
„Dasselbe könnte ich Sie fragen. Und glauben Sie mir, als Mitarbeiterin des Museums habe ich die besseren Argumente.“
„Dafür haben wir keine Zeit“, beendete er das Geplänkel. „Haben Sie Piazza gesehen?“
„Ist er hier? Er hat Fogg umgebracht, nicht wahr?“
„Vermutlich!“, zeigte sich Alon wortkarg und ließ seinen Blick über den Innenhof schweifen.
Karin räusperte sich und deutete mit dem Kopf in Richtung Treppenhaus. „Bestimmt ist er auf dem Weg zum Tiefspeicher, um Objekt L2471 zu stehlen.“

„Das wird ihm nicht gelingen und ich glaube, das weiß er. Ich werde mich dort unten trotzdem noch einmal gründlich umsehen.“
„Ich komme mit!“
„Wetten, dass nicht?“ Sein Arm versperrte ihr den Weg. „Einen Feueralarm zu ignorieren ist eine Sache, einen Mörder zur Strecke zu bringen, eine ganz andere. Helfen Sie Ihren Kollegen!“
„Beim Rumstehen vor dem Museum? Danke nein! Wissen Sie, wie oft hier etwas los ist? Ich meine abgesehen davon, dass irgendwelche ausgestopften Tauben eine Feder verlieren oder wir einen Besucher ohne Eintrittskarte erwischen. Wir sind ein Museum! Das letzte spannende Highlight waren Dreharbeiten zu einer Folge von Kommissar Rex.“
Sein Gesicht ließ sie wissen, dass er keine Ahnung hatte, wovon sie sprach.
„Eine Fernsehserie aus dem vorigen Jahrtausend - historisch! So wie alles hier. Lassen Sie mich mitkommen, bitte!“ In diesem Moment war sie sich selbst nicht sicher, welche Antwort sie lieber hören würde. Die Angst vor der drohenden Gefahr haderte mit dem Abenteuergeist in ihr.
„Warten Sie bei den anderen, bis die Feuerwehr Entwarnung gibt.“
„Alon!“
„Diesmal nicht.“ Er drehte sich um und ging in Richtung Treppenhaus.
Karin öffnete die Lippen, um ihm etwas nachzurufen, besann sich dann aber doch eines besseren. Wie ein begossener Pudel blieb sie inmitten des rot und blau blinkenden Lichtermeers der Einsatzfahrzeuge zurück, die weite Teile des Innenhofs verstellten.
Alon betrat das Treppenhaus und sah sich um.
Der Zugang zum Keller befand sich eine Etage tiefer. Und genau von dort waren schwere Schritte mehrerer Personen zu vernehmen, die sich rasch näherten.
Vier Feuerwehrleute mit schwerer Bergeausrüstung kamen Alon entgegen und zwangen ihn durch ihr dynamisches

Auftreten an den Rand der Treppe, wo er seinen Rücken gegen die Außenwand des Aufzugs presste.
Einer der Männer, er führte die Gruppe an, brummte etwas, das Alon mangels besserer Deutschkenntnisse als Aufforderung interpretierte, einen Zahn zuzulegen.
Mit schnellen, schweren Schritten verschwanden die vier nach draußen und Alon konnte seinen Weg fortsetzen. Zwanzig Stufen trennten ihn noch vom Anblick der aufgebrochenen Kellertür, über die man in weiterer Folge auch in den Bereich mit dem Abgang zum Tiefspeicher gelangte.
Karin nahm die vier Feuerwehrmänner nicht wahr, die aus dem Gebäude kamen. Ihr versteinerter Blick war auf ein Fenster im ersten Stock gerichtet.
Piazza!
Der Italiener hatte sie ebenfalls bemerkt, lächelte sie wie eine Fratze an und ließ es sich nicht nehmen, ihr kurz zuzuwinken. Er hantierte mit irgendeinem durchsichtigen Gefäß, dessen Inhalt Karin aus der Distanz beim besten Willen nicht erkennen konnte.
Das war aber auch gar nicht mehr nötig, denn im nächsten Augenblick flog das unbekannte Etwas quer durchs Zimmer. Es zerschellte an einem der Schränke und ging in einem mächtigen Feuerball auf.
„NEIN!“, brüllte Karin aus vollem Hals und musste mitansehen, wie eine meterhohe Flammenwand einem Vorhang gleich das Nachbarfenster verhüllte. Am anderen Ende des Raums hatte Piazza es entsprechend eilig, diesen zu verlassen
Karins blankes Entsetzen über die Tat raubte ihr jedes Zeitgefühl. Sie konnte nicht sagen, ob es gefühlte Stunden waren oder erlebte Augenblicke, die es dauerte, bis sie ihren Namen hörte.
„Karin!“ Es war Alon, der mit Riesenschritten aus dem Gebäude gestürzt kam. „Karin!“
Wie in Trance streckte sie die Hand nach oben und deutete auf das brennende Zimmer. „Piazza! Der Wahnsinnige zündet das Museum an.“

Alon würdigte die Flammen beim Näherkommen eines flüchtigen Blicks. „Darum müssen sich andere kümmern. Wo sind die vier Feuerwehrmänner hin, die eben hier rausgekommen sind?“
Das Startgeräusch eines kräftigen LKW-Motors nahm die Antwort bereits vorweg. Mit lautem Brummen stieß das Feuerwehrfahrzeug aus seiner Parklücke zurück, um sich in Fluchtposition zu bringen.
Alon zog seine Waffe - allerdings nur, um im selben Moment zur Erkenntnis zu gelangen, dass die Kugeln aus seiner Pistole gegen das schwere Löschfahrzeug mit Drehleiteraufbau nicht die geringste Chance hatten.
„Piazza brennt alles nieder! Sie müssen ihn stoppen, Alon!“
„Ja, genau das erwartet er von mir! Aber zuerst muss ich das Tuch zurückholen. Nur darum geht es ihm bei dieser Ablenkungsaktion!“
„Das Tuch?“
„Gestohlen! Von den falschen Feuerwehrleuten“, erklärte er knapp und sah sich suchend um. „Haben Sie einen Wagen?“ Sein Blick musterte bereits die herumstehenden Feuerwehrautos.
In Karins Kopf überschlugen sich die Gedanken. „Ja!“, erwiderte sie. „Einen Mercedes!“
„Besser als nichts... Wo ist er? Schnell, geben Sie mir die Schlüssel!“, verlangte er mit gehetzter Stimme.
„Der steckt hoffentlich!“ Sie zeigte auf einen weißen Transporter mit zahlreichen Rostflecken. „Er gehört dem Museum.“
„...aber nicht viel besser!“, fluchte Alon und startete los. Vier Pulsschläge später riss er bereits die Fahrertür auf.

***

Ein kühler, grauer Tag in den Südkarpaten neigte sich seinem Ende zu. Bone-X war unterwegs, um für Qians Labor neue Freiwillige einzufangen. Er kaute auf seinem Zahnstocher

herum, während er den rostigen Lieferwagen in Richtung Dorfzentrum steuerte.
Auf dem Beifahrersitz hockte sein Cousin unbestimmten Grades, an dem die Inzucht mehrerer Generationen ihre Spuren hinterlassen hatte. Er gehorchte Bone-X zwar aufs Wort, aber jedes stumpfe Buttermesser hätte einen Vergleich mit seinem Scharfsinn gewonnen.
„Kann ich das diesmal machen?“
„Nein.“
„Warum nicht?“
„Weil es zu gefährlich für dich ist“, brummte Bone-X an seinem Zahnstocher vorbei. Er fand, dass sich diese Erklärung wesentlich besser anhörte als die Wahrheit. Wer wollte schon gesagt bekommen, dass man ihm nicht einmal zutraute, ein Geldkuvert in einer Polizeistation abzugeben?
Bone-X stoppte den Wagen vor einem schäbigen Gebäude. „Du wartest hier.“ Er vergewisserte sich, dass das Geld noch in seiner Gesäßtasche war und stieg aus dem Auto.
Die Treppe zum Eingang bezwang er mit zwei schnellen Schritten, zog die vergitterte Tür auf und stand wenig später im Büro des örtlichen Polizeichefs.
„Ah!“, rief dieser erfreut aus, als er sah, wer ihm da einen Besuch abstattete. „Ist für heute wieder Nebel angesagt?“
„Nebel, Dunst, Nieselregen... such dir was aus.“ Bone-X schüttelte ihm die Hand und nahm Platz. Er hatte nicht vor, lange zu bleiben, aber ein kurzes Gespräch verlangte die Höflichkeit.
„Mir eigentlich egal, solang die Kasse stimmt“, sagte der Polizeichef, der von den Zuwendungen des Labors weit besser leben konnte als von seinem Gehalt. In einem Land, in dem es an die dreißig Ausdrücke für Schmiergeld gab, war man gut beraten, sich nicht zu sehr auf den Staat zu verlassen.
Bone-X holte das Geldkuvert hervor und legte es auf den Schreibtisch.
Die klebrigen Finger des Beamten nahmen es gierig an sich. Dieses seit längerer Zeit erprobte Geschäftsritual führte zu einer umfassenden Seh- und Hörstörung im örtlichen

Polizeiapparat, die umso länger andauerte, je praller das Kuvert gefüllt war.
„Wie läuft die Arbeit bei euch im Dorf?", fragte der Polizeichef beim Nachzählen.
„Könnte besser gehen. Ohne kleine Nebenjobs wie diesen wäre es echt eng mit der Kohle."
„Wem sagst du das? Hier gibt es einfach zu wenig Arbeit für die Leute aus den umliegenden Dörfern. Früher war vieles besser." Er verschloss das Kuvert wieder. „Stimmt genau, besten Dank!"
Bone-X erhob sich.
„Wo seid ihr heute unterwegs?"
„Wir wollen es bei der alten Konservenfabrik versuchen."
„Wirklich?", der Polizeichef klang überrascht und erfreut zugleich. „Auf dem Gelände treiben sich immer wieder Jugendbanden und Penner rum. Eigentlich müsste man euch noch was dafür bezahlen, dass ihr uns diesen Abschaum vom Hals schafft."
„Jugend klingt gut - das deckt sich mit meiner Besorgungsliste."
„Weil's wahr ist!", schimpfte der Polizeichef weiter. „Die machen doch bloß Ärger! Die medizinische Forschung gibt dem Leben dieser Freaks wenigsten noch einen Sinn. Von mir aus könnt ihr sie alle mitnehmen!"
Bone-X gab zu verstehen, dass er genau das vorhatte.
Er nahm Abschied und klemmte sich kurz darauf wieder hinter das Steuer des Lieferwagens.
Der Weg schlängelte sich über eine Serpentinenstraße auf einen dicht bewaldeten Bergrücken, an dessen Westhang sich die Überreste der stillgelegten Konservenfabrik befanden.
Bone-X steuerte eine Waldlichtung an, die er als Treffpunkt mit zwei weiteren Männern vereinbart hatte. Als der Lieferwagen den Treffpunkt erreichte, wartete das schwarze Pferdefuhrwerk bereits.
Mit einem Fernglas beobachtete der Mann auf dem Kutschbock die Ruinen der Fabrik. Die Sicht war immer noch schlecht, obwohl der Nieselregen die Dunstschleier aus der Luft wusch.

Pocke, der Mann neben dem Kutscher, verdankte seinen Spitznamen dem pockennarbigen Gesicht. Er war einer der Ersten gewesen, die Bone-X für sein Menschenjäger-Team angeworben hatte.
Pocke hatte bei der Menschenjagd genauso viele Skrupel wie ein Hammer beim Einschlagen der Nägel. Er sah sich selbst als verantwortungsloses Werkzeug in den Händen eines mächtigen Mannes.
Bone-X und sein Begleiter begrüßten die anderen flüchtig.
„Was tut sich da unten?"
„Schwer einzuschätzen." Der Kutscher ließ das Fernglas sinken. „Wir beobachten das Gelände jetzt schon seit einer guten Stunde, aber ich kann dir noch immer nicht sagen, wie viele da unten wirklich rumlaufen. Bisher habe ich drei gesehen, die zu deiner Bestellliste passen."
„Und den!" Pocke deutete auf die ausgebeulte Abdeckplane, die hinten auf dem Pferdewagen lag.
„Ihr habt schon angefangen?"
„War Zufall", entgegnete der Kutscher gelangweilt. „Er hat uns entdeckt, gleich nachdem wir hier angekommen sind - wollte uns einen Glimmstängel abschnorren, da hat ihn Pocke geschnappt."
Der Genannte zog die Plane ein Stück zur Seite, damit Bone-X einen Blick darunter werfen konnte. Im schwachen Licht waren Alter und Geschlecht zu erkennen, mehr war nicht nötig.
„Pack ihn in den Lieferwagen", befahl Bone-X seinem Cousin und wandte sich wieder dem Kutscher zu. „Fehlen uns noch sieben. Meinst du, dieser Platz wirft so viel ab?"
„Schon möglich, aber mit den Quoten könnten wir ein Problem bekommen. Die meisten Penner da unten sind bestimmt schon über vierzig."
„Wir sind sehr früh dran", beruhigte Bone-X. „Ich habe gehört, dass sich auf dem alten Fabrikgelände gerne Jugendbanden herumtreiben."
„Kann ich bestätigen", vermeldete Pocke.
Der Kutscher sah ihn überrascht an.

„Was ist? Wer glaubst du, hat die Fabrikmauern so mit Graffiti besprüht? Die Penner waren das bestimmt nicht."
„Hast du schon welche gesehen?"
„Noch nicht! Aber meine Schwester hat mir erzählt, dass hier einiges los sein soll."
„Deine Schwester", lachte der Kutscher abfällig. „Bitte sag mir, dass wir noch was Besseres haben als die Empfehlung dieser Schlampe."
Pocke zuckte ungerührt mit den Schultern.
„Haben wir!", bekräftigte Bone-X. „Ich weiß es vom Polizeichef persönlich." Er spuckte seinen Zahnstocher aus, als hätte er gerade eine Entscheidung gefällt. „Einer von uns muss zu Fuß da runter, um die Lage zu erkunden!"
„Zu Fuß? Das sind gute zwei Kilometer quer durch den Wald!", wandte der Kutscher ein. „Der Boden ist nass und ich habe keine Lust, bei diesem Dreckswetter wie eine Wildsau durchs Unterholz zu kriechen."
„Ich auch nicht!", versicherte Pocke rasch. „Da musst du dir schon einen anderen Idioten suchen."
Fast gleichzeitig wanderten die Blicke hinüber zum Lieferwagen, wo der Cousin nicht näher bestimmten Grades noch immer mit der hinteren Tür kämpfte.

***

Mit größter Genugtuung beobachtete Piazza, wie Alon und Karin in den Mercedes-Transporter sprangen und die Verfolgung des Feuerwehrwagens aufnahmen.
Sieht so aus, als trennten sich unsere Wege endlich!
Ein verschlagenes Grinsen huschte über sein Gesicht, als er vom Fenster zurücktrat. *Ihre Versicherung kann sich schon mal auf die nächste Auszahlung vorbereiten.*
Piazza hatte es ausgesprochen eilig, den ersten Stock wieder zu verlassen. Lange würde es nämlich nicht dauern, bis die ersten Feuerwehrleute das Büro stürmten, das Piazza vor Karins Augen in Brand gesteckt hatte.

Und jetzt weg hier! Sein kurzer Auftritt im Obergeschoss verfehlte die gewünschte Wirkung nicht: Die Feuerwehr hatte einen weiteren Brandherd, um den sie sich kümmern musste und Alon Kollek jagte zielstrebig seinem Ende hinterher.
Das Museum war weitläufig genug angelegt, um ins Erdgeschoss zu gelangen, ohne sich den neugierigen Blicken der Brandbekämpfer stellen zu müssen. Lediglich beim Durchqueren der großen Kuppelhalle war Vorsicht geboten, da man sie von allen Etagen aus einsehen konnte.
Piazza bewegte sich so nah wie möglich am äußersten Rand der Haupttreppe, wo ihm die Brüstung etwas Deckung bot.
Zu sehen war niemand, doch von überall drangen Rufe und Laufgeräusche der Feuerwehr in die Halle. Der Italiener war gut beraten, sich leise und vor allem rasch in einen der Nebentrakte zu begeben, und genau das tat er auch.
Zielstrebig suchte er die Schausäle der prähistorischen Abteilung auf, in denen auch das Prunkstück des Museums ausgestellt war. In einem abgedunkelten Separee konnten Besucher durch zehn Zentimeter dickes Panzerglas einen Blick auf die legendäre Venus von Willendorf werfen, die zu Recht als Österreichs bekanntestes Fundstück galt.
Piazza sah sich skeptisch um, ehe er mit seinen beiden Helfern in Kontakt trat. „Seid ihr da?"
„Ja, wir sind hier", antwortete eine kratzige Stimme mit französischem Akzent.
„Nicht so laut!", zischte Piazza und ging auf die beiden Franzosen zu, die sich seit Beginn des Alarms hier versteckt gehalten hatten.
Nichts schien den Dieben geeigneter zu sein, als sich dort aufzuhalten, wo ohnehin schon die höchsten Sicherheitsvorkehrungen herrschten. Funktionsstörungen bei Kameras oder Sensoren waren während eines Großeinsatzes der Feuerwehr keinesfalls ungewöhnlich und so vertraute man im Museum ruhigen Gewissens auf die Unzerstörbarkeit der Tresorvitrine. Angesichts des Brandherds im ersten Stock war ohnehin jeder froh, die Venus hier unten in Sicherheit zu wissen.

„Wir haben uns überlegt, wie wir an sie rankommen“, erklärte einer der Franzosen.
Piazza sah ihn erstaunt an.
„Ich weiß, deshalb sind wir nicht hier, aber während wir uns versteckt haben, ist mir aufgefallen, dass es eine Schwachstelle am Sockel der Vitrine gibt, die wir eventuell...“
„Vergesst den Krempel!“, unterbrach ihn Piazza harsch. „Ihr glaubt doch nicht allen Ernstes, dass hier das Original zu sehen ist? Die echte Venus liegt wohlbehütet in irgendeinem Tresor - vermutlich nicht einmal hier im Haus.“
„Aber...“
„Ihr habt keine Ahnung von diesem Geschäft, oder? Kein Museum leistet es sich noch, so teure Stücke öffentlich zu zeigen. Alles nur perfekt gemachte Plagiate - erkennt doch ohnehin keiner. Und jetzt auf in den Tiefspeicher, bevor jemand unser Ablenkungsmanöver bemerkt.“
Widerwillig ließen die beiden Franzosen von ihrer vermeintlich leichten Beute ab und folgten ihm in Richtung Keller.
„Ich habe dir doch gleich gesagt, dass die nicht echt ist“, brummte der fülligere der beiden auf Französisch.
„Der Typ kann uns viel erzählen. Vor einigen Jahren haben sie im Museum gegenüber einen millionenschweren Pfefferstreuer aus dem Schausaal geklaut. Und der war definitiv echt.“
„Könnt ihr die Diskussion auf später verschieben?“ Piazza bog in den langen Hauptgang des Kellers ein. „Hier unten hört man euer Franzmanngeschwafel nämlich kilometerweit.“
Kurz darauf passierten die Diebe die aufgebrochene Tür, die ursprünglich den Tiefspeicher vom Rest des Kellers abgeschottet hatte.
„Eure Kollegen haben ganze Arbeit geleistet“, bemerkte Piazza mit gedämpfter Stimme.
Nur noch wenige Höhenmeter trennten das Trio vom Untersuchungsraum, und je näher sie Objekt L2471 kamen, desto schneller wurden Piazzas Schritte. „Worauf wartet ihr?“, trieb er seine Begleiter an.
Schließlich war es so weit. Piazzas Augen glänzten, als er das völlig verschmorte Bedienfeld in der Wand vor sich erblickte.

Allem Anschein nach hatte die Sicherheitstür den Eindringlingen erbitterten Widerstand geleistet.
An mehreren Stellen waren Spuren schwerer mechanischer Beanspruchung zu erkennen. Das Stahlblech war durch Dellen und Knicke stark verformt. An einigen Stellen war es sogar eingerissen.
Angesichts der brachialen Überlegenheit schwerer Bergeausrüstung, die gegen sie zum Einsatz gekommen war, hatte die Sicherheitstür nur einen kurzen Aufschub des Unausweichlichen bewirkt.
Jetzt stand sie weit offen. Dort, wo sich vor kurzem noch der Schlossmechanismus befunden hatte, war das Metall zusammengequetscht wie Stanniolpapier.
Piazza stieg über die losen Einzelteile, die beim Aufbrechen der Tür heruntergefallen sein mussten und ging auf den Transportbehälter von Objekt L2471 zu.
Wie fast überall im Keller brannte auch im Untersuchungsraum nur noch die Notbeleuchtung. Diese reichte jedoch völlig für das, was die Diebe vorhatten.
„Helft mir ihn zu öffnen!“ Obwohl der Deckel des Transportbehälters über eine hydraulische Dämpfung verfügte, war einiges an Kraft notwendig, um ihn anzuheben. Erst wenn er ein Stück weit geöffnet war, übernahmen die Öldruckdämpfer sein Gewicht und ließen ihn aufschwingen.
„Na los! Strengt euch gefälligst an für euer Geld!“
Piazza genoss den Anblick von Objekt L2471. Selbst im fahlen Licht der Notbeleuchtung meinte er, ansatzweise die Konturen zu erkennen, die sich tief im Gewebe des Tuchs verbargen.
Höchste Zeit, dich endlich zu jemandem zu bringen, der dein Geheimnis auch zu schätzen weiß!
Er nahm eine Kartonrolle an sich, die ursprünglich als Transportbehälter für Foggs Analysegrafiken gedacht war, öffnete sie und ließ den Inhalt zu Boden fallen. „Sie gestatten doch, werter Kollege?“, murmelte er abschätzig.
Dann zog er sich weiße Stoffhandschuhe über und machte sich ganz sorgfältig daran, das Tuch auf den Karton zu rollen.

Es war essentiell, das antike Tuch keinesfalls zu knicken, da jede mechanische Beanspruchung zum Brechen der feinen Stofffasern führen konnte. Um das darin enthaltene Hologramm nicht zu beschädigen, waren höchste Sorgfalt und Sachverstand geboten, die Piazza bei aller gebotenen Eile auch an den Tag legte.
„Geht das nicht schneller?“, fragte einer der Franzosen und trat ungeduldig auf der Stelle.
„Ja! Wenn du mich einfach in Ruhe meine Arbeit machen lässt.“
Etwa die Hälfte des kostbaren Tuchs war bereits aufgerollt und der Italiener achtete akribisch darauf, dass es keine Falten warf. Für diese Arbeit war ein Fachmann unerlässlich und als genau diesen sah sich Piazza. Er hatte mit dem unteren Ende des Tuchs angefangen, um einerseits ein Gefühl für das Aufrollen zu erhalten, und andererseits den Radius der Rolle zu vergrößern, bis er zum sensiblen Kopfbereich kam. Im Prinzip hätte es gereicht, nur diesen Bereich abzuschneiden und mitzunehmen, da sich das begehrte Hologramm ausschließlich dort befand. Andererseits war das Risiko, den Stoff zu beschädigen, viel zu groß.
„Wie lange noch?“
Piazza rollte die letzten Zentimeter auf. „Ich hab’s gleich.“
Das Tuch war deutlich größer als ein menschlicher Körper, wodurch ein beachtlicher Stoffballen von etwa einem Meter Länge entstanden war. Ihn umwickelte Piazza mit einer Bahn aus hochfestem Gewebe, das Schmutz und Feuchtigkeit gleichermaßen abhalten sollte.
Anschließend band er die überstehenden Enden ab und sicherte die Rolle mit zwei handbreiten Bändern gegen unbeabsichtigtes Öffnen. Auf den ersten Blick sah das langgezogene Bündel in seiner Hand aus wie eine überdimensionierte Campingmatte.
„Fertig!“, gab Piazza bekannt und hielt triumphierend die Beute hoch. „Lasst uns verschwinden! Einer von euch geht voraus, der andere hält uns den Rücken frei.“

Die beiden Franzosen nickten einander zu und öffneten ihre Kamerataschen. Aus einem Zwischenfach holten sie ihre Pistolen hervor, die ihnen sicheres Geleit aus dem Museum garantieren sollten. Jetzt, da die Diebe hatten, weshalb sie gekommen waren, würden sie jeden, der sich ihnen in den Weg stellte, ausnahmslos beiseiteräumen.
Auf dem Weg nach oben grinste Piazza zufrieden bei dem Gedanken daran, dass Alon einfältig genug gewesen war, seinen Köder zu schlucken. Noch immer war er sich nicht sicher, ob der Versicherungsdetektiv sein Angebot mit den fünfzehn Millionen nicht doch ernst gemeint hatte.
Zweifellos war das eine äußerst verlockende Summe, doch vermutlich war die ganze Geschichte ebenso erstunken und erlogen wie der Hinweis, dass Piazzas Auftraggeber eine Kugel für ihn vorbereitet hatte.
Er blickte über die Schulter zurück ins Gesicht des Franzosen.
„Was ist?", fragte der.
„Nichts! Ich dachte nur, ich hätte etwas gehört." *Andererseits schadet es nicht, ein wenig vorsichtig zu sein!* Seine Hand strich über die Pistole, die in einer Speziallasche an der Innenseite seines Hosenbunds steckte. Hier war sie vor neugierigen Blicken geschützt, gleichzeitig aber immer griffbereit, um für alle Eventualitäten vorbereitet zu sein.
Auch wenn keiner der drei Diebe ernsthaft mit Widerstand beim Verlassen des Museums rechnete, war ihren Gesichtern die Anspannung anzusehen, als sie durch das Treppenhaus nach oben stiegen.
Vor allem Piazza empfand diese Spannung, die wie eine dunkle Vorahnung in der Luft hing, mit jeder Stufe bedrohlicher.

***

Bone-X drückte den Lichtknopf seiner Uhr. „Wofür braucht der so lange?"
„Vielleicht hat er sich verlaufen", scherzte der Kutscher und streichelte seine beiden Rappen.

„Zutrauen würd ich's ihm!" Pocke schnitzte mit seinem Messer an einem Ast herum.
Bone-X griff sich das Fernglas und ließ seinen Blick über das Gelände der stillgelegten Konservenfabrik schweifen. Ihren Betrieb hatte man Anfang der 1990er Jahre eingestellt. Die meisten der unzähligen kleinen Fensterscheiben waren längst zerstört.
Viel konnte er in der einsetzenden Dämmerung allerdings nicht erkennen. Eine dichte Wolkendecke verdunkelte den Himmel und ließ die Nacht um einiges früher beginnen. Außerdem war der Nieselregen wieder etwas stärker geworden und beeinträchtigte die Sicht zusätzlich. „Geben wir ihm noch eine Viertelstunde", sagte Bone-X mit säuerlichem Gesicht.
„Das hast du schon vor einer Viertelstunde vorgeschlagen."
„Hast du eine bessere Idee?"
„Ja, die habe ich! Wir fahren da jetzt runter und sammeln ein, was der Doktor uns auf die Liste geschrieben hat. Bei der Gelegenheit können wir deinen Cousin gleich mitnehmen."
„Er ist nicht mein Cousin!"
„Ich würde den auch nicht gerne in meiner Familie haben", murmelte der Kutscher seinen Pferden zu.
„Also gut", stimmte Bone-X schließlich zu. „Ihr beide nehmt das Pferdefuhrwerk und kommt über die Rückseite auf das Gelände. Ich fahre die Hauptstraße hinunter. „Wir ziehen das durch wie immer!"
Die Strategie, die die Menschenjäger verfolgten, war wohldurchdacht und stützte sich auf alte Mythen und Legenden. Qians Schergen nutzten den Aberglauben der Dorfbewohner und setzten bestimmte Symbole ein, um die Leute zu manipulieren und in Angst zu versetzen.
Das unsichtbare Pferdefuhrwerk, mit dem die Menschenjäger auftauchten, war eines davon. Der bloße Klang seiner Hufe ließ die Dorfbewohner erschaudern, obwohl oder gerade weil sie es nie zu Gesicht bekamen.
Bei Tageslicht hätte keiner von ihnen den Anblick des schwarzen Fuhrwerks mit vorgespannten Rappen und dunkel gekleidetem Kutscher als Gefahr oder gar Bedrohung gesehen.

Doch wenn die Finsternis sich über die Dörfer legte und die letzten Schatten verschluckte, entsprang plötzlich jeder Hufschlag dem mystischen Nichts, das die Menschen schon seit Urzeiten fürchteten.
Wie kein anderer verstanden es Qians Leute, die Symbolik alter Legenden für ihre Zwecke einzusetzen.
Das Pferdefuhrwerk näherte sich der Rückseite der Fabrikruine.
„Fahr hier auf und ab, damit man dich gut hört. Ich seh mich mal um, ob ich seinen bescheuerten Cousin irgendwo finde." Pocke sprang vom Kutschbock und lief auf das Gelände zu.
Von der einstigen Einzäunung war nicht mehr viel übrig. Nur noch vereinzelt ragten Eisenstangen aus dem Boden, an denen der rostige Maschendraht in Fetzen herunterhing. Die Flächen, die beim Bau der Fabrik großzügig gerodet und zubetoniert worden waren, holte sich der Wald Jahr für Jahr weiter zurück.
Pocke wich den herumliegenden Zaunstücken großzügig aus. Obwohl er seine ganz eigene Jagdtechnik entwickelt hatte, sah es so aus, als würde ihm der Zufall in dieser Nacht ein weiteres Opfer bescheren. *Da kommt jemand!*
Wie versteinert blieb er stehen, um die Richtung zu orten. Das Gelände bot genug Versteckmöglichkeiten, sofern man abschätzen konnte, woher die Gefahr drohte. Die in Lumpen gekleidete Gestalt, die ihrem Jäger geradewegs in die Arme lief, konnte das ganz offensichtlich nicht.
Pocke hatte im Schatten einer Mauer Deckung gefunden und tastete nach dem Messer an seinem Gürtel. Er war es gewohnt, seiner Beute nachzustellen und sich im richtigen Moment von hinten auf sie zu stürzen. Situationen, die nicht in sein Schema passten, sorgten bei ihm für eine gewisse Nervosität. *Er hat mich nicht gesehen.*
Der ahnungslose Mann war bis auf wenige Meter an Pocke herangekommen und stellte sich breitbeinig vor einen Mauerrest. Er öffnete den Reißverschluss seiner Hose. Gleich darauf war ein leises Plätschern zu vernehmen.
Pockes Finger lösten sich wieder vom Messergriff und tasteten nach der Gaspistole, von denen jeder Menschenjäger eine bei

sich trug. Sie waren mit kleinen Betäubungspfeilen bestückt, deren Reservoir mehr als großzügig befüllt war. Das Sedativum wirkte selbst bei bärigen Typen auf der Stelle.
Wenn die Opfer später im Labor erwachten, hatten sie den schlimmsten Teil der Tortur zumeist schon hinter sich - ihr Leben allerdings auch.
Auch Bone-X hatte sein Ziel erreicht. Er verstand sich nicht nur als Anführer der Menschenjäger, sondern war auch der Sammler im Team.
Immer wieder schafften es Dorfbewohner auf ihrer überstürzten Flucht vor dem Pferdefuhrwerk bis zu seinem Lieferwagen. Damit ersparten sie den Jägern eine Menge Arbeit, denn nichts war mühsamer, als die betäubten Körper zum Wagen zu schleppen.
Bone-X hatte seine Betäubungspistole griffbereit und kaute erwartungsvoll auf seinem nächsten Zahnstocher herum. *Vielleicht haben sie wieder Drogen oder gestohlene Handys dabei.*
Die Jagd auf Jugendbanden hatte einen Nachteil, dem zwei Vorteile gegenüberstanden. Einerseits waren die Jugendlichen dem Aberglauben längst nicht mehr so verhaftetet wie die älteren Dorfbewohner, was den Aufwand des Einsammelns mitunter deutlich erhöhte. Andererseits ließen sich für sie deutlich bessere Preise erzielen und gelegentlich hatten sie auch Elektronik oder Drogen dabei, die die Menschenjäger gewinnbringend verwerten konnten.
Bone-X fand es besser, nicht unmittelbar beim Lieferwagen zu warten. Stattdessen bewegte er sich auf eine Reihe freistehender Betonsäulen zu, die man einst als Unterbau für eine weitere Produktionshalle errichtet hatte. Dann war allerdings die Revolution über das Land hereingebrochen und infolge der Kürzung staatlicher Mittel war das Aus für die Konservenfabrik vorprogrammiert gewesen.
Jetzt wuchs aus den Rissen im Fundament kniehoch das Gestrüpp, dessen Umrisse sich als dunkle Flecken vom Beton abhoben.

Was war das? Bone-X stutzte. Er meinte, ein Winseln gehört zu haben. Das Geräusch war nur sehr leise, aber es drang in unregelmäßigen Abständen zwischen den Säulen hervor. *Da ist es wieder!* Instinktiv richtete er die Waffe darauf. *Klingt wie ein verletztes Tier.*

Es war nicht ungewöhnlich, dass Tiere in Fallen verendeten, die von Wilderern aufgestellt worden waren. Bone-X hatte selbst schon Wölfe gefunden, die ihre eingeklemmten Pfoten abgebissen hatten, um freizukommen.

Je näher er dem Ursprung des Geräuschs kam, desto weniger glaubte er allerdings, einen Wolf vor sich zu haben. Überhaupt klang das, was da an seine Ohren drang, jetzt mehr nach einem Stöhnen.

Noch war im schwachen Streulicht der Nacht nichts zu erkennen, doch Bone-X richtete die Waffe wie einen Suchscheinwerfer aus.

Er konnte schweres Atmen hören. *Das ist kein Tier!*

Wenige Schritte von ihm entfernt sah er jemanden auf dem Boden.

„Hilf... mir...“, ächzte eine Stimme, die ihm trotz ihres gequälten Tonfalls erschreckend vertraut war. Sie gehörte seinem Cousin, der zusammengekrümmt im Dreck lag.

„Was zum Teufel...“ Bone-X wich zurück und richtete seine Waffe so bestimmt in die Nacht, als wollte er sich gegen die Dunkelheit an sich verteidigen. „Was ist passiert?“, flüsterte er.

„Bone-X“, hauchte der Cousin. „Hilf mir...“ Seine Stimme klang so kraftlos und zittrig, als wäre er ein Geist. Das mochte zum überwiegenden Teil an dem Holzpflock liegen, den man ihm in die Brust gerammt hatte. Mit beiden Händen hielt er ihn fest umklammert, als hätte er Angst davor loszulassen.

***

Aus einigen hundert Metern Entfernung verfolgten zwei Ordnungshüter aus ihrem Auto das Geschehen rund ums Naturhistorische Museum.

„Ganz schön was los da drüben!" Die Worte des Polizisten waren durch das Stück Leberkässemmel in seinem Mund etwas schwer verständlich.
„Aber echt." Sein Kollege, der lässig auf dem Fahrersitz lungerte, hatte seinen Blick ebenfalls auf das Naturhistorische Museum gerichtet.
Die beiden Polizisten bewachten mit ihrem Smart die Auffahrtsrampe zum österreichischen Parlament. Schon seit dem Vormittag lief die Klimaanlage ihres Wagens ohne Unterbrechung und mit ebensolchem Erfolg. Jetzt, am frühen Abend, war das Stimmungstief der Uniformierten an seinem Höhepunkt angelangt.
„Ich bin ja nur froh, dass wir da jetzt nicht rüber müssen", nuschelte der Semmelesser beim Hinunterschlucken.
„Ich auch, das kannst du mir glauben."
Beide logen bei ihren Aussagen und beide wussten es.
Ihre Realitätsverweigerung war Teil der beinharten Überlebensstrategie, die ihnen der Job abverlangte. Es bedurfte schon einer Empfehlung von oberster Stelle, um vor dem Parlament Dienst tun zu dürfen.
Der Semmelesser war dafür ausgewählt worden, weil er einen guten Freund eines Ministers wegen Schnellfahrens angezeigt hatte. Der zweite Smartpilot hatte es dagegen vom ersten Tag an vorgezogen, über die Gründe für seine Versetzung zu schweigen. Es gab zwar Gerüchte in die eine oder andere Richtung, aber die gab es über jeden, der zu den Touristenclowns gehörte, wie die Smartbesatzung von ihren Kollegen liebevoll genannt wurde.
„Das waren heute bestimmt schon an die zehn Feuerwehrautos."
„Geh! Das waren schon viel mehr!"
Man merkte ihren Dialogen die drückende Hitze der letzten Tage an.
„Du, ich glaub, da drüben tut sich wieder was!" Der Semmelesser verschluckte sich fast beim Vermelden der Neuigkeit.
„Tatsächlich!"

Beide starrten gespannt auf das Feuerwehrauto, das im Höllentempo aus dem Museum gerast kam.
„Das ist zu knapp!“, schrie Karin und sah die Ausfahrtsschranke rasch näherkommen. Die war zwar geöffnet, doch der Portier stand fassungslos daneben und blickte dem Einsatzwagen nach.
„Ist es nicht!“ Alon riss den Schalthebel vom ersten in den zweiten Gang. „Die anderen haben einen viel größeren Wagen und sind auch durchgekommen.“
„Denen lief aber keiner vors Auto!“
Alon presste seinen Handballen so fest auf das Lenkrad, als wollte er den Portier nur durch den Schalldruck der Hupe aus dem Weg pusten.
Karin bekreuzigte sich, der Portier sprang zur Seite und Alon verfluchte den Mercedes, weil dieser keine Handbremse hatte.
Es verlangte ihm einiges an Zehenspitzengefühl ab, den untermotorisierten Kleintransporter durch kontrollierte Lastwechsel um die Kurve driften zu lassen.
Kaum hatte Alon das schleudernde Heck wieder eingefangen, ließ er den Motor aufheulen. „Halten Sie sich gut fest!“, wies er seine Beifahrerin an. „Es könnte sein, dass die Fahrt etwas holprig wird.“
Das Feuerwehrauto hatte nur ein wenig Vorsprung. Erwartungsgemäß fuhr es aber mit Blaulicht und Sirene.
So holen wir sie nie ein!
Die Ringstraße war in diesem Bereich fünfspurig, wobei der innere und der äußere Fahrstreifen für die Straßenbahn reserviert waren. Der gesamte Ring galt zudem als Einbahnstraße und so waren vier der fünf Spuren nur in eine Richtung zu befahren. Lediglich die ganz linke Spur erlaubte es den Zügen der Wiener Linien, gegen den Ring zu fahren.
„Wäre ich nur nie eingestiegen!“, entfuhr es Karin, die das imaginäre Bremspedal auf der Beifahrerseite voll durchtrat, während Alon angesichts der Bremslichter vor ihm munter weiterbeschleunigte.
„Der bremst!“, kreischte sie.

„Klar, der hat es auch nicht so eilig wie wir." Alon riss beherzt am Lenkrad und der alte Transporter schlug einen Haken auf die linke Spur.
Abgesehen von einigen Touristenbussen verstopfte nur der allabendliche Berufsverkehr die Straße und so war es leicht, den alles überragenden Feuerwehrwagen im Auge zu behalten.
Als das nächste Auto vor Alon abbremste, wechselte er um einen weiteren Fahrstreifen nach links, selbstverständlich ohne zu bremsen.
„Sie können hier nicht fahren!"
„Das sehe ich anders." Er gab weiter Gas.
„Diese Spur ist für die Straßenbahn reserviert."
„Ich bezweifle, dass die uns einholen wird."
„Natürlich nicht! Die fährt nämlich gegen den Ring und kommt uns bestimmt gleich entgegen!"
„Gut." Alon klang entspannt. „Dann sehen wir sie in jedem Fall rechtzeitig."
„Das ist keine gute Idee, Alon", beschwor sie ihn. „Hier gibt es nämlich auch..."
Linksabbieger! Alon hatte den Wagen rechts von ihm fast schon zu spät bemerkt. Völlig unangekündigt zog der nach links und schnitt ihm dadurch den Weg ab.
Karin krallte ihre Finger in den verschlissenen Kunstledersitz und hielt den Atem an.
Alons blitzschnelle Blicke wechselten zwischen dem quer zur Fahrbahn fahrenden Hindernis und den Alleebäumen, die den Ring von Gehsteig und Nebenfahrbahn trennten.
„Festhalten!" Einen Linksabbieger links zu überholen, war selbst für Alons Verhältnisse außergewöhnlich. Er musste so großräumig ausweichen, dass es schließlich unmöglich wurde, den Transporter noch vor dem Ende der Querstraße wieder zurück auf die Ringstraße zu bringen.
Als wäre es für ihn das Selbstverständlichste auf der Welt, schleuderte er quer über den Gehsteig am Abgang zur U-Bahn Station vorbei.
Der Feuerwehrwagen hatte inzwischen das Aufholmanöver seines Verfolgers bemerkt und war auf die

Straßenbahnschienen gewechselt, um ebenfalls schneller voranzukommen.
Ein Stück hinter der U-Bahn-Station mündete die Nebenfahrbahn in den Ring. Alon hatte das Gaspedal wieder voll durchgetreten und holte rasch auf. Aus dem Augenwinkel erkannte er bereits das Parlamentsgebäude, das links vor ihm auftauchte.
Weniger als drei Fahrzeuglängen fehlten ihm noch auf das Feuerwehrauto. *Das könnte klappen... Das wird klappen!*
„Was haben Sie vor?" Karin hätte sich die Frage genauso gut sparen können, denn die Antwort war offensichtlich.
In flachem Winkel raste Alon aus der Nebenfahrbahn auf das Heck des Fluchtfahrzeugs zu. „Das ist wie Billardspielen!", rief er ihr noch zu und touchierte im selben Moment auch schon die linke hintere Ecke seines Gegners.
Obwohl das Feuerwehrauto deutlich schwerer war, übertrug sich der exakt platzierte Impuls auf dessen Hinterachse und riss sie mit. Der lange Radstand und die enorme Hebelwirkung trugen das ihre dazu bei, dass das Fluchtfahrzeug ins Schleudern kam. Das Heck brach nach rechts aus und verlangte sofortiges Gegenlenken.
Alon hatte seinerseits zu tun, den Mercedes in der Spur zu halten. Neben ein paar kräftigen Dellen rechts vorne hatte offensichtlich auch die Radaufhängung ein wenig abbekommen. Anders war das Ziehen in der Lenkung nicht zu erklären. Alon hielt dagegen und schaffte es durch dosiertes Bremsen, den Kleintransporter zu stabilisieren.
Für den Fahrer des Feuerwehrautos sah es dagegen nicht ganz so gut aus. Sein Fahrzeug hatte sich fast völlig quergestellt, sodass die Front in Richtung Parlament zeigte.
Die Zwillingsreifen an der Hinterachse radierten quietschend über den heißen Asphalt. Im Führerhaus hing der Fahrer mit seinem ganzen Gewicht in den Lenkradspeichen und konnte nur mehr beten, dass die Reifen noch rechtzeitig Grip aufbauen würden.
Als er schon alle Hoffnung aufgegeben hatte, traf das Heck gegen einen der kleinen Betonquader, die als Abgrenzung des

Parlamentsvorplatzes zum Ring gedacht waren. Ein lauter Knall riss den Würfel aus seiner Verankerung und schoss ihn wie einen perfekt getretenen Elfmeter quer über den Platz.
Die Dynamik, die das Löschfahrzeug dabei abbaute, reichte den Reifen aus, um plötzlich wieder Bodenhaftung zu bekommen.
Vor der Parlamentsrampe verfolgten die beiden Polizisten im Smart das Geschehen. Bei dem Anblick fühlten sie sich unwillkürlich an ein Schiff erinnert, das bei voller Fahrt den Anker warf. Ruckartig wurde das Heck in die Gegenrichtung gerissen und raste wie eine tollwütige Hauswand auf den Smart zu.
„Mach was!“, brüllte der mit der Semmel.
„Was?“
„Irgendwas!“
Der Fahrer des Feuerwehrautos kurbelte an dem Lenkrad um sein Leben, während das Hinterteil seines Wagens auf die Parlamentstreppe zuraste.
Einer der Polizisten schaffte es noch irgendwie, Blaulicht und Sirene einzuschalten. Sein Beifahrer ließ die Semmel fallen.
Das tonnenschwere Heck traf den viel zu kleinen Smart mit voller Härte und verhalf ihm dazu, Parlamentsgeschichte zu schreiben.
Nie zuvor war ein Fahrzeug mit vergleichbarer Geschwindigkeit die Rampe hochgejagt gekommen. Erst recht nicht mit den Bremslichtern voran.
Selbst die legendärsten Temporekorde großer Regierungschefs waren damit eingestellt.
Durch den neuerlichen Anprall hatte die Pendelbewegung des Feuerwehrautos weiter an Dynamik verloren und damit auch die Chancen für den Fahrer verbessert. Noch zweimal musste er gegenlenken, dann hatte er den Löschwagen wieder unter Kontrolle.
Alon ließ sich zu einem anerkennenden Pfiff hinreißen, wohingegen Karin fassungslos aus dem Fenster starrte.

***

Für ihre Flucht aus dem Naturhistorischen Museum hatten Piazza und die beiden Franzosen einen ganz besonderen Weg gewählt. Der Tiefspeicher verfügte über seinen eigenen Notausstieg, der für blitzschnelle Evakuierungen vorgesehen war, wenn beispielsweise giftiges Gas aus den eingelagerten Präparaten entweichen sollte.
Der Vorteil dieses Notausstiegs lag für die drei Diebe vor allem darin, dass sie nicht erst zurück durchs Museum laufen mussten, was Zeit sparte und zusätzlich das Risiko minimierte, doch noch entdeckt zu werden.
„Bist du sicher, dass wir hier rauskommen?“, fragte der Franzose, der voranging. „Dieser Gang war auf meinem Grundrissplan nicht eingezeichnet.“
„Natürlich ist er nicht eingezeichnet. Wer ist schon so blöd und hängt geheime Notausstiege an die große Glocke. Es sind nur noch wenige Meter, dann gelangen wir zu einer Abzweigung und dort halten wir uns rechts, bis wir die Ausstiegsluke sehen.“
„Und wie willst du die aufbekommen?“
„Einfach aufreißen! Notausgänge sind immer unverschlossen. Das verlangt die Bürokratie.“ Er lachte überlegen.
„Geht dann nicht auch der Alarm los?“, fragte der Franzose, der hinter Piazza ging.
„Und wen soll das kümmern? Die haben im Moment ganz andere Sorgen als ein weiteres Lämpchen auf ihren Kontrollmonitoren. Außerdem habe ich nicht vor, stehenzubleiben und abzuwarten, bis der Wachdienst jemanden vorbeischickt. Wir reißen die Luke auf und verschwinden!“
„Das da vorne muss sie sein“, bestätigte der Franzose an der Spitze. Beim Näherkommen machten sich allerdings erste Zweifel an seiner Entdeckung breit.
„Was ist? Worauf wartest du?“, reagierte Piazza auf das Zögern des Vordermanns.
„Hast du nicht gesagt, dass der Ausstieg unversperrt ist?“ Seine Hand zeigte auf eine großgliedrige Kette mit Vorhängeschloss. „Ich glaube nicht, dass wir hier weiterkommen.“

„Das kann nicht sein!“ Piazza schob den Mann zur Seite und rüttelte ungläubig an der Kette. „Unmöglich“, murmelte er. „Die war vor einer Woche noch nicht hier.“
„Das mag sein, hilft uns aber jetzt nicht weiter“, sagte der zweite Franzose in vorwurfsvollem Ton. „Lasst uns das Ding einfach aufschießen und dann nichts wie raus hier!“
Piazza drehte sich zu ihm um. „Ich glaube nicht, dass das eine gute Idee...“
Das plötzliche Krachen einer Pistole ließ seine Bedenken verstummen. Ohne Vorwarnung hatte der Mann an der Spitze seine Waffe auf den Bügel des Vorhängeschlosses abgefeuert. Sekundenbruchteile später jagte ein pfeifender Querschläger durch den engen Gang.
Geistesgegenwärtig zogen alle die Köpfe ein, während die Kugel wie in einem Flipperautomaten zwischen den Wänden hin und her sauste, bis sie schließlich irgendwo im Mauerwerk verreckte.
„Bist du völlig irre?“, fuhr Piazza den Schützen an.
„Merde!“, fluchte der Franzose und ließ ernüchtert seine Pistole sinken. „Das Schloss hat nicht mal einen Kratzer abbekommen.“
„Natürlich nicht! Das ist wahrscheinlich irgendein speziell gehärteter Sicherheitsstahl.“ Piazzas scharfer Blick sprach Bände. *Schwachkopf!*
„Was machen wir jetzt?“
Piazza wies die beiden an zu schweigen. „Ich muss nachdenken.“
Es gab nur einen Namen, den er mit dieser unangenehmen Wendung in Zusammenhang brachte. Und wenn dieser jemand tatsächlich für den vereitelten Fluchtversuch verantwortlich zeichnete, war das vermutlich auch nicht die letzte Überraschung auf dem Weg nach draußen. Die alles entscheidende Frage war nun, ob Alon einfach nur prophylaktisch alle Sicherheitsvorkehrungen verschärft hatte, oder ob er ganz gezielt zu Werke gegangen war, weil er Piazzas Plan durchschaut hatte.
„Was ist jetzt?“, drängte der Franzose.

Der Italiener riss noch einmal an der Kette, als wollte er seine Wut daran auslassen. „Was soll schon sein?“, fauchte er giftig. „Wir müssen zurück und den langen Weg durch den Innenhof nehmen. Du gehst wieder voran!“
Der Angesprochene ließ sich nicht lange bitten. Keine Sekunde länger als unbedingt notwendig wollte er hier unten verbringen. Die Enge des alten Mauerwerks, gepaart mit der abgestandenen Luft trieb die Tuchdiebe zum Laufschritt an.
Piazzas üble Vorahnung baute sich weiter auf, je näher sie dem Ausgang kamen. *Ist es möglich, dass Alon von Anfang an gewusst hat, was ich vorhatte? Aber warum ist er dann auf den Köder mit dem Feuerwehrfahrzeug hereingefallen? Es sei denn...*
Der vorauslaufende Franzose stoppte abrupt vor einer Gabelung und streckte seinen Arm zurück, um die anderen am Weitergehen zu hindern.
„Was ist?“ Piazza hatte keine Möglichkeit, aus seiner Position den Quergang einzusehen.
„Wir bekommen Besuch“, flüsterte der Franzose und trat einen Schritt zurück.
„Wer? Wie viele?“
„Mindestens einer“, erwiderte er. „Mehr kann ich auch noch nicht sagen. Aber da vorne hat sich definitiv etwas bewegt.“
„Abknallen“, befahl Piazza. „für alles andere haben wir keine Zeit.“
Der Franzose schob vorsichtig seinen Kopf um die Ecke. „Es ist nichts mehr zu sehen. Alles ruhig.“
„Vielleicht war es nur einer von der Feuerwehr, der falsch abgebogen ist.“
„Möglich. Wir müssen trotzdem vorsichtig sein.“
Keiner wollte dem Italiener widersprechen.
„Was ist, wenn wir den linken Weg nehmen?“
„Der führt uns zurück in die Schausäle. Dann müssten wir durch den Haupteingang raus. Mit dem Tuch in der Hand wäre das glatter Selbstmord. Wir sollten sehen, dass wir zu den Büros kommen und dort durch ein Fenster auf der Rückseite verschwinden.“

„Dann also rechts herum." Der Franzose hielt die Pistole fest umklammert und trat in den Quergang. Alles wirkte ruhig und verlassen. „Die Luft ist rein. Wir können weiter."
Piazza und der andere folgten in geringem Abstand. „Denk dran, dass wir zuerst schießen und dann fragen."
Der Vorausgehende hob seine Pistole an und zielte mit dem Lauf den leeren Gang hinunter.
„Geh schneller", machte sein Landsmann, der sich immer wieder nervös umdrehte und zurückblickte, von hinten Druck.
Piazza klemmte das Tuch unter den anderen Arm und wischte seine feuchte Hand in der Hose ab. *Verfluchte Hitze!* „Wir müssen..."
Ohne jede Vorwarnung knallte ein Schuss.
Piazza und der Mann hinter ihm warfen sich sofort zu Boden und richteten ihre Waffen ins Nichts.
Der Franzose an der Spitze feuerte indessen weiter Kugeln auf den Schatten ab, den er am Ende des Gangs ausgemacht hatte. Die Donnerschläge rasten wie Explosionen durch den Untergrund und hallten mehrfach wider. Erst nachdem das Magazin leergefeuert war, verlief sich das Echo zwischen den alten Mauern. Dichter Pulverqualm lag in der Luft.
Piazza, der seinen kostbaren Schatz noch immer fest umklammert hielt, rappelte sich wieder auf. „Was hast du gesehen?"
„Kann ich nicht genau sagen. Es war nur ein Schatten... ziemlich groß... wie von einem Tier."
„Ein Tier? Was für ein Tier?"
„Frag mich was Leichteres. Vielleicht ein Bär."
„Ein Bär? Hier im Keller?" Sein Landsmann ließ durchklingen, wie absurd er die Vorstellung fand.
„Was weiß ich. Auf jeden Fall habe ich ihm genug Blei in den Bauch gepumpt, dass er es bestimmt nicht mehr zurück in seinen Wald schafft."
„Wo ist er?", fragte Piazza.
„Um die Ecke gekippt."
„Geh nachsehen", wies er den Mann hinter ihm an.
„Wieso ich? Ist doch sein Bär!"

„Weil ich es so sage."
„Merde!" Er richtete seine Waffe aus und stapfte den gut fünfzig Meter langen Gang hinunter.
„Und du, lad inzwischen deine Waffe nach!"
Wortlos kam der Schütze der Aufforderung nach.
Wertvolle Sekunden verstrichen, bis der andere Franzose die Ecke erreichte.
„Was ist? Siehst du schon etwas?", wollte Piazza wissen.
„Ja!" rief er zurück. „Einen toten Bären!" Er kniete sich hin und betrachtete den am Boden liegenden Bären, der von Kugeln regelrecht durchsiebt worden war. Aus den Einschusslöchern quoll allerdings kein Blut, sondern gelber Schaumstoff.
„Brumm!", hörte er eine tiefe Stimme vor sich.
Erschrocken blickte er auf und im selben Augenblick traf ihn die Erkenntnis in Form eines Projektils genau zwischen die Augen. Wie in Zeitlupe kippte er nach hinten um und war ein Teil der Geschichte, noch ehe sein Kopf auf dem Steinboden aufschlug.
Während Piazza und der Franzose noch gerätselt hatten, was ihr Kollege gemeint haben könnte, war dieser nahezu zeitgleich mit dem Schuss zu Boden gefallen.
In einer ersten Panikreaktion feuerte der Franzose ein paar Schüsse den Gang hinunter.
„Hör sofort auf!", brüllte Piazza. „Wir müssen hier weg!"
Eine Ansicht, der sich der Franzose vorbehaltlos anschloss. Allerdings nicht, ohne beim Davonrennen weitere Schüsse abzugeben, um sich den Rücken freizuhalten.
Tausend Gedanken gingen Piazza durch den Kopf, während die beiden denselben Weg zurückstürmten, den sie gekommen waren.
Das Schlimmste für den Italiener war, nicht zu wissen, mit welchem Gegner er es zu tun hatte. Alon konnte unmöglich an zwei Orten gleichzeitig sein - schließlich hatte er ihn doch selbst mit dem Transporter davonrasen sehen. Aber wenn der israelische Versicherungsschnüffler ausschied, wer hatte dann

gerade den Franzosen mit einem gezielten Kopfschuss hingerichtet?

***

Pocke zog die Spritze aus dem Hals seines Opfers und machte sich daran, den Mann zum Pferdefuhrwerk zu schaffen. Vor lauter Anspannung war ihm bisher gar nicht aufgefallen, dass das Klappern der Hufe verstummt war.
Verdammt schwer, der Kerl! Geschätzte zwei Minuten Gehzeit lagen vor ihm, was aber nicht an der Entfernung lag, sondern an dem Umweg, den er wegen des Zusatzgewichts auf seinen Schultern zu nehmen hatte. Zu groß war das Risiko, über eines der rostigen Drahtgitter zu stolpern, die an vielen Stellen wie Lanzen aus dem Boden ragten.
Ohne es mit Sicherheit zu wissen, hatte Pocke sich einen der schwersten Obdachlosen ausgesucht, die in jener Nacht zugegen waren und so verwandelte sich sein Rückweg in die längsten zwei Minuten seines Lebens.
Fast hatte er die Stelle erreicht, an der er das Pferdefuhrwerk vermutete, da hörte er plötzlich Stimmen. Ohne zu zögern ließ er seine Last fast lautlos zu Boden gleiten und duckte sich daneben zwischen das kniehohe Gestrüpp.
„...ein für alle Mal!“, tönte eine männliche, sehr junge Stimme.
Pocke war für den Moment viel zu sehr damit beschäftigt, nicht entdeckt zu werden, als dass er sich seinen genauen Überblick über das Angebot an Freiwilligen verschaffen konnte. Seinem ersten Eindruck nach zu urteilen, mussten es drei, vielleicht sogar vier Männer sein, die wenige Meter neben ihm vorbeigingen.
Ganz ruhig, befahl er sich und atmete so flach wie möglich. Sein persönlicher Rekord lag bei drei Freiwilligen auf einen Streich. Mehr ließ die Betäubungspistole auch nicht zu, weil ihr Magazin nur drei Pfeile fasste. *Ich habe nicht nachgeladen!*
Die Stimmen senkten sich - entfernten sich.
Vorsichtig hob er seinen Kopf an. *Sie sind zu dritt.* Hätte er nicht bereits einen Schuss an den Ballast verschwendet, der

neben ihm auf dem Boden lag, wären die drei Jugendlichen nicht weit gekommen. So konnte ihnen Pocke nur nachblicken und sich auf später vertrösten. Zumindest wusste er jetzt, dass seine Schwester Recht gehabt hatte.
Der Doktor müsste uns eigentlich nach Gewicht bezahlen. Er lud sich den Obdachlosen wieder auf die Schultern und schleppte ihn weiter zum Pferdefuhrwerk. In Gedanken füllte er bereits ein Magazin auf und folgte dem Pfad, den die Jugendlichen eingeschlagen hatten.
Als er zu der Stelle kam, an der er den Kutscher vermutete, musste er sich ordentlich anstrengen, etwas in der verwässerten Nacht auszumachen. Ohne den Lärm der klappernden Hufe blieb Pocke nichts anderes übrig, als den Platz hinter der Fabrik systematisch abzulaufen.
Warum fährt er nicht auf und ab, wie wir es vereinbart hatten?
Eher zufällig hörte er eines der Pferde schnauben.
Schließlich beim Gespann angekommen, war seine Verwunderung umso größer, dass vom Kutscher selbst jede Spur fehlte.
Pocke wuchtete sein Mitbringsel auf die Ladefläche und rief den Namen des Kutschers halblaut ins Dunkel. „Wo steckst du?“
Bone-X war unterdessen zum Lieferwagen zurückgerannt. Er musste kein Mediziner sein, um zu wissen, dass jeder Gedanke an die Zukunft seines Cousins verschwendete Zeit war. Viel wichtiger schien es ihm jetzt, mit den anderen beiden aus seinem Team in Kontakt zu treten, denn irgendetwas lief gehörig schief.
Ein greller Blitz gefolgt von einem nicht mehr weit entfernten Donnerschlag kündigte an, dass es nicht beim Nieselregen bleiben würde. *Wir brechen ab!*
Bone-X sah sich noch einmal um und sprang in den Wagen. Von einer bösen Vorahnung getrieben, verriegelte er die Tür und wählte die Handynummer des Kutschers.
„Na los, geh schon ran!“

Nach fünfmaligem Läuten landete er in der Mailbox. Ohne eine Nachricht zu hinterlassen, legte er auf und versuchte es bei Pocke. Hier meldete sich die Mailbox sofort.
„Verdammt!“ Er schlug wütend mit den Händen gegen das Lenkrad. Dann versuchte er es noch einmal mit der Nummer des Kutschers.
Die ersten schweren Regentropfen klatschten gegen die Windschutzscheibe. Noch war es relativ still, doch das Unwetter stand parat, um der Ruhe ein stürmisches Ende zu bereiten.
„Mailbox!“ Bone-X warf das Handy genervt auf den Beifahrersitz.
Sein größtes Problem sah er darin, dass er mit dem Wagen nicht unbeschadet durch das Fabrikgelände kommen würde. Zu viele umgestürzte Mauern, Gestrüpp und Zaunreste versperrten den direkten Weg zur Rückseite.
Um zu seinen Männern zu gelangen, musste er den ganzen Weg bis zum letzten Treffpunkt zurückfahren, da sich erst dort eine Abzweigung befand. Die einzige Alternative bestand darin, zu Fuß quer durch die Fabrik zu laufen - und das war keine.
Er steckte den Schlüssel ins Zündschloss und startete den Motor. Zumindest hatte er das vorgehabt.
Jetzt spring schon an! Der Starter drehte sich zwar, doch der Motor ließ sich bitten.
Ein stark verästelter Blitz zuckte über die Fabrik. Der unmittelbar darauffolgende Donnerknall ließ die Scheiben des Lieferwagens erzittern. Fast zeitgleich öffnete der Himmel seine Schleusen und der schwere Regen trommelte wie tausend kleine Fäuste gegen das Blechdach.
Bone-X drückte das Gaspedal zur Hälfte durch und drehte den Zündschlüssel erneut um. Spotzend und blubbernd meldete sich der Motor zurück. „Na, also!“
Er gab ein paar Mal ordentlich Gas und jagte den Drehzahlmesser bis in den roten Bereich. Erst als er sich sicher sein konnte, dass der Wagen die Leerlaufdrehzahl hielt, ließ er nach.

Draußen fiel der Regen in so dichten Schlieren, dass die Scheibenwischer selbst auf der höchsten Stufe keine erkennbare Wirkung zeigten. Sogar das Licht der Scheinwerfer versank nach wenigen Metern in den Himmelsströmen. *Jetzt möchte ich nicht auf dem Kutschbock sitzen.*
Bone-X blickte hinüber zum Handy, dessen Tasten sich im selben Augenblick erhellten.
Pocke leuchtete auf dem Display auf und dann war auch schon das Läuten zu hören.
„Wurde aber auch Zeit!“ Er griff nach dem Telefon und nahm den Anruf entgegen. Durch das blecherne Trommeln des Regens auf dem Autodach konnte er so gut wie nichts verstehen. „Wir haben hier mächtig Ärger, Pocke! Was ist bei euch los?“
Die Antwort war völlig unverständlich.
„Hörst du mich? Wir brechen ab!“
Als er das Telefon näher an sein Ohr hielt, meinte er ein gehetztes Schnaufen zu hören. „Pocke?“ Es klang, als würde jemand durch den Regen rennen.
„Pocke! Melde dich!“
Bone-X aktivierte die Freisprechfunktion und drehte den Lautstärkenregler auf Maximum. Das Keuchen war jetzt deutlicher.
„Pocke!“
Es folgte ein dumpfes Klatschen, als wäre das Telefon samt seinem Besitzer auf der nassen Erde gelandet.
„Was zum Teufel ist bei euch...“
Weiter kam er nicht. Ein markerschütternder Schrei drang aus dem Lautsprecher und ließ Bone-X das Blut in den Adern gefrieren. Nicht etwa, weil er sich um Pocke sorgte, sondern weil der Schrei viel zu laut gewesen war, um nur allein aus dem Lautsprecher gekommen zu sein.
„Pocke?“
Wie zur Antwort knallte ein Handy gegen die Windschutzscheibe und zersprang in seine Einzelteile. Im selben Moment brach die Verbindung ab.

Regungslos starrte Bone-X auf den Elektronikschrott, der im Tanz der Scheibenwischer über das Glas kratzte.
Mit einem blechernen Scheppern schlug ein zweites Wurfgeschoß nur knapp unterhalb des Beifahrerfensters ein.
Noch ehe Bone-X begriff, womit er beschossen wurde, donnerte ein faustgroßer Stein in die Windschutzscheibe, die sich beim Aufschlag in ein Spinnennetz aus Rissen verwandelte.
Danach ging es Schlag auf Schlag.
Klirrend verabschiedete sich die rechte Seitenscheibe und Bone-X verspürte einen stechenden Schmerz in seiner Schulter.
Instinktiv peitschte er den Rückwärtsgang rein und trat das Gaspedal durch. Der Motor heulte auf, doch das war nichts im Vergleich zum Lärm der Steinbrocken, die den Lieferwagen wie Mörsergranaten trafen.
Hunderte Glassplitter flogen Bone-X ins Gesicht, als das Fenster der Fahrertür regelrecht explodierte. Das einströmende Regenwasser vermischte sich mit dem ausströmenden Rot.
Gleichzeitig rammte der Wagen irgendein festes Hindernis, das die Flucht jäh stoppte und den Motor absterben ließ.
Für kurze Zeit war nur noch der Regen zu hören.
Dann zerriss ein grellgelber Blitz die Nacht. Wie das Feuer der Vergeltung erhellte er die bizarre Szenerie und erlaubte es Bone-X zu sehen, wer seinem Treiben ein Ende setzte.
An die dreißig Männer hatten sich rund um den Wagen zusammengerottet.
Sofort war es wieder dunkel.
Als gleich darauf der Donnerschlag folgte, hatte Bone-X noch immer das Bild des Mannes vor seinem geistigen Auge, der die Gruppe anführte. In seinen Händen waren Hammer und Holzpflock zu mächtigen Symbolen des Widerstands geworden.
Bone-X musste schmerzlich erkennen, dass es nun an ihm war, für das Leid zu zahlen, das die Menschenjäger über die Südkarpaten gebracht hatten - in der einzigen Währung, die die Dorfbewohner akzeptieren würden.

***

Die Pistole des Franzosen klickte nur mehr. Trotzdem hörte er nicht auf, den Abzug zu betätigen.
Piazza lief einige Meter vor ihm und blickte kurz zurück, als die Schüsse hinter ihm endlich verstummten. Noch immer hatte der Franzose seine Waffe im vollen Lauf nach hinten gerichtet und holte durch seine längeren Beine rasch auf.
„Da ist doch keiner!“, rief Piazza ihm zu, ohne selbst langsamer zu werden. „Spar dir die Munition!“ Obwohl die Rolle in seiner Hand ihn beim Laufen behinderte, dachte er gar nicht daran, den Franzosen vorbeizulassen. Selbst mit leergeschossenem Magazin gab er noch immer einen wertvollen Kugelfang ab.
Dass Piazza einen seiner Begleiter verloren hatte, empfand er als höchst unpraktisch. Andererseits hatte er, weshalb er hergekommen war und irgendwie würde es ihnen auch zu zweit gelingen, aus dem Museum zu gelangen, ohne sich dabei eine Kugel einzufangen.
Sie liefen vorbei an aufgestapelten Kunststofffässern und restaurierungsbedürftigen Schaustücken, die man hier unten zwischenlagerte. Vor allem der etwas größer gewachsene Franzose war gut beraten, seinen Kopf tief zu halten, um nicht gegen eine der zahlreichen Rohrleitungen zu laufen, die an der Decke verliefen.
Kurz bevor die beiden Männer den Treppenaufgang erreichten, der aus dem Keller führte, gelang es dem Franzosen endlich, Piazza einzuholen. „Lass mich vor“, keuchte er und drängte sich vorbei. Dabei versuchte er, an die Rolle mit dem Tuch zu kommen, indem er dem Italiener einen kräftigen Schlag in die Seite verpasste.
Piazza riss seine Hand noch schützend hoch, doch da war es bereits zu spät. Der vermeintliche Geschäftspartner hatte das Tuch gepackt und spurtete die Stufen hoch wie ein Olympionike im Finale.
Der Italiener war von der Aktion im vollen Lauf überrascht worden und kämpfte damit, nicht zu straucheln. Bis er das

Gleichgewicht wiedergefunden und seine Waffe gezogen hatte, war der Franzose bereits im nächsten Halbstock.
Mit gezogener Pistole jagte Piazza durch das Treppenhaus hinterher. Da er von dem leeren Magazin des anderen wusste, hatte er wenig zu befürchten. Ihm dagegen würde ein einziger Schuss genügen, um den Verräter zu stoppen.
Als besagter Schuss plötzlich ohne Piazzas Zutun durch das Treppenhaus donnerte, verschenkte er kostbare Augenblicke damit, zu verstehen, was gerade passiert war. Er brauchte mehrere Stufen, um aus vollem Lauf zum Stehen zu kommen. Gleichzeitig hörte er einen Körper dumpf zu Boden fallen und etwas kam die Treppe heruntergerollt.
Es war das Tuch, das mit jeder Stufe an Schwung verlor und schließlich einen Meter über Piazza zu liegen kam. Er hielt unwillkürlich den Atem an und zielte mit seiner Pistole nach oben. Die andere Hand tastete hinter seinem Rücken nach der Wand. Um aus der Schusslinie zu kommen, wich er zurück - möglichst weit weg vom Geländer in der Mitte. Als er die Mauer spürte, presste er sich dagegen und verharrte regungslos. Im Treppenhaus herrschte Totenstille.
Piazza musste kein Hellseher sein, um abschätzen zu können, dass der Franzose ein paar Meter weiter oben lag. Vermutlich war das Loch in seinem Kopf sogar vom selben Kaliber wie das in der Stirn des Landsmannes.
Er spürte das Adrenalin, das durch seine Schläfen raste und stellte sich den quälenden Fragen, die die rasche Durchblutung mit sich brachte. *Wer? Warum? WIE?*
Dass die beiden Toten nicht das Werk eines einfachen Versicherungsschnüfflers sein konnten, stand für ihn außer Zweifel. Viel zu kaltblütig war ihr Mörder vorgegangen.
Auch die Tatsache, dass nicht einmal mehr das leiseste Röcheln des Franzosen zu hören war, legte nahe, dass der Schütze sein Handwerk von den Besten gelernt hatte.
Keine Versicherung der Welt beschäftigt Killer!
Seine Gedanken kramten die Erinnerung an Alons Worte hervor: *...die verdammte Kugel nicht mitgerechnet, die Ihnen Ihr Auftraggeber bei der Übergabe durch den Kopf jagen wird.*

Die Parallelen zu seiner Prophezeiung waren ebenso erschreckend wie offensichtlich.
Jetzt, wo die Dreckarbeit erledigt ist, schicken sie einen Killer, um mich umzulegen. Alon hatte Recht!
Er starrte auf das zusammengerollte Tuch, das weniger als zwei Meter von ihm entfernt lag.
Noch immer war nicht das geringste Geräusch im Treppenhaus zu hören. Sofern es der Killer nicht auch noch verstand, sich völlig lautlos zu bewegen, wartete er vermutlich nur darauf, bis Piazza seine Deckung verließ, um sich das Tuch zu holen.
Einen Blattschuss später hätten seine Auftraggeber dann die bestellte Ware, ohne dass Piazza auch nur einen einzigen Cent dafür gesehen hätte.
Ernüchtert musste er feststellen, dass seine Möglichkeiten mehr als beschränkt waren. Und mit jeder Sekunde, die er wartete, reduzierte sich seine Chance, das Museum überhaupt noch verlassen zu können.
Piazza fasste einen Entschluss.
„Wir sollten reden!“, rief er nach oben.
Da er keine Antwort erwartete, redete er einfach weiter. „Ich weiß, wer Sie geschickt hat! Sie können das verdammte Tuch behalten. Ich will es nicht! Sagen Sie...“
Gerade als er den Namen seines Auftraggebers sagte, war das Knirschen einer Schuhsohle zu hören.
„Warten Sie!“, beschwor er den Killer. „Richten Sie bitte aus, dass ich auf mein Honorar verzichte! Ich lasse Ihnen das Tuch jetzt einfach hier liegen und verschwinde. Sie werden mich nicht wiedersehen, das schwöre ich... Geben Sie mir sechzig Sekunden. Dann bin ich weg und Sie haben das Tuch. Ich habe Sie nicht gesehen. Sie haben von mir also nichts weiter zu befürchten.“
Piazza überschlug sich förmlich in der Rolle des hilflosen Opfers. Parallel dazu überlegte er sich allerdings, aus welcher Position er das Tuch am besten im Auge behalten konnte, ohne dabei selbst zur Zielscheibe zu werden. *Ich knall dich ab, du Schwein!*

Er glaubte zu hören, wie jemand etwas aufhob. Gleich darauf sah er in Gedanken die Pistole des Franzosen, aus der das leere Magazin entfernt wurde. Das klickende Geräusch der Verriegelung war unverwechselbar.
„Ich gehe jetzt!“ Piazza machte einen Schritt aus seiner Deckung und zuckte blitzschnell zurück. Im selben Augenblick knallte ein Schuss und die Kugel schlug mehrere Steinsplitter aus der Treppe.
Das war verdammt knapp. Piazzas Herz raste. *Er wird mich in jedem Fall umbringen. Und er ist verdammt schnell!*
Der Italiener ging im Geist seine nächsten Schritte durch. Er würde ohne zu zielen einige Schüsse in das Treppenhaus feuern und sich damit selbst Feuerschutz geben, während er das Tuch holte.
Anschließend blieb ihm nur noch ein einziger Fluchtweg und der führte geradewegs durch das Museum - eigentlich die schlechteste Wahl.
Seine Finger legten sich um den Abzug.
Unmittelbar hintereinander krachten mehrere Schüsse aus seiner Waffe. Mit einem gewagten Sprung gelang es ihm, das Tuch zu erwischen und wieder Deckung zu finden, während eine Kugel unmittelbar neben seinem Bein einschlug.
Der Startschuss für die finale Hetzjagd war gefallen.

***

Piazzas Flucht war zu einem reinen Überlebenskampf geworden. Das zusammengerollte Tuch in der einen Hand und seine Pistole in der anderen rannte er um den Rest seines Lebens.
Der unsichtbare Killer trieb ihn vor sich her wie der Metzger sein Schlachtvieh. Einen beträchtlichen Teil seines Magazins hatte der Italiener bereits verschossen, doch Kugeln schienen seinen Verfolger nicht stoppen zu können.
Piazza hetzte durch die Schausäle, als wäre der Leibhaftige hinter ihm her. Ohne dabei zurückzublicken, jagte er die Kugeln aus seiner Pistole, um sich den Rücken freizuhalten.

Nur so konnte er gewährleisten, dass der Killer keine Gelegenheit fand, ihn ins Visier zu nehmen. Denn wie das enden würde, hatten die Einschusslöcher in den Köpfen der Franzosen gezeigt.
Piazza leistete sich keine Pause und blieb ständig in Bewegung, um es seinem Verfolger so schwer wie möglich zu machen.
Mir geht die Munition aus... Vielleicht ist es besser, wenn ich direkt in den... Einen Moment zu lange zögerte er, um sich zu orientieren. Sofort brachte ein Projektil die Vitrine neben seinem Kopf zum Platzen.
Glassplitter flogen durch die Luft. Der Verband an Piazzas Stirn bekam die meisten davon ab. Ein paar vereinzelte schlugen jedoch wie Meteoriten in seinem Gesicht ein und rissen kleine Krater in die Oberfläche. Ein gequälter Aufschrei entwich durch die zusammengebissenen Zähne.
Lauf weiter! Wenn er sich jetzt seinem Schmerz hingab, dann für immer.
Er sah nur noch eine Chance, den Killer abzuschütteln, und zwar den Schausaal der Herpetologischen Sammlung. Allerdings musste er es erst einmal bis zu den Reptilien schaffen.
Aus der Schnittwunde über seinem rechten Auge tropfte Blut und schränkte seine Sicht zunehmend ein. In immer kürzeren Abständen war er gezwungen zu zwinkern.
Seine letzte Hoffnung stützte sich auf eine einfache Überlegung: Gegen jemanden, der mit Kugeln nicht aufzuhalten war, musste man stärkere Geschütze auffahren. Genau diese wollte der Italiener sich zwischen all den Vitrinen und Schaukästen mit eingelagerten Amphibien und Reptilien beschaffen.
Es sind nur noch vier Kugeln über. Die werde ich nicht vererben! Er feuerte eine davon im Laufschritt ab und rettete sich mit einem Hechtsprung hinter die erstbeste Vitrine der Herpetologischen Sammlung. Mehr als unsanft schlug er neben dem zusammengerollten Tuch auf dem Parkettboden auf.
Er konnte bestenfalls schätzen, wie weit der Killer noch entfernt war - allerdings hatte das bisher schon nicht

funktioniert. Mit dem Griff seiner Pistole schlug er gegen die mehrere Meter hohe Vitrinenscheibe aus antiquiertem Fensterglas, die sofort in sich zusammenkrachte.
Noch immer war der Killer nicht zu sehen, doch der auf dem Boden kauernde Piazza meinte bereits, dessen Schritte zu spüren. *Er kommt!*
Geradezu panisch nahm er einen Glasbehälter, der etwa die Größe einer durchschnittlichen Blumenvase hatte, aus der zerstörten Vitrine und schraubte den Deckel ab. *Geh schon auf, du verdammtes Ding!* In dem Glas befand sich ein stattliches Exemplar einer in Alkohol konservierten Kreuzotter.
Dem Italiener war bewusst, dass ihm nur ein einziger Versuch blieb, um Waffengleichheit herzustellen. In einem direkten Schusswechsel mit einem Profikiller hatte ein Gelegenheitsschütze wie er nicht die geringste Chance.
Mit den Zähnen riss er einen Streifen von seinem Hemdsärmel, den er sogleich tief in den aufgeschraubten Behälter tauchte, um ihn zu tränken. Dann zog er ein Ende wieder heraus, das als Lunte dienen sollte.
97%iger Alkohol. Der wird dich für eine Weile aufhalten!
Piazzas Feuerzeug klickte. Gleich der erste Funke steckte den Molotowcocktail in Brand. *Und los!*
Das Geschoss flog in hohem Bogen auf den Durchgang zu, durch den Piazza gerade gekommen war, und schlug im wahrsten Sinn des Wortes wie eine Bombe ein. Damit war einer von drei Zugängen zur Herpetologischen Sammlung durch eine Flammenwand versiegelt.
Erledigt!
Zumindest hatte er sich damit eine kurze Auszeit verschafft. Um von der anderen Seite hierherzugelangen, würde der Killer wenigstens ein bis zwei Minuten brauchen. Dann allerdings hätte Piazza verspielt.
Noch blieben ihm zwei Möglichkeiten, den Raum zu verlassen. Die eine war, einfach dem Rundgang zu folgen, der sich durch die untere Ebene zog. Doch vermutlich führte ihn dieser dem Killer direkt in die Arme. Der hatte sicherlich längst die

Richtung geändert, um Piazza den Weg von der anderen Seite her abzuschneiden.
Die bessere Wahl war die Flucht durch die große Doppelflügeltür aus Echtholz, die als Notausgang ausgelegt war. Der Gang dahinter führte auf direktem Weg in den Innenhof, und wenn es Piazza erst dorthin geschafft hatte, war das Schlimmste überstanden.
Ein kleiner Vorrat kann nicht schaden. In weiser Voraussicht nahm er drei der kleineren Glasbehälter an sich. Im Notfall würden sie einen guten Granatenersatz abgeben und jeden Gegner stoppen. Hastig verstaute er die brandgefährlichen Wurfgeschosse in seinen Taschen.
Keine Sekunde zu früh, denn die Flammenwand fraß sich mit atemberaubender Geschwindigkeit durch die benachbarte Vitrine. Es war nur noch eine Frage der Zeit, bis die darin gelagerten Präparate so weit überhitzten, dass die hunderte Liter hochprozentigen Alkohols schlagartig zündeten.
Er stürmte auf die verschlossene Tür zu, die sich von seiner Seite leicht über die Notentriegelung öffnen ließ.
Kurz bevor er sie erreichte, wurde sein schlimmster Albtraum war. Die Klinke bewegte sich wie von Geisterhand nach unten und gleich darauf rüttelte jemand auf der anderen Seite wie wild daran.
Piazzas Glück war, dass die Notentriegelung nur von einer Seite funktionierte. Geistesgegenwärtig riss er die Waffe heraus und feuerte, bis das Magazin leergeschossen war.
Gleich darauf war nur noch das Prasseln der gierigen Flammen zu vernehmen.
Vergeblich hoffte er darauf, einen Körper zu Boden fallen zu hören. *Hab ich ihn erwischt?* Zumindest das Rütteln an der Tür hatte aufgehört.
Doch um welchen Preis? Im nächsten Moment krachten Schüsse und mehrere Holzsplitter platzten aus dem Türblatt. Der Killer machte auf seine Weise deutlich, dass er sich bester Gesundheit erfreute und bereit war, die Arbeit zu Ende zu bringen - Piazza zu Ende zu bringen.

Der Italiener, den nur ein beherzter Sprung vor Schlimmerem bewahrt hatte, umklammerte das Tuch wie einen Schatz.
Ein kräftiger Tritt ließ die alte Tür erzittern. Noch hielt sie, aber für wie lange?
Piazza ließ die leergeschossene Waffe fallen und rannte zum letzten noch passierbaren Durchgang, der in den nächsten Schausaal führte. Kaum richtig hindurchgelaufen, setzte er ihn mit einem weiteren Molotowcocktail in Brand. Die Flammenwand fiel diesmal deutlich kleiner aus, würde ihren Zweck aber eine Zeit lang erfüllen.
Piazza atmete einmal tief durch. Den Rückweg hatte er sich soeben selbst abgeschnitten und die Flucht nach vorne führte ihn im Kreis zurück zum Ausgangspunkt. Irgendwo auf halbem Weg dorthin würde er seinem Mörder in die Arme laufen und dann hatte sich das mit der Flucht endgültig erledigt.
Mangels Alternativen rannte Piazza einfach los und hoffte auf eine spontane Eingebung. *Die Höhlennachbildungen... zu weit... ein Sprung aus dem Fenster...* In Gedanken sah er sich schon mit gebrochenen Beinen auf dem Rasen liegen - irgendwo zwischen Schaulustigen und dem Absperrgitter der Feuerwehr - als unbewegliches Ziel, das nur darauf wartete, vom Meisterschützen erlöst zu werden.
Eine Chance habe ich vielleicht noch! Wenn es Piazza irgendwie gelingen würde, das hintere Treppenhaus zu erreichen, bevor der Killer dort auftauchte, konnte er sich vielleicht zwischen die Feuerwehrleute mischen. Vermutlich waren diese längst damit beschäftigt, den Brand zu löschen, den er zuvor im Büro gelegt hatte.
Je näher der Italiener dem hinteren Treppenhaus kam, desto schlechter wurde die Luft. Ganz offensichtlich sorgten die Löscharbeiten für eine gewaltige Rauchentwicklung.
Piazza konnte freilich nicht wissen, dass die Feuerwehrleute ganz gezielt einige Fenster und Türen aufgerissen hatten, um den beißenden Rauch aus dem Treppenhaus in den Innenhof abzuleiten.
Hier komme ich ohne Atemgerät nicht weiter! Im Umkehrschluss bedeutete das allerdings, dass der Killer diesen

Weg ebenfalls nicht nutzen konnte. Und mit einem Mal verstand der Italiener, warum sein Verfolger zuvor versucht hatte, durch die große Holztür in die Herpetologische Sammlung vorzudringen.
Er muss warten, bis das Feuer bei den Reptilien heruntergebrannt ist, vorher kann er mir nicht folgen! Ein verhaltener Anflug von Hoffnung keimte in dem Italiener auf. Er ahnte nicht, dass in der Herpetologischen Sammlung ein Feuerlöscher auf Hochtouren Schaum versprühte.
Denk nach! Zumindest für den Moment saß sein Verfolger genauso fest wie er selbst.
Piazza wischte sich eine Mischung aus Schweiß und Blut aus dem Gesicht. Dass darin mehrere Glassplitter steckten, spürte er nicht.
Es muss doch einen Weg geben, um auf die andere Seite zu gelangen. Die andere Seite war jene Hälfte des Museums, in der Piazza und die mittlerweile verschiedenen Franzosen keine Brände gelegt hatten. Demnach musste dieser Teil des Gebäudes noch rauchfrei sein und das wiederum würde bedeuten, dass Piazza durch das Treppenhaus doch noch in den Innenhof gelangen konnte.
Während er in die Rauchschwaden starrte, fiel ihm auf, dass diese einem künstlich gesteuerten Luftstrom zu folgen schienen. Anders war es nicht zu erklären, warum der Qualm regelrecht nach unten aus dem Museum gesaugt wurde. *Sie leiten den Rauch ab! Dann ist der Weg über das Dach vielleicht noch möglich...*

***

Alons Kleintransporter raste rechts neben dem Feuerwehrauto über den Parlamentsvorplatz. Beide Fahrer hatten ihre Fahrzeuge wieder unter Kontrolle gebracht und lieferten sich eine sehenswerte Verfolgungsjagd.
Die Lenkung des Mercedes schwächelte seit dem letzten Blechkontakt merklich, Alon musste das Lenkrad fester als gewohnt halten.

Die Flüchtenden drängten vehement auf die Ringstraße zurück. Durch die ruckartigen Lenkbewegungen zwangen sie ihren Gegner, immer wieder nach rechts auszuweichen. Jeder Meter zwischen den beiden Wagen war hart umkämpftes Terrain.
„Vorsicht!" Karin schien ein Auge für drohende Gefahren zu haben, das Alon fehlte. Trotzdem schaffte es der Israeli immer wieder, den plötzlich auftauchenden Hindernissen auszuweichen, nachdem es aus Karins Sicht eigentlich längst zu spät dafür war.
Er gab alles, um den schweren Fluchtwagen von der Ringstraße fernzuhalten, konnte und wollte dem eigenen Auto aber keinen Treffer mehr zumuten.
„Wie geht es da vorne weiter? Ist das eine Zufahrtsstraße zum Rathaus?" Ein Fahrverbotsschild lachte ihm entgegen.
„Nein, das ist die Zufahrt zur Tiefgarage."
Tiefgarage! Damit war ihm auch klar, worauf sich die Höhenangabe gleich daneben bezog. *1,90 Meter!*
Die promenadenähnliche Zufahrtsstraße glich einem grünen Tunnel. Links war sie durch Bäume und Sträucher des Rathausparks begrenzt. Auf der rechten Seite wurde sie von Alleebäumen flankiert, die eine natürliche Barriere zur Ringstraße bildeten.
In Alons Kopf reifte mit atemberaubender Geschwindigkeit ein Plan heran.
Zwischen ihm und der Tiefgaragenzufahrt gab es nur noch eine einzige Möglichkeit, um auf die Ringstraße zu kommen. Und er würde dafür sorgen, dass die Flüchtenden ihre Chance verpassten.
„Ein Meter neunzig", murmelte er und malte sich bereits aus, wie böse ein Ausflug in die Tiefgarage für höhere Fahrzeuge enden könnte.
„Da vorne kommen wir wieder auf die Straße zurück", erklärte einer der vier Männer im Führerhaus des Feuerwehrwagens.
„Pass auf, dass er dich nicht wieder am Heck erwischt. Versuch, ihn auf gleicher Höhe zu halten und dann seitlich zu rammen", schlug sein Sitznachbar vor.

„Seid endlich still! Er weiß schon, was er tut", mischte sich der dritte Mitfahrer ein. „Schnapp ihn dir!", befahl er an den Fahrer gerichtet.
Der fletschte rachsüchtig die Zähne. „Den Kerl zerquetsche ich an dem Baum da drüben. Noch einmal macht er das nicht mit mir, das schwöre ich euch!"
Alon tat sein Möglichstes, um daraus einen Meineid werden zu lassen. Mit seinem vergleichsweise vorsichtigen Fahrstil auf den letzten hundert Metern deutete er an, dass ihm an keinem weiteren Karosseriekontakt gelegen war.
„Es wird gleich noch einmal sehr laut werden", warnte er Karin vor.
„Wie laut?"
„Ich muss verhindern, dass unsere Freunde wieder auf die Ringstraße gelangen."
„Sind Sie verrückt? Unser Wagen hat doch schon genug abbekommen. Lassen Sie das die Polizei erledigen!"
„Bis dahin sind die mit dem Tuch über alle Berge." Die Art, wie er das sagte, ließ keinen Zweifel an seiner Entschlossenheit zu.
„Festhalten!" Er verriss den Wagen ein ganzes Stück eher nach links, als der Fahrer des Feuerwehrautos vermutlich damit gerechnet hatte. Der Überraschungsangriff führte zu einer reflexartigen Ausweichbewegung nach links.
Sofort setzte Alon nach und stemmte den Kleintransporter in die Flanke des Gegners.
Blech krachte, der Außenspiegel riss ab und verschwand irgendwo unter dem Wagen. Ein Sprung zerriss die Windschutzscheibe über die gesamte Länge und aus dem Radkasten drangen reifenvernichtende Schleifgeräusche.
Das alles passierte so schnell, dass zum Nachdenken ohnehin keine Zeit mehr blieb. Jetzt galt es nur noch, eintrainierte Bewegungsmuster mit viel Gefühl zu kombinieren. Genau das tat Alon, wodurch das Feuerwehrauto wankte.
Jetzt geb ich dir den Rest! Noch einmal ließ er den schwer angeschlagenen Mercedes dagegen knallen. Wieder traf er seinen Gegner genau im richtigen Moment, sodass der Anprall

dessen Schlingern verstärkte. Diese dritte Attacke glich einem Todesstoß.
Um nicht gegen einen der zahlreichen Bäume zu donnern, konnte der Fahrer des Löschfahrzeugs gar nicht mehr anders, als sich in die Zufahrtsstraße zur Tiefgarage zu retten.
Bereits die gegen die Scheibe klatschenden Zweige der Alleebäume deuteten an, dass dieser Weg für deutlich kleinere Fahrzeuge ausgelegt war.
„Gib Gas!", befahl der Mann neben dem Fahrer. Die grüne Hölle vor der Scheibe schien ihn mehr zu nerven als zu beunruhigen. „Er darf uns nicht überholen!"
„Wir müssen dort rüber!", tönte es vom Beifahrerfenster. Hier war die Sicht nach draußen deutlich besser, weil man zwischen den Stämmen der Alleebäume die Ringstraße erkennen konnte.
„Und wie?", schnauzte der Fahrer zurück, dessen Puls raste, nachdem er dem Baum, den er eigentlich für Alon gedacht hatte, selbst nur um Haaresbreite entkommen war. „Wir sind viel zu breit, um zwischen den Stämmen durchzukommen. Außerdem muss ich diesen Selbstmörder hinter uns halten. Wenn der uns hier drin ins Schleudern bringt, stecken wir im nächsten Baum." *Wenn ich nur mehr sehen...*
„Fahr einfach weiter!"
Genau das tat er.
Und zwar noch exakt vierundzwanzig Meter und dreiundsechzig Zentimeter. Dann knallte nämlich der rot-weiß gestreifte Warnbalken der Höhenkontrolle gegen die Windschutzscheibe. Die an zwei Ketten aufgehängte Alulatte war als letzte Warnung gedacht, und sie verfehlte ihre Wirkung nicht.
Mit ganzer Kraft sprang der Fahrer auf die Bremse.
Bedauerlicherweise hatte das Fahrzeug die kurze Strecke bis zum Stahlbetonüberlager der Tiefgarage aber bereits innerhalb der Reaktionszeit zurückgelegt. Für den Bremsweg selbst reichte es nicht mehr.
Schmerzlich mussten die vier Männer im Führerhaus des Feuerwehrautos erfahren, dass eine Windschutzscheibe keine Knautschzone ersetzen konnte.

Einige Sekunden später erreichten Alon und Karin in ihrem scheppernden Kleintransporter den Unfallort. Der Mercedes hatte ebenfalls nur noch Schrottwert, was aber für Alons Verfolgungsjagden keineswegs untypisch war.
Er sprang mit der gezogenen Pistole aus dem Wagen und rannte auf den roten Schrottberg zu, der den Eingang zur Tiefgarage verstopfte.
Karin war von den Ereignissen benommen und hörte noch Alons Stimme nachhallen: „Warten Sie im Wagen. Ich bin gleich wieder zurück."
Ein Blick auf ihr rechtes Handgelenk bestätigte ihre Befürchtung, dass sie den Kontakt mit der Türverkleidung noch länger in Erinnerung behalten würde. Offenbar war es nicht gebrochen, aber eine anständige Schwellung würde sich allemal noch daraus entwickeln.
Sie seufzte und tastete nach ihrem Handy, um Willendorfer anzurufen.
Netz überlastet - kein Empfang leuchtete auf dem Display auf.
Verdammte Schaulustige vor dem Museum!
Alon kam die lokale Netzüberlastung rund um das Museum sehr gelegen. Ihm blieb dadurch mehr Zeit, das Fluchtfahrzeug und die Reste seiner Insassen zu durchsuchen.
Zumindest der Fahrer und der Mann unmittelbar daneben hatten keine Papiere bei sich. Sicherheitshalber machte Alon mit seinem Handy Fotos von ihnen.
Die anderen beiden waren im Kopf- und Brustbereich zu stark verdichtet, als dass es Sinn gehabt hätte, sich näher mit ihnen zu beschäftigen.
Von dem Tuch fehlte jede Spur.
Alles nur kleine Fische, wie vermutet... Hoffentlich hatte Hiob mehr Glück. Er sprang von den Resten des Führerhauses und ging zurück zu Karin, die gerade aus dem zerdellten Blech stieg, das vor kurzem noch ein Kleintransporter gewesen war.
Sie sah ihn fragend an und er schüttelte vielsagend den Kopf.
„Das Telefonnetz ist zusammengebrochen", erklärte sie. „Ich muss sofort zurück zum Museum."
„Laufen Sie mir einfach nach!"

***

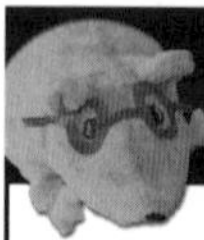

„Schafft endlich die Leute hier weg!“ Der Einsatzleiter der Feuerwehr kämpfte sich zur Portierloge durch, die zur provisorischen Leitstelle umfunktioniert worden war.
Auch Direktor Willendorfer und der Brandschutzbeauftragte hatten sich dort eingefunden.
Als der Einsatzleiter den stickigen Raum betrat, stieß er fast mit einem seiner Männer zusammen. Dem rauchgeschwärzten Gesicht sah man schon von weitem an, wie hart die Arbeit war. Der Einsatzleiter riss sich den Helm vom Kopf und ließ ihn auf den Tisch fallen. Seine Haare sahen aus als käme er frisch aus der Dusche. „Wir haben die Brandherde unter Kontrolle“, sagte er und sank in den einzig noch freien Sessel.
„Wie schlimm ist es?“, fragte ein besorgter Willendorfer.
„Mit Ausmalen allein wird es nicht getan sein, fürchte ich. Aber es hätte auch wesentlich schlimmer kommen können. Ein

paar Sekunden später und der Alkohol der Reptiliensammlung hätte das halbe Stockwerk flambiert."
„Wurde der Brandstifter schon verhaftet?", fragte einer der anwesenden Portiers.
„Die Polizei hat vor kurzem mit der Durchsuchung des Gebäudes begonnen. Sie stellt an allen strategischen Punkten Wachen auf, um seinen Bewegungsradius einzugrenzen. Meine Leute unterstützen sie dabei, so gut es eben geht... Gibt es schon Neuigkeiten von Ihren vermissten Mitarbeitern?" Er blickte zu Willendorfer.
Der Direktor schüttelte den Kopf. „Bisher nicht. Es meldet sich nach wie vor nur die Mailbox."
„Vermutlich ist das Mobilfunknetz zusammengebrochen. Kein Wunder bei der Zahl an Schaulustigen da draußen. Jeder zweite telefoniert oder lädt die Videos von unserem Einsatz gleich live ins Internet." Er griff nach einer Flasche Mineralwasser und leerte sie in sich hinein.
„Können Sie schon abschätzen, wann Sie *Brand aus* vermelden werden?"
Er ließ sich Zeit, dann setzte er die Flasche ab und gab sich kaum Mühe, die Kohlensäure am Entweichen zu hindern. „Wenn kein neues Feuer gelegt wird, sollte in ein paar Minuten alles vorbei sein."
Etwa fünfundzwanzig Meter über ihren Köpfen teilte man diese Einschätzung. Piazza rappelte sich wieder auf und stolperte an der Brüstung entlang. Seine Idee, über das Dach auf die andere Seite des Museums zu gelangen, hätte grundsätzlich funktioniert. Dummerweise war er aber nicht der Einzige mit diesem Geistesblitz.
Das riesige Flachdach war mit grünem Blech verkleidet. Inmitten des als eckige Acht angelegten Museums gähnten die beiden Innenhöfe. Aus dem Mittelsteg der Acht ragte der gläserne Abschluss der Kuppelhalle zwischen vier Türmchen in den Himmel. Hier befand sich nicht nur der höchste Punkt des Gebäudes, sondern auch die einzige Deckung.

Piazza, der das Tuch fest umklammert in der einen Hand hielt, presste die andere auf seinen feuchten Oberschenkel. *Nur ein Streifschuss.*
Der Italiener hatte dem Killer damit gedroht, das Tuch einfach fallen zu lassen. Die prompte Reaktion seines Verfolgers war eine Kugel gewesen, die nur deshalb nicht in Piazzas Kopf steckte, weil sie von einer Geländerstrebe abgefälscht worden war.
Er humpelte im Schutz des Kuppeldachs auf eines der vier Türmchen zu. Jedes von ihnen bestand aus vier Säulen, die ein kleines Dach stützten, und einer darunterbefindlichen Statue.
Der Italiener schaffte es irgendwie auf die Rückseite und fand hinter der Statue Deckung.
Es war offensichtlich, dass nur einer der beiden Männer das Dach lebend verlassen würde und die Chancen waren höchst ungleich verteilt. *Ich kann nicht mehr.* Selbst bei normalen Temperaturen hätte ihn die Hetzjagd schon an seine Grenzen gebracht. Vermutlich konnte man sein Keuchen auch noch auf dem anderen Ende des Dachs hören.
Er wagte es nicht, seinen Kopf hervorzustrecken. Stattdessen durchsuchte er seine Taschen nach irgendetwas Verwertbarem. Zwei der mit Alkohol gefüllten Aufbewahrungsgläser waren ihm noch geblieben. Ein eingelegter Frosch und eine Kröte. Die Menge des darin enthaltenen Alkohols reichte zweifellos aus, den Killer im Nahkampf abzufackeln. Doch wie näherte man sich jemandem, der im Besitz einer Schusswaffe war, ohne dabei selbst durchsiebt zu werden?
„Bleib, wo du bist!“, rief Piazza, der nicht die geringste Ahnung hatte, wo das war. „Wenn du näherkommst, sprenge ich uns beide in die Luft. Ich habe nichts mehr zu verlieren... Kapierst du?“
Sekunden der trügerischen Ruhe verstrichen, in denen der Italiener seine Brandsätze vorbereitete. „Ich sehe, wir verstehen uns!“, versuchte er, weitere Zeit zu schinden. „Die Handgranate in meiner Faust ist scharf. Selbst wenn du mir eine Kugel in den Kopf jagst, wird der Aufschlagzünder sie

hochgehen lassen, sobald sie den Boden berührt. Das Tuch ist dann in jedem Fall für dich verloren!"
Er stopfte Streifen seines Hemds wie Stoppel in die beiden Gläser. „Und wenn du mir zu nahe kommst, gehen wir eben beide drauf!"
Die handlichen Molotowcocktails waren einsatzbereit. Einen davon verstaute er wieder in seiner Hosentasche, den anderen hielt er wie eine Handgranate fest umklammert. Zumindest aus einiger Entfernung, so hoffte er, würde es ihm damit gelingen, den Killer zu täuschen.
„Ich werde dich jetzt verlassen!", rief er quer über das Dach. „Solltest du irgendwas versuchen, sehen wir uns in der Hölle wieder!" Er nahm das Tuch und streckte es vorsichtig hinter der Statue hervor, ohne sich dabei selbst zu zeigen.
Alles blieb ruhig, nur das italienische Herz hämmerte wie verrückt.
Falls der Killer den Bluff durchschaut hatte, würde Piazza es nicht einmal mehr mitbekommen. Eine exakt in der Stirn versenkte Kugel würde es unmöglich machen, den Schuss noch bewusst wahrzunehmen.
„Überleg dir gut, was du tust!" Er bemühte sich, möglichst überzeugt zu wirken, bei dem, was er tat. Es war zweifellos der mutigste Schritt seines Lebens, als er die Deckung aufgab und auf das Dach hinaustrat.
Geh weiter! Die Überwindung war groß, sich selbst zur Zielscheibe zu machen. „Ich meine es ernst!", versicherte er und verstand es geschickt, die Tuchrolle so zu halten, dass sie die vermeintliche Granate in der anderen Hand zumindest teilweise verdeckte.
Wo steckt er? Noch immer hatte Piazza seinen Gegner nicht ein einziges Mal zu Gesicht bekommen. Zwangsläufig drängte sich ihm erneut der Vergleich mit den beiden Franzosen auf, die das Wissen über das Aussehen ihres Mörders mit niemandem mehr teilen konnten. Unter diesem Gesichtspunkt musste Piazza sich geradezu glücklich schätzen, den Killer noch nicht gesehen zu haben.

Wenn ich es bis zur Dachluke schaffe, habe ich auch wieder Deckung. Zuvor musste der Italiener allerdings noch die halbe Kuppel umrunden und anschließend einige Meter an der Brüstung entlanglaufen, die mit lebensgroßen Statuen berühmter Wissenschafter verziert war.
Piazza spürte, wie das unsichtbare Augenpaar jeden seiner Schritte verfolgte - zumindest redete er sich das ein. Genauso gut hätte der Killer längst das Weite gesucht haben können, um an anderer Stelle einen Hinterhalt vorzubereiten.
Nein, er schleicht hier noch rum! Piazza war fest davon überzeugt, dass sich sein Verfolger genau auf der anderen Seite der Kuppel befand und jeden seiner Schritte wie ein Spiegelbild duplizierte, um nicht gesehen zu werden.
Aber wieso weiß er dann, wo ich bin? Wie kann er mich sehen, ich ihn aber nicht?
Drei Schritte trennten ihn noch von der kleinen Stahltreppe, die zur Brüstung hinunterführte. Zwei...
Er erschrak bei dem Lärm, den seine Füße auf den Gitterstufen machten. *Hier ist er bestimmt nicht vorbeigekommen.*
Gerne hätte er sich an dem Geländer der viel zu schmalen Steiltreppe festgehalten, doch dafür fehlte ihm eine dritte Hand. Sein Abstieg funktionierte aber auch so.
Der Italiener hatte die Brüstung erreicht und atmete tief durch. Unter anderen Umständen hätte er den herrlichen Ausblick über die Wiener Altstadt sicher genossen. Mit blutverklebten Wimpern und einem Killer im Nacken war daran aber nicht zu denken.
Nur noch wenige Schritte trennten ihn von der Dachluke. Außer den Steinfiguren, die vom Museumsdach aus in die Ferne starrten, war niemand zu sehen. Piazzas rotgetrübter Tunnelblick war hingegen auf die vermeintlich sichere Luke gerichtet, die er zielstrebig ansteuerte. So entging ihm allerdings auch, dass alle Steinfiguren Blitzableiter hatten, die ein ganzes Stück über ihre Köpfe hinausragten.
Alle Figuren bis auf eine.

Piazza machte seinen letzten Schritt, als eine steinerne Faust plötzlich die seine packte und sie mit unvorstellbarer Kraft zusammenpresste.
Hätte er tatsächlich eine Handgranate gehalten, wären seine Finger auf der Stelle gebrochen. So war es zunächst nur der Glasbehälter, der mit der Leichtigkeit einer Eierschale zerplatzte. Die Scherben schnitten tief in Piazzas Hand und gleichzeitig krachten alle Finger.
Bevor er Zeit fand, den Schmerz zu spüren, riss ihm jemand das Tuch aus der anderen Hand und von irgendwo aus dem Nichts traf ihn ein Knie ins Gesicht. Dem Aufprallgeräusch nach zu urteilen, waren die paar gebrochenen Finger jetzt seine geringste Sorge.
Alles ging so schnell, dass der Italiener zunächst gar nicht merkte, was mit ihm geschah. Instinktiv wollte er seine andere Hand auf das Gesicht pressen, doch die Kontrolle darüber hatte schon ein anderer übernommen.
Im nächsten Augenblick hievte ihn jemand auf die Brüstung und darüber hinaus.
Auf dem Weg nach unten blieb Piazza nur sehr wenig Zeit. Er verschwendete sie mit einem gedehnten Schrei und seinem letzten Gedanken. Umso bezeichnender war es, dass ihm dabei ausgerechnet Gulaschsuppe in den Sinn kam.
„Vorsicht!“, kreischten mehrere Schaulustige vor dem Museum und alle Augenpaare richteten sich nach oben. Zunächst sah es so aus, als hätte sich eine der Statuen gelöst, doch als diese im Sturz mit den Armen ruderte, blieb vielen Zuschauern das Herz stehen.
Dem dumpfen Aufschlag zwischen Fassade und Absperrgitter folgte ein entsetztes Raunen, das durch die Menge ging.
„Schafft die Leute von hier weg!“, brüllte einer der Feuerwehrleute, doch alle Augen gierten danach, einen Blick auf den Mann zu werfen, dessen Kopf nur noch von einem Verband in Form gehalten wurde.
Kein Einziger der Anwesenden blickte jetzt noch nach oben. Und so konnte niemandem die überzählige Statue auffallen, die es genau genommen auch niemals gegeben hatte.

Job erledigt!

***

Der nächste Morgen im Naturhistorischen Museum hatte für den Direktor früh begonnen - sehr früh. Die ganze Nacht hindurch waren Mitarbeiter freiwillig im Einsatz gewesen, um die schlimmsten Schäden zu beseitigen. Zwei Schausäle waren stark in Mitleidenschaft gezogen, ein Büro komplett ausgebrannt und in mehreren Räumen hatte sich eine Russschicht über die Vitrinen gelegt. Noch immer hing Brandgeruch in der Luft, der im Hals kratzte.
Willendorfer saß an seinem Schreibtisch und massierte sich die Schläfen. „Bitte sagen Sie mir, dass das jetzt alle schlechten Nachrichten waren."
Karin sah ihn mitleidig an. Die Ereignisse hatten deutliche Spuren an dem Direktor hinterlassen. Seit mehr als acht Stunden war keine Süßigkeit in ihm verschwunden.
Sie schlug die Aktenmappe mit den Berichten zu, die auf ihren überkreuzten Beinen lag. „Ja, das war alles."
Willendorfer atmete erleichtert auf. „Können die Techniker schon abschätzen, wann wir unsere Türen wieder für die Besucher öffnen können?"
Karin sah es als gutes Zeichen, dass der Direktor, allen Widrigkeiten zum Trotz, schon wieder daran dachte, den Betrieb aufzunehmen. „Wenn wir die betroffenen Säle für die Renovierungsarbeiten sperren und den Rundgang nur bis dorthin freigeben, vielleicht schon in einer Woche."
Ein hoffnungsvolles Lächeln huschte über sein Gesicht. „Wirklich? So schnell schon?"
Es klopfte an der Tür und seine Sekretärin betrat das Zimmer. „Ich bringe die Post, Herr Direktor. Wir sind heute die Schlagzeile in jeder Zeitung."
„Danke!", rief er ihr beim Gehen nach.
Karin nahm sich die oberste Zeitung vom Stapel.
Diebe setzen Naturhistorisches Museum in Brand - Flucht endet tödlich war in großen Buchstaben auf der ersten Seite zu

lesen. Dazu gab es ein Foto des in der Tiefgarage steckenden Feuerwehrautos.
Karin blätterte zu dem doppelseitigen Bericht im Inneren und überflog ihn ungeduldig. Auch der Direktor widmete sich der Schlagzeile einer Zeitung: *Polizei deckt Raubserie im Naturhistorischen Museum auf - Filmreife Verfolgungsjagd.*
„Es ist unfassbar“, murmelte Karin beim Lesen. „Hier drin steht kein Wort davon, dass Alon und ich diese angeblichen Diebe verfolgt haben.“
„Haben Sie auch nicht“, widersprach ihr der Direktor. „Jedenfalls nicht in der offiziellen Version der Geschichte. Alon war genauso wenig in Wien wie Objekt L2471 oder das Professorenteam.“
„Aber das können die doch nicht machen! Irgendjemand wird bestimmt reden, dann fliegt der Schwindel bestimmt auf.“
„Wer denn?“, fragte er ungläubig. „Weder Alon noch Professor Golan haben Interesse daran, in die Geschichte hineingezogen zu werden. Und die Versicherungsgesellschaft hat ihren Standpunkt in Sachen Geheimhaltung mehr als deutlich gemacht.“
„Aber die Polizei! Die wissen doch ganz genau, was passiert ist. Alon hat sich eine wilde Verfolgungsjagd quer über den Ring geliefert. Ein Polizeiauto wurde zerstört. Das haben sicher dutzende Menschen mitbekommen.“
„Schenken Sie mir bitte kurz Ihr Ohr, Karin. Ich möchte Ihnen etwas vorlesen.“ Er tippte mit dem Finger auf eine Stelle in der Zeitung. „„...gelang es Polizeibeamten in Zivil, sich an die flüchtenden Diebe zu hängen... bereits seit Monaten den Tätern auf der Spur... im entscheidenden Moment erfolgte der Zugriff... nur dem vorbildlichen Einsatz der Kollegen ist es zu verdanken, dass dieser von langer Hand geplante Zugriff gelungen ist... sagte der Polizeichef in einer ersten Stellungnahme...“
Karins Gesicht färbte sich ärgerlich rot. „Wissen Sie, was die Polizei getan hat? Das ist so dreist gelogen, dass es...“
„Aber es hilft allen Seiten weiter, wenn die Polizei diesen Erfolg für sich verbucht. Oder wäre es Ihnen lieber, wenn Sie

die nächsten Tage auf irgendeinem Revier verbringen und Fragen zum Unfallhergang beantworten müssten?"
Die lügen, dass sich die Balken biegen. Sie schüttelte ungläubig den Kopf. „Hier steht, dass Spezialkräfte der Polizei zwei bewaffnete Diebe bei einem Schusswechsel im Keller erledigt haben und ein weiterer ist bei der Flucht vom Dach gestürzt... Wer soll so einen Blödsinn glauben?"
„Haben Sie eine bessere Erklärung für die drei Leichen?" Seine Finger kramten in der Schreibtischlade.
„Herr Direktor!", hörte sie sich strenger sagen als geplant. „Wir wissen beide, dass keine Spezialkräfte der Polizei mehr hier im Haus waren. Das ist Blödsinn."
„Wer dann?"
Karins Gesichtsausdruck ließ vermuten, dass sie eine andere Erklärung hatte. Sie zögerte, ehe sie Antwort gab: „Eigentlich klingt die Geschichte mit der Spezialeinheit gar nicht so schlecht."
Willendorfer nickte zufrieden und ließ eine Mozartkugel verschwinden. „Sag ich doch", schmatzte er wenig appetitlich. „Wollen Sie auch eine?"
„Ja, gerne!"
Überrascht und enttäuscht zugleich musste er eine seiner Kugeln abtreten.
Karin wurde nachdenklich, als sie die Mozartkugel aus der Folie befreite. „Wenn alles geklappt hat, müssten Alon und Professor Golan bereits im Flugzeug nach Israel sitzen. Schade, dass wir keine Zeit mehr hatten, uns richtig zu verabschieden. Irgendwie ist alles so schnell gegangen... Es kommt mir fast vor wie ein Traum."
Willendorfer wickelte eine weitere Kugel aus und schnüffelte daran. „Kein Traum!", widersprach er lächelnd. „Mein Geruchssinn funktioniert noch ausgezeichnet... Wissen Sie, Karin, auch ich hätte mir gewünscht, die Untersuchungen an Objekt L2471 abschließen zu können. Aber bei dem derzeitigen Zustand des Museums und nach dem, was vorgefallen ist..." Er seufzte. „Wir dürfen es der Versicherung

nicht übelnehmen, dass sie das wertvolle Stück sofort zurückgebracht haben."
„Nein, natürlich nicht", erwiderte sie halblaut.
Der Direktor nahm die nächste Zeitung vom Stapel und blätterte darin. „Schöne Fotos", bemerkte er anerkennend und war zu recht froh, dass die Polizei sich um die Pressearbeit gekümmert hatte.
Nach einer Weile fragte Karin: „Meinen Sie, wir werden Alon oder das Tuch jemals wiedersehen?"
„Ich..." Er biss sich auf die Lippen. „Vermutlich nicht."

***

Mossadhauptquartier in Tel Aviv, sechs Stunden später:
Alon befand sich in der Trainingsanlage für Handfeuerwaffen und machte seinem Ärger Luft. Ein Magazin nach dem anderen jagte er in die virtuellen Terroristen, die einer Computersimulation entsprangen.
Mit seinen Schießkünsten lag er innerhalb des Mossad im soliden Mittelfeld. Auf den freien Markt umgerechnet, entsprach das dem Talent eines Profikillers mit mehrjähriger Berufserfahrung.
An jenem Nachmittag trainierten außer Alon nur noch zwei andere Agenten, einige Bahnen von ihm entfernt.
„Geschwindigkeit erhöhen!", befahl er dem sprachgesteuerten Simulationscomputer, nachdem er ein neues Magazin in seine Glock geschoben hatte.
„Maximale Angriffsgeschwindigkeit wurde gewählt", bestätigte eine Frauenstimme aus dem Lautsprecher. „Simulation startet in fünf... vier..."
Wie beim Vorspann alter Kinofilme zählten die Ziffern auf der Projektionswand herunter. Dann wurde das Bild kurz schwarz und blendete in das Innere eines Flugzeugs über. Alons Blickwinkel auf die Szenerie entsprach einem Sitzplatz in der drittletzten Reihe.
In der simulierten Entführung einer israelischen Linienmaschine kam ihm die Rolle eines bewaffneten

Flugbegleiters zu. Als Sky-Marshal befand er sich auf einem Flug der El-Al inmitten der anderen Passagiere.
Unbemerkt von Alon betrat Souzan-Chaya die Trainingsanlage. Mit einer Geste gab sie den anderen beiden Agenten im Vorbeigehen zu verstehen, dass ihr Training für heute beendet war. Sie hatte ihren Blick auf die vorletzte Bahn gerichtet. Das Mündungsfeuer aus Alons Dienstwaffe stand dem Blitzlichtgewitter bei einer Oskarverleihung um nichts nach.
Sieben Terroristen hatte der Computer in die Simulation gepackt, drei offensichtliche und vier weitere, die sich erst im Laufe des Schusswechsels als solche zu erkennen gaben.
Souzan-Chaya wartete, bis der ungleiche Kampf entschieden war und Alon seine Waffe absenkte. „Du warst schon mal besser!“, rief sie.
Sein gleichgültiges Achselzucken war offenbar als Antwort zu verstehen. Er vergewisserte sich, dass keine Kugel mehr in der Waffe war und legte sie gemeinsam mit seinem Gehörschutz auf einen der Pausentische.
„Bist du nur gekommen, um mir das zu sagen?“
„Ich dachte mir schon, dass du sauer bist, weil ich dich aus Wien zurückgeholt habe.“
„Zurückgeholt?“ Sein Tonfall unterstrich, wie unpassend er diese Bezeichnung fand. „Das letzte Mal, dass ich so viel Zeit zum Kofferpacken hatte, war beim Auffliegen meiner Tarnung in Damaskus. Damals nannten wir das allerdings noch Blitzevakuierung.“
Souzan-Chaya zog sich einen der unbequemen Stühle an den Tisch und forderte Alon auf, ihr gegenüber Platz zu nehmen. „Wir müssen reden!“
„Ein wenig spät, findest du nicht?“
„Okay! Sag, was du nicht runterschlucken kannst und danach erwarte ich von dir, dass du wieder mit gewohnter Professionalität an deine Arbeit gehst.“
„Was an dem verdammten Tuch ist so wichtig, dass wir dafür bereit waren, das Museum zu opfern?“
„Nächste Frage!“
„Wo ist das Tuch jetzt?“

„Wir haben es wieder in sicherer Verwahrung. Mehr hat dich im Moment nicht zu interessieren."
„Was passiert mit den Angestellten des Museums?"
„Nichts." Souzan-Chaya wirkte zunehmend genervt von seiner Fragerei. „Unsere Leute in Wien sorgen dafür, dass sie komplett aus der Sache herausgehalten werden. Die lokale Polizei hat eine Pressekonferenz gegeben und die alleinige Verantwortung für die Zerschlagung der Diebesbande übernommen."
„Wieso wollte Piazza..."
„Beenden wir diese Fragestunde!", fiel sie ihm ins Wort. „Sie führt doch zu nichts. Wie viel hast du Hiob über das Tuch erzählt?"
Er sah sie an, als hätte er sich verhört.
Ihr ernster Blick unterstrich, dass dem nicht so war.
„Nicht mehr als notwendig."
„Das ist keine Antwort auf meine Frage." Ihr Unmut war offensichtlich.
„Jetzt gehst du zu weit", entgegnete er scharf. „Er hat das Tuch von Piazza zurückgeholt und dir den Namen des Auftraggebers beschafft."
„Du weichst mir schon wieder aus!", stellte sie mit Nachdruck fest.
„Nichts!" Er war wütend und versuchte nicht, es zu verbergen. Am liebsten wäre er aufgesprungen. „Hiob weiß nichts! Was hätte ich ihm auch erzählen sollen? Ich hab doch selbst keine Ahnung, warum wir unsere Zeit mit diesem dämlichen Fetzen verschwenden!"
Souzan-Chaya ließ es dabei bewenden - vorerst.
„Sind wir jetzt fertig?", fragte er, als hätte ihm der Zahnarzt gerade die vierte Krone in Serie geschliffen.
„Ich fürchte nicht. Während du weg warst, ist es zu einigen Unregelmäßigkeiten auf unseren Servern gekommen. Einige Daten sind nicht dort, wo sie sein sollten."
Die Worte verfehlten ihre Wirkung nicht. Der Ton wurde zunehmend härter.
„Was meinst du damit?"

„Wir haben ein Sicherheitsproblem.“ Sie wandte ihren Blick ab, als wäre ihr das Gesagte unangenehm.
„Du glaubst doch nicht etwa...“, flog er sie an.
„Es geht nicht darum, was ich glaube“, gab sie sich wenig Mühe, einem drohenden Missverständnis vorzubeugen. „Ich habe sicherzustellen, dass keine Informationen dieses Gebäude verlassen, die ich nicht ausdrücklich freigegeben habe. Und irgendjemand kümmert sich einen Dreck um meine Anweisungen.“
„Und du hast keine Ahnung, wer...“
„Das hab ich nicht gesagt“, widersprach sie schroff. „Aber wie bei deiner Simulation vorhin, könnte es auch hier Helfer geben, die sich noch im Hintergrund halten... die nur darauf warten zuzuschlagen, sobald wir unvorsichtig genug sind, nach ihrem Köder zu schnappen.“
„Was verlangst du von mir?“
Souzan-Chaya holte ein Foto hervor und legte es verdeckt auf den Tisch. „Du wirst dich mit ihr treffen. Sie führt ein sehr abwechslungsreiches Liebesleben und treibt sich in einem einschlägigen Singleforum im Internet herum. Es dürfte dir also nicht sonderlich schwerfallen, dich mit ihr zu verabreden.“
Alon steckte das Foto ein, ohne einen Blick darauf zu werfen. „Wie weit soll ich gehen?“
„Das volle Programm. Wir vermuten, dass sie ihren Zugang zum Hochsicherheitsserver missbraucht hat. Sie ist dabei sehr gezielt vorgegangen und hat immer nur kleine Datenpakete geholt, um nicht aufzufallen.“
„Welche Informationen hat sie gestohlen?“
„Ich lasse dir die Akte zukommen. Darin findest du alles, was du wissen...“
Ihr Handy kündigte den Eingang einer verschlüsselten Kurznachricht an. Sofort machte sich ein kleines Zusatzprogramm daran, die aus Rumänien stammende Nachricht zu dekodieren.
„Moment, bitte!“, vertröstete sie Alon und überflog die Textzeilen auf dem Display.

Labor erfolgreich infiltriert... genetischer Nachschub vorerst gestoppt... erwarte weitere Anweisungen...

Sie steckte das Telefon wieder weg. „Ich glaube, wir beide sind ohnehin fertig!“
Eine Einschätzung, die Alon teilte.

***

Nachwort:

Wenn dir dieses Buch gefallen hat, dann stell es jetzt nicht in ein Regal, sondern gib es bitte an befreundete Leseratten und Bücherwürmer weiter. Empfehlen oder schenken geht natürlich auch. *mitdemZaunpfahlwinkewinkemach*

Eine Rückmeldung über dein Leseerlebnis würde mich sehr freuen: *buch@albert-knorr.com*

Danke für dein Vertrauen.

Albert

PS: Wenn du dich als Testleseratte für mein aktuelles Buch anmelden willst, besuch mich bitte unter:

www.albert-knorr.com

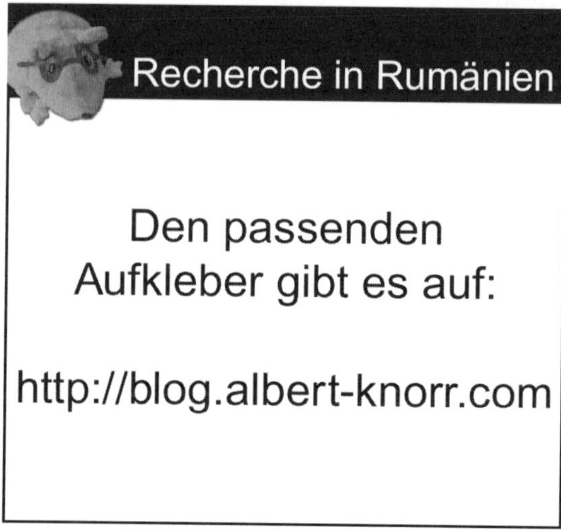

Bilder meiner Rechercheeisen

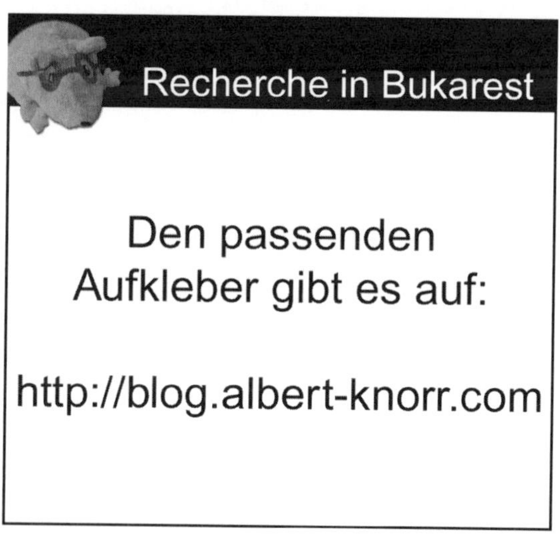

Sacer Sanguis II - Die Rückkehr

Die Guten:
David ist verheiratet und hat einen ruhigen Job als Computerfachmann in London. Die abendlichen Spaziergänge mit seinem vierbeinigen Freund sind ihm Aufregung genug. Wer David Wilder kennt, beschreibt ihn als warmherzigen, ehrlichen und humorvollen Menschen. Keine Eigenschaften, hinter denen man einen ehemaligen Kryptologen des israelischen Geheimdienstes vermuten würde. Doch ausgerechnet der ist plötzlich wieder gefragt, als der Mossad eine Verräterin in den eigenen Reihen entdeckt. David soll die verschlüsselte Nachricht der vermeintlichen Spionin knacken. Was sich wie ein Gefallen unter alten Kollegen anhört, wird schnell zu einem lebensgefährlichen Abenteuer.

Die Bösen:
In einem geheimen Labor lässt Dr. Qian menschliche Zellen in Biotanks heranwachsen. Seine Forschung wird von anonymen Auftraggebern vorangetrieben, die sich auch auf die blutige Beschaffung von fragwürdigen Reliquien verstehen. Die ersten Morde scheinen in keinem Zusammenhang zu stehen, und so bleibt das unheilvolle Tun zunächst unbemerkt. Als dann der Mossad die codierte Nachricht der Spionin abfängt, beginnt ein Wettlauf gegen die Zeit. Der Vorsprung, den die Ermittlungen zunächst bringen, ist rasch verspielt. Das sicherste Türschloss der Welt wird geknackt. Spätestens jetzt ist klar, über welches Potential der Doktor und seine Auftraggeber verfügen.

Verlag: Albert Knorr
ISBN: 978-3200009691
Taschenbuch: 500 Seiten
Veröffentlicht: Sep. 2007

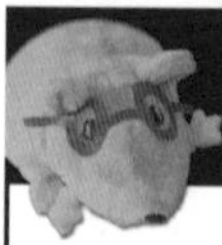

Recherche in Jordanien

Den passenden
Aufkleber gibt es auf:

http://blog.albert-knorr.com

Bilder meiner Rechercheeisen

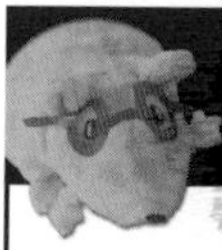

Recherche in Israel

Den passenden
Aufkleber gibt es auf:

http://blog.albert-knorr.com

Sacer Sanguis III - Thors Hammer

Wenn Alon seinen Job als einschläfernd bezeichnet, verstehen ihn die meisten völlig falsch. Der israelische Geheimagent erledigt seine Aufträge lautlos und endgültig.

Über die Archäologin Chess weiß er, dass sie im wahrsten Sinn des Wortes Leichen im Keller hat. Als sie ihn in ihr einsames Haus am Rande der jordanischen Wüste bittet, schätzt Alon die drohende Gefahr dennoch falsch ein. Chess ist nicht nur eine miserable Köchin, sie versteckt auch Reliquien vor einem eiskalten Psychopathen, dessen Name völlig zu Recht die Todesliste des Mossad anführt.

Als plötzlich Jäger und Gejagte ihre Rollen tauschen, wird nicht nur das Abendessen kalt. Ein lebensgefährliches Abenteuer an historischen Schauplätzen von Jordanien bis Schweden beginnt.

Verlag: Albert Knorr
ISBN: 978-3200013094
Taschenbuch: 500 Seiten
Veröffentlicht: Nov. 2008

Recherche in Schweden

Den passenden
Aufkleber gibt es auf:

http://blog.albert-knorr.com

Bilder meiner Rechercheeeisen

Recherche in Kerak

Den passenden
Aufkleber gibt es auf:

http://blog.albert-knorr.com